Corrupción policial

DON WINSLOW

CORRUPCIÓN POLICIAL

Traducción de
EFRÉN DEL VALLE

RBA

Esta es una obra de ficción. Los nombres, personajes, lugares e incidentes son producto
de la imaginación del autor o se utilizan de manera ficticia y no deben considerarse reales.
Cualquier parecido con hechos, localizaciones, organizaciones o personajes, vivos o muertos,
es pura coincidencia.

Título original inglés: *The Force*
© Samburu, Inc., 2017.
© de la traducción: Efrén del Valle, 2017.
© de esta edición: RBA Libros, S.A., 2017.
Avda. Diagonal, 189 - 08018 Barcelona.
rbalibros.com

Primera edición: junio de 2017.

REF.: OBFI179
ISBN: 978-84-9056-776-0
DEPÓSITO LEGAL: B. 11.630-2017

SAFEKAT, S. L. • PREIMPRESIÓN

Impreso en España • *Printed in Spain*

Mientras escribía esta novela, los siguientes agentes de la ley y el orden fueron asesinados en acto de servicio. Este libro va dedicado a ellos:

Sargento Cory Blake Wride, ayudante del sheriff Percy Lee House III, ayudante del sheriff Jonathan Scott Pine, funcionaria de prisiones Amanda Beth Baker, agente John Thomas Hobbs, agente Joaquín Correa-Ortega, agente Jason Marc Crisp, ayudante en jefe del sheriff Allen Ray «Pete» Richardson, agente Robert Gordon German, maestro de armas Mark Aaron Mayo, agente Mark Hayden Larson, agente Alexander Edward Thalmann, agente David Wayne Smith Jr., agente Christopher Alan Cortijo, ayudante del sheriff Michael J. Seversen, agente de tráfico Gabriel Lenox Rich, sargento Patrick «Scott» Johnson, agente Roberto Carlos Sánchez, agente de tráfico Chelsea Renee Richard, sargento mayor John Thomas Collum, agente Michael Alexander Petrina, agente Charles David Dinwiddie, agente Stephen J. Arkell, agente Jair Abelardo Cabrera, agente de tráfico Christopher G. Skinner, agente federal especial Frank Edward McKnight, agente Brian Wayne Jones, agente Kevin Dorian Jordan, agente Igor Soldo, agente Alyn Ronnie Beck, jefe de policía Lee Dixon, ayudante del sheriff Allen Morris Bares Jr., agente Perry Wayne Renn, patrullero Jeffrey Brady Westerfield, Melvin Vincent Santiago, agente Scott Thomas Patrick, jefe de policía Michael

5

Anthony Pimentel, agente Geniel Amaro-Fantauzzi, agente Daryl Pierson, patrullero Nickolaus Edward Schultz, cabo Jason Eugene Harwood, ayudante del sheriff Joseph John Matuskovic, cabo Bryon Keith Dickson II, ayudante del sheriff Michael Andrew Norris, sargento Michael Joe Naylor, ayudante del sheriff Danny Paul Oliver, agente Michael David Davis Jr., ayudante del sheriff Yevhen «Eugene» Kostiuchenko, ayudante del sheriff Jesse Valdez III, agente Shaun Richard Diamond, agente David Smith Payne, agente Robert Parker White, ayudante del sheriff Matthew Scott Chism, agente Justin Robert Winebrenner, ayudante del sheriff Christopher Lynd Smith, agente Edwin O. Roman-Acevedo, agente Wenjian Liu, agente Rafael Ramos, agente Charles Kondek, agente Tyler Jacob Stewart, agente Terence Avery Green, agente Robert Wilson III, subcomisaria Josie Wells, patrullero George S. Nissen, agente Alex K. Yazzie, agente Michael Johnson, agente de tráfico Trevor Casper, agente Brian Raymond Moore, sargento Greg Moore, agente Liquori Tate, agente Benjamin Deen, ayudante Sonny Smith, agente Kerrie Orozco, agente de tráfico Taylor Thyfault, patrullero James Arthur Bennett Jr., agente Gregg «Nigel» Benner, agente Rick Silva, agente Sonny Kim, agente Daryle Holloway, sargento Christopher Kelley, funcionario de prisiones Timothy Davison, sargento Scott Lunger, agente Sean Michael Bolton, agente Thomas Joseph LaValley, ayudante del sheriff Carl G. Howell, agente de tráfico Steven Vincent, agente Henry Nelson, ayudante del sheriff Darren Goforth, sargento Miguel Pérez-Ríos, agente de tráfico Joseph Cameron Ponder, ayudante del sheriff Dwight Darwin Maness, ayudante del sheriff Bill Myers, agente Gregory Thomas Alia, agente Randolph A. Holder, agente Daniel Scott Webster, agente Bryce Edward Hanes, agente Daniel Neil Ellis, jefe de policía Darrell Lemond Allen, agente de tráfico Jaimie Lynn Jursevics, agente Ricardo

Gálvez, cabo William Matthew Solomon, agente Garrett Preston Russell Swasey, agente Lloyd E. Reed Jr., agente Noah Leotta, jefe de policía Frank Roman Rodríguez, teniente Luz M. Soto Segarra, agente Rosario Hernández de Hoyos, agente Thomas W. Cottrell Jr., agente especial Scott McGuire, agente Douglas Scott Barney II, sargento Jason Goodding, ayudante Derek Geer, ayudante Mark F. Logsdon, ayudante Patrick B. Dailey, subinspector Gregory E. «Lem» Barney, agente Jason Moszer, agente especial Lee Tartt, cabo Nate Carrigan, agente Ashley Marie Guindon, agente David Stefan Hofer, ayudante del sheriff John Robert Kotfila Jr., agente Allen Lee Jacobs, ayudante Carl A. Koontz, agente Carlos Puente-Morales, agente Susan Louise Farrell, agente de tráfico Chad Phillip Dermyer, agente Steven M. Smith, agente Brad D. Lancaster, agente David Glasser, agente Ronald Tarentino Jr., agente Verdell Smith Sr., agente Natasha Maria Hunter, agente Endy Nddiobong Ekpanya, ayudante del sheriff David Francis Michel Jr., agente Brent Alan Thompson, sargento Michael Joseph Smith, agente Patrick E. Zamarripa, agente Lorne Bradley Ahrens, agente Michael Leslie Krol, supervisor de seguridad Joseph Zangaro, funcionario judicial Ronald Eugene Kienzle, ayudante del sheriff Bradford Allen Garafola, agente Matthew Lane Gerald, cabo Montrell Lyle Jackson, agente Marco Antonio Zarate, funcionaria de prisiones Mari Johnson, funcionario de prisiones Kristopher D. Moules, capitán Robert D. Melton, agente Clint Corvinus, agente Jonathan De Guzmán, agente José Ismael Chávez, agente especial De'Greaun Frazier, cabo Bill Cooper, agente John Scott Martin, agente Kenneth Ray Moats, agente Kevin «Tim» Smith, sargento Steve Owen, ayudante del sheriff Brandon Collins, agente Timothy James Brackeen, agente Lesley Zerebny, agente José Gilbert Vega, agente Scott Leslie Bashioum, sargento Luis A. Meléndez-Maldonado, ayudante del sheriff Jack Hopkins, funcionario de prisiones Kenneth Bettis, ayudante del sheriff Dan Glaze, agente Myron Jarrett, sargento Allen Brandt, agente Blake Curtis Snyder, sargento Kenneth Steil, agente Justin Martin, sargento Anthony Beminio, sargento Paul Tuozzolo, ayudante del sheriff Dennis Wallace, agente Benjamin Edward Marconi, subinspector Patrick Thomas Carothers, agente Collin James Rose, agente de tráfico Cody James Donahue.

—Los policías solo son personas —observó ella sin venir al caso.

—Empiezan así, según me han dicho.

RAYMOND CHANDLER,
Adiós, muñeca

CORRUPCIÓN POLICIAL

EL ÚLTIMO HOMBRE

El último hombre de la Tierra al que uno imaginaría confinado en el Centro Correccional Metropolitano de Park Row era Denny Malone.

De hecho, los neoyorquinos habrían apostado que verían entre rejas al alcalde, al presidente de Estados Unidos o al Papa antes que al agente Dennis John Malone.

Héroe de la policía.

Hijo de héroe de la policía.

Un sargento veterano de la unidad de élite más importante del Departamento de Policía de Nueva York.

La Unidad Especial de Manhattan Norte.

Y, sobre todo, un hombre que sabe dónde están escondidos todos los trapos sucios, porque la mitad de ellos los enterró él mismo.

Malone, Russo, Billy O, Big Monty y el resto hicieron de sus calles (y eran suyas, pues las gobernaban como si fueran reyes) un lugar seguro para los que intentaban ganarse la vida decentemente. Convertirlas en un lugar seguro era su trabajo y su pasión, y si eso significaba saltarse las normas a veces, pues lo hacían.

Los ciudadanos no son conscientes de lo que hay que hacer para mantenerlos a salvo, y mejor que sea así.

Tal vez crean que quieren saberlo, tal vez digan que quieren saberlo, pero no.

Malone y la Unidad Especial no eran polis como los demás. Había treinta y ocho mil agentes de uniforme, pero Denny Malone y sus hombres eran el uno por ciento del uno por ciento del uno por ciento: los más listos, los más duros, los más rápidos, los más valientes, los mejores, los más canallas.

La Unidad Especial de Manhattan Norte.

La Unidad surcaba la ciudad como un viento frío, penetrante, rápido y violento, rastreando calles y callejuelas, patios de recreo, parques y edificios de viviendas sociales, llevándose la basura y la mugre, una tormenta depredadora que arrastraba a los carroñeros.

Un vendaval así se cuela por cualquier grieta, en las escaleras de los bloques de viviendas sociales, en los laboratorios de heroína, en las trastiendas de los clubes sociales, en los apartamentos para los nuevos ricos y los viejos áticos de lujo. Desde Columbus Circle hasta el puente Henry Hudson, desde Riverside Park hasta el río Harlem, subiendo hasta Broadway y Amsterdam, bajando hasta Lenox y Saint Nicholas, en las calles numeradas que recorrían todo el Upper West Side, Harlem, Washington Heights e Inwood, si había algún secreto que La Unidad no conociera era porque nadie lo había susurrado aún, porque nadie lo había pensado siquiera.

Negocios de drogas y armas, tráfico de personas y propiedades, violaciones, robos y agresiones, delitos tramados en inglés, español, francés o ruso ante platos de coles, pollo asado, cerdo con especias o pasta marinara, o durante carísimas comidas servidas en restaurantes de cinco tenedores en una ciudad hecha de pecado y con ánimo de lucro.

La Unidad iba a por todos ellos, pero sobre todo a por las armas y las drogas, porque las armas matan y las drogas incitan a matar.

Ahora Malone está entre rejas y el viento ha amainado, pero todo el mundo sabe que esto es el ojo del huracán, un momento de calma antes de que llegue lo peor. ¿Denny Malone en manos de los federales? ¿Ni Asuntos Internos ni los fiscales del estado, sino los federales, donde nadie en la ciudad pueda tocarlo?

Todo el mundo está agazapado, cagado de miedo a la espera del golpe, del tsunami, porque, con lo que sabe Malone, podría llevarse por delante a inspectores y jefes de policía, incluso al comisario. Podría cargarse a fiscales y jueces. Joder, hasta podría servir al alcalde y a los federales en la proverbial bandeja de plata, acompañados al menos de un congresista y un par de multimillonarios del sector inmobiliario como aperitivo.

Así que, cuando se corrió la voz de que Malone se encontraba en el CCM, quienes estaban en el ojo del huracán se asustaron, se asustaron de veras, y empezaron a buscar cobijo incluso en plena calma, aun sabiendo que no existen muros lo bastante altos ni sótanos lo bastante profundos —no los hay en la comisaría central, no los hay en el edificio del Juzgado de lo Penal, no los hay siquiera en Gracie Mansion ni en los palacios que albergan los áticos de la Quinta Avenida y Central Park Sur— que los protejan de todo lo que Denny Malone tiene en la cabeza.

Si Malone quiere arrasar la ciudad entera, puede hacerlo.

Porque, en realidad, nadie ha estado a salvo de Malone y los suyos.

Sus hombres copaban titulares en el *Daily News*, el *Post*, los canales 7, 4 y 2, y los noticiarios de las once. Los reconocían por la calle, el alcalde se sabía sus nombres, tenían entradas gratis en el Garden, en el Meadowlands, en el Yankee Stadium y en el Shea, y podían entrar en cualquier restaurante, bar o discoteca de la ciudad y ser tratados como reyes.

Y, en ese grupo de machos alfa, Denny Malone es el líder indiscutible.

Cuando entra en una casa, los agentes de uniforme y los novatos se lo quedan mirando, los tenientes asienten e incluso los capitanes saben que no deben cruzarse en su camino.

Se ha ganado su respeto.

Entre otras cosas (Mierda, ¿queréis que hablemos de los robos que ha frustrado, del balazo que recibió, del niño al que salvó de un secuestro? ¿De las redadas, las detenciones y las condenas?), Malone y su equipo llevaron a cabo la mayor operación antidroga de la historia de Nueva York.

Cincuenta kilos de heroína.

Y el dominicano que la vendía está muerto.

Y un héroe de la policía también.

El equipo de Malone enterró a su compañero —gaitas, bandera doblada, crespones negros en las placas— y volvió directo al trabajo, porque los camellos, las bandas, los ladrones, los violadores y los mafiosos no descansan para llorar la muerte de nadie. Si quieres que tus calles sean seguras, tienes que salir de día, de noche, los fines de semana y en vacaciones, cuando sea necesario. Tu mujer ya sabía dónde se metía cuando se casó contigo y tus hijos acaban por entender que papá trabaja encerrando a los malos.

Pero ahora es él quien está encerrado. Malone está sentado en un banco de acero en una celda, igual que la chusma a la que suele meter allí, inclinado, con la cabeza apoyada en las manos, preocupado por sus compañeros —sus hermanos de La Unidad— y por lo que pueda ocurrirles ahora que están de mierda hasta el cuello por culpa suya.

Preocupado por su familia: por su mujer, que no aceptó esa vida para acabar así; por sus dos hijos, niño y niña, que aún son demasiado jóvenes para entenderlo, pero que cuando crezcan no le perdonarán jamás el haber tenido que criarse sin padre.

Y luego está Claudette.

Jodida a su manera.

Necesitada, necesitándolo, pero él no podrá estar a su lado.

Ni al lado de Claudette ni al lado de nadie, así que no sabe qué será de sus seres queridos.

La pared a la que mira fijamente tampoco tiene respuestas, tampoco sabe cómo ha llegado Malone hasta allí.

Y una mierda, piensa Malone. Al menos sé sincero contigo mismo, piensa mientras está allí sentado, sin nada por delante excepto tiempo.

Al menos, admite la verdad.

Sabes perfectamente cómo has llegado hasta aquí.

Paso a paso, joder.

Los finales conocen los comienzos, pero no a la inversa.

Cuando Malone era niño, las monjas le enseñaron que, incluso antes de nacer, Dios —y solo Dios— sabe cuánto tiempo viviremos, el día de nuestra muerte y en quiénes y en qué nos convertiremos.

Podría haberme avisado, piensa Malone. Podría haberme dedicado unas palabras, unos consejos. Podría haberme hecho una llamadita, haberme soltado un sermón, haberme dicho algo, lo que fuera. Podría haberme dicho: «Eh, gilipollas, giraste a la izquierda en lugar de a la derecha».

Pero no, nada.

Después de dieciocho años de profesión, después de todo lo que ha visto, Malone no es un gran admirador de Dios, e imagina que el sentimiento es mutuo. Le gustaría hacerle un montón de preguntas; pero, si alguna vez estuvieran en la misma habitación, Dios probablemente cerraría la boca, contrataría a un abogado y permitiría que fuera su hijo quien acabara en la silla eléctrica.

Después de dieciocho años de profesión, Malone ha perdido la fe, así que, llegado el momento de mirar al diablo a los ojos, ya no había nada entre Malone y un asesinato, salvo cuatro kilos y medio de presión sobre el gatillo.

Cuatro kilos y medio de gravedad.

Fue el dedo de Malone el que apretó el gatillo, pero quizá fue la gravedad la que lo arrastró hacia abajo, la implacable y despiadada gravedad de dieciocho años de profesión.

Lo arrastró hasta donde se encuentra ahora.

Cuando empezó no imaginaba que acabaría así. Cuando lanzó la gorra al aire y prestó juramento el día en que se graduó en la academia, el día más feliz de su vida —el día más radiante y azul, el mejor día—, no pensó que acabaría así.

No, empezó con los ojos clavados en la Estrella Polar, caminando con paso firme, pero la vida es así; pones rumbo al norte, te desvías un grado, y no pasa nada durante un año, ni durante cinco, pero los años van acumulándose y tú te vas alejando cada vez más de tu meta original. Ni siquiera sabes que te has perdido hasta que estás tan lejos de tu destino que ya no eres capaz de divisarlo.

No puedes volver sobre tus pasos para empezar de nuevo.

El tiempo y la gravedad te lo impiden.

Y Denny Malone daría muchas cosas por poder empezar de nuevo.

Joder, lo daría todo.

Porque jamás pensó que acabaría en la penitenciaría federal de Park Row. Nadie lo pensaba, excepto Dios quizá, pero Dios no dijo nada.

Y aquí está Malone.

Sin su pistola, sin su placa y sin nada que deje entrever qué y quién es, qué y quién era.

Un policía corrupto.

EL ROBO

> Lenox Avenue,
> cariño.
> Medianoche.
> Y los dioses se ríen de nosotros.
>
> LANGSTON HUGHES,
«Lenox Avenue: Midnight»

HARLEM, NUEVA YORK
JULIO DE 2016

Nueva York, 4:00 h.

Cuando la ciudad que nunca duerme al menos se tumba y cierra los ojos.

Eso piensa Denny Malone mientras surca la columna vertebral de Harlem en su Crown Vic.

Detrás de paredes y ventanas, en pisos y hoteles, en bloques de apartamentos y viviendas sociales, la gente duerme o se desvela, sueña o ha dejado sus sueños atrás. La gente discute o folla o ambas cosas, hace el amor y hace niños, se insulta a gritos o habla en voz baja, palabras íntimas dirigidas al otro y no a la calle. Algunos acunan a un bebé para que se duerma o se levantan para iniciar otra jornada laboral. Otros cortan kilos de heroína y los guardan en bolsas de papel translúcido que venden a los adictos para su primer chute de la mañana.

Después de las prostitutas y antes de los barrenderos, ese es el tiempo del que dispones para llevarte tu parte del pastel, y Malone lo sabe. Nunca ocurre nada bueno pasada la medianoche, como decía su padre, que lo sabía de buena tinta. Era policía en esas calles y llegaba al finalizar el turno de noche con los asesinatos en la mirada, la muerte en la nariz y un témpano en el corazón que nunca llegó a derretirse y que finalmente acabó con él. Una mañana se bajó del coche delante de casa y el corazón se le resquebrajó. Los médicos dictaminaron que ya estaba muerto antes de que se golpeara contra el suelo.

Fue Malone quien lo encontró.

Tenía ocho años y salía de casa para ir al colegio cuando vio el abrigo azul encima de un montón de nieve sucia que él y su padre habían retirado del camino.

Aún no ha amanecido y ya hace calor. Es uno de esos veranos en los que Dios, el casero, se niega a bajar la calefacción o a encender el aire acondicionado; la ciudad está tensa e irritable, al borde de un estallido, una pelea o una revuelta; el hedor a basura vieja y orina rancia es dulce, agrio, empalagoso y corrompido como el perfume de una prostituta entrada en años.

A Denny Malone le encanta.

Malone no querría estar en ningún otro lugar, ni siquiera de día, cuando el calor es asfixiante y la ciudad, un bullicio, cuando los pandilleros pueblan las esquinas y los ritmos del hip-hop te perforan los oídos, cuando las botellas, las latas, los pañales sucios y las bolsas de meados salen volando por las ventanas de las viviendas sociales y la mierda de perro apesta bajo el fétido calor.

Es su ciudad, su territorio, su corazón.

Recorriendo Lenox, pasando junto al viejo barrio de Mount Morris Park y sus elegantes casas rojizas, Malone rinde culto a los pequeños dioses del lugar: las torres gemelas del templo Ebenezer Gospel, donde los domingos suenan himnos angelicales; el característico chapitel de la Iglesia Adventista del Séptimo Día Éfeso y, un poco más adelante, Harlem Shake, no el baile, sino una de las mejores hamburgueserías de la ciudad.

Luego están los dioses muertos: el viejo Lenox Lounge, con su mítico cartel de neón, su fachada roja y su dilatada historia. Allí cantaba Billie Holiday y tocaban Miles Davis y John Coltrane, y James Baldwin, Langston Hughes y Malcolm X solían dejarse caer por allí. Ahora está cerrado —la ventana cubierta con papel marrón, el cartel apagado—, pero se rumorea que volverán a abrirlo.

Malone lo duda.

Los dioses muertos solo resucitan en los cuentos de hadas.

Cruza la calle Ciento veinticinco, también conocida como Dr. Martin Luther King Jr. Boulevard.

Los pioneros urbanos y la clase media negra han aburguesado la zona, que el sector inmobiliario ha bautizado como SoHa. En opinión de Malone, un acrónimo mezclado es siempre una condena a muerte para cualquier barrio. Está convencido de que, si los constructores pudieran adquirir propiedades en el sótano del infierno de Dante, lo llamarían SoInf y empezarían a edificar boutiques y bloques de apartamentos.

Hace quince años, ese tramo de Lenox estaba repleto de escaparates vacíos, y ahora ha vuelto a ponerse de moda gracias a nuevos restaurantes, bares y cafeterías con terraza, donde van a comer los vecinos adinerados. Los blancos van para sentirse modernos, y algunos apartamentos de los nuevos rascacielos cuestan dos millones y medio.

Lo único que merece la pena saber de esta zona de Harlem, piensa Malone, es que hay un Banana Republic junto al teatro Apollo. Por un lado están los dioses del lugar y, por otro, los dioses del comercio, y si has de apostar quién saldrá ganador, apuesta siempre por el dinero.

Más al norte, en las viviendas sociales, sigue estando el gueto.

Malone recorre la Ciento veinticinco y pasa por delante del Red Rooster, en cuyo sótano se encuentra el Ginny's Supper Club.

Hay santuarios menos famosos pero aun así sagrados para Malone.

Ha asistido a funerales en Bailey's, ha comprado botellas de medio litro en Lenox Liquor, le han dado puntos de sutura en la sala de urgencias del hospital de Harlem, ha jugado al baloncesto junto al mural de Big L en el Fred Samuel Playground, ha pedido comida a través del cristal blindado de Kennedy Fried Chicken. Ha aparcado en la calle y observado a los niños que bailan, ha fumado hierba en una azotea, ha visto el amanecer en Fort Tryon Park.

Ahora más dioses muertos, dioses ancestrales: la vieja Savoy Ballroom, el lugar que antaño ocupaba el Cotton Club, ambos desaparecidos mucho antes de que Malone naciera, fantasmas del último renacer de Harlem que vagan por el barrio con la imagen de lo que fue y ya nunca volverá a ser.

Pero Lenox Avenue está viva.

La calle se estremece con el traqueteo de la línea de metro de la IRT que pasa justo por debajo. Malone solía viajar en el tren número dos, por aquel entonces conocido como la Bestia.

Ahora están Black Star Music, la iglesia mormona y Best African-American Foods.

Cuando llegan al final de Lenox, Malone dice:

—Da la vuelta a la manzana.

Phil Russo tuerce a la izquierda por la Ciento cuarenta y siete, enfila la Séptima Avenida, vuelve a girar a la izquierda por la Ciento cuarenta y seis y pasa frente a un edificio abandonado que el propietario cedió de nuevo a las ratas y las cucarachas. Echó a sus ocupantes con la esperanza de que algún yonqui le prendiera fuego mientras se preparaba una dosis para así poder cobrar el seguro y vender el edificio entero.

Un plan sin fisuras.

Malone busca centinelas o policías enjaulados en un coche patrulla arañando alguna que otra cabezada durante el turno de noche. En el umbral solo hay un vigilante. El pañuelo verde y las Nike, también verdes con cordones a juego, lo convierten en un trinitario.

El equipo de Malone lleva todo el verano controlando el laboratorio de heroína que hay en la segunda planta. Los mexicanos suben el caballo y se lo entregan a Diego Pena, el dominicano que controla Nueva York. Pena lo reparte en bolsitas y se lo vende a las bandas dominicanas, los trinitarios y los DDP (Dominicans Don't Play), que a su vez se lo venden a los negros y puertorriqueños de las viviendas sociales.

Esta noche, el laboratorio está a rebosar.

A rebosar de dinero.

A rebosar de droga.

—Deprisa —ordena Malone mientras comprueba la Sig Sauer P226 que lleva a la cintura. Una segunda funda prendida justo por debajo del nuevo chaleco con placa de cerámica contiene una Beretta 8000D Mini-Cougar.

Ha ordenado a todo su equipo que lleve chaleco antibalas durante las operaciones. Big Monty se queja de que le aprieta mucho, pero Malone insiste en que es más holgado que un ataúd. Bill Montague, alias Big Monty, es de la vieja escuela. Incluso en verano lleva su característico sombrero de fieltro con ala rígida y una pluma roja en el lado izquierdo. Sus únicas concesiones al calor son una guayabera talla XXXL y unos chinos. De la comisura de los labios le cuelga un puro Montecristo apagado.

Phil Russo lleva una escopeta de corredera Mossberg 590 del calibre 12, con un cañón de cincuenta centímetros cargado con balas de cerámica en polvo. La tiene apoyada junto a los relucientes zapatos rojos de punta, que le hacen juego con el pelo. Phil Russo es un italiano pelirrojo, lo cual es muy infrecuente, y Malone se mofa de él diciéndole que ahí hay gato irlandés encerrado. Según Russo, eso es imposible, porque no es alcohólico ni necesita una lupa para encontrarse la polla.

Billy O'Neill lleva una metralleta HK MP5, dos granadas aturdidoras y un rollo de cinta adhesiva. Billy O es el más joven del equipo, pero tiene talento y es un animal callejero.

Y tiene agallas.

Malone sabe que Billy no saldrá corriendo, que no se quedará paralizado ni dudará en apretar el gatillo en caso de necesidad. Si acaso, hará lo contrario; puede que se precipite. Tiene ese temperamento irlandés y el atractivo de los Kennedy. Y no son los únicos atributos que comparte con ellos. Al chaval le gustan las tías y a las tías les gusta él.

Esta noche, el equipo va a por todas.

Y colocado.

Si uno se enfrenta a unos narcos que han consumido coca o speed, siempre viene bien estar farmacológicamente a la par, así que Malone engulle dos cápsulas de Dexedrina. Luego se enfunda un cortavientos azul con las letras NYPD impresas en blanco y se pasa la cinta con la placa por encima del pecho.

Russo vuelve a dar la vuelta a la manzana. Al entrar en la calle Ciento cuarenta y seis, pisa el acelerador, se dirige al laboratorio y frena en seco. El vigilante oye el chirrido de los neumáticos, pero tarda demasiado en darse la vuelta. Malone baja del coche antes de que se haya detenido del todo, empuja al vigilante contra la pared y le apunta a la cabeza con la Sig.

—*Cállate, pendejo** —dice Malone—. Una palabra y te reviento la cabeza.

* Todas las palabras y expresiones que están en español en el original aparecen siempre en cursiva. (*N. del t.*)

Luego lo derriba de una patada. Billy ya está allí; le sujeta las manos a la espalda con cinta adhesiva y luego le tapa la boca con otro trozo de cinta.

Los hombres de Malone pegan la espalda a la pared del edificio.

—Si estamos atentos —les dice—, nos iremos todos a casa esta noche.

La Dexedrina empieza a hacer efecto. A Malone se le acelera el pulso y le hierve la sangre.

Es agradable.

Envía a Billy O a la azotea para que baje por la salida de incendios y cubra la ventana. Los demás suben por las escaleras. Malone va delante empuñando la Sig. Le siguen Russo, armado con la escopeta, y Monty.

A Malone no le preocupa la retaguardia.

Una puerta de madera bloquea el final de la escalera.

Malone hace un gesto a Monty.

Este da un paso al frente e inserta la palanca hidráulica entre la puerta y el marco. El sudor le cae por la frente y le recorre la piel oscura mientras junta las asas de la herramienta y fuerza la puerta.

Malone entra y describe un arco con la pistola, pero no hay nadie en el vestíbulo. Al mirar a su derecha, ve la nueva puerta de acero al final del pasillo. Se oyen música bachata en la radio, voces en español, el zumbido de unos molinillos de café y el repiqueteo de un contador de billetes.

Y un perro que ladra.

Joder, piensa Malone, ahora todos los narcos tienen perro. Lo mismo que todas las nenas del East Side llevan en el bolso un yorkshire que no para de ladrar, a los camellos les ha dado por los pitbulls. Es buena idea. A los negratas les aterran los perros y las chicas que trabajan en los laboratorios no se arriesgan a que les arranquen la cara a mordiscos por robar.

A Malone le preocupa Billy O, porque al chaval le encantan los perros, incluso los pitbulls. Lo descubrió en abril, cuando entraron en un almacén situado junto al río y tres pitbulls intentaron saltar la valla para despedazarles la garganta. Billy O no fue capaz de pegarles un tiro ni permitió que lo hicieran los demás, así que tuvieron que rodear el edificio, subir a la azotea por la escalera de incendios y volver a bajar.

Fue un tostón.

El pitbull ha notado su presencia, pero los dominicanos no. Malone oye a uno gritar: «*¡Cállate!*» y después un golpe seco. El perro se calla.

Pero la puerta de acero es un problema.

La palanca hidráulica no la abrirá.

Malone coge la radio.

—Billy, ¿estás en posición?

—Nací en posición, colega.

—Haremos saltar la puerta por los aires —le indica Malone—. Cuando caiga, lanza una granada.

—Entendido, D.

Malone le hace una señal a Russo, que apunta a las bisagras y dispara una ráfaga. La explosión de la cerámica en polvo es más rápida que la velocidad del sonido y la puerta salta de sus goznes.

Varias mujeres, cuyo único atuendo son unos guantes de látex y unas redecillas en la cabeza, salen corriendo hacia la ventana. Otras se agazapan debajo de las mesas mientras las máquinas de contar billetes escupen dinero al suelo como si fueran tragaperras que pagan con papel.

—¡Policía de Nueva York! —grita Malone.

Ve a Billy al otro lado de la ventana que queda a su izquierda.

Mirando sin hacer absolutamente nada. Lanza la granada, por el amor de Dios.

Pero Billy no se mueve.

¿A qué coño está esperando?

Entonces Malone se percata.

El pitbull, una hembra, tira de la cadena, dando sacudidas y gruñendo para proteger a sus cuatro cachorros, que están enroscados detrás de ella.

Billy no quiere hacer daño a los putos cachorritos.

Malone grita por radio.

—¡Hazlo, joder!

Billy se lo queda mirando, da una patada al cristal y arroja la granada.

Pero la tira cerca para no alcanzar a los putos perros.

La onda expansiva rompe el resto del cristal y los fragmentos que salen despedidos impactan en el rostro y el cuello de Billy.

Una luz blanca y cegadora. Gritos, chillidos.

Malone cuenta hasta tres y entra.

Caos.

Un trinitario se tambalea, tapándose los ojos con una mano y empuñando una Glock con la otra, mientras avanza a tientas hacia la ventana y la escalera de incendios. Malone le dispara dos veces en el pecho y el hombre cae contra la ventana. Un segundo pistolero que estaba oculto debajo de una mesa apunta a Malone, pero Monty le acierta con un revólver del 38 y le descerraja un segundo balazo para cerciorarse de que está muerto.

A las mujeres las dejan huir por la ventana.

—¿Estás bien, Billy? —pregunta Malone.

La cara de Billy O parece una máscara de Halloween.

Tiene cortes en los brazos y las piernas.

—He salido peor parado de algún partido de hockey —dice riéndose—. Ya me darán puntos cuando acabemos.

Hay dinero por todas partes: amontonado, en las máquinas, esparcido por el suelo. La heroína sigue en los molinillos de café que utilizan para cortarla.

Pero eso son migajas.

La caja —la caja fuerte—, un gran agujero labrado en la pared, está abierta.

En su interior, los fardos de heroína llegan hasta el techo.

Diego Pena está sentado tranquilamente a una mesa. Si le inquieta la muerte de dos de sus hombres, no lo parece.

—¿Traes una orden judicial, Malone?

—He oído a una mujer pidiendo socorro —responde este.

Pena esboza una sonrisa de suficiencia.

El hijo de puta es elegante. Un traje gris de Armani que vale dos de los grandes y un reloj de oro Piguet en la muñeca que cuesta cinco veces más.

Pena se da cuenta.

—Puedes quedártelo. Tengo otros tres.

La perra sigue tirando de la cadena y ladra enloquecida.

Malone observa la heroína.

La hay a montones, envasada al vacío en plástico negro.

Con esa mercancía podría colocarse la ciudad entera durante semanas.

—Te ahorraré la molestia de contar —dice Pena—. Cien kilos justos. Canela mexicana. Caballo oscuro, sesenta por ciento pura. Puedes venderla a cien mil dólares el kilo. Lo que ves ahí debería de ascender a algo más de cinco millones en efectivo. Vosotros os quedáis con la droga y el dinero y yo me largo. Me monto en un avión con destino a la República Dominicana y no volvéis a verme nunca más. Piénsalo: ¿cuándo será la próxima vez que puedas ganar quince millones de dólares por hacer la vista gorda?

Y esta noche nos iremos todos a casa, piensa Malone.

—Saca la pistola. Poco a poco —le ordena.

Lentamente, Pena se lleva la mano al interior de la chaqueta.

Malone le dispara dos veces al corazón.

Billy O se agacha y coge un paquete. Lo abre con un cuchillo de combate, hunde un pequeño vial en la heroína, recoge una muestra y la mete en una bolsa de plástico que llevaba en el bolsillo. Luego rompe el vial dentro de la bolsa y espera a que cambie de color.

Se vuelve púrpura.

Billy sonríe.

—¡Somos ricos!

—Espabila, hostia —dice Malone.

Entonces oyen un chasquido. La pitbull ha roto la cadena y se abalanza sobre Billy, que cae de espaldas. El paquete salta por los aires, la droga forma una nube y después se precipita como una tormenta de nieve sobre sus heridas.

Monty mata a la perra de un balazo.

Pero Billy sigue allí tumbado. Malone ve que se pone rígido y empieza a sufrir espasmos en las piernas y a convulsionar descontroladamente mientras la heroína le recorre las venas.

Patalea en el suelo.

Malone se arrodilla junto a él y lo sostiene entre sus brazos.

—No, Billy —dice—. Aguanta.

Billy le devuelve una mirada inexpresiva.

Está pálido.

La columna vertebral se le tensa como un muelle que se estira.

Y Billy se va.

Billy, el joven y hermoso Billy O, ya nunca envejecerá.

Malone oye cómo se le parte el corazón, y después una sucesión de explosiones sordas.

Al principio cree haber recibido un disparo, pero no tiene ninguna herida, así que imagina que le está estallando la cabeza.

Entonces cae en la cuenta.

Es el 4 de julio.

PRIMERA PARTE

BLANCA NAVIDAD

Bienvenido a la jungla, este es mi hogar,
la cuna del blues, la cuna de la canción.

CHRIS THOMAS KING,
Welcome to Da Jungle

1

Mediodía.

Denny Malone toma dos anfetaminas y se mete en la ducha.

Acaba de levantarse después del turno de noche de doce a ocho de la mañana y necesita las pastillas para activarse. Inclina la cara hacia el chorro de agua y deja que las afiladas agujas se le claven en la piel hasta que duela.

Eso también lo necesita.

Piel cansada, ojos cansados.

Alma cansada.

Malone se da la vuelta y disfruta del agua caliente que le golpea el cuello y los hombros y se desliza por los tatuajes de los antebrazos. Es agradable; podría quedarse allí todo el día, pero tiene cosas que hacer.

Es hora de moverse, campeón, se dice.

Tienes responsabilidades.

Sale de la ducha, se seca y se pone la toalla alrededor de la cintura.

Malone mide un metro noventa y es corpulento. Tiene treinta y ocho años y es consciente de su pinta de tipo duro. Es por los tatuajes en los gruesos antebrazos, la barba tupida incluso después de afeitarse, el pelo oscuro y rapado, los ojos azules y esa mirada de «no me toques los cojones».

Es por la nariz rota y la pequeña cicatriz en la parte izquierda del labio. Lo que no se aprecia a simple vista son unas cicatrices más grandes en la pierna derecha, las que le valieron la Medalla al Valor por ser tan estúpido como para recibir un disparo. Pero así es el Departamento de Policía de Nueva York, piensa. Te dan una medalla por tonto y te quitan la placa por listo.

Es posible que su aspecto agresivo le ayude a mantenerse alejado de enfrentamientos físicos, que él siempre intenta evitar. Por un lado, es más profesional arreglar las cosas dialogando. Por otro, en toda pelea sales magullado —aunque solo sea en los nudillos—, y no le gusta estropearse la ropa revolcándose sabe Dios en qué mierda que pueda haber en el pavimento.

No le gusta demasiado levantar pesas. Prefiere atizarle a un saco de boxeo o salir a correr por Riverside Park, normalmente a primera hora de la mañana o al anochecer, según le permita el trabajo. Le gustan las vistas del Hudson, Jersey al otro lado del río y el puente George Washington.

Malone va a la pequeña cocina. Por la mañana, Claudette ha dejado un poco de café, del que se sirve una taza y la mete en el microondas.

Claudette está doblando turnos en el hospital de Harlem, a solo cuatro manzanas de allí, entre Lenox y la Ciento treinta y cinco, para que otra enfermera pueda pasar más tiempo en familia. Con un poco de suerte, la verá por la noche o a primera hora de la mañana.

El café está amargo y rancio, pero a Malone le da igual. No busca calidad, sino un chute de cafeína que potencie la Dexedrina. Tampoco soporta esas chorradas de sibarita, hacer cola detrás de un adolescente gilipollas que tarda diez minutos en pedir el café con leche perfecto para poder hacerse un selfi con él. Malone lo toma con un poco de leche y azúcar, como casi todos los policías. Beben demasiado, así que la leche les alivia el estómago y el azúcar los estimula.

Hay un médico del Upper West Side que le receta de todo: Dexedrina, Vicodin, Xanax, antibióticos, lo que quiera. Hace un par de años, el bueno del doctor —y sí, es un buen tipo con mujer y tres hijos— tuvo una pequeña aventura y la amante decidió chantajearlo cuando él se propuso dejarla.

Malone fue a hablar con la chica y le expuso la situación. Le entregó un sobre con 10.000 dólares y le dijo que allí se acababa todo. No debía contactar con el médico nunca más o la metería en el talego, donde acabaría ofreciendo su sobrevalorado coño por una cucharada extra de mantequilla de cacahuete.

Ahora, el agradecido doctor le extiende recetas, pero la mitad de las veces le facilita muestras gratuitas. Todo ayuda, piensa Malone, y, en cualquier caso, tampoco podría permitirse que aparecieran en sus informes médicos el speed o los somníferos si los consiguiera a través del seguro.

No quiere molestar a Claudette mientras trabaja, así que le envía un mensaje para confirmarle que no se ha quedado dormido y preguntarle cómo le va el día. Ella responde: «Locura navideña, pero bien».

Sí, locura navideña.

Nueva York siempre es una locura, piensa Malone.

Cuando no es la locura navideña es la locura de Año Nuevo (borrachos), o la locura del Día de San Valentín (las disputas domésticas se disparan y los gais se enzarzan en peleas de bar), o la locura del Día de San Patricio (policías borrachos), la locura del 4 de julio o la del Día del Trabajador. Lo que hace falta son vacaciones de las vacaciones, dejar de celebrar días festivos durante un año y a ver qué pasa.

Probablemente no funcionaría, conjetura.

Porque, aun así, existiría la locura cotidiana: la locura del borracho, la locura del yonqui, la locura del crack, la locura del cristal, la locura del amor, la locura del odio y, la favorita de Malone, la vieja locura de la locura. Lo que no entiende el ciudadano de a pie es que las cárceles de la ciudad se han convertido en sus manicomios y centros de desintoxicación *de facto*. Tres cuartas partes de los prisioneros que ingresan dan positivo en los test de drogas o son psicópatas, o ambas cosas.

Deberían estar en un hospital, pero no tienen seguro.

Malone va al dormitorio a vestirse.

Camisa vaquera negra, unos pantalones vaqueros Levi's, unas botas Doctor Martens con punta de acero reforzada (que van muy bien para derribar puertas) y una chupa negra de cuero. Es el uniforme semioficial de los irlandeses de Nueva York, división de Staten Island.

Malone se crio allí, su mujer y sus hijos siguen viviendo allí y, si uno es un irlandés o un italiano proveniente de Staten Island, sus opciones profesionales son básicamente ser policía, bombero o delincuente. Malone eligió la puerta número uno, aunque tiene un hermano y dos primos que son bomberos.

Bueno, su hermano Liam lo fue hasta el 11-S.

Ahora es una visita al cementerio de Silver Lake dos veces al año para dejar flores, una pinta de Jameson's y un parte sobre la temporada de los Rangers.

Que normalmente es una mierda.

Siempre se metían con Liam. Le decían que era la oveja negra de la familia porque era bombero, un «mono con manguera», en lugar de policía. Malone le medía los brazos a su hermano para comprobar si se le habían alargado de arrastrar los bártulos de un lado para otro, y Liam contraatacaba diciéndole que lo único que podía cargar un poli escaleras arriba era una bolsa de dónuts. Y luego estaba la competición ficticia por quién podía desvalijar más: un bombero tras un incendio doméstico o un policía después de un robo en una vivienda.

Malone quería a su hermano pequeño, cuidaba de él las noches en que su padre no estaba en casa, y veían juntos los partidos de los Rangers en el Canal 11. La noche que los Rangers ganaron la Stanley Cup en 1994 fue una de las más felices en la vida de Malone. Él y Liam, delante del televisor, Malone, arrodillado durante el último minuto de partido, cuando los Rangers se aferraban con todo a su ventaja de un punto y Craig MacTavish —que Dios bendiga a Craig MacTavish— no dejaba de meter el disco en la zona de los Canucks y finalmente se agotó el tiempo y los Rangers ganaron por 4-3 y él y Liam se abrazaron y empezaron a dar saltos de alegría.

Y entonces Liam desapareció como si nada y fue Malone quien tuvo que decírselo a su madre. Después de aquello nunca fue la misma y falleció al cabo de solo un año. Los médicos dictaminaron que era un cáncer, pero Malone sabía que era otra víctima del 11-S.

Ahora Malone se prende al cinturón la funda de la Sig Sauer reglamentaria.

A muchos policías les gusta la funda sobaquera, pero a Malone le parece que requiere más movimientos y prefiere que el arma esté en el mismo sitio que su mano. Se mete la Beretta no reglamentaria por dentro del pantalón, en la parte baja de la espalda, y lleva el cuchillo de combate en la bota derecha. Va contra las normas y es ilegal de la hostia, pero a Malone no le importa. Si unos maleantes le arrebatan las pistolas, ¿qué va a sacar? ¿La polla? No caerá como una nena. Caerá asestando cuchilladas.

A fin de cuentas, ¿quién va a arrestarlo?

Pues mucha gente, imbécil, se dice.

Últimamente, cualquier policía lleva una diana en la espalda. Corren tiempos difíciles para el Departamento de Policía de Nueva York.

Primero fue la muerte de Michael Bennett.

Michael Bennett era un chico negro de catorce años que fue acribillado por un agente de Anticrimen en Brownsville. Un caso típico: era de noche, el chaval tenía mala pinta e hizo caso omiso cuando el policía, un novato llamado Hayes, le dio el alto. Bennett se llevó la mano al cinturón y sacó lo que a Hayes le pareció una pistola.

El novato le vació el cargador.

Resultó que era un teléfono móvil, no una pistola.

Por supuesto, la comunidad estaba «indignada». Las protestas amenazaban con degenerar en disturbios, los habituales ministros religiosos, abogados y activistas sociales de renombre interpretaron su papel ante las cámaras y la ciudad prometió una investigación a fondo. Hayes fue relegado a tareas administrativas a la espera de las conclusiones, y la hostil relación entre los negros y la policía empeoró aún más si cabe.

La investigación sigue «en curso».

Y todo ocurrió después del caso Ferguson, y de Cleveland y Chicago, y de Freddie Gray en Baltimore. Luego sucedió lo de Alton Sterling en Baton Rouge y lo de Philando Castile en Minnesota, y la lista podría continuar.

Aunque, claro, el Departamento de Policía de Nueva York no estaba exento de agentes que hubieran matado a negros desarmados: Sean Bell, Ousmane Zongo, George Tillman, Akai Gurley, David Felix, Eric Garner, Delrawn Small... Y a ese novato no se le ocurre otra cosa que disparar al joven Michael Bennett.

Así que notas el aliento de Black Lives Matter en la nuca, cualquier ciudadano es un periodista con una cámara en el bolsillo, y, cuando vas a trabajar, sabes que todo el mundo te considera un racista asesino.

De acuerdo, quizá no todo el mundo, reconoce Malone, pero las cosas han cambiado.

La gente te mira de otra manera.

O te pega un tiro.

Cinco policías abatidos por un francotirador en Dallas. Dos policías asesinados mientras comían en un restaurante de Las Vegas. Cuarenta y nueve agentes muertos en Estados Unidos en el último año, uno de ellos, Paul Tuozzolo, del Departamento de Policía de Nueva York. Y el año antes perdieron a Randy Holder y Brian Moore. Han sido muchos a lo largo de estos años. Malone conoce las estadísticas: trescientos veinticinco tiroteados, veintiuno apuñalados, treinta y dos asesinados a golpes, veintiuno atropellados deliberadamente y ocho muertos en explosiones, todo ello sin contabilizar a los que fallecieron a causa de la mierda que respiraron el 11-S.

De modo que, sí, Malone lleva un peso extra sobre los hombros, y sí, habría gente dispuesta a ahorcarte si te descubrieran armas ilegales, en especial esos hijos de puta de la CEPC, que odian a la policía. Según Phil Russo, las siglas equivalen a «Capullos, Energúmenos, Paletos y Cafres», pero en realidad se trata de la Comisión Evaluadora de Protestas Ciudadanas, el bastón que ha elegido el alcalde para azuzar a su cuerpo de policía cuando necesita desviar la atención de sus propios escándalos.

Así que la CEPC te colgaría, piensa Malone, Asuntos Internos también, e incluso tu jefe se alegraría de ponerte la soga al cuello.

Ahora Malone le echa valor y llama a Sheila, su exmujer. No quiere discutir, no quiere que le pregunte desde dónde llama. Pero eso es lo que escucha cuando coge el teléfono.

—¿Desde dónde llamas?

—Estoy en la ciudad —dice Malone.

Para los nacidos en Staten Island, Manhattan es y será siempre «la ciudad». Malone no le da más detalles y, por suerte, ella no insiste.

—Espero que no llames para decirme que no puedes venir mañana. Los niños estarán...

—Sí que iré.

—¿Llegarás a tiempo para los regalos?

—Iré temprano —le asegura Malone—. ¿A qué hora te va bien?

—Siete y media u ocho.

—De acuerdo.

—¿Trabajas esta noche? —pregunta ella con un ápice de desconfianza.

—Sí —responde Malone. Su equipo cubre el turno de noche, pero es un tecnicismo: trabajan cuando quieren, o sea, cuando los casos estipulan que deben trabajar. Los camellos mantienen un horario fijo para que sus clientes sepan cuándo y dónde encontrarlos, pero los traficantes van por libre—. Y no es lo que estás pensando.

—¿Y qué estoy pensando?

Sheila sabe que cualquier policía con un coeficiente intelectual superior a diez y un rango superior al de novato puede tener la Nochebuena libre si así lo desea, y una salida a medianoche normalmente es una excusa para emborracharse con los colegas, tirarse a una puta o ambas cosas.

—No le busques tres pies al gato. Estamos trabajando en un caso —dice Malone—, y puede que se resuelva esta noche.

—Claro.

Lo ha dicho en tono sarcástico. ¿De dónde coño se cree ella que sale el dinero para los regalos, la ortodoncia de los niños, sus reservas en el balneario y sus salidas nocturnas con las amigas? Los policías tienen que hacer horas extras para pagar las facturas, e incluso pedir algún adelanto. Las mujeres, incluso aquellas de las que te has separado, deberían entenderlo. Te pasas el día dejándote el alma en la calle.

—¿Celebrarás la Nochebuena con ella? —pregunta Sheila.

Casi te salvas, piensa Malone. Y Sheila ha pronunciado «ella» con desdén.

—Trabaja —responde, evitando la pregunta como lo haría un delincuente—. Y yo también.

—Tú siempre estás trabajando, Denny.

Qué gran verdad, piensa Malone, que lo interpreta como una despedida y cuelga. Lo pondrán en mi puta lápida: «Denny Malone, él siempre estaba trabajando». A la mierda. Uno trabaja, muere e intenta vivir un poco entre tanto.

Pero sobre todo trabaja.

Mucha gente ingresa en el cuerpo de policía para trabajar los veinte años preceptivos y luego cobrar la pensión. Malone está en el cuerpo porque le encanta su trabajo.

Sé sincero, se dice al salir del apartamento. Si tuvieras que empezar de nuevo, volverías a ser agente de policía en Nueva York.

El mejor trabajo del mundo.

Hace frío, así que Malone se pone un gorro de lana negro, cierra la puerta y baja por las escaleras a la calle Ciento treinta y seis. Claudette eligió aquel apartamento porque podía ir caminando al trabajo y porque está cerca del Hansborough Rec Center, que dispone de una piscina cubierta que le gusta.

—¿Cómo puedes ir a nadar a una piscina pública? —le preguntó Malone en una ocasión—. Con todos esos gérmenes flotando... Eres enfermera.

Ella se echó a reír.

—¿Tienes una piscina privada y yo sin saberlo?

Se dirige hacia el oeste por la Ciento treinta y seis, enfila la Séptima Avenida, también conocida como Adam Clayton Powell Jr. Boulevard, y pasa frente a la Christian Science Church, United Fried Chicken y Café 22, donde a Claudette

41

no le gusta comer porque teme engordar y donde a él no le gusta comer porque teme que le escupan en el plato. En la otra acera está Judi's, el pequeño bar donde él y Claudette toman tranquilamente una copa las raras ocasiones en que sus días libres coinciden. Luego cruza Adam Clayton Powell a la altura de la Ciento treinta y cinco y bordea la Academia Thurgood Marshall y un restaurante IHOP cuyo sótano ocupaba en su día Small's Paradise.

Claudette, que sabe de esas cosas, le contó que allí Billie Holiday participó en su primera audición y Malcolm X trabajó de camarero durante la Segunda Guerra Mundial. A Malone le interesaba más el hecho de que Wilt Chamberlain hubiera sido el propietario del local una temporada.

Las calles de una ciudad son recuerdos.

Encierran vidas y muertes.

En la época en que Malone todavía iba de uniforme y conducía un coche patrulla, un gilipollas violó a una niña haitiana en esta misma manzana. Era la cuarta víctima de los abusos de aquel animal y todos los miembros del Tres-Dos andaban detrás de él.

Los haitianos llegaron antes que la policía, encontraron al delincuente en la azotea y lo arrojaron al callejón.

Malone y su compañero recibieron el aviso y, al llegar al lugar de los hechos, encontraron a Rocky la Ardilla No Voladora en un charco de sangre. Tenía casi todos los huesos rotos, porque nueve pisos son una caída considerable.

—Es él —aseguró una vecina a Malone a la entrada del callejón—. Es el que violó a esas niñas.

Los paramédicos sabían de qué iba la cosa y uno de ellos preguntó:

—¿Ya está muerto?

Malone respondió que no, de modo que se pasaron diez minutos fumando un cigarrillo apoyados en la ambulancia.

Luego acudieron con una camilla y al volver pidieron que alguien llamara al forense.

Este dictaminó que la causa del fallecimiento había sido «traumatismo masivo con hemorragia catastrófica y mortal», y los agentes de Homicidios que se personaron en la escena aceptaron la versión de Malone, según el cual el tipo había saltado porque se sentía culpable por lo que había hecho.

Los investigadores determinaron que había sido un suicidio, Malone recibió muchos elogios de la comunidad haitiana y, lo que es más importante, ninguna niña se vio obligada a testificar en los juzgados con su violador mirándola desde el banquillo y un abogado de mierda intentando dejarla por mentirosa.

Al final todo salió bien, piensa, pero si lo hiciéramos hoy nos pillarían. Iríamos a la cárcel.

De camino al sur pasa por delante de Saint Nick's.

También conocido como el Nickel.

Las viviendas sociales de Saint Nicholas, una docena de edificios de catorce plantas flanqueados por los bulevares Adam Clayton Powell y Frederick Douglass desde la Ciento veintisiete hasta la Ciento treinta y uno, ocupan buena parte de la vida laboral de Malone.

Sí, Harlem ha cambiado, Harlem se ha aburguesado, pero las viviendas sociales siguen siendo las viviendas sociales. Se elevan como islas desiertas en un mar de nueva prosperidad y lo que les confiere su identidad es lo mismo de siempre: la pobreza, el desempleo, el tráfico de drogas y las bandas. Malone cree que la mayoría de la gente de Saint Nicholas es buena, gente que intenta vivir su vida, criar a sus hijos en duras condiciones, sobrellevar el día a día, pero también hay matones peligrosos y bandas.

Dos bandas dominan la acción en Saint Nicholas: los Get Money Boys y los Black Spades. Los GMB controlan las viviendas del norte y los Spades, las del sur, y mantienen una paz incómoda por la cual vela DeVon Carter, que dirige casi todo el tráfico de drogas en West Harlem.

La calle Ciento veintinueve es la frontera entre las bandas, y Malone bordea las pistas de baloncesto de la parte sur.

Hoy, los chavales de las bandas no están allí. Hace demasiado frío.

Deja atrás Frederick Douglass Boulevard y pasa junto a Harlem Bar-B-Q y la iglesia baptista Greater Zion Hill. A solo dos manzanas de allí se labró su reputación de «héroe» y «policía racista», ambas una falacia, a juicio de Malone.

Un día, hará cosa de seis años, cuando trabajaba como agente de paisano en el Tres-Tres, estaba almorzando en Manna's y de repente oyó gritos en el exterior. Al salir vio a la gente señalando una charcutería situada en la otra acera.

Malone avisó de un «10-61», sacó el arma y entró en el establecimiento.

El atracador había tomado a una niña como rehén y estaba apuntándole a la cabeza con una pistola.

Su madre gritaba.

—¡Suelta el arma o la mato! —advirtió el atracador a Malone—. ¡La mato!

Era negro, tenía el mono y estaba totalmente fuera de sí.

Sin dejar de apuntarle, Malone dijo:

—¿Y a mí qué coño me importa que la mates? Para mí es una negrata más.

En cuanto el ladrón parpadeó, Malone le metió una bala en la cabeza.

La madre echó a correr y estrechó a la niña contra su pecho.

Era la primera vez que mataba a alguien.

Fue un acto limpio que no le supuso ningún problema con la comisión de investigación, aunque quedó relegado a tareas administrativas hasta que finalizaron sus pesquisas y lo obligaron a visitar al psicólogo del departamento para que valorara si padecía estrés postraumático o algo similar, pero la conclusión fue que no.

El único inconveniente fue que el empleado del establecimiento lo había grabado todo con la cámara de su teléfono móvil y el *Daily News* publicó el titular: «Para mí es una negrata más», acompañado de una foto de Malone y la leyenda: «El héroe de la policía es racista».

Malone fue convocado a una reunión con su entonces capitán, Asuntos Internos y un miembro del gabinete de prensa de la comisaría central, que le preguntó:

—¿«Negrata»?

—Tenía que sonar creíble.

—¿Y no podía elegir otra palabra? —insistió el del gabinete de prensa.

—No encontré por allí a un redactor de discursos —repuso Malone.

—Nos gustaría proponerle para concederle una Medalla al Valor —explicó su capitán—, pero...

—Tampoco pensaba solicitarla.

Hay que reconocer que el tipo de Asuntos Internos tuvo a bien intervenir.

—¿Puedo destacar que el sargento Malone salvó una vida afroamericana?

—¿Y si llega a fallar? —respondió el hombre del gabinete de prensa.

—No lo hice —dijo Malone.

Pero lo cierto es que a él también se le había pasado por la cabeza. No se lo dijo al psicólogo, pero tenía pesadillas en las que fallaba y hería a la niña.

Sigue teniéndolas.

Joder, incluso tiene pesadillas en las que dispara al ladrón.

El vídeo fue publicado en YouTube y un grupo de rap local compuso una canción titulada *Just Another Nigger Baby To Me*, una niña negrata más, que recibió varios cientos de miles de visitas. Pero, en una nota positiva, la madre de la niña se presentó en la comisaría para entregar a Malone una olla de jalapeño especial y una tarjeta de agradecimiento escrita a mano.

Malone aún la conserva.

Ahora cruza Saint Nicholas y Convent y recorre la calle Ciento veintisiete hasta la intersección con la Ciento veintiséis, donde se desvía hacia el noroeste. Atraviesa Amsterdam y pasa por delante de Amsterdam Liquor Mart, donde lo conocen bien, la iglesia baptista de Antioquía, donde no lo conocen, Saint Mary's Center y la comisaría del Dos-Seis, y entra en el viejo edificio que ahora acoge a la Unidad Especial de Manhattan Norte.

O, como la conocen en la calle, La Unidad.

2

La Unidad Especial de Manhattan Norte en parte fue idea de Malone.

Hay mucha jerga burocrática en torno a su labor, pero Malone y el resto de los policías de La Unidad saben perfectamente en qué consiste.

En resistir.

Big Monty lo expresaba con otras palabras.

—Somos paisajistas. Nuestro trabajo es impedir que la jungla vuelva a crecer.

—¿De qué coño hablas? —preguntó Russo.

—La antigua jungla urbana que era el norte de Manhattan ha sido podada casi por completo para hacer hueco a un Jardín del Edén cultivado y comercial. Pero todavía quedan restos de la jungla: las viviendas sociales. Nuestra labor consiste en impedir que la jungla devore el Paraíso.

Malone conoce la ecuación —los precios de la vivienda suben cuando los delitos bajan—, pero eso le importa una mierda.

A él lo que le interesa es la violencia.

Cuando Malone ingresó en el cuerpo, el «Milagro Giuliani» había transformado la ciudad. Los comisarios Ray Kelly y Bill Bratton habían utilizado la teoría de «las ventanas rotas» y la tecnología CompStat para reducir los delitos callejeros hasta unos niveles casi insignificantes.

Después del 11-S, el departamento otorgó prioridad a la lucha antiterrorista, pero, aun así, la violencia callejera siguió disminuyendo, el índice de asesinatos cayó en picado y Harlem, Washington Heights e Inwood, los «guetos» del norte de Manhattan, empezaron a revivir.

La epidemia del crack casi había llegado a su trágica y darwiniana conclusión, pero los problemas derivados de la pobreza y el desempleo —la adicción a las drogas, el alcoholismo, la violencia doméstica y las bandas— no habían desaparecido.

Para Malone era como si existieran dos barrios, dos culturas agrupadas en torno a sus respectivos castillos: los flamantes edificios de apartamentos y los viejos bloques de vivienda social. La diferencia era que quienes ostentaban ahora el poder tenían intereses allí.

En su día, Harlem era Harlem, y los blancos ricos no lo pisaban a menos que estuvieran de visita o que buscaran un pasatiempo barato. El índice de asesinatos era elevado, los atracos, los robos con intimidación y la violencia relacionada con las drogas también, pero, mientras los negros violaran, robaran y asesinaran a otros negros, ¿a quién cojones le importaba?

Pues a Malone.

Y a otros policías.

Esa es la ironía amarga y brutal de su trabajo.

Ese es el origen de la relación de amor-odio que mantiene la policía con la comunidad y la comunidad con la policía.

La policía lo ve cada día, cada noche.

Los heridos, los muertos.

La gente olvida que la policía ve primero a las víctimas y luego a los autores del crimen. Desde el bebé que se le ha caído en la bañera a una prostituta adicta al crack hasta el niño al que ha dejado inconsciente a golpes el decimoctavo novio de su madre, la anciana que se rompe la cadera cuando la derriba un ladrón de bolsos o el quinceañero que aspira a ser traficante y acaba tiroteado en una esquina.

Los agentes lo sienten por las víctimas y odian a los criminales, pero no pueden sentir demasiado o serán incapaces de hacer su trabajo, y no pueden odiar demasiado o ellos también se convertirán en delincuentes. Así que se envuelven en una coraza, un campo de fuerza, un odio hacia todo el mundo que la gente detecta a tres metros de distancia.

Malone sabe que tienes que conservar esa coraza o el trabajo acabará contigo, física o psicológicamente, o ambas cosas.

Así que lo sientes por la anciana, pero odias al cabrón que lo hizo; entiendes al propietario de la tienda que ha sufrido el robo, pero desprecias al paleto que le robó; lo sientes por el niño negro que fue tiroteado, pero odias al negrata que le disparó.

Para Malone, el verdadero problema llega cuando también empiezas a odiar a la víctima. Y la odias porque te desgasta. Su dolor se convierte en el tuyo, la responsabilidad de su sufrimiento es un peso que recae sobre tus hombros: no los protegiste lo suficiente, no estabas en el lugar adecuado, no cazaste antes al delincuente.

Empiezas a culparte a ti mismo o a la víctima: ¿por qué son tan vulnerables? ¿Por qué son tan débiles? ¿Por qué viven en esas condiciones? ¿Por qué se unen a una banda? ¿Por qué trafican? ¿Por qué tienen que dispararse unos a otros sin ningún motivo?... ¿Por qué son unos putos animales?

Pero a Malone todavía le importa.

Querría que no fuese así.

Pero lo es.

Tenelli no está de buen humor.

—¿Por qué nos hace venir en Nochebuena ese tonto de los cojones? —pregunta a Malone cuando entra por la puerta.

—Creo que tú misma te has respondido —dice.

El capitán Sykes es un tonto de los cojones.

Y, hablando de cojones, la opinión generalizada es que Janice Tenelli tiene los más gordos de La Unidad. Una vez, a Malone se le encogió todo al verla patear repetidamente un saco de boxeo justo a la altura de los huevos.

O se le agrandó todo. Tenelli tiene una espesa melena oscura, unas tetas enormes y cara de actriz italiana. A todos los hombres de La Unidad les gustaría acostarse con ella, pero les ha dejado muy claro que no caga donde come.

A pesar de que Tenelli está casada y es madre de dos hijos, Russo insiste, incluso delante de ella, en que es lesbiana.

—¿Porque no follo contigo? —le espetó ella una vez.

—Porque mi fantasía más preciada es veros a ti y a Flynn juntas —dijo Russo.

—Flynn sí que es lesbiana.

—Ya lo sé.

—Vete a meneártela, anda —repuso Tenelli agitando el puño.

—No he envuelto ni un regalo —dice ahora—. ¿La familia de mi marido llega mañana y yo tengo que sentarme a escuchar los discursos de ese tío? Venga, métchelo en vereda, Denny.

Tenelli sabe lo que todos saben: que Malone estaba allí antes de que llegara Sykes y seguirá allí cuando se vaya. La gente bromea con que podría pasar las pruebas para teniente pero no acepta el recorte salarial.

—Tú escucha el discurso —dice Malone— y luego vete a casa y haz... ¿Qué harás?

—No lo sé. Jack se encarga de cocinar —contesta Tenelli—. Entrecot, me parece. ¿Haréis el reparto anual de pavos?

—De ahí lo de «anual».

—Claro.

De camino a la sala de reuniones, Malone ve a Kevin Callahan por el rabillo del ojo. El agente infiltrado —alto, delgado, con melena y barba pelirrojas— parece colocado hasta las cejas.

Los policías, encubiertos o no, en principio no deben consumir drogas, pero ¿cómo coño van a hacer una compra sin levantar sospechas? Así que a veces acaban enganchados. Al terminar la misión, muchos ingresan directamente en un centro de rehabilitación y su carrera se va al garete.

Riesgos laborales.

Malone se acerca, agarra a Callahan del codo y lo lleva hacia la puerta.

—Como te vea Sykes te hará un análisis de orina inmediatamente.

—Tengo que rendir informe.

—Te mandaré a una operación de vigilancia —afirma Malone—. Si alguien pregunta, te he enviado a Manhattanville.

La comisaría de la Unidad Especial de Manhattan Norte está oportunamente situada entre dos zonas de viviendas sociales: Manhattanville, justo al otro lado de la calle, y Grant, en la Ciento veinticinco, que queda por debajo.

Como estalle la revolución, piensa Malone, estamos jodidos.

—Gracias, Denny.

—¿Qué cojones haces ahí plantado? —le apremia Malone—. Lárgate a Manhattanville. Y, Callahan, si vuelves a cagarla, yo mismo te haré el control.

Malone entra de nuevo en la sala de reuniones, coge una silla metálica plegable y se sienta al lado de Russo.

Big Monty se vuelve y se los queda mirando. Sostiene una taza de té humeante en la mano y consigue beber un trago a pesar de llevar un puro apagado en la comisura de los labios.

—Quiero presentar una queja formal por las actividades de esta tarde.

—Tomo nota —dice Malone.

Monty se da la vuelta.

Russo sonríe.

—No está de buen humor.

En efecto, piensa Malone. Por suerte. Es bueno aguijonear de vez en cuando al imperturbable grandullón.

Eso lo mantiene despierto.

En ese momento entran Raf Torres y su equipo: Gallina, Ortiz y Tenelli. A Malone no le gusta que Tenelli trabaje con Torres, porque ella le cae bien y él le parece un gilipollas. El hijo de puta es corpulento, pero a Malone le recuerda a un sapo puertorriqueño marrón con marcas en la cara.

Torres lo saluda inclinando la cabeza. Por alguna razón, parece un gesto de reconocimiento, respeto y desafío al mismo tiempo.

Sykes entra y se sitúa detrás del atril como si fuera un profesor. Para ser capitán es joven, pero, claro, tiene padrinos en la central, altos mandos que velan por sus intereses.

Y es negro.

Malone sabe que Sykes es considerado una gran promesa y que la Unidad Especial de Manhattan Norte es una casilla importante que debe marcar en su camino hacia la cumbre.

A Malone le parece un precoz candidato republicano al Senado: muy pulcro, muy limpio y con el pelo corto. Es evidente que no va tatuado, a menos que en el culo lleve una flecha apuntando hacia arriba con el lema: «Por aquí a mi cerebro».

Eso no es justo, piensa Malone. Su historial es impecable; desempeñó labores de investigación en el departamento de Grandes Delitos de Queens y luego fue nombrado jefe de distrito. Limpió el Décimo y el Setenta y Seis, que son auténticos vertederos, y ahora lo han trasladado aquí.

¿Para marcar otra casilla en su hoja de servicios?

¿O para acabar con nosotros?

En cualquier caso, Sykes llegó con esa actitud tan típica de Queens.

Cuadriculada, cumpliendo la normativa a rajatabla.

Un infante de Marina de Queens.

En su primer día al mando, Sykes convocó a la Unidad Especial al completo —cincuenta y cuatro agentes, infiltrados, anticrimen y patrullas—, los hizo sentarse y pronunció un discurso.

—Estoy buscando a la élite —anunció Sykes—, a lo mejor de lo mejor. También estoy buscando a unos cuantos policías corruptos. Ya saben todos ustedes quiénes son. Pronto, yo también lo sabré. Y escúchenme bien: si los pillo aceptando un simple café o un bocadillo gratis, les retiro la placa y la pistola, y los dejo sin pensión. Y ahora salgan a hacer su trabajo.

No se granjeó la amistad de nadie, pero también dejó muy claro que no había venido a eso. Además, Sykes se había ganado la antipatía de los suyos manifestándose abiertamente en contra de «la brutalidad policial» y advirtiéndoles de que no toleraría intimidaciones, palizas, medidas discriminatorias o cacheos.

Malone lo observa y se pregunta: ¿cómo coño cree que mantenemos el control, por poco que sea?

El capitán sostiene en alto un ejemplar del *New York Times*.

—«Blanca Navidad —lee—. La heroína inunda la ciudad por vacaciones». El autor es Mark Rubenstein y no es un artículo suelto, sino una serie. El *New York Times*, caballeros.

Hace una pausa para que cale el mensaje.

Pero no lo consigue.

La mayoría de los agentes no leen el *Times*, sino el *Daily News* y el *Post*, sobre todo por la sección de deportes o las tías que aparecen en la página seis. Algunos leen el *Wall Street Journal* para estar al día de su cartera de valores. El *Times* es estrictamente para los burócratas de la central y los chapuceros del Ayuntamiento.

Pero el *Times* dice que hay «una epidemia de heroína», piensa Malone.

Que, por supuesto, es una epidemia porque está muriendo gente blanca.

Los blancos empezaron a abastecerse de opioides a través de sus médicos: oxicodona, Vicodin y toda esa mierda. Pero costaban mucho y los médicos eran reacios a recetarlos en exceso por miedo a adicciones. Así que los blancos acudieron al mercado libre y las pastillas se convirtieron en una droga de la calle. Todo fue muy bonito y civilizado hasta que el cártel mexicano de Sinaloa llegó a la conclusión de que podía vender más barato que las grandes empresas farmacéuticas estadounidenses aumentando la producción de heroína, lo cual reduciría su precio.

A modo de incentivo, también aumentaron su potencia.

Los adictos blancos estadounidenses descubrieron que la «canela» mexicana era más barata y fuerte que las pastillas y empezaron a inyectársela en vena y a morir de sobredosis.

Malone fue testigo presencial.

Él y su equipo detuvieron a tantos yonquis de los barrios periféricos, amas de casa de las afueras y madonas del Upper East Side que perdieron la cuenta. Cada vez con más frecuencia, los cuerpos que encontraban en los callejones eran de raza blanca.

Lo cual, según los medios de comunicación, es una tragedia.

Incluso los congresistas y senadores sacaron la nariz del trasero de sus mecenas el tiempo suficiente para reparar en la nueva epidemia y exigir que se hiciera algo al respecto.

—Os quiero ahí fuera practicando detenciones por tráfico de heroína —dice Sykes—. Nuestras cifras con el crack son satisfactorias, pero las de la heroína son insuficientes.

A los burócratas les encantan las cifras, piensa Malone. Esta nueva raza de mandos policiales son como los aficionados que aplican indicadores cibermétricos al béisbol; se creen que los números lo dicen todo. Y, cuando los números no dicen lo que ellos quieren, los masajean como coreanos en la Octava Avenida hasta que consiguen un final feliz.

¿Quieres dar buena imagen? Los delitos violentos han bajado.

¿Necesitas más financiación? Han subido.

¿Necesitas detenciones? Manda a tus hombres a practicar unos cuantos arrestos de pacotilla que nunca se saldarán con una condena. A ti te da igual; las condenas son problema del fiscal del distrito. Tú solo quieres el número de detenciones.

¿Quieres demostrar que las drogas han disminuido en tu sector? Manda a tus hombres a misiones de reconocimiento en las que no encuentren drogas.

Ese es un cincuenta por ciento del timo. Otra manera de manipular las cifras es ordenar a los agentes que notifiquen faltas en lugar de delitos. De ese modo, un robo manifiesto se convierte en un «pequeño hurto»; un asalto, en una «propiedad perdida», y una violación, en una «agresión sexual».

¡Pam! Los delitos han remitido.

Es pura estadística.

—Hay una epidemia de heroína —añade Sykes—, y nosotros estamos en la línea del frente.

Malone intuye que al inspector McGivern le han apretado los huevos en la reunión de CompStat y él le ha transmitido el dolor a Sykes.

Así que él se lo transmite a ellos.

Y ellos se lo transmitirán a unos cuantos camellos de poca monta, adictos que trapichean para poder comprar, efectuarán un puñado de detenciones para que los calabozos acaben rebosando vómito de yonqui con el mono y los banquillos del juzgado se abarroten de fracasados con templeques que luego volverán a la cárcel a pillar más caballo. Cuando salgan, seguirán siendo adictos y el ciclo empezará de nuevo.

Pero llegaremos a objetivos, piensa Malone.

Los jefecillos de la central ya pueden ir pregonando que no existen los cupos, pero todo el mundo sabe que sí. En la época de las «ventanas rotas» se denunciaba por cualquier cosa: por merodear, por verter basuras, por saltar la barrera del metro o por aparcar en doble fila. Decían que, si no se castigaban los delitos menores, la gente pensaría que cometer fechorías de mayor calado no tendría consecuencias.

Así que se dedicaban a redactar montones de denuncias absurdas que obligaron a muchos pobres a tomarse horas libres que no podían permitirse para ir a los juzgados a pagar multas que tampoco podían permitirse. Algunos ignoraban las citaciones y eran acusados de no comparecencia, así que las faltas se convertían en delitos y podían acabar en la cárcel por tirar un envoltorio de chicle en la acera.

Todo ello despertó muchas iras hacia la policía.

Luego llegaron los «250».

Los cacheos.

Que consistían en que, si veías a un joven negro por la calle, le dabas el alto y lo registrabas. Eso también provocó mucho resentimiento y gozó de muy mala publicidad, así que ya no lo hacemos.

Pero sí lo hacemos.

Ahora, el cupo que no es un cupo es la heroína.

—La cooperación y la coordinación —prosigue Sykes— son lo que nos convierte en una Unidad Especial y no en una serie de entidades independientes que comparten oficina. Así que trabajemos juntos, caballeros, y cumplamos con nuestro deber.

¡Vamos, equipo, ra, ra, ra!, piensa Malone.

Al parecer, Sykes no ha reparado en que acaba de dar instrucciones contradictorias a sus hombres. Si les pide que hablen con sus contactos y practiquen detenciones por tráfico de heroína, no ha entendido que uno se gana a sus contactos ofreciéndoles drogas sin detenerlos después.

Ellos te pasan información y tú haces la vista gorda.

Funciona así.

¿Qué se cree? ¿Que un traficante va a hablar contigo por bondad, una bondad de la cual carece, por cierto? ¿Porque es un buen ciudadano? Un traficante habla contigo a cambio de dinero o droga, para evitar una denuncia o para joder a un traficante rival. O tal vez, y solo tal vez, porque alguien se está tirando a su chica.

Y punto.

Los hombres de La Unidad, como los conocen en la calle, no parecen policías. De hecho, piensa Malone al mirar a su alrededor, más bien parecen delincuentes.

Los infiltrados tienen pinta de yonquis o de camellos: sudaderas con capucha, pantalones anchos o vaqueros mugrientos y zapatillas de deporte. El favorito de Malone, un negro llamado Babyface, se oculta bajo una gruesa capucha y succiona un gran chupete mientras observa a Sykes, sabiendo que el jefe no protestará porque Babyface se gana el sueldo.

Los agentes de paisano son piratas de ciudad. Siguen llevando una placa de estaño —no de oro— debajo de la chaqueta de cuero negra, abrigo de marinero y chaleco de plumón. Llevan los vaqueros limpios pero sin planchar y prefieren los botines a las zapatillas deportivas.

Excepto Bob Hayes, alias Cowboy, que lleva botas con puntera fina, «las mejores para metérselas a un negro por el culo». Hayes nunca ha estado más al oeste de Jersey City, pero adopta un acento de paleto y saca de quicio a Malone poniendo «música» country-western en el vestuario.

Los de uniforme tampoco parecen agentes al uso. No es por la ropa, sino por su cara. Son tipos duros, con una sonrisa de suficiencia tan clavada en el rostro como su insignia en el pecho. Esos chicos siempre están listos para entrar en acción, listos para bailar por simple diversión.

Incluso las mujeres tienen actitud. No hay muchas en La Unidad, pero las que hay no se andan con rodeos. Tienes a Tenelli y a Emma Flynn, una fiestera y bebedora empedernida (irlandesa, imaginaos) con la voracidad sexual de una emperatriz romana. Y son tías duras con un odio saludable en el corazón.

Pero los agentes con placa de oro como Malone, Russo, Montague, Torres, Gallina, Ortiz y Tenelli están en otro nivel, son «lo mejor de lo mejor», veteranos condecorados y con docenas de detenciones importantes en su haber.

Los agentes de La Unidad no son policías uniformados, de paisano o infiltrados.

Son reyes.

Su reino no está hecho de campos y castillos, sino de manzanas enteras y bloques de vivienda social. Buenos barrios en el Upper West Side y viviendas sociales en Harlem. Dominan Broadway y el West End, Amsterdam, Lenox, Saint Nicholas y Adam Clayton Powell. Central Park y Riverside, donde las niñeras jamaicanas llevan a los hijos de los yupis en carritos y los nuevos empresarios salen a correr, y parques infantiles llenos de basura en los que los pandilleros follan y venden droga.

Ya podemos gobernar con mano dura, piensa Malone, porque nuestros súbditos son blancos y negros, puertorriqueños, dominicanos, haitianos, jamaicanos, italianos, irlandeses, judíos, chinos, vietnamitas y coreanos que se odian y que, en ausencia de un rey, se matarán unos a otros aún más que ahora.

Gobernamos a las bandas: Crips and Bloods y Trinitarios y Latin Lords. Dominicans Don't Play, Broad Day Shooters, Gun Clappin' Goonies, Goons on Deck, From Da Zoo, Money Stackin' High, Mac Baller Brims. Folk Nation, Insane Gangster Crips, Addicted to Cash, Hot Boys, Get Money Boys.

Luego están los italianos —la familia genovesa, los Luchese, los Gambino, los Cimino—, que se desmadrarían del todo si no fuera porque saben que ahí fuera hay reyes que les cortarían la cabeza.

También gobernamos La Unidad. Sykes cree estar al mando, o al menos finge creerlo, pero los que realmente llevan la batuta son los reyes. Los infiltrados son nuestros espías; los de uniforme, nuestra infantería, y los de paisano, nuestros caballeros.

Y no nos convertimos en reyes porque nuestros papis lo fueran. Conseguimos la corona por la fuerza, como los viejos guerreros que se abrían paso hasta el trono con espadas cinceladas, armaduras abolladas y heridas y cicatrices. Empezamos en la calle con pistolas, porras, puños, valor, cerebro y cojones. Trepamos gracias a un conocimiento de las calles que adquirimos con gran esfuerzo, al respeto que nos ganamos, a nuestras victorias e incluso a nuestras derrotas. Nos ganamos la fama de gobernantes inflexibles, fuertes, despiadados y justos que administran una justicia estricta con misericordia temperada.

Eso hace un rey.

Impartir justicia.

Malone sabe que es importante dar ejemplo. Los súbditos esperan de sus reyes que sean elegantes, que lleven algo de dinero encima y que tengan un poco de estilo. Pongamos por caso a Montague. Big Monty viste como un profesor de universidad de la Ivy League: americanas de *tweed*, chalecos, corbatas de punto y sombrero con una pequeña pluma roja en la cinta. Su atuendo va contra los estereotipos y asusta, porque los maleantes no saben qué pensar de él y, cuando los mete en la sala, creen que va a interrogarlos un genio.

Y probablemente lo sea.

Malone lo ha visto entrar en Morningside Park, donde los ancianos negros juegan al ajedrez, simultanear cinco partidas y ganarlas todas.

Y luego devolver el dinero que acaba de embolsarse.

Lo cual también es una genialidad.

Russo es un hombre de la vieja escuela. Lleva un abrigo largo de piel marrón rojiza, una reliquia de los años ochenta que le sienta bien. Pero es que a Russo todo le sienta bien. Tiene estilo. El abrigo retro, trajes italianos a medida, camisas con monograma y zapatos de Bruno Magli.

Va a la peluquería cada viernes y se afeita dos veces al día.

«Elegancia mafiosa» es el irónico comentario de Russo sobre los gánsteres con los que se crio. Nunca quiso ser como ellos. Él tomó el otro camino; al ser policía, bromea siempre, se ha convertido en «la oveja blanca de la familia».

Malone siempre va de negro.

Es su seña de identidad.

Todos los agentes de La Unidad son reyes, pero Malone —sin querer faltar al respeto a nuestro Señor y Salvador— es el Rey de Reyes.

El norte de Manhattan es su reino.

Como cualquier monarca, sus súbditos lo aman y lo temen, lo veneran y lo desprecian, lo alaban y lo injurian. Tiene sus fieles y sus rivales, sus aduladores y sus detractores, sus bufones y sus consejeros, pero no tiene amigos de verdad.

Excepto sus compañeros.

Russo y Monty.

Sus reyes hermanos.

Daría la vida por ellos.

—Malone, ¿tiene un momento?

Es Sykes.

—Como seguramente ya sabrá —dice Sykes cuando entran en su despacho—, todo lo que acabo de explicar ahí dentro es una memez.

—Sí, señor —responde Malone—. Lo que no tenía claro es si usted también lo sabía.

La sonrisa de Sykes se vuelve más tensa de lo normal, cosa que Malone no creía posible.

El capitán tiene a Malone por una persona arrogante.

Y Malone no va a discutírselo.

Si te dedicas a patrullar las calles, piensa, es mejor que seas arrogante. Si alguien intuye que no te consideras la hostia, acabará contigo. Te coserá a tiros y te follará por los orificios de entrada. Que salga Sykes a la calle, que practique él las detenciones, que tire él las puertas abajo.

A Sykes eso no le gusta, pero hay muchas cosas que no le gustan del sargento Dennis Malone: su sentido del humor, los tatuajes en los brazos y su conocimiento enciclopédico del hip-hop. Lo que más detesta es su actitud, que básicamente se reduce a que el norte de Manhattan es su reino y su capitán, un mero turista.

Que le den por culo, piensa Malone.

Sykes no puede hacer nada al respecto, porque, el pasado mes de julio, Malone y su equipo se incautaron del mayor alijo de heroína en toda la historia de Nueva York. Cogieron a Diego Pena, el narcotraficante dominicano, con cincuenta kilos, suficiente para abastecer a todos los hombres, mujeres y niños de la ciudad.

También requisaron casi dos millones en efectivo.

A los burócratas de la central no les gustó nada que Malone y su equipo se encargaran ellos solos de la investigación. Los de Narcóticos y la DEA estaban muy cabreados. Que les den por saco a todos, piensa Malone.

A los medios de comunicación les encantó.

El *Daily News* y el *Post* publicaron titulares llamativos a todo color y todos los canales abrieron sus informativos con la noticia. Incluso el *Times* incluyó un artículo en la sección local.

Así que los burócratas tuvieron que sonreír y aguantarse.

Posaron junto a la montaña de heroína.

Los medios también se pusieron como locos en septiembre, cuando la Unidad Especial llevó a cabo una gran redada en las viviendas sociales de Grant y Manhattanville y detuvo a más de cien miembros de las bandas 3Staccs, Money Avenue Crew y Make It Happen Boys. Estos últimos eran jóvenes en riesgo de exclusión social que se cargaron a una conocida baloncestista de dieciocho años en represalia por el asesinato de uno de los suyos. La chica se arrodilló en el hueco de una escalera y suplicó que le dieran la oportunidad de ir a la universidad para la que le habían concedido una beca completa, pero se la negaron.

La dejaron en el rellano y la sangre caía por los escalones como una pequeña cascada carmesí.

Los periódicos publicaron muchas fotos de Malone, su equipo y el resto de la Unidad Especial sacando a los asesinos de las viviendas sociales y llevándolos a una vida sin libertad bajo fianza en Attica, conocida en la calle como la Cúpula del Terror.

Así que mi equipo, piensa Malone, es el responsable de tres cuartas partes de las detenciones de calidad en «tu zona», detenciones de peso que conllevan condenas serias. Eso no aparece en tus cifras, pero sabes perfectamente que hemos participado en todas y cada una de las detenciones practicadas por homicidios relacionados con la droga que se han saldado con penas de cárcel, por no hablar de atracos, asaltos, robos, violencia doméstica y violaciones cometidos por yonquis y traficantes.

He sacado a más chusma de la calle que el cáncer y es mi equipo el que impide que la tapa de esta cloaca salte por los aires, y lo sabes.

Así que, aunque me consideres una amenaza, aunque sepas que en realidad soy yo y no tú quien dirige la Unidad Especial, no solicitarás mi traslado, porque me necesitas para salvaguardar tu buena imagen.

Y eso también lo sabes.

Puede que no te guste tu mejor jugador, pero no vas a traspasarlo.

Hace subir el marcador.

Sykes no puede hacerle nada.

Ahora el capitán dice:

—Ha sido un paripé para tener contentos a los de arriba. La heroína copa titulares, tenemos que responder.

Malone sabe que el consumo de heroína en la comunidad negra ha descendido y no a la inversa. El menudeo entre las bandas negras ha descendido y no a la inversa. De hecho, los jóvenes pandilleros están diversificando el negocio y ahora trapichean con teléfonos móviles y se dedican a delitos cibernéticos como el robo de identidades y los fraudes con tarjetas de crédito.

Cualquier poli de Brooklyn, el Bronx y el norte de Manhattan sabe que la violencia no es por la heroína, sino por la hierba. Los jóvenes camellos se pelean por vender la relajante marihuana y por dónde venderla.

—Si es posible desmantelar los laboratorios de heroína —dice Sykes—, hagámoslo cueste lo que cueste. Pero lo que realmente me preocupa son las armas. Lo que me interesa de verdad es impedir que esos jóvenes idiotas se maten o maten a otros en mis calles.

Las armas y la droga son el quid de la criminalidad en Estados Unidos. Aunque la policía está obsesionada con la heroína, lo está aún más con sacar las armas de la calle. Y no es de extrañar: es la policía la que tiene que lidiar con los asesinatos, con los heridos; es la policía la que tiene que hablar con las familias, trabajar con ellas e intentar que se haga justicia.

Y, por supuesto, son las armas que hay en la calle las que matan a policías.

Los gilipollas de la Asociación Nacional del Rifle te dirán que «no matan las armas, sino las personas». Sí, piensa Malone, las personas que van armadas.

Se producen apuñalamientos y palizas mortales, claro está, pero, sin armas, las tasas de homicidios serían nimias. Y la mayoría de las putas del Congreso que asisten a las reuniones de la ANR con un buen perfume y un conjuntito recargado no han visto en su vida un homicidio con arma de fuego, o tan siquiera a una persona que haya recibido un disparo.

Los policías, sí. Los policías lo han visto.

Y no es agradable. No parece ni suena (ni huele) como en las películas. A esos imbéciles que creen que la solución es abastecer de armas a todo el mundo para que, por ejemplo, puedan liarse a tiros en un cine a oscuras, nunca les han apuntado con una, y, si ocurriera, se cagarían en los pantalones.

Ellos esgrimen la Segunda Enmienda y los derechos individuales, pero es una cuestión de dinero. Los fabricantes de armas, que suponen el grueso de la financiación de la ANR, quieren vender armas y ganar pasta.

Fin de la puta historia.

Nueva York tiene la ley de posesión de armas de fuego más estricta del país, pero eso no cambia nada, porque todas las armas llegan de fuera a través del Iron Pipeline. Es en los estados con leyes permisivas sobre armas, como Texas, Arizona, Alabama y Carolina del Norte y del Sur, que se encuentran a lo largo del corredor de la carretera interestatal I-95 —el corredor del hierro—, donde los traficantes realizan compras ilegales de armas y las llevan a las ciudades del noreste y Nueva Inglaterra.

A esos memos les encanta hablar del crimen en las grandes ciudades, piensa Malone, pero, o no saben que las armas vienen de sus estados, o no les importa.

Hasta la fecha han sido asesinados al menos cuatro policías de Nueva York con armas llegadas a través del Iron Pipeline.

Por no mencionar a pandilleros y transeúntes.

La oficina del alcalde, el departamento, todo el mundo anda desesperado por sacar las armas de la calle. La policía incluso las recompra sin hacer preguntas: tú traes las armas, nosotros te dedicamos una sonrisa y te entregamos tarjetas con un saldo de doscientos dólares para pistolas y rifles de asalto y otros veinticinco para rifles, escopetas y carabinas de aire comprimido.

En la última recompra, celebrada en la iglesia que hay en la Ciento veintinueve con Adam Clayton Powell, se obtuvieron un total de cuarenta y ocho revólveres, diecisiete pistolas semiautomáticas, tres rifles, una escopeta y una AR-15.

A Malone le parece bien. Las armas fuera de la calle son armas fuera de la calle, y las armas fuera de la calle ayudan a un policía a conseguir su objetivo primordial: regresar a casa tras acabar su turno. Se lo enseñó un veterano amargado al ingresar en el cuerpo: «Tu trabajo más importante es volver a casa cuando termine la jornada».

—¿Cómo vamos con el caso DeVon Carter? —pregunta Sykes.

DeVon Carter es el señor de la droga del norte de Manhattan. También es conocido como el Único Superviviente, el último representante de un linaje de traficantes de Harlem que se remonta a Bumpy Johnson, Frank Lucas y Nicky Barnes.

Casi todo el dinero lo gana con los laboratorios de heroína, que en realidad son centros de distribución que realizan envíos a Nueva Inglaterra, a las pequeñas ciudades situadas al norte del Hudson o a Filadelfia, Baltimore y Washington.

Es como un Amazon del caballo.

Es inteligente, es un buen estratega y se ha aislado de las actividades del día a día. Se mantiene alejado de la droga y de las ventas, y todos sus mensajes se filtran a través de varios subordinados que hablan con él personalmente, nunca por teléfono, mensaje o correo electrónico.

La Unidad no ha podido infiltrar a nadie en la banda de Carter, porque el Único Superviviente solo permite que accedan a su círculo íntimo viejos amigos y parientes directos. Y, si los detienen, prefieren cumplir condena a delatarlo, porque cumplir condena significa seguir vivo.

Es frustrante. La Unidad podría encerrar a tantos traficantes de poca monta como quisiera. Los infiltrados detienen a muchos simulando que van a hacer una compra, pero es una puerta giratoria: unos cuantos pandilleros acaban en Rikers y ya hay otros formando cola para ocupar su lugar.

Pero, hasta el momento, Carter ha sido intocable.

—Tenemos investigadores en la calle —dice Malone—. Lo hemos localizado alguna vez, pero ¿de qué sirve? Si no podemos pincharle el teléfono, estamos jodidos.

Carter es propietario o copropietario de una docena de discotecas, tiendas de alimentación, edificios de apartamentos, barcos y sabe Dios qué más, y siempre se reúne en un sitio distinto. Si pudieran instalar un micrófono en uno de esos lugares, tal vez recabarían información suficiente para tomar medidas contra él.

Es el típico círculo vicioso. Sin pruebas fehacientes, no puedes conseguir una orden de registro, y, sin una orden de registro, no puedes conseguir pruebas fehacientes.

Malone ni se molesta en mencionarlo.

Sykes ya lo sabe.

—La información confidencial de la que disponemos indica que Carter está negociando una gran compra de armas de fuego —dice Sykes—. Es mercancía seria: rifles de asalto, pistolas automáticas e incluso lanzacohetes.

—¿Cómo lo han sabido?

—Lo crea o no —responde el inspector—, no es usted el único que trabaja en este edificio. Si Carter anda buscando esa clase de armamento, significa que va a declarar la guerra a los dominicanos.

—Estoy de acuerdo.

—Bien —dice Sykes—. No quiero que libren esa guerra en mi territorio. No quiero ver semejante derramamiento de sangre. Quiero que frustren ese envío.

Sí, piensa Malone, quiere que lo impidamos, pero a su manera: nada de enfrentamientos, nada de micrófonos ilegales, nada de ruido y nada de actuar por iniciativa propia. Ya ha oído antes ese discursito.

—Me crie en Brooklyn —continúa Sykes—, en las viviendas sociales de Marcy.

Malone conoce la historia; ha aparecido en los periódicos y ocupa un lugar destacado en la página web de la policía: «De los barrios marginales a la comisaría. Un agente negro deja atrás el mundo de las bandas para llegar a lo más alto del Departamento de Policía de Nueva York». Es la historia de cómo

Sykes dio un vuelco a su vida, obtuvo una beca para ir a Brown y volvió a casa para «cambiar las cosas».

Malone no va a soltar una lagrimita.

Pero las cosas no deben de ser fáciles para un policía negro con un cargo de responsabilidad. Todo el mundo te mira distinto. Para la gente del distrito no eres lo bastante negro y para los agentes de la comisaría no eres lo bastante azul. Malone se pregunta qué se considera Sykes, si es que tan siquiera lo sabe. Así que tiene que ser difícil, sobre todo en este clima de conflictos raciales.

—Sé lo que piensa de mí —dice Sykes—. Que soy un burócrata ambicioso que no sirve para nada y solo aspira a seguir trepando.

—Más o menos. Estamos siendo sinceros, señor.

—Los de arriba quieren que el norte de Manhattan sea un lugar seguro para los blancos con dinero —afirma Sykes—. Yo quiero que sea un lugar seguro para los negros. ¿Le parezco suficientemente sincero?

—Sí, con eso bastará.

—Sé que cree estar protegido por la redada contra Pena y sus otras hazañas, por McGivern y el club de irlandeses e italianos de la central —añade Sykes—, pero permítame que le advierta una cosa, Malone: tiene enemigos que están esperando a que resbale con la piel de plátano para poder pasarle por encima.

—Y usted no es uno de ellos.

—Ahora mismo le necesito —responde el capitán—. Necesito que usted y su equipo impidan que DeVon Carter convierta mis calles en un matadero. Si hace eso por mí, en efecto, seguiré trepando y le dejaré a usted su pequeño reino. Si no lo hace, para mí será un grano blanco en el culo y pediré que lo trasladen tan lejos del norte de Manhattan que su uniforme incluirá un puto sombrero.

Inténtalo, hijo de puta, piensa Malone.

Inténtalo. A ver qué pasa.

Pero lo jodido es que ambos desean lo mismo. No quieren que esas armas lleguen a la calle.

Y esas calles son mías, piensa Malone, no tuyas.

—Puedo impedir ese envío —dice—. Lo que no sé es si puedo impedirlo acatando las normas.

Así pues, ¿hasta qué punto quiere que eso ocurra, capitán Sykes?

Malone mira fijamente a Sykes mientras este medita el pacto con el diablo.

—Quiero informes, sargento —responde—. Y espero que el contenido de esos informes no infrinja las reglas. Quiero saber dónde está y qué está haciendo allí. ¿Le ha quedado claro?

Totalmente, piensa Malone.

Aquí somos todos corruptos

Cada uno a su manera.

Es una oferta de paz: si esto se salda con una gran redada, esta vez te llevaré conmigo. Serás el protagonista de la película. Tu foto aparecerá en el *Post*, será un empujón para tu carrera. Cosecharás fama. Y a nadie le importarán una mierda las cifras del norte de Manhattan hasta que llegues a la cima.

—Feliz Navidad, capitán —dice.

—Feliz Navidad, Malone.

4

Malone empezó a repartir pavos hará cosa de unos cinco años. Cuando se creó la Unidad Especial, le pareció que necesitaban un poco de publicidad positiva en el barrio.

Aquí todo el mundo conoce a los agentes de La Unidad, así que no está de más regalar un poco de amor y buena voluntad al prójimo. Nunca se sabe si un niño que en lugar de pasar hambre por Navidad ha comido pavo puede darte un chivatazo en el futuro.

Para Malone es un orgullo pagar los pavos con dinero de su bolsillo. Lou Savino y los mafiosos de Pleasant Avenue no tendrían reparos en donar pavos que se hubieran caído de la parte trasera de un camión, pero Malone sabe que la comunidad se enteraría al momento. Así que acepta un descuento de un mayorista de comida cuyos camiones aparcados en doble fila están exentos de sanciones, pero costea el resto del cargamento él mismo.

Otra redada decente lo compensa con creces.

Malone no se engaña. Sabe que los mismos que aceptan los pavos hoy le lanzarán correo aéreo —botellas, latas, pañales sucios— pasado mañana desde lo alto de algún edificio. En una ocasión, alguien arrojó un aparato de aire acondicionado desde un decimonoveno piso y no le cayó en la cabeza por un par de centímetros.

Malone sabe que el reparto de pavos es solo una tregua.

Ahora baja al vestuario, donde Big Monty está enfundándose el traje de Santa Claus.

Malone se echa a reír.

—Estás guapo.

Ridículo, más bien. Un negro corpulento, normalmente reservado y digno, con gorro y barba de Santa Claus.

—¿Un Santa Claus negro?

—Diversidad —dice Malone—. Lo leí en la web del departamento.

—De todos modos, tú no eres Santa Claus —dice Russo a Montague—. Tú eres Crack Claus, que aquí sería negro. Y la barriga ya la tienes.

—Yo no tengo la culpa de que cada vez que me tiro a tu mujer me haga un sándwich —replica Montague.

—Ya te hace más que a mí —dice Russo entre carcajadas.

Antes era Billy O quien se vestía de Santa Claus, aunque estaba más flaco que un palo. Le encantaba meterse un cojín debajo del disfraz, hacer bromas a los niños y repartir los pavos. Ahora la tarea recae en Monty, a pesar de que es negro.

Monty se coloca la barba y mira a Malone.

—Imagino que ya sabrás que luego venden los pavos. Ya puestos, podríamos saltarnos al intermediario y regalarles crack.

Malone es consciente de que no todos los pavos llegarán a la mesa, que muchos irán directos a una pipa, a un brazo o a una nariz. Esos pavos acabarán en manos de los traficantes, que los venderán a las *bodegas* de los hispanos, que a su vez los expondrán en las estanterías de las tiendas de comidas y obtendrán beneficio. Pero la mayoría llegarán a su destino, y la vida es una cuestión de números. Algunos niños podrán disfrutar de una cena navideña gracias a sus pavos y otros no.

Lo cual está bien.

Pero a DeVon Carter no se lo parece y se burló del reparto de pavos navideños de Malone.

Fue hace más o menos un mes.

Malone, Russo y Monty estaban en Sylvia's comiendo alitas de pavo guisadas cuando Monty levantó la cabeza y dijo:

—Adivinad quién ha llegado.

Malone miró en dirección a la barra y vio a DeVon Carter.

—¿Queréis que pidamos la cuenta y nos vamos? —preguntó Russo.

—No hay razón para ser antipáticos —dijo Malone—. Creo que iré a saludar.

Cuando Malone se levantó, dos de los hombres de Carter se interpusieron en su camino, pero el jefe les indicó que lo dejaran pasar. Malone se sentó en un taburete al lado de Carter y dijo:

—DeVon Carter, Denny Malone.

—Ya sé quién eres —dijo Carter—. ¿Algún problema?

—Si no lo tienes tú, no —respondió Malone—. Simplemente he pensado que, ya que habíamos coincidido, podíamos conocernos.

Carter iba elegante, como siempre. Jersey Brioni de cachemir gris y cuello alto, pantalones Ralph Lauren gris oscuro y unas grandes gafas Gucci.

En el local se hizo el silencio. Allí estaban el mayor traficante de Harlem y el policía que estaba intentando arrestarlo.

—La verdad es que estábamos riéndonos de ti —dijo Carter.

—¿Ah, sí? ¿Y qué os hace tanta gracia?

—Vuestro reparto de pavos —repuso Carter—. Vosotros le dais a la gente alitas y yo le doy dinero y droga. ¿Quién crees que ganará?

—La verdadera pregunta —dijo Malone— es si ganarás tú o ganarán los dominicanos.

La redada en el laboratorio de Pena contrarió un poco a los dominicanos, pero fue un mero revés. Algunas bandas de Carter empezaban a considerarlos una opción. Tienen miedo de verse superados numérica y armamentísticamente, y perder el negocio de la marihuana.

Así que Carter vende todo tipo de drogas; no hay alternativa. Además del caballo que sale de la ciudad o que al menos va destinado mayoritariamente a la clientela blanca, trafica con coca y marihuana, porque para gestionar su lucrativo negocio de heroína necesita soldados. Necesita seguridad, mulas y relaciones públicas. Necesita a las bandas.

Las bandas tienen que ganar dinero, tienen que comer.

A Carter no le queda otra opción que permitir que sean sus propias bandas las que vendan hierba. O lo hace él o lo harán los dominicanos y se quedarán con su negocio. Comprarán directamente a las bandas de Carter o las borrarán del mapa, porque, sin el dinero de la hierba, las bandas no podrían conseguir armas y estarían desamparadas.

Su pirámide se desmoronaría desde la base.

A Malone no le preocuparía tanto el tráfico de hierba si no fuera porque el setenta por ciento de los asesinatos que se cometen en el norte de Manhattan están relacionados con asuntos de drogas.

Así que hay bandas latinas que se enfrentan entre ellas, hay bandas negras que se enfrentan entre ellas y, cada vez más, hay bandas negras que se enfrentan a bandas latinas a medida que se recrudece la batalla entre los grandes señores de la heroína.

—Me quitasteis de en medio a Pena —dijo Carter.

—Y no mandaste ni una triste cesta de magdalenas.

—Por lo que he oído, te compensaron bien.

Malone notó una punzada en la columna, pero ni siquiera pestañeó.

—Cada vez que hay una redada de envergadura, la «comunidad» dice que la poli se ha embolsado algo.

—Eso es porque siempre ocurre.

—Hay algo que no entiendes —dijo Malone—. Antes, los jóvenes negros recogían algodón. Ahora, el algodón sois vosotros. Sois la materia prima que alimenta la maquinaria, miles de personas cada día.

—El complejo industrial de las cárceles —repuso Carter—. Tu sueldo lo pago yo.

—Y no creas que no te estoy agradecido —dijo Malone—. Pero, si no fueras tú, sería otro. ¿Por qué crees que te llaman el Único Superviviente? Porque eres negro, estás solo y eres el último de tu especie. Antes, los políticos blancos os lamían el culo para conseguir vuestro voto. Ahora ya no pasa tanto porque no os necesitan. Van a por los latinos, los asiáticos y los indios. Joder, si hasta los musulmanes tienen más tirón que vosotros. Estáis acabados.

Carter sonrió.

—Si me hubieran dado un dólar cada vez que he oído eso...

—¿Has pasado por Pleasant Avenue últimamente? —preguntó Malone—. Ahora es de los chinos. ¿Y por Inwood y Heights? Cada día hay más latinos. En M-Ville y Grant, vuestra gente ha empezado a comprarles a los dominicanos. Pronto perderéis incluso el Nickel. Los dominicanos, los mexicanos y los puertorriqueños hablan el mismo idioma, comen la misma comida y escuchan la misma música. Puede que os vendan mercancía, pero ¿asociarse con vosotros? Ni de broma. Los mexicanos ofrecen a los hispanos un precio de mercado que no te ofrecen a ti, y tú no puedes competir, porque un yonqui solo le es fiel a su brazo.

—¿Apuestas por los dominicanos? —preguntó Carter.

—Apuesto por mí mismo —dijo Malone—. ¿Y sabes por qué? Porque la maquinaria sigue en marcha.

Aquel día llegó a la comisaría de Manhattan Norte una cesta de magdalenas con un recibo por valor de 49,95 dólares, cinco centavos menos de lo que puede aceptar un policía en concepto de regalo.

Al capitán Sykes no le hizo ninguna gracia.

Ahora Malone recorre Lenox sentado en la parte trasera de una furgoneta con las puertas abiertas mientras Monty grita: «¡Jo, jo, jo!». Malone lanza los pavos y da su bendición:

—¡Que La Unidad sea con vosotros!

Es el lema no oficial del equipo.

Eso tampoco le hace gracia a Sykes, que lo considera «frívolo». Lo que no entiende el capitán es que ser policía allí tiene algo de espectáculo. No son infiltrados precisamente. Trabajan con ellos, pero los infiltrados no practican detenciones.

Somos nosotros los que nos encargamos de los arrestos, piensa Malone, y algunos salen en los periódicos junto a nuestras caras sonrientes. Sykes no comprende que aquí debemos tener presencia. Imagen. Y la imagen ha de ser que La Unidad está contigo, no contra ti.

A menos que vendas droga, cometas agresiones, violes a mujeres o acribilles a alguien desde un coche. Entonces La Unidad irá a por ti y te encontrará.

Sea como sea.

Y, en cualquier caso, aquí la gente nos conoce.

Y la gente grita: «Que le den por culo a La Unidad», «Dadme el puto pavo, gilipollas» o «¿Por qué no repartís cerdo, capullos?». Pero Malone se lo toma bien. Lo hacen solo por tocar las pelotas, y la mayoría no dice nada o les da las gracias disimuladamente. Porque aquí la mayoría de la gente es buena; es gente que intenta ganarse la vida y criar a sus hijos, como casi todo el mundo.

Como Montague.

El grandullón lleva un peso excesivo sobre los hombros, piensa Malone. Vive en los apartamentos Savoy con su mujer y sus tres hijos, el mayor de los cuales está en esa edad en que o te lo ganas o lo pierdes en las calles, y a Montague le preocupa cada vez más el pasar demasiado tiempo lejos de sus chicos. Como esta noche. Le gustaría celebrar la Nochebuena en casa con su familia, pero está ganando dinero para pagarles la universidad, cuidando de su negocio paternal.

Lo mejor que puede hacer un hombre por sus hijos es cuidar de su puto negocio.

Y los hijos de Montague son buenos chicos, piensa Malone. Inteligentes, educados y respetuosos.

Malone es su «tío Denny».

Y su tutor legal. Él y Sheila serían los tutores de los hijos de Monty y Russo si ocurriera algo. Si los Montague y los Russo salen a cenar juntos, como hacen en ocasiones, Malone les aconseja que no viajen en el mismo coche, no sea que herede seis críos más.

Phil y Donna Russo son los tutores de los hijos de Malone. Si Denny y Sheila mueren en un accidente de avión, un escenario cada vez más improbable, John y Caitlin se irían a vivir con los Russo.

No es que Malone no confíe en Montague. Puede que sea el mejor padre que haya conocido nunca y los chicos le quieren, pero Phil es su hermano. Él también es de Staten Island. No es solo un compañero; es su mejor amigo. Se criaron y fueron a la academia de policía juntos. El impoluto italiano le ha salvado tantas veces la vida que ha perdido la cuenta, y Malone le ha devuelto el favor.

Estaría dispuesto a llevarse un balazo por Russo.

Y por Monty también.

Ahora, un niño de unos ocho años está incordiando a Monty.

—Santa Claus no fuma esos puros de mierda.

—Pues este sí. Y cuida ese vocabulario.

—¿Por?

—¿Quieres pavo o no? —pregunta Monty—. No me toques los cojones.

—Santa Claus no dice «cojones».

—Deja en paz a Santa Claus y coge el pavo.

El reverendo Cornelius Hampton se acerca a la furgoneta y la multitud le abre paso como si fuera el mar Rojo sobre el que siempre predica en sus sermones de liberación.

Malone escruta ese rostro famoso, el tieso cabello gris, la expresión plácida. Hampton es un activista de la comunidad, un líder de los derechos civiles, un invitado habitual de los debates televisivos de la CNN y la MSNBC.

Al reverendo Hampton le chiflan las cámaras, piensa Malone. Sale más por la tele que la jueza Judy.

Monty le ofrece un pavo.

—Para la iglesia, reverendo.

—Ese no —dice Malone, que busca en la parte trasera, elige otro ejemplar y se lo da a Hampton—. Este está más gordo.

Es por el relleno.

Lleva metidos en el culo veinte de los grandes, cortesía de Lou Savino, el capo de la familia Cimino en Harlem, y los chicos de Pleasant Avenue.

—Gracias, sargento Malone —dice Hampton—. Esto servirá para alimentar a los pobres y los sintecho.

Sí, piensa Malone. Al menos una parte.

—Feliz Navidad —añade Hampton.

—Feliz Navidad.

Malone ve a Nasty Ass.

Con sus tembleques, junto a un reducido grupo de vecinos. Su cuello largo y delgado asoma por una chaqueta North Face que él mismo le regaló para no congelarse en la calle.

Nasty Ass es uno de los confidentes de Malone, un «informante criminal», su soplón especial, aunque nunca lo ha oficializado. Es un yonqui y traficante de poca monta, pero su información normalmente es buena. A Nasty Ass le pusieron ese apodo porque siempre huele que apesta. Si tienes que hablar con él, mejor que sea al aire libre.

Ahora se acerca tiritando a la parte trasera de la furgoneta, bien porque tiene frío, bien porque tiene el mono. Malone le entrega un pavo, aunque no sabe dónde lo cocinará, porque suele pasar la noche en algún fumadero.

—218 Uno-Ocho-Cuatro. Sobre las once —dice Nasty Ass.

—¿Y para qué va allí? —pregunta Malone.

—Para meterla en caliente.

—¿Estás seguro?

—Totalmente. Me lo dijo él mismo.

—Si da resultado, hoy será día de paga —dice Malone—. Y busca un puto lavabo, por el amor de Dios.

—Feliz Navidad —dice Nasty Ass.

El confidente se aleja con el pavo. Tal vez pueda venderlo, piensa Malone, y pillar para un chute.

Un hombre grita desde la acera:

—¡No quiero un pavo de la poli! Michael Bennett no puede comer pavo, ¿verdad?

Cierto, piensa Malone.

Es la pura verdad.

Entonces ve a Marcus Sayer.

El niño, que tiene la cara hinchada y llena de moratones y el labio inferior partido, está pidiendo un pavo.

La madre de Marcus, una holgazana gorda e idiota, entreabre la puerta y ve la placa dorada.

—Déjame entrar, Lavelle —dice Malone—. Te traigo un pavo.

Lo cual es cierto. Lleva un pavo debajo del brazo y a Marcus, que tiene ocho años, cogido de la mano.

La mujer quita la cadena y abre.

—¿Se ha metido en algún lío? ¿Qué has hecho ya, Marcus?

Malone hace pasar a Marcus y va a dejar el pavo en la encimera de la cocina, o lo que queda libre entre tanta botella vacía, tanto cenicero y tanta mugre.

—¿Dónde está Dante? —pregunta.

—Durmiendo.

Malone levanta la chaqueta y la camisa de cuadros de Marcus y le enseña los verdugones de la espalda.

—¿Esto se lo ha hecho él?

—¿Qué te ha contado Marcus?

—Marcus no me ha contado nada —dice Malone.

Dante sale del dormitorio. El nuevo hombre de Lavelle debe de medir dos metros y es todo músculo y maldad. Va borracho, tiene los ojos amarillentos e inyectados en sangre y le saca una cabeza a Malone.

—¿Qué quieres?

—¿Qué te dije que haría si volvías a pegar al niño?

—Romperme la muñeca.

Malone saca la porra y golpea a Dante en la muñeca derecha, que se parte como si fuera una piruleta. Dante se pone a gritar e intenta pegarle con la mano izquierda, pero Malone se agacha y le atiza con la porra en la espinilla. El hombre cae como un árbol recién talado.

—Pues ahí lo tienes —dice Malone.

—Esto es brutalidad policial.

Malone le pisa el cuello y utiliza el otro pie para propinarle tres fuertes patadas en el trasero.

—¿Tú ves a Al Sharpton o a algún equipo de televisión por aquí? ¿A Lavelle con un teléfono móvil en la mano? Si no hay cámaras grabando, no hay brutalidad policial que valga.

—El niño me faltó al respeto —gime Dante—. Tuve que castigarlo.

Marcus los mira boquiabierto; nunca ha visto al fornido Dante recibir una paliza y en cierto modo le gusta. Lavelle sabe que le espera otra agresión cuando el policía se vaya.

Malone aprieta con más fuerza.

—Si vuelvo a verle un solo morado o un verdugón, seré yo quien te castigue. Te meteré la porra por el culo y te la sacaré por la boca. Luego Big Monty y yo te hundiremos los pies en cemento y te tiraremos al río. Y ahora lárgate. Ya no vives aquí.

—¡Tú no eres quién para decirme dónde vivo!

—Acabo de hacerlo —Malone le aparta el pie del cuello—. ¿Qué haces aún en el suelo, imbécil?

Malone le aparta el pie del cuello.

—¿Qué haces aún en el suelo, imbécil?

Dante se levanta, agarrándose la muñeca fracturada y retorciéndose de dolor.

Malone coge su abrigo y se lo lanza.

—¿Y mis zapatos? —pregunta—. Están en la habitación.

—Te vas descalzo —responde Malone—. Vete caminando por la nieve a urgencias y cuéntales lo que les pasa a los adultos que pegan a niños pequeños.

Dante sale tambaleándose.

Malone sabe que esa noche todo el mundo hablará de ello. Se correrá la voz: puedes pegar a un niño en Brooklyn o en Queens, pero en el norte de Manhattan no, en el Reino de Malone no.

Luego se vuelve hacia Lavelle.

—¿Y a ti qué te pasa?

—¿Es que yo no necesito amor?

—Pues ama a tu hijo —responde Malone—. Si vuelvo a ver algo parecido, irás a la cárcel y él quedará bajo la custodia del estado. ¿Eso es lo que quieres?

—No.

—Pues deja de beber. —Se saca del bolsillo un billete de veinte dólares—. Esto no es para chucherías. Todavía estás a tiempo de comprar algo y ponerlo debajo del árbol.

—No tengo árbol.

—Es un decir.

Madre mía.

Malone se agacha delante de Marcus.

—Si alguien te hace daño o te amenaza, acude a mí, a Monty, a Russo o a cualquier miembro de La Unidad. ¿Entendido?

Marcus asiente.

Sí, es posible, piensa Malone. Es posible que el chaval no odie a todo poli viviente cuando sea mayor.

Malone no es tonto. Sabe que no puede impedir cada maltrato infantil que se produce en el norte de Manhattan, ni siquiera la mayoría de ellos. Ni tampoco puede impedir la mayoría de los delitos que se cometen. Y le fastidia. Es su territorio, su responsabilidad. Todo lo que ocurre en el norte de Manhattan es cosa suya. Sabe que eso tampoco es realista, pero lo siente así.

Todo lo que ocurre en el reino es cosa del rey.

Malone encuentra a Lou Savino en D'Amore's, en la calle Ciento dieciséis, situada en lo que antes era conocido como el Harlem español.

Y antes de eso fue el Harlem italiano.

Ahora va camino de convertirse en el Harlem asiático.

Malone se dirige a la barra.

Savino es un capo de la familia Cimino y tiene gente en el viejo territorio de Pleasant Avenue. Se dedican a los chanchullos inmobiliarios, los sindicatos, la usura y el juego, los negocios habituales de la mafia, aunque Malone sabe que Lou también trafica.

Pero no en el norte de Manhattan.

Malone le ha advertido que, si algún día aparece mercancía suya por el barrio, se acabó el cuento: eso repercutirá en el resto de sus negocios. Ese ha sido siempre el acuerdo entre la policía y la mafia. Si los mafiosos querían lucrarse con la prostitución y el juego —partidas de cartas, casinos ilegales, tejemanejes de números antes de que el estado se adueñara de ellos, los bautizara «lotería» y los convirtiera en una virtud ciudadana—, cada mes debían entregar dinero a la pasma.

Lo llamaban «el sobre».

Normalmente, en cada distrito había un policía que ejercía de correo: recogía el pago y lo repartía entre sus compañeros. Los patrulleros se lo entregaban a los sargentos, los sargentos a los tenientes, los tenientes a los capitanes, los capitanes a los inspectores y los inspectores a los jefes.

Todo el mundo sacaba tajada.

Y casi todos lo consideraban «dinero limpio».

En aquellos tiempos, los policías (joder, piensa Malone, y los policías en estos tiempos) distinguían entre «dinero limpio» y «dinero sucio». El dinero limpio provenía eminentemente del juego; el sucio, de la droga y los crímenes violentos o las raras ocasiones en que un mafioso intentaba pagar un soborno para encubrir un asesinato, un robo a mano armada, una violación o una agresión. Aunque casi todos los policías aceptaban dinero limpio, normalmente rechazaban billetes manchados de droga o de sangre.

Hasta los mafiosos entendían la diferencia y tenían asumido que un policía que recibiera dinero de las apuestas un martes podía detener al mismo gánster el jueves por vender caballo o cometer un asesinato.

Todo el mundo conocía las reglas.

Lou Savino es uno de esos mafiosos que creen estar en una boda y no se dan cuenta de que en realidad es un velatorio.

Le reza a un altar de falsos dioses muertos.

Intenta mantener viva una presunta imagen de antaño que en realidad solo existía en las películas. El muy capullo anhela ser algo que nunca fue y cuya imagen fantasmagórica está fundiéndose a negro.

A los de la generación de Savino les gustaba lo que veían en el cine e intentaban imitarlo. Por esa razón, Lou no quiere ser Lefty Ruggiero, sino Al Pacino interpretando a Lefty Ruggiero. No quiere ser Tommy DeSimone, sino Joe Pesci interpretando a Tommy DeSimone. No quiere ser Jake Amari, sino James Gandolfini.

Eran buenas películas, piensa Malone, pero, Lou, eran solo eso, películas. Sin embargo, la gente señala un lugar situado a un par de manzanas de allí en el que Sonny Corleone sacudió a Carlo Rizzi con una papelera como si hubiera ocurrido de verdad y no el lugar en el que Francis Ford Coppola grabó a James Caan mientras fingía que sacudía a Gianni Russo.

Bueno, concluye Malone, toda institución sobrevive gracias a su mitología, y el Departamento de Policía de Nueva York no es una excepción.

Savino lleva una camisa de seda negra y una americana Armani de color gris perla y está tomando un Seven and Seven: Seagram's Seven Crown con Seven Up. Malone no entiende cómo puede mezclar la gente un buen whisky con refresco, pero allá cada cual.

—¡Hombre, el poli *di tutti* los polis! —Savino se levanta y le da un abrazo. El sobre se desliza sin esfuerzo de una americana a la otra—. Feliz Navidad, Denny.

La Navidad es una época importante para la comunidad mafiosa: es cuando todo el mundo recibe la paga extra anual, que a menudo se cuenta por decenas de miles de dólares. Y el volumen del sobre es un barómetro de tu posición en la banda: cuanto más pesa, mayor es tu estatus.

El sobre de Malone no tiene nada que ver con eso.

Es por sus servicios como correo.

Dinero fácil. Él se reúne con una persona en algún lugar —un bar, un restaurante, la zona de juegos de Riverside Park— y esta le pasa un sobre. Ya saben para qué es, todo está hablado. Malone ejerce solo de correo, ya que esos ciudadanos respetables no quieren arriesgarse a ser vistos con un mafioso declarado.

Son autoridades municipales, de esas que conceden contratos de obra.

Esa es la parte central de los beneficios de los Cimino.

La *borgata* Cimino cobra por todo: por el soborno del contratista para la concesión de la obra, después por el cemento, las varillas corrugadas, el material eléctrico y las tuberías. En caso contrario, esos sindicatos detectan un problema y cancelan el proyecto.

Todo el mundo daba por muerta a la mafia después de la Ley RICO, Giuliani, el caso Commission y el caso Windows.

Y lo estaba.

Pero entonces cayeron las Torres.

De la noche a la mañana, los federales destinaron tres cuartas partes de su personal a operaciones antiterroristas y la mafia volvió. Joder, si hasta amasaron una fortuna con los sobrecostes de la retirada de escombros de la Zona Cero. Louie se jactaba de haber ganado sesenta y tres millones de dólares.

El 11-S salvó a la mafia.

Ahora no se sabe a ciencia cierta cuál de ellos lleva las riendas de la familia Cimino, pero las apuestas se decantan por Stevie Bruno. Cumplió diez años acusado de pertenencia a organización criminal, lleva tres en la calle y está trepando con rapidez. Vive aislado en Nueva Jersey y rara vez va a la ciudad, ni siquiera a comer.

Así que han vuelto, aunque nunca volverán a ser lo que fueron.

Savino indica al camarero que sirva una copa a Malone. El camarero ya sabe que toma Jameson's solo.

Ambos se acomodan y da comienzo el ritual: qué tal la familia, bien, qué tal la tuya, todo bien, qué tal los negocios, de algo hay que vivir. Las estupideces de siempre.

—¿Tratáis con el reverendo? —pregunta Savino.

—Ha recibido su pavo —dice Malone—. La otra noche, varios de tus hombres pusieron a tono al propietario de un bar en Lenox, un tal Osborne.

—¿Qué pasa? ¿Tienes el monopolio de las palizas a negratas?

Sí, lo tengo —replica Malone.

—Se retrasó con el pago —explica Savino—. Dos semanas seguidas.

—No me pongas en evidencia haciéndolo en plena calle —le espeta Malone—. Ya están bastante tensas las cosas en la comunidad.

—¿Porque uno de los tuyos se haya cargado a un chaval tengo que ir repartiendo pases vip o algo así? —pregunta Savino—. Ese gilipollas apuesta por los Knicks. Por los Knicks, Denny. Y luego no me paga. ¿Qué se supone que debo hacer?

—No lo hagas en mi territorio.

—Joder, feliz Navidad. Me alegro de que hayas venido esta noche —dice Savino—. ¿Alguna otra queja?

—No, eso es todo.

—Gracias, san Antonio.

—¿Has recibido un buen sobre?

Savino se encoge de hombros.

—¿Quieres saber una cosa? ¿Entre tú y yo? Últimamente, los jefes son unos agarrados de mierda. El tío tiene una casa en Jersey con vistas al río, pista de tenis... No viene casi nunca a la ciudad. Pasó diez años en la trena, vale, lo entiendo... Pero se cree que puede trincar a manos llenas, que a nadie le importa. Y ¿sabes qué? Que a mí sí.

—Lou, joder, aquí las paredes oyen.

—Que les den por culo —suelta Savino, que pide otra copa—. Tengo algo que podría interesarte. ¿Sabes de qué me he enterado? Es posible que parte del caballo de Pena que te convirtió en estrella del rock no llegara al almacén de pruebas.

¿Es que todo el mundo está hablando de eso?

—Mentira.

—Sí, probablemente —dice Savino—, porque ya habría aparecido en la calle y no lo ha hecho. Alguien se ha marcado un *French Connection* y supongo que lo tiene escondido.

—No supongas tanto.

—Hostia, estás muy quisquilloso esta noche —responde Savino—. Yo solo digo que alguien se ha guardado unos kilos y está intentando colocarlos...

Malone deja el vaso en la barra.

—Tengo que irme.

—Hay lugares a los que ir, gente a la que ver —dice Savino—. *Buon Natale*, Malone.

—Sí, igualmente.

Malone sale a la calle. ¿Qué ha oído Savino sobre la redada? ¿Trataba de indagar o sabía algo? Eso no es bueno; habrá que hacer algo al respecto.

En fin, piensa Malone, los *ditzunes* no pegarán a más negros holgazanes en Lenox.

Ya es algo.

A por el siguiente.

Debbie Phillips estaba embarazada de tres meses cuando murió Billy O.

Como no estaban casados (todavía; Monty y Russo no dejaban de insistir en que hiciera lo correcto y Billy iba en esa dirección), la policía no movió un dedo por ella. No tuvo ningún reconocimiento en el funeral de Billy. El puto departamento católico no entregó a la madre soltera una bandera doblada, no le dedicó unas palabras amables, y, por supuesto, Debbie no recibió pensión ni seguro médico. Estaba dispuesta a solicitar una prueba de paternidad y denunciar a la policía, pero Malone la disuadió.

Uno no deja al departamento en manos de abogados.

—Las cosas no se hacen así —le dijo—. Nosotros cuidaremos de ti y del bebé.

—¿Cómo? —preguntó Debbie.

—Yo me ocupo de eso —dijo Malone—. Si necesitas algo, llámame. Si es cosa de mujeres, llama a Sheila, a Donna Russo o a Yolanda Montague.

Debbie nunca lo hizo.

Era una persona independiente. No estaba muy unida a Billy y menos aún a su numerosa familia. Fue un rollo de una noche que acabó siendo permanente a pesar de que Malone advertía continuamente a Billy de que debía ponerse el chubasquero.

—Usé la marcha atrás —le dijo Billy cuando Debbie llamó para darle la noticia.

—¿Eres un adolescente o qué? —preguntó Malone.

Monty le dio un coscorrón.

—Idiota.

—¿Te casarás con ella? —preguntó Russo.

—No quiere.

—Lo que queráis tú y ella da igual —dijo Monty—. Lo único que importa aquí es lo que necesita el niño, que son unos padres.

Pero Debbie es una de esas mujeres modernas que creen que no necesitan a un hombre para criar a su retoño. Le dijo a Billy que debían esperar y ver cómo «evolucionaba su relación».

Pero no les dio tiempo.

Ahora abre la puerta a Malone. Está de ocho meses y se nota. No recibe ayuda de su familia, que reside en el oeste de Pensilvania, y no tiene a nadie en Nueva York. Yolanda Montague es la que vive más cerca, así que le lleva comida y la acompaña al médico cuando Debbie se lo permite, pero no se encarga del dinero.

Las esposas nunca se encargan del dinero.

—Feliz Navidad, Debbie —dice Malone.

—Sí, claro.

Le deja entrar.

Debbie es bonita y menuda, así que la barriga se ve enorme. Tiene el pelo rubio y lo lleva enmarañado y sucio. Hay mucho desorden. Se sienta en el viejo sofá y tiene sintonizado el informativo de la noche.

Hace calor y está todo abarrotado, pero en esos apartamentos viejos siempre hace demasiado calor o demasiado frío. Nadie sabe cómo funcionan los radiadores. Ahora uno de ellos emite un silbido, como diciendo a Malone que se vaya a la mierda si no le gusta.

Deja un sobre encima de la mesita.

Cinco de los grandes.

La decisión fue pan comido. Billy sigue llevándose su parte y, cuando vendan el caballo de Pena, también se la llevará. Malone es el ejecutor. Se lo entregará a Debbie si considera que lo necesita y puede administrarlo. El resto irá destinado a la universidad del hijo de Billy.

A su hijo no le faltará de nada.

Su madre puede quedarse en casa cuidando de él.

Debbie se lo rebatió.

—Puedes pagar una guardería. Necesito trabajar.

—Eso no es cierto.

—No es solo por el dinero —dijo ella—. Me volvería loca todo el día aquí sola con un niño.

—Cuando haya nacido no pensarás igual.

—Eso dicen.

Ahora mira el sobre y luego a él.

—Prestaciones sociales blancas.

—No es caridad —afirma Malone—. Este es el dinero de Billy.

—Pues dádmelo en lugar de repartirlo como si fuerais los servicios sociales.

—Cuidamos de los nuestros —responde Malone, que escudriña el pequeño apartamento—. ¿Estás preparada para ese bebé? ¿Tienes, no sé, un moisés, pañales, cambiador...?

—Deberías oírte.

—Yolanda puede llevarte a comprar —continúa Malone—. O, si quieres, podemos traértelo aquí.

—Si Yolanda me lleva a comprar, pareceré una ricachona del West Side con niñera. Podría pedirle que hable con acento jamaicano. ¿O ahora son todas haitianas?

Está amargada.

Malone lo entiende.

Tiene una aventura con un poli, se queda preñada, el poli muere y aquí está, sola y con su vida patas arriba. Unos agentes y sus mujeres diciéndole qué debe hacer y dándole una paga como si fuera una cría. Pero es que es una cría, piensa Malone, y, si le diera la parte de Billy de una tacada, se la puliría y, entonces, ¿qué sería del niño?

—¿Tienes planes para mañana? —le pregunta.

—Ver *¡Qué bello es vivir!* —dice—. Los Montague me preguntaron, y los Russo también, pero no quiero molestar.

—Eran sinceros.

—Ya lo sé. —Apoya los pies en la mesa—. Le echo de menos, Malone. ¿Es raro?

—No —responde él—, no es raro.

Yo también le echo de menos.

Yo también le quería.

El Dublin House, calle Setenta y nueve con Broadway.

Si uno entra en un bar irlandés en Nochebuena, piensa Malone, encontrará borrachos irlandeses, polis irlandeses o una combinación de ambos.

Ve a Bill McGivern bebiéndose una copa de un trago junto a la atestada barra.

—Inspector.

—Malone —dice McGivern—. Esperaba verte esta noche. ¿Qué tomas?

—Lo mismo que tú.

—Otro Jameson's —indica McGivern al camarero.

El inspector tiene las mejillas sonrosadas, lo cual hace que resalte su cabellera blanca. McGivern es uno de esos irlandeses rubicundos, de cara redonda, afable y sonriente. Es un pez gordo de la Emerald Society y de los Catholic Guardians. Si no fuera policía, habría sido muñidor y de los buenos.

—¿Quieres sentarte a una mesa? —le pregunta Malone cuando llega la bebida. Encuentran una en la parte trasera y se sientan.

—Feliz Navidad, Malone.

—Feliz Navidad, inspector.

Hacen un brindis.

McGivern es el valedor de Malone, su mentor, protector y mecenas. Todos los policías de carrera tienen uno: es el hombre que te allana el terreno, que te consigue casos fáciles, que cuida de ti.

Y McGivern es un valedor poderoso. Un inspector del Departamento de Policía de Nueva York posee un rango dos veces superior al de capitán y está justo por debajo de los jefes. Un inspector bien situado, y McGivern lo está, puede acabar con la carrera de un capitán, y Sykes lo sabe.

Malone conoce a McGivern desde que era niño. En su día, el inspector y su padre trabajaron juntos en el Distrito Seis. Fue McGivern quien habló con él años después de la muerte de su padre, quien le explicó unas cuantas cosas.

—John Malone era un gran policía —dijo McGivern.

—Bebía —contestó Malone.

Sí, tenía dieciséis años y lo sabía todo.

—Cierto —dijo McGivern—. Cuando estábamos en el Distrito Seis, tu padre y yo encontramos en el espacio de dos semanas a ocho niños asesinados, todos ellos menores de cuatro años.

Uno de los niños presentaba pequeñas quemaduras en el cuerpo, y McGivern y su padre no sabían qué eran, pero finalmente se dieron cuenta de que coincidían con el extremo de una pipa de crack.

El niño había sido torturado y se mordió la lengua a causa del dolor.

—Así que, en efecto —sentenció McGivern—, tu padre bebía.

Ahora Malone saca un grueso sobre de la chaqueta y lo desliza por encima de la mesa. McGivern lo coge y dice:

—Feliz Navidad, vaya que sí.

—Ha sido un buen año.

McGivern se guarda el sobre en el abrigo de lana.

—¿Cómo te va la vida?

Malone bebe un sorbo de whisky y dice:

—Sykes está tocándome los huevos.

—Es nuevo —dice McGivern.

—No tanto.

—No puedo pedir que lo trasladen —responde McGivern—. Es la niña bonita de la central.

El cuartel general del Departamento de Policía de Nueva York ya tiene bastantes problemas ahora mismo, piensa Malone.

El FBI está investigando a varios altos mandos por aceptar regalos a cambio de favores.

Chorradas como viajes, entradas para la Super Bowl y banquetes gourmet en restaurantes de moda por retirar multas, cancelar citaciones e incluso proteger a algún gilipollas que traía diamantes del extranjero. Uno de esos capullos con dinero consiguió que un comandante de la Armada le dejara llevar a sus amigos a Long Island en una lancha y que un tipo de una unidad aérea trasladara a sus invitados a una fiesta en los Hamptons en un helicóptero de la policía.

Y luego está el asunto de las licencias de armas.

Es difícil conseguir una en Nueva York, sobre todo para llevar un arma oculta. Normalmente requiere exhaustivas comprobaciones de antecedentes y entrevistas personales. A menos que seas rico y puedas soltarle veinte de los grandes a un intermediario y que ese intermediario soborne a policías de alto rango para que aceleren el proceso.

Los federales tienen a uno de esos intermediarios agarrado por los cojones y está dando nombres.

Falta la presentación de cargos.

De momento, cinco jefes han sido relevados de su puesto.

Y uno se ha suicidado.

Fue a una calle situada junto a un campo de golf cerca de su casa y se pegó un tiro.

No dejó nota.

La tristeza y la onda expansiva han sacudido a la cúpula del Departamento de Policía de Nueva York, McGivern incluido.

No saben quién será el próximo en ser arrestado o en llevarse la pistola a la boca.

Los medios de comunicación se han agarrado al caso como un perro ciego a la pata de un sofá, sobre todo porque el alcalde y el comisario están en guerra.

Bueno, quizá no sea para tanto, piensa Malone. Más bien son dos tíos peleándose por la última plaza del bote salvavidas en un barco que naufraga. Ambos se enfrentan a grandes escándalos, y su única posibilidad es lanzar al otro a los tiburones de la prensa y cruzar los dedos para que la comida les dure lo suficiente para huir remando.

Para Malone, cualquier desgracia que le ocurra a Hizzoner es poca, y la mayoría de sus hermanos y hermanas policías son de la misma opinión, porque el hijo de puta los pone a los pies de los caballos siempre que puede. No los respaldó con lo de Garner, con lo de Gurley o con lo de Bennett. Sabe de dónde provienen sus votos, así que mima a las minorías y solo le ha faltado jugar la carta de Black Lives Matter.

Pero ahora está con la soga al cuello.

Resulta que su administración ha hecho unos cuantos favores a mecenas de renombre. Es acojonante, piensa Malone.

Hay algo nuevo en este mundo, aunque se rumorea que el alcalde y su gente fueron más lejos y amenazaron con perjudicar activamente a mecenas potenciales que no realizaran aportaciones, y los investigadores del estado de Nueva York que llevaban el caso tenían una palabra fea para describir eso: extorsión.

Un término legal para «chantaje», que es una vieja tradición neoyorquina.

La mafia lo hizo durante generaciones, y probablemente sigue haciéndolo en los pocos barrios que todavía controla, obligando a los propietarios de tiendas y bares a realizar un pago semanal a cambio de su protección contra los robos y el vandalismo que sobrevendrían si no cumplen.

La policía también lo hacía. En su día, los dueños de los negocios del barrio sabían que los viernes debían tener preparado un sobre para el agente que trabajara en la zona o, a falta de un sobre, bocadillos, café o copas gratis. De las prostitutas obtenía mamadas sin coste alguno. A cambio, el policía cuidaba del barrio: comprobaba las cerraduras por la noche o echaba de allí a los pandilleros.

El sistema funcionaba.

Y ahora Hizzoner está llevando a cabo un chantaje para conseguir fondos para su campaña y ha preparado una defensa rayana en lo cómico: ha propuesto publicar una lista de grandes mecenas a los que no hizo favores. Se rumorea que formularán cargos contra él y, de los 38.000 agentes del cuerpo, 37.999 se han ofrecido voluntarios para presentarse allí con las esposas.

Si por él fuera, Hizzoner destituiría al comisario, pero eso sería interpretado justamente como lo que es, así que necesita una excusa, y, si el alcalde puede echar mierda al Departamento de Policía, lo hará con ambas manos.

Y el comisario ganaría de calle el enfrentamiento con el alcalde si no fuera por el escándalo de la central. Así que necesita mejores noticias, necesita titulares.

Decomisos de heroína y unos índices de criminalidad más bajos.

—La misión de la Unidad Especial de Manhattan Norte no ha cambiado —observa McGivern—. Lo que diga Sykes me trae sin cuidado. Tú dirige el cotarro como mejor te convenga. Por supuesto, ni media palabra de que he dicho tal cosa.

Cuando Malone propuso a McGivern la creación de una unidad especial que persiguiera las armas y la violencia, no encontró tantas reticencias como esperaba.

Los departamentos de Homicidios y Narcóticos son unidades independientes. Narcóticos es una división dirigida directamente desde la central y no suelen mezclarse. Pero, dado que casi tres cuartas partes de los homicidios son por asuntos de drogas, Malone argumentó que no tenía sentido. Lo mismo ocurría con la Unidad de Bandas, ya que el grueso de la violencia relacionada con las drogas también lo estaba con dichas organizaciones.

Cread una sola unidad para atacarlos a todos simultáneamente, dijo.

Narcóticos, Homicidios y Bandas se pusieron a chillar como cerdos enjaulados. Y es cierto que las unidades de élite tienen mala fama en el Departamento de Policía de Nueva York.

Más que nada por su tendencia a la corrupción y la violencia desmedida.

La vieja división de agentes de paisano de los años sesenta y setenta fue la causante de la Comisión Knapp, que a punto estuvo de destruir el departamento. En opinión de Malone, Frank Serpico era un ingenuo y un gilipollas. Todo el mundo sabía que los de paisano se embolsaban dinero. Pero se incorporó a la división de todos modos. Sabía dónde se metía.

El tío estaba endiosado.

A nadie le sorprendió que ni un solo agente del Departamento de Policía de Nueva York donara sangre cuando le dispararon. También estuvo a punto de destruir la ciudad. Tras la creación de la Comisión Knapp, la prioridad de la policía durante veinte años fue combatir la corrupción en lugar del delito.

Luego llegó la UEI —la Unidad Especial de Investigación—, que tenía carta blanca para actuar por toda la ciudad. Organizaron buenas redadas y ganaron mucho dinero estafando a los traficantes. Los descubrieron, claro está, y las cosas se calmaron una temporada.

La siguiente unidad de élite fue la UEC —la Unidad Especial de Crímenes—, cuya tarea primordial era apartar de la circulación las armas que la Comisión Knapp había permitido que llegaran a la calle. Eran ciento treinta y ocho polis, todos ellos blancos, tan buenos en lo suyo que el Departamento de Policía cuadruplicó sus efectivos, pero se precipitó.

El resultado fue que la noche del 4 de febrero de 1999, cuatro agentes de la UEC estaban patrullando el sur del Bronx, pero el más veterano llevaba solo dos años en la unidad y el resto, tres meses. No los acompañaba ningún supervisor, no se conocían de nada y tampoco conocían el barrio.

Así que, cuando les pareció que Amadou Diallo iba a sacar un arma, uno de los agentes abrió fuego y los otros siguieron su ejemplo.

«Tiroteo contagioso», lo llaman los expertos.

Los tristemente célebres cuarenta y un disparos.

La UEC fue disuelta.

Los cuatro agentes fueron imputados y absueltos posteriormente, algo que la comunidad recordó cuando Michael Bennett fue acribillado.

Pero es complicado. Lo cierto es que la UEC era eficaz a la hora de sacar armas de las calles, así que probablemente murieron más negros a consecuencia de su disolución que abatidos por policías.

Hace diez años existía el predecesor de la Unidad Especial: el IMN, o Instituto Manhattan Norte, cuarenta y un agentes de Narcóticos que trabajaban en Harlem y Washington Heights. Uno de ellos robó 800.000 dólares a los traficantes, y un compañero suyo, 740.000. Los federales los arrestaron como daños colaterales en una operación de blanqueo de dinero. A uno le cayeron siete años, y al otro, seis. El comandante de la unidad fue condenado a un año y un día por llevarse su parte.

Cuando los agentes ven a un compañero esposado se les hiela la sangre.

Pero sigue ocurriendo.

Parece que cada veinte años trasciende un escándalo de corrupción y se crea una nueva comisión.

Así que la idea de la Unidad Especial fue difícil de vender.

Hicieron falta tiempo, influencia y presiones, pero a la postre se creó la Unidad Especial de Manhattan Norte.

La misión es realmente muy sencilla: recuperar el control de las calles.

Malone conoce el mensaje tácito: nos da igual lo que hagáis o cómo lo hagáis (siempre que no aparezca en los periódicos), pero mantened a los animales encerrados en sus jaulas.

—¿Y qué puedo hacer por ti, Denny? —pregunta McGivern.

—Tenemos a un infiltrado llamado Callahan que se ha metido en la madriguera. Me gustaría sacarlo antes de que se haga daño.

—¿Has hablado con Sykes?

—No quiero perjudicar al chaval —responde Malone—. Es un buen policía, pero lleva demasiado tiempo infiltrado.

McGivern saca un bolígrafo del bolsillo de la americana y dibuja un círculo en una servilleta.

Luego añade dos puntos dentro del círculo.

—Estos dos puntos, Denny, somos tú y yo. Dentro del círculo. Si me pides que te haga un favor, tiene que ser algo dentro del círculo. Ese tal Callahan... —Dibuja un punto fuera del círculo—. Ese es él. ¿Ves por dónde voy?

—Pues estoy pidiéndote que le hagas un favor a alguien fuera del círculo.

—Haré una excepción, Denny —dice McGivern—. Pero debes entender que, si esto me salpica, te cargaré a ti el muerto.

—Entendido.

—Hay una vacante en Anticrimen en el Seis-Siete —dice McGivern—. Llamaré a Johnny. Me debe una. Él sacará al chaval.

—Gracias.

—Necesitamos más detenciones por tráfico de heroína —advierte McGivern cuando se levanta—. Tengo al jefe de Narcóticos encima. Haz que nieve, Denny. Regálanos una blanca Navidad.

Mientras recorre el concurrido bar, McGivern va estrechando manos y dando palmadas en el hombro.

De repente, a Malone le invade la tristeza.

Quizá sea la bajada de adrenalina.

Quizá sea la nostalgia navideña.

Se acerca a la gramola, introduce unas monedas y encuentra lo que estaba buscando.

Fairytale of New York, de The Pogues.

Es una tradición suya por Nochebuena.

It was a Christmas Eve, babe, in the drunk tank,
And old man said to me: «Won't see another one».*

* «Era Nochebuena en el calabozo, cariño. / Un anciano me dijo: "Será la última que vea"». (*N. del t.*)

Malone sabe que Sykes es el niño mimado de la central, pero no para quién ni hasta qué punto. El capitán quiere hacerle daño, de eso no cabe duda.

Pero soy un héroe, piensa mofándose de sí mismo.

Ahora, al menos la mitad de los policías que han acudido al bar empiezan a entonar el estribillo. Deberían estar en casa con su familia, los que la tengan, pero están aquí, con su alcohol, con sus recuerdos, con sus compañeros.

And the boys of the NYPD Choir were singing *Galway Bay*
And the bells are runging out for Christmas Day.*

En Harlem la noche es gélida.

Hace un frío espantoso.

Tanto que la nieve sucia cruje bajo tus pies y puedes verte el vaho. Son pasadas las diez y no hay mucha gente en la calle. Casi todas las tiendas de alimentación están cerradas; las gruesas persianas cubiertas de grafitis, bajadas, y los barrotes de las ventanas, puestos. Unos cuantos taxis merodean por la zona en busca de clientes, un par de yonquis se mueven como fantasmas.

El Crown Vic sin distintivos enfila Amsterdam Avenue, y ahora no van a repartir pavos. Están a punto de repartir dolor. El dolor no es nada nuevo para la gente del barrio, es una condición de vida.

Es Nochebuena, hace frío y todo está limpio y tranquilo.

Nadie espera que suceda nada.

Y con eso cuenta Malone, con que Fat Teddy Bailey esté gordo, feliz y complaciente. Malone lleva semanas trabajando con Nasty Ass para pillar al traficante de heroína con mercancía encima cuando menos se lo espere.

* «Y los muchachos del coro de la policía de Nueva York cantaban *Galway Bay*. / Y doblan las campanas por Navidad». (*N. del t.*)

Russo va cantando.

«Será mejor que no grites, será mejor que no llores.

Será mejor que no hagas pucheros, y te diré por qué:

Santa Crack está llegando a la ciudad».

Dobla a la derecha por la Ciento ochenta y cuatro, donde Nasty Ass dijo que iría Fat Teddy a echar un polvo.

—Hace demasiado frío para los centinelas —comenta Malone al ver que los chavales de siempre no están allí y que nadie silba para anunciar la llegada de la unidad a quien pueda interesarle.

—A los negros no les va el frío —dice Monty—. ¿Cuándo fue la última vez que viste a un hermano en una pista de esquí?

El Caddy de Fat Teddy está aparcado delante del número 218.

—Nasty Ass es mi hombre —dice Malone.

«Él sabe cuándo duermes.

Él sabe cuándo estás despierto.

Él sabe cuándo te caes de sueño...».

—¿Quieres arrestarlo ahora? —pregunta Monty.

—Déjale follar un rato —responde Malone—. Es Navidad.

—Aaah, Nochebuena —dice Russo mientras esperan en el coche—. El ponche aderezado con ron, los regalos debajo del árbol, la mujer lo bastante achispada para entregarte su conejo, y nosotros sentados en la jungla pelándonos de frío.

Malone saca una petaca del bolsillo de la americana y se la ofrece.

—Estoy de servicio —dice Russo, que bebe un buen trago y pasa la petaca al asiento trasero. Big Monty da un sorbo y se la devuelve a Malone.

Esperan.

—¿Cuánto rato puede pasarse el puto gordo follando? —pregunta Russo—. ¿Toma Viagra? Espero que no le dé un infarto.

Malone sale del coche.

Russo lo cubre mientras él desinfla la rueda trasera izquierda del Caddy de Fat Teddy. Luego se montan de nuevo en el Crown Vic y esperan cincuenta gélidos minutos más.

Fat Teddy mide un metro noventa y pesa ciento veinticinco kilos. Cuando por fin sale embutido en un abrigo largo North Face, parece el muñeco de Michelin. Luego echa a andar hacia el coche con sus zapatillas de baloncesto LeBron Air Force One de dos mil seiscientos dólares y con un balanceo de satisfacción propio de un hombre que acaba de vaciar los huevos.

Entonces ve el neumático.

—Me cago en la puta.

Fat Teddy abre el maletero, saca el gato y se agacha para quitar los largos tornillos.

No lo ve venir.

Malone lo encañona detrás de la oreja.

—Feliz Navidad, Teddy. Jo, jo, jo, capullo.

Russo apunta al camello con la escopeta mientras Monty registra el Caddy.

—Qué ansiosos sois, hijos de puta —dice Fat Teddy—. ¿Nunca os tomáis un día libre o qué?

—¿Acaso el cáncer se toma días libres?

Malone empuja a Fat Teddy contra el coche, palpa el grueso acolchado del abrigo y encuentra un Colt automático del calibre 25. A los camellos les encantan esos calibres raros.

—Oh, oh —dice Malone—. Un hombre con antecedentes en posesión de un arma de fuego. Te va a caer un buen paquete.

Cinco años de cárcel como mínimo.

—Eso no es mío —afirma Fat Teddy—. ¿Por qué me paráis? ¿Por caminar y encima ser negro?

—Por caminar y encima ser Teddy —responde Malone—. He visto un bulto en tu chaqueta que parecía una pistola.

—¿Me estás mirando el bulto? —bromea Fat Teddy—. ¿Te has vuelto marica?

A modo de respuesta, Malone le coge el teléfono móvil, lo tira a la acera y lo pisotea.

—Venga, tío, era un iPhone 6. Ahí te has pasado.

—Tienes veinte como ese —replica Malone—. Las manos a la espalda.

—No pensaréis arrestarme... —dice Fat Teddy con desgana—. No me puedo creer que os pongáis a redactar un puto informe en Nochebuena. Tenéis que emborracharos, irlandeses. El *acol* os espera.

—¿Por qué tu gente es incapaz de pronunciar bien la palabra «alcohol»?

—Lo *ijnoro*. —Monty busca debajo del asiento del acompañante y encuentra una bolsa con cien papelinas de caballo agrupadas de diez en diez—. Vaya, pero ¿qué tenemos aquí? La Navidad ha llegado a Rikers. Espero que lleves muérdago encima, Teddy, y que te dejen besarles en la boca.

—La habéis puesto vosotros ahí.

—Los cojones —dice Malone—. Esta heroína es de DeVon Carter y no le gustará nada que la hayas perdido.

—Tenéis que hablar con vuestra gente —responde Fat Teddy.

—¿Qué gente? —Malone le da una bofetada—. ¿Quién?

Fat Teddy no dice nada.

—Te voy a colgar un cartel de «soplón» en el talego. No saldrás vivo de Rikers —le advierte Malone.

—¿Me harías eso a mí, tío?

—O estás conmigo o estás contra mí.

—Yo solo sé que Carter mencionó que tenía protección en Manhattan Norte —responde Fat Teddy—. Pensaba que erais vosotros.

—Pues no.

Malone está cabreado. O Teddy se ha marcado un farol o alguien en Manhattan Norte está en la nómina de Carter.

—¿Qué más llevas encima?

—Nada.

Malone busca en el abrigo y saca varios fajos de billetes atados con una goma.

—¿Esto no es nada? Ahí hay treinta mil por lo menos, un buen pastón. ¿Son del programa de fidelización de Mickey D's?

—Yo como en Five Guys, hijo de puta. Mickey D's, dice.

—Pues esta noche vas a cenar salchicha.

—Venga, Malone —dice Fat Teddy.

—¿Sabes qué? Vamos a confiscarte solo el alijo y te dejaremos suelto. Considéralo un regalo navideño.

No es una oferta, es una amenaza.

—¡Si os quedáis con el material tenéis que detenerme y darme copia de la denuncia! —exclama Teddy.

Necesita el acta para demostrar a Carter que fue la policía quien se lo requisó y que no ha intentado estafarle. Es el procedimiento habitual: si te arrestan, o te presentas con el informe o te cortan los dedos.

Carter lo ha hecho alguna vez.

Cuenta la leyenda que tiene un cúter de esos de oficina. A los camellos que se personan allí sin su droga, sin su dinero o sin un acta de detención, los obliga a apoyar la mano en la mesa y ¡bum! Dedos fuera.

Pero el caso es que no es ninguna leyenda.

Una noche, Malone vio a un hombre tambaleándose y derramando sangre por toda la acera. Carter le había dejado el pulgar para que cuando señalara a alguien no tuviera a quien culpar más que a sí mismo.

Dejan a Teddy sentado en el capó de su coche y vuelven al Crown Vic. Malone divide el dinero en cinco partes, una para cada uno, otra para los gastos y otra para Billy O. Llevan siempre encima un sobre con su propia dirección anotada y meten el dinero dentro.

Luego vuelven a por Teddy.

—¿Qué pasará con mi coche, tío? —pregunta mientras lo ayudan a ponerse en pie—. No os lo llevaréis, ¿verdad?

—Había caballo dentro, gilipollas —dice Russo—. Ahora es propiedad del Departamento de Policía de Nueva York.

—Es propiedad de Russo, querrás decir —protesta Fat Teddy—. No permitiré que ese italiano apestoso se pasee por Jersey Shore en mi Caddy.

—A mí no me verán en esa cafetera de negrata —dice Russo—. Irá directo al desguace.

—¡Es Navidad! —exclama Fat Teddy.

Malone levanta la barbilla en dirección al edificio.

—¿En qué piso vive?

Fat Teddy le facilita la información. Malone pulsa el timbre y sostiene el teléfono en alto para que hable Fat Teddy.

—Baja, cariño —dice—. Tienes que quedarte con mi coche. Más te vale que esté aquí cuando salga. Y limpio.

Russo deja las llaves de Fat Teddy encima del capó y lo acompañan al Crown Vic.

—¿Quién os ha dado el chivatazo? —pregunta—. ¿La nenaza mugrienta de Nasty Ass?

—¿Quieres convertirte en uno de esos que se suicidan por Nochebuena? —pregunta Malone—. ¿Esos que saltan del puente George Washington? Porque nosotros podemos solucionarlo.

Fat Teddy la toma con Monty.

—¿Trabajas para él, hermano? ¿Eres su esclavo?

Monty lo abofetea. Fat Teddy es corpulento, pero su cabeza retrocede como si fuera un tentetieso.

—Yo soy un hombre negro, no un puto mono que bebe refrescos, pega a las mujeres y vende caballo en las viviendas sociales.

—Hijo de puta, si no llevara las esposas...

—¿Quieres pelea? —dice Monty, que tira el puro y lo pisotea con el tacón del zapato—. Venga, tú y yo solos.

Fat Teddy no media palabra.

—Ya me lo figuraba —apostilla Monty.

De camino al Tres-Dos se detienen junto a un buzón de correos e introducen los sobres. Luego encierran a Fat Teddy y lo fichan por posesión de armas y heroína. Al sargento de recepción no le hace ninguna gracia.

—Es Nochebuena. Los de la Unidad Especial sois unos gilipollas.

—Que La Unidad sea contigo —dice Malone.

«Sueño con una blanca Navidad,
como las que viví antaño...».

Russo va por Broadway hacia el Upper West Side.

—¿De quién hablaba Fat Teddy? —pregunta—. ¿Era un farol o Carter tiene a alguien en nómina?

—Ha de ser Torres.

Torres es mal tipo.

Roba, amaña casos e incluso ejerce de proxeneta, mayoritariamente con adictas al crack de baja estofa y chicas que se han escapado de casa. Es duro con ellas y las mantiene a raya con una antena de coche. Malone ha visto los verdugones.

El sargento es un auténtico matón e incluso en Manhattan Norte se ha ganado una merecida fama de violento. Malone intenta no agraviarlo. Al fin y al cabo, son todos miembros de la Unidad Especial y tienen que llevarse bien.

Sin embargo, no puede permitir que escoria como Fat Teddy Bailey le diga que goza de protección, así que tendrá unas palabras con Torres.

Si es que es cierto.

Si es que se trata de Torres.

Russo gira por la Ochenta y siete y aparca delante del número 349, una casa de ladrillo.

Malone le alquila el apartamento a un agente inmobiliario al que ofrecen protección.

El alquiler les sale gratis.

Es una segunda residencia de pequeñas dimensiones, pero cubre sus necesidades. Un dormitorio para descansar o al que pueden llevar a una chica, un comedor, una cocinita y un lavabo para ducharse.

O para esconder droga, ya que en la ducha hay una falsa trampilla con una baldosa suelta bajo la cual guardaron los cincuenta kilos que le robaron al difunto y poco añorado Diego Pena.

Todavía no van a venderla. Cincuenta kilos causarían revuelo en las calles e incluso bajarían los precios, así que deben esperar a que las aguas vuelvan a su cauce con el caso Pena antes de colocarla. La heroína tiene un valor en el mercado de más de cinco millones de dólares, pero tendrán que ofrecérsela con descuento a un traficante de confianza. Aun así, es un gran botín, incluso a repartir entre cuatro.

A Malone no le supone ningún problema dejarlo allí.

Es el botín más grande que han conseguido y que probablemente conseguirán nunca. Es su jubilación, su futuro. Es la matrícula de la universidad de sus hijos, un muro contra enfermedades catastróficas, la diferencia entre retirarse en un camping de caravanas de Tucson o en un apartamento en West Palm. Se repartieron al momento los tres millones en efectivo, y Malone les aconsejó que no empezaran a gastar a espuertas, que no se compraran un coche nuevo, ni montones de joyas para sus mujeres, ni un barco, ni un viaje a las Bahamas.

Eso es lo que andan buscando los gilipollas de Asuntos Internos: un cambio de estilo de vida, de hábitos laborales o de actitud. Guardad el dinero, les dijo Malone. Apartad al menos cincuenta mil para poder echar mano de ellos en menos de una hora si Asuntos Internos empieza a husmear y tenéis que daros a la fuga. Otros cincuenta mil para la fianza si no habéis tenido oportunidad de escapar. Eso o gastad un poco, guardad el resto, trabajad hasta que podáis jubilaros y a vivir.

Incluso han barajado la posibilidad de jubilarse ya con unos meses de diferencia, de dejarlo mientras jueguen con ventaja. Tal vez deberíamos hacerlo, piensa Malone, pero lo de Pena es tan reciente que levantaría sospechas.

Ya se imagina los titulares: «Héroe de la policía se retira después de su redada más importante».

Asuntos Internos investigaría, desde luego.

Malone y Russo van al salón. Malone saca una botella de Jameson's del pequeño mueble bar y sirve dos dedos de whisky en un vaso ancho.

Russo, pelirrojo, alto y delgado, tiene tanta pinta de italiano como un sándwich de jamón con mayonesa. Malone en cambio sí la tiene, y cuando eran niños solían bromear diciendo que en el hospital los habían confundido.

Lo cierto es que Malone probablemente conozca mejor a Russo que a sí mismo, sobre todo porque él es muy reservado y Russo no. Si se le pasa algo por la cabeza, lo suelta, aunque no a cualquiera. Solo a sus hermanos de la policía.

Al día siguiente de acostarse por primera vez con Donna en la típica fiesta de graduación, ni siquiera hizo falta que se lo contara; lo llevaba escrito en esa cara de bobalicón y le habló con el corazón en la mano.

—La quiero, Denny. Voy a casarme con ella.

—¿Eres irlandés o qué coño te pasa? —le preguntó Denny—. No tenéis que casaros por el mero hecho de haberos ido a la cama.

—Quiero hacerlo —dijo Russo.

Russo siempre ha sabido quién es. Muchos aspiraban a largarse de Staten Island y ser otra cosa. Russo no. Él sabía que iba a casarse con Donna, que tendría hijos y que viviría en el barrio de siempre. Era feliz siendo el estereotipo de East Shore: un policía de la ciudad, esposa, niños, casa con tres dormitorios, baño completo y otro de cortesía y barbacoas por vacaciones.

Hicieron juntos el examen, ingresaron juntos en el departamento y fueron juntos a la academia. Malone tuvo que ayudarle a ganar dos kilos para llegar al peso mínimo. Lo obligaba a engullir batidos, cerveza y sándwiches italianos.

Russo no lo habría conseguido sin Malone. Era capaz de acertarle a cualquier blanco en la sala de tiro, pero no sabía pelear. Siempre había sido así, incluso cuando jugaban a hockey. Russo tenía unas manos blandas que podían empujar el disco al fondo de la red, pero cuando se quitaba los guantes era un desastre, aun teniendo los brazos largos, y Malone debía salir al rescate. Así que, durante los ejercicios de combate cuerpo a cuerpo, normalmente se las arreglaban para formar pareja, y Malone se dejaba tumbar o inmovilizar con alguna llave.

El día que se licenciaron —¿llegará Malone a olvidar ese día?—, Russo no podía borrar su sonrisa de pardillo por más que lo intentara, y se miraron y supieron cómo sería su vida.

Cuando Sheila meó dos líneas azules, fue Russo a quien Malone acudió, fue Russo quien le dijo que sobraban las preguntas, que solo había una respuesta correcta, y que quería ser el padrino.

—La vieja escuela —dijo Malone—. Eso es lo que hacían nuestros padres y abuelos. Ya no tiene por qué ser así.

—Y una mierda —contestó Russo—. Nosotros también somos de la vieja escuela, Denny. Somos de Staten Island, de East Shore. A lo mejor te crees moderno o algo, pero no lo eres. Y Sheila tampoco. ¿Qué pasa? ¿Es que no la quieres?

—No lo sé.

—La querías lo suficiente para tirártela. Te conozco, Denny. No puedes ser un padre ausente de esos que solo ejercen de donantes de esperma. Tú no eres así.

Así que Russo fue el padrino.

Malone aprendió a amar a Sheila.

No fue tan difícil: era hermosa, divertida e inteligente a su manera, y las cosas fueron bien durante mucho tiempo.

Él y Russo todavía patrullaban las calles cuando cayeron las Torres. Russo corrió hacia aquellos edificios en vez de alejarse porque sabía quién era. Y, cuando Malone se enteró de que Liam había quedado sepultado bajo la segunda torre y no volvería a salir, fue Russo quien pasó la noche con él.

Igual que hizo Malone cuando Donna sufrió un aborto.

Russo lloró.

Cuando Sophia, la hija de Russo, nació prematuramente con poco más de un kilo de peso y los médicos les informaron de que la situación era crítica, Malone pasó la noche con él en el hospital sin mediar palabra. Se quedó allí sentado hasta que Sophia se halló fuera de peligro.

De no ser por Russo, la noche que Malone cometió una estupidez y acabó recibiendo un disparo mientras intentaba dar caza a un ladrón, el cuerpo de policía habría tenido que organizar un funeral con honores de inspector y entregar a Sheila una bandera doblada. Habrían tocado las gaitas y oficiado un velatorio, y Sheila, en lugar de divorciada, sería viuda si Russo no hubiera abatido al ladrón y conducido hasta urgencias como si acabara de robar el coche, porque Malone estaba sufriendo una hemorragia interna.

No, Phil le metió dos balazos en el pecho y un tercero en la cabeza, porque ese es el código: quien dispara a un policía muere allí mismo o en la ambulancia durante un lento traslado al hospital, con alguna parada si es menester y el máximo número de baches posible.

Los médicos hacen el juramento hipocrático. Los paramédicos no. Saben que, si adoptan medidas extraordinarias para salvarle la vida a alguien que haya disparado a un policía, la próxima vez que pidan refuerzos quizá tarden en llegar.

Pero aquella noche Russo no esperó a los paramédicos. Fue a toda prisa al hospital y cargó con Malone como si fuera un bebé.

Le salvó la vida.

Russo es así.

Un tipo chapado a la antigua, un tipo de fiar con un delantal que dice «Maestro de la parrilla» y una incomprensible afición por Nirvana, Pearl Jam y Nine Inch Nails, inteligente de la hostia, con unos cojones de acero y fiel como un perro. Phil Russo siempre está ahí, donde y cuando sea.

Un policía.

Un hermano.

—¿Alguna vez has pensado que tendríamos que dejarlo? —pregunta Malone.

—¿El trabajo?

Malone niega con la cabeza.

—La otra mierda. ¿Cuánto más necesitamos ganar?

—Tengo tres hijos —dice Russo—. Tú tienes dos y Monty, tres. Todos son listos. ¿Sabes cuánto cuesta ahora la universidad? Son peor que los Gambino. Te chupan la sangre. No sé tú, pero yo necesito seguir ganando dinero.

Y tú también, se dice Malone.

Necesitas dinero, pasta en efectivo, pero no es solo eso. Reconócelo, te encanta. Es la emoción, quitar de en medio a los malos, incluso el peligro, la idea de que puedan descubrirte.

Eres un puto tarado.

—A lo mejor ha llegado el momento de mover el caballo de Pena —sugiere Russo.

—¿Qué pasa? ¿Necesitas dinero?

—No, no pasa nada —dice Russo—. Pero las cosas se han calmado y lo tenemos ahí sin generar beneficios. Es el dinero de nuestra jubilación, Denny. Es pasta para mandarlo todo a la mierda, para sobrevivir. Podría ocurrir algo.

—¿Tú crees que va a ocurrir algo, Phil? —pregunta Malone—. ¿Sabes algo que yo no sepa?

—No.

—Es un paso importante —dice Malone—. Siempre hemos cogido dinero, pero nunca hemos traficado.

—Entonces, ¿para qué nos la llevamos si no íbamos a venderla?

—Eso nos convierte en camellos —responde Malone—. Llevamos toda la vida batallando con esa gente y ahora seremos igual que ellos.

—Si la hubiéramos entregado toda, se la habría llevado otro —asegura Russo.

—Lo sé.

—¿Por qué no nosotros? —pregunta Russo—. ¿Por qué se hace rico todo el mundo? Los mafiosos, los traficantes, los políticos. ¿Por qué no lo hacemos nosotros para variar? ¿Cuándo nos llegará el turno?

—Tienes razón —dice Malone.

Luego se hace el silencio y beben.

—¿Te preocupa algo más? —le pregunta Russo.

—No lo sé —dice Malone—. Quizá sea la Navidad.

—¿Irás a casa?

—Por la mañana. A abrir regalos.

—Estará bien.

—Sí, estará bien —dice Malone.

—Pásate un rato por casa si puedes —añade Russo—. Donna preparará comida típica italiana: macarrones con jugo de carne, *baccalata* y luego el pavo.

—Gracias. Lo intentaré.

Malone se dirige a la comisaría de Manhattan Norte y pregunta al sargento de recepción:

—¿Ya han trasladado a Fat Teddy?

—Es Nochebuena, Malone —dice el agente—. Va todo con retraso.

Malone baja a los calabozos y encuentra a Teddy sentado en un banco. Si hay un lugar más deprimente que una celda en Nochebuena, Malone no lo conoce. Fat Teddy levanta la cabeza.

—Tienes que hacer algo por mí, hermano.

—¿Y qué harás tú por mí?

—¿Por ejemplo?

—Decirme quién está recibiendo dinero de Carter.

Teddy se echa a reír.

—Como si no lo supieras.

—¿Torres?

—Yo no sé nada.

Eso es, conjetura Malone. Fat Teddy tiene miedo de delatar a un poli.

—De acuerdo —dice—. Teddy, no eres idiota. En la calle te lo haces, pero no lo eres. Sabes que, con dos condenas en tu historial, te caerán cinco años solo por la pistola. Si descubrimos que la compró un intermediario en Gooberville, el juez se va a cabrear y podría echarte el doble. Diez años es mucho tiempo. Pero, bueno, te llevaré costillas de Sweet Mama's a la cárcel.

—No te cachondees de mí, Malone.

—Estoy hablando muy en serio. ¿Y si consigo que salgas en libertad?

—¿Y si tuvieras polla en lugar de eso que tienes ahí?

—Eras tú el que quería ponerse serio, Teddy —replica Malone—. Si no...

—¿Qué quieres?

—Me han llegado rumores de que Carter ha estado negociando una compra de armas pesadas. Lo que quiero saber es con quién.

—¿Me tomas por tonto?

—En absoluto.

—Pues no lo parece, Malone —dice Teddy—. Porque, si salgo de aquí y vosotros requisáis las armas, Carter atará cabos y acabaré fiambre.

—¿Eres tú el que me toma por tonto a mí, Teddy? Haré que parezca que te hemos detenido por lo de siempre.

Fat Teddy titubea.

—Que te den por culo —dice Malone—. Una mujer hermosa esperándome y yo aquí sentado con un gordo feo.

—Se llama Mantell.

—¿Que se llama Mantell quién?

—Un blanquito que les consigue armas a los ECMF.

Malone sabe que los East Coast Mother Fuckers son un club de moteros que se dedican a vender hierba y armas. Tienen socios en Georgia y las dos Carolinas. Pero son racistas, supremacistas blancos.

—¿Los ECMF hacen negocios con negros?

—Supongo que el dinero negro vale lo mismo —responde Fat Teddy encogiéndose de hombros—. Y no les importa ayudar a los negros a matar a otros negros.

Lo que más sorprende a Malone es que Carter haga negocios con blancos. Tiene que estar desesperado.

—¿Qué pueden ofrecerle los moteros?

—AK, AR, Mac-10, lo que sea —responde Teddy—. Es todo lo que sé, colega.

—¿Carter no te ha conseguido un abogado?

—No lo localizo. Está en las Bahamas.

—Llama a este tío —dice Malone, que le tiende una tarjeta de visita—. Mark Piccone. Él lo arreglará todo.

Teddy coge la tarjeta y Malone se levanta.

—Estamos haciendo algo mal, ¿no, Teddy? Tú y yo aquí con el culo helado y Carter tomándose una piña colada en la playa.

—Es cierto.

Lo es.

Muy cierto.

Malone recorre la ciudad en su coche sin distintivos.

No hay muchos lugares donde pueda estar el soplón. Nasty prefiere la zona situada justo al norte de Columbia, pero por debajo de la calle Ciento veinticinco, y Malone lo encuentra temblando en la parte este de Broadway.

Malone se detiene, baja la ventanilla del acompañante y le ordena que suba.

Nasty Ass mira nervioso a su alrededor y se monta en el vehículo. Parece un tanto sorprendido. Malone no suele dejarle subir al coche porque dice que apesta, aunque Nasty no lo nota.

Tiene un buen mono.

Moquea, le tiemblan las manos y se balancea con los brazos cruzados.

—Lo estoy pasando mal —le dice—. No encuentro a nadie. Tienes que ayudarme, tío.

Tiene la cara demacrada y la piel cetrina. Las dos paletas sobresalen como las de una ardilla en una serie mala de dibujos animados. Si no fuera por el olor que desprende, lo llamarían Boca Asquerosa.

Ahora está enfermo.

—Por favor, Malone.

Malone mete la mano debajo del salpicadero, donde hay una caja metálica pegada con un imán. La abre y entrega a Nasty un sobre, suficiente para una dosis calmante.

Nasty abre la puerta.

—No, quédate —dice Malone.

—¿Puedo chutarme aquí?

—Sí, qué coño. Es Navidad.

Malone tuerce a la izquierda y se dirige al sur por Broadway. Entre tanto, Nasty Ass vierte la heroína en una cuchara, la diluye con un encendedor y la succiona utilizando una jeringuilla.

—¿Está limpia? —pregunta Malone.

—Como un recién nacido.

Nasty Ass se clava la aguja en la vena y empuja el émbolo. Luego echa la cabeza hacia atrás y suspira.

Ya se encuentra bien.

—¿Dónde vamos?

—A la Autoridad Portuaria —dice Malone—. Te vas de la ciudad una temporada.

Nasty está asustado. Alarmado.

—¿Por qué?

—Es por tu bien.

Por si Fat Teddy está tan cabreado que sale en su busca para cargárselo.

—No puedo irme —dice Nasty Ass—. No tengo contactos fuera de la ciudad.

—Pues te vas.

—Por favor, no me obligues —dice. Está llorando—. No puedo pasar el mono en otro sitio. Me moriré.

—¿Quieres pasarlo en Rikers? —le pregunta Malone—. Porque es tu otra opción.

—¿Por qué te pones gilipollas, Malone?

—Soy así.

—Antes no lo eras —dice Nasty Ass.

—Ya, bueno. Ahora no es antes.

—¿Y adónde voy?

—No lo sé. A Filadelfia. A Baltimore...

—Tengo un primo en Baltimore.

—Pues vete allí —dice Malone, que saca quinientos dólares y se los da—. No te lo gastes todo en caballo. Lárgate de Nueva York y no vuelvas en una temporada.

—¿Cuánto tiempo tengo que estar fuera?

Parece desesperado, asustado de veras. Malone duda que Nasty Ass haya pisado alguna vez el East Side, por no hablar de salir de la ciudad.

—Llámame dentro de una semana más o menos y ya te diré —responde. Se detiene delante de la Autoridad Portuaria—. Si te veo por Nueva York me voy a mosquear mucho, Nasty Ass.

—Pensaba que éramos amigos, Malone.

—No, no somos amigos ni lo seremos nunca. Eres mi confidente. Un chivato. Eso es todo.

Durante el trayecto hacia la parte alta de la ciudad, Malone va con las ventanillas bajadas.

Claudette abre la puerta.

—Feliz Navidad, cariño —dice.

A Malone le encanta su voz.

Más que su aspecto físico, fue su voz, grave y melosa, lo que primero le atrajo de ella.

Una voz cargada de promesas y serenidad.

Aquí hallarás consuelo.

Y placer.

En mis brazos, en mi boca, en mi coño.

Entra y se sienta en el pequeño sofá, que ella llama de otra manera, pero Malone no lo recuerda nunca.

—Siento haber tardado tanto —le dice.

—Yo también acabo de llegar —responde ella.

Aunque lleva un kimono blanco y su perfume huele a gloria, piensa Malone.

Acaba de llegar a casa y se ha preparado para mí.

Claudette se sienta a su lado, abre una caja de madera tallada que hay encima de la mesita y saca un porro. Lo enciende y se lo ofrece.

Malone da una calada y dice:

—Pensaba que trabajabas de cuatro a doce.

—Yo también lo pensaba.

—¿Un turno complicado? —pregunta Malone.

—Peleas, intentos de suicidio y sobredosis —dice Claudette, que coge de nuevo el porro—. Vino un hombre descalzo con la muñeca rota. Dijo que te conocía.

Trabaja de enfermera en urgencias, normalmente en el turno de noche, así que ha visto de todo. Se conocieron la vez que Malone llevó al hospital a un confidente yonqui que se había volado medio pie por un disparo accidental.

—¿Por qué no ha llamado a una ambulancia? —le preguntó Claudette.

—¿En Harlem? —repuso Malone—. Se habría desangrado mientras los paramédicos pasaban el rato en Starbucks. Así que, en lugar de eso, se ha desangrado en mi coche. Acababa de llevarlo a lavar, por cierto.

—Es usted policía.

—En efecto.

Ahora Claudette se recuesta y apoya las piernas en su regazo. Al hacerlo, se le sube el kimono y los muslos quedan al aire. Tiene un lunar justo debajo del coño que a Malone le parece el lugar más suave de la Tierra.

—Esta noche, una adicta al crack ha abandonado a su bebé en las escaleras del hospital.

—¿Envuelto en una fajita?

—He captado la ironía —dice Claudette—. ¿Qué tal ha ido el día?

—Bien.

A Malone le gusta que no le presione, que se quede satisfecha con sus respuestas. Muchas mujeres no son así, quieren que «comparta», quieren detalles que él preferiría olvidar. Claudette lo entiende; ella ha vivido sus propios horrores.

Malone le acaricia ese lugar tan suave.

—Estás cansada. Supongo que querrás dormir.

—No, cariño. Quiero follar.

Se terminan la copa y van al dormitorio.

Claudette lo desnuda y le besa la piel. Se arrodilla y se la mete en la boca, e incluso en la oscuridad de la habitación, donde solo entra la luz de la calle, le encanta mirar esos labios rojos y carnosos alrededor de su polla.

Hoy no va colocada. No consume desde hace un año, tan solo hierba, aunque es una hierba muy buena, y a Malone eso también le encanta. Extiende el brazo y le toca el pelo. Luego desliza la mano bajo el kimono, le acaricia el pecho y la oye gemir.

Malone le apoya las manos en los hombros para que pare.

—Quiero estar dentro de ti.

Claudette se levanta y se tumba en la cama. Encoge las rodillas como si fuera una invitación, y luego la hace oficial.

—Entonces ven aquí, cariño.

Está húmeda y caliente.

Malone recorre su cuerpo de arriba abajo, los grandes pechos y la piel marrón oscuro, y extiende un dedo para tocar el suave lunar mientras las sirenas aúllan en el exterior y la gente grita y a él le da igual, porque ahora no ha de preocuparse. Solo tiene que entrar y salir de ella y oírla decir «me encanta, cariño, me encanta».

Cuando nota que está a punto de correrse, la agarra con fuerza. Claudette dice que, para ser negra, no tiene culo, pero Malone le aprieta el pequeño y duro trasero y la penetra hasta notar esa pequeña bolsa en su interior. Ella lo coge del hombro, arquea la espalda y termina antes que él.

Malone se corre como siempre lo hace con ella, desde la punta de los dedos del pie hasta la cabeza, y quizá sea la hierba, pero él cree que es por ella, por esa voz suave y esa cálida piel marrón que ahora brilla con el sudor de ambos, y no sabe si ha transcurrido un minuto o una hora cuando la oye decir:

—Cariño, estoy cansada.

—Sí, yo también.

Malone se aparta y Claudette le coge la mano y se queda dormida.

Él se tumba boca arriba. El dueño de la licorería de enfrente debe de haberse olvidado de apagar las luces, cuyos tonos rojos parpadean en el techo de Claudette.

Es Navidad en la jungla y, al menos por unos breves instantes, Malone se siente en paz.

5

Malone duerme solo una hora. Quiere llegar a Staten Island antes de que se levanten los niños y empiecen a abrir los regalos que hay debajo del árbol.

No despierta a Claudette.

Se viste, va a la cocina, se prepara un café instantáneo y saca de la americana el regalo que le ha comprado.

Unos pendientes de diamante de Tiffany's.

Porque le apasiona la película de Audrey Hepburn.

Malone deja la caja encima de la mesita del salón y se va. Sabe que Claudette dormirá hasta mediodía y que luego irá a cenar a casa de su hermana.

—Después probablemente asistiré a una reunión en St. Mary's —le dijo.

—¿Organizan reuniones en Navidad? —preguntó Malone.

—Sobre todo en Navidad.

Claudette está bien, lleva casi seis meses limpia. Para un adicto es duro trabajar en un hospital con todas esas drogas a su alcance.

Malone se dirige a su apartamento, situado en la Ciento cuatro entre Broadway y el West End.

Cuando se separó de Sheila, hace algo más de un año, decidió ser uno de los pocos policías que viven en su territorio. No se mudó a Harlem, sino a las afueras del Upper West Side. Si quiere, puede ir a trabajar en tren o caminando, y le gusta el barrio de Columbia.

Los universitarios son un incordio, con esa arrogancia y esa certidumbre propias de la juventud, pero en cierto modo le gusta. Disfruta oyendo las conversaciones en bares y cafeterías. Le gusta caminar hacia la parte alta de la ciudad y anunciar su presencia a traficantes y drogadictos.

Su apartamento está en un tercer piso sin ascensor: un pequeño comedor, una cocina aún más pequeña y un dormitorio ínfimo con cuarto de baño. En el salón ha colgado un pesado saco de boxeo. Es todo cuanto necesita; tampoco pasa mucho tiempo allí. Es un lugar donde dormir, ducharse y prepararse una taza de café por la mañana.

Ahora sube, se asea y se cambia. No puede volver a casa con la misma ropa, porque Sheila lo olería al instante y le preguntaría si ha estado con «esa».

Malone no entiende por qué le molesta tanto. Se separaron casi tres meses antes de conocer a Claudette, pero fue un grave error responder honestamente cuando Sheila le preguntó si estaba viéndose con alguien.

—Eres poli, deberías haber sido más listo —dijo Russo cuando le contó que Sheila había perdido los estribos—. Jamás des una respuesta sincera.

O no contestes más allá de: «Quiero un abogado, quiero a mi representante».

Pero Sheila montó en cólera.

—¿«Claudette»? ¿Es francesa o qué?

—Pues no. Es negra. Afroamericana.

Sheila se partió de risa en su cara.

—Joder, Denny, cuando el Día de Acción de Gracias dijiste que te gustaba la carne oscura, pensaba que te referías al muslo de pavo.

—Muy bonito.

—Ahora no me vengas con remilgos —dijo Sheila—. Tú siempre hablas de «morenos» y «tizones». Una cosa: ¿a ella también la llamas «negrata»?

—No.

Sheila no podía contener las carcajadas.

—¿Le has contado a cuántos negros pegaste con la porra en tus tiempos mozos?

—Creo que se me ha pasado por alto.

Sheila volvió a reírse, pero Malone sabía lo que se avecinaba. Se había tomado un par de copas, así que era solo cuestión de tiempo que la hilaridad degenerara en rabia y autocompasión. Y así fue.

—Cuéntame, Denny: ¿folla mejor que yo?

—Venga, Sheila.

—Quiero saberlo. ¿Folla mejor que yo o no? Ya sabes lo que dicen: cuando has probado a una negra no hay marcha atrás.

—Ya basta.

—Porque normalmente me la pegas con putas blancas —dijo Sheila.

Bueno, eso es cierto, pensó Malone.

—No te la estoy pegando. Estamos separados.

Pero Sheila no estaba de humor para legalismos.

—Cuando estábamos casados nunca te preocupó, ¿verdad, Denny? Tú y tus compañeros os tirabais todo lo que se moviera. Por cierto, ¿ellos lo saben? ¿Saben Russo y Big Monty que estás removiendo alquitrán?

Malone no quería perder los estribos, pero lo hizo.

—Cierra la puta boca, Sheila.

—¿Qué, vas a pegarme?

—Nunca te he puesto una mano encima.

Ha hecho muchas cosas malas en la vida, pero pegar a una mujer no es una de ellas.

—Eso es verdad —dijo ella—. Ya no me tocabas nunca.

El problema era que tenía razón.

Ahora se afeita meticulosamente, primero hacia abajo y luego a contrapelo, porque quiere ir bien acicalado.

No será tarea fácil, se dice.

Abre el botiquín y engulle un par de cápsulas de Dexedrina de cinco miligramos para espabilarse un poco.

Después se enfunda unos vaqueros limpios, una camisa blanca y un abrigo de lana negro para parecer un buen ciudadano. Suele llevar manga larga cuando va a casa, incluso en verano, porque Sheila detesta los tatuajes.

Cree que simbolizan su marcha de Staten Island, que está volviéndose un «modernillo de ciudad».

—¿En Staten Island nadie va tatuado? —le preguntó Malone.

Ahora hay un estudio en cada esquina y la mitad de los tíos que se pasean por el barrio llevan tinta. Y, bien mirado, la mitad de las mujeres también.

A él sí que le gustan. Por un lado, le gustan porque sí. Por otro, acojonan a los delincuentes, que no están acostumbrados a ver polis con tatuajes. Cuando se remanga para interrogarlos, saben que van a pasar un mal rato.

Y es una hipocresía, porque Sheila lleva un pequeño trébol en el tobillo derecho, como si, con ese pelo rojo, los ojos verdes y las pecas, no se le notara bastante que es irlandesa. Sí, no hace falta pagarle doscientos dólares la hora a un psiquiatra para que me corrobore que Claudette es la antítesis de la que pronto será mi exmujer, piensa Malone cuando se prende al cinturón la pistola no reglamentaria.

Lo entiendo.

Sheila es todo cuanto vio de pequeño, sin sorpresas, lo conocido. Claudette es otro mundo, una evolución constante, lo desconocido. No es solo por su raza, aunque eso influye mucho.

Sheila es Staten Island; Claudette es Manhattan.

Ella es la ciudad para él.

Las calles, los sonidos, los aromas, la sofisticación, el erotismo, el exotismo.

En su primera cita, apareció con un vestido estilo años cuarenta y una gardenia blanca a lo Billie Holiday en el pelo. Llevaba los labios pintados de un rojo chillón y un perfume que casi lo mareó de deseo.

La llevó a Buvette, en el Village, cerca de Bleecker, porque supuso que teniendo un nombre de pila francés le gustaría y, en cualquier caso, no quería ir con ella al norte de Manhattan.

Ella se percató.

—No quieres que te vean con una negra en tu territorio —dijo cuando se sentaron a la mesa.

—No se trata de eso —contestó Malone recurriendo a una media verdad—. Pero, cuando vengo aquí, siempre estoy de servicio. ¿Qué pasa? ¿No te gusta el Village?

—Me encanta el Village —dijo Claudette—. Viviría aquí si no quedara tan lejos del trabajo.

Aquella noche no se acostó con él, ni la siguiente ni la otra, pero, cuando lo hizo, fue una revelación, y Malone se enamoró de ella como no creía que pudiera ocurrirle. A decir verdad, ya estaba enamorado, porque ella le suponía un reto. Sheila lo aceptaba todo con renuencia o discutía como solo lo hacen las irlandesas pelirrojas. Claudette cuestionaba sus aseveraciones, le hacía ver las cosas de otra manera. Malone nunca había leído demasiado, pero ella consiguió que lo hiciera, incluso poesía, y algunas cosas, como Langston Hughes, hasta llegaron a gustarle. Algunos sábados por la mañana dormían hasta tarde y luego iban a tomar café y a veces visitaban librerías, algo que jamás habría imaginado que haría. Ella le enseñaba libros de arte y le hablaba de los viajes que había hecho a París ella sola y le decía que le gustaría volver.

Joder, Sheila es incapaz de venir por su cuenta a la ciudad.

Pero Malone no ama a Claudette porque sea diferente de Sheila.

Es por su inteligencia, su sentido del humor, su calidez.

Nunca ha conocido a una persona más bondadosa.

Eso es un problema.

Es demasiado buena para el trabajo que hace. Lo pasa mal por sus pacientes, se desangra por dentro al ver las cosas que ve, y eso la hunde y la hace buscar la jeringuilla.

Le vendrá bien asistir a las reuniones.

Cuando se ha vestido, Malone coge los regalos de los niños. Los ha comprado él, pero Santa Claus se llevará todo el mérito por los que están debajo del árbol. Malone eligió la nueva PlayStation 4 para John y una Barbie para Caitlin.

Eso fue fácil. En cambio, encontrar un regalo para Sheila fue una putada.

Su intención era comprarle algo bonito que no resultara romántico ni remotamente sexi. Al final consultó a Tenelli, que le aconsejó una buena bufanda.

—Que no sea una baratija de esas que compráis los gilipollas a un vendedor callejero en el último momento. Tómate tu tiempo, vete a Macy's o a Bloomie's. ¿De qué color es?

—¿Qué?

—Que cómo es, atontado —le dijo Tenelli—. ¿Es de piel oscura o pálida? ¿De qué color tiene el pelo?

—Piel pálida. Pelirroja.

—Pues ve a tiro hecho. Compra una gris.

Así que fue a Macy's, se abrió paso a codazos entre la muchedumbre y encontró una bonita bufanda de lana gris que le costó cien dólares. Malone espera que el regalo transmita el mensaje adecuado: «Ya no estoy enamorado, pero siempre cuidaré de ti».

Sheila ya debería saberlo a estas alturas.

Nunca se retrasa con la pensión, paga la ropa de los niños, el hockey de John y las clases de baile de Caitlin, y la familia sigue beneficiándose de su seguro médico, que es excelente e incluye dentista.

Y siempre le deja un sobre a Sheila, porque no quiere que trabaje ni que su tren de vida sufra un... ¿Cómo se llama? Un menoscabo. Así que cumple con sus obligaciones y le entrega un sobre bien abultado. Ella le da las gracias y, como es inteligente, nunca pregunta de dónde sale el dinero.

El padre de Sheila también era policía.

—Está bien que hagas lo correcto —le dijo Russo en una ocasión.

—¿Y qué otra cosa voy a hacer? —preguntó Malone.

Si te crías en ese barrio, haces lo que tienes que hacer.

En Staten Island, todo el mundo opina que un hombre puede abandonar a su mujer, pero que solo los negros abandonan a sus hijos. Lo cual no es justo, a juicio de Malone. Bill Montague probablemente sea el mejor padre que conoce. Pero la gente cree que los negros andan por ahí tirándose a sus amantes y luego le pasan la factura de los servicios sociales a los blancos.

Si un blanco de East Shore intenta hacer algo así, todo el mundo se le echa encima —su sacerdote, sus padres, sus hermanos, sus primos, sus amigos—, lo acusan de degenerado y lo dejan en ridículo ofreciéndose a pagar ellos la deuda.

—Por tu culpa he tenido que agachar la cabeza en misa —le diría su madre—. ¿Qué voy a contarle a papá?

Ese argumento en particular no serviría de mucho con Malone.

Odia a los curas.

Los considera unos parásitos y no se acerca a una iglesia a menos que tenga que asistir obligadamente a una boda o un funeral.

Pero a la Iglesia no le da dinero.

Malone, que nunca pasa junto a un voluntario del Ejército de Salvación sin echar al menos cinco dólares en la cesta, no daría ni un centavo a la Iglesia católica en la que se crio. Se niega a hacer donaciones a la que considera una «institución de pederastas que deberían ser condenados según la Ley de Testaferros y Organizaciones Corruptas».

Cuando el Papa visitó Nueva York, Malone quería arrestarlo.

—No creo que sentara muy bien —le dijo Russo.

—Seguramente no.

Sobre todo porque los agentes con rango superior al de capitán se mataban por besar el anillo o el trasero del pontífice, lo que primero tuvieran a su alcance.

A Malone tampoco le apasionan las monjas.

—¿Y la Madre Teresa? —le preguntó Sheila un día que estaban discutiendo el asunto—. Daba de comer a los hambrientos.

—Si hubiera repartido condones —respondió él—, no habría tenido tantos hambrientos a los que alimentar.

Malone odia incluso *Sonrisas y lágrimas*. Es la única película en la que iba con los nazis.

—¿Cómo puede odiar alguien *Sonrisas y lágrimas*? —le preguntó Monty—. Es bonita.

—Pero ¿qué mierda de negro estás hecho tú? —le espetó Malone—. Escucha la puta banda sonora.

—Tienes razón —repuso Monty—. Tú escuchas rap de mierda.

—¿Qué tienes tú en contra del rap?

—Que es racista.

Según la experiencia de Malone, nadie odia más el rap y el hip-hop que un negro mayor de cuarenta años. No soportan esa actitud, los pantalones caídos, las gorras hacia atrás y las joyas. Y la mayoría de los negros de esa edad no permiten que llamen «zorra» a su mujer.

No va a ocurrir.

Malone lo ha visto. En una ocasión, antes de que la relación se fuera a pique, él, Sheila, Monty y Yolanda salieron juntos una noche. Hacía calor y circulaban por Broadway con las ventanillas bajadas. Un rapero vio a Yolanda desde la esquina de la Noventa y ocho y gritó: «¡Esa zorra está buena, hermano!». Monty detuvo el coche en medio de la calle, se acercó al chaval y le pegó. Luego volvió y no dijo nada.

Nadie lo hizo.

Claudette no detesta el hip-hop, pero escucha sobre todo jazz, y le pide que lo acompañe a los clubes cuando actúa un músico que le gusta. A Malone le parece bien, pero lo que verdaderamente le gusta son los viejos raperos: Biggie, Sugarhill Gang, N. W. A. y Tupac. Nelly, Eminem y Dr. Dre tampoco están mal.

Malone está en el comedor y se da cuenta de que se le ha ido el santo al cielo, lo cual significa que la Dexedrina todavía no ha hecho efecto.

Cierra la puerta con llave y se dirige al aparcamiento donde guardan su coche.

Su vehículo personal es un bonito Chevy Camaro SS de 1967 restaurado, descapotable, negro, con franjas de Z/28, un motor de siete mil centímetros cúbicos, cambio manual de cuatro velocidades y un flamante equipo de audio Bose. Nunca lo lleva al distrito y raras veces a Manhattan. Es un capricho que utiliza para ir a la isla o huir de la ciudad.

Ahora toma la autopista del West Side rumbo al centro y cruza Manhattan cerca del lugar que ocupaban las Torres Gemelas. Han pasado más de quince años y todavía se enfada cuando no las ve. Es un agujero en la silueta de la ciudad, un agujero en su corazón. Malone no odia a los musulmanes, pero desde luego odia a muerte a esos putos yihadistas. Aquel día murieron trescientos cuarenta y tres bomberos.

Treinta y siete miembros de la Autoridad Portuaria y de la policía de Nueva Jersey.

Veintitrés policías entraron en esos edificios y ya no salieron.

Malone nunca olvidará ese día, y le gustaría que no fuera así. No estaba de servicio, pero respondió a la llamada de movilización de nivel 4. Él, Russo y otros dos mil agentes acudieron al lugar y vieron cómo caía la segunda torre. En aquel momento no sabía que su hermano estaba dentro.

Fue un día interminable de búsquedas y esperas, y más tarde la llamada que confirmó lo que en el fondo ya sabía: que Liam no iba a volver. Malone tuvo que ir a contárselo a su madre y jamás olvidará aquel sonido, el grito de tristeza que salió de su boca y que todavía resuena en sus oídos en las horas grises de insomnio.

Lo que tampoco se desvanece nunca es el olor. Una vez, Liam le dijo que no lograba quitarse de la nariz el olor a carne quemada, y Malone no le creyó hasta el 11-S. Aquellos días, toda la ciudad olía a muerte, cenizas, carne chamuscada, podredumbre, rabia y tristeza.

Y Liam tenía razón: Malone nunca ha podido quitarse ese olor de la nariz.

Pone un disco de Kendrick Lamar y sube el volumen al máximo al pasar por el túnel de Battery.

Al llegar al puente de Verrazano suena el teléfono.

Es Mark Piccone.

—¿Podrías dedicarme unos minutos hoy?

—Es Navidad.

—Solo cinco minutos —dice Piccone—. Mi nuevo cliente quiere que se ocupen de su caso.

—¿Fat Teddy? —pregunta Malone—. Aún faltan meses para el juicio, joder.

—Está nervioso.

—Voy a la isla —dice Malone.

—Yo ya he llegado —responde Piccone—. Tenemos reunión familiar, pero intentaré escaparme a última hora de la tarde.

—Te llamo luego.

Malone sale del puente cerca de Fort Wadsworth, donde empieza el maratón de Nueva York, toma el desvío de Hylan y enfila Dongan Hills, pasa junto a Last Chance Pond y gira a la izquierda por Hamden Avenue.

El viejo barrio.

No tiene nada de especial; son las típicas islas de bonitas casas unifamiliares de East Shore. La mayoría de sus habitantes son irlandeses o italianos, muchos de ellos policías y bomberos.

Es un buen lugar para criar a los niños.

Lo cierto es que Malone no podía soportarlo más.

El aburrimiento era mortal.

No aguantaba volver de una redada, de un dispositivo de vigilancia, de los tejados, de los callejones, de las persecuciones en Hylan Plaza, Pathmark, Toys "R" Us o GameStop. Llegar a casa después de una jornada acelerado por el speed, la adrenalina, el miedo, la ira, la tristeza o la rabia y acabar en una casita mona jugando al Mexican Train, al Monopoly o al póquer apostando unos centavos. Eran personas agradables y se sentía culpable bebiéndose su vino y charlando de banalidades cuando lo que le apetecía verdaderamente era volver a las calles sofocantes, malolientes, ruidosas, peligrosas, divertidas, estimulantes e irritantes de Harlem con la gente real, con las familias, los timadores, los camellos y las putas.

Los poetas, los artistas y los soñadores.

Le encantaba la puta ciudad.

Ver a la gente bailar en Rucker o sentarse en la terraza de Riverside Park a observar a los cubanos jugando a béisbol. A veces iba a Heights e Inwood a contemplar la escena dominicana: las partidas de dominó en las aceras, el reggaetón atronando desde los coches, los vendedores callejeros abriendo cocos con un machete. Entrar en Kenny's a tomar un café con leche o pedir una sopa dulce de judías en un puesto ambulante.

Es lo que le más le gusta de Nueva York: si lo quieres, ahí está.

Es la dulce y fétida riqueza de este lugar. No lo entendió hasta que salió de su gueto italoirlandés de Staten Island, con sus gentes de clase obrera, sus policías y sus bomberos, y se mudó a la ciudad. En una misma calle oyes cinco idiomas diferentes, hueles seis culturas, escuchas siete tipos de música, ves centenares de tipos de personas y conoces mil historias, y todo ello en Nueva York.

Nueva York es el mundo.

Al menos el mundo de Malone.

Nunca se irá de allí.

No tiene ningún motivo para irse.

Intentó explicárselo a Sheila, pero ¿cómo hacerlo sin arrastrarla a un mundo que no quería para ella? ¿Cómo puedes entrar en un piso en el que los padres están tan enganchados al crack que el bebé lleva muerto una semana, con los pies llenos de mordeduras de rata, y luego ir con tus hijos a Chuck-E-Cheese's? ¿Se supone que debes contárselo? ¿«Compartirlo»? No, lo correcto es esbozar una sonrisa y parlotear con el vendedor de neumáticos sobre los Mets o cualquier otra gilipollez, porque nadie quiere oírte hablar de eso y tú tampoco quieres hacerlo. Tú solo quieres olvidar y a otra cosa.

En una ocasión, Phil, Monty y él recibieron un chivatazo anónimo, así que fueron a la dirección indicada en Washington Heights y encontraron a un tío atado una silla. Le habían cortado las manos por robar parte de un alijo de caballo, pero seguía vivo, porque sus captores le habían cauterizado meticulosamente las heridas con un soplete. Se le salían los ojos de las cuencas y había apretado tanto la mandíbula que la tenía rota. Después tuvieron que asistir a una comida y plantarse con el anfitrión delante de la barbacoa, que es lo que hay que hacer. Él y Phil se miraron y pudieron leerse la mente. Con otros policías no se habla de esas cosas porque no es necesario. Ya lo saben. Ellos son los únicos que lo saben.

Luego vino la fiesta de cumpleaños.

Malone ni siquiera recuerda quién era el niño, un amigo de Caitlin tal vez. Era una fiesta en el jardín y tenían una piñata colgada del tendedero. Malone los observaba mientras le daban golpes. Se había pasado toda la semana en el juicio de un traficante llamado Bobby Jones. El jurado lo declaró no culpable, porque no se creía que Malone hubiera visto desde la otra acera a «Bobby Bones» vendiendo caballo. Así que estaba allí sentado y los niños seguían golpeando al burro una y otra y otra vez, pero no eran capaces de romperlo. Finalmente se levantó, arrebató el palo a un niño, hizo añicos el puto burro y los caramelos saltaron por los aires.

Todo se detuvo.

Los invitados se lo quedaron mirando.

—Comeos los caramelos —dijo Malone.

Se sentía avergonzado, así que fue al baño. Sheila salió detrás de él y le dijo:

—¿Qué coño te pasa, Denny?

—No lo sé.

—¿Que no lo sabes? —insistió ella—. ¿Nos dejas en evidencia delante de todos nuestros amigos y no lo sabes?

No, no lo sé, pensó Malone.

Y no sé cómo decirte que ya no puedo seguir con esto.

No puedo llevar una doble vida. Y esta vida, esta vida, me parece...

Estúpida.

Falsa.

Yo no soy así.

Lo siento, Sheila, pero yo no soy así.

Esa mañana de Navidad, Sheila, aún medio dormida, sale a recibirlo con una taza de café en la mano. Lleva una bata de franela azul y va despeinada y sin maquillar.

Aun así, le parece hermosa.

Siempre se lo ha parecido.

—¿Los niños están despiertos? —pregunta Malone.

—No, les di unos comprimidos de Benadryl ayer noche. —Al ver la expresión de Malone, añade—: Era broma, Denny.

Malone la sigue hasta la cocina. Sheila le sirve un café y se sienta en un taburete junto a la barra de desayuno.

—¿Qué tal la Nochebuena? —pregunta.

—Genial —dice ella—. Los niños discutieron por qué película veíamos, así que optamos por *Solo en casa* primero y luego *Frozen*. ¿Tú qué hiciste?

—Estuve de servicio.

Sheila le lanza una mirada de incredulidad. Su expresión lo acusa de haber estado con «esa».

—¿Hoy trabajas? —le pregunta.

—No.

—Vamos a cenar a casa de Mary —dice Sheila—. Te invitaría, pero ya sabes que te odian a muerte.

Es la misma Sheila de siempre. Tiene la sutileza de un martillo pilón. Lo cierto es que es una de las cosas que siempre le han gustado de ella. Todo es blanco o negro, nunca te genera dudas. Y tiene razón: su hermana Mary y el resto de la familia lo odian desde que se separaron.

—No pasa nada —dice Malone—. A lo mejor voy a casa de Phil. ¿Qué tal los niños?

—Pronto tendrás que hablar «de eso» con John.

—Tiene once años.

—Este año empieza secundaria —añade Sheila—. No te creerías las cosas que pasan en estos tiempos. Las niñas hacen mamadas en séptimo curso.

Malone trabaja en Harlem, Inwood y Washington Heights. Séptimo curso es tarde.

—Hablaré con él.

—Pero hoy no.

—No, hoy no.

Oyen voces en el piso de arriba.

—Es hora de jugar —dice Malone.

Se sitúa a los pies de la escalera y los niños bajan haciendo un ruido atronador y abren unos ojos como platos al ver los regalos debajo del árbol.

—Parece que ha venido Santa Claus —dice Malone.

No le duele que lo esquiven y se abalancen sobre el botín. Son niños y, en cualquier caso, de tal palo, tal astilla.

—¡La PlayStation 4! —exclama John.

Ahí va mi regalo, piensa Malone, que sabe que ningún niño necesita dos PlayStation.

¿Cómo han podido crecer tanto en un par de semanas? Sheila probablemente no se da cuenta porque convive con ellos a diario, pero John está dando el estirón y empieza a verse un poco desgarbado. Caitlin tiene el cabello rojizo como su madre, aunque todavía muy rizado, y los mismos ojos verdes. Malone tendrá que construir una torre de vigilancia en la casa para mantener a raya a los chicos.

Le duele el alma.

Me gustaría ver crecer a mis hijos, piensa.

Se apoltrona en el mismo sillón en el que se sentaba cada Navidad cuando todavía estaban juntos y Sheila ocupa su lugar habitual en el sofá.

Para Malone, las tradiciones son importantes. Los hábitos también, pues aportan estabilidad a los niños. Así que él y Sheila establecen cierto orden y piden a los niños que se turnen para que la Navidad no termine en treinta segundos. Luego Sheila impone una tortuosa pausa para que tomen bollos de canela y chocolate caliente antes de volver con los regalos.

John abre el de Malone y finge entusiasmo.

—¡Qué bien, papá!

Es un buen chico, piensa. Es sensible. No puedo permitir que entre en el negocio familiar. Se lo comerían vivo.

—No sabía que Santa Claus se encargaba de esto —dice Malone, una sutil pulla para Sheila.

—No, es genial —dice John improvisando—. Puedo instalar una arriba y otra aquí.

—La devolveré y te traeré otra cosa —responde Malone.

John salta como un resorte y abraza a su padre.

Para él lo es todo.

Debo impedir que este chico ingrese en la policía, piensa.

A Caitlin le encanta su Barbie. Se acerca a su padre y le da un fuerte abrazo y un beso en la mejilla.

—Gracias, papá.

—De nada, cariño.

Todavía huele a niña.

Esa dulce inocencia.

Sheila es una madre fantástica.

Entonces, Caitlin le parte el corazón.

—¿Te quedarás a dormir, papá?

Una grieta.

John lo mira como si ignorara que existía esa posibilidad, pero ahora se le ve esperanzado

—Hoy no —dice Malone—. Tengo que trabajar.

—Atrapando a los malos —comenta John.

—Atrapando a los malos.

No serás como yo, piensa Malone. No serás como yo.

Caitlin no se rinde.

—Cuando hayas atrapado a todos los malos, ¿vendrás a casa?

—Ya veremos, cariño.

—«Ya veremos» significa «no» —dice Caitlin, que lanza una mirada punzante a su madre.

—¿No tenéis regalos para nosotros? —pregunta Sheila.

El entusiasmo los distrae y se apresuran a coger los regalos de debajo del árbol. John regala a Malone un gorro de lana de los New York Rangers y Caitlin una taza de café que ha decorado en clase de plástica.

—Esto para mi mesa y esto para la cabeza —les dice—. Me encantan, chicos. Gracias. Ah, y esto es para ti.

Malone tiende a Sheila una caja.

—Yo no te he comprado nada —dice ella.

—No pasa nada.

—De Macy's. —Sostiene en alto la bufanda para que la vean los niños—. Es muy bonita y me calentará el cuello. Gracias.

—De nada.

Entonces, la situación se pone tensa. Sabe que Sheila debe pedir a los niños que se vistan para ir a casa de la familia, y los niños también lo saben. Pero saben también que, si se mueven, Malone se irá y la familia volverá a romperse, así que permanecen quietos como estatuas.

Malone consulta el reloj.

—Bueno, los malos no pueden esperar más.

—Qué díver, papá —dice Caitlin.

Pero tiene los ojos anegados de lágrimas.

Malone se levanta.

—Portaos bien con mamá, ¿de acuerdo?

—Lo haremos —dice John, que ya está adoptando el papel de hombre de la familia.

Malone los acerca a ambos.

—Os quiero.

—Yo también te quiero —dicen al unísono, tristes.

Él y Sheila no se abrazan porque no quieren dar falsas esperanzas a los niños.

Malone sale por la puerta pensando que la Navidad se inventó para torturar a los padres divorciados y a sus hijos.

Que le den por saco a la Navidad.

Es muy temprano para presentarse en casa de Russo, así que pone rumbo a la costa.

Quiere llegar después de la cena para evitar morir del atracón de pasta que Donna tiene planeado. La idea es que solo queden los *cannoli*, el pastel de calabaza y un café con licor.

Malone estaciona en un aparcamiento situado al otro lado de la carretera y se queda sentado en el coche con el motor y la calefacción encendidos. Es tentador dar un paseo por la playa, pero hace demasiado frío.

Saca una botella de la guantera y da un sorbo. Malone bebe mucho, pero no es alcohólico, y normalmente no lo haría tan temprano si no fuera porque el whisky le ayuda a entrar en calor.

Podría caer en el alcoholismo, piensa, pero tengo un ego demasiado grande como para convertirme en un estereotipo.

El policía irlandés divorciado y alcohólico.

¿Quién era? Ah sí, Jerry McNab. Fue hasta allí en coche el día de Navidad y se puso la pistola debajo de la barbilla. Era el arma de uso personal. Policía irlandés divorciado y alcohólico se vuela los sesos.

Otro estereotipo.

Para evitar problemas con el seguro o la pensión, la versión del Uno-Cero-Uno fue que estaba limpiando la pistola. El perito sabía que no debía tocarles los huevos, así que fingió creerse que un hombre estaba limpiando su pistola en la playa el día de Navidad.

Pero McNab tenía miedo de ir a la cárcel. Lo grabaron en Brooklyn aceptando dinero de un traficante de crack. Iban a quitarle la placa, la pistola y la pensión, iban a meterlo entre rejas, y no era capaz de hacer frente a la situación. No podía soportar la vergüenza que pasarían su mujer y sus hijos al verlo esposado, así que se llevó la pistola a la boca.

Russo lo interpretaba de otra manera. Una noche estaban comentándolo en el coche, matando el tiempo durante un dispositivo de vigilancia, y dijo:

—Los *espaguetis* no lo entendisteis. Lo hizo para conservar la pensión, por su familia.

—¿No tenía ahorros? —preguntó Malone.

—Era patrullero —dijo Russo—. No podía ganar mucho, ni siquiera en el Siete-Cinco. Si moría en un accidente, su familia cobraría la pensión y los subsidios. McNab hizo lo correcto.

Pero no ahorraba, piensa Malone.

Él sí.

Él tiene dinero guardado, inversiones, cuentas bancarias a las que los federales no pueden echar el guante.

Y tiene otra cuenta en Pleasant Avenue con los italianos, lo que queda de la vieja familia Cimino de East Harlem. Esa gente es mejor que los bancos. No te roban ni malgastan tu dinero en pésimos préstamos hipotecarios.

Prefiero de lejos a un mafioso honesto que a un soplapollas de Wall Street, piensa Malone. Lo que no entiende el ciudadano de a pie... ¿Se creen que los mafiosos son ladrones de poca monta? A los italianos les gustaría poder robar como hacen los de los fondos de cobertura, los políticos, los jueces y los abogados.

¿Y el Congreso?

Ni de coña.

Si un poli acepta un sándwich de jamón por hacer la vista gorda, pierde su trabajo. Si un congresista de mierda acepta unos cuantos millones de un contratista del sector militar a cambio de su voto, es un patriota. Aún no he visto a ningún político pegarse un tiro en la cabeza para conservar la pensión.

Y, cuando pase, descorcharé una botella de champan, piensa Malone.

Pero no seguiré el ejemplo de Jerry McNab.

Malone sabe que no es de los que se suicidan.

Los obligaré a que me peguen un tiro, piensa mientras contempla la hierba de las dunas y la desvencijada valla. El huracán Sandy se llevó unas cuantas vidas por delante en Staten Island. Malone fue a casa aquella noche. Bajó al sótano con Sheila y los niños y jugaron a Go Fish. Al día siguiente salió y ayudó todo lo que pudo.

Si me pillan, cumpliré condena y que os jodan a vosotros y a la pensión.

Sé cuidar de mi familia.

Sheila ni siquiera tendrá que ir a Pleasant Avenue. Irán ellos a buscarla. Cada mes llegará un sobre de los grandes.

Harán lo que hay que hacer.

Porque no son congresistas.

Malone coge el teléfono y llama a Claudette.

—¿Estás despierta? —pregunta.

—Acabo de levantarme —dice—. Gracias por los pendientes, cariño. Son muy bonitos. Tengo una cosa para ti.

—Ya me diste el regalo ayer noche.

—Eso era para los dos —responde ella—. Hoy trabajo de cuatro a doce. ¿Quieres pasarte después?

—Claro. Hoy vas a casa de tu hermana, ¿verdad?

—No se me ocurre ninguna excusa —dice Claudette—. Pero me apetece ver a los niños.

Malone se alegra de que vaya. Le preocupa que esté sola.

La última vez que consumió, le dio dos opciones: «O subes al coche conmigo y te llevo a rehabilitación, o te pongo las esposas y te desintoxicas en Rikers». Claudette se puso furiosa, pero subió al coche y Malone la llevó a Berkshires, en Connecticut, a una clínica que le recomendó su médico del West Side.

Sesenta mil por el tratamiento, pero mereció la pena.

No ha vuelto a consumir desde entonces.

—Algún día me gustaría conocer a tu familia —dice Malone.

Claudette se ríe tímidamente.

—No creo que estemos preparados para eso, cariño.

Que es otra manera de decir que no está preparada para presentarle a un policía blanco a su familia de Harlem. Lo recibirían igual que a un miembro del Ku Klux Klan en una casa negra de Misisipí.

—Pero lo harás algún día... —añade Malone.

—Ya veremos. Tengo que meterme en la ducha.

—De acuerdo —dice él—. Nos vemos luego.

Malone se cala el gorro de los Rangers, se abrocha la chaqueta y apaga el motor. El coche seguirá caliente unos minutos. Luego se recuesta en el asiento. Sabe que la Dexedrina no le dejará dormir, pero le escuecen los ojos.

Ha llegado a casa de Phil en el momento perfecto.

Están fregando los platos. La casa es un caos italoamericano, con unos cincuenta y siete primos correteando de un lado para otro, los hombres cotilleando junto al televisor, las mujeres charlando en la cocina y, no se sabe cómo, el padre de Phil durmiendo en un gran sillón en el comedor.

—¿Dónde coño te habías metido? —pregunta Phil—. Te has perdido la cena.

—Hemos empezado tarde.

—Y una mierda —dice Phil invitándolo a entrar—. Te has puesto en plan depresivo como buen irlandés que eres. Pasa, capullo. Donna te servirá algo de comer.

—Estoy guardando espacio para los *cannoli*.

—Si crees que vas a volver a casa con una fiambrera, ni lo intentes.

Paul y Mark, los gemelos de Phil, van a saludar al tío Denny. Son los típicos adolescentes italianos del sur de Staten Island, con el pelo engominado, las camisetas ajustadas y esa actitud.

—Unos gilipollas consentidos, eso es lo que son —dijo Russo a Malone en una ocasión—. Se pasan la mitad del tiempo en el centro comercial y la otra mitad jugando a la consola.

Malone sabe que no es cierto, que Donna está siempre atareada llevándolos a hockey, a fútbol y a béisbol. Los chicos son buenos deportistas y puede que incluso obtengan una beca, pero a Russo no le gusta alardear.

Tal vez porque se pierde muchos partidos.

Su hija Sophia es increíble. Russo ha llegado a plantearse la idea de mudarse al otro lado del río, porque, aunque no tiene posibilidades de ser Miss Nueva York, podría intentarlo con Miss Nueva Jersey.

Tiene diecisiete años y se parece a Donna. Es alta, tiene las piernas largas, el pelo negro como el carbón y unos llamativos ojos azules.

Es preciosa.

Y ella lo sabe. Pero a Malone le parece una niña encantadora, menos engreída de lo previsible, y adora a su padre.

Russo le quita hierro al asunto, e insiste en que debe mantenerla alejada de la barra de estriptis.

—No creo que eso deba preocuparte —le respondió Malone.

—E impedir que se quede preñada —añadió Russo—. Con un chico es más fácil. Solo tienes que preocuparte por una polla.

En ese momento llega Sophia, que besa a Malone en la mejilla y, en una cautivadora muestra de madurez, pregunta:

—¿Cómo están Sheila y los niños?

—Están bien, gracias por preguntar.

Sophia le estruja compasivamente la mano para dejar constancia de que es una mujer y entiende su dolor, y vuelve a la cocina a ayudar a su madre.

—¿Ha ido bien esta mañana? —pregunta Russo.

—Sí.

—Tenemos que hablar un minuto. ¡Eh, Donna! ¡Voy al sótano a enseñarle a Denny las herramientas que me has regalado!

—¡No tardéis! ¡El postre está casi listo!

El sótano está tan limpio como un quirófano, un sitio para todo y todo en su sitio, aunque Malone no sabe de dónde saca tiempo Russo para utilizarlo.

—El que está en la nómina de Carter es Torres —le dice.

—¿Cómo lo sabes?

—Me ha llamado esta mañana.

—¿Para desearte feliz Navidad? —pregunta Malone.

—Para rajar sobre Fat Teddy —responde Russo—. Estoy convencido de que el gordo fue llorándole a Carter y este apretó a Torres. Me ha pedido que le dejemos ganarse el pan.

—Nosotros no se lo impedimos —dice Malone.

Si alguien se embolsa algo fuera del distrito, se lo queda todo. Pero si él o su equipo ganan dinero en el norte de Manhattan, tienen que ingresar el diez por ciento en un fondo común.

Como si fuera la NFL.

Los diferentes equipos pueden actuar donde les plazca, pero, por una cuestión práctica, Washington Heights e Inwood son el centro de beneficios de los hombres de Torres.

Sin embargo, ahora parece que recibe dinero de Carter.

Malone se niega a figurar en la nómina de nadie. Puede estafar a los traficantes o aliarse con ellos para eludir el sistema, pero no quiere ser un empleado por cuenta ajena o una filial en propiedad absoluta.

Aun así, no entrará en guerra con Torres. Ahora la vida le va bien, y, cuando la vida va bien, la dejas en paz.

—Piccone se ocupará de Fat Teddy —dice Malone—. He quedado con él más tarde.

A Malone se le ocurre súbitamente que Torres podría tenderles una trampa, llevar un micrófono, pero descarta la idea. Aunque le apretaran los cordones de los zapatos hasta romperle los huesos, Torres no delataría a un compañero. Es un policía corrupto y violento, y un capullo avaricioso, pero no un chivato.

Un chivato es lo peor del mundo.

Guardan silencio unos instantes, hasta que Russo dice:

—La Navidad no es lo mismo sin Billy, ¿eh?

—No.

Cada año estaban expectantes por ver a quién traía Billy.

Una modelo, una actriz, siempre un monumento.

—Será mejor que subamos antes de que piensen que estás chupándome el nabo —dice Russo.

—Y ¿por qué no van a pensar que me lo estás chupando tú a mí?

—Porque nadie se lo creería —responde Russo—. Vamos.

Los *cannoli* están tan deliciosos como le habían prometido.

Malone se come dos y entabla un debate sobre los méritos relativos de los Rangers, los Islanders y los Devils, porque Staten Island se encuentra en ese triángulo en el que podrías ser seguidor legítimo de cualquiera de los tres.

Él siempre ha sido de los Rangers y siempre lo será.

Donna Russo lo sorprende en la cocina rebañando el plato y aprovecha la oportunidad para tenderle una emboscada. No se anda con rodeos.

—¿Piensas volver con tu mujer y tus hijos?

—No lo veo en el tarot, Donna.

—Pues vuelve a barajar las cartas —le dice—. Te necesitan. Y, lo creas o no, tú también los necesitas a ellos. Eres mejor persona con Sheila.

—Ella no opina lo mismo.

Malone no sabe si eso es cierto. Llevan más de un año separados y, aunque Sheila asegura que le parece bien divorciarse, siempre se retrasa con el papeleo. Y él ha estado demasiado ocupado para meterle prisas.

O al menos eso quieres creer, piensa Malone.

—Dame ese plato. —dice Donna, que lo coge y lo mete en el lavavajillas—. Phil dice que tienes una amante en Manhattan.

—Phil es un bocazas.

—Le va el sexo.

—No es una amante —precisa Malone—. Es mi pareja. Ya no estoy casado.

—A ojos de la Iglesia...

—No me vengas con chorradas.

Malone quiere a Donna. La conoce de toda la vida y moriría por ella, pero no está de humor para su hipocresía de ama de casa. Donna Russo sabe de sobra que su marido tiene una *gumar* en Columbus Avenue y desaparece siempre que surge la oportunidad, cosa que ocurre muy a menudo. Lo sabe y prefiere ignorarlo porque quiere esa bonita casa, la ropa y una universidad para sus hijos.

Malone lo entiende, pero seamos sinceros.

—Te voy a poner un poco de comida para que te la lleves a casa. Estás delgado. ¿Ya comes?

—Cómo sois las italianas.

—Serías muy afortunado —dice Donna, que empieza a guardar pavo, puré de patatas, verdura y macarrones en grandes envases de plástico—. Sheila y yo iremos a clases de baile en barra. ¿Te lo ha contado?

—Ha omitido esa información.

—Es un ejercicio de cardio fantástico —le explica Donna, que tiene las manos a rebosar de envases—, y también puede ser muy erótico. Puede que Sheila haya aprendido trucos nuevos que no conoces, chaval.

—No todo era el sexo —responde Malone.

—Siempre es el sexo. Vuelve con tu mujer, Denny, antes de que sea demasiado tarde.

—¿Sabes algo que yo no sepa?

—Sé todo lo que tú no sabes —remacha.

Malone se despide de Russo al salir.

—¿Te ha tocado los cojones por lo tuyo con Sheila? —pregunta.

—Por supuesto.

—A mí también me los toca con ese tema —dice Russo.

—Gracias por invitarme.

—No me des las gracias, coño.

Malone deja la comida en el asiento trasero y llama a Mark Piccone.

—¿Tienes un rato ahora?

—Para ti siempre. ¿Dónde?

Malone tiene una idea.

—¿Qué te parece el paseo?

—Hace un frío que pela.

—Mejor me lo pones.

No habrá mucha gente.

Está desierto, como era de esperar. El día se ha puesto gris y sopla un fuerte viento desde la bahía. Al llegar ve el Mercedes negro de Piccone, un par de coches más, gente que huye de las cenas familiares y una vieja furgoneta que parece abandonada.

Malone aparca junto al coche de Piccone y baja la ventanilla. No sabe por qué todos los abogados tienen que llevar un Mercedes, pero es así.

Piccone le entrega un sobre.

—Tu comisión por lo de Fat Teddy.

—Gracias.

Esto funciona así: si detienes a alguien, le das la tarjeta de un abogado defensor. Si decide contratarlo, el abogado te debe una comisión.

Pero la cosa mejora.

—¿Puedes arreglarlo? —pregunta Piccone.

—¿Quién se encarga?

—Justin Michaels.

Malone sabe que Michaels entrará en el juego. La mayoría de los ayudantes del fiscal del distrito no lo hacen, pero son suficientes como para que un policía con buenos contactos pueda lamer dos veces la cuchara.

—Sí, seguramente podré arreglarlo.

Entregando un sobre a Michaels, que descubrirá que se ha incumplido la cadena de custodia.

—¿Cuánto? —pregunta Piccone.

—¿Estamos hablando de una reducción de condena o de sobreseimiento?

—De sobreseimiento.

—Entre diez y veinte mil.

—¿Y eso incluye tu parte?

¿Por qué me toca los cojones?, piensa Malone. Piccone sabe tan bien como yo que Michaels me paga mi parte. Es lo que me corresponde por ejercer de intermediario para que dos abogados de mierda no tengan que abochornarse reconociendo delante del otro que están en venta. Encima es más seguro para ellos, porque una conversación en el pasillo entre un policía y un fiscal es un hecho cotidiano que no levanta sospechas.

—Sí, claro.

—Trato hecho.

—¿Y tú te llevas una parte?

—Sí.

Nueva York, Nueva York, piensa Malone, una ciudad tan amable que te pagan dos veces.

De todos modos, le debe una a Teddy por el chivatazo sobre la venta de armas.

Malone sale del aparcamiento.

Cuando ha recorrido tres manzanas se percata de que le siguen.

No es Piccone.

Mierda. ¿Serán los de Asuntos Internos?

El otro coche se acerca y ve que es Raf Torres. Detiene el vehículo y Torres aparca justo detrás. Ambos van a la acera.

—¿Qué coño pasa, Torres? —dice Malone—. Es Navidad. ¿No deberías estar con tu familia o con tus putas?

—¿Has solucionado el tema con Piccone? —pregunta.

—Tu chico no tendrá problemas —dice Malone.

—Esa redada debería haber terminado en cuanto mencionó mi nombre —le espeta Torres.

—No mencionó tu puto nombre. ¿Qué te hace pensar que puedes cubrirle las espaldas a un hombre de Carter?

—Tres mil al mes —dice Torres—. Carter no está contento. Quiere recuperar su dinero.

—¿Y a mí qué coño me importa si está contento o no?

—Tienes que dejar comer a los demás.

—Pues sírvete tú mismo —dice Malone—. Pero hazlo fuera de Harlem.

—Eres un auténtico gilipollas, Malone. ¿Lo sabías?

—La pregunta es si lo sabes tú.

Torres se echa a reír.

—¿Piccone te pagará algo?

Malone no responde.

—Pues yo debería catar algo de eso —afirma Torres.

Malone se lleva la mano a la entrepierna.

—Siempre puedes catar esta.

—Qué agradable conversación navideña —dice Torres.

—Si quieres embolsarte dinero de Carter, es asunto tuyo. A mí me la suda. Pero que sepa que te ha comprado a ti, no a mí. Si trafica en mi territorio, se abre la veda.

—Si así lo quieres, hermano...

—Y estás apostando al caballo equivocado —sigue Malone—. Si no acabo yo con Carter, lo harán los dominicanos.

—¿Habiendo perdido cien kilos de caballo? —pregunta Torres.

—Cincuenta —precisa Malone.

Torres sonríe burlonamente.

—Lo que tú digas.

Hace un frío de cojones.

Malone se monta en el coche y arranca.

Torres no le sigue.

De regreso a Manhattan, Malone pone un disco de Nas, sube el volumen y empieza a cantar:

I'm out for presidents to represent me / Say what?
I'm out for presidents to represent me / Say what?
I'm out for dead presidents to represent me.
Whose world is this?
The world is yours.*

Es mío, es mío, es mío.

Si puedo conservarlo, piensa Malone.

Como DeVon Carter meta las narices en el corredor del hierro, esparcirá cadáveres de dominicanos por todo el norte de Manhattan. Los dominicanos tomarán represalias y, cuando queramos darnos cuenta, nos habremos convertido en la puñetera Chicago.

Y eso no es todo.

Carter mencionó el robo del alijo de Pena, después lo hizo Lou Savino y ahora Torres está haciendo ruido.

En este momento es demasiado peligroso mover la mercancía de Pena.

Esa mercancía podría llevar a Malone al mismo sitio que Jerry McNab.

A lo mejor tengo suerte y la palmo de un infarto, una embolia o un aneurisma; pero, si no es así, cuando ya no pueda cuidar de mí mismo...

Hoy estás de un macabro que asusta.

Sé un hombre, joder.

* «Busco presidentes que me representen. / ¿Qué dices? / Busco presidentes que me representen. / ¿Qué dices? / Busco presidentes muertos que me representen. / ¿De quién es el mundo? / El mundo es tuyo». (*N. del t.*)

Tienes un trabajo que te encanta.
Dinero.
Amigos.
Un apartamento en la ciudad.
Una mujer hermosa que te ama.
Eres el dueño del norte de Manhattan.
Así que no pueden hacerte nada.
Nadie puede hacerte nada.

Dwellin' in the Rotten Apple
You get tackled or caught by the devil lasso...*

---

* «Viviendo en la Manzana Podrida / el diablo te atrapa o te echa el lazo». (*N. del t.*)

SEGUNDA PARTE

EL CONEJITO DE PASCUA

En más de cuarenta años ejerciendo de abogado defensor me encontré a menudo con
personas que mentían e intentaban saltarse
la ley para salir indemnes. La mayoría trabajaban para el gobierno.

OSCAR GOODMAN,
Being Oscar

6

Un chico ya muerto asesina a una anciana.

La mujer tiene noventa y un años y es menuda.

Muerta lo es aún más.

El orificio de entrada, como la mayoría de los orificios de entrada, es limpio. Está situado en el centro de la mejilla izquierda, debajo del ojo. El orificio de salida, como la mayoría de los orificios de salida, no es pequeño ni limpio. En la parte trasera de un sillón orejero tapado con plásticos hay sangre, trozos de cerebro y cabellos blancos.

—No deberían asomarse a la ventana cuando oyen algo raro —afirma Ron Minelli—. Pero imagino que no tenía otra cosa que hacer. Seguramente que se pasaba el día entero mirando por la ventana.

Cuarta planta del Edificio Seis del Nickel. La anciana es víctima de una bala perdida. Malone se acerca a la ventana y mira hacia abajo. El tirador se encuentra en el patio, con el brazo en el que llevaba el arma extendido y el dedo en el gatillo, como cuando cayó de espaldas y disparó. Probablemente ya había palmado y fue un reflejo muscular.

—Gracias por llamar —dice Malone.

—Supuse que se trataba de un asunto de drogas —responde Minelli.

Lo es. El muerto que yace en el patio es Mookie Gillette, uno de los camellos de DeVon Carter.

Monty está escudriñando el pequeño apartamento: fotos de hijos adultos, nietos y biznietos. Tazas de té de porcelana china, una colección de cucharas de Saratoga, el Williamsburg colonial y Franconia Notch, regalos de la familia.

—Leonora Williams —dice Monty—. Que en paz descanse.

Se enciende un puro, aunque el cuerpo todavía no ha empezado a oler. Ya no hace falta mostrar consideración con la anciana.

Un coche patrulla entra en el patio. Sykes se baja, se sitúa junto al cadáver y niega con la cabeza. Después mira hacia la ventana.

Malone asiente.

—He encontrado la bala. Está incrustada en la pared —dice Russo.

—Espera a los forenses —le indica Malone—. Voy abajo.

Coge el ascensor para ir al patio.

Medio Saint Nick's está allí, pero los agentes del Tres Dos y una cinta perimetral de color amarillo les impiden acercarse al cuerpo.

—Eh, Malone, ¿es verdad que la señora Williams ha muerto? —pregunta un niño.

—Sí.

—¡Qué pena!

—Pues sí.

Malone se acerca a Sykes, que se lo queda mirando.

—Cómo está el mundo.

—Pero es el nuestro.

—Cuatro tiroteos mortales en seis semanas —dice Sykes.

Sí, tus cifras son jodidas, capitán, piensa Malone. En la reunión de CompStat del lunes van a bailar flamenco encima de tu pecho. Luego se arrepiente de haberlo pensado. No le cae bien el capitán, pero le entristecen de veras las muertes en las viviendas sociales.

A Sykes le preocupan.

A Malone también.

Se supone que su deber es proteger a gente como Leonora Williams. Una cosa es que los camellos se maten entre ellos, y otra bien distinta que una anciana inocente muera en el fuego cruzado.

La prensa aparecerá en cualquier momento.

Entonces llega Torres.

Su acuerdo está vigente desde hace tres meses. Torres ha seguido en la nómina de Carter, y Malone y su equipo no han aflojado. Pero los asesinatos cometidos por Carter y los dominicanos en las viviendas sociales amenazan con desencadenar una sangrienta guerra territorial y ponen en peligro una tregua incómoda.

Y ahora ha muerto un civil.

—Menuda sorpresa —dice Torres—. Nadie ha visto nada.

—Ha tenido que ser un trinitario —afirma Sykes—. En represalia por DeJesus.

Raoul DeJesus fue acribillado en Washington Heights la semana anterior. Antes de su desaparición era el principal sospechoso del asesinato de un Get Money Boy que murió en la calle Ciento treinta y cinco.

—Gillette era un GMB, ¿verdad? —pregunta Sykes.

—De pura cepa.

Y los GMB trafican para Carter.

—Detened a unos cuantos trinitarios —ordena Sykes a Torres—. Interrogadlos. Endilgadles posesión de marihuana, órdenes de arresto pendientes, me da igual. A ver si alguno prefiere hablar a acabar en Rikers.

—Hecho, jefe.

—Malone, contacte con sus fuentes e intente sonsacarles algo —prosigue Sykes—. Quiero un sospechoso, quiero una detención y quiero resolver estos casos de asesinato.

Aquí llega el circo. Periodistas y camiones de televisión. Y, con ellos, el reverendo Hampton.

Faltaría más, piensa Malone. Luces, cámara, Hampton.

Tampoco es lo peor que podía ocurrirles. Al menos Hampton capta la atención de unas cuantas cámaras y Malone puede oír su discurso: «comunidad»..., «tragedia»..., «ciclo de violencia»..., «disparidad económica»..., «qué es lo que la policía va a hacer»...

A Sykes hay que reconocerle el esfuerzo de atender al resto de los periodistas.

—Sí, podemos confirmar dos homicidios... No, de momento no tenemos sospechosos... Puedo corroborar que es un asunto de drogas o un enfrentamiento entre bandas... La Unidad Especial de Manhattan Norte dirigirá la investigación...

Un periodista se aparta del grupo y aborda a Malone.

—¿Agente Malone?

—Sí.

—Soy Mark Rubenstein, del *New York Times.* —Alto, delgado, con una barba cuidadosamente recortada. Una americana con un jersey debajo, gafas, elegante.

—El capitán Sykes responderá a todas las preguntas —indica Malone.

—Lo sé —dice Rubenstein—, pero quería preguntarle si podemos hablar en algún momento. Estoy escribiendo una serie de artículos sobre la epidemia de heroína...

—Como comprenderá, ando un poco liado ahora mismo.

—Claro. —Rubenstein le entrega una tarjeta—. Si le interesa, me encantaría hablar con usted.

Nunca me interesará, piensa Malone al coger la tarjeta.

Rubenstein vuelve a la improvisada rueda de prensa.

Malone se acerca a Torres.

—Quiero reunirme con Carter.

—No me digas —responde Torres—. Pues no eres su policía favorito.

—Estoy cuidando de Bailey por él.

Se acerca el juicio, que estará amañado.

—Putos dominicanos —dice Torres—. Yo soy español y odio a esos mamones grasientos.

En ese momento llega Tenelli.

—Los GMB ya claman venganza.

—Eh, Tenelli, danos un segundo. ¿De acuerdo? —dice Malone. Ella se encoge de hombros y se va—. ¿Me pondrás en contacto con Carter?

—¿Puedes garantizar su seguridad?

—¿Crees que los Trinitarios intervendrán cuando...?

—No hablo de los dominicanos —puntualiza Torres—. Hablo de ti.

—Organízalo —responde Malone.

Luego se dirige hacia Sykes, que está a punto de dar por concluido su encuentro con la prensa.

A su lado hay un policía vestido de paisano.

—Malone, este es Dave Levin —dice Sykes—. Acaba de ingresar en la Unidad Especial. Lo asignaré a su equipo.

Levin debe de tener poco más de treinta años. Es alto y delgado, con una espesa cabellera negra y la nariz puntiaguda. Se levanta y estrecha la mano a Malone.

—Es un honor conocerle.

Malone se vuelve hacia Sykes.

—Capitán, ¿podemos hablar un momento?

Sykes indica a Levin que los deje a solas.

—Si quisiera un cachorrito, iría a la perrera —dice Malone.

—Levin es un tío inteligente. Viene de Anticrimen en el Siete-Seis. Ha pescado a unos cuantos peces gordos, ha trabajado en casos muy difíciles y ha sacado un montón de armas de la calle.

Genial, piensa Malone. Sykes está reclutando a sus antiguos compañeros del Siete-Seis. Levin será leal a Sykes, no al equipo.

—No se trata de eso. Mi equipo funciona a la perfección. Trabajamos bien juntos y una nueva incorporación rompe el equilibrio.

—Los equipos de la Unidad Especial están compuestos de cuatro personas —dice Sykes—. Necesita un sustituto para O'Neill.

Nadie puede sustituir a Billy, piensa Malone.

—Pues tráigame a un español. Que venga Gallina.

—No puedo joder a Torres de esa manera.

Torres está jodiéndote a ti como hacen en las duchas de la cárcel, piensa Malone.

—De acuerdo, nos quedamos con Tenelli.

Al parecer, a Sykes el comentario le resulta divertido.

—¿Quiere una mujer?

Mejor eso que un puto espía, piensa Malone.

—Tenelli ha obtenido una puntuación muy alta en las pruebas para teniente —prosigue Sykes—. No tardará en irse de aquí. Tiene que ser Levin. Anda usted corto de personal y, como seguramente he mencionado ya, quiero resolver estos casos. ¿Están haciendo progresos con la venta de armas de Carter?

—Está todo parado.

—Se acerca la Semana Santa —dice Sykes—. Retómenlo. Sin armas no hay guerra.

Malone se acerca a Levin.

—Vamos.

Lo lleva al edificio en el que se encuentra el apartamento de Leonora.

O se encontraba.

—No puedo creerme que esté trabajando en Manhattan Norte con el mismísimo Denny Malone —dice Levin.

—Tampoco es necesario que me la chupes —responde—. Lo que tienes que hacer es escuchar y hablar poco y a la vez no oír nada. ¿Lo pillas?

—Claro.

—No, no lo pillas —insiste Malone—. Y tardarás un poco. Entonces, si eres tan listo como dice Sykes, lo pillarás.

La cuestión es para quién espías. ¿Para Sykes? ¿Para Asuntos Internos? ¿Eres uno de los suyos o un «socio sobre el terreno», un policía a su servicio?

¿Llevas un micrófono oculto?

¿Es por lo de Pena?

—¿Por qué pediste el traslado a la Unidad Especial? —pregunta Malone.

—Porque es donde está la acción —responde Levin.

—Hay mucha acción en el Siete-Seis.

Es el distrito más movido de la ciudad y lleva la delantera en materia de tiroteos y robos. Además, hay bandas por todas partes: Eight Trey Crips, Folk Nation, Bully Gang. ¿Aún quiere más acción el chaval?

—Ten cuidado con lo que deseas. A veces está bien aburrirse —dice Malone. A continuación, le pregunta—: ¿Casado? ¿Con hijos?

—Tengo novia. Somos pareja formal.

Sí, ya veremos cuánto dura, piensa Malone. Los miembros de La Unidad no son precisamente los tíos más fieles de la Tierra.

—¿Esa chica tiene nombre?

—Amy.

—Qué bonito.

Buena suerte, Amy, piensa Malone.

A menos que Dave sea de Asuntos Internos. En ese caso, conservará la polla tan limpia como la nariz. Habrá que estar atentos. No puedes confiar en alguien que no bebe, ni se mete una raya, ni fuma un poco de hierba contigo ni engaña a su pareja con otra. Esa clase de gente no quiere verse obligada a explicar según qué a sus jefes.

—Entonces, ¿Sykes es tu padrino? —pregunta Malone.

—Yo no diría eso.

—Pues en Manhattan Norte los hay a patadas —dice Malone—. La Unidad Especial es un chollo. ¿Tienes un tío en la central o qué?

—Creo que al capitán Sykes le gustaba mi trabajo en el Siete-Seis —responde Levin—. Pero, si se refiere a si soy su chico, no, no lo soy.

—¿Él lo sabe?

Levin se molesta un poco. El cachorro tiene agallas, piensa Malone.

—Sí, creo que lo sabe —contesta Levin—. ¿Por qué? ¿Tiene problemas con él?

—Digamos que nuestra visión de las cosas es distinta.

—Es muy estricto —observa Levin.

—Efectivamente.

—Mire, ya sé que no le gusta tener a uno nuevo y que no puedo sustituir a Billy O'Neill. Yo solo quiero que sepa que lo entiendo y que no seré una traba.

Ya eres una traba, piensa Malone. O un grano en el culo.

El ascensor apesta a orina.

A Levin le entran náuseas.

—Los utilizan como lavabo —le explica Malone.

—¿Por qué no van al baño?

—Casi todos están estropeados. Arrancan las tuberías y las venden. Suerte hemos tenido de que hoy solo haya meados.

Se bajan en la cuarta planta y van al apartamento de Leonora. Los de la científica ya se han puesto manos a la obra, aunque el caso es una obviedad.

—Este es Dave Levin —dice Malone—. Se incorpora al equipo.

Russo lo mira como si estuviera inspeccionando productos en el supermercado.

—Phil Russo.

—Es un placer conocerle.

Montague está recolocándose los calcetines de rombos y levanta la cabeza.

—Bill Montague.

—Dave Levin.

—Viene del Siete-Seis —dice Malone.

Están pensando lo mismo que él: aunque Levin no sea un espía de Sykes, lo último que necesitan es un novato, alguien en quien no saben si podrán confiar en un momento de necesidad.

—Vamos a la calle —dice Malone.

La calle siempre está bien.

Es donde Malone se siente en casa, al mando, dueño de sí mismo y del entorno.

Sea cual sea el problema, la respuesta siempre está en la calle.

Russo avanza por Frederick Douglass y tuerce a la izquierda por la Ciento veintinueve, se adentra en las viviendas sociales y aparca frente a un gran edificio de tres plantas.

—Eso es el HCZ —le dice Malone a Levine—. Harlem Children's Zone, un colegio concertado. Aquí no hay mucha droga porque los chavales quieren evitar una condena más larga por traficar en una zona escolar.

El tráfico de estupefacientes se ha convertido mayoritariamente en un negocio a puerta cerrada, porque es más seguro, porque la policía no puede verte y porque es más fácil telefonear o mandar un mensaje a tu camello y comprar en un apartamento o en el hueco de una escalera. Es prácticamente imposible hacer una redada en los edificios, ya que los camellos tienen niños vigilando, y, antes de que puedas franquear siquiera la puerta, ya se han esfumado.

Van en dirección este hasta el final de la manzana, donde se encuentra la iglesia metodista de Salem, y luego toman la Séptima Avenida hacia el norte, rumbo al parque infantil de Saint Nick's.

—Hay dos parques en la zona —explica Malone—. Al norte y al sur. Este es el del norte. Se apuesta fuerte en los partidos de béisbol. Dicen que, en lugar de obligar a los perdedores a pagar, les pegan un tiro. ¿Qué haces?

—Tomar notas.

—¿Te parece que estamos en la universidad? —pregunta Malone—. ¿Tú ves alumnas, *frisbees* y coletas? No tomes notas ni escribas nada. Lo único que tienes que escribir son los informes. Alguien podría descubrir las notas que tomas mientras estás de servicio. Si un abogado defensor las malinterpreta deliberadamente, te las meterá por el culo en el estrado.

—Entendido.

—Retenlo todo en la cabeza, chaval —tercia Russo.

Un par de miembros de los Spades que están jugando a baloncesto ven el coche y empiezan a gritar.

—¡Malone! ¡Eh, Malone!

Los vigías hacen sonar los silbatos y los camellos desaparecen entre los edificios. Malone saluda a los chavales de la cancha.

—¡Ya nos veremos!

—¡Malone, cuando vuelvas trae a tu mujer, pero con bragas limpias! ¡Las que llevaba el otro día olían fatal!

Malone se echa a reír.

—¡Préstale unas de las tuyas, Andre! ¡Esas de seda roja que tanto me gustan!

Malone obtiene más gritos y aullidos por respuesta.

Henry Oh No va caminando por la acera con esa expresión mezcla de culpabilidad y euforia del que acaba de pillar.

A Henry Oh No le pusieron ese apodo la primera vez que fue arrestado, hará cosa de tres años. Lo estamparon contra la pared y le preguntaron si llevaba heroína.

—Oh, no —dijo con fingida inocencia.

—¿Te chutas caballo? —le preguntó Malone.

—Oh, no.

Entonces, Monty le encontró en el bolsillo de los pantalones una bolsa y el instrumental, y Henry se limitó a decir: «Oh, no».

Aquella noche, Monty contó la historia en el vestuario y se le quedó el nombre.

Ahora Malone espera a que Henry Oh No vaya a un callejón a prepararse un chute. Él, Russo y Levin le siguen. Henry se da la vuelta y, al verlos, exclama con maravillosa previsibilidad:

—¡Oh, no!

—Henry, no intentes escapar —dice Malone.

—No corras, Henry —añade Russo.

Lo agarran y al momento encuentran el caballo.

—No lo digas, Henry —le advierte Malone—. Te lo ruego, no lo digas.

Henry no sabe a qué se refiere. Es un blanco delgaducho de casi treinta años, pero le echarías cincuenta tranquilamente.

Lleva una chaqueta que en su día estuvo forrada de borreguito, vaqueros, zapatillas deportivas y el pelo largo y mugriento.

—Henry, Henry, Henry —dice Russo.

—Eso no es mío.

—Mío seguro que no es —le espeta Malone—. Y creo que de Phil tampoco. Pero déjame que le pregunte. Phil, ¿esta heroína es tuya?

—No, no lo es.

—No, no lo es —repite Malone—. Así que, si no es mía y no es de Phil, debe de ser tuya, Henry. A menos que nos estés llamando mentirosos. No nos estás llamando mentirosos, ¿verdad?

—Déjame en paz, Malone —responde Henry.

—Si quieres que te deje en paz, necesito información. ¿Sabes algo de ese tiroteo en Saint Nick's?

—¿Qué quieres que te cuente?

—No me vengas con esas, Henry —dice Malone—. Si has oído algo, suéltalo.

Henry mira a su alrededor antes de hablar:

—Me han dicho que fueron los Spades.

—Milongas. Los Spades también están con Carter.

—Me has preguntado si había oído algo —dice Henry—. Y eso es lo que he oído.

De ser cierto, es una mala noticia.

Los Spades y los GMB mantienen una tregua incómoda pero viable impuesta por Carter hace aproximadamente un año. Si se rompe, Saint Nick's quedará hecho trizas. Una guerra en el barrio, con la Ciento veintinueve como tierra de nadie, será una catástrofe.

—Si te enteras de algo más, llámame —le dice Malone.

—¿Quién es ese? —pregunta Henry señalando a Levin.

—Trabaja con nosotros —responde.

Henry lo mira extrañado.

Él tampoco se fía.

Se citan con Babyface en Hamilton Heights, detrás de la barbería Big Brother.

El infiltrado succiona un chupete mientras Malone le cuenta lo que le ha dicho Henry sobre los Spades.

—No es descabellado —observa Babyface—. El que disparó sin duda era negro.

—¿No sería un dominicano de piel oscura? —pregunta Malone.

—Era un hermano —asegura Babyface—. Tal vez un Spade. Están en pie de guerra, eso seguro.

Se queda mirando a Levin.

—Dave Levin —dice Malone—. Viene de Brooklyn.

Babyface lo saluda inclinando levemente la cabeza.

Es toda la bienvenida que dará al nuevo.

—Una lástima lo de la anciana —comenta Babyface.

—¿Has oído algo sobre las armas?

—Nada —responde.

—¿Ha mencionado alguien a un tío blanco? —pregunta Monty—. ¿A un tal Mantell?

— ¿Es motero? —dice Babyface—. Lo he visto por aquí, pero nadie habla de él. ¿Crees que el arma proviene del corredor del hierro?

—Es posible.

—Mantendré los ojos bien abiertos.

—Ten cuidado, ¿vale? —dice Malone.

—Eso siempre.

—¿Alguien tiene hambre? —pregunta Russo.

—No me importaría comer algo —reconoce Monty—. ¿Manna's?

—Cuando estaba en Nairobi... —dice Russo, que avanza por la Ciento veintiséis y Douglass y aparca enfrente de la

Unity Funeral Chapel. En la acera hay un niño que aparenta unos catorce años.

—¿Por qué no estás en el colegio? —le pregunta Monty.

—Me han expulsado.

—¿Por qué?

—Por una pelea.

—Tú eres tonto. —Monty le da diez dólares—. Vigila el coche.

Entran en Manna's.

El local es largo y estrecho, con la caja registradora al lado de las ventanas y estanterías dobles con bandejas de comida. Malone llena un gran envase de poliestireno de pollo adobado, pollo frito, macarrones con queso, verdura y pudin de plátano.

—Coge lo que quieras —dice a Levin—. Cobran por peso.

La mayoría de los clientes, todos ellos negros, vuelven la cabeza o les dedican una mirada hostil y vacía. Pese a lo que diga la leyenda, pocos policías comen en su distrito, sobre todo en los de mayoría negra o hispana, pues temen que los empleados escupan en la comida o algo peor.

A Malone le gusta Manna's porque ofrece platos preparados y puede controlar lo que come. Y, bueno, porque le gusta la comida.

Se pone a la cola y el hombre del mostrador le dice:

—¿Sois cuatro?

Malone saca dos billetes de veinte, pero el empleado los ignora. Aun así, le da la cuenta. Malone se dirige a una mesa situada al fondo del establecimiento. El resto del equipo coge la comida y se sienta con él.

La clientela no les quita el ojo de encima.

Las cosas se han puesto feas desde la muerte de Bennett. Todo se complicó después de lo de Garner, pero ahora ha ido a peor.

—¿No pagamos? —pregunta Levin.

—Dejamos propina —dice Malone—. Y generosa. Son buena gente, trabajan mucho. Y solo venimos una vez al mes. Tampoco hay que aprovecharse.

—¿Qué pasa? ¿No te gusta la comida? —tercia Russo.

—¿Hablas en serio? Está que flipas.

—«Que flipas» —dice Monty—. ¿Quieres parecer uno más del barrio, Levin?

—No, yo solo...

—Come —le exhorta Russo—. Si quieres un refresco o algo, págalo, porque tienen que justificarlo.

Todos saben que es una prueba. Si Levin es el chico de Sykes o un agente de Asuntos Internos, esto tendrá repercusiones para ellos. Pero Malone ha guardado el recibo y puede alegar que Levin miente.

A menos que Levin vaya a por algo más grande, piensa Malone, así que presiona para tantearlo.

—Alternamos turnos de día y de noche, pero es un tecnicismo. Los casos son los que marcan los horarios. Somos flexibles. Si necesitas tiempo libre, llámame a mí, no hables con la comisaría. Hacemos bastantes horas extras y hay buenos trabajitos adicionales si te interesan. Pero, cuando no estés de servicio, no hagas nada sin informarme de ello.

—De acuerdo.

Malone se pone en plan profesor.

—Nunca entres solo en las viviendas sociales. La azotea y las dos plantas superiores son zonas de combate. Siempre están controladas por las bandas. En las escaleras es donde pasan cosas: tráfico de drogas, agresiones, violaciones.

—Pero nosotros nos dedicamos sobre todo a los narcóticos, ¿no? —dice Levin.

—Todavía no eres «nosotros», chaval —le corrige Malone—. Sí, nuestro principal cometido son las drogas y las armas, pero los equipos de la Unidad Especial hacemos lo que nos sale de los cojones, porque todo está relacionado. La mayoría de los robos los cometen yonquis y adictos al crack. La mayoría de las violaciones y agresiones las cometen pandilleros que además trafican.

—Les ofrecemos tratos —explica Russo—. Un detenido por posesión de droga puede entregarte a un asesino a cambio de una reducción de condena o libertad sin cargos. Un cómplice de homicidio puede delatar a un traficante importante si accedes a negociar.

—Cualquier equipo de la Unidad Especial puede seguir un caso en el norte de Manhattan —prosigue Malone—. Este equipo trabaja sobre todo en el Upper West Side y West Harlem. Torres y su gente se mueven por Inwood y Heights. Ortiz y sus hombres trabajan en East Harlem.

—Actuamos en todas las calles y en las viviendas sociales: Saint Nick's, Grant y Manhattanville, Wagner. Aprenderás a distinguir nuestro territorio del suyo: OTV «Only the Ville», Money Avenue, Very Crispy Gangsters, Cash Bama Bullies. Lo más gordo que tenemos ahora mismo son los dominicanos de Heights. Los trinitarios ya no se conforman con la venta al por mayor. Ahora van a por los traficantes negros de la zona.

—Integración vertical —tercia Monty.

—¿De dónde eres, Levin? —pregunta Russo.

—Del Bronx.

—¿Del Bronx? —dice Monty.

—De Riverdale —responde Levin.

Se echan todos a reír.

—Riverdale no está en el Bronx —explica Russo—. Eso es la zona residencial. Judíos ricos.

—Dime que no fuiste a Horace Mann —tercia Monty en referencia a la prohibitiva escuela privada.

Levin no responde.

—Lo suponía —dice Monty—. ¿Dónde estudiaste después?

—En la Universidad de Nueva York. Justicia Criminal.

—Ya puestos, podrías haberte especializado en el Bigfoot —dice Malone.

—¿Por qué? —pregunta Levin.

—Porque tampoco existe. Haznos un favor a todos: olvida lo que has aprendido —añade Malone al levantarse—. Tengo que hacer una llamada.

Malone sale y coge el teléfono.

—¿Le has visto?

Larry Henderson, teniente de Asuntos Internos, está en un coche aparcado delante de la funeraria.

—¿Levin es el moreno alto?

—Joder, Henderson, el que no es ninguno de nosotros —replica Malone.

—Tampoco es de los nuestros.

—¿Estás seguro?

—Si supiera algo te pondría sobre aviso —afirma Henderson—. Asuntos Internos no anda detrás de ti.

—¿También estás seguro de eso?

—¿Qué quieres de mí, Malone?

—¿Por mil al mes? Un poco de tranquilidad.

—Pues vete tranquilo —dice Henderson—. Desde la redada de Pena tienes un campo de fuerza a tu alrededor.

—Investígame a ese tal Levin, ¿de acuerdo?

—Hecho.

Henderson cuelga.

Malone vuelve adentro y se sienta.

—Levin no conoce al Conejito de Pascua —dice Russo.

—Sí que conozco al Conejito de Pascua —responde Levin—. Lo que no entiendo es la relación entre vuestro Salvador, que fue crucificado y luego resucitó, lo cual es una premisa bastante dudosa ya de por sí, y un conejito que entierra huevos de chocolate, sobre todo porque los conejos son mamíferos y vivíparos.

—Eso es lo que les enseñan en la universidad —dice Russo—. ¿Y qué quieres que enterremos? ¿Cruces de chocolate?

—Sería más lógico —dice Levin.

Monty decide intervenir.

—El Conejito de Pascua es una tradición pagana originaria de Alemania que los luteranos adoptaron para juzgar si los niños habían sido buenos o malos.

—Más o menos como Santa Claus —apostilla Russo.

—Que tampoco tiene ningún sentido —dice Levin.

—A ti lo que te fastidia es que a los niños judíos les dan por saco en Navidad —tercia Russo.

—Probablemente sea cierto —concluye Levin.

—Un huevo es un símbolo de nacimiento, de vida nueva —dice Monty—. Al enterrarlo y recuperarlo después, se convierte en un símbolo de resurrección. Pero un conejo no puede poner un huevo, lo mismo que un hombre no puede volver de entre los muertos. Para ambas cosas hace falta que ocurra un milagro. Así que el Conejito de Pascua es un símbolo de esperanza, de que los milagros, la resurrección, una vida nueva, la redención, son posibles.

—Eh, mirad —dice Russo señalando el televisor atornillado a la pared.

El alcalde está hablando con la prensa delante de Saint Nick's.

—Ni mi gobierno ni esta ciudad tolerarán la violencia en las viviendas sociales —sentencia.

Un anciano sentado cerca del televisor suelta una carcajada.

—He ordenado a nuestra policía que no escatime esfuerzos en encontrar al culpable o culpables —continúa el alcalde—, y les prometo que lo haremos. La gente de Harlem, la gente de la ciudad de Nueva York, puede dar por seguro que

esta administración cree que las vidas negras son importantes.

—¡Mentiroso! —grita el anciano.

Varios clientes asienten con aprobación.

Otros miran fijamente a Malone y al resto del equipo.

—Ya lo habéis oído —dice Malone—. A trabajar.

Ya en el coche, Malone ve una Sig Sauer P226 en la funda
de Levin.

—¿Qué más llevas? —le pregunta.

—Nada.

—Es una buena arma —comenta Malone—, pero necesitarás más.

—Es lo que marca el reglamento —afirma Levin.

—Eso cuéntaselo a un macarra cuando te la quite y esté a
punto de pegarte un tiro.

—Necesitas otra de refuerzo —dice Russo—. Y algo que
no sea un arma de fuego.

—¿Como qué? —pregunta Levin.

Russo saca una porra extensible y un puño americano de
los bolsillos. Montague empuña un bate de béisbol serrado
con plomo en el centro.

—Madre de Dios —dice Levin.

—Esto es el norte de Manhattan —afirma Malone—. La
Unidad Especial. Tenemos una misión: resistir. El resto son
meros detalles.

Suena su teléfono.

Es Torres.

DeVon Carter se reunirá hoy con Malone.

7

Malone y Torres se sientan a una mesa con DeVon Carter. Están encima de una ferretería de Lenox, que el traficante utiliza como una de sus numerosas oficinas. La abandonará después de esta reunión y no volverá allí en meses, si es que vuelve.

Por tanto, conjetura Malone, si Carter está dispuesto a quemar uno de sus escondites es que tiene algo que ganar en ese encuentro.

—Querías hablar, ¿no? —empieza Carter—. Pues adelante.

—Acabas de matar a una anciana inocente —dice Malone—. ¿Qué será la próxima vez? ¿Un niño? ¿Una chica embarazada? ¿Un bebé? Si te vengas por lo de Mookie, tarde o temprano sucederá.

—Si no tomo medidas por lo de Mookie, me perderán el respeto —afirma Carter.

—No quiero una guerra en mi territorio —dice Malone.

—Pues habla con los dominicanos. ¿Sabes a quién me enviaron? A un tal Carlos Castillo, un cazarrecompensas muy conocido.

—A Mookie no lo mató un dominicano —dice Malone—. Fue un negro, puede que un Spade.

—¿De qué hablas? —pregunta Carter.

—De que tus Spades cambiarán de bando y se aliarán con los dominicanos —dice Malone—. A lo mejor recibieron un ascenso al cargarse a Mookie.

A Carter se le da bien contener las emociones, pero una mirada momentánea indica a Malone que esa es la verdad.

—¿Qué es lo que quieres que haga? —pregunta Carter.

—Cancela el acuerdo con los moteros. Diles que ya no necesitarás más armas.

El tono de Carter se vuelve más agresivo.

—No te metas en eso.

Se queda mirando a Torres.

Lo cual significa que Torres está al corriente de la venta de armamento, deduce Malone.

—Pienso meterme hasta el fondo.

—Sin armas no puedo enfrentarme a los dominicanos —dice Carter—. ¿Qué quieres que haga? ¿Morirme y ya está?

—De los dominicanos ya nos ocupamos nosotros.

—¿Igual que os ocupasteis de Pena?

—Si es necesario...

Carter sonríe.

—¿Y qué quieres por esos servicios? ¿Tres mil al mes, cinco mil, tarifa plana? ¿O la posibilidad de embolsaros tanto como podáis?

—Te quiero fuera del negocio —sentencia Malone—. Vete a Maui, a las Bahamas o a donde te dé la gana. Si te retiras, nadie irá a por ti.

—¿Me estás pidiendo que renuncie a todo mi negocio y me largue?

—¿Cuánto dinero necesitas para vivir? —pregunta Malone—. ¿Cuántos coches puedes conducir? ¿En cuántas casas puedes vivir? ¿A cuántas mujeres puedes follarte? Estoy ofreciéndote una salida.

—Sabes que esto no funciona así, Malone. Precisamente tú deberías saber que los reyes no se retiran.

—Sé tú el primero.

—¿Y coronarte rey a ti?

—Diego Pena mató a tu chico Cleveland y a toda su familia —dice Malone—. Y tú no moviste ni un dedo. Ese no es el legendario DeVon Carter. Yo creo que tu momento ya pasó.

—¿Sabes qué me han contado? Que estás metiendo la pluma en el tintero. Y que no eres el único caballo blanco al que monta tu amiguita Claudette.

Carter se da un cachete en el antebrazo con el dorso de la mano.

—Si tú o uno de tus chimpancés os acercáis a ella, te mato —le advierte Malone.

—Yo solo digo que, si se pone enferma, puedo curarla —responde Carter con una sonrisa en los labios.

Malone se levanta.

—Mi oferta sigue en pie.

Torres da alcance a Malone en las escaleras.

—¿Qué coño te pasa, Denny?

—Vuelve con tu jefe.

—No husmees en lo de las armas —dice Torres—. Te lo advierto.

Malone se da la vuelta.

—¿Eso es una advertencia o una amenaza?

—En serio, no te metas.

—¿Qué pasa? ¿También sacas tajada de ese negocio?

Malone conoce bien a los moteros. A los blancos no les gusta tratar con negros, pero acceden a negociar con marrones para tratar con ellos.

—Por última vez: no te metas donde no te llaman.

Malone se vuelve y baja las escaleras.

Manhattan Norte se ha convertido en un zoo.

Además de los animales de siempre, ha llegado un rebaño de burócratas de la central y una panda de funcionarios de la alcaldía.

McGivern recibe a Malone en la puerta.

—Denny, debemos controlar esta situación —dice.

—Estamos trabajando en ello, inspector.

—Pues esforzaos más —dice McGivern—. El *Post*, el *Daily News*..., la comunidad entera se nos echa encima.

Por dos flancos, piensa Malone. De una parte, quieren erradicar la violencia en las viviendas sociales; de otra, salen a la calle para protestar por la ofensiva contra las bandas que ha emprendido la policía desde los asesinatos de Gillette y Williams de esta mañana.

¿Qué quieren? Porque las dos cosas no pueden ser.

Malone se abre paso entre la multitud y entra en la sala de reuniones, donde Sykes está dirigiendo una sesión con la Unidad Especial.

—¿Qué tenemos? —pregunta.

—Los dominicanos han negado por activa y por pasiva cualquier relación con la muerte de Gillette —dice Tenelli.

—Pues no es verdad —responde Sykes—. No se esperaban la muerte de Williams y el revuelo que ha causado.

—Lo comprendo —empieza Tenelli—, pero esto va más allá del típico «yo no tuve nada que ver». Han enviado a gente expresamente para hacernos saber que no fue uno de los suyos.

Y no lo fue —interviene Malone—. Subcontrataron a un miembro de los Spades.

—¿Y por qué iban a aceptar los Spades el encargo?

—Es el precio por unirse a los dominicanos —afirma Malone—. Creen que Carter no puede proporcionarles producto de alta calidad, armas o efectivos. O saltan ahora o se quedan atrapados en un barco que naufraga.

Babyface se saca el chupete de la boca.

—Estoy de acuerdo.

—La pregunta es: ¿por qué ahora? —dice Emma Flynn—. Los dominicanos han estado muy tranquilos desde la redada contra Pena. ¿Por qué de repente quieren empezar una guerra?

Sykes proyecta en la pantalla una foto tomada durante una operación de vigilancia.

—Me he puesto en contacto con los de Narcóticos y la DEA —dice—. La información más fiable de la que disponen es que este hombre, Carlos Castillo, ha venido desde República Dominicana para revitalizar la organización. Castillo es un narco de pura cepa. Nació en Los Ángeles, como muchos narcos de su generación, así que tiene ciudadanía dominicana y estadounidense.

Malone observa la imagen granulosa de Castillo, un hombre pequeño de aspecto afable, bien afeitado, con la piel de color caramelo, cabello oscuro y espeso, nariz aguileña y labios delgados.

—La DEA lo tiene en el radar desde hace años —continúa Sykes—, aunque nunca ha recabado pruebas suficientes para poder imputarlo. Pero tiene sentido: Castillo ha venido a encauzar el mercado de la heroína en Nueva York. Integración vertical, de República Dominicana a Harlem, de la fábrica al cliente. Ahora lo quieren todo y Castillo está aquí para liderar la embestida final contra Carter.

Flynn mira a Malone.

—¿De verdad crees que los dominicanos se han unido a los Spades?

Malone se encoge de hombros.

—Es una teoría plausible.

—Es posible que la tregua entre los Spades y los GMB se haya roto —aventura Flynn.

—No es lo que se rumorea en la calle —tercia Babyface.

—¿Qué información tenemos que vincule este asesinato a los Spades? —pregunta Sykes.

Mucha.

Los calabozos del Tres-Dos, el Tres-Cuatro y el Cuatro-Tres están abarrotados de pandilleros: GMB, trinitarios y Dominicans Don't Play. Los han detenido por infinidad de motivos, desde vertidos de basura hasta causas pendientes, pasando por violaciones de la condicional o posesión simple. Los que se han ido de la lengua cuentan la misma historia que Henry Oh No: el autor —algunos hablan de autores— era negro.

—Dudo que alguien dé nombres —dice Sykes.

Sabe que los GMB no entregarían a un sicario de los Spades a la policía porque las represalias las quieren tomar ellos mismos.

—De acuerdo —dice Sykes—, mañana organizaremos verticales en todos los edificios de la zona norte. Empezaremos a sacudir a los Spades y a ver qué cae de los árboles.

Las «verticales» son unas rondas aleatorias en las escaleras de las viviendas sociales que las patrullas suelen reservar para las noches de invierno en las que no quieren pasar frío.

Malone lo entiende: es peligroso y nunca sabes cuándo puedes recibir un balazo o acabar disparando a un niño en la oscuridad, como le ocurrió al pobre agente Liang. Le entró el pánico y mató a un negro desarmado y en el juicio declaró que se le había disparado el arma.

El jurado no le creyó y lo condenaron por homicidio imprudente.

Al menos no fue a la cárcel.

Sí, las verticales son traicioneras. Y ahora van a practicar una redada contra los Spades.

Uno de los representantes del alcalde dice:

—A la comunidad no le va a gustar. Ya están en pie de guerra por las últimas detenciones.

—¿Quién es ese? —pregunta Russo mirando al hombre que acaba de hablar.

—Lo hemos visto alguna vez —responde Malone, tratando de recordar su nombre—. Chandler nosequé, o nosequé Chandler.

—A algunos miembros de la comunidad no les va a gustar —dice Sykes—. Otros fingirán que no les gusta. Pero la mayoría quieren que desaparezcan las bandas. Desean sentirse seguros en sus casas, y se lo merecen. ¿Acaso se lo discutirá la alcaldía?

Bien dicho, piensa Malone.

Pero todo apunta a que la alcaldía sí se lo discutirá.

—¿Y no podríamos hacer algo más quirúrgico? —pregunta Chandler.

—Si tuviéramos un sospechoso confirmado, posiblemente —afirma Sykes—. A falta de uno, esta es la mejor opción.

—Pero la comunidad interpretará la detención de un grupo numeroso de jóvenes negros como una medida discriminatoria.

Babyface suelta una carcajada.

Sykes lo mira con cara de pocos amigos y se vuelve hacia el hombre del alcalde.

—El que está discriminando aquí es usted.

—¿Por qué?

—Porque da por sentado que todos los negros se opondrán a esta operación —dice Sykes.

Él y todos saben por qué está jugando a dos bandas el Ayuntamiento: las minorías son su electorado primordial y no puede granjearse su enemistad.

Está en una encrucijada. Por un lado debe proyectar la imagen de que intenta erradicar la violencia en la comunidad; por otro, no puede permitir que lo relacionen con lo que se percibirá como unas tácticas policiales muy severas contra esa misma comunidad.

Así que presiona para que se produzca una detención a la vez que reniega de cara a la galería de las tácticas que más posibilidades tienen de propiciar dicha detención. Al mismo tiempo, utilizará el caso para desviar la atención del escándalo en el que se halla sumido y centrarla en el Departamento de Policía.

—Después de la muerte de Bennett —prosigue Chandler—, no podemos enemistarnos más...

McGivern, que está de pie al fondo de la sala, lo interrumpe.

—¿Es necesario que mantengamos este debate delante de toda la Unidad Especial? Esto es cosa de los altos mandos, y los agentes tienen trabajo que hacer.

—Si lo prefiere —responde Chandler—, podemos seguir con esta conversación en...

—No vamos a seguir con esta conversación en ningún sitio —dice Sykes—. Le hemos invitado a esta reunión por cortesía y para mantenerle informado, no para que participe en unas decisiones que están en manos del departamento.

—Todas las decisiones policiales son decisiones políticas —replica Chandler.

Acaba de cumplir su objetivo.

Si la operación se salda con el arresto del asesino de Williams, la alcaldía intentará atribuirse el mérito. De lo contrario, el alcalde culpará al comisario, predicará contra la discriminación racial y cruzará los dedos para que los periódicos se ocupen de los problemas de la policía y no de los suyos.

—Vayan a descansar —dice Sykes a sus agentes—. Seguiremos mañana por la mañana.

La reunión ha concluido.

El representante del alcalde se acerca a Malone y le entrega una tarjeta.

—Agente Malone, soy Ned Chandler, ayudante especial del alcalde.

—Sí, ya lo he visto.

—¿Podría dedicarme unos minutos? —pregunta Chandler—. Aunque mejor en otro sitio.

—¿De qué se trata?

Si te dejas ver con alguien a quien el capitán acaba de reprender, puede considerarlo un acto de deslealtad.

—El inspector McGivern cree que es usted la persona indicada.

Conque se trata de eso.

—De acuerdo. ¿Dónde?

—¿Conoce el hotel NYLO?

—En la Setenta y siete con Broadway.

—Nos vemos allí —dice Chandler—. ¿En cuanto termine?

McGivern está al lado de Sykes y saluda a Malone con la mano.

Chandler se va.

—Acaba de meter usted el cuello en la soga —dice McGivern a Sykes—. ¿Cree que esos hijos de puta del Ayuntamiento van a dudar en tirar de la palanca?

—No soy tan iluso —responde Sykes.

A juicio de Malone, tampoco es tan iluso como para pensar que, si se produce un ahorcamiento, McGivern no estará entre los espectadores lanzando vítores, contento de no ser él la víctima. Por eso ha pedido a Sykes que dirigiera la reunión. Si las cosas van bien, McGivern se llevará una palmadita en la espalda por el talento de su subordinado. Si salen mal, estará allí susurrando: «Bueno, yo intenté hacerle entender que...».

—Sargento Malone, contamos contigo —dice ahora McGivern.

—Sí, señor.

McGivern asiente y se va.

—¿Qué tal Levin? —pregunta Sykes.

—Solo he trabajado con él unas siete horas —dice Malone—. Pero, de momento, bien.

—Es un buen policía. Tiene toda una carrera por delante.

«Así que no le jodas». Ese es el mensaje entre líneas.

—¿Qué avances han hecho con el asunto de las armas? —pregunta Sykes.

Malone le informa de todo lo que sabe acerca del acuerdo entre Carter, Mantell y los ECMF. Todavía no ha llegado ningún cargamento, pero las negociaciones siguen su curso. Carter está llevando las conversaciones a través de Teddy desde una oficina situada encima de un salón de belleza en Broadway con la Ciento cincuenta y ocho. Pero si no instalan micrófonos...

—No tenemos suficiente para una orden judicial —afirma Malone.

Sykes se lo queda mirando.

—Haga lo que tenga que hacer, pero recuerde que necesitamos motivos fundados.

—No se preocupe —dice Malone—. Si lo ahorcan, yo lo agarraré de las piernas.

—Se lo agradezco, sargento.

—Un placer, capitán.

El equipo está esperando a Malone en la calle.

—Levin —dice—, ¿por qué no te vas a casa y echas una cabezada? Los mayores tenemos que hablar.

—De acuerdo.

Está un poco mosqueado, pero se marcha.

—¿Qué opináis? —pregunta Malone.

—Parece buen chaval —dice Russo.

—¿Podemos confiar en él?

—¿En qué sentido? —pregunta Monty—. ¿Laboral? Probablemente. En otras cosas, ya no lo sé.

—Hablando del tema —dice Malone—, he recibido autorización para instalar un micrófono en casa de Carter.

—¿Con orden judicial? —tercia Monty.

—Sí, una orden tácita —responde Malone—. Lo organizaremos después de la operación de mañana. Tengo que ir a ver al tipo del Ayuntamiento.

—¿Para qué? —pregunta Russo.

Malone se encoge de hombros.

Malone está tomando un agua con gas en un moderno y lujoso hotel del West Side llamado NYLO. Habría pedido una bebida de verdad, pero el hombre con el que se ha citado es del Ayuntamiento y nunca se sabe.

Ned Chandler entra un minuto después, mira a su alrededor, localiza a Malone y se sienta a su mesa.

—Siento llegar tarde.

—No pasa nada —dice Malone.

Está molesto. Chandler es el que ha propuesto la reunión, así que debería haber llegado puntual, o incluso con antelación. Uno no pide un favor y luego hace esperar a la persona de la que quiere algo.

Pero trabaja en el Ayuntamiento, así que Malone imagina que esas normas no le atañen. Chandler levanta la barbilla como si así pudiera captar la atención inmediata de la camarera, cosa que ocurre.

—¿Qué whiskies de malta tenéis? —pregunta.

—Laphroaig Quarter Cask.

—Demasiado ahumado. ¿Qué más?

—Un Caol Ila de doce años —dice la camarera—. Es muy ligero y refrescante.

—Ponme uno de esos.

Malone conoce a Ned Chandler desde hace cuarenta segundos y ya tiene ganas de darle un puñetazo a ese gilipollas elitista. A duras penas supera la treintena y lleva camisa de cuadros, corbata de lana, chaqueta gris y pantalones de pana marrones.

Solo por eso, ya lo odia.

—Sé que su tiempo es muy preciado —empieza Chandler—, así que iré directo al grano.

Siempre que alguien te dice que tu tiempo es muy preciado, piensa Malone, en realidad se refiere a que su tiempo es muy preciado.

—Le ha recomendado Bill McGivern —prosigue—. Evidentemente, conozco su reputación, que me tiene impresionado, por cierto. Pero Billy asegura que es usted profesional, competente y discreto.

—Si pretende infiltrar a un espía en el equipo de Sykes, no soy la persona adecuada.

—Agente, no busco un espía —responde Chandler—. ¿Conoce usted a Bryce Anderson?

No, piensa Malone, no conozco a un constructor multimillonario de la Comisión de Vivienda de la ciudad. Pues claro que lo conozco, joder. Tiene intención de instalarse en el despacho del alcalde en cuanto su actual ocupante se mude al del gobernador.

—Sé quién es, pero no lo conozco en persona —contesta Malone.

—Bryce tiene un problema que requiere discreción —dice Chandler.

En ese momento deja de hablar, pues se acerca la camarera con su whisky de malta ligero y refrescante.

—Lo siento —dice Chandler a Malone—. Debería haberle preguntado si quería...

—No, está bien.

—Está usted de servicio.

—Eso es.

—Bryce tiene una hija —explica Chandler—. Lyndsey. Veintitrés años, inteligente, guapa, la niñita de los ojos de su padre y todas esas ñoñerías. Es licenciada *summa cum laude* por el Smith College, pero decidió crear su propia marca de tendencias convirtiéndose en una celebridad de YouTube.

—¿Cuál es su marca de tendencias?

—No tengo ni la más remota idea —contesta Chandler—. Probablemente ella tampoco. El caso es que la pequeña Lyndsey tiene novio, un auténtico macarra. Por supuesto, sale con él para vengarse de papá por habérselo dado todo.

Malone detesta que los civiles intenten hablar como policías.

—¿Por qué es un macarra?

—Es un fracasado total —dice Chandler.

—¿Negro?

—No, al menos la muchacha nos ha ahorrado ese tópico. Kyle es un muerto de hambre blanco que se cree el próximo Scorsese. Pero en lugar de rodar *Malas calles* le dio por grabar un vídeo sexual con la hija de Bryce Anderson.

—Y ahora amenaza con hacerlo público —dice Malone—. ¿Cuánto pide?

—Cien mil. Si esa cinta sale a la luz, le arruinará la vida a la chica.

Por no hablar de las opciones de su padre en las elecciones, piensa Malone. Un candidato a dirigir a las fuerzas de la ley y el orden que pretende erradicar a las bandas callejeras pero no es capaz de controlar a su propia hija.

—¿Cómo se apellida el tal Kyle?

—Havachek.

—¿Conoce su dirección?

Chandler desliza un trozo de papel encima de la mesa. Havachek reside en Washington Heights.

—¿Viven juntos? —pregunta Malone.

—Antes sí —dice Chandler—. Lyndsey volvió con mamá y papá y fue entonces cuando empezó el chantaje.

—El chaval perdió su sustento y ahora necesita otro —observa Malone.

—Yo también lo interpreto así.

Malone se guarda el papel en el bolsillo.

—Me ocuparé de ello.

Chandler parece inquieto, como si quisiera decir algo pero no supiera cómo hacerlo educadamente. Malone le ayudaría, pero no le apetece. A la postre, Chandler dice:

—Bill comentó que usted podría encargarse de esto sin... dejarse llevar.

Malone quiere que lo diga. Como los mafiosos cuando piden algo similar. Quiero que le den una paliza. No quiero que le den una paliza. Quiero que lo castiguen, que le den una lección...

Si hiciera falta matar a ese fracasado para impedir que la cinta saliera a la luz, me pedirían que lo hiciera. De lo contrario, no quieren más líos, y mucho menos un cargo de conciencia.

Odio a esta gente, joder.

Pero finalmente deja que Chandler se vaya de rositas.

—Haré lo conveniente.

Les encanta esa palabra.

—Entonces, ¿somos de la misma opinión? —pregunta Chandler.

Malone asiente.

—En cuanto a los honorarios por su tiempo...

Malone ignora el comentario.

Esto no funciona así.

Russo lo recoge en la calle Setenta y nueve.

—¿Qué quería el hombre del alcalde? —pregunta.

—Un favor —dice Malone—. ¿Tienes tiempo?

—Para ti sí, cariño...

Se dirigen a Washington Heights y la dirección corresponde a un edificio ruinoso de la Ciento setenta y seis entre Saint Nicholas y Audubon. Russo aparca en la calle. Malone ve a un niño en la esquina, se acerca y le da veinte dólares.

—El coche estará entero cuando volvamos, ¿verdad?

—¿Sois polis?

—Si alguien roba ese coche, seremos enterradores.

Havachek vive en la cuarta planta.

—¿Por qué los macarras no viven nunca en un primer piso o en una finca con ascensor? —pregunta Russo cuando empiezan a subir las escaleras—. Soy demasiado viejo para esta mierda. Me duelen las rodillas.

—Las rodillas son el primer síntoma —dice Malone.

—Gracias a Dios, ¿eh?

Malone llama a la puerta de Havacheck.

—¿Quién es?

—¿Quieres cien mil o no quieres cien mil? —dice Malone.

El joven entreabre la puerta, pero Malone acaba el trabajo de una patada.

Havachek es alto y delgado y lleva el pelo recogido en un moño. Le está saliendo un enorme moratón en la frente a causa del golpe que acaba de recibir. Lleva un jersey harapiento, vaqueros negros ajustados y botines. Da un paso atrás y se lleva la mano a la frente para comprobar si hay sangre.

—Desnúdate —le ordena Malone.

—¿Quién coño eres tú?

—Soy el tío que acaba de decirte que te desnudes —responde Malone, que saca la pistola—. No me obligues a repetírtelo, Kyle, porque la otra opción no te va a gustar.

—Eres una estrella del porno, ¿no? —dice Russo—. Pues esto debería ser tarea fácil para ti. Ahora quítate la puta ropa.

Kyle se queda en calzoncillos.

—Todo —le indica Russo mientras se quita el cinturón.

—¿Qué vas a hacer? —pregunta Kyle.

Le tiemblan las piernas.

—Si quieres ser una estrella del porno, tendrás que acostumbrarte —dice Malone.

—Todo en una misma jornada laboral —dice Russo.

Kyle se quita los calzoncillos y se cubre los genitales.

—¿Esa es forma de comportarse para una estrella del porno? —le pregunta Russo—. Venga, semental, enséñanos qué tienes ahí.

Señala con la pistola y Kyle levanta las manos.

—¿Qué se siente al estar desnudo delante de unos desconocidos? —dice Malone—. ¿No te parece que Lyndsey Anderson podría sentirse igual? Es una buena chica, no un espantajo de esos de las películas guarras.

—Me lo propuso ella —asegura Kyle—. Dijo que era una manera de sacarle pasta a su familia.

—Eso no va a suceder, Kyle —responde Malone—. ¿Ya lo has colgado en Internet?

—No.

—Dime la verdad.

—¡Es la verdad!

—Me alegro —dice Malone—. Es una respuesta beneficiosa para ti.

Luego coge el ordenador, ve que la ventana da a un callejón y la abre.

—¡Cuesta mil doscientos dólares! —grita Kyle.

—Algo tiene que salir por esta ventana —le responde—. O tú o el portátil. Elige.

Havachek elige el portátil. Malone lo lanza por la ventana y mira cómo se hace añicos contra el cemento.

—¿Lyndsey ha participado en todo esto?

—Sí.

—Pégale, dile que es mentira.

Russo lo azota en la parte trasera de los muslos con el cinturón.

—Es mentira.

—No, fue... Fue idea suya.

—Pégale otra vez.

Russo le pega.

—¡Estoy diciendo la verdad!

—Y te creo —dice Malone—, pero te mereces unos azotes. Te mereces mucho más, pero voy a hacer lo conveniente.

—Es una persona muy conveniente —añade Russo.

—Voy a decirte una cosa, Kyle —continúa Malone—: si esa cinta aparece en algún sitio o me entero de que le haces esto a otra chica, volveremos y recordarás estos azotes con nostalgia.

—Como tu época dorada —dice Russo.

—Cuando Lyndsey te envíe un mensaje preguntando qué tal, no contestarás. No atenderás sus llamadas, no responderás a sus mensajes de Facebook, no te pondrás en contacto con ella. Simplemente, desaparecerás. Y si no lo haces... —Malone le apunta a la frente—. Desaparecerás. Vuelve a Jersey, Kyle. No tienes lo que hace falta para jugar en esta ciudad.

—Esto es otra liga —apostilla Russo.

Malone le apoya las manos en los hombros. Como si fuera un padre, como si fuera un entrenador.

—Y ahora quiero que te quedes aquí sentado una hora y pienses en lo imbécil que llegas a ser. —Le propina un fuerte rodillazo en la entrepierna. Kyle cae en posición fetal, gimiendo de dolor e intentando recobrar el aliento—. Así no se trata a una mujer, aunque te lo pida.

Cuando bajan las escaleras, Malone pregunta:

—¿He sido inconveniente?

—No, no lo creo —dice Russo.

Al salir, el coche está allí esperándolos.

Intacto.

Malone llama a Chandler.

—Asunto arreglado.

—Le debemos una —dice Chandler.

En efecto, piensa Malone.

Esta noche, Claudette solo quiere tocar los huevos y no hay más que hablar.

Y cuando una mujer, ya sea negra, blanca, bronceada o de color berenjena, quiere tocar los huevos, te los toca, piensa Malone.

Tal vez sean las noticias, las imágenes de la policía arrestando a chavales negros, los manifestantes, quién sabe. Tal vez sea el hecho de que, muy hábilmente, las cadenas de televisión han mezclado las redadas en las viviendas sociales con el caso de Michael Bennett, y Cornelius Hampton está en su lugar habitual dirigiéndose a las cámaras:

—No hay justicia para los jóvenes afroamericanos. Les garantizo que, si Sean Gillette fuera blanco y hubiera muerto a plena luz del día en un barrio blanco, la policía ya tendría a un sospechoso bajo custodia. Y les garantizo también que, si Michael Bennett fuera blanco, el juicio contra su asesino habría estado en manos de un gran jurado mucho antes.

Con una cadencia exquisita, el fiscal del distrito acaba de llevar el caso de Bennett al gran jurado y ahora tardará semanas, si no meses, en emitir un veredicto. Si a ello le sumamos los asesinatos en el Nickel, la comunidad está furiosa.

—¿Tiene razón? —pregunta Claudette.

Están sentados delante del televisor disfrutando de la comida india que ha traído Malone: pollo tikka para ella y ternera korma para él.

—¿En qué? —dice Malone.

—En general.

—¿Crees que no estamos poniendo empeño en averiguar quién ha matado a esas dos personas hoy? ¿Crees que nos quedamos de brazos cruzados porque son negros?

—Solo preguntaba.

—Ya. Mira, vete a la mierda.

No está de humor para tonterías.

Pero Claudette sí.

—Sé sincero. ¿Vas a decirme que, al menos inconscientemente, Gillete no significa un poco menos para ti porque es solo otro *jamaal*? Así los llamáis, ¿verdad? *Jamaals*.

—Sí, los llamamos *jamaals* —responde Malone—. Y también «idiotas», «catetos», «quinquis», «chicos de la esquina»...

—¿Y «negratas»? —persiste Claudette—. He oído a policías en urgencias riéndose porque le han pegado a un negro en la cabeza, porque han puesto a tono a un morenito. ¿Tú también hablas así cuando yo no estoy, Denny?

—No tengo ganas de discutir —responde—. Ha sido un día largo.

—Pobrecito.

Ahora la ternera korma sabe asquerosa y siente cómo se apodera de él la maldad.

—Si vas a sentirte mejor, el único chaval al que le he pegado hoy era blanco.

—Genial, eres un matón de la igualdad de oportunidades.

—Hoy han asesinado a dos personas —dice Malone, incapaz de contenerse—. Ese chico y una anciana. ¿Y sabes por qué? Porque un negrata tiene que vender sus drogas.

—Que te jodan.

—Me estoy dejando la piel para resolver esos casos.

—Exacto —dice Claudette—. Para ti son casos, no personas.

—Por el amor de Dios, Claudette. ¿Vas a decirme que para ti cada paciente que llega en camilla es un ser humano de pleno derecho y que nunca es un trabajo más, otro pedazo de carne, que intentas salvarlos pero a la vez no los odias un poquito porque son unos borrachos y unos drogatas que te salpican con su mierda?

—Estás hablando de ti, no de mí.

—Sí, y no era ese dolor, el dolor de esa otra gente, el que te hacía inyectarte heroína, ¿verdad?

—Vete a la mierda, Denny. —Se levanta—. Mañana empiezo temprano.

—Acuéstate.

—Creo que sí.

Pero espera hasta que cree que Malone se ha dormido y se mete en la cama, y él tiene la sensación de estar otra vez en Staten Island.

Malone tiene unas pesadillas horribles.

Billy O yace en el suelo como un poste eléctrico que ha sido derribado.

Pena tiene la boca abierta y la mirada perdida pero acusadora. Del techo caen copos de nieve, la pared escupe ladrillos blancos, un perro forcejea para librarse de su cadena y unos cachorros asustados aúllan.

Billy intenta respirar como un pez retorciéndose en la cubierta de un barco.

Malone llora y golpea a Billy en el pecho. Le sale nieve de la boca e impacta en el rostro de Malone.

Se le congela en la piel.

Dentro de su cabeza estallan balas de ametralladora.

Abre los ojos.

Mira por la ventana de Claudette.

Son martillos neumáticos.

Unos trabajadores del Ayuntamiento con cascos amarillos y chalecos naranjas están arreglando la calle. El supervisor está sentado en la puerta de un camión fumando un cigarrillo y leyendo el *Post*.

Maldita Nueva York, piensa Malone.

La dulce y jugosa Manzana Podrida.

No solo ha soñado con Billy.

Ese ha sido el último.

Hace tres noches fue aquel muerto cuando trabajaba en el Distrito Diez. Respondió a la llamada y subió a la sexta planta de las viviendas sociales Chelsea-Elliott. La familia estaba cenando. Cuando les preguntó dónde estaba el cuerpo, el padre señaló con el pulgar en dirección al dormitorio.

Al entrar, vio a un niño tumbado boca abajo en la cama.

Tenía siete años.

Pero Malone no encontraba heridas ni indicios de traumatismos, nada. Le dio la vuelta y vio la jeringuilla clavada en el brazo.

Con siete años y se inyectaba caballo.

Tragándose la rabia, Malone volvió al comedor y preguntó a la familia qué había ocurrido.

El padre dijo que el niño «tenía problemas».

Y siguió comiendo.

Así que está ese sueño.

Pero hay otros.

Cuando llevas dieciocho años en la profesión, ves cosas que preferirías no haber visto. ¿Qué se supone que debe hacer? ¿Hablarlo con un terapeuta? ¿Con Claudette? ¿Con Sheila? Aunque lo hiciera, no lo entenderían.

Va al cuarto de baño y se echa agua fría en la cara. Cuando sale, Claudette está en la cocina preparando café.

—¿Una mala noche?

192

—Estoy bien.

—Por supuesto —dice ella—. Tú siempre estás bien.

—Exacto.

¿Qué le pasa, joder? Malone se sienta a la mesa.

—Quizá deberías hablar con alguien —dice Claudette.

—Sería un suicidio profesional. —Ella no sabe lo que ocurre cuando un policía acude voluntariamente a un loquero. Tareas administrativas el resto de su carrera, porque nadie quiere salir a la calle con un tarado en potencia—. De todos modos, tampoco me imagino lloriqueándole a un psiquiatra porque tengo pesadillas.

—Porque tú no eres débil como los demás.

—Joder, si quisiera oír lo gilipollas que soy...

—¿Volverías con tu mujer? —pregunta Claudette—. ¿Por qué no lo haces?

—Porque quiero estar contigo.

Claudette va a la encimera, prepara una ensalada para almorzar y coloca minuciosamente los ingredientes en un envase de plástico.

—Ya sé que solo un policía puede entender por lo que estás pasando. A todos os molesta que os culpen de haber asesinado a Freddie Gray o a Michael Bennett, pero no sabéis lo que se siente cuando te culpan de ser Freddie Gray o Michael Bennett. Tú crees que la gente te odia por lo que haces, pero no tienes que pensar que la gente te odia por lo que eres. Tú puedes quitarte esa chaqueta azul. Yo vivo veinticuatro horas al día en esta piel.

»Lo que eres incapaz de entender, Denny, porque eres un hombre blanco, es la enorme... carga... que supone ser negro en este país. La carga agotadora que llevas encima de los hombros, que te deja los ojos cansados y las piernas doloridas solo de caminar.

Claudette pone la tapa al envase.

—Y ayer noche tenías razón: a veces odio a mis pacientes y estoy cansada, Denny, cansada de limpiar lo que se hacen unos a otros, lo que nos hacemos unos a otros, y a veces los odio porque son negros, como yo, y porque me hace preguntarme cosas sobre mí misma.

Guarda el envase en el bolso.

—Así que eso es lo que vivimos, cariño —remacha—. Cada puñetero día. No olvides cerrar con llave.

Le da un beso en la mejilla y se va.

Como un regalo, la primavera ha llegado prematuramente a la ciudad.

La nieve se ha derretido y el agua corre por las alcantarillas como si fueran pequeños riachuelos. Un atisbo de sol promete calor.

Nueva York está dejando atrás el invierno. No es que haya hibernado nunca; la ciudad tan solo se ha subido el cuello del abrigo para protegerse de los vientos que han azotado sus desfiladeros, sus rostros congelados y sus labios entumecidos. Los neoyorquinos soportan el invierno como soldados en una batalla.

Ahora la ciudad se destapa.

Y La Unidad se prepara para atacar el Nickel.

—Al principio tómatelo con calma —aconseja Malone a Levin—. No intentes demostrar tu valía. Quédate rezagado y observa hasta que le cojas el tranquillo. No te preocupes, te mencionaremos en los informes. Te atribuiremos alguna detención para dejarte en buen lugar.

Van camino del Edificio Seis, situado en el norte de Saint Nick's, para realizar una vertical.

La banda ya sabe que hay presencia policial allí y en otros cuatro edificios. Los aspirantes de diez años han dado la alarma por medio de gritos y silbatos. La gente huye del vestíbulo como si los hombres de Malone llevaran ántrax. Los dos que quedan les lanzan una mirada asesina y Malone oye a uno de ellos farfullar «Michael Bennett», pero lo ignora.

Levin se dirige a la puerta de la escalera.

—¿Dónde vas? —le pregunta Russo.

—Creía que íbamos a comprobar primero las escaleras.

—Piensas subir por las escaleras, ¿verdad?

—Sí.

—Puto gilipollas —dice Russo—. Iremos en ascensor hasta la azotea y luego bajaremos. Así no se nos cansan las piernas y atacamos los problemas desde arriba, no desde abajo.

—Ah.

—¿En la Universidad de Nueva York, decías?

Una anciana sentada en una silla plegable sacude la cabeza al oír a Levin.

Suben hasta la decimocuarta planta y salen del ascensor.

Las paredes están cubiertas de grafitis de las bandas.

El equipo llega a la puerta metálica que da a la escalera, la abre y se desata el caos. Cuatro miembros de los Spades, uno de los cuales va armado, se dispersan como una bandada de perdices y echan a correr escaleras abajo.

Más por instinto que por otra cosa, Malone sale detrás de ellos, pero Levin salta por encima de la barandilla y lo adelanta.

—¡Quieto, novato! —le grita.

Pero Levin ya está en la decimotercera planta, y entonces Malone oye el disparo, que retumba por toda la escalera y lo deja sordo. Con un zumbido en los oídos, baja a toda velocidad, convencido de que encontrará a Levin desangrándose. Sin embargo, justo cuando llega, lo ve abalanzarse sobre el tirador y estamparlo contra la pared del descansillo.

El pandillero intenta arrojar la pistola por las escaleras, pero Russo les ha dado alcance y se hace con ella.

Levin está sobreexcitado.

—¡Coge la pistola! ¡Ese gilipollas me ha disparado!

Le atenazan el miedo y el nerviosismo, pero logra esposar al agresor. Monty lo obliga a tumbarse boca abajo y le pone la rodilla en el cuello. Levin se sienta con la espalda apoyada en pared y respira entrecortadamente a medida que la adrenalina va atenuándose.

—¿Estás bien? —le pregunta Malone.

Levin se limita a asentir. Está demasiado asustado para hablar.

Malone lo entiende, conoce bien la sensación de estar a punto de morir.

—Cuando hayas recuperado el aliento, trasládalo al Tres-Dos. Quiero que te lleves tú los laureles.

Cuando Malone llega a la comisaría, Levin está esperándolo.

—Odelle Jackson. Estaba en busca y captura por posesión de crack. Por eso se la jugó disparándole a un policía.

—¿Dónde está ahora?

—En el calabozo de la brigada.

Malone va al piso de arriba y ve a Jackson entre rejas.

Levin está sentado en el vestuario.

—¿Qué coño es esto, Levin? —le pregunta Malone—. Parece que Jackson acabe de salir de la iglesia.

—¿Y qué pinta debería tener? —dice Levin.

—Pinta de haber recibido una buena paliza.

—Yo no hago esas cosas —responde Levin.

—Ha intentado matarte —dice Monty.

—Y lo encerrarán por ello.

—Mira —tercia Malone—, sé que te preocupa todo eso de la justicia social y que las minorías te quieran, pero si Jackson llega a la cárcel sin que parezca que le han dado una buena tunda, todos los delincuentes de Nueva York creerán que pegarle un tiro a un agente de policía sale gratis.

—Si no le partes los huesos a ese individuo, nos pondrás a todos en peligro —dice Monty.

Levin parece afligido.

—No estamos pidiéndote que le metas un desatascador por el culo —añade Russo—, pero si no le pegas una paliza, aquí nadie te respetará.

—Ve a cumplir con tu deber o vacía tu taquilla —remacha Malone.

Veinte minutos después bajan a Jackson para meterlo en la furgoneta que lo trasladará a los juzgados. La cabeza parece una calabaza, apenas puede abrir los ojos, cojea y lleva las manos sobre las costillas.

Levin ha hecho un buen trabajo.

—Te caíste por las escaleras cuando mis hombres te detuvieron, ¿verdad? —pregunta Malone—. ¿Necesitas atención médica?

—Estoy bien.

Sí, estás bien ahora, piensa Malone. A los guardias de los juzgados no les gusta la poli, así que te dejarán en paz. Pero cuando llegues a la trena, la cosa cambiará. Allí siempre se sienten amenazados y se toman muy en serio los ataques contra la policía. Para los demás presos serás un héroe, pero los guardias te sacarán a dar otro paseo.

Parece que Levin va a vomitar.

Malone lo entiende. Él se sintió igual cuando un veterano lo obligó a darle una paliza a su primer detenido.

Si no le falla la memoria.

Fue hace mucho tiempo.

Monty entra en la sala y entrega una hoja a Malone.

—El señor Jackson está teniendo un día espantoso.

Malone lee el documento. La bala que Jackson disparó a Levin coincide con la que acabó en el pecho de Mookie Gillette.

Es la misma pistola.

—Sargento —dice Malone—, quítenle las esposas a ese tío. Estaremos en la sala de interrogatorios número uno. Y llama a Minelli, de Homicidios. Querrá estar presente.

Han encadenado a Jackson a la mesa.

Malone y Minelli están sentados delante de él.

—Parece que estás teniendo el peor día de la historia. Le pegas un tiro a un policía, fallas y encima vas a pringar por doble homicidio —dice Malone.

—¿Doble? Yo no maté a la señora Williams.

—Escucha, esta teoría es interesante —interviene Minelli—. Según la ley, el hecho de que tú dispararas a Mookie provocó que él disparara a la señora Williams. Así que te van a condenar por los dos.

—Yo no maté a Mookie —exclama Jackson—. Estaba allí, pero yo no disparé. Lo hizo el que escapó.

El pistolero le pasa el arma a un miembro más joven de la banda y este huye.

—Todavía tienes el arma del crimen —afirma Minelli—. Y has vuelto a utilizarla.

—Me la dieron para que me deshiciera de ella —responde Jackson.

—Y no lo hiciste, tonto del culo —interviene Malone.

—¿Quién te dio la pistola? —pregunta Minelli—. ¿Quién disparó?

Jackson mira a la mesa.

—Ya sabes cómo funciona esto. O cargas tú con los asesinatos o carga otro. Me importa una mierda quién lo haga. El asunto quedará zanjado de todos modos.

—Ahora lo entiendo —dice Malone—. Matar a Mookie te da reputación en la calle. Pero ¿en serio quieres pagar por lo de la señora Williams?

—Aun así me acusarán de lo del policía.

—Según la legislación de Nueva York —le explica Malone—, te caerán de cuarenta años a cadena perpetua por disparar a un policía. Con tus dos condenas anteriores, yo diría que será cadena perpetua.

—Así que estoy jodido de todos modos.

—Si nos dices quién es el asesino —responde Malone—, tal vez podamos ayudarte con la agresión al policía. No saldrás en libertad sin cargos, pero podemos pedirle al fiscal del distrito que le diga al juez que cooperaste en la resolución de un doble homicidio. Te caen cuarenta años, pero cumples quince y puedes seguir con tu vida. De lo contrario, morirás allí dentro.

—Si los delato, me matarán en la cárcel igualmente —dice Jackson.

Malone lo ve en sus ojos. El chaval sabe que su vida ha terminado.

Una vez que la maquinaria te atrapa, no te suelta hasta que te ha destrozado.

—¿Tienes abuela? —pregunta Malone.

—Pues claro que tengo abuela —dice Jackson. Se toma unos segundos más y por fin suelta—: Jamichael Leonard.

—¿Dónde podemos encontrarlo? —pregunta Minelli.

—En casa de su primo.

Les facilita la dirección.

Malone lo acompaña de nuevo a la furgoneta que lo trasladará a los juzgados.

—Nos pondremos en contacto con tu abogado de oficio.

—Ya, claro.

Lo esposan y lo meten en la furgoneta.

—¿Quieres que te incluya en el informe? —le pregunta Minelli.

—No —dice Malone—. Demasiada tinta nos convierte en objetivos. Pero hazme un favor: menciona a Levin y pon a Sykes al corriente antes de pasar a recogerlo.

—¿En serio?

—Sí. ¿Por qué no?

Como sabe cualquier mafioso, si quieres comer, no hay que hacerlo solo. Repartir da sus dividendos.

Baja al vestuario y se encuentra allí a Russo, Montague y Levin.

—Novato, si te vas a sentir mejor, Jackson ha confesado quién es el asesino de Williams —anuncia Malone—. El mérito es tuyo.

Eso ayuda, pero no es la solución. Lo ve en los ojos de Levin: la primera vez que dejas algo de ti mismo en las calles resulta doloroso. La cicatriz aún no se ha formado, y lo notas.

—Creo... —dice Malone— que nos hemos ganado una noche de bolos.

8

Las noches de bolos son toda una institución en la Unidad Especial.

La asistencia es obligatoria y no se admiten excusas. Los hombres deben decir a sus mujeres y novias que van a jugar a los bolos con sus compañeros.

Para el líder del equipo es un privilegio —aunque algunos lo considerarían un deber— convocar una partida de bolos para soltar lastre, y, cuando un policía recibe un disparo, el lastre es muy grande.

Si un compañero es asesinado, no se habla de ello; si se salva por los pelos, tienes que hablar, sacártelo de dentro, reírte, porque mañana o pasado tendrás que bajar otras escaleras.

Los 10-13 son frecuentes. El nombre proviene del código radiofónico para informar de que un agente precisa ayuda. Se citan en algún sitio y celebran una fiesta. Pero la noche de bolos es otra cosa: se ponen elegantes; las mujeres y novias, e incluso las amantes, se quedan en casa, y no visitan los bares habituales.

La noche de bolos es de primera clase en todos los sentidos.

Sheila, con la perspicacia habitual de la esposa de un policía de Staten Island, dijo en una ocasión:

—No vais a jugar a los bolos. Es una tapadera para comer hasta reventar, emborracharos y follar con putas baratas.

201

Lo cual no es cierto, pensó Malone cuando salió por la puerta aquella noche. Es solo una tapadera para cenar fuera, emborracharse y follar con putas caras.

Levin no quiere ir.

—Estoy hecho polvo —dice—. Creo que me voy a casa a descansar.

—Esto no es una invitación —responde Malone—. Es una orden.

—Tú vienes —añade Russo.

—Formas parte del equipo —dice Monty—, así que tienes que venir a la noche de bolos.

—¿Y qué le digo a Amy?

—Que saldrás con tus compañeros y que no te espere despierta —afirma Malone—. Y ahora vete a casa, dúchate y ponte guapo. Nos vemos en Gallaghers a las siete.

Mesa esquinera en Gallaghers, calle Cincuenta y dos.

Russo va especialmente elegante esta noche: traje gris pizarra, camisa blanca a medida, puños franceses y gemelos de perla.

—¿Oíste el disparo? —pregunta Russo.

—Después —dice Levin—. Eso es lo raro. Lo oí después.

—Menudo placaje le hiciste a ese gilipollas. Tendrían que ficharte los Jets.

—¿Los Jets hacen placajes? —pregunta Malone.

Y siguen haciendo hablar a Levin para que se arrogue cierto mérito por su valentía, por haber sobrevivido.

—Lo bueno es que probablemente ya has cubierto el cupo —añade Malone.

—¿A qué te refieres? —pregunta Levin.

—La mayoría de los policías no reciben un disparo en toda su carrera —le explica Montague—. Tú sí, y fallaron. Seguramente no volverá a ocurrir nunca más. Saldrás ileso y dentro de veinte años cobrarás la pensión.

Malone les llena los vasos.

—¡Brindemos por ello!

—¿Os acordáis de Harry Lemlin? —dice Russo.

Malone y Monty se echan a reír.

—¿Quién era Harry Lemlin? —pregunta Levin. Le encantan esas batallitas y ni siquiera se enfada porque le hayan impuesto una multa de cien pavos por llevar camisa con botones en los puños.

—Puño francés —le había dicho Malone—. Cuando el equipo sale por ahí, se pone elegante. Hay que causar buena impresión. Puño francés y gemelos.

—No tengo gemelos.

—Pues cómprate unos —dice Malone, que saca cien dólares de la cartera de Levi.

—¿Quién era Harry Lemlin? —insiste—. Contadme la historia.

—Harry Lemlin...

—Harry No Te Rindas Nunca —tercia Monty.

—Harry No Te Rindas Nunca —continúa Russo— era un auditor del Ayuntamiento que se encargaba de que el presupuesto pareciera más o menos legítimo. Y tenía un trancón. Esos sementales que montan a las yeguas bajaban la cabeza avergonzados cuando veían a Harry. Su polla llegaba a las reuniones dos minutos antes que él. Total, que Harry frecuentaba el club de Madeleine. Por aquella época, Madeleine hacía la mayoría de sus negocios en casa.

Malone esboza una sonrisa. Russo se ha puesto en plan cuentacuentos.

—Si no me equivoco, en aquel momento vivía en la Sesenta y cuatro con Park. Así que Harry empezó a tomar Viagra. Lo mejor que le había pasado en la vida, según decía. La penicilina y la vacuna contra la polio son una mierda. Lo que le encanta a Harry es la pastilla azul.

—¿Qué edad tenía? —pregunta Levin.

—¿Me dejas contar la historia, joder? —dice Russo—. ¿O vas a seguir interrumpiéndome? Estos chavales de hoy en día...

—La culpa es de los padres —dice Monty.

—Eso son otros cien —comenta Malone.

—Harry tendría sesenta y pico, no lo sé —dice Russo—. Pero como si tuviera diecinueve. De dos en dos, de tres en tres. Es un motor de vapor. Las chicas trabajan en equipo, las está destrozando. A Madeleine no le importa. Ella gana dinero y a las chicas les encanta porque deja buenas propinas.

—Propinas por centímetros —comenta Monty.

—¿Por qué no multas a Monty? —pregunta Levin.

—Y otros cien.

—Así que, una noche —prosigue Russo, que está tomándole el gusto a la historia—, los tres estamos vigilando la casa de un traficante de coca y Malone recibe una llamada de Madeleine en su teléfono privado. Está nerviosa, llorando. «Harry ha muerto». Vamos corriendo y, efectivamente, ahí está Harry en el catre, rodeado de putas que lo lloran como si fuera Jesucristo o algo sí, y Madeleine dice: «Tenéis que sacarlo de aquí».

»Pues claro, pensamos, porque aquello iba a ser bochornoso: el auditor desnudo en el catre a la una de la madrugada con un par de prostitutas. Teníamos que mover el cuerpo. El primer problema fue vestir a Harry, porque debía de pesar ciento veinticinco kilos y, por así decirlo, había un obstáculo en el camino.

—¿Un obstáculo? —pregunta Levin.

—El soldado de Harry seguía cuadrado —dice Russo—, listo para entrar en combate. Intentamos ponerle los calzoncillos y, lo que era peor, los pantalones, que le venían un poco justos, y tuvimos que pelearnos con aquella asta..., y no bajaba, no sé si por la pastilla, por el *rigor mortis* o por qué, pero...

Russo se echa a reír.

Malone y Monty se contagian y Levin lo está pasando fenomenal.

—¿Y qué hicisteis?

—¿Qué coño íbamos a hacer? —dice Russo—. Seguir probando. Le pusimos la ropa: los pantalones, la camisa, la americana y la corbata, todo, pero tenía ese tronco de madera asomando y te juro que cada vez estaba más grande. Era como si su polla fuera Pinocho y acabara de contar una mentira.

»Bajé, le di veinte dólares al portero para que saliera a fumar y me quedé vigilando el vestíbulo. Monty y Malone metieron al tío en el ascensor, lo sacamos a rastras por una puerta trasera y lo metimos en el coche, lo cual no fue tarea fácil.

»Sentamos a Harry en el asiento delantero como si estuviera borracho y fuimos a su oficina, que está en el centro. Le dimos cien dólares al guardia de seguridad, lo metimos otra vez en el ascensor y lo colocamos en su silla como si fuera un trabajador entregado que se ha quedado hasta las tantas.

Russo bebe un sorbo de Martini y pide otro.

—¿Y ahora qué? Lo lógico era largarnos de allí y que lo encontraran por la mañana, pero a todos nos caía bien Harry. Lo apreciábamos mucho y no teníamos valor para dejarlo ahí pudriéndose, así que...

»Malone llamó al sargento de recepción del Distrito Cinco. Le soltó la milonga de que había pasado por delante del edificio, había visto las luces encendidas y había decidido visitar a su amigo Harry, bla, bla, bla, y le pidió que enviara una unidad.

»Primero suben los agentes y luego el médico forense de guardia. Echa un vistazo a Harry y dictamina que le ha explotado el corazón. Nosotros asentimos como diciendo: "Qué pena. Exceso de trabajo". Entonces el forense dice: "Pero no ha pasado aquí". Le preguntamos a qué se refiere y nos da una larga explicación sobre lividez y morbidez, nos dice que no se ha cagado encima y, es más, que el difunto tiene la polla como un ariete. Luego se nos queda mirando con cara de "¿qué está pasando aquí?" y nos lo llevamos aparte para contárselo.

»Mire, le digo, Harry la ha palmado mientras follaba y queríamos ahorrarles el bochorno a la viuda y los hijos. ¿Puede ayudarnos con esto?

»Nos dice que hemos movido el cuerpo.

»Confesamos.

»Nos dice que hemos cometido un delito.

»Lo reconocemos. Aquí nuestro amigo Malone le dice que le debemos un favor, que haga lo correcto, y el médico acepta. En el informe pone que Harry ha muerto trabajando como un fiel servidor de la ciudad.

—Y lo era —puntualiza Monty.

—Desde luego —dice Russo—. Pero ahora tenemos que ir a contarle a Rosemary que su marido ha muerto. Vamos a su casa en la Cuarenta y uno Este y llamamos al timbre. Rosemary sale con batín y rulos. Le damos la noticia. Llora un poco, nos prepara un té y entonces...

A Russo le sirven el Martini.

—Quiere verle. Le decimos que espere a mañana, que hemos identificado el cadáver y no es necesario, pero no. Ella quiere ver a su marido.

Malone niega con la cabeza.

—Total, que vamos al depósito de cadáveres, nos identificamos y sacan a Harry del cajón. Y debo decir que lo hicieron muy bien. Lo tenían tapado con sábanas y mantas, pero nada...

»Ahí sigue la estaca. Allí abajo podías montar un campamento cristiano o un circo con sus elefantes, sus payasos, sus acróbatas y toda la pesca. Rosemary se lo queda mirando y dice...

Se ríen todos otra vez.

—Y Rosemary dice: «Mira al pequeño Harry. No te rindas nunca».

»Estaba orgullosa de que hubiera muerto follando, haciendo lo que más le gustaba. Nosotros herniándonos para llevar a aquel salido de un lado para otro y ella lo supo en todo momento.

»¿Y el velatorio? ¿Sabéis que a veces tienen que exponer a los mafiosos en un ataúd cerrado? Pues el de Harry tuvieron que cerrarlo de cintura para abajo. Rosemary pidió que lo mandaran al cielo preparado.

Monty alza el vaso.

—Por Harry.

—No te rindas nunca —dice Malone.

Hacen un brindis.

Entonces, Russo mira por encima del hombro de Levin.

—Mierda.

—¿Qué?

—No os giréis —dice—. En la barra. Es Lou Savino.

Malone parece inquietarse.

—¿Estás seguro?

—Savino y tres de sus hombres —dice Russo.

—¿Quién es Lou Savino? —pregunta Levin.

—¿Que quién es Lou Savino? ¿Me tomas el pelo? Es un capo de la familia Cimino.

—El jefe de la banda de Pleasant Avenue —informa Malone—. Está en busca y captura. Tenemos que arrestarlo.

—¿Aquí? —pregunta Levin.

—¿Qué coño crees que pensarían los de Asuntos Internos si se enteraran de que hemos visto a un mafioso sobre el que pesa una orden de arresto y lo hemos dejado marchar? —le dice Russo.

—Joder —responde Levin.

—Tienes que hacerlo tú —dice Malone—. Todavía no nos ha visto, pero si uno de nosotros se levanta, saltará como un conejo.

—Nosotros te cubrimos, chico —dice Russo.

—Sé educado —le advierte Monty.

—Pero firme —apostilla Russo.

Levin se levanta hecho un manojo de nervios y va hacia la barra, donde Savino está tomando unas copas con tres de sus hombres, cada uno de ellos acompañado de sus respectivas amantes. Si tienen reserva en el salón principal de un restaurante, les gusta dejarse ver con mujeres hermosas. Si solo hay hombres, piden una sala privada.

Desde hace tiempo, la posibilidad de llevar mujeres a las noches de bolos es motivo de debate en el equipo de Malone. Él podría defender ambas posturas. Por un lado, siempre es agradable tener a una chica bonita a tu lado mientras cenas. Por otro, llamas demasiado la atención: un grupo de policías famosos cenando en un restaurante caro ya roza lo ostentoso, pero si encima van acompañados de prostitutas, es aún peor.

Así que Malone lo ha prohibido. No quiere restregárselo por la cara a los de Asuntos Internos, y, además, ello les permite hablar sin tapujos. En el restaurante hay mucho ruido, la posibilidad de que te graben con un micrófono es remota, y, aunque Asuntos Internos lo hiciera, el sonido sería tan turbio y confuso que incluso podrías negar que eres tú. La cinta nunca llegaría a la vista probatoria.

Ahora, él y su equipo observan a Levin acercarse a Savino.

—Disculpe, señor.

—¿Qué?

Por lo visto, a Savino no le gusta que le interrumpan, sobre todo si es un desconocido.

Levin le enseña la placa.

—Pesa sobre usted una orden de arresto. Me temo que tendrá que acompañarme, señor.

Savino mira a sus hombres y se encoge de hombros como diciendo: «¿De qué va esta mierda?». Luego se vuelve hacia Levin.

—No existe ninguna orden de arresto.

—Me temo que sí, señor.

—No temas, muchacho —dice Savino—. Puede que haya una orden y puede que no. Y no la hay, así que no tienes nada que temer.

Le da la espalda a Levin y pide otra ronda al camarero.

—Qué bonito todo —dice Monty—. Pero qué bonito.

Levin se dispone a coger las esposas.

—Señor, podemos hacer esto como caballeros o...

Savino se da la vuelta.

—Si fuéramos a hacer esto como caballeros, no estaría usted interrumpiendo esta velada delante de mis socios y mis amigas. ¿Qué es usted? ¿Italiano? ¿Judío?

—Soy judío, pero no entiendo qué...

—Puto narigudo asesino de Cristo, te... —Savino ve a Malone y grita—: ¡Es ese tocapelotas!

Al volverse, Levin ve a Malone, Russo y Monty desternillándose de tal manera que parece que vayan a caerse de la silla.

Savino da una palmada en el hombro a Levin.

—¡Te están tomando el pelo, chaval! Es noche de bolos, ¿verdad? Hay que reconocer que tienes un par de *coglioni* presentándote de esa manera. «Disculpe, señor»...

Levin vuelve a la mesa.

—Menuda vergüenza he pasado.

Pero Malone ve que se lo ha tomado bien y sabe reírse de sí mismo. Tres mafiosos con sus mujeres y aun así ha ido. Eso dice mucho de él.

Russo levanta el vaso.

—Por ti, Levin.

—¿De verdad era Lou Savino? —pregunta.

—¿Crees que hemos contratado a unos actores? —dice Russo—. Pues no, es él.

—¿Lo conocéis?

—Lo conocemos —dice Malone—. Y él a nosotros. Nos dedicamos al mismo negocio, pero al otro lado del mostrador.

En ese momento llegan los bistecs.

Otra norma de la noche de bolos: hay que pedir bistecs.

Un rojo y jugoso New York Strip, un Delmonico, un Chateaubriand. Porque está bueno, porque es lo que hay que comer y porque, si estás en el mismo restaurante que unos mafiosos, tienen que verte comiendo carne.

Hay dos clases de policía: los que comen hierba y los que comen carne. Los que comen hierba son los pringados que aceptan dinero de las empresas de grúas y café y bocadillos gratis. Se conforman con cualquier cosa y no son agresivos. Los que comen carne son los depredadores. Van a por lo que quieren: los alijos de droga, los sobornos de la mafia, la pasta contante y sonante. Van de caza y se llevan la presa, así que es importante que cuando la unidad sale como La Unidad, vista elegantemente y coma bistec.

Proyectan cierta imagen.

Quizá parezca una broma, pero no lo es; se fijan en lo que tienes en el plato, literalmente. Si es una hamburguesa con queso, al día siguiente lo comentan: «Ayer noche vi a Denny Malone en Gallaghers y estaba comiendo... ¿Preparados? Una hamburguesa».

Los mafiosos piensan que eres un tacaño, que estás arruinado o ambas cosas, y su cerebro de reptil llega a la conclusión de que eres débil, y, cuando quieres darte cuenta, están intentando aprovecharse. Ellos también son depredadores. Apartan al débil del rebaño y van tras él.

Pero el bistec de Malone está espléndido, un hermoso New York Strip poco hecho con el centro rojo y frío. En lugar de patata cocida, ha pedido unas grandes patatas al horno y un montón de judías verdes.

Es agradable cortar el filete y masticarlo.

Tiene sustancia.

Es sólido.

Es real.

Organizar la noche de bolos ha sido una buena decisión.

Big Montague está muy concentrado en un Delmonico de medio kilo. En una rara muestra de confianza, una vez le contó a Malone que, de pequeño, la carne era un lujo infrecuente en su casa. Desayunaba cereales con agua en lugar de leche. Y era un niño corpulento que siempre tenía hambre. Monty debería haber sido matón callejero. Su envergadura lo convertía en el guardaespaldas y sicario perfecto para un traficante de medio o alto nivel. Pero era demasiado inteligente para eso, piensa Malone. Monty siempre ha tenido capacidad para ver más allá, para intuir qué se avecina, y ya de adolescente sabía que la vida del camello acababa en un ataúd o en una celda, que solo los que estaban en lo alto de la pirámide ganaban dinero de verdad.

En cambio, se dio cuenta de que los policías siempre comían.

Nunca había visto a un policía hambriento.

Así que eligió el otro camino.

Por aquel entonces, el cuerpo de policía devoraba candidatos negros como si fueran cacahuetes salados. Si obtenías una calificación de AA, tenías dos piernas y veías más allá de tu nariz, estabas dentro. Pero a un candidato negro no le pedían un coeficiente intelectual de 126, que es la puntuación que obtuvo Monty. Era grande, inteligente y negro: llevaba la palabra «agente» escrita en la cara desde el primer día.

Incluso los policías que odian a los negros reconocen su valía.

Es uno de los agentes más respetados del cuerpo.

Hoy va muy elegante con un traje Joseph Abboud azul marino hecho a medida, una camisa azul cielo y una corbata roja sobre la cual proyecta su sombra una servilleta de hilo metida por dentro del cuello de la camisa. Monty no quiere manchar una prenda de cien dólares. La imagen que pueda dar le trae sin cuidado.

—¿Qué miras? —pregunta a Malone.

—A ti.

—¿Pasa algo?

—Te quiero, tío.

Monty lo sabe. Él y Malone no se andan con esas tonterías de hermanos de sangre, de ébano y marfil, pero son hermanos. Tiene un hermano que trabaja de contable en Albany y otro que está cumpliendo una condena de quince a treinta años en Elmira, pero se siente más unido a Malone.

Aunque es lógico: pasan juntos al menos doce horas al día, cinco o seis días por semana, y la vida de uno depende del otro. No es un tópico: cuando entras por esa puerta, nunca se sabe qué puede ocurrir y quieres que tus hermanos estén allí contigo.

Además, no cabe duda de que ser un policía negro es diferente; lo es, y punto. Los demás, con la salvedad de los allí presentes, lo miran de otro modo, y la «comunidad» —ese apelativo tan ridículo que utilizan los activistas sociales, los bocazas de los ministros y los políticos locales para referirse al gueto— lo ve como un posible aliado que debería prestarles ayuda o como un traidor. Un Tío Tom, un Oreo.

A Monty le da igual.

Él sabe quién es: un hombre que trata de mantener a su familia y apartar a sus hijos de la «comunidad», esa comunidad en la que se roba, se engaña y se mata por una papelina de cinco dólares.

En cambio, sus hermanos, los que están sentados a esta mesa, darían la vida por sus compañeros.

En una ocasión, Malone dijo que jamás debes asociarte con alguien a quien no confiarías a tu familia y todo tu dinero. Si lo hicieras con alguno de esos hombres, al volver encontrarías más dinero y a tu familia riéndose.

Piden el postre: tarta de helado y chocolate, tarta de manzana con grandes porciones de *cheddar* y pastel de queso con cerezas.

Después, café con coñac o *sambuca*, y Malone llega a la conclusión de que debe compensar un poco a Levin, así que dice:

—Lo de Harry No Te Rindas Nunca ha estado genial, pero si vamos a hablar de cadáveres...

—No lo hagas —interrumpe Russo. Pero es incapaz de contener la risa.

—¿Qué? —dice Levin.

Monty también se ríe, lo cual significa que conoce la historia.

—No —responde Malone.

—Venga.

Malone se queda mirando a Russo, que asiente y dice:

—Eso fue cuando Russo y yo todavía patrullábamos en el Distrito Seis. Teníamos un sargento...

—Brady.

—Brady, al que yo le caía bien —prosigue Malone—, pero por alguna razón odiaba a Russo. Total, que al tal Brady le gustaba beber y siempre me pedía que lo acercara al White

Horse para tomarse un trago y que lo recogiera más tarde y lo llevara a casa a dormir la mona.

»Una noche nos avisan de una muerte y, en aquella época, el policía debía quedarse con el cuerpo hasta que llegara el médico forense. Hacía un frío que pelaba, estábamos bajo cero, y Brady me pregunta dónde está Russo. "En su puesto", le digo, y él: "Pues que venga a custodiar el cuerpo". Suena bien, ¿no? Así Russo no está en la calle pasando frío, pero Brady sabe que Phil...

Malone vuelve a soltar una carcajada.

—En aquella época, a Russo le daban miedo los cadáveres.

—Más bien le daban pánico —puntualiza Monty.

—Que os den por culo a los dos.

—Así que intento disuadir a Brady —dice Malone—, porque sé que Russo es un cagado y puede desmayarse o algo, pero no hay manera. Tiene que ser Russo. Dile que mueva el culo y venga aquí a vigilar el cuerpo.

»Es una casa adosada al lado de Washington Square. El cuerpo está en una cama en la segunda planta y sin duda ha muerto por causas naturales.

—Era un anciano gay —dice Russo—. Era el propietario de toda la finca, vivía solo y tuvo un infarto mientras dormía.

—Dejo a Russo allí —prosigue Malone— y me siento delante del White Horse. En ese momento sale Brady. Va un poco mamado y me pide que lo lleve a la casa del muerto. No lleva ni cinco segundos fuera del bar y ya está soplando una flauta en el coche...

—¿Qué es una flauta? —pregunta Levin.

—Una botella de Coca-Cola llena de alcohol —le explica Monty.

—Llegamos a la casa —dice Malone—, y encontramos a Russo congelándose en la escalera. Brady se pone como loco y empieza a gritarle: «¡Te dije que te quedaras con el cadáver,

gilipollas! ¡Vete arriba y quédate allí o te abro un expediente!».
Russo vuelve a entrar y nosotros regresamos al bar.

»Cuando estoy allí nos avisan por radio de un 10-10. Ha habido disparos y oigo la dirección. ¡Es la casa donde está el muerto!

—¿Qué coño...? —dice Levin, encantado con la anécdota.

—Eso mismo pensé yo —responde Malone—. Entro a buscar a Brady y le digo: «Tenemos un problema». Vamos corriendo a la casa, subimos las putas escaleras y allí están Russo, empuñando la pistola, y el cadáver erguido en la cama. Phil le ha metido dos balazos en el pecho.

Malone a duras puede reprimir las carcajadas.

—El caso es que... los gases empiezan a moverse dentro del cuerpo... y hacen cosas raras... Este se incorporó... Russo se asustó... mucho... y le pegó dos tiros en el pecho...

—¡Era un puto zombi! —exclama Russo—. ¿Qué coño iba a hacer?

—Ahora sí que teníamos un problema de verdad —dice Malone—, porque, si el tío no estaba muerto, Russo no solo le había disparado, sino que podían acusarlo de homicidio.

—Estaba acojonado —reconoce Russo.

A Monty le tiemblan los hombros de tanto reírse y le caen lágrimas por las mejillas.

—Brady me pregunta: «¿Estás seguro de que estaba muerto?» —dice Malone—. «Bastante», contesto. «¿Bastante?», dice él, y yo: «No sé, no tenía pulso». Y desde luego no lo tenía cuando Russo le metió dos balazos en el corazón.

—¿Y qué hicisteis? —pregunta Levin.

—El forense de servicio era Brennan, el cabrón más vago que ha ocupado nunca el cargo. Es más, le dieron el trabajo para que no pudiera tratar a personas vivas. Así que viene, estudia la situación, mira a Russo y le suelta: «¿Le has disparado a un muerto?».

—Phil está temblando. «¿El tío estaba muerto?», dice. «¿En serio me lo preguntas?», responde Brennan. «La palmó tres horas antes de que le dispararas, pero ¿cómo coño explico las dos balas que tiene alojadas en el pecho?».

Monty se seca la mejilla con la servilleta.

—Debo decir que aquí es cuando Brady se gana los galones —continúa Malone—. Va y le dice a Brennan: «Eso te supondrá mucho trabajo. Informes, una investigación, puede que tengas que testificar...».

»Brennan dice: "¿Y si nos olvidamos del tema? Que venga la furgoneta, metemos al tío en una bolsa, certifico que ha muerto de causas naturales y Russo se compra ropa interior nueva".

—Increíble —dice Levin.

Lou Savino y sus acompañantes se levantan. Savino saluda a Malone, que le corresponde inclinando la cabeza.

Que se joda Asuntos Internos.

Si la mafia no sabe quiénes somos, si no nos respeta, es que no estamos haciendo bien nuestro trabajo.

La cuenta vale por cinco, o valdría por cinco si pensaran cobrarles.

La camarera trae una factura que asciende a cero, pero debe hacerlo por si hay alguien mirando. Malone saca la tarjeta de crédito, ella coge la cuenta y finge que la firma.

Dejan doscientos dólares en efectivo encima de la mesa.

Nunca nunca repares en gastos con un camarero.

Para empezar, no está bien. Además, la gente empieza a tacharte de agarrado. Tú lo que quieres es que, al entrar en un sitio, los camareros se peleen por servirte.

De esa manera siempre consigues mesa.

Y si no vas con tu mujer, nadie lo notará ni se acordará.

Nunca seas tacaño con un camarero ni aceptes el cambio de un billete de veinte, ya sea en un bar o en un restaurante.

Eso es para los que comen hierba, no para los agentes de La Unidad.

Es el precio que hay que pagar por hacer negocios.

Si no sabes hacerlo, vuelve a patrullar las calles.

Malone deja la propina y pide que le traigan el coche.

Las noches de bolos siempre alquilan una limusina con chófer.

Porque saben que se pondrán hasta el culo y nadie quiere manchar su expediente por conducir bajo los efectos del alcohol. Un policía novato podría ponerles una multa o dar parte si no sabe de qué va el asunto.

La mitad de los mafiosos de Nueva York tienen empresas de alquiler de coches porque es fácil blanquear dinero a través de ellas, así que no tienen problemas para conseguir uno gratis. Por supuesto, el chófer informará a su jefe de dónde han ido y qué han hecho, pero les da igual. No pasará de ahí. Un conductor nunca los delatará a Asuntos Internos, ni siquiera reconocerá que han utilizado su coche. Y a quién le importa que un mafioso sepa que se emborrachan y se acuestan con tías. Como si no lo supieran ya.

El servicio de alquiler sabe que no debe enviarles a un ruso, un ucraniano o un etíope. Los italianos son los que saben mantener los oídos abiertos y la boca cerrada.

El chófer de esta noche es Dominic, un «socio» de la mafia de cincuenta y pocos años que ya los ha llevado otras veces y sabe que recibirá una buena propina. Le gusta que de su coche salgan unos tíos vestidos de Armani, Boss y Abboud. Es de los que aparcan junto a la acera para que a sus clientes no se les mojen los Gucci, los Ferragamo o los Magli. Son caballeros que tratarán su coche con respeto, que no vomitarán dentro, que no comerán cosas malolientes, que no lo llenarán de humo de porro y que no se pelearán con sus mujeres.

Los lleva a casa de Madeleine, en la Noventa y ocho con Riverside.

—Estaremos como mínimo un par de horas —comenta Malone, que le entrega un billete de cincuenta—. Por si quieres cenar.

—Llámenme cuando me necesiten —dice Dominic.

—¿Qué es este sitio? —pregunta Levin.

—Antes te hemos hablado de la casa de Madeleine, ¿no? —dice Malone—. Pues esto es la casa de Madeleine.

—¿Un burdel?

—Podríamos llamarlo así.

—No sé —dice Levin—. Amy y yo somos pareja formal.

—¿Le has regalado un anillo? —pregunta Russo.

—No.

—¿Entonces?

—Mirad, creo que yo me voy a casa —dice Levin.

—Esto se llama «noche de bolos» —explica Monty—, no «cena de bolos», así que tú entras con nosotros.

—Ven arriba a pasar un buen rato —le dice Malone—. Si no quieres acostarte con ninguna, no pasa nada. Pero tú vienes con nosotros.

Madeleine es la propietaria de toda la vivienda, pero es muy discreta con lo que ocurre en su interior para que sus vecinos no empiecen a husmear. Ahora centra casi todo su negocio en los servicios a domicilio. La casa es solo para pequeñas fiestas e invitados especiales. Los hombres ya no eligen a las chicas allí, sino que lo hacen con antelación por Internet.

Madeleine sale a recibir a Malone con un beso en la mejilla.

Ascendieron juntos. Ella aún ejercía cuando Malone patrullaba las calles. Una noche cruzaba Straus Park de camino a casa cuando un gilipollas decidió acosarla y un policía uniformado «intervino», por así decirlo. Le sacudió en la cabeza con la porra y, para reforzar su argumento, le dio unos golpes en los riñones.

—¿Quiere interponer una denuncia? —le preguntó Malone.

—Creo que acaba de hacerlo usted mismo —respondió Madeleine.

Son amigos y socios desde entonces. Él la protege y le consigue clientes; a cambio, ella los invita a él y a su equipo y le permite consultar su agenda de contactos por si hay alguno que pueda resultarle útil. En casa de Madeleine Howe nunca hay redadas; sus chicas jamás son objeto de amenazas o acosos —al menos no por mucho tiempo y nunca dos veces— ni tienen problemas para cobrar.

Y las raras ocasiones en que una chica se pone rebelde e intenta chantajear a uno o más clientes, Malone lo soluciona. Le hace una visita y le expone las consecuencias legales de lo que se propone hacer. Luego le cuenta cómo es una cárcel de mujeres para una chica atractiva y caprichosa como ella y le advierte de que, si tiene que esposarla, probablemente sea el último brazalete que reciba de un hombre. Normalmente aceptan el billete de avión que les ofrecen.

Por tanto, quienes figuran en la agenda de Madeleine —los empresarios de altos vuelos, los políticos, los jueces—, lo sepan o no, también están protegidos por La Unidad. Su nombre no aparece en la portada del *Daily News* y se ahorran cometer estupideces. Más de una vez, Malone y Russo han tenido que hablar con un director de fondos de cobertura o una estrella política en ciernes que se ha enamorado de una prostituta de Madeleine para explicarle que esto no funciona así.

—Pero yo la amo —les dijo un aspirante a candidato gubernamental—. Y ella a mí.

Pensaba abandonar a su mujer y sus hijos —y su carrera— para fundar una empresa de tueste de café en Costa Rica con una mujer cuyo nombre creía que era Brooke.

—Le pagan para que le haga sentirse así —le dijo Russo—. Es su trabajo.

—No, esto es distinto —insistió—. Es real.

—No se ponga en ridículo —le dijo Malone—. Pórtese como un hombre. Tiene mujer e hijos. Tiene familia.

No me obligues a llamarla para que te diga que tienes la polla como un cacahuete y mal aliento, y que la última vez le pidió a Madeleine que enviara a otra.

Ahora Madeleine les da la bienvenida y suben en un pequeño ascensor al piso de arriba, donde hay un apartamento elegantemente amueblado.

Las mujeres son preciosas.

Con una tarifa de dos mil dólares, solo faltaría.

A Levin se le salen los ojos de las cuencas.

—Cálmate, colega —le dice Russo.

—He elegido a las chicas yo misma basándome en vuestras preferencias anteriores —dice Madeleine—. Con el nuevo he tenido que improvisar. Espero que Tara te haga feliz. Si no, podemos mirar otras opciones.

—Es guapa —dice Levin—, pero no voy a... participar.

—Podemos tomar un par de copas y mantener una conversación agradable —responde Tara.

—Me parece perfecto.

Tara se lo lleva a la barra.

La chica de Malone se hace llamar Niki. Es alta, tiene las piernas largas y los ojos azul claro y lleva un recogido al más puro estilo Veronica Lake. Se sienta, pide un whisky y ella un Dirty Martini y hablan unos minutos. Luego lo invita a ir a una habitación.

Niki lleva un vestido negro ajustado con un buen escote. Se lo quita y queda al descubierto la lencería negra que Madeleine sabe que le gusta sin necesidad de preguntar.

—¿Quieres algo especial? —le pregunta Niki.

—Tú ya eres especial.

—Maddy me dijo que eras un encanto.

Cuando se dispone a quitarse los zapatos de tacón de aguja, Malone le dice:

—Déjatelos puestos.

—¿Quieres que te desnude yo o...?

—Lo haré yo mismo.

Malone se quita la ropa y la cuelga en unas perchas que ha instalado Madeleine para que sus clientes casados no lleguen a casa con el traje lleno de arrugas. Después coge la pistola y la mete debajo de la almohada.

Niki se lo queda mirando.

—Nunca se sabe quién puede entrar por la puerta —dice Malone—. No es una manía. Si te molesta, pediré que venga otra.

—No, me gusta.

Niki le echa un polvo de dos mil dólares.

Una vuelta al mundo en ochenta minutos.

Luego, Malone se viste, guarda la pistola en la funda y deja cinco billetes de cien dólares encima de la mesita. Niki se pone el vestido, coge el dinero y le pregunta si puede invitarlo a una copa.

—Claro.

Vuelven al salón. Monty está allí con su chica, una negra increíblemente alta. Russo no ha terminado todavía, pero él es así.

—Como poco a poco, bebo poco a poco y hago el amor poco a poco —suele decir—. Saboreo las cosas.

Levin no está junto a la barra.

—¿El novato se ha largado? —pregunta Malone.

—Ha ido a una habitación con Tara —contesta Monty—. Como decía Oscar Wilde: «Puedo resistirlo todo, salvo la tentación».

Russo aparece finalmente con una morena llamada Tawny que a Malone le recuerda a Donna. Es el típico que engaña a su esposa con una mujer que se le parece, piensa.

Minutos después llega Levin, un poco ebrio, muy avergonzado y recién follado.

—No se lo contéis a Amy, ¿vale? —dice.

Todos se echan a reír.

—¡«No se lo contéis a Amy»! —exclama Russo, que le pasa el brazo por encima de los hombros—. Este tío se pone en plan Batman con un negrata en una vertical y esquiva una bala. Luego le pega una paliza. Casi esposa a Lou Savino delante de unas chicas y sus hombres en mitad de Gallaghers, después mete la polla en un coño de mil dólares, sale y dice: «¡No se lo contéis a Amy!».

De nuevo estallan las carcajadas y Russo besa a Levin en la mejilla.

—¡Me encanta este chaval, joder!

—Bienvenido al equipo —le dice Malone.

Toman otra copa, pero ha llegado el momento de irse.

Las mujeres los acompañan a la Ciento veintisiete con Lenox.

Es una discoteca llamada Cove Lounge.

—¿Por qué escuchas música de negratas? —pregunta Russo a Malone de camino al local.

—Porque trabajamos con negratas. Y, en cualquier caso, a mí me gusta.

—Monty —dice Russo—, ¿a ti te va la mierda esa del hip-hop?

—No lo soporto —responde—. Yo soy de Buddy Guy, BB o Evelyn «Champagne» King.

—Pero ¿qué edad tenéis? —pregunta Levin.

—Y tú ¿qué escuchas? —dice Malone—. ¿Matisyahu?

Se detienen delante del Cove. Los que forman cola en el exterior observan la limusina como si fuera a apearse una estrella del hip-hop. No les gusta ver a dos blancos bajando del coche.

Entonces, uno de ellos reconoce a Malone.

—¡Es la poli! —exclama—. ¡Eh, Malone! ¡Hijo de puta!

Los porteros los dejan pasar directamente. El Cove está bañado en una luz azul y púrpura y la música hace retumbar el local.

El otro color es el negro.

Contando a Malone, Russo, Levin y sus chicas, hay exactamente ocho personas que no son negras.

La gente los mira.

Pero consiguen mesa.

La azafata, una negra asombrosamente bella, los lleva a la zona vip elevada y los invita a que tomen asiento.

Un minuto después llegan cuatro botellas de Cristal.

—Esto es un detalle de Tre. Me ha pedido que les informe de que su dinero no vale aquí.

—Dele las gracias —dice Malone.

Tre no es el propietario oficial de la discoteca. El rapero y productor, que ha pasado dos veces por la cárcel, no obtendría una licencia para vender alcohol ni a punta de lanzacohetes, pero es el dueño. Ahora está observando a Malone desde una plataforma de la zona vip y alza su copa.

Malone hace lo propio.

La gente lo ve.

Las cosas se calman.

Si Tre no tiene problemas con unos polis blancos, nadie los tiene.

—¿Conoces a Tre? —pregunta Niki impresionada.

—Sí, un poco.

La última vez que la policía quiso hablar con él, lo acompañó Malone. Sin esposas, sin exposición mediática, sin cámaras.

Tre agradeció que lo trataran con respeto.

Empezó a ofrecer a Malone algunos trabajos de seguridad, que desempeña él mismo o con Monty si se trata de algo importante. Los asuntos más rutinarios se los cede a otros policías de Manhattan Norte, a quienes siempre les viene bien el dinero.

Y a Tre le encanta tener policías racistas como empleados. Los mandaba a por café y tarta de queso hasta que llegó a oídos de Malone y le cortó las alas.

—Son agentes de policía de Nueva York y están ahí para protegerte el culo. Si quieres un aperitivo, manda a uno de tus lacayos.

Tre baja y se sienta a su lado.

—Bienvenido a la jungla —dice.

—Yo vivo aquí —responde Malone—. Eres tú el que vive en los putos Hamptons.

—Deberías ir algún día.

—Lo haré, lo haré.

—A alguna fiesta —dice Tre—. A mi mujer le caes bien.

La chaqueta de cuero negro que lleva debe de costar dos mil dólares, y el reloj Piaget, mucho más.

La música y las discotecas dan dinero.

—Seas blanco o negro, todo el dinero es verde —dice siempre Tre.

Ahora pregunta a Malone:

—¿Quién me protegerá a mí de la policía? Un joven negro ya no puede caminar por la calle sin que un poli le pegue un tiro, normalmente por la espalda.

—A Michael Bennet le dispararon en el pecho.

—No es lo que me han contado.

—Si quieres jugar a ser Jesse Jackson, adelante —dice Malone—. Si tienes pruebas, preséntalas.

—¿Al Departamento de Policía de Nueva York? Eso sí que sería venderse.

—¿Qué quieres que haga yo, Tre?

—Nada. Simplemente te ponía sobre aviso, eso es todo.

—Ya sabes dónde encontrarme.

—Así es. —Tre se mete la mano en el bolsillo y saca un canuto del tamaño de un puro—. Mientras tanto, esto te hará sentir bien.

Le da el porro y se va.

Malone lo huele.

—Madre mía.

—Enciéndelo —le dice Niki.

Malone le da una calada y se lo pasa. Es de primera calidad, piensa Malone. Pero, viniendo de Tre, ¿qué va a ser si no? El colocón es dulce, suave y vigorizante, más sativa que índica. El porro circula por la mesa hasta que llega a Levin.

Se queda mirando a Malone.

—¿Qué pasa? —dice—. ¿Nunca has fumado hierba?

—Desde que ingresé en la policía, no.

—No se lo contaremos a nadie.

—¿Y si me hacen un control?

Se ríen de él.

—¿No te ha hablado nadie del Meón Oficial? —pregunta Russo.

—¿Qué es eso?

—Qué no, quién —puntualiza Monty—. Es el agente Brian Mulholland.

—¿El que barre el vestuario? —pregunta Levin—. ¿El Ratón de la Casa?

La mayoría de las comisarías tienen un policía que no es apto para trabajar en la calle pero se niega a jubilarse, así que lo ponen a limpiar y a hacer recados. Mulholland era un buen policía hasta que un día respondió a una llamada y encontró un bebé al que habían «dado un chapuzón» o, dicho de otro modo, sumergido en una bañera llena de agua hirviendo.

A partir de entonces empezó a darle a la botella, pero ella le golpeó más fuerte aún. Malone convenció al capitán del Tres-Dos de que no lo expulsara del cuerpo y lo escondiera como Ratón de la Casa.

—No es solo el Ratón de la Casa —dice Russo—. También es el Meón Oficial. Si van a hacerte un control, Mulholland mea en un botecito por ti. El alcohol sale, pero das negativo en drogas.

Levin da una calada y lo pasa.

—Acabo de recordar otra historia —dice Malone mirando a Monty.

—Que os follen a todos —responde este.

—A nuestro amigo Montague iban a someterlo a unas pruebas físicas —continúa Malone—. Y, por así decirlo, no estaba precisamente «desnutrido».

—Y a vuestras madres —dice Monty.

—Monty es incapaz de caminar un kilómetro y medio —afirma Malone—. Imagínate correr esa distancia en el tiempo requerido. Así que decidió...

Monty levanta la mano.

—Había un novato, un atractivo y distinguido caballero afroamericano cuyo nombre no mencionaré...

—Grant Davis —tercia Russo.

—... que había sido una estrella del atletismo en la Universidad de Syracuse —apostilla Monty.

—Se presentó a las pruebas de acceso de los Dolphins —añade Malone.

—Era una doble oportunidad para mí —dice Monty—. Por un lado, podría superar la prueba y, por otro, demostrar que el cuerpo de policía no sabe distinguir a un negro de otro y tampoco le importa.

—Así que Monty aprovecha que tiene una reputación de la hostia para convencer al novato de que se lleve su carné de identidad y pase la prueba por él —dice Malone—. El chaval estaba cagado de miedo y, por lo visto, eso le hizo correr más rápido porque... batió el récord del departamento en los mil quinientos metros.

—No creí que fuera necesario avisarlo para que aflojara un poco —dice Monty.

—Pero nadie se percata —añade Malone.

—Lo cual refuerza mi argumento.

—Hasta que un genio de la central decide mejorar la relación entre el cuerpo de bomberos y la policía organizando una pequeña... competición amistosa de atletismo —dice Malone.

Levin se queda mirando a Monty y sonríe.

Monty asiente.

—El jefe de policía pide un listado de récords y ve que los tiempos del agente William Montague en los mil quinientos equivalen a los de un atleta olímpico, así que da por sentado que es su hombre —dice Malone—. Los altos mandos de la central empiezan a apostar dinero con sus colegas del cuerpo de bomberos.

—Esos tarugos aceptan las apuestas —dice Russo—, porque algunos conocen al verdadero William J. Montague y creen ir sobre seguro.

—Cosa cierta —aclara Malone—, ya que no podemos sustituir al Monty auténtico por el falso delante de unos policías y bomberos que lo conocen. Monty empieza a entrenarse, que en su caso es un puro menos al día y reducir la dosis de salsa barbacoa, hasta que llega el gran día. Nos presentamos en Central Park y el cuerpo de bomberos ha llevado a una estrella, un novato de Iowa que ha sido campeón profesional de los mil quinientos. El chaval...

—Un chico blanco —precisa Monty.

—... parece un puto dios —dice Malone—, una escultura griega, y Monty se presenta allí con unas bermudas de cuadros, una camiseta que le deja la barriga al aire y un puro en la boca. Al verlo, el comandante casi se caga encima. Está pensando: «¿Qué coño he hecho? ¿Cuánto has engullido en un mes?». Los altos mandos han apostado miles de dólares en esa carrera y están cabreados.

—Se dirigen a la línea de salida, se oye el pistoletazo y por un segundo llego a pensar que el jefe le ha pegado un tiro a Monty. Monty empieza a correr...

—Si es que a eso se le puede llamar correr —interrumpe Russo.

—... da cinco zancadas y tropieza.

—El tendón de la corva —dice Monty.

—Los zoquetes del cuerpo de bomberos empiezan a dar saltos de alegría —explica Malone—, y los policías maldiciendo y soltándoles la pasta. Monty está tirado en el suelo agarrándose la pierna y nosotros partiéndonos el culo.

—Pero ¿no perdisteis mucho dinero? —pregunta Levin.

—¿Qué dices, hombre? —responde Russo—. Mi primo Ralphie es bombero, así que le pedí que apostara contra nuestro Usain Bolt con sobrepeso y la cosa quedó en tablas. Cuando el jefe se iba, le oí decir: «Para un negrata lento que hay en todo Harlem, tiene que tocarme a mí».

Levin mira a Monty para ver cómo se toma lo de «negrata».

—¿Qué? —le pregunta este.

—Bueno, esa palabra que empieza por ene —dice Levin.

—No sé qué es la «palabra que empieza por ene» —replica Monty—. Sé lo que es «negrata».

—¿Y no te importa?

—No me importa que lo diga Russo, no me importa que lo diga Malone y puede que algún día no me importe que lo digas tú.

—¿Qué se siente al ser un policía negro? —pregunta Levin.

Malone se encoge solo de oírlo. Ahora hay dos posibilidades: que Monty estalle o que se ponga didáctico.

—¿Que qué se siente? —dice—. Pues no lo sé. ¿Qué se siente al ser un policía judío?

—Te sientes diferente —dice Levin—. Pero, cuando voy a algún sitio, los judíos no me odian.

—¿Tú crees que los negros me odian? Algunos sí y me acusan de ser un vendido. Pero la verdad es que, lo digan o no, la mayoría creen que intento protegerlos.

—¿Y en el cuerpo de policía? —insiste Levin.

—Hay gente que no me soporta —dice Monty—. Como ellos los hay en todas partes. Pero, al final, la mayoría de los policías no ven blanco o negro, ven azul y todo lo demás.

—Pero, por «todo lo demás», la mayoría entiende «negro» —dice Levin.

Se quedan en silencio, pero de repente esbozan esa sonrisa tonta que provoca la hierba potente. El canuto los ha dejado muy tocados y se ponen todos a bailar, lo cual sorprende a Malone, porque él no baila nunca. Pero ahora se balancea con Niki entre la multitud. La música le retumba en las venas de los brazos y la cabeza, Monty se mueve con esa elegancia que tienen los negros y hasta Russo se une a ellos. Van todos hasta arriba.

Bailando en la jungla con el resto de los animales.

O con los ángeles.

Quién sería capaz de distinguirlos.

Llevan a Levin a casa, situada en la Ochenta y siete Oeste, cerca del West End. Amy, su chica, no parece muy contenta cuando los ve arrastrando a su novio medio inconsciente hasta la puerta.

—A lo mejor se ha pasado aireándose —dice Malone.

—Eso parece —responde ella.

Es mona.

Morena, pelo rizado y ojos oscuros.

Parece inteligente.

—Estábamos celebrando su primera detención —comenta Russo.

—Habría estado bien que me llamara —dice Amy—. Me gustan las celebraciones.

Buena suerte, Amy, piensa Malone. Los policías celebran las cosas con sus compañeros. Nadie más entiende lo que festejas.

Estar vivo.

Cazar a los malos.

Tener el mejor trabajo del mundo.

Estar vivo.

Dejan a Levin en el sofá.

Está inconsciente.

—Un placer conocerte, Amy —dice Malone—. Me han hablado muy bien de ti.

—Igualmente.

Luego piden a Dominic que acompañe a las chicas a casa y ellos enfilan Lenox Avenue en el coche de Russo, cantando N.W.A. a pleno pulmón con la radio a todo volumen y las ventanillas bajadas.

Searching my car, looking for the product
Thinking every nigga is selling narcotics.

Recorren esa vieja calle, esa fría calle, y pasan por delante de los edificios de apartamentos y las viviendas sociales.

Malone saca la cabeza por la ventanilla.

I don't know if they fags or what
Search a nigga down, and grabbing his nuts.

Russo suelta una carcajada demoníaca y todos gritan al unísono:

Fuck tha police
Fuck tha police
Fuck tha police
Fuck tha police!

Fumados, borrachos, drogados.
Bajo el gris intenso del alba.
Gritando a las pocas personas sobresaltadas que caminan
por las aceras.

Fuck tha police
Fuck tha police
Fuck tha police
Fuck tha police!
I want justice!
I want justice!

Todos juntos:

Fuck you, you black mother fuckersssssssss!!!!!*

* «Registran mi coche, buscan la mercancía. / Se creen que todos los
negratas venden narcóticos. / No sé si son maricas o qué. / Cacheando a un
negrata y palpándole los huevos. / A la mierda la poli. / A la mierda, a la
mierda. / ¡A la mierda la poli! / Atravesando la jungla. / A la mierda la poli /
A la mierda, a la mierda. / ¡A la mierda la poli! / ¡Quiero justicia! / ¡Quiero justicia! / ¡¡¡¡¡A la mierda, negros hijos de puta!!!!!». (*N. del t.*)

9

Lo interceptan cuando se dirige a su apartamento.

Un coche negro se detiene y de él salen tres hombres vestidos con traje.

Malone va hasta el culo, así que al principio cree que es por la droga. No puede enfocar y tampoco le importa. Parece un chiste malo: «Tres hombres trajeados se bajan de un coche y...».

Entonces se da cuenta. Son sicarios.

¿Hombres de Pena?

¿De Savino?

Está a punto de desenfundar cuando el que va delante saca la placa y se identifica como el agente especial O'Dell, del FBI.

Tiene pinta de federal, piensa Malone. Pelo rubio corto, ojos azules. Traje azul, zapatos negros, camisa blanca, corbata roja, un hijo de puta de la Gestapo de Church Street.

—Por favor, suba al coche, sargento Malone —dice O'Dell.

Malone le muestra la placa y balbucea:

—Soy del cuerpo de policía, capullo de Church Street. Del Departamento de Policía de Nueva York, la policía de verdad. Manhattan Norte...

—¿Quiere que le esposemos aquí mismo, en la calle, sargento Malone? —pregunta O'Dell—. ¿En su barrio?

—¿Esposarme por qué? —pregunta Malone—. ¿Por embriaguez pública? ¿Ahora es un delito federal? Les he enseñado la placa, por el amor de Dios. Un poco de cortesía profesional, ¿no?

—No se lo pediré dos veces.

Malone se sube al coche.

La cabeza le da vueltas y tiene miedo.

¿Miedo?

Terror, joder.

Porque ahora lo entiende: han descubierto el robo del alijo de Pena.

Le caerán treinta años o, a buen seguro, cadena perpetua.

John se criará sin padre, Caitlin caminará hacia el altar sin ti, morirás en una cárcel federal.

El alcohol, la hierba y la coca exacerban el pánico, que le envía sacudidas eléctricas al corazón. Tiene ganas de vomitar.

Malone respira hondo y dice:

—Si esto es por algún inspector o jefe que ha aceptado dinero y regalos, no viene con el sueldo. Yo no sé nada.

Habla como Fat Teddy: «Yo no sé nada».

—No abra la boca hasta que lleguemos —le ordena O'Dell.

—¿Llegar adónde? ¿A Church Street?

Es el cuartel general del FBI en Nueva York.

Pero su destino es el Waldorf. Entran por una puerta lateral, suben en un ascensor de servicio hasta la sexta planta y llegan a una suite que se encuentra al fondo del pasillo.

—¿El Waldorf? —pregunta Malone—. ¿Me vais a traer pastel de vainilla?

—¿Quiere pastel de vainilla? —dice O'Dell—. Ahora mismo llamo al servicio de habitaciones. Madre mía, menuda pinta. ¿Qué ha estado haciendo? Si le pedimos una muestra de orina en este preciso instante, ¿qué encontraremos? ¿Hierba? ¿Coca? ¿Dexedrina? Lleva la placa y la pistola encima.

Sobre la mesita hay un ordenador portátil abierto. O'Dell señala el sofá que hay delante y dice:

—Siéntese. ¿Quiere una copa?

—No.

—Sí, si la quiere. Créame, la va a necesitar. Jameson's, ¿verdad? Un irlandés de mierda como usted no bebe whisky protestante. Nada de Bushmills para un tío que se llama Malone.

—No maree más la perdiz y dígame de qué va esto —responde Malone.

No es el papel que quiere interpretar, pero no puede evitarlo. No soporta tener que esperar un segundo más para oír la sentencia de muerte.

Pena.

Pena.

Pena.

O'Dell sirve un whisky y se lo ofrece.

—Sargento Dennis Malone. Unidad Especial de Manhattan Norte. Héroe de la policía. Su padre también era policía, su hermano, un bombero que perdió la vida en el 11-S...

—A mi familia ni la mencione.

—Estarían muy orgullosos de usted —dice O'Dell.

—No tengo tiempo para estas gilipolleces.

Malone se dirige, o más bien se tambalea, hacia la puerta. Es como si tuviera los pies de madera y las piernas de gelatina.

—Póngase cómodo, Malone. Despéjese un poco, vea la televisión —dice un hombre achaparrado de mediana edad que está sentado en una butaca en el rincón.

—¿Quién coño es usted? —pregunta Malone.

Echa el freno. Aclara esa puta cabeza. Esto no es un sueño, es tu vida. Un paso en falso y el resto de tu puñetera vida se irá al garete. Despeja esa cabeza de idiota que tienes.

—Stan Weintraub —contesta—. Soy investigador de la Oficina del Fiscal General de Estados Unidos, Distrito Sur de Nueva York.

El FBI y el Distrito Sur, piensa Malone.

Todos federales.

Ni el Estado ni Asuntos Internos.

—Ya que me obliga a venir a trabajar a estas horas de la mañana —explica O'Dell—, lo mínimo que podría hacer es sentarse y ver un rato la televisión conmigo.

A continuación reproduce el vídeo en el portátil.

Malone observa.

Ve su rostro en la pantalla mientras Mark Piccone le entrega un sobre y dice:

—Tu comisión por lo de Fat Teddy.

—Gracias.

—¿Puedes arreglarlo?

—¿Quién se encarga?

—Justin Michaels.

—Sí, seguramente podré arreglarlo.

Lo han pillado con las manos en la masa.

Oye a Piccone preguntar:

—¿Cuánto?

—¿Estamos hablando de una reducción de condena o de sobreseimiento?

—De sobreseimiento.

—Entre diez y veinte mil.

—¿Y eso incluye tu parte?

—Sí, claro.

In fraganti.

¿Cómo pudiste ser tan gilipollas? ¿Cómo pudiste bajar la guardia por que fuera Navidad? ¿Qué coño te pasa? ¿Iban a por Piccone y te delató o iban a por ti?

Mierda. ¿Cuánto hace que me investigan? ¿Qué saben? ¿Es solo lo de Piccone o tienen algo más? Si saben lo de Piccone, ¿saben también que nos quedamos con parte del alijo de Fat Teddy? Eso también pone a Russo y Monty en un aprieto.

Pero no es por lo de Pena, piensa.

Que no te domine el pánico.

Sé fuerte.

—Ahí se me ve aceptando una comisión por facilitar nuevos clientes a un abogado defensor —afirma Malone—. Adelante, ahórquenme. Pero no vale la pena malgastar cuerda.

—Eso ya lo decidiremos —dice Weintraub.

—Estaba ayudando a Bailey —añade Malone—. Es un confidente.

—Entonces estará registrado —dice O'Dell—. ¿Podemos echar un vistazo a su expediente?

—Me resulta más útil vivo, ¿sabe?

—Le resulta más útil como fuente de ingresos —remacha Weintraub.

—Aquí no lleva usted la batuta —replica O'Dell—. Está de mierda hasta el cuello. En esa cinta tenemos material suficiente para quitarle la placa, la pistola, el trabajo y la pensión.

—Y encerrarlo en una prisión federal —apostilla Weintraub—. Entre cinco y diez años.

—Tratándose de una condena federal, cumplirá el ochenta y cinco por ciento —dice O'Dell.

—¡No me joda! No lo sabía.

—A menos que quiera ir a una cárcel estatal con los tíos a los que encerró usted mismo —observa Weintraub—. ¿Qué le parecería?

Malone se levanta y se sitúa justo delante de Weintraub.

—¿Va a ponerse en plan tío duro conmigo? No puede. No tiene lo que hay que tener. Si vuelve a amenazarme, atraviesa la pared.

—Esta no es manera de hacer las cosas, Malone —explica O'Dell.

Sí que lo es, piensa Malone. Hay que apostar fuerte. Estos tíos son como los imbéciles de la calle: si muestras debilidad, te comen vivo.

—Aparte de Michaels, ¿hay otros fiscales del distrito amañando juicios? —pregunta Weintraub.

O'Dell no parece contento, así que ese es el primer error que han cometido. Weintraub ha metido la pata: están investigando a abogados, no a la policía.

Por tanto, tenían a Piccone, no a mí.

Joder, quince años esquivando a Asuntos Internos y caigo en la trampa de otro. Ahora tengo que averiguar si Piccone lo sabe o no.

—Pregúntenle a Piccone.

—Estamos preguntándole a usted —responde Weintraub.

—¿Qué quiere que haga, que me mee encima?

—Quiero que conteste a la pregunta —dice O'Dell.

—Si Piccone está cooperando, ya conocen la respuesta.

Weintraub empieza a perder los papeles.

—¿Hay otros fiscales del distrito amañando juicios?

—¿Usted qué cree?

—¡Le he preguntado qué hostias cree usted!

Está moralmente indignado.

De modo que Piccone no ha cooperado. Probablemente no sepa aún que es un artista discográfico.

—Creo que sí lo saben —dice Malone—, pero no quieren saberlo. Dirán que lo quieren todo, que van a limpiar el establo entero, pero, al final, irán a por unos cuantos abogados defensores que les caigan mal. Los fiscales y los jueces saldrán impunes. Nunca han metido a uno entre rejas.

—¿Ha dicho jueces? —pregunta Weintraub.

—Madure de una vez.

Weintraub no responde.

—No tenemos por qué hacerlo así —dice O'Dell.

Allá va el acuerdo, piensa Malone.

¿A cuántos delincuentes se lo he ofrecido yo?

—¿Cobra directamente de los fiscales del distrito? —pregunta O'Dell—. ¿O de los abogados defensores?

—¿Por qué?

—Si es usted, llevará micrófono —dice O'Dell—. Los grabará y nos traerá el dinero para presentarlo como prueba.

—No soy un chivato.

—Famosas últimas palabras.

—Puedo cumplir la condena.

—Estoy convencido de ello —responde O'Dell—. Pero ¿y su familia?

—Ya le he dicho que deje a mi familia al margen.

—No, es usted quien debe dejarla al margen —señala O'Dell—. Ha sido usted quien los ha metido en esto. Usted, no nosotros. ¿Cómo se sentirán sus hijos cuando se enteren de que su padre es un delincuente? ¿Qué pensará su mujer? ¿Qué les dirá cuando no puedan ir a la universidad porque sus ahorros acabaron en manos de unos abogados defensores? ¿Les dirá que papá no va a cobrar la pensión y que las universidades no aceptan cupones de alimentos?

Malone no media palabra.

Para ser federal, el tal O'Dell es bueno. Sabe qué teclas pulsar. ¿Un católico irlandés de Staten Island viviendo de cupones de alimentos? No te repondrías a semejante bochorno ni en tres generaciones.

—No conteste ahora —prosigue O'Dell—. Tiene veinticuatro horas para pensárselo. Estaremos aquí.

Entrega a Malone un trozo de papel.

—Eso es un teléfono de prepago —dice O'Dell—. Cien por cien seguro. Si llama en las próximas veinticuatro horas, organizaremos una reunión con nuestro jefe y veremos qué se puede hacer.

—Si no llama —añade Weintraub—, le pondremos las esposas en la comisaría delante de todos sus compañeros.

Malone no coge el papel.

O'Dell se lo mete en el bolsillo de la camisa.

—Piénselo.

—No soy un chivato —insiste Malone.

Malone echa a andar hacia la zona alta de la ciudad con la esperanza de que el aire fresco le aclare las ideas y le deje pensar. Tiene ganas de vomitar. El estrés, el miedo, las drogas y el alcohol le provocan náuseas. Esos putos gilipollas estaban al acecho, piensa. Eligieron a su presa y esperaron tu momento de máxima debilidad, cuando tuvieras la cabeza hecha polvo.

Ha sido una buena jugada, la jugada que deberías haber realizado tú.

Si vas detrás de un delincuente, hazlo al amanecer, cuando el tipo esté durmiendo, y convierte su sueño en una pesadilla. Arráncale una confesión antes de que se dé cuenta de que el despertador no va a sonar.

Pero esos capullos no necesitan una confesión. Te han grabado en vídeo y te ofrecen la misma salida que has ofrecido tú a un centenar de delincuentes: «Conviértete en mi confidente, en mi chivato. Sal de la fosa y empuja a otro para que ocupe tu lugar. ¿No crees que ellos actuarían igual?».

Él mismo lo ha dicho cien veces, joder.

Y noventa de cada cien funciona.

Malone llega a la parte sur de Central Park y gira al oeste rumbo a Broadway, pasando por delante del que antaño era el hotel Plaza. Fue uno de los mejores pluriempleos de seguridad que ha tenido nunca: custodiar un material de rodaje que llegó antes que el equipo. Le pagaron por sentarse en una suite del Plaza y llamar al servicio de habitaciones, ver la tele y mirar a las chicas guapas por la ventana.

Media mañana, primavera, los turistas salen en manada y parece la torre de Babel —lenguas asiáticas, europeas, jerga

239

autóctona—, que para él es uno de los sonidos de la ciudad. Es raro. Su vida entera ha cambiado en las últimas dos horas, pero la ciudad sigue su ritmo. La gente camina hacia su lugar de destino, conversa, se sienta en las terrazas de las cafeterías, pasea en carruajes, como si el mundo de Denny Malone no acabara de desmoronarse a su alrededor.

Se obliga a respirar el aire primaveral.

Y se da cuenta de que los federales han cometido un error.

Le han dejado marchar, le han dejado salir de la habitación, volver al mundo y ver las cosas con cierta perspectiva. Yo nunca permitiría que un delincuente abandonara la habitación a menos que llamara a un abogado, piensa Malone, y, aun así, intentaría retenerlo allí y e impedirle ver que hay más cosas en el mundo aparte de mi cara, más posibilidades aparte de lo que sostengo en la mano.

Pero lo han hecho, así que aprovéchalo.

Piensa.

De acuerdo, te pueden caer entre cuatro y cinco años en una prisión federal, pero no sabes si ocurrirá, se dice. Tienes dinero guardado precisamente para emergencias como esta. Una de las primeras cosas que aprendió, una de las primeras cosas que les dijo a sus muchachos, fue que guardaran los primeros cincuenta mil dólares que ganaran en un lugar de fácil acceso por si los pillaban. De ese modo, siempre tendrían dinero para la fianza y el adelanto del abogado.

Si te toca un buen fiscal o un buen juez, puede que te salves. A fin de cuentas, la acusación es una gilipollez. La mitad de los jueces del sistema intentarían dar por zanjada la investigación. Aunque no te libres, probablemente puedas rebajar la condena a dos años si te declaras culpable.

Pero, supongamos que te caen cuatro, piensa Malone. Son cuatro años críticos para John, los años en que elegirá un camino u otro. ¿Y Caitlin? Malone ha oído muchas historias de niñas que no tienen padre y buscan ese amor en el primer tío que se les pone por delante.

No, Sheila es una madre estupenda, y siempre estarán los tíos Phil y Monty y la tía Donna.

Llevarán a los chicos por el buen camino.

Les dolerá, pero estarán bien. Son Malone, son duros, y vienen de un barrio en el que los padres en ocasiones «se van». Los otros niños no se meterán con ellos por eso.

Y el tema de la universidad ya está resuelto.

Un hombre tiene que gestionar bien su negocio.

El dinero para las matrículas está guardado en la ducha, debajo de una trampilla.

Los chicos cuidarán de Sheila, seguirá recibiendo el sobre. Así que, a la mierda vuestros cupones de alimentos.

Han hecho un juramento. En el peor de los casos, Russo llevará cada mes un sobre a su casa, acompañará a su hijo a los partidos, lo meterá en vereda si es necesario y procurará que cumpla con sus obligaciones.

Los mafiosos hacen el mismo juramento, pero, en los tiempos que corren, suelen respetarlo solo unos meses. Si uno de los suyos está en la cárcel o bajo tierra, su mujer tiene que buscarse un trabajo y sus hijos acaban pareciendo unos golfos. Antes no era así, pero ahora es uno de los principales motivos por los que los mafiosos se convierten en chivatos.

En su equipo, eso no sucede. Monty y Russo saben a quién deben acudir para recuperar el dinero de Malone, e invertirían hasta el último centavo en que Sheila viviera cómodamente.

Y él seguiría llevándose su parte del negocio.

Así que no tienes que preocuparte por tu familia.

A Claudette siempre puedes mandarle dinero si lo necesita. Pero, mientras no le salpique esta mierda, no habrá problema. Lleva casi un año limpia, tiene trabajo, familia y amigos. Puede que te espere y puede que no, pero estará bien.

Llega a la parte sudoeste del parque y se dirige a Broadway rodeando Columbus Circle.

A Malone le encanta pasear por Broadway, siempre le ha encantado.

Lincoln Center derrocha una belleza perenne, y ahora Malone ha vuelto a su zona, a su territorio.

A sus calles.

Al norte de Manhattan.

Le encanta esta calle. Le encanta desde que trabajaba en el Dos-Cuatro. El viejo edificio Astoria, Sherman Square, que él llamaba el «parque de la aguja», Gray's Papaya. También el antiguo teatro Beacon, el hotel Belleclaire y el local donde se encontraba Nick's Burger Joint. Zabar's, el viejo Thalia, la larga y suave pendiente hacia el norte.

No le tiene miedo a la cárcel. Desde luego, allí habrá presos que querrán saldar viejas cuentas, y son tíos duros, pero yo lo soy más. E iré preparado. Los Cimino se asegurarán de que allá donde vaya me espere un comité de bienvenida. Nadie se la juega con los amigos de la mafia.

Eso si es que llego a entrar en la cárcel.

Sea como fuere, perderás tu trabajo. Si no te echan los cargos penales, lo hará el comité disciplinario del departamento. Es un juicio amañado: el comisario no pierde jamás. Si te quiere en la calle, estás en la calle.

Ni pistola, ni placa, ni pensión ni trabajo, y ningún departamento del país querrá saber nada de ti.

¿Qué coño voy a hacer?

No sabe hacer otra cosa. El de policía es el único trabajo que ha tenido, el único trabajo que siempre ha querido.

Y ahora se acabó.

Para él es como un puñetazo en la cara. Ya no soy policía.

Gracias a un descuido estúpido una tarde de Navidad, ya no soy policía.

Puede que me contrate una empresa de seguridad o de investigación, piensa. Pero lo descarta al instante. No quiere ser un falso policía, un expolicía, y esa clase de trabajo siempre lo pondría en contacto con policías de verdad que se compadecerían de él o lo mirarían por encima del hombro, o que como mínimo le recordarían lo que en su día fue y ya no es.

Es mejor hacer borrón y cuenta nueva, dedicarse a algo totalmente distinto.

Tiene dinero en el banco, y tendrá mucho más cuando vendan el alijo de Pena.

Puedo fundar una empresa, dice. Un bar, no; eso es lo que hacen todos los policías cuando se jubilan. Pero sí otra cosa.

¿Como qué, Malone?, se pregunta.

¿Qué vas a hacer?

Nada, piensa.

Tú solo sabes ser policía.

Así que va a trabajar.

10

—¿Dónde te habías metido? —le pregunta Russo.

Malone consulta el reloj.

—Tenemos salida a mediodía, llego a tiempo.

Llega a tiempo, pero todo le da vueltas. Resaca de alcohol, resaca de drogas, resaca de sexo, resaca de miedo.

Lo tienen agarrado por los cojones y no sabe qué hacer.

—No estoy hablando de eso —dice Russo—. No te has cambiado de ropa. Hueles a alcohol, a hierba y a coño. A coño caro, pero, aun así...

—He estado en casa de mi novia —responde Malone—. ¿Eso te vale?

Es la primera mentira.

A su socio, a su mejor amigo, a su hermano.

Díselo, piensa Malone. Llévalos a él y a Monty al callejón y cuéntaselo. Te has pillado los dedos con lo de Piccone, pero lo arreglarás, no tienes nada de que preocuparte.

Pero estás preocupado.

—¿Fuiste a casa de tu novia con esas pintas? —dice Russo riéndose—. ¿Y qué tal todo?

—Pues lo que ves —responde Malone—. Si no te importa, mamá, me ducharé y me cambiaré aquí.

Si él va hecho un desastre, lo de Levin es un desastre cubierto de mierda. Está inclinado sobre el banco tratando de atarse los cordones, pero la tarea le viene grande. Cuando levanta la cabeza y mira a Malone, tiene la cara pálida.

Y se siente culpable.

Como un delincuente que espera su ingreso en prisión.

Levin será un buen policía, piensa Malone, pero nunca un agente infiltrado. No es capaz de disimular el sentimiento de culpa.

—Las noches de bolos no son para las nenas —dice Malone.

—Solo para las putas —añade Russo—. Pero eso ya lo sabes, ¿no?

—No quiero hablar de eso.

—Pobre Emily —dice Russo.

—Amy.

—Amy de «no se lo digáis a Amy» —apunta Monty.

—¿Y qué más da, joder? —dice Russo—. No te preocupes, Dave. Lo que pasa en el norte de Manhattan se queda en el norte de Manhattan. No, espera, eso era con Las Vegas. Lo que pasa en el norte de Manhattan se lo contamos a todo el mundo.

Malone se da una ducha, se toma dos anfetaminas y se pone una camisa azul y unos vaqueros negros.

Al salir, Russo dice:

—Sykes quiere verte.

Malone se dirige al despacho del capitán.

—Tiene una pinta horrible —dice este—. ¿Hubo celebración?

—Usted también debería haber salido a celebrarlo —responde Malone—. Cerró el caso Gillette/Williams, ya no tiene la soga al cuello y al *Post* y al *News* se les pone dura pensando en usted.

—El *Amsterdam News* me ha llamado «traidor».

—¿Y le importa?

—La verdad es que no —dice Sykes.

Pero Malone sabe que no es cierto.

—Estoy contento con lo de Gillette/Williams —añade Sykes—, pero eso no resuelve el problema principal. De hecho, no hace más que empeorarlo. Si Carter consigue esas armas, contraatacará con fuerza.

—He hablado con él —dice Malone.

—¿Que ha hecho qué?

—Me lo encontré por casualidad, así que aproveché la oportunidad para pedirle que renunciara.

—¿Y?

—Y tiene usted razón. No lo hará.

Más mentiras por omisión. No le cuenta a Sykes que sabe de buena tinta que uno de sus agentes está en la nómina de Carter y poniendo trabas a la investigación sobre la compra de armas. No puede contárselo porque Sykes arrestaría a Torres, de modo que se limita a decir:

—Estamos en ello.

—¿Puede concretar un poco más? —dice Sykes.

—Estamos organizando un operativo de vigilancia en el 3803 de Broadway, donde creemos que Teddy Bailey cerrará el trato.

—¿Con eso podremos detener a Carter?

—Probablemente no —reconoce Malone—. ¿Quiere las armas o quiere a Carter?

—Primero una cosa y luego la otra.

—Interceptaremos las armas —propone Malone—. Carter caerá de todos modos.

—Quiero que lo detengan, no que lo mate Carlos Castillo.

—¿Acaso importa? —pregunta Malone.

—No quiero que nadie piense que la Unidad Especial actúa en nombre de un traficante en detrimento de otro —explica Sykes—. Esto es Nueva York, no México.

—Por el amor de Dios, capitán. ¿Quiere esas armas o no? Ambos sabemos que DeVon Carter ni se acercará a ellas, como también sabemos que resolver esos homicidios le hará ganar un poco de tiempo, pero que en breve volverá a tener a los de la central tocándole los huevos.

—Intercepten esas armas —dice Sykes—, pero recuerde que su equipo es la punta de lanza de la Unidad Especial, no un potro desbocado.

—No se preocupe. Cuando vaya a comenzar la redada, estará usted al corriente.

Le mantendremos al corriente para que usted solo tenga que empujar la pelota al fondo de la red y celebrarlo.

Pero mejor que no sepa cómo lo llevaré hasta el área.

Al bajar las escaleras cae en una desagradable emboscada.

Es Claudette.

Dos agentes uniformados la agarran de los brazos e intentan echarla sin brusquedad del vestíbulo, pero ella se resiste.

—¿Dónde está? —dice—. ¡¿Dónde está Denny?! ¡Quiero ver a Denny!

Al entrar por la puerta, Malone ve la escena.

Claudette tiene el mono. Ha consumido, está temblando y los nervios empiezan a dominarla.

Ella también ve a Malone.

—¿Dónde te habías metido? Ayer por la noche estuve buscándote. Te llamé y no contestaste. Fui a tu casa y no estabas.

La mayoría de los agentes parecen horrorizados. Un par de ellos sonríen con displicencia hasta que Monty los mira con cara de pocos amigos.

—Yo me ocupo de esto —dice Malone, que intenta llevarse a Claudette—. Vamos fuera.

Pero Claudette tiene esa fuerza que infunde la locura y permanece inmóvil.

—¿Quién es? Hueles a coño, hijo de puta. ¿Es un chochito blanco, una furcia?

El sargento de recepción se asoma por encima del mostrador.

—Denny...

—¡Ya lo sé, estoy en ello!

Malone agarra a Claudette de la cintura y la arrastra hacia la puerta. Ella grita y da patadas.

—¿Es que no quieres que me vean tus amigos, gilipollas? ¿Te avergüenzas de mí delante de esos polis? ¡Este tío folla conmigo, que lo sepáis! ¡Le dejo que me dé por el culo siempre que quiera! ¡Por este culo negro!

Sykes observa desde la escalera.

Malone consigue sacar a Claudette a la calle. En ese momento entran unos policías de paisano y se los quedan mirando.

—Sube al coche —le dice Malone.

—Que te jodan.

—¡Sube al puto coche!

La empuja dentro, cierra de un portazo y se monta en el coche. Luego pulsa el botón del cierre centralizado, le sube las mangas y ve el pinchazo.

—Por Dios, Claudette.

—¿Estoy detenida, agente? —pregunta Claudette—. Por favor, agente, ¿puedo hacer algo para evitar ir a la cárcel?

Le baja la cremallera y se agacha.

Malone la aparta.

—Para ya.

—¿No se te pone dura? ¿Tu putita te ha dejado agotado?

Malone le levanta la barbilla con el pulgar y el índice izquierdos.

—Escúchame. Escúchame bien. No puedes hacerme esto, no puedes venir aquí.

—Porque te avergüenzas de mí.

—Porque este es mi lugar de trabajo.

Claudette se desmorona.

—Lo siento, Denny. Estaba desesperada, me dejaste sola. Me dejaste completamente sola.

Es una explicación y una acusación.

Malone lo entiende.

Cuando un yonqui entra solo en el callejón con su enfermedad, es la enfermedad la que sale.

—¿Cuánto te has metido? —pregunta.

Malone tiene miedo porque el mundo ha cambiado. Los camellos están cortando el caballo con fentanilo. Es cuarenta veces más potente y, si se ha inyectado eso, podría sufrir una sobredosis. Los yonquis están cayendo igual que caían los gais en los días más negros del sida.

—Lo suficiente, imagino —responde Claudette, que insiste—: Me dejaste sola, cariño, y no podía soportarlo, así que salí a pillar.

—¿Quién te lo vendió?

Claudette niega con la cabeza.

—Le harás daño.

—Te prometo que no. ¿Quién?

—Y eso ¿qué más da? —pregunta—. ¿Crees que puedes amenazar a todos los camellos de Nueva York?

—¿Y tú crees que no puedo averiguarlo?

—Pues hazlo —replica—. Estoy dolida, cariño.

Malone la acompaña a casa, pero antes coge una papelina de emergencia de debajo del salpicadero.

—Ve a pincharte al cuarto de baño —le dice—. No quiero verlo.

—Es el último, cariño. En el hospital me darán algo para el bajón. Conozco a un médico. Lo dejaré, te lo prometo.

Malone se sienta en el sofá.

Si me meten en la cárcel, piensa, se morirá.

Ella sola no lo conseguirá.

Claudette sale minutos después.

—Ahora estoy cansada. Tengo sueño.

Malone la acuesta en el sofá, va al lavabo, se arrodilla y vomita violentamente hasta que no le queda nada en el estómago y solo tiene arcadas. Luego se sienta en el suelo de baldosas blancas y negras, busca una toalla de mano y se seca el sudor de la frente. Al cabo de unos minutos se levanta y se moja la cara y la nuca con agua fría.

Se cepilla los dientes hasta que desaparece el olor a vómito.

Luego saca el móvil y marca el número.

Oye un «¿diga?».

El cabrón de O'Dell debía de estar esperando al lado del teléfono. Sabía que iba a ceder.

Malone dice:

—Le daré nombres de abogados, pero no de policías. ¿Entendido?

Nunca delataré a mis hermanos.

11

Nada más poner un pie en la comisaría, Sykes le pide que suba.

—¿Le suena de algo el concepto de «violación con apariencia de legalidad»? —le pregunta cuando entra en su despacho.

—No —dice Malone.

—Si una persona que ostenta un cargo de poder, por ejemplo, un agente de policía, mantiene relaciones sexuales con una persona sometida a ese poder, digamos, un confidente, se trata de una violación con apariencia de legalidad. Es un delito grave que comporta entre diez años y cadena perpetua.

—No es una confidente —contesta Malone.

—Iba drogada.

—No es una confidente —reitera Malone.

—Entonces, ¿quién es? —pregunta Sykes.

—Eso no es asunto suyo.

—Cuando una mujer monta una escenita de mal gusto en el vestíbulo de mi comisaría es asunto mío —dice Sykes—. No puedo permitir que la vida personal de mis agentes ponga en evidencia al cuerpo de policía. Está casado, ¿verdad, sargento Malone?

—Separado.

—¿Esa mujer reside en el norte de Manhattan?

—Sí.

—Mantener relaciones con una mujer que vive en su jurisdicción es, cuando menos, una conducta impropia de un agente —afirma Sykes.

—Presente cargos.

—Lo haré.

—No, no lo hará —responde Malone—, porque acabo de resolver su caso más importante. Su carrera vuelve a estar bien encauzada y no hará nada que pueda manchar su expediente.

Sykes lo mira fijamente y Malone sabe que ha dado en el clavo.

—Mantenga sus problemas personales fuera de mi comisaría —dice Sykes.

Malone y Russo van circulando por Broadway al norte de la Ciento cincuenta y ocho.

—¿Quieres hablar de ello? —pregunta Russo.

—No —responde Malone—, pero tú sí, y lo harás, así que adelante.

—¿Una mujer negra con problemas de drogas? Mal asunto, Denny, sobre todo en este entorno racial tan sensible, por decirlo de alguna manera.

—Lo arreglaré.

—¿Con eso te refieres a que la dejarás?

—Con eso me refiero a que lo arreglaré —dice Malone—. Tema zanjado.

A esa altura, Broadway se divide en dos carriles que van en dirección norte y sur, respectivamente, con una hilera de árboles en medio. El centro de estética que hay debajo del piso franco de Carter se encuentra en el lado oeste.

—Es un segundo sin ascensor —dice Russo—. Dudo que a Fat Teddy le haga mucha gracia.

Russo se detiene en un cajero del flanco este de la calle, se apean y fingen sacar dinero, pero en realidad están observando a Babyface, que entra en la licorería situada junto al centro de estética.

Cinco minutos después sale con seis latas de Colt 45 y se las pasa a Montague.

Malone y Russo cruzan Broadway y entran en un restaurante. Al cabo de quince minutos, Montague se sienta delante de Malone.

—Venga, suéltalo —le dice.

—¿Qué quieres que suelte? —pregunta Monty. Tiene una mirada traviesa, pero Malone detecta en ella cierta seriedad—. Yo también prefiero a las negras.

—Menuda escenita —comenta Russo.

—Admiro tu gusto para las mujeres, de verdad —reconoce Monty—. Pero, con la que está cayendo, lo último que necesitamos ahora mismo es llamar más la atención.

—Ya le he dicho a Russo que me ocuparía de todo.

—Y yo te he oído —dice Monty—. Pasando a temas más apremiantes, el señor caldeo quiere conservar su licencia. Le he explicado que acaba de venderle alcohol a un menor. Por lo visto, no conoce a Carter, y le he dicho que solo queremos utilizar el almacén unas semanas y todo quedará perdonado

Malone se levanta.

—Será mejor que nos larguemos de aquí.

Vuelven al coche y vigilan mientras Levin entra. Tarda cuarenta y cinco y minutos y, cuando sale, se monta en el coche y Russo arranca.

—Podemos hacer un agujero en el muro de pladur y pasar un cable hasta el segundo piso —propone Levin—. Así tendremos oídos en el despacho de Carter.

—¿Y si hacemos turnos? —pregunta Russo—. Teddy nos conoce a Malone, a Monty y a mí, y tú no puedes trabajar veinticuatro horas siete días a la semana.

—Sois neandertales tecnológicos —dice Levin—. Cuando coloquemos el micrófono, puedo controlarlo con el portátil desde un lugar cercano donde haya wifi. Es decir, desde cualquier sitio. Y no hace falta trabajar veinticuatro horas, solo cuando venga Teddy.

—Nasty Ass puede avisarnos —dice Malone—. Levin, ¿seguro que te parece bien? No tenemos orden judicial. Esto es la hostia de ilegal. Si nos pillan, te quitarán la placa y puede que vayas a la cárcel.

Levin sonríe.

—No se lo contéis a Amy.

—¿Vienes a la comisaría? —pregunta Russo a Malone.

—No, tengo que ir al centro —responde—. Hay que preparar la vista previa de Fat Teddy.

—Buena suerte —dice Russo.

—Sí.

Es la puta ironía de todo este asunto. Para presentar alegaciones por la compra de armas, deben evitar que Fat Teddy entre en prisión. De haberlo sabido en su momento, habrían conseguido que saliera en libertad sin necesidad de amañar el caso.

Y no habría habido follones con los federales.

Ahora es él quien debe planear alguna argucia para no acabar en la cárcel.

Tiene ganas de vomitar.

Deja de lamentarte, piensa Malone.

Pórtate como un hombre y haz lo que tienes que hacer.

Malone encuentra a Nasty Ass deambulando por Amsterdam a la altura de la Ciento treinta y tres y detiene el coche.

—Sube. —Había olvidado lo mal que huele el chivato—. Madre mía, Nasty.

—¿Qué?

Está relajado, feliz. Debe de haber pillado.

—¿Usas el baño alguna vez?

—No tengo baño.

—Pues pide que te dejen utilizar uno —dice Malone, que baja la ventanilla—. ¿Conoces a una enfermera que venía por aquí a pillar? Se llama Claudette.

—¿Una hermana muy guapa?

—Sí.

—La he visto.

—¿A quién le compra?

—A un camello llamado Frankie.

—¿Uno blanco que se mueve por Lincoln Playground? —pregunta Malone.

—El mismo. —Malone le da veinte dólares—. Los blancos sois unos tacaños.

—Por eso tenemos dinero —responde Malone—. Sal.

—Y unos maleducados.

—Ahora tendré que entregar este coche y pedir uno nuevo —dice Malone.

—Eres grosero, tío. Un grosero hijo de puta.

—Llámame.

—Tacaño, maleducado y grosero.

—Lárgate.

Nasty Ass se baja del coche.

Frankie está sentado en el banco de acero del calabozo situado al fondo del pasillo.

Malone lo arrestó y lo llevó al Tres-Dos, no a Manhattan Norte, y lo dejó allí un rato para que le dieran una tunda. El calabozo apesta a meados, mierda, vómito, sudor, miedo, desesperación y una fuerte dosis de colonia Axe que Frankie probablemente robó en Duane Reade.

Malone abre la puerta y entra.

—No, no te levantes.

Frankie tiene poco más de treinta años y lleva la cabeza afeitada y los brazos y el cuello tatuados.

Malone se remanga la camisa.

Frankie lo ve.

—¿Vas a pegarme?

—¿Recuerdas a una mujer llamada Claudette? —pregunta Malone—. ¿Le has vendido mierda hoy?

—Supongo.

—Supones. Tú sabías que estaba limpia, porque no la habías visto en una temporada, ¿verdad?

—O porque le compraba a otro —responde Frankie.

—¿Tú también eres yonqui?

—Consumo.

—Así que traficas para pagarte la mercancía —dice Malone.

—Algo así.

Está temblando.

—¿Sabes por qué te han metido en esta celda en concreto? —pregunta Malone—. Porque la cámara de vídeo no llega hasta aquí. Y ya sabes cómo funciona esto ahora: si no está grabado, no ha ocurrido.

—Dios mío.

—Dios no está aquí —dice Malone—. Solo estoy yo. Y la diferencia entre Él y yo es que Él perdona a los demás y yo no tengo ni un gramo de compasión en el cuerpo.

—¿Ha tenido una sobredosis?

—No —dice Malone—. De ser así, no habrías llegado a la comisaría. Escúchame, Frankie. Mírame y escúchame.

Frankie levanta la cabeza.

—Le prometí que no te haría daño, así que te soltarán en cuanto me vaya. Pero, óyeme bien, Frankie: la próxima vez que la veas, sal corriendo en la otra dirección. Si vuelves a venderle droga y te encuentro, te mato a palos. Y ya sabes que yo cumplo mis promesas.

Malone sale del calabozo.

12

Isobel Paz, la fiscal federal del Distrito Sur de Nueva York, es un cañón.

Un puto cañón, piensa Malone.

Piel de color caramelo, pelo negro azabache, boca grande y labios delgados pintados de rojo. Probablemente tiene algo más de cuarenta años, pero parece más joven. Entra en la habitación luciendo una americana negra, falda ajustada y tacones.

Vestida para matar.

Se encuentran de nuevo en el puto Waldorf.

Paz ha procurado llegar la última.

Igual que los mafiosos, piensa Malone. El jefe siempre es el último en llegar a una reunión. Al hacer esperar a los demás se establece el orden jerárquico. Esos gilipollas son iguales.

Malone se levanta, como hacen los de la vieja escuela.

Paz no le tiende la mano y se limita a anunciar:

—Isobel Paz, fiscal federal.

—Denny Malone, agente del Departamento de Policía de Nueva York.

Paz tampoco sonríe. Se alisa la falda y se acomoda delante de él.

—Tome asiento, sargento Malone.

Weintraub pone en marcha una grabadora digital. O'Dell tiende una taza de té a Paz como si estuviera ofreciéndole sus testículos y se sienta.

Así que ya estamos todos, piensa Malone.

¿Y ahora qué?

—Sargento Malone, permítame que le sea franca —empieza la fiscal—. No le considero a usted un héroe. Para mí es un delincuente que acepta sobornos de otros delincuentes. Es por dejar las cosas claras.

Malone no responde.

—Si por mi fuera, ya estaría entre rejas por incumplir su juramento y traicionar su placa y la confianza de la ciudadanía —prosigue—, pero tenemos objetivos más valiosos que perseguir. Dadas las circunstancias, apretaré los dientes y trabajaré con usted.

Abre una carpeta.

—Vayamos al grano. Tendrá que prestar declaración, durante la cual reconocerá todos los delitos cometidos hasta la fecha. Si miente, ya sea por omisión o por comisión, cualquier acuerdo al que hayamos llegado quedará sin efecto legal. Si comete cualquier delito fuera del ámbito de esta investigación y no cuenta con nuestra aprobación explícita, cualquier acuerdo al que hayamos llegado quedará sin efecto legal. Si comete perjurio en una declaración, jurada o de otra índole, cualquier acuerdo al que hayamos llegado quedará sin efecto legal. ¿Lo ha entendido?

—No iré a por otros policías —responde Malone.

Paz se vuelve hacia O'Dell y Malone se da cuenta de que este no le ha especificado esa parte del acuerdo. O'Dell se lo queda mirando.

—Ya cruzaremos ese puente cuando lleguemos a él.

—No, no hay ningún puente que lleve ahí —afirma Malone.

—Entonces irá a la cárcel —tercia Paz.

—Pues iré a la puta cárcel.

Y que te den por culo.

—¿Cree que puede tomárselo a cachondeo, sargento Malone? —pregunta Paz.

—Si quiere que incrimine a abogados, apretaré los dientes y trabajaré con usted —dice Malone—. Si me pide que vaya contra otros policías, puede irse a la mierda.

—Pare la grabadora —indica Paz a Weintraub. Después mira a Malone—. Imagino que me toma usted por uno de esos capullos del Distrito Sur que han estudiado en una universidad de la Ivy League, pero soy una puertorriqueña del sur del Bronx, unas calles más duras que las suyas, *hijo de puta*. Soy la tercera de seis hermanos, mi padre trabajaba en una cocina y mi madre cosía falsificaciones para unos chinos del centro. Estudié en Fordham. Así que, si me toca los cojones, gilipollas, lo mando a una prisión federal de máxima seguridad donde estará babeando por unas gachas de avena en menos de seis semanas. *¿Compréndeme, puñeta?* Vuelva a ponerla en marcha.

Weintraub pulsa el botón.

—Esta cinta será archivada en un lugar seguro al que solo podrán acceder los aquí presentes —dice Paz—. No habrá transcripción. El agente O'Dell resumirá todo el proceso en un informe que solo podrá consultar personal autorizado del Distrito Sur, el estado de Nueva York y el FBI.

—Ese 302 puede hacer que me maten —asegura Malone.

—Velaré por su seguridad —responde O'Dell.

—Claro, porque no hay federales corruptos, ni abogados con una hipoteca que vale más que su casa ni secretarias cuyo marido tiene pagos atrasados.

—Si conoce algún nombre... —dice Paz.

—No conozco ninguno. Yo solo sé que los 302 siempre acaban en algún club social al lado de una taza de café, y que la razón por la que no habrá transcripción es que así el FBI podrá tergiversar mis palabras.

Paz deja el bolígrafo encima de la mesa.

—¿Quiere prestar declaración o no?

Malone suspira.

—Sí.

Sin declaración no hay acuerdo.

Paz le toma juramento. Malone jura decir la verdad, toda la verdad...

—Ya ha visto usted las pruebas que demuestran que aceptó un pago por recomendar asesoramiento legal a un acusado —dice Paz—. ¿Lo reconoce?

—Sí.

—Al parecer, también ha participado en una conspiración para sobornar a un fiscal con la intención de que la sentencia sea favorable a dicho acusado. ¿Es así?

—Sí.

—¿Eso sería amañar un juicio?

—Yo lo llamo así, sí.

—¿Cuántas veces ha amañado un juicio o mediado en dicho proceso?

Malone se encoge de hombros.

Paz lo mira con desprecio.

—¿Tantas que ha perdido la cuenta?

—Está mezclando usted dos cosas —le explica Malone—. Alguna vez he remitido a un sospechoso a un abogado a cambio de una comisión. Otras veces he ayudado a un fiscal a falsear un caso, por lo cual también he recibido un pago.

—Gracias por la aclaración —dice Paz—. ¿Cuántas comisiones simples ha aceptado de abogados defensores?

—¿En todos estos años? —pregunta Malone—. Puede que centenares.

—¿Y de fiscales que han sido sobornados?

—Probablemente veinte o treinta —dice Malone—. En todos estos años.

—¿Es usted quien realiza el pago al fiscal? —interviene Weintraub.

—A veces.

—¿Cuántas veces? —pregunta Paz.

—¿Veinte?

—¿Eso es una pregunta o una afirmación?

—No llevo un registro.

—De eso estoy convencida —responde Paz—. Así que unas veinte. Quiero nombres. Quiero fechas. Quiero todo lo que pueda recordar.

Esto es cruzar la línea, piensa Malone. Si empiezo a dar nombres, no hay vuelta atrás.

Soy un chivato.

Malone empieza por los casos más antiguos y les facilita nombres de gente que se ha jubilado o ha cambiado de trabajo. La mayoría de los fiscales no ejercen mucho tiempo, sino que adquieren experiencia para convertirse en abogados defensores, lo cual es más lucrativo. Esto los perjudicará, pero no tanto como a los que siguen en activo.

—¿Mark Piccone? —pregunta O'Dell.

—Acepté dinero de Piccone —responde Malone.

Porque ¿qué más da? Lo han visto todos.

—¿Era la primera vez? —dice Paz.

—¿Tenía pinta de serlo? —contesta Malone—. Yo diría que he recomendado a Piccone una docena de veces.

—¿Cuántas veces ha realizado pagos a fiscales en su nombre?

—Tres.

—¿Fueron todos para Justin Michaels? —pregunta Paz.

Lo de Michaels son migajas, piensa Malone. ¿A qué viene tanto lío por algo rutinario? Michaels no es mal tipo. Acepta dinero en juicios de poca monta que no van a ninguna parte, pero planta cara en casos de agresión, robos y violaciones.

Ahora le buscarán las cosquillas.

No, se dice a sí mismo. Eres tú quien se las buscará.

Pero a la mierda. Lo saben de todos modos.

—Dos de ellos fueron para Michaels —dice.

—¿En qué casos? —pregunta Weintraub. Está molesto.

—Uno era un tema de drogas, un cuarto de kilo de coca —responde Malone—. Un tío que se llamaba Mario Silvestri.

—Ese hijo de puta —dice Weintraub.

El comentario arranca una sonrisa burlona a Paz.

—¿Cuál fue el otro? —pregunta Weintraub.

—Un caso de posesión de armas de un traficante de caballo que se llamaba... No recuerdo su verdadero nombre. Lo apodaban Long Dog. Clemmons, tal vez.

—DeAndre Clemmons —confirma Weintraub.

—Sí, eso es —dice Malone—. Michaels alteró la cadena de custodia y el juez sobreseyó la causa en la audiencia probatoria. ¿Quieren el nombre del juez?

—Más tarde —responde O'Dell.

—Ya, más tarde —replica Malone—. Me apuesto lo que quiera a que, por alguna razón, el nombre no aparece en el 302.

—Conque Silvestri y Clemmons —dice Paz—. Y ahora Bailey.

—Tampoco pensaban ustedes mandarlos a la cárcel —dice Malone—. Por tanto, ¿qué más da que de vez en cuando gane dinero alguien que no sea traficante?

—¿En serio va a intentar justificar todo esto? —pregunta Paz.

—Yo solo digo que nosotros hemos puesto a esos delincuentes multas de varios miles de dólares —dice Malone—, lo cual ya es más de lo que han hecho ustedes.

—Así que imparte usted justicia —responde Paz.

Desde luego que sí, piensa Malone. Imparto más justicia que este maldito sistema. La imparto en la calle cuando le doy una paliza a un baboso que ha abusado de un niño, la imparto en los tribunales cuando miento sobre un traficante de heroína al que nunca condenaríais si no lo hiciera yo, y sí, la imparto cuando multo a esos hijos de puta y les saco un dinero que vosotros jamás les sacaríais.

—Hay muchos tipos de justicia —dice.

—Y supongo que dona usted ese dinero a la beneficencia —observa Paz.

—Parte de él sí.

De vez en cuando envía un sobre con dinero a Saint Jude's, pero estos cabrones no tienen por qué saberlo. Malone no quiere que sus sucias manos toquen algo que está limpio.

—¿Qué más ha hecho? —pregunta Paz—. Necesito una confesión completa.

Mierda, piensa Malone.

Es por lo de Pena.

Era todo una pantomima para llegar a lo de Pena.

Pero ¿te crees que voy a hablar por iniciativa propia? ¿Me tomas por un yonqui que haría cualquier cosa por aliviar el mono en la sala de interrogatorios?

—Si me hacen preguntas, yo responderé —dice Malone.

—¿Ha robado en alguna ocasión a un traficante? —pregunta Paz.

Es por lo de Pena, piensa Malone. Si saben algo, me presionarán. Así que, sé breve, no se lo pongas en bandeja.

—No.

—¿Alguna vez se ha quedado con drogas o dinero que no haya declarado? —dice Paz.

—No.

—¿Alguna vez ha vendido drogas?

—No.

—¿Nunca le ha proporcionado drogas a un confidente? —pregunta Paz—. Legalmente, eso constituye una venta.

Tengo que darle algo, piensa Malone.

—Sí, lo he hecho.

—¿Es una práctica habitual?

—Para mí, sí —dice Malone—. Es una manera de recabar información para poder practicar las detenciones que luego les llevo a ustedes.

¿Y tú has visto alguna vez a un adicto sufriendo? ¿Has visto a una persona con el mono? Temblando, con calambres, suplicando, llorando, piensa Malone. Tú también les darías una dosis.

—¿Es una práctica habitual entre otros policías? —pregunta Paz.

—Yo hablo por mí, no por otros policías.

—Pero usted debe de saberlo.

—Siguiente pregunta.

—¿Alguna vez ha agredido a un sospechoso para sacarle información o una confesión? —prosigue Paz.

¿Estás de coña? Les he pegado hasta que echaban mierda por la boca. A veces literalmente.

—Yo no diría «agredir».

—¿Qué diría entonces?

—Mire, es posible que haya abofeteado a un tío o que lo haya empotrado contra la pared. Eso es todo.

—¿Eso es todo?

—¿Qué le acabo de decir?

Tú preguntas pero no quieres saber. Quieres vivir en el Upper East Side, en el Village o en Westchester, pero que la mierda no se cuele en tus barrios elegantes. No quieres saber cómo ocurren esas cosas. Tú solo quieres que yo me encargue de ello.

—¿Y qué hay de otros policías? —pregunta Paz—. ¿Sus compañeros de equipo han participado en amaños judiciales?

—No pienso hablar de mis compañeros.

—Vamos —replica Weintraub—. ¿Espera que nos creamos que Russo y Montague no están en esto con usted?

—Yo no espero que crean o dejen de creer nada.

—¿Todo ese dinero se lo queda usted? —dice Weintraub—. ¿Ellos no reciben una parte? ¿Qué clase de compañero es usted?

Malone no contesta.

—Visto lo visto, cuesta creerlo —farfulla Weintraub.

—El proceso requiere una declaración completa —advierte Paz.

—Ya he dejado claro que no voy a incriminar a otros agentes —afirma Malone—. Esto es lo que hay, *chica*: tiene a un abogado defensor por soborno y a un policía por jactarse de que puede amañar un juicio. Puede inhabilitar a Piccone y a mí quitarme la placa, y quizá pueda meterme un par de años en la cárcel, pero usted y yo sabemos que sus jefes preguntarán si eso es todo lo que ha logrado averiguar. Quedará como una gilipollas.

»Así que permítame que le explique cómo funciona esto —continúa—. Es tan simple como sumar dos más dos. Cualquiera menos un policía. Les hablaré de Michaels. Les hablaré de unos cuantos abogados defensores y de un fiscal o dos. Incluso hablaré de un par de jueces si tienen ustedes huevos. A cambio, yo salgo absuelto. Evito la cárcel y conservo la placa y la pistola.

Malone se levanta, va hacia la puerta y con un gesto les indica que le llamen por teléfono.

Mientras espera el ascensor, sale O'Dell.

Al parecer, la reunión ha sido breve.

—Muy bien —dice—. Hay acuerdo.

Pues claro, piensa Malone.

Porque todo el mundo tiene un precio.

La cuestión es encontrar la moneda adecuada.

Claudette está enferma.

Es la enfermedad del yonqui. Moqueo, temblores y dolor de huesos.

Pero Malone ha de reconocerle el mérito de estar tratando de dejarlo otra vez.

Aunque ella no tarda en abrirle los ojos.

—He intentado pillar, pero no he encontrado a mi camello. ¿Le has hecho algo?

—No le he hecho daño, si es a lo que te refieres —responde Malone—. ¿Conoces a algún médico que pueda extenderte una receta? Porque, si no, hay un tío...

—El traumatólogo me ha dado unos relajantes musculares —dice ella.

—¿Y no tienes miedo de que te denuncie?

—¿Después de lo que le he visto hacer?

—¿Te están yendo bien?

—¿Tengo pinta de que me estén yendo bien?

Malone está calentado agua para prepararle un té. Las hierbas no servirán de una mierda, pero al menos entrará un poco en calor.

—Déjame llevarte a una clínica de desintoxicación.

—No.

—Me preocupas, ¿sabes?

—Pues no es necesario —repone Claudette—. Son los alcohólicos los que mueren por el síndrome de abstinencia, no los heroinómanos. Nosotros caemos enfermos y ya está. Y luego salimos y volvemos a consumir.

—Eso es justamente lo que me preocupa.

—Si quisiera, ya lo habría hecho —responde.

Claudette se termina el té. Malone la envuelve con una manta, la abraza y la mece como a un bebé.

Si le pasara a otro, le aconsejaría que se alejara de esa mujer. Con una yonqui, lo que hay que hacer es celebrar un funeral como si verdaderamente estuviera muerta, pasar el duelo y seguir con tu vida, porque la persona a la que conocías ya no está ahí.

Pero con Claudette se ve incapaz.

13

A la mañana siguiente, Malone entra en Rand's, situado en la misma calle que los juzgados, con un ejemplar del *New York Post* bajo el brazo. Minutos después, Piccone se sienta delante de él y deja el *Daily News* encima de la mesa.

—La sección local de hoy está bien.

—¿Cómo de bien?

—Veinte mil dólares.

Cuesta más amañar unos casos que otros. Por posesión simple, un par de los grandes. Si es posesión con intención de vender, estamos hablando de cinco dígitos. Un buen alijo con intención de vender podría ascender a seis, pero, si el acusado lleva encima una cantidad así, significa que tiene dinero.

Actualmente, los cargos por posesión de armas rondan esas cifras, sobre todo si el acusado tiene antecedentes. A Fat Teddy podrían caerle entre cinco y siete años, así que esto es una ganga.

A Malone le han pedido que acorrale a Piccone, que actúe como si la conversación estuviera desarrollándose en presencia de un jurado.

—¿Qué te parece si consigo que Michaels amañe el caso por veinte?

Malone coge el *Daily News* y lo deja a su lado.

—Solo si retira los cargos y se niega a seguir con el proceso.

—Por veinte mil puedo hacerle confesar que el arma era suya.

—¿Qué te apetece? —dice Piccone—. Los crepes son más o menos comestibles.

—No, tengo que irme.

Malone se levanta, coge el *Daily News* y deja el *Post* a Piccone. Luego entra en el servicio de hombres, saca cinco mil dólares del sobre que hay escondido dentro del periódico, se los guarda en el bolsillo y sale a la calle.

El número 100 de Centre Street siempre le ha parecido uno de los lugares más deprimentes de la Tierra.

En el edificio del Juzgado de lo Penal nunca ocurre nada bueno.

Incluso las raras ocasiones en que, por ejemplo, una mala persona sale condenada, es después de una tragedia. Siempre hay una víctima, al menos una familia de duelo o unos niños cuya madre o padre irán a la cárcel.

Malone ve a Michaels en el pasillo y le entrega el periódico.

—Deberías leer esto.

—¿Sí? ¿Por qué?

—Fat Teddy Bailey.

—Bailey está jodido.

—¿Por quince mil le sacarías la polla del culo?

—¿Tú te llevas comisión? —pregunta Michaels.

—¿Quieres el dinero o no? —insiste Malone—. Pero es a cambio de la absolución, no de una declaración de culpabilidad.

Michaels mete el periódico en una bolsa de tela y entonces comienza el espectáculo.

—Joder, Malone, esto lo tumbarán por arresto ilegal.

Motivos fundados.

Dos personas se los quedan mirando al pasar. Malone se cerciora de que están observándolos y alza la voz para que puedan oírle:

—¡Es un delincuente habitual y vi el bulto del arma!

—¿Qué clase de abrigo llevaba Bailey?

—¿Te crees que soy Ralph Lauren o qué? —dice Malone con afectación.

—Un abrigo largo —añade Michaels—. Un abrigo largo North Face. ¿Vas a decirme...? No, ¿vas a decirle a un juez que viste una escopeta del calibre 25 debajo? ¿Pretendes que entre ahí y quede como un gilipollas? ¿Gilipollas y encima racista?

—¡Pretendo que entres ahí y hagas tu trabajo!

—¡Pues haz tú el tuyo! —grita Michaels—. Practica alguna detención con la que pueda trabajar.

—Vas a dejar suelto a ese capullo.

—No, vas a dejarlo suelto tú —responde Michael antes de darse la vuelta e irse.

—Madre mía, menuda nena —dice Malone.

La gente lo observa en el pasillo. Pero es lo habitual. La policía y los fiscales del distrito se las tienen constantemente.

Malone sube a la tercera planta de la vieja fábrica textil del Distrito de la Moda en la que O'Dell ha instalado su oficina.

Un par de mesas y el teléfono de prepago. Cajas rojas llenas de carpetas. Armarios metálicos baratos y una cafetera. Malone le entrega los cinco mil, se quita la chaqueta, se arranca el micrófono y lo deja encima de la mesa.

—¿Lo tiene? —pregunta O'Dell.

—Sí, lo tengo.

Weintraub coge la cinta y la pasa rápido hasta llegar a la conversación con Michaels. Escucha y luego dice:

—De puta madre.

—¿Con eso bastará? —pregunta Malone—. ¿Ya los he hundido a los dos en la mierda?

—¿Qué pasa? ¿Se siente mal? —dice Weintraub—. ¿Quiere ocupar su lugar?

—Cállese, Stan —dice O'Dell—. Ha hecho un buen trabajo, Denny.

—Sí, soy un buen chivato —responde Malone cuando se dirige hacia la puerta para abandonar ese lugar repulsivo, ese nido de ratas.

¿Y a qué coño viene eso de «Denny»? ¿Se cree que ahora somos amigos o algo parecido? ¿Stan y Denny, como si ahora estuviéramos en el mismo equipo? Dándome palmaditas en la cabeza. «Has hecho un buen trabajo, Denny». ¿Ahora soy tu puto perro o qué?

—¿Dónde va? —pregunta O'Dell.

—¿Y a usted qué cojones le importa? ¿Es que no soy libre de largarme? ¿Tienen miedo de que vaya a avisar a ese tío? No se preocupen. Me daría demasiada vergüenza.

—No tiene nada de que avergonzarse —dice O'Dell—. En todo caso, debería avergonzarse de lo que hacía antes, no de lo que está haciendo ahora.

—No he venido aquí a buscar su puta absolución.

—¿Ah, no? —pregunta O'Dell—. Pues yo creo que sí. Yo creo que, en cierto modo, quería que lo pillaran, Denny.

—¿Eso cree? —responde Malone—. Pues es aún más gilipollas de lo que pensaba.

—¿Quiere un café o una copa? —pregunta O'Dell.

Malone se da media vuelta.

—No me haga la pelota, O'Dell. ¿Sabe a cuántos informadores he mimado, seducido, a cuántos les he dicho que estaban haciendo lo correcto? Yo les doy heroína en lugar de café, y conozco la norma sagrada para tratar con ellos: no puedes considerarlos personas; son chivatos. Si empiezas a enamorarte de ellos, a preocuparte por ellos, a considerarlos algo que no son, acabarán matándote.

Yo soy tu chivato, O'Dell.

No la cagues intentando tratarme como a una persona.

Claudette le dice más o menos lo mismo cuando va a verla.

Al entrar por la puerta, las primeras palabras que salen de su boca son:

—¿Te avergüenza que te vean conmigo?

—¿A qué coño viene eso? —pregunta Malone.

Se fija en sus ojos para ver si tiene las pupilas dilatadas, pero no ha consumido. Ha resistido, ha soportado el mono, y Malone sabe que es muy duro, que está enfadada y que ahora lo pagará con él.

—He estado pensando en por qué he recaído.

Has recaído porque eres adicta, piensa Malone.

—¿Por qué no me has presentado nunca a tus compañeros? —pregunta—. Tú has conocido a sus amantes, ¿no?

—Tú no eres mi amante.

—¿Y qué soy?

Mierda.

—Mi novia.

—No me los has presentado porque soy negra —dice.

—Claudette, uno de mis compañeros es negro.

—Y no quieres que sepa que estás tirándote a una hermana —responde ella.

En parte es cierto, piensa Malone. No sabe cómo reaccionaría Monty, si se lo tomaría bien o se cabrearía.

—¿Por qué quieres conocerlos?

—¿Por qué no quieres tú que los conozca? ¿Porque soy negra o porque soy drogadicta?

—Nadie sabe que lo eres —afirma Malone.

—Porque nadie sabe que existo.

—Ahora ya sí. ¿Por qué son tan importantes mis compañeros para ti?

—Son tu familia —dice Claudette—. Conocen a tu mujer y a tus hijos y tú a los suyos. Conocen a todas las personas importantes en tu vida menos a mí, lo cual me lleva a pensar que no lo soy.

—No sé qué más puedo hacer para...

—Soy tu vida paralela —sentencia—. Me escondes.

—No digas tonterías.

—Casi nunca salimos —dice Claudette.

Eso es verdad. Entre sus horarios y los de Malone es difícil, y, en cualquier caso, un hombre blanco y una mujer negra en Harlem resultan incómodos, incluso en 2017. Cuando van juntos a una cafetería o a la tienda de comestibles, la gente los mira de reojo y a veces sin molestarse en disimular.

Y no es solo un hombre blanco, sino un policía blanco.

Eso genera hostilidad o algo peor. Algunos vecinos pueden pensar que Malone será más indulgente con ellos porque está con una mujer negra.

—Yo no me avergüenzo de ti —dice Malone—. Pero...

Le expone su preocupación por que la gente del barrio crea que ha aflojado las riendas.

—Pero, si lo que quieres es salir, lo haremos. Salgamos ahora mismo.

—Mírame, estoy hecha un desastre —dice Claudette—. No quiero ir a ningún sitio.

—Por el amor de Dios, acabas de decir...

—¿Qué es esto? ¿Es porque soy guapa? —pregunta—. ¿En plan *Fiebre salvaje*? ¿Solo vienes aquí a echarme un polvo?

—No.

Tú también me lo echas a mí, piensa Malone, pero no es tan tonto como para decirlo.

—Denny, ¿alguna vez te has planteado que tú podrías ser una de las razones por las que consumo?

Joder, Claudette, ¿te has planteado que una de las razones por las que acabo de convertirme en un puto chivato, en un puto soplón, es tu puta adicción, tu puta enfermedad?

—Vete a la mierda —le dice.

—Tú también.

Malone se levanta.

—¿Adónde vas? —pregunta Claudette.

—A cualquier sitio menos aquí.

—A cualquier sitio lejos de mí, querrás decir.

—Muy bien.

—Vete —dice Claudette—. Vete de aquí. Si quieres estar conmigo, trátame como a una persona, no como a una prostituta yonqui.

Malone se marcha dando un portazo.

14

Malone y Russo asisten a un partido de los Rangers con unas entradas situadas frente a la línea de ataque cortesía de un empleado del Garden al que todavía le cae bien la policía.

Lo cual es cada vez más infrecuente, piensa Malone.

El mes pasado, dos agentes de paisano que circulaban en un vehículo sin distintivos cerca de Ozone Park, en Queens, vieron a un hombre con una botella de alcohol en la mano junto a un coche aparcado en doble fila.

Ello le habría supuesto una sanción insignificante, pero, cuando se acercaron a él, echó a correr.

Si huyes, la policía te persigue. Es la mentalidad del golden retriever. Lo arrinconaron, el fugitivo sacó una pistola y le descerrajaron trece disparos.

La familia contrató a un abogado que trasladó el litigio a los medios de comunicación. «Un padre de cinco niños pequeños recibió trece disparos, con impactos en la espalda y la cabeza, y todo por una botella abierta».

Primero mataron a Garner por vender tabaco Lucky, luego a Michael Bennett y ahora a un tío por un maldito envase abierto.

El comisario al menos plantó cara. «La mejor manera de evitar un disparo de un policía de Nueva York es no llevar pistola ni apuntarle a uno con una pistola».

Sintaxis y gramática aparte, tal como señaló Monty, fueron unas declaraciones contundentes, sobre todo cuando el comisario añadió: «Mis agentes salen cada día a la calle y arriesgan su vida para que luego los abogados se anden con artimañas».

El abogado contraatacó. «Evidentemente, sentimos empatía por los buenos policías que arriesgan su vida para proteger a nuestras comunidades. ¿Y quién no? Pero, en lo que a "artimañas" se refiere, solo hace falta abrir un periódico cualquier día de la semana para estar al tanto de los engaños y robos perpetrados por los miembros del Departamento de Policía de Nueva York, así que discúlpeme si no me creo de buenas a primeras su explicación sobre lo ocurrido».

Al cuerpo de policía están sacudiéndole por todas partes.

Los manifestantes se echan a la calle, los activistas exhortan a la gente a tomar medidas y la tensión entre la policía y la comunidad es peor que nunca.

Y el veredicto del gran jurado en el caso Bennett sigue sin llegar.

Así que, cuando no hay negros disparando a otros negros, es la policía la que lo hace.

Sea como fuere, piensa Malone, mueren negros.

Y él sigue siendo policía.

Nueva York sigue siendo Nueva York.

El mundo sigue siendo el mundo.

Bueno, lo es y no. Su mundo ha cambiado.

Es un soplón.

La primera vez que lo haces te cambia la vida.

La segunda vez es simplemente la vida.

La tercera, concluye Malone, es tu vida.

Eres tú.

La primera vez que se puso un micrófono tenía la sensación de que todo el mundo se daba cuenta, como si lo llevara pegado a la frente. Era como una gruesa cicatriz, un corte que seguía escociendo y desgarrándose.

La última vez le costó menos que ponerse el cinturón. Apenas lo notaba.

O'Dell no lo considera un soplón.

El agente del FBI lo llama «estrella del rock».

Estrella del rock.

A mediados de mayo, Malone había incriminado ante los federales a cuatro abogados defensores y tres fiscales del distrito. En la oficina de Paz andan atareados mecanografiando formulaciones de cargos altamente confidenciales. No practicarán detenciones hasta que estén preparados para tender la trampa en toda su envergadura.

Lo jodido es que, cuando Malone no se dedica a delatar a abogados corruptos, sigue siendo policía.

Como si nada de esto estuviera sucediendo.

Va a la comisaría, trabaja con su equipo, dirige la operación de vigilancia contra Carter y lidia con Sykes. Patea las calles, habla con sus soplones y organiza las redadas que haya que organizar.

Acude a los escenarios del crimen.

Dos semanas después de los asesinatos de Gillette y Williams, un trinitario de Inwood salió de una discoteca y camino de su casa recibió un balazo en la nuca. Al cabo de diez días, un spade del norte de Saint Nick's fue acribillado con una escopeta desde un coche en marcha. Está en el hospital de Harlem, pero no saldrá de esta.

Tal como pronosticó Malone, la buena voluntad propiciada por la detención de Williams duró hora y media. Ahora Sykes está siendo abroncado en la reunión de CompStat, el comisario está recibiendo palos del alcalde y este, a su vez, de los medios de comunicación.

Sykes no para de tocarle los huevos a Malone con los progresos realizados en el caso de la compra de armamento.

Está tocándole los huevos a todo el mundo.

Ha ordenado a Malone que investigue a Carter, a Torres que investigue a Castillo, a varios agentes de paisano que intenten sacar armas de las calles y a varios infiltrados que traten de comprarlas.

Sí, la mierda flota cuesta abajo.

Fue Levin quien paró el golpe.

El puto Levin apareció un día con su iPad y se sentó en el almacén de la licorería a teclear como un loco. Russo y Monty dieron por hecho que el muchacho estaba buscando tonterías en Internet, viendo Netflix o algo por el estilo. A ellos les daba igual. Es una operación monótona y algo hay que hacer. Pero un día llegó más orgulloso que un niño de catorce años que acaba de tocar su primera teta, les mostró el iPad y dijo:

—Mirad esto.

—¿Qué coño estás haciendo?

—Le he pirateado los teléfonos —anunció Levin—. La voz no, claro. No podemos oír a su interlocutor, pero cada vez que hace o recibe una llamada, aparece en pantalla.

—Levin —dijo Monty—, es posible que acabes de justificar tu existencia en este planeta.

Desde luego.

Ahora saben con quién habla Fat Teddy, y habla mucho con Mantell.

—Es análisis de volúmenes —explicó Levin—. Cuando se aproxima una entrega, el tráfico aumenta.

—Pero ¿cómo sabemos dónde van a efectuar la compraventa? —preguntó Malone.

—Todavía no lo sabemos —respondió Levin—. Pero lo sabremos.

—Carter no participará en la operación —terció Monty—. Ni siquiera habla por teléfono. Fat Teddy se encarga de todo.

—Carter nos da igual —dijo Malone—. Lo que nos interesa a nosotros son las armas.

La posibilidad de impedir un baño de sangre.

Así que Malone intenta ser un policía de verdad, cumplir su cometido, restablecer la paz en su reino.

Lo que no puede restablecer es su paz interior.

No puede acallar el tiroteo en su cabeza.

Monty no tenía ganas de ir al partido de los Rangers.

—Los negros ni se acercan al hielo.

—Hay jugadores de hockey negros —dijo Malone.

—Traidores a la raza.

Habrían llevado a Levin con ellos, pero no dejaría de vigilar a Fat Teddy aunque lo amenazaran con una barra de hierro y una granada de mano. Así que solo él y Phil verán a los Penguins eliminar a los Rangers en los *playoffs*. Están tomando unas cervezas y Russo dice:

—¿Qué cojones te pasa?

—¿A qué te refieres?

—¿Cuándo fue la última vez que viste a tus hijos?

—¿Ahora eres mi sacerdote o qué? —pregunta Malone—. ¿Quiere metérmela por el culo, padre?

—Bébete la cerveza. Siento haber preguntado.

—Iré este fin de semana.

—Haz lo que te dé la gana —responde Russo—. ¿Y la negra? ¿Ya lo has solucionado?

—Me cago en la hostia, Phil.

—Vale, vale.

—¿Podemos ver el puto partido?

Ven el puto partido y los Rangers hacen lo mismo de siempre: desaprovechar su ventaja en el tercer tiempo y perder en el descuento.

Después del partido, Malone y Russo van a Jack Doyle's a tomarse la última. El televisor está encendido y el reverendo Cornelius habla en un noticiario de los «crímenes de la policía» en Ozone Park.

Junto a la barra, un capullo con traje, el nudo de la corbata suelto y pinta de abogado se pone a gritar a pleno pulmón:

—¡A ese tío lo ejecutó la policía!

Russo ve la mirada de Malone.

Ya la ha visto antes, y ahora Malone se ha tomado unas cuantas cervezas y tres Jameson's seguidos.

—Calma.

—Que le jodan.

—Ni caso, Denny.

Pero el bocazas no para y empieza a sermonear a todo el bar acerca de la «militarización de nuestras fuerzas policiales», y lo curioso es que Malone ni siquiera discrepa, pero no está de humor para esa mierda.

Se queda mirando fijamente al desconocido, este se percata y Malone dice:

—¿Qué miras?

El hombre retrocede.

—Nada.

Malone se baja del taburete.

—No, ¿qué coño estás mirando, bocazas?

Russo se sitúa detrás y le pone una mano en el hombro.

—Vamos, Denny. Tranquilízate.

Malone le aparta la mano.

—Tranquilízate tú, joder.

Los amigos del hombre intentan sacarlo del bar, cosa que Russo considera de lo más oportuna.

—¿Por qué no os lo lleváis a casa? —dice.

—¿Eres abogado? —pregunta Malone al desconocido.

—Da la casualidad que sí.

—Pues yo soy policía —responde—. ¡Soy agente del puto cuerpo de policía de Nueva York!

—Ya basta, Denny.

—Voy a anotar tu número de placa —dice el hombre—. ¿Cómo te llamas?

—¡Denny Malone! ¡Sargento Dennis John Malone, de Manhattan Norte!

Russo deja dos billetes de veinte encima de la barra y dice al camarero:

—No pasa nada. Ahora mismo nos vamos.

—Cuando le dé una paliza a este maricón —añade Malone.

Russo se interpone entre ambos, aparta a Malone y ofrece al hombre su tarjeta.

—Mira, ha tenido una mala semana y se ha tomado unas copas de más. Cógela. Si algún día necesitas un favor, que te quiten una multa o lo que sea, llámame.

—Tu colega es un gilipollas.

—Esta noche no te lo voy a discutir —contesta Russo, que agarra a Malone y lo arrastra hasta la Octava Avenida.

—Denny, ¿qué coño haces?

—Ese tío me ha sacado de mis casillas.

—¿Quieres que se te echen encima los de Asuntos Internos? —pregunta Russo—. ¿Quieres darle más excusas a Sykes para que vaya a por ti? Joder.

—Vamos a tomar algo.

—Vamos a meterte en la cama, imbécil.

—Soy un policía de Nueva York.

—Sí, eso ya lo he oído —dice Russo—. Y los demás también.

—El mejor de Nueva York.

—Vale, colega.

Van al aparcamiento y Russo lo acompaña a casa y lo ayuda a subir.

—Denny, haz el favor de quedarte aquí. No vayas a ningún sitio esta noche.

—No lo haré. Mañana tengo que ir a los juzgados.

—Pues vas a tener un aspecto fantástico —dice Russo—. ¿Pondrás el despertador o te llamo?

—Despertador.

—Te llamo. Vete a dormir.

Las pesadillas etílicas son las peores.

Tal vez porque el cerebro ya está jodido y dispuesto a ceder ante la mierda más infecta que tengas almacenada en él.

Esta noche sueña con la familia Cleveland.

Dos adultos y tres niños muertos en su apartamento.

Ejecutados.

Los niños le piden ayuda, pero no puede hacer nada por ellos.

No puede ayudarlos. Se queda allí quieto y llora y llora y llora.

Al levantarse por la mañana, Malone bebe cinco vasos de agua.

Le duele la cabeza una barbaridad.

Un whisky seguido de una cerveza sienta bien; una cerveza seguida de un whisky es una catástrofe. Engulle tres aspirinas y dos Dexedrinas. Después se ducha, se afeita y se viste. Hoy su atuendo para acudir a los juzgados consistirá en camisa blanca y corbata roja, chaqueta de punto azul, pantalones grises y unos zapatos negros relucientes.

Uno no va de traje a los juzgados a menos que ostente el rango de teniente o superior para no dejar en evidencia a los abogados y para que el jurado lo vea como una persona trabajadora y honesta.

Hoy no llevará gemelos.

Ni Armani ni Boss.

Ropa sencilla de JoS. A. Bank.

Al verlo, Mary Hinman se echa a reír.

—¿Es el uniforme del colegio?

Es pelirroja y tiene la piel clara y pecosa. Si fuera más alta, la fiscal especial de narcóticos parecería salida del reparto de *Riverdance*.

En cambio, Hinman es menuda, una descripción que ella rechaza.

—No soy menuda —dice cuando le sacan el tema—. Soy concentrada.

Lo cual es muy cierto, piensa Malone ahora que la tiene delante. Hinman es implacable, una bolita de ira con un metro sesenta y cinco de altura y una educación tradicional: escuela católica para chicas, Universidad de Fordham y, más tarde, Derecho en la Universidad de Nueva York. Cuando se sienta en un taburete no le llegan los pies al suelo, pero puede tumbarte bebiendo. Malone lo ha sufrido en sus carnes. Hicieron un concurso de chupitos la noche que Hinman consiguió encerrar a un traficante llamado Corey Gaines por matar a su novia.

Malone perdió.

Hinman lo metió en un taxi.

Le viene de casta: su padre era un policía alcohólico. Su madre, la esposa de un policía alcohólico.

Hinman conoce bien a la policía, sabe cómo funciona. No obstante, cuando era una fiscal en ciernes, Malone tuvo que explicarle unas cuantas cosas que su padre no le había enseñado. Era su primer caso importante de drogas, mucho antes de abrirse paso entre sus homólogos varones para convertirse en fiscal especial, y Malone era agente de paisano en Anticrimen.

Pero Malone y su compañero de entonces, Billy Foster, encontraron un kilo de coca en un edificio de la Ciento cuarenta y ocho. Les dio el soplo un confidente, pero eso no bastaba para conseguir una orden judicial. Malone se negó a alertar a Narcóticos. Quería anotarse el tanto, así que él y Foster enseñaron una escopeta en lugar de la orden de registro, detuvieron al traficante y luego dieron parte.

Esto le supuso una reprimenda de su sargento y del Departamento de Narcóticos, pero le ayudó a despuntar. En circunstancias normales no le habría importado si el delincuente acababa entre rejas, pero quería aquella cabellera en su cinturón y le preocupaba que un fiscal novato, y encima mujer, diera al traste con su caso.

Cuando Hinman lo llamó para preparar su declaración, le dijo:

—Cuente la verdad y conseguirá una sentencia condenatoria.

—¿Cuál de las dos? —preguntó Malone.

—¿A qué se refiere?

—O cuento la verdad o consigo una sentencia condenatoria. ¿Cuál de las dos quiere?

—Ambas —respondió Hinman.

—Eso es imposible.

Porque, si contaba la verdad, perderían el juicio por nulidad de pruebas, ya que Malone carecía de orden de registro y no había sospechas fundadas para entrar en el apartamento. Las pruebas se convertirían en «frutos de un árbol envenenado» y el traficante saldría absuelto.

Hinman meditó unos segundos y dijo:

—Yo no puedo sobornar a nadie o alentarlo a que cometa perjurio, agente Malone. Solo puedo aconsejarle que haga lo que crea que debe hacer.

Mary Hinman no volvió a aconsejar nunca a Malone que contara la verdad.

Porque la verdad que ambos conocen es que, si los policías no prestaran falsos testimonios, la oficina del fiscal del distrito apenas encerraría a nadie.

Lo cual no preocupa a Malone.

Si el mundo jugara limpio, él también lo haría. Pero las cartas están marcadas contra los fiscales y la policía. Los casos Miranda y Mapp y todas las demás decisiones del Tribunal Supremo otorgan ventaja a los delincuentes. Es como la NFL: ahora la liga quiere pases de *touchdown* para que un defensa ni siquiera pueda tocar a un receptor. Nosotros somos los pobres defensas, piensa Malone, tratando de impedir que puntúen los malos.

Verdad, justicia y estilo de vida americano.

Según el estilo de vida americano, puede que la verdad y la justicia se saluden por el pasillo, que se envíen una tarjeta de felicitación por Navidad, pero esa es toda la relación que mantienen.

Hinman lo sabe.

Ahora está sentada a una mesa en una sala de reuniones de los juzgados mirando a Malone.

—¿Qué carajo hiciste ayer noche?

—Partido de los Rangers.

—Ajá —dice—. ¿Estás preparado para testificar? Hazme un resumen.

—Mi compañero, el sargento Phillip Russo, y yo recibimos información de unos vecinos que aseguraban que se llevaban a cabo actividades sospechosas en el número 324 de la calle Ciento treinta y dos Oeste. Montamos un dispositivo de vigilancia en dicha dirección y vimos un Escalade blanco, del cual se bajó el acusado, el señor Rivera. No tenía motivos concluyentes para pensar que transportaba drogas ni, desde luego, tampoco pruebas visuales suficientes que indicaran sospechas fundadas.

Aquella era la parte bonita del baile: darle la vuelta para convencer al jurado de que estás diciendo la verdad. Además, es lo que se esperan porque lo han visto en televisión.

—Si no había sospechas fundadas, ¿qué os daba derecho a entrar forzadamente en el apartamento? —pregunta Hinman.

—El señor Rivera no iba solo —continúa Malone—. Del vehículo bajaron otros dos hombres. Uno llevaba una pistola ametralladora Mac-10 con silenciador y el otro una TEC-9.

—Y vosotros lo visteis.

Malone pronuncia las palabras mágicas.

—Estaban a la vista de todos.

Si un arma está a la vista de todos, no hacen falta «sospechas fundadas». Tienes una causa inmediata. Y las armas estaban a la vista de todos, delante de las narices de Malone.

—Así que entrasteis en la vivienda —continúa Hinman—. ¿Os identificasteis como agentes de la ley?

—Lo hicimos. Grité: «¡Policía de Nueva York!», y se veían claramente las placas que llevábamos en los chalecos antibalas.

—¿Qué sucedió a continuación? —pregunta Hinman.

Les endosamos las ametralladoras a esos idiotas.

—Los sospechosos soltaron las armas.

—¿Qué encontrasteis en el apartamento?

—Cuatro kilos de heroína y divisas estadounidenses en billetes de cien. Más tarde supimos que ascendía a 550.000 dólares.

Hinman repasa la tediosa información sobre los números de registro de las pruebas, le pregunta cómo podía estar seguro de que la heroína incautada era la misma que se hallaba ahora mismo en los juzgados, bla, bla, bla, y luego añade:

—Espero que en el juicio muestres un poco más de energía que en esta sesión.

—Como decía Allen Iverson: aquí estamos hablando de práctica. De práctica —responde Malone.

—Estamos hablando de Gerard Berger —dice Hinman.

Así resume Malone su opinión acerca de Gerard Berger:

«Si estuviera envuelto en llamas, las apagaría meándole gasolina encima».

Hay tres cosas en la vida que Denny Malone odia, y no necesariamente en este orden:

1. A los pederastas.
2. A los chivatos.
3. A Gerard Berger.

El abogado pronuncia su apellido «Burchei» e insiste en que los demás hagan lo mismo. Malone se niega de plano, excepto en los tribunales, donde no quiere quedar como un listillo delante del juez.

En cualquier otro lugar, es Gerry Burger.

Malone no es el único que odia a Berger. Todos los fiscales, policías, funcionarios de prisiones y víctimas sienten desprecio por él. Incluso sus propios clientes lo detestan, porque, una vez concluido el caso, Berger es propietario de muchas cosas que antes no eran suyas: su dinero, su casa, su coche, su barco y, a veces, su mujer.

Pero como el abogado se encarga de recordarles: «En la cárcel no podrán gastarse el dinero».

Los clientes de Berger no suelen acabar en prisión. Se van a casa, salen en libertad condicional, ingresan en clínicas de desintoxicación o asisten a sesiones de control de la ira. Vuelven a hacer lo que hacían antes, que normalmente es ilegal.

A él no le importa.

Traficantes de droga, asesinos, maltratadores, violadores, pederastas. Berger acepta a cualquier cliente que tenga una cartera abultada o una historia que pueda vender a una editorial o una productora cinematográfica o, preferiblemente, a

ambas; por ejemplo, Diego Pena. Ha visto a actores de primera línea haciendo de él, y algunos le han pedido consejo, cosa
que él resume con una sencilla frase: «Sé un gilipollas redo-
mado».

Hay quienes dicen que los clientes de Berger solo confie-
san en el programa de Oprah, y él exige luego que dicha confesión sea desestimada.

Berger no se molesta en ocultar su riqueza. Al contrario,
alardea de ella. Trajes de varios miles de dólares, camisas a
medida, corbatas y zapatos de diseño, relojes caros. Se presenta en los juzgados con Ferraris y Maseratis, coches que ha recibido, deduce Malone, a modo de pago. Tiene un ático en el
Upper East Side, una residencia de verano en los Hamptons y
una casa en las montañas de Aspen, que fue puesta a su nombre
por un cliente agradecido que actualmente reside en Columbia y cuyo acuerdo no le permite regresar a Estados Unidos.

Malone debe reconocer que Berger es muy bueno en lo
suyo. Redacta espléndidos alegatos y es un genio de las mocio-
nes (sobre todo de exclusión), un interrogador astuto y despiadado y un maestro de los discursos introductorios y las
argumentaciones finales.

El principal secreto de su éxito es que es corrupto.

Malone está convencido de ello.

Nunca ha podido demostrarlo, pero se apostaría el tes-
tículo izquierdo a que Berger tiene jueces en nómina.

El otro secreto indecente del denominado «sistema de justicia».

La mayoría de la gente no lo sabe, pero los jueces no ganan
demasiado, y normalmente tienen que gastar mucho para
conseguir la toga. Con esas cifras, es fácil comprar a muchos
de ellos.

No es difícil darle la vuelta a un caso: una moción acepta-
da o denegada, pruebas excluidas o admitidas, testimonios

permitidos o rechazados. Cosas pequeñas, cosas ínfimas, detalles ocultos que pueden dejar en libertad a un culpable.

La defensa sabe —joder, todo el mundo sabe— qué casos puede amañar. Uno de los trabajos más lucrativos del mundo del Derecho es el de programador de expedientes. Por la suma adecuada de dinero puedes conseguir que un caso sea asignado al juez que ya has comprado.

O, como mínimo, alquilado.

Malone y Hinman concluyen el baile del interrogatorio preliminar y se toman unos minutos de descanso hasta que llegue Berger. Malone va a cagar. Cuando sale del cubículo para lavarse las manos, Berger está utilizando el grifo contiguo.

Se miran en el espejo.

—Sargento Malone, es un placer —dice Berger.

—Eh, Gerry Burger, ¿qué tal va todo?

—Bastante bien. No veo la hora de tenerlo sentado en el estrado. Lo destriparé, lo humillaré y demostraré que es un policía embustero y corrupto.

—Gerry, ¿ha comprado al juez?

—Los corruptos solo ven corrupción —responde Berger secándose las manos—. Nos vemos en el estrado, sargento.

—Eh, Gerry —le dice Malone cuando se dispone a marcharse—. ¿Su despacho sigue oliendo a mierda de perro?

Malone y Berger son viejos conocidos.

Malone sube al estrado y el alguacil le recuerda que sigue bajo juramento.

Berger sonríe y dice:

—Sargento Malone, ¿le suena de algo la expresión «prestar falso testimonio»?

—En líneas generales, sí.

—Pues, en líneas generales, ¿qué significa en círculos policiales?

—Protesto —dice Hinman—. Eso es irrelevante.

—A lo mejor responde.

—La he oído en referencia a agentes que no cuentan la verdad exacta en el estrado —dice Malone.

—La verdad exacta —repite Berger—. ¿Existe una verdad inexacta?

—Protesto de nuevo.

—¿Adónde quiere llegar con esto, letrado?

—Ahondaré en ello, señoría.

—De acuerdo, pero hágalo.

—Hay diferentes puntos de vista —responde Malone.

—Ah. —Berger mira al jurado—. ¿Y no es cierto que el punto de vista del policía es prestar falso testimonio para condenar a un acusado a quien considera culpable con independencia de las pruebas admisibles?

—Lo he oído en ese contexto.

—Pero usted no lo ha hecho nunca.

—No, no lo he hecho —dice Malone.

Si obviamos varios centenares de excepciones.

—¿Ni siquiera en su última respuesta? —pregunta Berger.

—¡Esa pregunta es capciosa!

—Ha lugar —dice el juez—. Prosiga, abogado.

—Según su testimonio —continúa Berger—, no tenía usted motivos fundados para sospechar que en el apartamento había drogas. ¿Es correcto?

—Sí.

—Y ha declarado bajo juramento que sí tenía motivos fundados porque sabía que los socios de mi cliente iban armados. ¿Es correcto?

—Sí.

—Vio usted las armas.

—Estaban a la vista de todos —afirma Malone.

—¿Eso es un sí?

—Sí.

—Y, al margen de esas armas que estaban «a la vista de todos» —dice Berger—, no tenía usted sospechas fundadas para entrar en el domicilio. ¿Correcto?

—Correcto.

—Y, cuando vio esas armas —continúa Berger—, las llevaban encima los sospechosos. ¿Es correcto?

—Sí.

—Me gustaría presentar este documento como prueba.

—¿De qué se trata? —pregunta Hinman—. No nos ha sido notificado.

—Acaba de llegar a nuestras manos, señoría.

—Que se acerquen ambos letrados.

Malone observa a Hinman cuando se dirige al estrado. La abogada lo mira con incredulidad, pero él tampoco sabe qué coño está pasando.

—Señoría —dice Berger—, este documento corresponde a una prueba registrada con fecha 22 de mayo de 2013. Como verá, se trata de una pistola MAC-10 con número de serie B-7842A14.

—Sí.

—Llegó al almacén de custodia del Distrito Treinta y Dos en la fecha mencionada. Por supuesto, el Distrito Treinta y Dos es Manhattan Norte.

—¿Qué relevancia tiene esto?

—Si el tribunal lo admite como prueba, demostraré su relevancia —responde Berger.

—Admitido.

—Protesto —dice Hinman—. No hemos tenido acceso a ese documento...

—Su objeción queda anotada por si hubiera apelación, señora Hinman.

Berger retoma el contrainterrogatorio y entrega un documento a Malone.

—¿Reconoce esto?

—Sí, es el informe pericial de la pistola MAC-10 incautada a uno de los sospechosos.

—¿Esa es su firma?

—Sí.

—¿Puede leernos el número de serie del arma? —pregunta Berger.

—B-7842A14.

Berger le tiende otro documento.

—¿Reconoce esto?

—Parece otro informe pericial.

—No lo parece —objeta el abogado—. Lo es, ¿no?

—Sí.

—Y es el informe pericial de una pistola MAC-10. ¿Correcto?

—Correcto.

—Léanos la fecha de registro, por favor.

—22 de mayo de 2013.

Maldita sea, piensa Malone. Maldita sea. Me aseguraron que las armas estaban limpias como los chorros del oro.

Berger está empujándolo por un precipicio y no hay manera de impedirlo.

—Ahora léanos el número de serie de la pistola MAC-10 requisada el 22 de mayo de 2013, por favor.

Estoy jodido a más no poder, piensa Malone.

—B-7842A14.

Malone oye la reacción del jurado. No vuelve la cabeza, pero sabe que ahora mismo están matándolo con la mirada.

—Es la misma arma, ¿verdad? —dice Berger.

Malone no entiende de dónde ha sacado el informe pericial.

Como todo lo demás, es un ardid. Lo ha comprado.

—Eso parece.

—Por tanto —dice Berger—, como agente de policía experimentado que es, ¿podría explicarnos cómo es posible que el arma estuviera guardada bajo llave en el almacén de custodia del Distrito Treinta y Dos y luego apareciera por arte de magia y «a la vista de todos» en las manos de los sospechosos la noche del 13 de febrero de 2015?

—La pregunta es capciosa y puede llevar a especulaciones.

—La pregunta es pertinente.

El juez está cabreado.

—Lo ignoro —responde Malone.

—Bueno, no hay demasiadas opciones —afirma Berger—. ¿Es posible que fuera sustraída del almacén de custodia de pruebas y vendida a unos presuntos traficantes de drogas? ¿Cabe esa posibilidad?

—Supongo que es posible.

—¿O es más probable que se la llevara usted para endosársela a los sospechosos e inventarse un pretexto para tener motivos fundados?

—No.

—¿Ni siquiera cabe esa posibilidad, sargento? —pregunta Berger con inmenso deleite—. ¿No es verosímil que irrumpiera en ese domicilio, disparara a dos sospechosos, matara a uno de ellos, les endosara las armas y después mintiera?

Hinman se levanta con brusquedad.

—Eso no son más que especulaciones e hipótesis. Señoría, la defensa...

—Acérquense al estrado.

—Señoría —dice Hinman—, desconocemos la procedencia de este documento. No hemos dispuesto de tiempo suficiente para investigar su legitimidad y exactitud...

—Maldita sea, Mary —replica el juez—, si este caso está amañado...

—Yo no cuestionaría ni por un segundo la ética de la señora Hinman —tercia Berger—, pero lo cierto es que, si el sargento Malone no vio las armas, tal como asegura que ocurrió, no había motivos fundados y cualquier prueba hallada en el domicilio es fruto de un árbol envenenado. Creo que debería sobreseerse la causa, señoría.

—No tan deprisa —dice Hinman—. El propio abogado defensor ha planteado la posibilidad de que el arma fuera robada del almacén y...

—Me está entrando dolor de cabeza —responde el juez, que suspira y añade—: Voy a excluir la MAC-10.

—Aún queda la TEC-9.

—Claro —dice Berger—. El jurado creerá que un arma está limpia y la otra no. Por favor...

Malone sabe que Hinman está sopesando sus opciones, todas ellas una mierda.

Una es que los agentes del Departamento de Policía de Nueva York están vendiendo armas automáticas sacadas del almacén de custodia a traficantes de drogas. La otra es que un agente del departamento con numerosas condecoraciones ha cometido perjurio en el estrado.

Si Hinman sigue por ahí, puede desencadenar una riada de titulares, el tiroteo será percibido como algo negativo y Asuntos Internos investigará a un tal sargento Denny Malone, incluidos todos sus testimonios anteriores. Hinman no solo podría perder este caso, sino provocar que se revisen otros veinte. Una veintena de delincuentes culpables saldrán de la cárcel y a ella le pondrán la soga al cuello.

Hay otra opción.

Malone oye a Hinman preguntar a su oponente:

—¿Su cliente estaría dispuesto a declararse culpable?

—Depende de la oferta que le hagan.

Malone nota cómo le sube la bilis hasta la boca cuando Hinman dice:

—Un delito de posesión simple. Multa de veinticinco mil dólares, dos años con reducción de condena y deportación.

—Veinte mil, sin prisión preventiva y deportación.

—¿Señoría? —dice Hinman.

El juez está indignado.

—Si al acusado le parece bien, aceptaré el reconocimiento de culpa e impondré la condena pactada.

—Una cosa más —dice Hinman—. La sentencia es confidencial.

—Me parece bien —responde Berger con una sonrisa burlona.

No hay medios de comunicación en la sala, piensa Hinman. Es muy posible que esto no salga a la luz.

—La sentencia será confidencial —concluye el juez—. Mary, el tribunal no está nada satisfecho. Vaya a preparar la documentación y envíeme a Malone.

El juez se levanta.

Hinman se acerca a Malone y le dice:

—Te voy a matar.

Berger se limita a sonreír.

Malone entra en el despacho. El juez no le invita a sentarse.

—Sargento Malone —dice—, ha estado usted a tres sílabas de perder la placa y la pistola y de ser acusado de perjurio.

—Me reafirmo en mi testimonio, señoría.

—Lo mismo que harán Russo y Montague —responde el juez—. El Muro Azul.

Pues claro, piensa Malone.

Pero no dice nada.

—Gracias a usted —añade el juez—, me veo obligado a dejar en libertad a un acusado que, casi con total seguridad, es culpable. Y todo para proteger al Departamento de Policía de Nueva York, que supuestamente es el que debe protegernos a nosotros.

Es gracias a Berger, gilipollas, piensa Malone. Y a unos imbéciles del Tres-Dos que son demasiado holgazanes para tirar a la papelera un viejo informe pericial. O que están en la nómina de Berger. Sea como fuere, lo averiguaré.

—¿Tiene algo que añadir, sargento?

—Que el sistema está jodido, señoría.

—Lárguese, sargento Malone. Me asquea.

Le asqueo, piensa Malone al salir. Tú sí que me asqueas a mí, hipócrita. Acabas de participar en una cortina de humo. Sabes de sobra lo que está pasando aquí. No has protegido a la policía porque seas bondadoso; la has protegido porque es tu obligación. Tú también formas parte del sistema.

Hinman está esperándolo en el pasillo.

—Nuestras carreras profesionales se estaban yendo por el retrete —le dice—. He tenido que negociar un acuerdo con ese cabrón para que nos salvemos los dos.

Vaya, pobrecita, piensa Malone. Yo negocio acuerdos cada puñetero día, y mucho peores que este.

—Ya conocías la jugada, así que no te pongas en plan Juana de Arco.

—Yo nunca te dije que cometieras perjurio.

—Cuando consigues encerrar a alguien no te preocupa lo que hagamos —replica Malone—. Nos dices que hagamos lo que sea necesario. Pero, si algo se tuerce, nos pides que acatemos las reglas. Pues yo las acataré cuando lo hagan los demás.

Al fin y al cabo, piensa al salir, no lo llaman «sala de lo penal» por nada.

15

Malone reúne a su equipo en Montefiore Square, un triángulo donde confluyen Broadway, Hamilton Place y la Ciento treinta y ocho.

—¿Qué tenemos? —pregunta.

—Fat Teddy ha hecho treinta y siete llamadas a prefijos de Georgia en los últimos tres días —dice Levin—. No hay duda de que el cargamento viene hacia aquí.

—Sí, pero ¿dónde? —pregunta Malone.

—Teddy no les facilitará la dirección hasta el último minuto —dice Levin—. Si lo hace desde la oficina, quizá podamos captarlo, pero, si lo hace desde la calle, sabremos que ha realizado la llamada pero no qué ha dicho.

—¿Podemos conseguir una orden judicial para pincharle los teléfonos? —pregunta Monty.

—¿Basada en lo que oímos mediante escuchas ilegales? —responde Malone—. Ahora mismo, no.

Levin sonríe.

—¿Qué te hace tanta gracia? —pregunta Russo.

—¿Y si vamos a por Teddy? —aventura Levin.

—No nos dirá una mierda por más indicios que tengamos —contesta Russo.

—No, se me ocurre algo mejor —dice Levin, que procede a exponer su idea.

Los tres policías más veteranos se miran unos a otros.

Entonces, Russo dice:

—¿Veis? Esa es la diferencia entre el City College y la Universidad de Nueva York.

—Que no salga de aquí —dice Malone a Levin—. Avísanos cuando esté en marcha.

Malone se sienta en el despacho del capitán Sykes.

—Necesito dinero para una compra —le dice.

—¿De qué? —pregunta Sykes.

—Las armas de Carter llegarán a través del corredor del hierro —responde Malone—. Mantell no se las venderá a Carter, sino a nosotros.

Sykes lo mira unos instantes.

—¿Un juez podría declarar nulas las pruebas?

—De ninguna manera. Lo haremos en la calle.

—¿Cómo?

—Un confidente nos facilitará el punto de encuentro y acudiremos allí en su lugar —dice Malone.

—¿Está registrado ese confidente?

—Lo haré en cuanto salga de aquí.

—¿Cuánto costará?

—Cincuenta mil —responde Malone.

Sykes se echa a reír.

—¿Pretende que vaya a pedirle a McGivern cincuenta mil dólares aduciendo que ha oído usted algo que no debía?

—Obtendré una declaración mecanografiada y jurada del confidente.

—En cuanto salga de mi despacho.

—Si le dice que es para mí, McGivern lo conseguirá —asegura Malone. Es un riesgo que debe correr.

Para Sykes no es plato de buen gusto.

—¿Cuándo será? —pregunta el capitán.

Malone se encoge de hombros.

—Pronto.

—Hablaré con el inspector —dice Sykes—. Pero hay que acatar la disciplina. Manténgame informado de cada uno de los pasos que den.

—Entendido.

—Y quiero que participe otro equipo cuando se concrete la venta —indica Sykes—. Utilice a Torres y sus hombres.

—Capitán Sykes...

—¿Qué?

—Torres no.

—¿Qué problema hay?

—Confíe en mí —responde Malone.

Sykes lo mira fijamente unos largos segundos.

—¿Qué insinúa, sargento?

—Deje que mi equipo se encargue de la compra y que los agentes de paisano y los de uniforme arresten al vendedor. Reparta premios como mejor le parezca. Se llevará el mérito la Unidad Especial al completo.

—Pero Torres no.

—Pero Torres no.

Más silencio.

Más miradas.

Entonces, Sykes dice:

—Si salgo escaldado de todo esto, Malone, le prenderé fuego a su trasero y no podrá apagarlo en lo que le resta de vida.

—Me encanta cuando se pone obsceno, jefe.

—¿Cometió perjurio en el caso Rivera? —le pregunta Paz.

—¿Ha almorzado con Gerry Berger? —dice Malone.

Ella desliza una carpeta por la mesa.

—Conteste a mi pregunta.

—Este archivo era confidencial —afirma Malone—. ¿Cómo es posible que Berger se lo diera a usted?

Paz no responde.

—¿Cree que ese mamón gana todos los juicios porque es muy listo? —pregunta Malone—. ¿Porque todos sus clientes son inocentes? ¿Cree que nunca ha comprado un veredicto o que no ha conseguido que se desestimen pruebas entregando un sobrecito?

—Pues no le hizo falta para que desestimaran las pruebas que presentó usted —dice Paz—. Se inventó unas sospechas fundadas y encima cometió perjurio.

—Si usted lo dice.

—Es lo que dicen las actas —responde Paz—. ¿Mary Hinman suele consentir ese tipo de cosas para presentar sus alegaciones?

—¿Ahora va a por ella?

—Si es corrupta, sí.

—No lo es —le asegura Malone—. Déjela en paz.

—¿Por qué? ¿Se la está tirando?

—Por el amor de Dios.

—Si cometió usted perjurio, nuestro acuerdo queda invalidado —remacha Paz.

—Hágalo —dice Malone ofreciéndole los brazos para que lo espose—. Vamos, hágalo ahora mismo.

Ella lo mira fijamente.

—Me lo suponía. —Baja los brazos—. ¿Sabe por qué no lo hace? Brady contra Maryland. Hay que notificar a los abogados defensores que un policía involucrado en uno de sus casos ha mentido a sabiendas bajo juramento. Porque, si yo admitiera que lo he hecho, se reabrirían cuarenta o cincuenta casos de presos que exigirían una revisión del juicio. Y algunos preguntarían si sus colegas fiscales sabían que yo mentía y lo toleraron para que el acusado acabara entre rejas. Así que no me venga con discursitos santurrones y condescendientes, porque estoy convencido de que, para llegar a donde está, usted hizo lo mismo.

Se impone el silencio.

—Putos federales —dice Malone—. Ustedes mentirían, engañarían y venderían los ojos de sus madres para ganar un caso. Solo está mal cuando lo hace un policía.

—Cállese, Denny —dice O'Dell.

—¿Cuántas imputaciones les he conseguido ya? ¿Seis? ¿Siete? —pregunta Malone—. ¿Cuándo se acabará todo esto? ¿Cuándo tendrán suficiente?

—Se acabará cuando nosotros digamos —replica Paz.

—¿Y cuándo será eso? ¿Hasta dónde quiere llegar? ¿Tiene usted huevos, Paz? ¿Tiene usted huevos de ir contra un juez? ¿Cuánto cree que se embolsan neto? ¿Lo suficiente para un piso en West Palm? ¿Y cuando van a Las Vegas y entran gratis? ¿O cuando pierden un fajo de billetes y se lo desgravan? ¿Le interesa saber cómo funciona?

—¿De repente es usted un cruzado? —pregunta Weintraub.

—Si sabe algo... —dice Paz.

—¡Todo el mundo lo sabe! —exclama Malone—. ¡Hasta el puto quiosquero indio lo sabe! ¡El negro de diez años que está en la esquina lo sabe! ¡Lo que no entiendo es cómo es posible que no lo sepan ustedes!

Más silencio.

—Vaya, qué calladitos están ahora —dice Malone.

—Tenemos que empezar desde abajo —responde O'Dell.

—Qué cómodo, ¿eh? —dice Malone—. Eso les va bien. Así no tienen que jugarse ustedes el pellejo.

—No pienso tolerar sermones de un policía corrupto —tercia Paz.

—No tiene por qué hacerlo.

Malone se levanta.

—Siéntese, Denny —le exhorta O'Dell.

—Ya me han sacado todo lo que querían —exclama Malone—. Les he dado los nombres de todos los abogados con los que he trabajado. Se acabó.

—Entonces le acusaremos a usted —dice Paz.

—Sí, llévenme al estrado —responde—. Ya verán qué nombres doy y qué pasa con sus carreras.

—Mis aspiraciones profesionales no guardan relación alguna con todo esto —dice Paz.

—Claro, y yo soy el Conejito de Pascua.

Se dirige a la puerta.

—Tiene usted razón, Malone —dice Paz—. Nos ha contado todo lo que sabía sobre los abogados. Ahora quiero policías.

Qué imbécil eres, piensa Malone. Los abogados eran solo un aperitivo para tirarte de la lengua. ¿Cuántas veces has jugado tú a eso con los soplones? Una vez que los has desvirgado, ya son tuyos; los mandas a la calle y los utilizas.

Y tú te creías diferente. Menudo gilipollas.

—Les dije desde el principio que de policías nada —responde Malone.

—O me da nombres o, cuando presentemos estas acusaciones contra los abogados, haré saber que fue usted. —Paz deja que cale la idea y esboza una sonrisa—. Corre, Denny, corre.

Esta zorra te tiene pillado por los huevos, piensa Malone. Estás atrapado. Si se corre la voz de que eres un chivato, irán todos a por ti: la policía, los Cimino y los hijos de puta del Ayuntamiento.

Estás muerto.

—Puta sudaca —le espeta.

Ella sonríe.

—Las putas sudacas tienen buena fama. Por eso a todo el mundo le gustan un poco. Quiero policías. Grabaciones.

Paz se va.

A Malone le da vueltas la habitación, pero se controla lo suficiente para decir a O'Dell:

—Teníamos un acuerdo.

—No estamos pidiéndole que delate a sus compañeros. Consíganos a uno o dos agentes. Tiene que haber alguno que incluso para usted haya cruzado la línea, Denny. Policías violentos, policías que debamos apartar de la calle.

—No voy a perjudicar a mis compañeros —sentencia Malone.

—Si hace esto, los salvará —responde O'Dell—. ¿Nos toma por tontos? ¿Cree que no sabemos que algo como lo de Rivera no podía conseguirlo usted solo? Si le acusamos por eso, Russo y Montague también caerán.

—Están en sus manos, Malone —interviene Weintraub—. No le dé más vueltas.

—Denny, me cae usted bien —dice O'Dell—. No me parece mala persona. Creo que es un buen tío que ha cometido errores. Esto tiene solución, tanto para usted como para sus compañeros. Coopere con nosotros y nosotros cooperaremos con usted.

—¿Y qué hay de Paz?

—Ya sabe que no puede estar al tanto de un acuerdo como este —dice O'Dell.

—¿Por qué cree que se ha ido? —pregunta Weintraub.

—Tenemos un acuerdo —añade O'Dell.

—Si delato a uno o dos, ¿me juran por sus hijos que no harán daño a mis compañeros?

—Tiene mi palabra —dice O'Dell.

¿Cómo cruza uno la línea?

Paso a paso.

16

Fat Teddy se mueve.

Todo lo rápido que puede moverse Fat Teddy.

Desde el otro lado de Broadway, escondido en el camión de reparto de licores, Malone lo ve salir del centro de estética hablando aún por teléfono.

—Está en línea —informa Levin mirando la pantalla del iPad.

Teddy ha utilizado tres teléfonos para llamar al mismo móvil de Georgia y ahora se dirige al centro por Broadway.

—Acaba de marcar un 212 —añade Levin.

—Está informando a Carter de que la operación está en marcha —dice Monty.

—¿Dónde quieres arrestarlo? —pregunta Russo.

—Esperad —dice Malone.

Se sitúan en paralelo y Teddy cruza la Ciento cincuenta y ocho. Entonces dobla a la derecha por la Ciento cincuenta y siete y de nuevo por Edward Morgan Place.

—Si entra en Kennedy's Chicken —comenta Monty—, será demasiado estereotipado para mi gusto.

Lo siguen.

—¿Nos ha visto? —pregunta Russo.

—No —dice Malone—. Tiene demasiadas cosas en que pensar.

—Ese es su coche —dice Russo—. Delante de la cafetería.

—Vamos. —Marca el número de Nasty Ass—. Tu turno.

Nasty no quería participar en todo aquello. Se negó en redondo.

—La última vez casi me pillan. No quiero tener que volver a Baltimore.

—Y no tendrás que volver.

Nasty cambió de táctica.

—¿Carter no estaba protegido por Torres?

Sí, Nasty. Esa es la idea, joder.

—¿Ahora eres el jefe de la Unidad Especial? —le preguntó Malone—. ¿Han sustituido a Sykes por un Ichabod Crane con pinta de yonqui malnacido y nadie me ha avisado? Yo decido dónde trabajo, gilipollas.

—Yo solo digo...

—Tú no digas nada y limítate a hacer lo que yo te ordene.

Así que ahora Nasty está en la calle y llama al 911.

—He visto a un hombre con una pistola.

Les facilita la dirección.

El aviso llega por radio y responde Russo.

—Unidad de Manhattan Norte en posición. Lo tenemos.

Bajan de la furgoneta, siguen a Teddy y lo detienen justo antes de que llegue a su coche.

Esta vez, Teddy no está para bromas. No tiene nada que decir.

La situación es grave.

Monty lo empuja contra el coche.

Levin saca el teléfono.

—Te lo juro por Dios. Una puta palabra y... —advierte Malone a Teddy.

Lo meten en la furgoneta.

—¿Van a venir unos paletos del sur que son amigos tuyos? —le pregunta Malone.

Teddy no media palabra.

Monty sube a la furgoneta con un maletín.

—Mira qué he encontrado. —Abre el maletín, que contiene fajos de billetes de cien, cincuenta y veinte—. Ahórrame la molestia, Teddy. ¿Cuánto hay?

—Sesenta y cinco —dice.

Malone suelta una carcajada.

—¿Le dijiste a Carter sesenta y cinco? ¿Cuál es la cantidad real?

—Cincuenta, hijo de puta.

Russo saca quince mil del maletín.

—Este mundo es triste y corrupto.

—¿Conoces personalmente a Mantell o solo habéis hablado por teléfono? —pregunta Malone.

—¿Por qué quieres saberlo?

—Mira, lo haremos de la siguiente manera —explica Malone, que le muestra la ficha de confidente que abrió para él—: o te conviertes en mi informador ahora mismo o estos papeles llegarán a manos de Raf Torres, que a su vez se los venderá a Carter.

—¿Me harías eso a mí, Malone?

—Vaya si lo haría —responde Malone—. Estoy haciéndolo ahora mismo, capullo. Por lo tanto, ¿qué piensas hacer? Porque no quiero que tus colegas blanquitos se huelan algo.

—No conozco a Mantell de nada.

—Firma aquí, aquí y aquí —dice Malone ofreciéndole un bolígrafo.

Teddy firma.

—¿Dónde se hará el intercambio? —pregunta Malone.

—Al lado de Highbridge Park.

—¿Los blanquitos lo saben?

—Todavía no.

Suena el teléfono de Teddy.

Levin mira a Malone.

—Georgia.

—¿Tenéis alguna señal de aviso para colgar? —pregunta Malone.

—No.

Malone hace un gesto a Levin, que tiende el teléfono a Teddy.

—¿Dónde estás? —pregunta este.

—En Harlem River Drive. ¿Dónde voy?

Teddy mira a Malone, que sostiene en alto una libreta.

—Dyckman, al este de Broadway —dice Teddy—. Hay un taller mecánico en la parte norte. Aparca en el callejón.

—¿Traes el dinero?

—¿Tú qué crees, joder? —pregunta Teddy.

Levin cuelga.

—Muy bien, Teddy —dice Malone—. Ahora llama a Carter y dile que todo fetén.

—¿Qué?

—Que todo bien —responde Monty.

Teddy marca el número y Malone le muestra la ficha de confidente para recordarle lo que está en juego.

—Sí, soy yo —dice Teddy—. Todo bien... Veinte minutos, media hora como mucho... De acuerdo.

Cuelga.

—Una interpretación digna de un Oscar —dice Russo.

—¿Tenéis gente esperando en Highbridge Park? —pregunta Malone

—¿Tú qué crees?

—Mueve el culo y ve hacia allí —dice Malone—. Te quedarás esperando a esos palurdos, pero no aparecerán.

—¿No tengo que cerrar la compra?

—No —dice Malone—. Nosotros también tenemos un negro gordo. Sé lo que estás pensando, Teddy, pero mira: si tus nuevos amigos blancos no aparecen en Dyckman, le enseñaré tus documentos a Carter.

—¿Qué le digo?

—Que vea las noticias —dice Malone—. Y que no debería hacer negocios en mi territorio.

Teddy se baja de la furgoneta.

Russo divide los quince mil dólares de Teddy y entrega a Levin su parte.

Levin levanta la mano.

—Haced lo que queráis. Yo no he visto nada, pero... no hago esas cosas.

—Esto no funciona así —dice Russo—. O estás dentro o estás fuera.

—Si no lo aceptas —añade Montague—, no sabremos si podemos confiar en que mantengas la boca cerrada.

—No soy un chivato —dice Levin.

Malone nota una punzada en el estómago.

—Nadie ha dicho que lo seas —contesta Montague—. Pero tienes que participar en el juego. ¿Me sigues?

—Coge el dinero —dice Russo.

—Dónalo a la beneficencia si quieres —añade Montague—. Déjalo en el cepillo de la iglesia.

—Mándalo a Saint Jude's —dice Malone.

—¿Eso hacéis vosotros? —pregunta Levin.

—A veces.

—¿Y qué pasa si no acepto el dinero?

Russo lo agarra de la camisa.

—¿Eres de Asuntos Internos, Levin? ¿Eres un infiltrado?

—Quítame las manos de encima.

Russo lo suelta, pero dice:

—Quítate la camisa.

—¿Qué?

—Que te quites la camisa —reitera Montague.

Levin mira a Malone y este asiente.

—Madre de Dios. —Levin se desabrocha la camisa—. ¿Contentos?

—A lo mejor lo lleva en los huevos —aventura Russo—. ¿Os acordáis de Leuci?

—Si llevas algo detrás de los huevos aparte del perineo —dice Montague—, será mejor que confieses ahora.

—Enséñanoslos —le ordena Malone.

Levin sacude la cabeza, se desabrocha el cinturón y se baja los vaqueros hasta las rodillas.

—¿Queréis mirar dentro del culo también?

—¿Te gustaría? —pregunta Russo.

Levin se sube los pantalones.

—Esto es degradante.

—No es nada personal —dice Malone—. Pero, si no aceptas el dinero, no sabremos de qué vas.

—Yo solo quiero ser policía.

—Pues sé policía —remacha Malone—. Acabas de ponerle una multa de tres mil dólares a DeVon Carter.

—¿Así funciona?

—Así funciona.

Levin coge el dinero y lo cuenta.

—Falta pasta.

—¿Qué coño estás diciendo? —pregunta Russo.

—Quince mil entre cuatro son tres mil setecientos y pico —dice Levin—. Aquí hay tres mil justos.

Se echan todos a reír.

—Vaya, tenemos un auténtico judío en el equipo —dice Russo.

—Guardamos parte del dinero para gastos —le explica Malone.

—¿Qué gastos? —pregunta Levin.

—¿Qué pasa? —dice Russo—. ¿Quieres una partida presupuestaria?

—Invita a Amy a cenar y no te preocupes —dice Malone.

—Cómprale algo bonito —añade Montague.

—Pero no demasiado —puntualiza Malone.

Russo saca un sobre amarillo acolchado y un bolígrafo.

—Envíatelo a ti mismo. Así no tienes que llevarlo encima.

Vuelven al coche, se detienen junto a una oficina de correos y luego siguen rumbo a Dyckman.

—¿Y si Teddy los pone sobre aviso? —pregunta Levin.

—Entonces estamos jodidos —contesta Malone.

Pero llama por teléfono a Sykes para aconsejarle que envíe refuerzos a Highbridge Park y le facilita marca, modelo y matrícula del coche de Fat Teddy.

Levin está más nervioso que una puta en una iglesia.

Malone entiende al chaval: es una operación muy importante, de las que cimientan una carrera profesional, de las que te valen la placa de oro. Y ha sido posible gracias a su puta genialidad.

Suena el teléfono de Teddy.

Lo coge Monty.

—¿Dónde estás?

—Dirección oeste por Dyckman.

—Te estoy viendo —dice Monty—. ¿Una furgoneta Yellow Penske?

—Somos nosotros.

—Venid aquí.

La furgoneta de alquiler entra en el callejón.

Un motero con melena, barba y una chaqueta de cuero con las iniciales ECMF estampadas abre la puerta del acompañante y baja empuñando una escopeta de corredera. En el cuello lleva tatuados una esvástica y un 88, un código numérico que hace referencia al saludo nazi: «Heil Hitler».

Para este hijo de puta es un negocio redondo se mire por donde se mire, piensa Malone. Gana dinero con ello y encima proporciona herramientas a los negratas para que se maten entre ellos.

Monty se baja del camión de reparto de licores con la mano izquierda levantada y un maletín en la derecha. Malone y Russo salen detrás de él y se hacen a un lado para tener vía libre para disparar.

Malone nota que el motero se huele algo.

—No me esperaba a unos blancos.

—Solo queríamos que te sintieras cómodo —responde Monty.

—Esto me da mala espina.

—Hay muchos negros por aquí —dice Monty—. No los ves porque es de noche.

—Un momento. —El motero marca el número de Teddy y al oír el teléfono sonando en el bolsillo de Monty se tranquiliza un poco—. De acuerdo.

—De acuerdo —dice Monty—. ¿Qué me traes?

El conductor va a la parte trasera de la furgoneta y abre las puertas. Malone sigue a Monty y observa al motero abrir varias cajas. Ahí dentro hay armas suficientes para mantener ocupado al Departamento de Homicidios durante dos años: revólveres, automáticas, escopetas de corredera y rifles automáticos, un AK y tres AR-15, incluida una Bushmaster.

—Está todo ahí —dice el motero.

Monty apoya el maletín en la plataforma trasera y lo abre.

—Cincuenta de los grandes. ¿Quieres contarlo?

Sí quiere, así que empieza a contar los fajos de billetes marcados y registrados.

—Está todo.

Malone y Russo descargan las armas y las llevan a su furgoneta.

—Dile a Mantell que compraremos todo lo que nos pueda enviar —dice Monty.

El motero sonríe.

—Mientras las utilicéis contra personas de color...

Monty no puede contenerse.

—Y puede que contra algún policía.

—Por mí perfecto.

¿Sí, te parece bien? Ya veremos si también te lo parece cuando un agente te deje los riñones hechos gelatina, piensa Malone. Este paleto es de los que se pasan el día fumando cristal y follándose a su prima. Le daría yo mismo una paliza si no fuera porque quiero adjudicar esta operación a Sykes y a La Unidad.

Terminan de descargar.

—¿Necesitas que te indiquemos el camino? —pregunta Monty al conductor.

A Monty no se le escapa nada. Sykes tiene el lugar controlado desde los cuatro puntos cardinales, pero esto le dará una pista del destino más probable de la furgoneta.

—Por donde hemos venido, supongo —dice el conductor.

—O seguid por Dyckman hasta el Henry Hudson, dirigíos al sur por el puente George Washington y coged la Noventa y cinco hacia Dixie.

—Ya encontraremos el camino —afirma el motero.

—Hijo de puta —dice Monty meneando la cabeza—, si tuviera intención de robarte, lo haría aquí mismo, no en la autopista.

—Mantell se mantendrá en contacto con vosotros.

—Heil Hitler.

La furgoneta Penske da marcha atrás y, fiel a su paranoia, tuerce a la derecha por Dyckman para atravesar toda la ciudad hasta encontrar un acceso a la autopista.

Malone coge el teléfono.

—El sospechoso se dirige al este por Dyckman.

—Lo tenemos en nuestro campo visual —responde Sykes.

Levin sonríe.

—Allá vamos —anuncia Malone.

Entonces empiezan a oír sirenas y gritos. Malone y Levin se bajan de la furgoneta y ven los destellos rojos de los coches patrulla.

—Bueno —dice Malone—, hay por lo menos dos madres que esta noche no van a follar. Levin, has hecho un gran trabajo.

—Gracias.

—En serio —añade Malone—. Esta noche has salvado unas cuantas vidas.

Se acerca un coche patrulla y Sykes se baja del asiento trasero. Lleva uniforme y va recién afeitado. Está listo para las cámaras.

—¿Qué tenemos, sargento?

—Venga.

Acompaña a Sykes a la parte trasera de la furgoneta. El capitán contempla las armas.

—Madre mía.

—¿Llamará a McGivern? —pregunta Malone.

Sykes no involucra a McGivern en las primeras fases de la operación. El inspector pondrá trabas a su carrera hasta que se retire.

—No, sargento, soy idiota —responde Sykes—. Está de camino.

Sigue examinando las armas.

Malone sabe qué significa todo esto para él. Evidentemente, es espléndido para su carrera, pero hay algo más. Al igual que el resto, Sykes ha visto los cuerpos, la sangre, las familias, los funerales.

Por unos segundos, a Malone le cae bien.

Y vuelve a sentirse policía.

En lugar de un chivato.

Un policía cumpliendo su cometido, cuidando a su gente. Porque, desde esta noche, habrá menos muertes y sufrimiento en el reino de Malone.

Llega otro coche con McGivern en su interior.

—¡Buen trabajo, caballeros! —exclama—. ¡Buen trabajo, capitán! Es una noche fantástica para ser policía en Nueva York, ¿no le parece?

Se acerca a Sykes.

—Han requisado el dinero de la venta, ¿verdad?

—Sí, señor —responde Sykes.

Llegan más vehículos. Policía científica y miembros de la Unidad Especial. Empiezan a hacer fotos e inventariar las armas incautadas para trasladarlas a la comisaría, donde las expondrán en una rueda de prensa convocada para la mañana siguiente.

Una vez terminado el papeleo, Sykes sorprende a todos al anunciar que invita a la primera ronda en el Dublin House.

Una primera implica una segunda, que implica una tercera y, después, ¿quién lleva la cuenta?

Más o menos entre la quinta y la sexta copa, Malone está sentado con Sykes junto a la barra.

—Si alguien me preguntara quién es el mejor y el peor policía con el que he trabajado, respondería que Denny Malone —dice el capitán.

Malone levanta el vaso.

Sykes hace lo propio y se lo terminan de un trago.

—Nunca lo había visto de uniforme —comenta Malone.

—Trabajé tres años de paisano en el Siete-Ocho —dice Sykes—. ¿No le parece increíble?

—Sí, no me lo imagino.

—Llevaba rastas.

—No me tome el pelo.

—Se lo juro por Dios —dice Sykes—. Han hecho un buen trabajo esta noche, Malone. No quiero ni pensar lo que habría ocurrido si esas armas llegan a la calle.

—DeVon Carter no estará contento.

—Que le den por saco a Carter.

Malone se echa a reír.

—¿Qué? —pregunta Sykes.

—Me he acordado de una vez que Monty, Russo, Billy O, yo y otros seis agentes estábamos sentados aquí mismo y un chaval negro..., sin ánimo de ofender..., entró por la puerta con una pistola y anunció que aquello era un atraco. El robo más tonto del mundo, ¿no le parece? Debía de ser novato, porque aparentaba como diecinueve años y estaba muerto de miedo. Así que empuña el arma y Mike, el camarero, se lo queda mirando y, de repente, el pobre chaval tiene doce pistolas apuntándole y a todos esos policías riéndose y gritándole: «Lárgate de aquí». Entonces, el chaval se da la vuelta como en los dibujos animados y sale corriendo. Ni siquiera fuimos detrás de él. Seguimos bebiendo.

—Pero no dispararon.

—Era un niño —exclama Malone—. Lo que quiero decir es ¿qué clase de idiota intenta atracar un bar frecuentado por policías?

—Un idiota desesperado.

—Supongo.

—¿Sabe cuál es la diferencia entre usted y yo? —pregunta Sykes—. Que yo le habría perseguido.

A su alrededor están celebrando una fiesta. Monty baila solo, Russo y Emma Flynn están tomando chupitos, Levin está practicando surf encima de las mesas y Babyface está dándoles una paliza a varios agentes de paisano en una partida de *beer pong*.

A Malone se le rompe el corazón.

Va a traicionar a esa gente.

Va a incriminar a otros policías.

Deja veinte dólares encima de la mesa y dice:

—Será mejor que me vaya.

—¿Denny Malone, el hombre que siempre pide una última copa?

—Sí.

Será mejor que me vaya antes de que me emborrache más, empiece a hablar, airee mi sentimiento de culpa, me ponga a babear encima de la barra y les confiese a todos que soy un mierda.

Levin lo ve levantarse.

—¡Malone, no puedes irte ya!

Malone se despide con la mano.

—¡Malone! —grita Levin, que levanta la jarra de cerveza—. ¡Eh, hijos de puta! ¡Escuchad todos!

—Mañana lo pagará caro —dice Sykes.

—Los judíos no saben beber —responde Malone.

Levin parece la Estatua de la Libertad sosteniendo la jarra por encima de la cabeza como si fuera una antorcha.

—¡Damas y caballeros de La Unidad! ¡Les presento al sargento Denny Malone, el hijo de puta más tocapelotas y duro de las calles de nuestra hermosa ciudad! ¡El rey del norte de Manhattan! ¡Larga vida al rey!

Los policías se animan a entonar el cántico:

—¡Larga vida al rey! ¡Larga vida al rey! ¡Larga vida al rey!

Sykes sonríe a Malone.

—Es usted un buen tío, capitán —dice Malone—. No me cae muy bien, pero es un buen tío. Cuide de esta gente, ¿de acuerdo?

—Es mi trabajo —dice Sykes mirando a su alrededor—. Quiero a estos gilipollas.

Yo también, piensa Malone.

Sale de allí.

Ya no pinta nada.

En casa de Claudette tampoco.

Vuelve solo a su apartamento y apura los restos de una botella de Jameson's.

17

La rueda de prensa parece una noche de micrófono abierto en el Chuckle Hut.

Típico, piensa Malone.

Las armas están cuidadosamente etiquetadas encima de una mesa. Son letales y hermosas. En el estrado, una hilera de burócratas y altos mandos aguarda su turno detrás del micrófono. Además de Sykes, que ni siquiera parece tener resaca, y McGivern, están Nelly, el jefe de investigación; Isadore, el jefe de patrullas; el comisario Brady; el subcomisario; el alcalde, y, por motivos que a Malone se le escapan, el reverendo Cornelius.

McGivern felicita al departamento y presenta a Sykes, que describe los aspectos técnicos de la operación y las armas incautadas y manifiesta lo orgulloso que se siente de los muchos agentes de la Unidad Especial que han trabajado conjuntamente para cosechar esos resultados.

Después entrega el micrófono al comisario, que hace extensibles las felicitaciones a todo el departamento y prolonga el discurso solo para hacer esperar al alcalde.

Cuando Hizzoner se hace por fin con el micrófono, otorga también el mérito a todos los funcionarios del Ayuntamiento, sobre todo a sí mismo, y puntualiza que el hecho de que el departamento y la administración trabajen juntos convierte a la ciudad en un lugar más seguro para todos. A continuación, presenta al bondadoso reverendo.

Malone ya sentía náuseas, pero cuando Cornelius empieza a predicar sobre la comunidad, la no violencia y las causas económicas fundamentales de dicha violencia, le dan ganas de vomitar. Habla de las necesidades de la comunidad, de que la comunidad necesita «programas, no pogromos» (y nadie tiene ni puta idea de lo que está diciendo) y camina por la cuerda floja alentando a la policía a hacer más a la vez que le advierte que no haga demasiado.

Para Malone es una actuación excepcional en líneas generales.

Incluso la fiscal Isobel Paz, que como representante del Distrito Sur de Nueva York ha hecho tantísimo por combatir el tráfico de armas interestatal, parece estar disfrutando del espectáculo.

Suena el teléfono de Malone; es Paz, que se encuentra al fondo del atestado vestíbulo.

—No crea que esto le ayudará, pringado. Sigo queriendo nombres de agentes de policía.

—Ahora más que nunca, ¿eh? —dice Malone sin quitarle los ojos de encima—. Me ha dado la sensación de que al comisario se le está poniendo cara de alcalde.

—Quiero grabaciones. Ya.

La llamada se corta.

Torres lo aborda en el vestuario de Manhattan Norte.

—Tú y yo tenemos que hablar —le dice.

—De acuerdo —responde Malone.

—Pero aquí no.

Cruzan la calle y se dirigen a un patio arbolado que hay delante de Saint Mary's.

—Eres un hijo de puta —dice Torres.

Bien, piensa Malone. Cuanto más enfadado, mejor. La ira lo vuelve descuidado, le hace cometer errores. Se planta delante de Malone.

—No te acerques a mí —dice Malone.

—Tendría que darte una patada en el culo.

—No soy una de tus chicas.

La voz de Torres se vuelve más ronca.

—¿Qué coño haces interceptando una venta en Dyckman? Es mi territorio. Se suponía que no debías husmear en Heights.

—Carter cerró el acuerdo en mi territorio.

—Acabas de entregarle tu territorio a Castillo, gilipollas —dice Torres—. ¿Qué hará Carter sin armas?

—¿Morir?

—Parte de ese negocio era para mí, Malone. Me llevaba una comisión.

—¿Qué pasa? ¿Ahora hacemos reembolsos?

—No juegues con mi dinero, Malone.

—Vale, vale —dice Malone. Acto seguido, aunque se siente una mierda por ello, echa el anzuelo. Dale a Paz lo que quiere—. ¿Cómo puedo compensarte por esto? ¿Cuánto te llevabas?

Torres se calma un poco. Luego mete el cuello en la soga.

—Quince. Más los tres que Carter no me pagará este mes ahora que le hemos jodido.

—¿Quieres el sudor de mi polla también?

—No, eso puedes quedártelo —dice Torres—. ¿Cuándo tendré el dinero?

—Reúnete conmigo en el aparcamiento.

Malone vuelve, saca dieciocho mil dólares de la guantera y los mete en un sobre. Torres aparece minutos después y se acomoda en el asiento del acompañante. En la intimidad del coche, Malone puede olerlo: el aliento a café rancio, la ropa impregnada de tabaco, la colonia demasiado fuerte.

Torres dice:

—¿Y bien?

No es demasiado tarde, piensa Malone. No es demasiado tarde para evitar hacer daño a un compañero, aunque sea un hijo de puta como Torres. Hasta que acepte el dinero no tienen nada contra Raf. Solo ha hablado de tonterías.

Si cruzas esta línea, no hay marcha atrás.

—Eh, Malone —dice Torres—. ¿Tienes algo para mí o no?

Sí, claro que tengo algo para ti, piensa Malone, que le entrega el sobre.

—Aquí está tu dinero.

Torres se guarda el sobre en el bolsillo.

—¿Me haces un favor? Hazte una paja, a ver si así se te baja la erección que te provoca Carter. Castillo es peor, créeme.

—Carter ya es historia —dice Malone—. Pero él todavía no lo sabe.

—No vuelvas a jugármela, Denny.

—Dale un beso a este culito irlandés.

Torres se baja del coche.

Malone se desabrocha la camisa y comprueba el dispositivo de grabación. Está encendido; la transacción ha quedado registrada. Torres es hombre muerto.

Y tú también, piensa Malone.

Tu antiguo yo ya no existe.

Luego se dirige a la ciudad para entregar la cinta a O'Dell. Durante el trayecto, se plantea quince o veinte veces tirar la cinta y escapar. Pero, si lo hago, piensa, hundiré a Russo y a Monty en mi mierda. Así que, si tiene que elegir entre ellos y Torres...

Weintraub la introduce inmediatamente en el reproductor y Malone escucha el contenido.

TORRES: ¿Qué coño haces interceptando una venta en Dyckman? Es mi territorio. Se suponía que no debías husmear en Heights.

MALONE: Carter cerró el acuerdo en mi territorio.

TORRES: Acabas de entregarle tu territorio a Castillo, gilipollas. ¿Qué hará Carter sin armas?

MALONE: ¿Morir?

TORRES: Parte de ese negocio era para mí, Malone. Me llevaba comisión.

MALONE: ¿Qué pasa? ¿Ahora hacemos reembolsos?

TORRES: No juegues con mi dinero, Malone.

MALONE: Vale, vale. ¿Cómo puedo compensarte por esto? ¿Cuánto te llevabas?

—Así se hace, Malone —dice Weintraub—. Le está cogiendo el tranquillo.

TORRES: Quince. Más los tres que Carter no me pagará este mes ahora que le hemos jodido.

MALONE: ¿Quieres el sudor de mi polla también?

—Bonito detalle —comenta Weintraub.

TORRES: No, eso puedes quedártelo. ¿Cuándo tendré el dinero?

—¿Le entregó los billetes marcados? —pregunta Weintraub.

—Sí.

—Lo tenemos.

—Buen trabajo, Malone —dice O'Dell.

—Váyase a la mierda.

—Nuestro chico se siente culpable porque ha delatado a un policía que trafica con droga —dice Weintraub—. Torres se merece todo lo que le pase.

—¿Y qué le pasará? —pregunta Malone.

—Lo llevaremos a una bonita granja en el campo, donde será feliz jugando con otros policías corruptos —responde Weintraub—. ¿Qué coño cree usted que va a pasar?

—Ya basta —interviene O'Dell—. Denny...

—No me dirija la palabra.

—Sé cómo se siente.

—No, no lo sabe.

Malone sale. Sus pasos resuenan en el pasillo.

Dios mío, piensa, lo has hecho.

Has traicionado a un compañero.

Siempre puedes decirte a ti mismo que no tenías elección. Tenías que hacerlo, ¿verdad? Por tu familia, por Claudette, por tus socios. Sí, puedes convencerte de ello y es cierto, pero nada cambiará el hecho de que has traicionado a un compañero.

Entonces el pasillo comienza a ladearse. Le flaquean las piernas y de repente está apoyado en la pared, asiéndose como si ella pudiera impedir que se desplome. Luego se agacha y se cubre la cara con las manos.

Por primera vez desde la muerte de su hermano, rompe a llorar.

18

Claudette está preciosa.

Blanco sobre negro.

El vestido blanco ajustado resalta su figura y su piel oscura. Lleva aros dorados, pintalabios rojo y el pelo recogido en un moño estilo años cuarenta con una flor blanca.

Increíble.

Está tan guapa que se te agrieta el corazón, se te calienta la sangre y se te salen los ojos de las órbitas.

Vuelve a enamorarse de ella.

Están teniendo una cita de verdad.

Malone llegó a la conclusión de que Claudette tenía razón. Por algún retorcido motivo, había estado escondiéndola. La había dejado sola con sus dudas y su adicción.

A la mierda todos.

Si a los pueblerinos del cuerpo de policía no les gusta, que les den por culo. Y, si los negros creen que por eso será más benevolente con ellos, pronto se darán cuenta de su error.

La necesita.

Después de delatar a un compañero, aunque sea el gilipollas de Torres, la necesita.

Así que cogió el teléfono y la llamó. Le sorprendió un poco que no le colgara de inmediato cuando dijo:

—Soy el sargento Malone de Manhattan Norte.

Tras una breve pausa, Claudette respondió:

—¿Qué puedo hacer por usted, agente?

Por su voz supo que no había consumido.

—Sé que es muy precipitado —dijo Malone—, pero tengo una reserva para esta noche en Jean-Georges y no hay ningún ser misericordioso que quiera cenar con un capullo insensible y descuidado como yo. Y, aunque estoy convencido de que una mujer como usted ya tiene planes, he decidido arriesgarme a preguntar si existe la posibilidad de que salga a cenar conmigo.

Malone soportó un largo silencio hasta que Claudette dijo:

—En Jean-Georges es difícil conseguir mesa.

Vaya si lo es, pensó Malone, que tuvo que recordarle al *maître* cierto incidente que logró tapar antes de que apareciera en las páginas de la sección local.

—Les dije que cabía la posibilidad de que la dama más hermosa y encantadora de Nueva York deleitara a su establecimiento con su presencia y se pusieron todos como locos.

—Me estás haciendo la pelota.

—La sutileza no es mi fuerte —respondió Malone—. ¿Qué te parece?

Se impuso otro largo silencio.

—Estaría encantada.

Van a Jean-Georges porque a Claudette le gusta todo lo relacionado con Francia.

Zagat ha publicado reseñas sobre el local, tiene tres estrellas Michelin, es caro y, a menos que seas un policía famoso, conseguir mesa es tarea imposible. Sin embargo, aunque lleva un bonito traje, es Malone quien está un poco nervioso en un lugar tan elegante.

Se diría que Claudette nació allí.

Al camarero también se lo parece. Casi todas sus preguntas y comentarios van dirigidos a ella, que se maneja como si lo hubiera hecho toda la vida. Recomienda vinos y platos y Malone sigue sus consejos.

—¿Cómo sabes todo esto? —le pregunta mientras prueba la yema de huevo tostada con caviar y hierbas, que es mucho mejor de lo que esperaba.

—Lo creas o no —dice ella—, no eres el primero con el que salgo. He estado al sur de la Ciento diez cinco o seis veces, puede que incluso siete.

Malone se siente un puto imbécil.

—Adelante, apriétame las tuercas. Me lo merezco.

—Así es —responde Claudette—, pero estoy pasándolo genial, cariño. Gracias por traerme aquí. Es muy bonito.

—Tú sí que eres bonita.

—Vas mejorando.

Malone pide el bogavante de Maine, y Claudette, el pichón ahumado.

No mencionan el caballo, su recaída, el mono. Ya se ha repuesto, tiene mejor aspecto. Malone piensa que quizá lo haya dejado para siempre. De postre piden una selección de chocolates, y, mientras la degustan, Claudette dice:

—Así que esta es nuestra primera cita en mucho tiempo.

—Aquí la palabra clave es «primera».

—Con nuestros horarios es difícil sacar tiempo —dice Claudette.

—Puede que empiece a trabajar un poco menos —responde Malone—, a tomarme más tiempo libre.

—Me gustaría.

—¿Sí?

—Mucho —dice ella—. Pero no siempre tenemos por qué hacer esto.

—Es agradable.

—Yo solo quiero pasar tiempo contigo, cariño —dice Claudette.

Malone se levanta para ir al baño, pero se acerca a la recepcionista y le indica que quiere una factura real, el comprobante de la tarjeta, porque a algunas cosas te invitan, pero otras tienes que pagarlas.

Si sales con tu chica, pagas.

—Pero el encargado...

—Lo sé y le estoy muy agradecido, pero preferiría una factura real —insiste Malone.

Así que llega la cuenta, paga, deja una buena propina y retira la silla a Claudette.

—He pensado que quizá te apetecería ir al Smoke. Esta noche actúa Lea DeLaria.

Malone no sabe quién es, tan solo que es cantante. Entró en la página web y lo buscó.

—Eso sería genial —dice Claudette—. Me encanta DeLaria, pero a ti no te gusta el jazz.

—Es tu noche.

El Smoke Jazz and Supper Club se encuentra en la calle Ciento seis con Broadway, en el territorio de Malone. Es un local pequeño donde caben unas cincuenta personas, pero ha llamado para reservar por si Claudette quería ir.

Tienen mesa para dos.

DeLaria canta estándares al frente de un cuarteto de bajo, batería, piano y saxofón.

—Una blanca que sabe cantar, madre mía —comenta Claudette con fingido asombro.

—Racista.

—No, soy realista, cariño.

En una pausa entre canción y canción, DeLaria mira a Claudette y le dice:

—¿Se porta bien contigo, cariño?

Ella asiente.

—Mucho.

DeLaria mira a Malone.

—Más te vale. Es muy guapa. No descarto intentar robártela.

Entonces se arranca con *Come Rain or Come Shine*.

I'm gonna love you like nobody's loved you
Come rain or come shine
Happy together, unhappy together,
Come rain or come shine.*

Hay cierto revuelo entre el público cuando entra Tre con su cuadrilla. DeLaria lo saluda cuando se dirige a su mesa. Entonces, el «magnate» del hip-hop ve a Malone y a Claudette y asiente en un gesto de respeto.

Malone le corresponde de igual modo.

—¿Lo conoces? —pregunta Claudette.

—Trabajo para él de vez en cuando —dice. Ahora se correrá la voz de que el canalla de Denny Malone está saliendo con una negra—. ¿Quieres que te lo presente?

—La verdad es que no —responde Claudette—. No me va mucho el hip-hop.

Malone sabe de sobra lo que ocurrirá ahora. Y, en efecto, llega a la mesa una botella de Cristal cortesía de Tre.

—¿Qué clase de trabajo haces para él? —pregunta Claudette.

—Seguridad.

DeLaria empieza a entonar *You Don't Know What Love Is*.

—Billie Holiday —dice Claudette, que se pierde en la melodía.

Malone se vuelve hacia Tre, que está mirándolo, evaluándolo de nuevo, tratando de averiguar quién es ese hombre.

* «Te amaré como nadie te ama, / llueva o haga sol, / felices juntos, / infelices juntos, / llueva o haga sol». (*N. del t.*)

Es normal, piensa Malone. Yo estoy intentando hacer lo mismo.

El vestido blanco se desliza por su cuerpo como lluvia resbalando sobre obsidiana.

Tiene los labios carnosos y cálidos, el cuello almizcleño.

Después de hacer el amor, Claudette se queda dormida. Malone mira por la ventana y recuerda la letra de la canción.

Until you've faced each dawn with sleepless eyes,
You don't know what love is...*

---

* «Hasta que no hayas contemplado cada amanecer con ojos insomnes, / no sabrás qué es el amor...». (*N. del t.*)

19

Su móvil suena de nuevo.

Malone lo ignora una vez más, se vuelve hacia Claudette e intenta dormir con la cara hundida en la dulce curvatura de su cuello. Pero su conciencia se erige vencedora y acaba mirando la pantalla.

Es Russo.

—¿Te has enterado?

—¿De qué? —pregunta Malone.

—De lo de Torres —dice Russo.

Un escalofrío recorre el cuerpo de Malone.

—¿Qué?

—Se ha pegado un tiro.

En el aparcamiento de Manhattan Norte, le dice. Dos agentes uniformados oyeron el disparo, salieron a toda prisa y lo encontraron en su coche. El motor y el aire acondicionado en marcha, la música salsa a todo volumen y trozos del cerebro de Torres salpicando el parabrisas trasero.

No dejó nota.

Ni mensaje.

Ni una sola explicación. Simplemente lo hizo.

—¿Por qué coño lo habrá hecho? —pregunta Russo.

Malone lo sabe.

Los federales lo presionaron. O te conviertes en un chivato o vas a la cárcel.

Y Torres tenía una respuesta para ellos.

Raf Torres, un hijo de puta violento, mezquino, racista, mentiroso y despiadado tenía una respuesta para ellos.

«Que os den por culo. Me iré como un hombre».

Malone se levanta.

—¿Qué pasa? —pregunta adormecida Claudette.

—Tengo que irme.

—¿Ya?

—Un policía se ha suicidado.

Malone entra como un vendaval, agarra a O'Dell de la solapa, lo levanta de la silla y lo empuja contra la pared.

—He estado llamándole —dice O'Dell.

—Hijos de puta.

Weintraub intenta separarlos, pero Malone se da la vuelta y le lanza una mirada asesina, como diciendo «si te metes en esto, tú también recibirás», así que retrocede.

—Cálmese, Malone —dice con escaso entusiasmo.

—¿Qué hicieron? —pregunta Malone—. ¿Intentar que trabajara para ustedes? ¿Colocarle un micrófono? ¿O pensaban esposarlo en la comisaría delante de sus compañeros, pasearlo a la entrada con las cámaras de televisión y una multitud llamándole «cerdo»? ¿Le dijeron que iría a la cárcel, lo que le pasaría a su familia?

—Hicimos nuestro trabajo.

—Han matado a un policía —dice Malone a O'Dell rociándolo de saliva—. Son unos asesinos de policías.

—Le llamé en cuanto lo supe —responde O'Dell—. Esto no es culpa nuestra ni de usted. Es culpa de Torres.

—A lo mejor tomó la decisión correcta —dice Malone.

—No, no lo hizo. No tuvo valor para afrontar sus actos. Usted sí, Malone. Usted está cumpliendo con su deber.

—Matando a un compañero.

—Torres se ha ido como un cobarde —afirma Weintraub.

Malone salta de la silla y se sitúa a escasos centímetros de su cara.

—No diga eso. No se atreva a repetirlo. Yo vi a ese hombre bajando escaleras y abriendo puertas. ¿Dónde estaba usted, eh? ¿Almorzando dos Martinis? ¿Relajado en la cama con su novia?

—A usted ni siquiera le caía bien.

—Cierto, pero era policía —dice Malone—. No era un cobarde.

—De acuerdo.

—Siéntese, Denny —le indica O'Dell.

—Siéntese usted.

—¿Va colocado o qué? —pregunta O'Dell—. ¿Está alterado?

Solo media docena de anfetaminas y un par de rayas de coca.

—Hágame una prueba. Si sale algo, puede añadirlo a los cargos. ¿Qué le parece?

—Cálmese.

—¿Cómo cojones quiere que me calme? —exclama Malone—. ¿Cree que esto se acaba aquí? ¿Cree que no correrán rumores? ¿Que la gente no empezará a hacer preguntas? ¡Los de Asuntos Internos empezarán a meter las narices, joder!

—Nos ocuparemos de ello.

—¿Igual que se ocuparon de Torres?

—¡Lo de Torres no fue culpa mía! —dice O'Dell—. Y si vuelve a llamarme asesino de policías...

—¿Qué coño va a hacer?

—¡Usted no es inocente en todo esto, Malone!

En ese momento entra Paz, que se los queda mirando y dice:

—Cuando las chicas terminen con el berrinche podríamos ponernos manos a la obra.

Malone y O'Dell siguen mirándose con aire desafiante.

—De acuerdo, ninguno de los dos tiene la polla más grande aquí. La tengo yo, así que tomen asiento, caballeros.

Ambos se sientan.

—Un policía corrupto se ha quitado la vida —dice Paz—. Oh, pobrecito. Supérenlo. Ahora el problema es la contención de daños. ¿Torres habló con alguien antes de comprar el billete de ida? ¿Le mencionó a alguien la investigación? Averigüe qué dice la gente, Malone.

—No.

—¿No? —pregunta Paz—. ¿Ahora está lleno de remordimiento, *papi*? ¿Es la típica culpabilidad del católico irlandés? ¿Quiere subirse a la cruz y clavarse usted mismo? Controle esos impulsos, Malone. En cualquier caso, yo le tenía a usted por un superviviente.

—Se referirá a que me tenía por un Judas.

—No haga eso, Malone —responde Paz—. Aguante. Yo solo quiero saber qué dicen los compañeros de Torres. Hablarán de ello de todos modos. Si hablan con usted, hablan con nosotros. Así de sencillo. ¿Hay algún problema del que yo no tenga conocimiento?

Hay muchos problemas de los que usted no tiene conocimiento, piensa Malone.

—Y busquemos explicaciones alternativas al suicidio de Torres —continúa Paz mirando a Malone—. ¿Bebía? ¿Tomaba drogas? ¿Tenía problemas conyugales o económicos?

—Que yo sepa, no.

Torres ganaba dinero. Tenía mujer, tres hijos y al menos tres amantes a las que mantenía en Washington Heights.

—Aunque circulen rumores sobre la investigación —dice Paz—, esto podría ser beneficioso para usted. Sus compañeros pensarán que el chivato está muerto. No soportó el sentimiento de culpabilidad y se suicidó. Eso le allana el terreno.

—¿Para hacer qué? —pregunta Malone—. Ya les he dado lo que querían.

—Necesitamos una base más amplia —responde Paz—. No queremos demostrar que Torres estaba recibiendo dinero de un policía, sino de un establo entero. Queremos múltiples cargos. ¿Torres repartía dinero?

—¿Se lo preguntaron a él?

—Dijo que contactaría con nosotros —dice Weintraub.

—Pues parece que al final no lo hizo —replica Malone.

En la comisaría cunde la agitación.

Cuando Malone llega a Manhattan Norte, las furgonetas de los medios de comunicación ya están allí. Se abre paso entre los periodistas con un seco «no haré declaraciones» y entra. El lugar es una algarabía de rumores, indignación y miedo. Se cuela entre los grupos de agentes uniformados que hablan junto a las mesas y nota las miradas clavadas en la espalda al subir a las oficinas de la Unidad Especial.

Se imagina qué están pensando: «Malone sabe algo. Malone siempre sabe algo».

Russo, Montague y Levin están sentados a sus respectivas mesas y levantan la cabeza cuando entra.

—¿Dónde estabas? —dice Russo.

Malone ignora la pregunta.

—¿Alguien ha hablado con el forense?

—McGivern está en ello —dice Russo, que señala con la barbilla en dirección al despacho de Sykes, donde este habla por teléfono bajo la atenta mirada del inspector.

—¿Asuntos Internos? —pregunta Malone.

—Quieren hablar con todos los agentes de la Unidad Especial —dice Montague.

—Nos han convocado a todos —añade Levin.

—Pues decidles que no sabéis una mierda —sentencia Malone—. No sabéis nada de alcohol, drogas, problemas de dinero, conflictos en casa, nada. Que hablen los de su equipo si quieren.

Después se dirige al despacho de Sykes, llama a la puerta y entra sin esperar respuesta.

McGivern le apoya una mano en el hombro.

—Dios mío, Denny.

—Lo sé.

—¿Qué coño ha pasado?

Malone se encoge de hombros.

—Es una pena —dice McGivern.

—¿Habéis hablado con el forense?

—No descarta que se trate de un accidente —responde McGivern.

—Eso es lo mejor que podíais hacer por Torres, inspector —dice Malone—. Pero ¿los medios de comunicación hablan de suicidio?

—Es una pena —repite McGivern.

Sykes cuelga y mira a Malone.

—¿Dónde estaba, sargento?

—Durmiendo —responde—. Supongo que no he oído el teléfono.

Sykes parece alterado, y Malone lo entiende. Su suave despegue profesional acaba de penetrar en una zona de turbulencias.

—¿Qué puede contarme sobre este asunto? —pregunta Sykes.

—Acabo de llegar, capitán.

—¿No detectó nada? ¿Torres no le hizo ninguna confesión?

—Señor, no éramos íntimos precisamente —responde Malone—. ¿Qué ha dicho su equipo? Gallina, Ortiz, Tenelli...

—Nada —dice Sykes.

Pues claro que no, piensa Malone. Como debe ser.

—Siguen conmocionados —dice McGivern—. Si ya es triste que un hermano caiga por un balazo de un delincuente, algo así...

Dios, piensa Malone, ya está redactando su discurso.

Sykes está mirándolo fijamente.

—Corren rumores de que Asuntos Internos estaba investigando a Torres. ¿Sabe algo al respecto?

Malone le aguanta la mirada.

—No.

—Entonces, ¿no conoce el motivo por el que podían estar investigándolo? —insiste Sykes.

—No.

—¿O a algún otro agente de la Unidad Especial? —pregunta.

—Son sus hombres, señor —dice Malone.

La amenaza es clara: si indaga, cavará su propia tumba.

McGivern interviene.

—No nos precipitemos, caballeros. Dejemos que Asuntos Internos haga su trabajo.

—Quiero que ofrezcan a Asuntos Internos plena cooperación —dice Sykes a Malone—. Usted y todo su equipo.

—Ni que decir tiene.

—Seamos sinceros, Malone —añade Sykes—. La Unidad Especial hará lo que tú hagas. Los hombres seguirán tu ejemplo. Eres tú quien lleva la iniciativa.

Es extraordinario que reconozca algo así, máxime cuando es cierto.

—No vamos a levantar una cortina de humo —advierte Sykes—. No vamos a escondernos detrás de unas barricadas.

Eso es justamente lo que haremos, piensa Malone.

—Seremos abiertos y transparentes —dice Sykes—, y dejaremos que la investigación llegue donde tenga que llegar.

Como hagas eso, piensa Malone, te la meterán por el culo hasta el fondo.

—¿Eso es todo, señor?

—Tome la iniciativa, sargento.

Así será, piensa Malone al salir. Indica a Russo y Montague que lo acompañen, baja a la planta principal y se dirige al mostrador.

—Sargento, ¿puede pedirles que me presten atención un momento?

—¡Vosotros, escuchad!

Se hace el silencio.

—De acuerdo —empieza Malone—, a todos nos duele lo de Torres. Nuestros pensamientos y oraciones están con su familia. Pero ahora mismo debemos ocuparnos de nuestros asuntos. Si habláis con los medios de comunicación, les diréis lo siguiente: «El sargento Torres era un agente muy querido y respetado y le echaremos de menos». Eso es todo. Sed amables pero no os detengáis. Dudo que a nadie le guste esta situación, pero si alguno cree que va a convertirse en una estrella de la tele o las redes sociales a costa de todo esto, iré a por él.

Hace una pausa para que cale la idea y para que Russo y Montague corroboren su mensaje con una mirada y añade:

—Mirad, en vuestros distritos habrá ciudadanos que lo celebrarán. No respondáis. Intentarán provocaros para que cometáis una estupidez, pero no caigáis en eso. No quiero que alguien interponga una demanda por conducta violenta. Mantened la calma, recordad caras y ya saldaremos cuentas con ellos más adelante. Os doy mi palabra.

»Si Asuntos Internos os interroga, cooperad. Decidles la verdad, que no sabéis nada. Y esa es la verdad. Pensar que sabes algo y saberlo realmente son dos cosas muy distintas. Si das queso a las ratas, siempre vuelven. Si mantenemos la casa limpia, se van. ¿Alguna pregunta?

No las hay.

—Muy bien —dice Malone—. Somos el Departamento de Policía de Nueva York. Salgamos ahí fuera a hacer nuestro trabajo.

Es el discurso que debería haber pronunciado el capitán, pero no lo ha hecho. Malone vuelve al piso de arriba y ve a Gallina, el compañero de Torres, junto a su mesa.

—Vamos a dar una vuelta —dice Malone.

Salen por la puerta trasera para esquivar a la prensa.

—¿Qué mierdas ha pasado? —pregunta Malone.

Si Torres habló con alguien, ese es Jorge Gallina. Él y Torres estaban muy unidos.

—No lo sé —responde Gallina. Se le ve muy alterado, asustado—. Ayer estaba muy callado. Algo iba mal.

—Pero ¿no dijo qué?

—Me llamó desde el coche —responde Gallina—. Solo dijo que quería despedirse. Le pregunté: «¿Qué carajo pasa, Raf?», dijo que nada y colgó.

Un tío está a punto de quitarse la vida, piensa Malone, y, en lugar de despedirse de su mujer, llama a su compañero.

Policías.

—¿Estaban investigándolo los de Asuntos Internos? —pregunta Malone, que se da asco a sí mismo.

—No —dice Gallina—. Lo habríamos sabido. ¿Qué vamos a hacer ahora, Malone?

—Pararlo —responde Malone—. No quitéis ni una triste multa de aparcamiento. Tenemos que mantener a raya a Asuntos Internos y no meternos en líos. Si esas ratas empiezan a tachar a Raf de corrupto, la prensa se les echará encima.

—De acuerdo —dice Gallina.

—¿Dónde está el dinero de Torres?

—Por todas partes. Tengo unos cien mil en un fondo.

—¿Gloria lo sabe?

Lo último que necesitas es una viuda preocupada por el dinero, aparte de todo lo demás.

—Sí, pero se lo recordaré.

—¿Cómo está?

—Destrozada —responde Gallina—. Le había pedido el divorcio, pero todavía le quiere.

—Habla con sus amantes —sugiere Malone—. Dales dinero y diles que cierren la boca. Y, por el amor de Dios, mételes en la cabeza que ir al funeral no es buena idea.

—Bien, de acuerdo.

—Tienes que calmarte, Jorge —dice Malone—. Las ratas huelen el miedo igual que los tiburones huelen la sangre.

—Lo sé. ¿Y si me piden que me someta al polígrafo?

—Pues llamas a tu delegado y que los mande a la mierda —dice Malone—. Estás triste, conmocionado y no estás en condiciones para eso.

Pero Gallina tiene miedo.

—¿Crees que Asuntos Internos le iba detrás, Malone? Joder, no pensarás que Raf llevaba un micrófono, ¿verdad?

—¿Torres? —pregunta Malone—. Ni de coña.

—Entonces, ¿por qué lo hizo? —dice Gallina.

Porque le delaté, piensa Malone. Porque lo metí en un atolladero y le puse la pistola en la mano.

—¿Y quién carajo lo sabe? —dice Malone.

Cuando entra de nuevo en comisaría, McGivern está esperándolo.

—Esto no va bien, Denny —le dice.

Claro que no va bien, piensa Malone. Puede que vaya peor de lo que él creía, porque Bill McGivern, un inspector de la policía de Nueva York con más contactos que un concejal, parece asustado.

Ha envejecido de repente.

Tiene la piel pálida como el papel y el cabello blanco como la tapa de un frasco de aspirinas, y la rojez de sus mejillas más bien parecen venas rotas.

—Si Asuntos Internos iba detrás de Torres... —dice McGivern.

—No estaban investigando.

—Pero ¿y si lo hicieron? —pregunta McGivern—. ¿Qué les contó? ¿Qué sabía? ¿Sabía algo de mí?

—Yo soy el único que te llevaba sobres —dice Malone.

Para todo Manhattan Norte.

Pero, mierda, sí. Torres lo sabía.

Todo el mundo sabe cómo funciona esto.

—¿Crees que Torres llevaba micrófono? —dice McGivern.

—Aunque así fuera, no tienes nada de que preocuparte. No hablaste de negocios con él, ¿verdad?

—No, no lo hice.

—¿Has recibido algún aviso de Asuntos Internos? —pregunta Malone.

—No tienen valor —responde McGivern—. Pero si alguien habla...

—No lo harán.

¿La Unidad Especial es de fiar, Denny?

—Totalmente —dice Malone.

Al menos eso espero, joder.

—He oído rumores de que no han sido los de Asuntos Internos, sino los federales —dice McGivern.

—¿Qué federales?

—Distrito Sur. Esa zorra hispana. Tiene grandes ambiciones, Denny.

McGivern hace que suene sucio. «Ambiciones», como si tuviera ladillas. Como si ser ambiciosa la convirtiera en una puta.

Malone también odia a esa fulana, pero no por eso.

—Quiere perjudicar al cuerpo de policía —dice McGivern—. No podemos permitírselo.

—Ni siquiera sabemos si es ella —opina Malone.

McGivern no está escuchando.

—Me faltan dos años para la jubilación. Jeannie y yo tenemos una cabaña en Vermont.

Y un apartamento en Sanibel Island, piensa Malone.

—Quiero pasar más tiempo en esa cabaña, no entre rejas —dice McGivern—. Jeannie no está bien. ¿Lo sabías?

—Lamento oír eso.

—Me necesita —explica—. El tiempo que nos quede... Cuento contigo, Denny. Cuento con que resuelvas este asunto. Haz lo que tengas que hacer.

—Sí, señor.

—Confío en ti, Denny —dice McGivern, que le pone una mano en el hombro—. Eres un buen hombre.

Sí, piensa Malone mientras se aleja.

Soy un rey.

Controlar la situación supondrá un trabajo brutal.

Para empezar, la gente de la calle hablará. Ahora que no hay nada que temer, todos los traficantes de poca monta a los que Torres robó o agredió alguna vez saldrán a la palestra para contar su historia.

Luego, los tíos a los que encerró empezarán a parlotear desde las celdas. «Eh, Torres era un poli corrupto. Mintió en el estrado. Quiero que se repita el juicio. No, quiero que se anule mi condena».

Si trasciende que Torres era corrupto, los abogados defensores se pondrán las botas. Esos gilipollas reabrirán todos los casos en los que intervino. Qué coño, reabrirán todos los casos en los que haya intervenido la Unidad Especial.

Y podría salir a la luz. Solo hace falta que hable uno. Gallina ya está asustado. Si se va de la lengua, no solo delatará a su equipo, sino a todos los demás.

Las fichas de dominó irán cayendo.

Tenemos que acabar con esto.

Tenemos no, hijo de puta. Tienes.

Tú eres el que echó el balón a rodar.

Malone es el último miembro de su equipo en hablar con Asuntos Internos.

Sus hombres hicieron lo que debían y Russo le dijo:

—No tienen nada. No saben una mierda.

—¿Quiénes son?

—Buliosi y Henderson.

Henderson, piensa Malone. Por fin nos dan un respiro.

Entra en la sala.

—Siéntese, sargento Malone —dice Buliosi.

El teniente Richard Buliosi es el típico cretino de Asuntos Internos. Malone no sabe si lo que le da aspecto de rata son las cicatrices de acné, pero, en cualquier caso, Buliosi debería solucionar ese odio que abriga hacia el mundo entero.

Malone toma asiento.

—¿Qué puede contarnos sobre el aparente suicidio del sargento Torres? —pregunta Buliosi.

—Poca cosa —dice Malone—. No lo conocía mucho.

Buliosi lo mira con incredulidad forzada.

—Pertenecían ustedes a la misma unidad.

—Torres trabajaba mayoritariamente en Heights e Inwood —responde Malone—. Mi equipo suele trabajar en Harlem.

—Tampoco es que estén en la otra punta del mundo.

—Se sorprendería —dice Malone—. Bueno, si trabajara usted en la calle.

Se arrepiente al instante de la pulla, pero Buliosi la pasa por alto.

—¿Torres estaba deprimido?

—Supongo que sí.

—¿Mostraba algún signo de depresión?

Buliosi empieza a irritarse.

—No soy psiquiatra —responde Malone—, pero, según pude observar, Torres era el mismo capullo de siempre.

—¿No se llevaban bien?

—Sí, nos llevábamos bien —dice Malone—. Dos capullos por igual.

¿Vas a participar en esto, Henderson?, piensa Malone mirándolo fijamente. ¿Tengo que recordarte que tú también has tomado parte en este juego? Henderson capta el mensaje.

—Según tengo entendido, Torres era considerado un tío inflexible por aquí. ¿Es eso cierto, Malone?

—Si no tienes fama de inflexible «por aquí» —replica Malone—, no duras mucho.

—¿Es correcto afirmar que los agentes fueron elegidos para la Unidad Especial basándose en esa cualidad?

—Diría que es correcto, sí.

—Ese es el problema de la Unidad Especial —dice Buliosi—. Es como si la hubieran diseñado para que haya problemas.

—¿Eso era una pregunta, señor?

—Yo le indicaré qué es una pregunta y qué no lo es, sargento —afirma Buliosi.

Eso es lo que tú te crees, piensa Malone. Porque ahora mismo estamos hablando de lo que yo quiero, ¿o no?

—¿Sabe si Torres hizo algo que pudiera causarle preocupación por su carrera profesional o su futuro?

344

—Eso deberían averiguarlo ustedes, ¿no?

—Estamos preguntándole a usted.

—Como le decía, no sé qué hacía o dejaba de hacer Torres.

—¿No ha oído rumores en la comisaría? —pregunta Buliosi.

—No.

—¿Estaba recibiendo sobornos?

—No lo sé.

—¿Robando a traficantes de droga?

—No lo sé.

—¿Y usted? —dice Buliosi.

—No.

—¿Está seguro?

—Creo que lo sabría —responde Malone aguantándole la mirada.

—Ya sabe usted qué consecuencias tiene mentir a Asuntos Internos en el transcurso de una investigación —dice Buliosi.

—Ello conllevaría un expediente disciplinario interno, una posible expulsión del cuerpo y cargos por obstrucción a la justicia.

—Exactamente —dice Buliosi—. Por desgracia, Torres está muerto. No tiene que protegerle.

Malone siente ira en el estómago. Le gustaría reventarle la cara a ese hijo de puta, cerrarle esa boca lisonjera.

—¿Le entristece todo esto, teniente? Porque por su cara no me lo parece.

—Como bien ha dicho antes, no es usted psiquiatra.

—Sí, pero mi trabajo consiste en saber interpretar la cara de un gilipollas.

Henderson decide intervenir.

—Ya basta, Malone. Sé que está dolido por la pérdida de un compañero, pero...

—En mi vida he visto a un agente de Asuntos Internos meterse una pistola en la boca —responde—. Ni ustedes, ni los abogados ni los mafiosos lo hacen. ¿Saben quién lo hace? Los policías. Solo los policías. Los policías de verdad, claro.

—Creo que eso es todo por ahora, sargento —dice Henderson—. ¿Por qué no pide unos días libres para recuperarse?

—Nos reservamos al derecho a volver a entrevistarle —advierte Buliosi.

Malone se levanta.

—Permítanme que les diga una cosa. No sé por qué Torres hizo eso. Ni siquiera me caía bien. Pero era policía. Este trabajo pasa factura. A veces es repentino; un delincuente te pega un tiro y se acabó. Otras veces es lento, tanto que ni siquiera te das cuenta, pero un día te levantas y ya no puedes soportarlo más. Torres no se quitó la vida. De un modo u otro, se la quitó el cuerpo de policía.

—¿Necesita ver a un psiquiatra del departamento? —pregunta Buliosi—. Puedo pedirle cita.

—No —dice Malone—. Lo que necesito es volver al trabajo.

Malone se reúne con Henderson junto a los campos de softball de Riverside Park.

—Gracias por echarme un cable en la sala —dice Malone.

—No ayudó nada con su actitud —responde Henderson—. Ahora Buliosi va a por usted.

—Como si Asuntos Internos no hubiera ido a por mí antes —dice Malone—. Ustedes van a por cualquier policía de verdad.

—Vaya. Gracias, Denny.

Malone mira en dirección a Jersey, situada al otro lado del río. Lo único bueno de vivir allí, piensa, son las vistas de Nueva York.

—¿Estaban investigando a Torres?

—No.

—¿Seguro?

—Citando al inmortal Denny Malone —dice Henderson—, «creo que lo sabría». No fuimos nosotros. Puede que fueran los federales. El Distrito Sur tiene al comisario en el punto de mira.

Dios, piensa Malone. Puto radar.

—Pero ahora es Asuntos Internos quien se encarga de la investigación. ¿Cuánto costará?

—Es noticia de portada, Denny —responde Henderson—. El *News*, el *Post* e incluso el *Times*. Además del puto caso Bennett...

—Más razón para cerrarlo —dice Malone—. ¿Verdaderamente cree que el comisario quiere que busquen ustedes esqueletos en el armario de Torres? Los escándalos no duran demasiado, pero los muchachos de la central sí. Y tienen buena memoria. Esperarán a que se calmen las aguas y luego le joderán. Se retirará con el mismo rango que ahora, si es que llega a retirarse.

—Tiene razón.

—Eso ya lo sé —dice Malone—. Lo que quiero saber es cuánto costará.

—Tendré que preguntarle a Buliosi.

—Entonces, ¿qué hace ahí plantado?

—Por Dios, Malone, si yerro el tiro iré a la cárcel.

—¿Dónde cree que irá si a Gallina le da por hablar? —pregunta Malone—. Larry, escúcheme: si caemos, usted caerá con nosotros.

Malone se va y deja a Henderson contemplando Nueva Jersey.

—Qué bonito —dice Paz—. ¿Insinúa que Asuntos Internos está en el ajo? ¿Lanzó huesos a los perros guardianes?

—No todos —responde Malone.

—¿Qué trabajo hacen para ustedes? —pregunta O'Dell.

—Nos pasan información —dice Malone—. Querían ustedes policías.

—Precioso —comenta Paz—. Es un poco enfermizo, pero roza lo admirable: va a delatar al escuadrón de los chivatos.

—¿A qué rangos de Asuntos Internos afecta? —pregunta Weintraub.

—Yo le pago a un teniente —dice Malone—. No tengo ni idea de qué hace luego con el dinero.

—¿Puede grabarlo con una cámara? —pregunta Weintraub—. Un teniente de Asuntos Internos aceptando un soborno.

—¿Qué acabo de decirle?

Todos miran a Paz.

Ella asiente.

—No —dice Malone—. Quiero oírselo decir, jefa. «Sargento Malone, vaya a por Asuntos Internos».

—Cuenta con mi autorización.

Bien, piensa Malone.

Que los chivatos se maten entre ellos, que se arranquen unos a otros esas caras de rata.

—¿Cree que su hombre puede proponerle algo a Buliosi? —le pregunta Weintraub.

—No es mi hombre.

—Por supuesto que lo es. Es usted su dueño.

—No lo sé.

—Tenemos que llevar lo de Asuntos Internos con la máxima discreción —añade Paz—. Si sale a la luz prematuramente, pondría en peligro nuestra investigación.

—Querrá decir que les robaría protagonismo —observa Malone.

—Quiero decir que, si hay corrupción en Asuntos Internos, eliminarán las pruebas y cualquier filtración —replica Paz—. Solo nos quedará Henderson.

Correcto, piensa Malone. Lo que verdaderamente temen es que el comisario gane por la mano al alcalde, denuncie la corrupción y quede como un héroe.

—Puto Torres —dice Paz—. ¿Quién iba a imaginar que era tan nenaza?

—Entonces, ¿no van a emprender actuaciones contra Asuntos Internos? —pregunta Malone.

—Evidentemente, pero aún no —responde Paz. Se acerca a Malone y su perfume le llega antes que ella—. Sargento Malone, hermoso policía corrupto, es posible que haya acabado usted solo con la corrupción entre los abogados defensores, la oficina del fiscal, Asuntos Internos y todo el Departamento de Policía de Nueva York.

—Esto es más importante que lo de Serpico, Bob Leuci, Michael Dowd, Eppolito o cualquiera de esos —dice Weintraub.

Suena el teléfono de Malone.

O'Dell asiente para indicarle que puede cogerlo.

Es Henderson.

Ya tiene una respuesta.

Por cien mil dólares pueden comprar a Buliosi.

—Podría ser un ardid —dice O'Dell.

—¿Qué coño puedo perder? —pregunta Malone.

—Toda nuestra investigación —responde Weintraub—. Si le paga a Buliosi y está tendiéndole una trampa, Asuntos Internos desmantelará la Unidad Especial y estaremos jodidos.

—Y usted nos abandonará, ¿no es así? —pregunta Paz.

—En un suspiro.

—Creo que ha llegado la hora de que nos coordinemos con Asuntos Internos —dice O'Dell—. En cualquier caso, si están limpios, nuestras investigaciones empezarán a solaparse.

—¿Se ha vuelto loco? —pregunta Paz—. Están a punto de amañar la investigación de Torres.

—O no —responde O'Dell.

—Si los interrogamos ahora —opina Weintraub—, echarán a Henderson a los pies de los caballos y bajarán la cortina. No harán nada que pueda avergonzar al comisario.

—Nos tendrán rodeados —dice Paz—. Impedirán cualquier movimiento que hagamos.

—Y entonces el alcalde no llegará a gobernador —dice Malone—, y usted no será alcaldesa. De eso se trata, así que ahórrense el numerito de erradicar la corrupción. La corrupción son ustedes.

—Y usted es blanco como la nieve —responde Paz.

—Nieve de Nueva York —dice Malone.

Sucia, grumosa y dura.

Paz se vuelve hacia O'Dell.

—Pagaremos a Buliosi.

—¿Tenemos cien mil dólares en efectivo? —pregunta O'Dell.

Nadie responde.

—No pasa nada —dice Malone—. Yo los tengo.

Y a vosotros también.

Puede que incluso haya escapatoria.

—Es usted famoso, sargento Malone —dice Rubenstein.

Están sentados en el piso superior de Landmark Tavern.

—No —responde Malone.

Malone no sabe si Rubenstein es gay, como piensa Russo, o no, pero es que a Russo todos los periodistas le parecen gais, incluso las mujeres.

Lo que sí sabe Malone es que Rubenstein es peligroso. Los depredadores siempre se reconocen entre ellos.

—Vamos, hombre —dice Rubenstein—. La mayor redada antidroga de la historia. Es usted lo más parecido a un policía famoso que tiene esta ciudad.

—No se lo cuente a mi capitán, ¿de acuerdo? —responde Malone.

—Dicen por ahí que es usted el dueño del norte de Manhattan —comenta Rubenstein con una sonrisa.

Peligroso.

—No escriba eso o estamos acabados —dice Malone—. Mire, no debe..., ¿cómo lo dicen ustedes?

Malone sabe de sobra cómo lo dicen.

—Citar mis fuentes —contesta Rubenstein.

—Eso es —dice Malone—. Nadie puede saber que le he facilitado información. Confío en usted.

—Puede hacerlo.

Sí, claro que sí. Uno puede confiar en un periodista igual que confiaría en un perro. Si tienes un hueso en la mano, si le ofreces comida, ningún problema. Si tienes la mano vacía, no te des la vuelta. O das de comer a la prensa o te come ella a ti.

—Tenían motivos fundados contra Pena, ¿verdad? —dice Rubenstein.

Joder, ¿con quién ha hablado este tío?

—Así es.

—¿Afectó a su manera de llevar el caso?

—¿Le suena el alzhéimer irlandés? —dice Malone.

—No.

—Lo olvidas todo excepto el rencor. Mire, cuando entramos en aquel edificio no sabíamos qué nos encontraríamos.

Resultó que unos tipejos armados querían emprenderla a tiros. Uno de ellos era Pena. ¿Me alegro de que ganáramos nosotros y no ellos? Sí. ¿Disfruto matando gente? No.

—Pero debe de afectarle de alguna manera —dice Rubenstein.

—Eso del policía torturado es un estereotipo —responde Malone—. Yo duermo bien. Gracias por preocuparse.

—¿Qué imagen cree que tiene de la policía la comunidad de la zona metropolitana en este momento? —pregunta Rubenstein.

—La mira con desconfianza —afirma Malone—. Existe una larga historia de racismo y brutalidad en el Departamento de Policía de Nueva York. Nadie medianamente serio podría negarlo. Pero las cosas han cambiado. La gente no quiere creérselo, pero es cierto.

—La muerte de Michael Bennett parece indicar lo contrario.

—¿Por qué no esperamos a tener hechos contrastados? —dice Malone.

—¿Por qué se tarda tanto en completar una investigación?

—Pregúnteselo al gran jurado.

—Estoy preguntándoselo a usted —dice Rubenstein—. Ha participado en varios incidentes con armas de fuego.

—Y se ha demostrado que todos y cada uno de ellos estaban justificados —responde Malone.

—A lo mejor me refiero justamente a eso.

—No he venido aquí a debatir —dice Malone.

—¿Y a qué ha venido? —pregunta Rubenstein.

—He venido por Rafael Torres. Ha habido muchas especulaciones en los medios de comunicación...

—Se rumorea que era un policía corrupto que protegía a traficantes —observa Rubenstein.

—Eso es mentira.

—Pero estará conmigo en que no es una idea disparatada. Hay precedentes de sobra.

—Los «Treinta Corruptos», Michael Dowd —recuerda Malone—. Eso es historia antigua.

—¿Ah, sí?

—El cuerpo de policía es el primero que no quiere heroína en las calles. Nos enfrentamos a la violencia, al delito, al sufrimiento, a las sobredosis y a los cuerpos. Vamos a los depósitos de cadáveres. Se lo comunicamos a las familias, no al *New York Times*.

—Parece que eso le molesta, sargento.

—Pues claro que me molesta que la gente lance acusaciones alegremente —responde Malone, cabreado por haber permitido que le buscara las cosquillas—. ¿Con quién han hablado?

—¿Revela usted sus fuentes, sargento? —pregunta Rubenstein.

—De acuerdo, tiene razón. Mire, yo he venido aquí a contarle el verdadero motivo del suicidio de Torres.

Malone desliza encima de la mesa un sobre que le entregó su obediente médico del West Side, no sin antes quejarse de que estaba cometiendo una irregularidad.

Rubenstein lo abre y observa la radiografía y el informe del doctor.

—¿Cáncer de páncreas?

—No quería marcharse de esa manera.

—¿Por qué no dejó una nota? —pregunta Rubenstein.

—Raf no era de esos.

—¿Y tampoco era un policía corrupto?

Que te follen, Rubenstein.

—A ver, ¿Torres aceptaba algún café o un sándwich gratis? Pues claro. Pero no iba más allá.

—En la calle he oído que prácticamente era el guardaespaldas de DeVon Carter.

—En la calle oigo de todo —dice Malone—. ¿Sabía que Jack Kennedy regenta un Applebee's en Marte? ¿Y que Trump es hijo de unos reptilianos que viven debajo del Madison Square Garden? Con este ambiente, la comunidad se creerá cualquier información negativa sobre la policía y la repetirá hasta convertirla en una verdad.

—Eso es lo más curioso —responde Rubenstein—. La gente de «la comunidad» me hablaba de Torres y de repente dejó de hacerlo. No me devuelven las llamadas y me esquivan. Es como si estuvieran recibiendo presiones de alguien.

—Son ustedes la hostia —dice Malone—. Acabo de exponerle el motivo por el que Torres salió por la puerta de atrás y aun así quiere mantener viva su teoría de la conspiración. Supongo que así el artículo es más interesante, ¿no?

—La verdad es la que hace que un artículo sea más interesante, sargento.

—Pues ya la tiene.

—¿Le envían sus jefes?

—¿Me ha visto llegar en bicicleta? —dice Malone—. He venido por iniciativa propia para salvaguardar la reputación de un compañero.

—Y la de la Unidad Especial.

—Sí, eso también.

—¿Por qué acude a mí? —pregunta Rubenstein—. El *Post* es el que suele ejercer de mercenario del departamento.

—He leído sus artículos sobre la heroína —responde Malone—. Son buenos. Lo plasmó a la perfección. Y ustedes son el puto *New York Times*.

Rubenstein medita unos segundos y dice:

—¿Qué le parece si escribo que una fuente confidencial pero fiable ha revelado que Torres padecía una enfermedad dolorosa y terminal?

—Tendría mi gratitud.

—¿Y qué obtengo yo a cambio?

Malone se levanta.

—No follo en la primera cita. Salgamos a cenar o al cine y ya veremos qué pasa.

—Tiene mi número.

Sí, lo tengo, piensa Malone al salir a la calle.

Tengo tu número.

Se reúne con Russo y Monty en el «nido».

Donde normalmente van a relajarse, a desconectar, pero nada allí es relajante en este momento. El ambiente está cargado, y Russo y Monty, dos hijos de puta impasibles, se muestran inquietos. Russo no esboza su habitual sonrisa y Monty, con el puro apagado entre los labios, está muy serio. Levin ni siquiera se encuentra allí.

—¿Dónde está el novato? —pregunta Malone.

—Se ha ido a casa —dice Russo.

—¿Está bien?

—Nervioso pero bien —responde Russo, que se levanta del sofá y empieza andar de un lado para otro. Mira por la ventana y después a Malone—. ¿Crees que Torres nos delató?

—Si lo hubiera hecho, ya estaríamos esposados —afirma Monty—. Raf Torres era muchas cosas, pero un chivato no.

El comentario es una puñalada para Malone.

Porque Big Monty tiene razón. Raf Torres era un traficante y un putero que pegaba a las mujeres, piensa Malone, pero no era como yo. No era un chivato y tampoco miraba a los ojos a sus compañeros y les mentía como estoy a punto de hacer yo.

—Aun así, el ambiente está caldeado —dice Russo.

—No fueron los de Asuntos Internos —continúa Malone—. Al menos que Henderson sepa. Intentará que paren la investigación. Eso nos costará cien mil de los fondos ilegales.

—Es el precio que hay que pagar por hacer negocios —observa Monty.

—Entonces, ¿quiénes son? ¿Los federales? —pregunta Russo.

—Ni idea —dice Malone—. A lo mejor no es nadie. Hasta donde sabemos, Torres se cansó de ser un inútil y lo mandó todo a la mierda. He hecho correr el falso rumor de que estaba enfermo.

Se hace el silencio y Monty y Russo se miran. Han hablado antes de ir al apartamento y Malone quiere saber qué piensan. Joder, ¿dudan de mí?

—¿Qué? —pregunta Malone con su puto corazón en un puño.

—Denny, hemos estado hablando... —empieza Russo.

—Dilo, por el amor de Dios —insiste Malone—. Si tienes algo en mente, suéltalo de una puta vez.

—Creemos que ha llegado el momento de vender el caballo de Pena —dice Russo.

—¿Ahora? —responde Malone—. ¿Con la que está cayendo?

—Precisamente, con la que está cayendo —dice Russo—. ¿Qué pasa si tenemos que largarnos o necesitamos dinero para abogados? Si esperamos, podemos vernos en una situación en la que no podamos colocar la mercancía.

Malone mira a Monty.

—¿Tú qué opinas?

Monty voltea el puro y lo enciende cuidadosamente.

—Voy cumpliendo años y Yolanda ha estado dándome la lata para que pase más tiempo con la familia.

—¿Te estás planteando dejar La Unidad? —pregunta Malone.

—El cuerpo de policía —dice Monty—. Dentro de unos meses puedo jubilarme si quiero. Tampoco me importaría acabar en una oficina en las afueras, coger la pensión y mudarme con la familia a Carolina del Norte.

—Si eso es lo que quieres, Monty, deberías hacerlo —dice Malone.

—Carolina del Norte —tercia Russo—. ¿No quieres quedarte en la ciudad?

—Los niños, sobre todo los dos mayores, están en esa edad rebelde. Se niegan a obedecer y te contestan —dice Monty—. La verdad es que no quiero que le vendan caballo al poli equivocado y les peguen un tiro.

—Pero ¿qué coño estás diciendo, Monty? —le pregunta Russo.

Conque era eso, piensa Malone. A un policía negro le da miedo que otro policía dispare a su hijo.

—Vosotros dos no tenéis que preocuparos por eso —dice Monty—. Vuestros hijos son blancos, pero nosotros sí tenemos que pensar en ello. A Yo le aterroriza que si no lo hace un policía lo haga un pandillero.

—En la zona sur matan a tiros a chavales negros —dice Malone.

—No tanto como aquí —responde Monty—. ¿Creéis que quiero irme? Joder, si ni siquiera me gusta comer fuera de Nueva York. Pero Yo tiene familia cerca de Durham. Hay buenos colegios, puedo conseguir un buen trabajo en una universidad... Mirad, lo hemos pasado bien, pero todo se acaba. A lo mejor este asunto de Torres es un mensaje para que nos larguemos con el dinero. Así que, sí, creo que quiero coger mi parte e irme.

—De acuerdo —dice Malone—. Estoy pensando que Savino puede llevarlo a algún lugar de Nueva Inglaterra para que no esté en nuestro territorio.

—Pues reunámonos con él —propone Russo.

—Lo haré yo —dice Malone.

—¿Por qué?

Porque, llegado el momento, podré jurar en el polígrafo que tú no estabas allí, piensa Malone.

—Cuantos menos, mejor.

—Tiene razón —dice Monty.

—De acuerdo. Lo organizaremos todo después del entierro de Raf —dice Malone—. Entre tanto, vamos a relajarnos y dejemos que las aguas vuelvan a su cauce.

El sargento Rafael Torres recibe un funeral con honores de inspector.

Es la manera que tiene el cuerpo de policía de hacer saber al mundo que no hay nada que ocultar, piensa Malone, nada de que avergonzarse.

El *Times* ha ayudado.

El artículo de Rubenstein era sensacional, un texto de portada sobresaliente firmado solo por él y con el titular «FALLECE UN HÉROE DE LA POLICÍA».

Y artístico, piensa Malone.

Nadie sabe realmente por qué Rafael Torres hizo lo que hizo, si fue accidental o intencionado, si fue la agonizante enfermedad terminal o las décadas librando una guerra interminable contra la droga. Lo único que sabemos es que apretó el gatillo tras una vida llena de dolor...

Bueno, eso es cierto. Torres causó mucho dolor.

A su mujer, a su familia, a sus putas, a sus amantes, a sus detenidos y a casi todos los que tuvieron relación con él. Sí, puede que también a sí mismo, aunque Malone lo duda. Raf Torres era un sociópata incapaz de empatizar con el dolor de nadie.

Pero apretó el gatillo, piensa Malone.

Ese mérito hay que reconocérselo.

El funeral se oficia en el cementerio de Woodlawn, en el Bronx. Malone había olvidado que Torres era oriundo del barrio. Es una gran extensión de varios cientos de hectáreas llena de cedros y pinos gigantescos y elaborados mausoleos. Malone solo había estado allí un día que Claudette lo llevó a rastras para dejar flores en la tumba de Miles Davis.

Como todos los policías que asisten al funeral, Malone lleva uniforme de gala: chaqueta azul, guantes blancos, crespón negro sobre la placa de oro y el resto de sus medallas. No es que tenga demasiadas. A Malone no le gustan esos reconocimientos porque hay que estar a la altura y eso le parece de cobardes.

Él sabe lo que ha hecho.

Y la gente que le importa también lo sabe.

El entierro es un doloroso recordatorio del de Billy.

La formación, las gaitas, las salvas, la banda de músicos...

Pero Billy no tenía hijos y Torres sí, dos niñas y un niño que acompañan con valentía a su madre, y Malone siente una gélida punzada de culpabilidad. Esto es responsabilidad tuya. Tú los has dejado sin padre.

Las mujeres también han hecho acto de presencia, no solo las del equipo de Torres, sino las del cuerpo de policía al completo. Es lo que se espera de ellas y ahí están alineadas con sus vestidos negros, que lucen con demasiada frecuencia. Parecen cuervos en un cable telefónico, piensa Malone con cierta crueldad, y sabe lo que sienten en este momento: tristeza por Gloria Torres y culpabilidad por sentirse aliviadas de no ser ellas las afectadas.

Sheila ha perdido unos cuantos kilos, qué duda cabe.

Está guapa.

Incluso parece que esté a punto de llorar, aunque despreciaba a Torres y detestaba tener que confraternizar con él.

El alcalde está pronunciando unas palabras, pero Malone no entiende lo que dice porque no está escuchando y, en cualquier caso, ¿qué más da? La mayoría de los policías lo ignoran disimuladamente porque lo odian; creen que los ha traicionado siempre que ha tenido la oportunidad y que volverá a hacerlo con la muerte de Michael Bennett.

Hizzoner es lo bastante inteligente como para no extenderse con el discurso y cede la palabra al comisario. A juicio de Malone, el único motivo por el que no se destripan el uno al otro allí mismo y ahorran a los asistentes el incordio que supondría otro funeral es el temor a que se levanten todos a aplaudir.

Los agentes sí prestan atención al comisario, quien, pese a ser un capullo integral, los ha respaldado en lo de Bennett y en todos los demás casos de brutalidad. Además, tienen miedo de no hacerlo, porque el jefe de patrullas y el de investigadores están observando y anotando nombres. Los alcaldes y los comisarios van y vienen, pero esa gente ocupa el cargo toda su vida.

Luego llega el sacerdote, otra persona a la que Malone no escuchará. El puto parásito ha mencionado que Torres está en el cielo o algo parecido, lo cual demuestra que no conocía al difunto.

El cuerpo de policía tuvo que presionar a la Iglesia para que celebrara un funeral al uso y lo enterrara en suelo sagrado, ya que lo de Torres fue un suicidio, que es pecado mortal, y no recibió la extremaunción.

Putos payasos.

Haced lo que toca: despedíos de él delante de su familia y dejad que se vaya al infierno. Es donde habría ido de todos modos, si es que existe tal lugar. Pero el cuerpo de policía es un cliente habitual y dona mucho dinero, así que la Iglesia cedió, y Malone no puede evitar fijarse en que el sacerdote es asiático.

¿Qué ha pasado aquí? ¿No han sido capaces de encontrar a un cura irlandés lo bastante sobrio para oficiar el funeral de un policía? ¿O a un puertorriqueño que no anduviera demasiado ocupado tirándose a algún chaval? Ellos tenían que llamar a un filipino o de donde cojones sea. Había oído que la Iglesia estaba quedándose sin sacerdotes blancos y, por lo visto, era cierto. El pigmeo filipino se calla por fin, empiezan a sonar las gaitas y Malone piensa en Liam.

En él y en todos aquellos funerales de la época.

En esas malditas gaitas.

La música cesa, los rifles detonan, se hace entrega de la bandera y la formación se dispersa.

Malone se acerca a Sheila.

—Qué desgracia, ¿eh?

—A mí me sabe mal por los niños.

—Estarán bien.

Gloria es una mujer hermosa, todavía joven y atractiva, con el cabello negro y brillante y una buena figura, así que no tendrá problemas para sustituir a Raf si quiere.

Y, a decir verdad, puede que a Gloria Torres acabe de tocarle la puta lotería. Estaba a punto de divorciarse de su marido cuando este decidió irse al otro barrio, y ahora recibirá tanto su pensión oficial como la no oficial.

Malone se cercioró de que Gloria recibiera un buen sobre y de arreglar los pagos mensuales.

Torres seguirá ganando dinero.

—¿Y qué pasa con las putas? —le preguntó Gallina.

—Tú no estás en ese negocio.

—¿Quién coño eres tú para...?

—Soy el tío que te ha quitado de encima a los de Asuntos Internos —dijo Malone—. Ese soy yo. Si tu equipo quiere pisarnos el terreno, que lo intente.

—¿Eso es una amenaza?

—Es una realidad, Jorge —respondió Malone—. Y la realidad es que no eres lo bastante listo para gestionar tus propios asuntos. Esas chicas se han montado en un autobús y han vuelto por donde vinieron, y se acabó.

Malone va a presentar sus respetos a Gloria Torres.

Estos gilipollas son demasiado estúpidos para saber lo que he hecho por ellos, piensa Malone. He conseguido que los federales y Asuntos Internos se destruyan mutuamente, he acallado los rumores sobre Torres. Con un poco de suerte, todo esto acabará bajo tierra con él y nosotros seguiremos viviendo nuestra vida.

Malone se pone a la cola para hablar con la viuda, y cuando le llega el turno dice:

—Siento mucho su pérdida, Gloria.

—No te acerques a mí —susurra ella.

Malone se queda pasmado.

—¿Cáncer, Denny? —le pregunta—. ¿Que tenía cáncer?

—Estaba protegiendo su reputación —dice Malone.

Gloria se ríe.

—¿La reputación de Raf?

—Por ti y por los niños.

—A los niños ni los menciones.

Gloria le dedica una mirada que es odio puro.

—¿Qué...?

—Fuiste tú, hijo de puta —le espeta.

El comentario le cae como una bofetada. No puede creerse lo que está oyendo y tiene que obligarse a mirarla.

—Raffy me lo dijo —le suelta.

Fuiste tú.

Russo lanza un derechazo certero a Ortiz.

Este da un paso atrás y se lleva una mano a la boca, que tiene ensangrentada. Russo no ha terminado aún y se abalanza sobre él para atizarle con la izquierda, pero Malone se lo impide.

—¿Tú estás loco? —dice Malone—. ¿Aquí?

¿Delante de media cúpula del Departamento de Policía de Nueva York?

—¿No has oído lo que te ha llamado? —pregunta Russo, que tiene la cara roja y contraída por la ira—. ¡Te ha acusado de ser un puto chivato!

Russo intenta zafarse de Malone, pero Monty los obliga a retroceder. Levin se interpone entre ellos y los hombres de Gallina. Bajo la atenta mirada de unos cuantos policías, Monty sigue empujando a Russo para llevárselo de allí.

—Ha llamado «chivato» a Malone —insiste Russo—. Dice que Torres se lo contó a su mujer.

—Si lo hizo, es el último regalo que nos envía Torres desde la tumba —responde Monty—. Deja a esos amargados que hablen.

Russo consigue liberarse y levanta la mano.

—Está bien, está bien.

Se apoya en una lápida e intenta recobrar el aliento.

Levin se le acerca.

—¿Qué pasa?

Russo sacude la cabeza.

—Los hombres de Torres dicen que Malone trabajaba para los federales y lo delató —responde Monty.

—Eso es mentira, ¿no? —pregunta Levin.

Malone arremete contra él.

—¿Qué coño...?

Monty se interpone entre ambos y agarra a Malone.

—¿También vamos a pelearnos entre nosotros?

—¡Es mentira! —grita Malone, que casi se lo cree.

—Pues claro que lo es —dice Monty—. Han lanzado una sonda para ver cómo reaccionábamos.

—Si es una sonda —opina Levin—, ¿por qué dicen que han sido los federales y no Asuntos Internos?

La pregunta despide el hedor de la verdad, piensa Malone.

—Porque tenemos a Asuntos Internos en nómina y lo saben —dice Russo—. ¿Tú qué coño te crees que sabes, novato?

—Yo no me creo nada —responde Levin.

—¿Ya te has tranquilizado? —pregunta Monty a Malone.

—Sí.

Monty lo suelta.

Ha ocurrido todo en un minuto, piensa Malone. Un minuto después de la acusación, Monty se ha convertido en el líder y yo soy mercancía defectuosa. Es lógico: Monty está cumpliendo con su deber, pero Malone no puede permitirlo.

—Id a hablar con ellos —dice a Monty y Russo—. Hoy a las diez en Charles Young Park. Que vengan todos.

Monty se aleja entre las lápidas.

—Eso está bien —dice Levin—. Arreglaremos este asunto.

—Tú no vienes esta vez —dice Malone.

—¿Por qué?

—Porque hay cosas que es mejor que no sepas —responde.

—O estoy en el equipo o...

—Lo hago por ti —dice Malone—. Puede que algún día debas someterte al polígrafo y es preferible que no suenen las alarmas cuando contestes «no lo sé».

Levin lo mira fijamente.

—Por Dios, ¿en qué andáis metidos?

—En follones de los cuales intento mantenerte alejado.

—He aceptado dinero —dice Levin—. ¿Estoy en aprietos?

—Tienes toda una carrera por delante —responde Malone—. Yo solo intento protegerte. Nada de esto te concierne. Es mejor que no vengas esta noche.

En ese momento regresan Russo y Monty.

Han organizado la reunión.

—¡Se acabó! —grita Malone—. ¡Esto se acabó!

—Cálmese —dice Paz.

—¡Cálmese usted, joder! ¡Esta misma tarde correrán rumores por toda la Unidad Especial! ¡Qué coño, por todo el cuerpo de policía! ¡Estoy marcado! ¡Llevo una puta diana en la espalda!

—Pues niéguelo todo —dice Paz.

Se recuesta en la silla y lo mira sin inmutarse.

Están en el piso franco de la calle Treinta y seis, un lugar que Malone ya no considera seguro.

—¿Que lo niegue? —pregunta—. Torres se lo contó a su mujer.

—Eso le dijo ella —argumenta Paz—. A lo mejor es una maniobra para asustarle.

—¿Y han reclutado a Gloria para que lo haga?

Paz se encoge de hombros.

—Gloria Torres no es ni de lejos una viuda afligida. Y le interesa mucho que siga entrando dinero sucio.

Malone mira a O'Dell.

—¿Me incriminó delante de Torres?

—Le pusimos la cinta en la que hablaban los dos —responde O'Dell—. Pero le dijimos que teníamos a toda la Unidad Especial.

—¡Entonces saben que ustedes me descubrieron! —exclama Malone—. ¡Menuda panda de idiotas! ¡Putos gilipollas del Distrito Sur! Por el amor de Dios...

—Siéntese, Malone —le ordena Paz—. Le he dicho que se siente.

Malone se desploma en una silla metálica.

—Siempre hemos sabido que en algún momento quedaría usted al descubierto —dice Paz—. Pero no sé si ha llegado ese momento. En cuanto a lo de Torres, podría ser cualquier miembro de la Unidad Especial o ninguno, de modo que, sí, niéguelo.

—No me creerán.

—Pues convénzalos —dice Paz—. Y déjese de lloriqueos. Nosotros no le hemos metido en esta situación; lo hizo usted solito. Le aconsejo que lo tenga presente.

—Guárdese los consejos para sus amigas.

—No tengo —replica Paz—. Estoy demasiado ocupada tratando con escoria como usted y el difunto Rafael Torres. Era un policía corrupto, y su equipo también. Usted es corrupto, igual que todo su equipo.

—No pienso...

—Sí, sí, lo sé —dice Paz—. No hará nada que pueda perjudicar a sus compañeros. Ya le oímos la decimoquinta vez que lo dijo. ¿Quiere proteger a sus compañeros, Malone? Pues aguante, siga trabajando como si tal cosa y tráiganos pruebas incriminatorias.

—Al final le matarán —dice O'Dell.

Paz vuelve a encogerse de hombros.

—La gente muere.

—Fantástico —dice Weintraub.

—¿Cuál es el plan? —pregunta Paz a Malone.

—Tenemos una reunión esta noche —dice Malone—. Mi equipo y el de Torres.

—Mataremos dos pájaros de un tiro —dice Paz—. Llevará micrófono.

—Y una mierda. ¿No se le ha ocurrido que lo primero que harán es cachearme?

—No se lo permita.

—Entonces confirmaré sus sospechas.

—¿Sabe qué es lo que no me gusta de usted, Malone? —pregunta Paz—. ¿Aparte de todo lo demás? Que me toma por imbécil. La verdadera razón por la que se niega a llevar micrófono a esa reunión es que incriminaría a sus compañeros. Ya le he asegurado, y he dejado constancia de ello por escrito, que, si sus queridos compañeros no han cometido más delitos de los que ya conocemos o podemos deducir razonablemente de su implicación personal, saldrán en libertad gracias a su cooperación.

O'Dell decide intervenir.

—Si lleva micrófono a esa reunión y le cachean, habremos conseguido que lo maten. Puede que eso no le importe, Isobel, pero, si ocurre, Malone no podrá corroborar las grabaciones.

—Siempre cabe esa opción —dice Weintraub.

—Quiero una declaración jurada en la que Malone aporte todos los detalles de la reunión.

—¿Necesita refuerzos? —pregunta O'Dell a Malone.

—¿Qué?

—Por si hay problemas. Podemos mandar a gente para que le saque de allí.

Malone se echa a reír.

—Claro, porque los federales pueden presentarse en ese barrio sin que se percaten ni la policía ni la comunidad. Joder, me van a matar por culpa suya.

—Si muere —dice Paz—, el acuerdo queda invalidado.

Malone no sabe si habla en serio o en broma.

Malone se guarda el cuchillo SOG en la bota.

Lleva la Sig Sauer en una funda prendida al cinturón, la Beretta en la parte baja de la espalda y varios cargadores extras pegados al tobillo con cinta adhesiva.

Para reunirme con otros policías, piensa.

Para reunirme con otros policías.

Sí, pero esos policías quieren matarme.

Colonel Charles Young Playground consiste en cuatro campos de béisbol de tierra situados entre las calles Ciento cuarenta y tres y Ciento cuarenta y cinco, al este de Malcolm X y al oeste de Harlem River Drive, donde se unen el puente de la Ciento cuarenta y cinco con la autovía Deegan. Hay una estación de metro al lado de Malcolm X, lo cual le brinda otra vía de escape si la necesita.

Tal como habían estipulado, se reúne con el equipo en la esquina sudoeste de la Ciento cuarenta y tres con Malcolm y se dirigen a la zona de juegos.

Malone sabe que Russo guarda una escopeta debajo del abrigo. Monty lleva una americana de *tweed* Harris y se intuye el revólver del 38 a la altura de la cadera.

—Es Runnymede —dice Monty cuando cruzan la Ciento cuarenta y tres en dirección a los campos de béisbol.

—¿Qué?

—Runnymede —dice Monty—. Los barones están desafiando al rey.

Malone no sabe de qué habla. Él solo sabe que Monty sabe de qué habla, y con eso le basta. En cualquier caso, comprende lo esencial: sabe quién es el rey y quiénes son los barones.

Un par de niños y unos cuantos yonquis salen por piernas al detectar presencia policial.

El teléfono de Malone empieza a vibrar y mira el número.

Es Claudette.

Debería cogerlo, pero no puede; ahora no. Se siente culpable. Debería haber ido a verla o haberla llamado, pero, dadas las circunstancias, no ha tenido tiempo.

Joder, piensa, quizá debería tomarme un segundo para devolverle la llamada.

Entonces ve a los hombres de Torres llegando por la cara norte del parque. Malone sabe que han estado esperando para comprobar si iba solo.

Es normal.

Malone los observa mientras avanzan hacia el centro de los campos de béisbol. También sabe que van fuertemente armados.

Aquello le recuerda más a un duelo sacado de un viejo western que a una historia de barones y reyes. Los dos bandos —joder, ahora somos bandos— se aproximan.

—Voy a cachearte —le dice Gallina.

—¿Por qué no nos desnudamos todos? —pregunta Malone.

—Porque nosotros no somos soplones.

—Yo tampoco.

—No es lo que nos han contado —dice Tenelli.

—¿Qué cojones os han contado? —pregunta Russo.

—Primero asegurémonos de que esto no está siendo grabado —dice Gallina.

Malone extiende los brazos. Es humillante, pero deja que Gallina busque el micrófono.

—Ahora el resto de tu equipo —indica Gallina.

—Tenemos que cachearnos todos —responde Malone—. No sabemos si es uno de los vuestros.

Es ridículo ver a unos policías registrándose entre ellos, pero lo hacen de todos modos.

—Vale —dice Malone—. ¿Ahora podemos hablar?

—¿No has hablado bastante ya? —pregunta Tenelli.

—No sé qué os ha contado Gloria —dice—, pero yo no delaté a Torres.

—Nos ha contado que los federales le pusieron una grabación en la que aparecíais tú y él —dice Gallina—. Él no llevaba micrófono, así que tuviste que ser tú.

—Chorradas —replica Malone—. Podía haber un dispositivo de escucha en un coche aparcado o en una azotea, en cualquier sitio.

—Entonces, ¿por qué no han ido a por ti? —dice Gallina.

—¿O lo han hecho? —pregunta Tenelli.

—No.

—¿Por qué? —insiste.

—Pues lo harán —dice Gallina—. ¿Y qué harás entonces?

—Los mandaré a la mierda —contesta Malone—. No tienen nada contra ninguno de nosotros ni lo tendrán.

—A menos que tú se lo cuentes —dice Gallina.

—Yo no perjudicaré a un compañero.

—¿Y cómo sabemos que no lo has hecho ya? —pregunta Tenelli.

—Nunca le he pegado a una mujer —dice Malone—, pero me estáis obligando a hacerlo.

—Adelante.

Gallina vuelve a calmar las aguas.

—¿Qué demostrará eso? Si no fuiste tú, Malone, ¿cómo es que los federales fueron primero a por nosotros?

—No lo sé —dice Malone—. Sois tan gilipollas que estabais en la nómina de Carter. A lo mejor se fue de la lengua. Y os habéis metido en el negocio de las putas. Puede que se nos hayan echado encima por eso.

—¿Y Levin, el novato? —pregunta Ortiz.

—¿Qué le pasa?

—A lo mejor es el soplón —dice Ortiz—. ¿Es posible que esté trabajando con los federales?

—No te me acerques.

—¿O qué?

—O te aparto yo.

Ortiz retrocede.

—¿Qué hacemos ahora?

—Evitar líos —dice Malone.

—¿Y qué pasa con lo de Carter?

—A partir de ahora me encargo yo de él.

—¿Primero provocas la muerte de Torres y ahora nos quitas el plato de la mesa? —pregunta Tenelli.

—Escuchadme —dice Malone—, fue Raf quien me metió en esto y no al revés, pero lo solucionaré. Si tengo que caer sobre mi propia espada, lo haré. Pero, si actuamos con inteligencia, podemos salir airosos. Tenemos a Asuntos Internos en el bolsillo. No pueden hacernos daño sin saltar ellos también por los aires. El cuerpo de policía ya tiene bastante mala prensa. Si no trasciende nada más, lo dejarán correr.

—¿Y los federales? —pregunta Gallina.

—El largo y caluroso verano está a la vuelta de la esquina —dice Malone—. El dictamen del caso Bennett saldrá a la luz en breve y, si exonera a ese gilipollas, la ciudad se convertirá en un polvorín. Los federales saben que nos necesitarán para impedir que la situación se descontrole. No os metáis en líos y haced vuestro puto trabajo. Yo resolveré este asunto.

No parecen satisfechos, pero callan.

El rey sigue siendo el rey.

Entonces, Monty toma la palabra.

—El trabajo de policía es peligroso. Eso lo sabemos todos. Pero, si a Malone le pasa algo, si recibe un balazo, si le cae encima un bloque de cemento o le alcanza un rayo, iré a por la gente que está hoy en este parque. Y os mataré.

Se van todos de allí.

Vuelven al «nido».

—No mencionéis esto a nadie —les advierte Malone—. Y no habléis de nada en casa o en el coche ni en ningún otro sitio donde no estemos cien por cien seguros.

—¿Los federales os grabaron a ti y a Torres? —pregunta Monty.

—Eso parece.

—¿Qué tienen?

—Solo mantuve dos conversaciones comprometidas con Torres —dice Malone—. Una por Navidad, cuando vino por lo de Teddy, y otra después de la redada de las armas. Quería hablar de Carter. No recuerdo qué dijimos exactamente, pero pinta mal.

—¿Y si los federales van a por ti? —pregunta Russo.

—No les diré nada —responde Malone.

—Entonces irás a la cárcel —dice Monty.

—Pues iré a la cárcel.

—Denny, por Dios.

—No pasa nada —dice Malone—. Vosotros cuidaréis de mi familia.

—Eso no hace falta ni decirlo —afirma Russo.

—Esperemos que no llegue a tanto —dice Malone—. Todavía no estoy fuera de juego. Pero si ocurre...

—Te protegeremos —contesta Russo—. ¿Y Levin?

—Joder, ¿tú también?

—Toda esta mierda empezó cuando entró en el equipo —dice Russo.

—*Post hoc ergo propter hoc* —añade Monty.

—¿Qué?

—Después de esto, por lo tanto, debido a esto —explica Monty—. Es una falacia de lógica. Que toda esta mierda haya empezado después de que llegara Levin no significa que haya empezado porque llegó él.

—Aceptó su parte del dinero de Teddy —dice Malone.

—Sí, pero ¿dónde lo llevó? —pregunta Russo—. A lo mejor se lo entregó a los federales.

—Vale —dice Malone—. Presentaos en su casa a las dos o las tres de la mañana y comprobad si tiene el dinero guardado.

—¿Y si no...?

—Entonces tendremos que hacerle unas preguntas.

Malone sale y va a buscar su coche.

Ha llegado la hora de colocar la heroína.

Es el peor momento para hacer algo así de arriesgado, pero tiene que vender la mercancía de Pena.

21

Se reúnen en el cementerio de Saint John.

—¿Por qué coño tenemos que venir hasta Queens? —pregunta Lou Savino.

—¿Quieres que quedemos en Pleasant Avenue? Es un plató de rodaje de los federales —dice Malone—. Aquí siempre puedes alegar que estabas presentando tus respetos a unos viejos amigos.

La mitad de los grandes jefes de las Cinco Familias están enterrados aquí. El mismísimo Luciano, Vito Genovese, John Gotti, Carlo Gambino, Joe Colombo e incluso el viejo Salvatore Maranzano, que lo empezó todo.

Saint John es una especie de paseo de la fama de los gánsteres.

Y también está Rafael Ramos.

Es increíble que hayan pasado ya dos años desde que él y otro policía, Wenjian Liu, fueron tiroteados dentro de su coche de vigilancia en Bed-Stuy. El tarado que lo hizo aseguró que era una venganza por lo de Eric Garner y Michael Brown, que estaba poniendo «alas a los cerdos». Pero tuvo el sentido común de volarse los sesos antes de que lo descubriera el Departamento de Policía de Nueva York.

La pistola que utilizó llegó a través del corredor del hierro.

Malone se pregunta dónde estaban las putas manifestaciones entonces, dónde estaban las pancartas de «Las vidas azules son importantes».

Malone asistió al funeral de Ramos, que, con más de cien mil asistentes, fue el más concurrido de la historia de la policía. Muchos agentes dieron la espalda al alcalde cuando pronunció la elegía.

Hizzonner les dio la espalda a ellos en el caso Eric Garner.

«Dar alas a los cerdos», piensa Malone.

Pues yo soy un cerdo, así que bésame el culo.

En fin, hace una bonita mañana de junio. Es un buen día para estar al aire libre.

—¿Estás seguro de esto? Si tus jefes se enteran de que estás negociando, te matarán —pregunta Malone.

La regla de la familia Cimino: si negocias, mueres.

No es porque tengan reparos morales, sino porque las condenas severas inducen a la gente a hablar. Así que, si te detienen con droga encima, eres un riesgo excesivo y tienes que desaparecer.

—No es si negocias —precisa Savino—. Es si te descubren negociando. A los jefes, mientras se embolsen su parte, les importa una mierda. Y de algo tengo que comer, ¿no?

Sí, es cierto, piensa Malone.

Que Louie se las dé de pobre tiene gracia. Como si necesitara vender caballo para llevar un mendrugo de pan a casa. Sabe de sobra que, si se sale con la suya, eso supondrá un montón de dinero caído del cielo.

—Ya me cubriré yo las espaldas —dice Savino—. ¿Cuánto quieres por la mercancía?

—Estaríamos hablando de cien mil dólares el kilo —responde Malone.

—¿En qué puto mundo vives? —dice Savino—. Puedo conseguir caballo por sesenta y cinco o setenta.

—Caballo oscuro, no —dice Malone—. Y con una pureza del sesenta por ciento, tampoco. El precio de mercado es de cien.

—Eso si puedes ir directamente al minorista —dice Savino—. Y no puedes. Por eso me llamaste a mí. Puedo ofrecerte setenta y cinco.

—También puedes irte a la mierda.

—Piénsatelo —dice Savino—. Puedes hacer negocios con la familia, con blancos en lugar de negratas e hispanos.

—Setenta y cinco no es suficiente —responde Malone.

—Hazme una contraoferta.

—Esto parece *Shark Tank* —observa Malone—. De acuerdo, Míster Wonderful, que sean noventa el kilo.

—¿Quieres que me apoye en una lápida y me das por el culo? A lo mejor podría subir hasta ochenta.

—Ochenta y siete.

—¿Somos judíos o qué? —pregunta Savino—. ¿Podemos hacer esto como caballeros? ¿Ochenta y cinco? Ochenta y cinco mil el kilo por cincuenta son cuatro millones doscientos cincuenta mil dólares. Eso es mucha mercancía.

—¿Los tienes?

—Los conseguiré —dice Savino.

Eso significa que se verá obligado a recurrir a otros, piensa Malone. Más gente equivale a más habladurías, a más riesgos. Pero es inevitable.

—Y otra cosa: no vendas esto en el norte de Manhattan. Llévalo al norte del estado, a Nueva Inglaterra. Aquí no.

—Menuda pieza estás hecho —dice Savino—. A ti te da igual que haya adictos siempre que no sean tus adictos.

—¿Sí o no?

—Trato hecho —responde Savino—. Pero solo porque no me apetece pasar más rato en un cementerio. Me da mal rollo.

Sí, piensa Malone. No hay nada como un cementerio para que te des cuenta de que algún día tendrás que pagar por tus pecados.

Putas monjas.

—¿Cuándo lo hacemos? —pregunta Savino.

—Ya te comunicaré hora y lugar —responde Malone—. Y trae dinero en efectivo, Lou. No aparezcas con joyas bonitas y un documento de préstamo infumable.

—Qué desconfiados sois los polis —dice Savino con una sonrisa maliciosa.

Antes de irse, Malone va a presentar sus respetos a la tumba de Billy.

—Esto lo hago por ti, Billy —dice—. Por tu hijo.

Malone abre la trampilla que hay debajo de la ducha.

¿Cómo la llaman los puertorriqueños? *La caja.*

Cada uno de los cincuenta kilos está envuelto en plástico azul con unas pegatinas que indican que es caballo oscuro. Malone las arranca y las tira por el retrete. Luego guarda la mercancía en dos bolsas de viaje North Face que compró para la ocasión y vuelve a colocar la trampilla de la ducha. Después baja las bolsas una a una en el ascensor y las mete en la parte trasera del coche.

En circunstancias normales lo habrían acompañado Russo o Monty, o incluso ambos, pero no quiere mezclarlos en esto. Se limitará a entregarles su parte como si fuera Navidad otra vez. Es peligroso volar en solitario sin refuerzos.

Pero ahora tu mundo es así, se dice al enfilar Broadway rumbo hacia el norte. Estás solo hasta que te quites de encima a Paz y a los federales y, mientras eso no ocurra, tienes que proteger a tus hombres.

Sería bueno poder contar con ellos por si Savino intenta estafarlo. Duda que eso ocurra, porque mantienen fuertes lazos con la *borgata* Cimino, pero estamos hablando de grandes cantidades de dinero y droga y nunca sabes cómo va a reaccionar una persona en esa situación.

Savino podría salir por piernas.

Lo cual sería imposible si Russo o Monty estuvieran allí.

Pero ahora estoy yo solo con una Sig, una Beretta y un cuchillo. Vale, y la MP5 en una funda que llevo debajo de la chaqueta. Tengo mucha potencia de fuego, pero solo un dedo para apretar el gatillo, así que dependo sobre todo del sentido del honor de Savino.

Antes se podía contar con el sentido del honor de un mafioso.

Pero antes pasaban muchas cosas que ya no pasan.

Entra en la autopista del West Side, cruza por el puente George Washington y se dirige a Fort Tryon Park por debajo del Cloisters. A la una de la madrugada el parque está prácticamente desierto y, si hay alguien allí, no es por nada bueno. Un vagabundo encendiendo una hoguera ilegal o alguien traído por una prostituta o que anda buscando una mamada, aunque muchas de esas cosas se acabaron cuando los gais salieron del armario.

O alguien que intenta cerrar un negocio de drogas.

Que es lo que me propongo hacer yo, piensa Malone, como si fuera un delincuente cualquiera.

Si no lo hiciera yo, lo haría otro, concluye, aunque en ese mismo instante sabe que es una racionalización ancestral. Pero es ancestral porque es cierta. Ahora mismo, en algún laboratorio de México, están produciendo más mercancía en masa, así que, si no fueran esos cincuenta kilos, serían sus sustitutos. Y, si no lo hiciera yo, lo haría otro.

¿Por qué tienen que llevarse siempre el dinero los canallas, la gente que tortura y mata? ¿Por qué no podemos ganar algo Russo, Monty y yo, labrarnos un futuro para nuestras familias?

Te pasas toda tu puta vida intentando evitar que la gente se meta esa mierda en el cuerpo y, por más mercancía que confisques, por más traficantes a los que arrestes, sigue llegando desde los campos de opio a los laboratorios, a los camiones, a las agujas y a las venas.

Es un río manso que fluye sin cesar.

No, Malone detecta su propia hipocresía.

Sabe que podría ser él quien inyectara directamente la droga en el brazo de Claudette.

Pero, si no lo hago yo, lo hará otro.

Y lo irónico es que la utilizo para poder mandarla a una clínica de desintoxicación. Para que mis hijos puedan ir a la universidad. O, de lo contrario, caerá en manos de un mexicano o un colombiano que se comprará un Ferrari, más cadenas de oro, un tigre, una finca en el campo o un harén.

En fin, te dices a ti mismo lo que tengas que decirte para hacer lo que tengas que hacer.

Y a veces hasta te lo crees.

Se detiene en la confluencia de Fort Tryon Place con Corbin Drive. No quiere salir del norte de Manhattan, su territorio, por si algo sale mal, pero sabe lo que sabe cualquier delincuente: que hay que saltar de un distrito a otro. Empiezas en el Dos-Ocho y llevas a cabo la negociación en el Tres-Cuatro, todo ello al amparo del norte de Manhattan.

De esa manera, si empieza a llover mierda y te cazan, cabe la posibilidad de que la documentación se extravíe entre distritos y jurisdicciones. Las rivalidades y envidias pueden suponer un escollo e incluso propiciar que salgas airoso.

Por ejemplo, las prostitutas hacen la calle en distritos limítrofes porque ningún policía quiere practicar una detención al otro lado de la frontera. Es demasiado papeleo. Lo mismo sucede con los traficantes de poca monta que venden bolsitas de cinco dólares. Si ven a un policía acercándose, cruzan la calle y la mayoría de las veces los deja marchar. Si hoy se desata una persecución, Malone atravesará Manhattan, pero

Savino se adentrará en el Bronx, y de este modo involucrará a otro barrio.

El Bronx y Manhattan se odian.

A menos que intervengan los federales; entonces odian a los federales.

Lo que ignora la ciudadanía es el carácter tribal de la policía, empezando por cuestiones de etnicidad. Primero están los irlandeses, la tribu más numerosa, después los italianos y la tribu de todos los demás tipos de blancos. Luego están la tribu negra y la hispana.

Todas tienen sus clubes: los irlandeses, la Emerald Society; los italianos, la Columbia Association. Los alemanes son la Steuben Society; los polacos, la Pulaski Association, y los demás blancos tienen un grupo polivalente denominado Saint George Society. Los negros son The Guardians, los puertorriqueños cuentan con la Hispanic Society, y los doce judíos, con la Shomrim Society.

A partir de ahí se complica, porque tienes a la tribu uniformada, la tribu de paisano y la tribu de investigadores, que cuentan con representación en todas las tribus étnicas. Las más importantes y antagónicas son la tribu de policías de la calle y la tribu de personal de administración, con el subclan de la tribu de Asuntos Internos.

Luego están los barrios, los distritos y las unidades operativas.

Así que Malone pertenece a la tribu de policías irlandeses de la calle de la Unidad Especial de Manhattan Norte.

Y otra tribu, piensa: la tribu de los policías corruptos.

Savino ya se encuentra en el apartadero.

El Navigator le hace señales con los faros delanteros. Malone aparca delante para que Savino tenga que dar marcha atrás si pretende huir a toda velocidad. No ve el interior del todoterreno. Savino se baja del vehículo.

Aunque parezca mentira, el capo lleva chándal, porque algunos mafiosos no pueden evitarlo. Se adivina el bulto de la pistola en la cintura, junto a su mano derecha. Savino esboza una amplia sonrisa de idiota.

Malone no había reparado nunca en que Savino no le cae muy bien, sobre todo cuando se abren las puertas traseras y aparecen tres dominicanos.

Uno de ellos es Carlos Castillo.

Sin duda es el jefe. Lleva traje negro y camisa blanca sin corbata, y huele a dinero. Es moreno, va peinado hacia atrás y lleva un bigote fino. Los otros dos son pistoleros: chaqueta negra, vaqueros, unas putas botas de cowboy y AK.

Malone saca la MP5 y la sostiene a la altura de la cadera.

—Tranquilo —dice Savino—. No es lo que parece.

Y una mierda, piensa Malone. Me has tendido una trampa. Tanta cháchara en el cementerio y resulta que no tienes la pasta. Era una treta, una fachada para darme el palo.

Castillo le sonríe.

—¿Creías que no sabíamos cuántos kilos y dinero había en esa habitación?

—¿Qué queréis?

—Diego Pena era mi primo.

No te amedrentes, se dice Malone. Si lo haces, te matarán. Si muestras debilidad, te matarán.

—¿Pensáis cargaros a un agente de policía en Nueva York? Se os echará todo el mundo encima.

Si no la cago yo primero.

—Somos el cártel —dice Castillo.

—No, el cártel somos nosotros —responde Malone—. En mi banda hay treinta y ocho mil hombres. ¿Cuántos tiene la tuya?

Castillo capta el mensaje. No es tonto.

—Qué lástima. De momento tendré que conformarme con recuperar nuestra propiedad.

Una de las reglas de Malone: nunca des un paso atrás.

—Podéis comprarla si queréis —dice.

—Es muy generoso por tu parte que nos ofrezcas comprar nuestro propio producto —responde Castillo.

—Es el acuerdo que os ha conseguido este espagueti hijo de puta —dice Malone—. De lo contrario, os lo cobraría a precio de calle.

—Lo robaste.

—Lo cogí, que no es lo mismo —corrige Malone.

Castillo sonríe.

—Entonces podría cogerlo yo también.

—Podrían cogerlo tus hombres —dice Malone—. Porque a ti te mandaré al mismo sitio que mandé a tu primo.

—Diego jamás te habría apuntado con un arma —dice Castillo—. Era demasiado inteligente. ¿Por qué pelear por algo que puedes comprar?

—Diego se llevó su merecido —responde Malone.

—No, eso no es cierto —dice Castillo con serenidad—. No hacía falta matarlo. Lo hiciste porque quisiste.

Eso es verdad, piensa Malone.

—¿Vamos a hacer esto o no?

Uno de los dominicanos se monta en el vehículo y regresa con dos maletines. Cuando se dispone a entregárselos a Castillo, este se queda mirando a Malone y niega con la cabeza. El pistolero se los da a Savino.

Son unos bonitos maletines Halliburton.

Savino se acerca, los deja encima de la capota del coche de Malone y los abre para que vea los fajos de billetes de cien.

—Está todo —dice Castillo—. Cuatro millones doscientos cincuenta mil dólares.

—¿Quieres contarlo? —pregunta Savino.

—No hace falta.

No quiere quedarse allí más tiempo del necesario ni quitar los ojos de encima a los dominicanos mientras cuenta el dinero. En cualquier caso, sería más fácil atacarlo que racanearle dinero.

Malone guarda los maletines debajo del asiento del acompañante, rodea el coche, coge las bolsas de viaje y las deposita encima del capó.

Savino se las entrega a Castillo, que las abre para examinarlas.

—Faltan las etiquetas.

—Se las quité —dice Malone.

—Pero es caballo oscuro...

—Sí. ¿Quieres probarla? —pregunta Malone.

—Me fío de ti —dice Castillo.

Malone tiene el dedo en el gatillo de la MP5. Si piensan disparar, este es el momento oportuno. Ya tienen la heroína en su poder y todavía pueden recuperar el dinero. El jefe hace un gesto con la cabeza a uno de sus hombres, que coge las bolsas y las lleva al coche de Savino.

Este sonríe.

—Siempre es un placer hacer negocios contigo, Denny.

Sí, piensa Malone, y Castillo me habría matado si me hubiera negado a hacer negocios con la familia Cimino. Tú y yo tendremos una conversación seria, Louie.

Castillo mira fijamente a Malone.

—Sabes que esto es solo una prórroga, ¿verdad?

—¿Acaso no lo es para todos? —pregunta Malone.

Vuelve a su coche y arranca. En el suelo hay cuatro millones doscientos cincuenta mil dólares en efectivo. La adrenalina empieza a acumularse y le atenazan el miedo y la ira como si fueran dos martillazos. Se echa a temblar.

Ve la mano temblando en el volante, así que lo agarra con fuerza y respira por la nariz para aminorar el ritmo cardíaco.

Creía que iba a morir, piensa.

Creía que iba a morir, joder.

Has salido de esta, se dice, pero el primo de Pena no se conformará. Esperará a que surja una oportunidad y la aprovechará. O quizá se lo encargue a los Cimino. Louie convocará una reunión y no saldré vivo de ella. Todo dependerá de si para los Cimino es más importante el cártel o yo.

Yo apostaría por los dominicanos.

Y hay algo más.

Los putos dominicanos harán correr el rumor por el norte de Manhattan para echar a DeVon Carter del negocio.

En mi territorio morirán yonquis.

Otra cosa con la que tendrás que vivir.

Se dirige al sur bordeando el Hudson, cuyas aguas negras proyectan los reflejos plateados de las luces del puente.

22

Malone guarda los maletines de dinero debajo de la trampilla y se sirve una copa.

Al menos ya no le tiemblan las manos, y se toma un par de Dexedrinas con un trago de whisky. Son más de las tres de la madrugada y a las ocho y media John juega un partido de béisbol que no quiere perderse. Se sienta a esperar que hagan efecto las anfetaminas y luego sale del apartamento, se sube al coche y se dirige a Staten Island para ver la salida del sol por el mar.

Y allí está, paseando solo por la playa con un sol de un rojo intenso y un mar teñido de rosa. El puente de Verrazano Narrows describe un arco de color ámbar. En la orilla, una bandada de gaviotas mantiene obstinadamente su posición cuando pasa. Aquí el intruso es él. Las aves están esperando que la marea traiga algas y, con ellas, su desayuno, pero a Malone le ha quitado el hambre el speed, aunque no ha comido nada desde el almuerzo del día anterior, y piensa: «Bien hecho, gaviotas. No permitáis que nadie os eche de vuestro territorio. Gozáis de superioridad numérica».

Cuando era pequeño, su padre lo llevaba a veces a esa playa. Le encantaba perseguir a las gaviotas. Si el agua no estaba muy fría, practicaban *bodysurfing* y era lo mejor del mundo. Ahora le gustaría zambullirse aunque esté congelada, pero no quiere que se le llene la piel de salitre. No tiene donde ducharse y tampoco lleva toalla.

Pero sería agradable bañarse en agua fría. Entonces se da cuenta de que ha olvidado ducharse; espera no apestar. Se huele la axila, pero el olor no resulta ofensivo.

Tampoco se ha afeitado y John podría enfadarse, así que, cuando vuelve al coche, saca el neceser que guarda debajo del asiento y se afeita en seco mirándose en el retrovisor. No queda tan apurado como le gustaría, pero al menos tiene un aspecto decente.

Luego se dirige al campo de béisbol.

Sheila ya ha llegado y el equipo de John está calentando. Los niños no parecen muy contentos de haber tenido que madrugar un sábado por la mañana, que de lo contrario sería un día para dormir hasta tarde.

Malone se acerca a Sheila.

—Buenos días.

—¿Ha sido una noche dura?

Ignora la pulla.

—¿Ha venido Caitlin?

—Ayer se quedó a dormir en casa de Jordan.

Malone se siente decepcionado y no puede evitar sospechar que ello formaba parte del plan. Vuelve la cabeza y saluda a John, que le corresponde con un gesto soñoliento. Pero sonríe. John es así, siempre sonríe.

—¿Quieres que nos sentemos juntos? —pregunta a Sheila.

—Más tarde a lo mejor —responde ella—. Me ha tocado el primer turno en el puesto de comida.

—¿Tenéis café?

—Ven, voy a preparar un poco.

Malone la sigue hasta la pequeña barraca de venta de comida. Sheila va guapa con su chaqueta de lana verde y sus vaqueros. Prepara el café, le sirve una taza y Malone coge también un dónut glaseado porque sabe que debe comer algo. Deja un billete de diez encima del mostrador y le dice que meta el cambio en el bote.

—Qué derrochador.

Malone saca un sobre del bolsillo de la americana y se lo ofrece. Sheila lo coge y lo guarda en el bolso.

—Sheel —dice Malone—, si ocurriera algo, sabes a quién tienes que acudir, ¿verdad?

—A Phil.

—¿Y si le ocurriera algo a él?

Aquellos dos policías, Ramos y Liu, compañeros, estaban sentados en su coche y los mataron.

—Entonces a Monty —dice Sheila—. ¿Va a ocurrir algo, Denny?

—No —responde—. Solo quería cerciorarme de que sabes lo que tienes que hacer.

—De acuerdo.

Pero lo mira con cara de preocupación.

—Te he dicho que solo quería cerciorarme, Sheila.

—Y yo te he dicho que de acuerdo. —Empieza a colocar chocolatinas, paquetes de galletas y barritas de mucsli, y después manzanas, plátanos y cajas de zumo—. Algunas madres quieren que traigamos kale. ¿Cómo se supone que vamos a vender eso?

—¿Qué es el kale?

—Eso mismo me pregunto yo.

Supongo, piensa Malone. Verdaderamente no sabe qué es.

—¿Qué tal está Caitlin?

—No lo sé. ¿Qué hora es? —dice Sheila, que sigue concentrada en organizar el mostrador—. A lo mejor viene más tarde. Depende de la hora a la que se levanten.

—Estaría bien.

—Sí, depende de la hora a la que se levanten.

A Malone no se le ocurre nada que decir, pero cree que no debe irse todavía.

—¿Todo bien en casa?

—¿Te importa, Denny?

—Sí, acabo de preguntártelo.

No les hace falta nada, absolutamente nada, para enzarzarse en una pelea.

—Podrías pedirle a ese tío que venga a mirar el calentador del agua —responde Sheila—. Vuelve a hacer un ruido raro. Le he llamado como tres veces.

El maldito Palumbo da largas a las mujeres como si los ruidos fueran imaginaciones suyas.

—Yo me ocupo.

—Gracias.

Pero nota que a Sheila le molesta seguir dependiendo de su marido para que le presten atención cuando deberían prestársela por el mero hecho de ser ella. Si yo fuera mujer, piensa Malone, probablemente saldría a la calle gritando y disparando una ametralladora.

—Sheila, ¿tienes una tapa para el vaso?

Ella le lanza una.

Después de un pertinente silencio, Malone se dirige a la zona de gradas situada detrás de la primera base. Ya hay unos cuantos padres y madres. Algunas mujeres se han echado una manta sobre el regazo. Ve termos y cajas de Dunkin' Donuts. ¿Qué coño les pasa? ¿Es que no pueden gastare un dólar en el puesto de comida para ayudar a los críos?

Conoce a la mayoría de los padres y saluda a varios de ellos, pero se sienta solo.

Antes iba con esa gente a las reuniones de la asociación de madres y padres, a las funciones escolares y a cosas por el estilo. Pizza Hut después de los partidos, barbacoas en el patio y fiestas en la piscina. Todavía asiste a las actividades del colegio, pero no lo invitan a las extraescolares. Supongo que he roto el carné de padre del extrarradio, piensa Malone, o que lo han roto ellos por mí. No se comportan con hostilidad, pero todo ha cambiado.

Empieza a sonar una grabación del himno nacional. Malone se levanta, se lleva la mano al corazón y observa a John, que está alineándose con sus compañeros de equipo.

Lo siento, John.

Puede que algún día entiendas al pirado de tu padre.

Da comienzo el partido. John juega en el equipo local, así que empiezan ellos y Malone lo ve correr hacia la izquierda. Es alto para su edad, así que ocupa la posición de jardinero. Estereotipos, piensa Malone. Lo cierto es que es bastante bueno como receptor, pero no como bateador. Lo golpea todo y los lanzadores contrarios lo saben, así que le arrojan basura. Pero Malone no piensa convertirse en uno de esos padres gilipollas que gritan a sus hijos desde las gradas. ¿Qué más da? Aquí nadie fichará por los Yankees.

Russo se sienta a su lado.

—Menuda pinta de mierda tienes.

—¿Tanto?

—Ayer fuimos a casa de Levin a las dos de la madrugada —dice Russo—. Yo pensé que se meaba en los pantalones. Su novia no parecía muy contenta.

—¿Y?

—El dinero estaba en una maleta al fondo del armario —responde Russo—. Le dije: «Chaval, tienes que hacerlo mejor».

—Así que queda descartado...

—Yo no diría tanto —objeta Russo—. A lo mejor le han encargado una misión más a largo plazo. Puede que estén investigando el robo de Pena. Denny, tenemos que vender esa mercancía.

—Ya lo he hecho yo —dice Malone—. Eres millón y algo más rico que ayer noche.

—¿Lo hiciste tú solo?

A Russo no le gusta la idea.

Malone le cuenta que vendió el caballo a Savino y que estaban allí Carlos Castillo y los dominicanos.

—Entonces, ¿les vendiste su propio caballo? —pregunta Russo—. Puto Denny Malone.

—Todavía no se ha acabado —dice Malone—. Ese tal Castillo quiere venganza por lo de Pena.

—Joder, Denny, medio norte de Manhattan nos tiene ganas —observa Russo—. Esto es lo mismo.

—No sé. Los Cimino, los dominicanos...

—Tenemos que hablar con Lou —dice Russo—. No está bien que te los eche encima de esa manera.

—Ya lo arreglo yo.

—¿Últimamente eres el Llanero Solitario o qué cojones pasa? —pregunta Russo—. Tengo la sensación de que me dejas al margen.

Un niño golpea una pelota hacia la izquierda y John la atrapa y la sostiene en alto para que la vea el árbitro.

—¡Así se hace, John! —grita Malone.

Guardan silencio unos instantes y Russo pregunta:

—¿Estás bien, Denny?

—Sí, ¿por?

—No lo sé —contesta Russo—. Si te preocupara algo me lo dirías, ¿verdad?

Las palabras están ahí, pero se quedan atoradas en la garganta.

Todo cambia en ese instante.

Sus antiguos sacerdotes le explicaron que hay pecados por comisión y pecados por omisión, que lo que te arrebata el alma no siempre son las cosas que haces, sino las que no haces. A veces, lo que abre la puerta a la traición no es la mentira que cuentas, sino la verdad que callas.

—¿A qué te refieres?

Malone se siente fatal. Delante tiene al único hombre con el que debería poder hablar, pero es incapaz. No puede contarle que ahora es un soplón. A menos que Phil esté tanteando el terreno; quizás haya empezado a dar credibilidad a Gloria Torres.

Porque es cierto.

Confía en tu compañero, se dice Malone.

Siempre puedes confiar en tu compañero.

Sí, pero ¿puede confiar Russo en él?

Un movimiento en el aparcamiento llama la atención de Malone. Al mirar, ve a Caitlin bajándose de un Honda CR-V. Luego se asoma a la ventanilla para despedirse, va hacia el puesto de comida y se pone de puntillas para besar a su madre en la mejilla.

Russo se percata, pero es que Russo se percata de todo.

—¿Lo echas de menos?

—Cada puñetero día.

—Eso tiene arreglo, ya sabes.

—Joder, ¿tú también? —pregunta Malone.

—Era un decir.

—Ya es tarde —afirma Malone—. Y tampoco es lo que quiero.

—Y una mierda no lo quieres —contesta Russo—. Mira, puedes seguir haciendo lo que te plazca al margen de tu familia, pero mantén el centro en el centro.

—Bendígame, padre, porque he pecado.

—*Va fangul.*

—Cuida ese lenguaje, se acerca mi hija.

Caitlin sube las gradas. Malone extiende el brazo para ayudarla a mantener el equilibrio y ella lo abraza.

—Hola, papá.

—Hola, cariño. —Malone le da un beso en la mejilla—. Saluda a tu tío Phil.

—Hola, tío Phil.

—¿Eres Caitlin? —pregunta Russo—. Pensaba que eras Ariana Grande.

La niña sonríe.

—¿Qué hay de nuevo, cariño? —pregunta Malone.

—Hoy he dormido en casa de Jordan.

—¿Lo has pasado bien?

—Sí.

Caitlin les cuenta lo divertido que ha sido hacer cosas de chicas y luego pregunta a Malone si irá a visitarlos otra vez y cuándo podrá volver a dormir en su casa. Entonces divisa a un par de amigas junto a la valla situada detrás del *home* y Malone le dice:

—No pasa nada, Cait. Puedes ir con ellas.

—Pero te despedirás, ¿verdad?

—Claro.

Malone la observa mientras se aleja y luego coge el teléfono y busca el número de Palumbo en la pantalla de marcación rápida.

—Pásame con Joe, por favor —dice Malone.

—Está atendiendo otra llamada.

—Está en el lavabo cascándosela —replica Malone—. Que se ponga.

Palumbo coge el teléfono.

—¡Eh, Denny!

—«Eh, Denny» mis cojones —replica Malone—. ¿Qué coño pasa, Joe? ¿Mi mujer te llama tres veces y no te presentas? ¿A qué viene eso?

—He estado ocupado.

—¿Ah, sí? —dice Malone—. Pues la próxima vez que te requisen un camión por acumulación de multas, yo también lo estaré.

—Denny, ¿cómo puedo compensarte?

—Cuando te llame mi mujer, hazle caso. —Cuelga el teléfono—. Puto gilipollas.

—¿No te encanta cuando aparece esa gente y nunca llevan las herramientas adecuadas? —dice Russo—. Meten un camión en tu casa y no tienen la herramienta que necesitan para hacer su trabajo. Donna no se anda con rodeos. Una vez le dijo a Palumbo: «Te extendería un cheque, pero no tengo el bolígrafo adecuado». El tío captó el mensaje.

—Sheila no es así.

—Si quieres cobrarle a una italiana, tienes que hacer tu trabajo —dice Russo.

—¿Seguimos hablando de fontanería?

—Más o menos.

—¿Cómo están tus hijos?

—Los dos chavales son unos capullos —afirma Russo.

—Bueno, ahora ya podrás pagarles la universidad.

—Pues casi.

—Eso está bien, ¿eh? —dice Malone.

—¿Solo bien?

Saben lo que han hecho y por qué.

Si voy a la cárcel, piensa Malone, mis hijos se sentirán mal porque su padre es un delincuente. Pero se sentirán mal en la universidad.

Aunque no iré a la cárcel.

El partido se alarga una eternidad. Es una batalla defensiva con un marcador corto de 15 a 13, piensa Malone sarcásticamente, y el equipo de John se alza ganador. Malone baja a hablar con él.

—Has jugado bien.

—Me han eliminado.

—Te han eliminado bateando, que es lo importante —dice Malone—. ¿Y cuántos *outs* has hecho en el campo? Son tan buenos como los *runs*, John.

393

El niño sonríe.

—Gracias por venir.

—¿Hablas en serio? No me lo perdería por nada del mundo. ¿Irás a Pizza Hut con los del equipo?

—A Pinkberry —dice John—. Es más sano.

—Supongo que eso está bien.

—Supongo. ¿Quieres venir?

—Tengo que volver a la ciudad.

—A atrapar a los malos.

—Eso mismo.

Malone lo abraza, pero no le da un beso para no avergonzarlo. Se despide de Caitlin y va a ver a Sheila.

—Al final no has venido.

—Marjorie no se ha presentado —dice Sheila—. Seguramente está demasiado resacosa.

Russo está esperándolo en el aparcamiento.

—¿Hace falta que hablemos un poco más?

—¿De qué?

—De ti —dice Russo—. No soy idiota. Últimamente no eres tú..., estás distraído, de mal humor. Has desaparecido a horas extrañas. Si a eso le sumamos lo que hay detrás del suicidio de Torres...

—¿Quieres decirme algo, Phil?

—¿Quieres decirme algo tú, Denny?

—¿Por ejemplo?

—Por ejemplo que es verdad —responde Russo. Y añade al cabo de un minuto—: A lo mejor estás bloqueado. A veces pasa. A lo mejor has visto una salida. Lo entiendo, tienes mujer, hijos...

A Malone le duele la cabeza.

Se le quiebra como una piedra en una hoguera.

—No fui yo —dice Malone.

—De acuerdo.

—No fui yo.

—Sí, ya te he oído.

Pero su mirada deja entrever ciertas dudas.

—Gracias por encargarte de eso —dice.

—Vete a la mierda.

En Staten Island, eso es una muestra de afecto.

23

Un sábado a última hora de la tarde Malone tiene una idea bastante aproximada de dónde encontrar a Lou Savino.

Las viejas cafeterías italianas donde a Lou le gustaba tomar café al aire libre, como a Tony Soprano, ya no existen, así que entra en Starbucks, pide un *espresso* y se sienta en la pequeña terraza vallada de la calle Ciento diecisiete.

Es patético, piensa Malone. Ahí está Lou, con su chándal de idiota, sentado con uno de sus soldados, un don nadie llamado Mike Sciollo, y estirando el cuello para ver los culos que pasan.

Pero no le subestimes, se dice. Ya lo hiciste ayer noche y pudo costarte la vida. A Lou Savino no lo nombraron capo por tonto. El hijo de puta es inteligente y despiadado, piensa Malone al entrar.

Incluso los hijos de puta inteligentes y despiadados tienen que mear. Savino vive en Yonkers, así que irá al lavabo antes de volver al coche. Y, en efecto, Malone lo ve levantarse y calcula el tiempo necesario para abordarlo cuando entre en el baño y se disponga a cerrar la puerta.

Malone mete el pie dentro, la abre y la cierra de nuevo con brusquedad.

—Denny —dice Savino—, iba a llamarte.

Apenas hay espacio ahí dentro.

—¿Ibas a llamarme? —pregunta Malone—. ¿Ibas a llamarme antes de entregarme a Castillo?

—Eran negocios, Denny.

—No me vengas con gilipolleces —dice Malone—. Tú y yo también tenemos negocios. Deberías haberme avisado, Lou. Me diste tu palabra de que sacarías ese caballo de mi territorio.

—Tienes razón, en serio —responde Savino—. Pero te equivocaste cargándote a Pena y lo sabes, Denny. Deberías haberle dejado marchar.

—¿Dónde puedo encontrar a Castillo?

—Es mejor que no lo encuentres. Quiere cortarte la puta cabeza.

—Le reduciré yo la suya y me la meteré en el bolsillo para que su boca de listillo me lama los huevos permanentemente —dice Malone—. ¿Dónde está, Lou?

Savino se echa a reír.

—¿Qué piensas hacer? ¿Pegarme con la pistola como si fuera un delincuente de los tuyos? Venga.

Savino mira por encima del hombro de Malone, como si esperara que Sciollo llame a la puerta para preguntarle si está bien.

—Hemos oído rumores sobre ti. La gente está muy preocupada.

Malone sabe que por «gente» se refiere a Stevie Bruno. Y le «preocupa» que yo sea un soplón, porque tengo mucho que contar sobre la *borgata* Cimino.

—Pues dile a esa gente que no tiene nada de que preocuparse.

—Intercedí por ti —dice Savino—. Soy responsable de lo que hagas. Me matarán a mí también. Me han invitado a una reunión. Ya sabes lo que significa eso.

—Yo de ti no iría.

—Ya, bueno, a ti también te han invitado, gilipollas —responde Savino—. Mañana a las doce y media en La Luna. La asistencia no es opcional. Ven solo.

397

«¿Y te llevarás un balazo en la nuca?». O algo peor, piensa Malone. Una cuchillada en la columna, un cable alrededor de la garganta y la polla metida en la boca.

—Paso.

—Mira —dice Savino—, intercederé por ti si me cubres las espaldas con lo de la heroína.

—¿No se lo contaste a Bruno?

—Supongo que se me pasó por alto. Ese cabrón avaricioso me habría pedido el veinte por ciento de la operación. Si nos cubrimos las espaldas el uno al otro, podremos salir vivos de esa reunión, Denny.

—De acuerdo.

—Nos vemos a mediodía.

Sciollo llama a la puerta.

—¿Te has ahogado ahí dentro, Lou?

—¡Lárgate de aquí, joder! —Mira a Malone—. ¿Crees que puedes enfrentarte al mundo entero?

Sí, lo creo, piensa Malone.

Al puto mundo entero si es necesario.

Camino del centro, tiene la repentina sensación de no poder respirar.

Como si el coche se le viniera encima.

Joder, como si se le viniera encima el mundo entero: Castillo y los dominicanos, los Cimino, los federales, Asuntos Internos, el cuerpo de policía, el Ayuntamiento y sabe Dios quién más. Nota una presión en el pecho y cree estar sufriendo un infarto. Detiene el coche, abre la guantera, saca una pastilla de Xanax y se la toma.

Tú no eres así, piensa.

¿Qué coño es esto? ¿Un ataque de ansiedad?

Tú no eres así.

Eres el puto Denny Malone.

Pone el motor en marcha y enfila Broadway. Pero sabe

que le vigilan. Desde las aceras, desde las ventanas, desde los edificios, desde los coches. Ojos de tez negra, de tez marrón. Ojos longevos, ojos jóvenes, ojos tristes, ojos enfurecidos, ojos acusadores, ojos de yonqui, ojos de delincuente, ojos de niño.

Hay miradas clavadas en él.

Va a casa de Claudette.

Ha consumido.

No es un colocón de los que se te cae la cabeza hacia atrás, sino de los de bailar al son de la música. Suena Cécile McLorin Salvant o algo así. Claudette abre la puerta y se aleja bailando y haciéndole señas con los dedos.

Sonriendo como si el mundo fuera un cuenco de nata.

—Venga, cariño, no seas soso. Baila conmigo.

—Vas colocada.

—Es verdad —responde Claudette, que se vuelve hacia él—. Voy colocada. ¿Quieres acompañarme aquí arriba, cariño?

—Estoy bien así.

Y nunca mejorará, piensa. Y ella tampoco. Pero tú no puedes estar siempre aquí y el caballo sí.

El caballo que acabas de poner tú mismo en la calle.

Claudette cruza el salón y lo rodea con los brazos.

—Venga, cariño, quiero que bailes conmigo. ¿No te apetece bailar?

El problema es que sí.

Empieza a balancearse con ella.

Siente su calor.

Podría quedarse así para siempre, pero no bailan mucho rato, porque la heroína está haciendo efecto y Claudette empieza a cabecear. Pero, mientras lo hace, murmura:

—No me cogiste el teléfono.

Existe esa vieja expresión, «estar loco por alguien». Y yo lo estoy, piensa, estoy loco por esta mujer. Es una locura amarla, es una locura seguir con ella, pero lo hago y seguiré haciéndolo.

Amor loco.

La lleva a la cama.

24

El domingo llega como siempre le ocurre a Malone: acompañado de un leve desasosiego de infancia por no ir a misa.

Más que dormir ha dormitado, y al desvelarse pensaba en Claudette.

Prepara dos cafés, vuelve al dormitorio y la despierta. Al abrir los ojos, tarda uno o dos segundos en reconocerlo.

—Buenos días, cariño.

Claudette sonríe.

Es una sonrisa serena de mañana dominical que dice: «Podemos quedarnos en la cama».

—Ayer noche... —dice Malone.

—Fue bonito, cariño —responde ella—. Gracias otra vez.

No recuerda una mierda. Pero lo hará cuando vuelva en sí de veras y empiece a notar el mono.

Debería quedarse con ella y lo sabe.

Pero...

—Tengo que ir a trabajar —dice.

—Es domingo.

—Vuelve a dormir.

—Creo que sí —responde Claudette.

La Luna es un local a la antigua usanza, piensa Malone.

Es la clase de lugar que Savino visualiza en sus sueños húmedos. Está en pleno Village. Me quieren lejos de mi territorio.

Y los Cimino tienen gente aquí.

Debería haber llamado a Russo, y puede que a Monty también, haberles pedido que le cubrieran las espaldas.

Pero han convocado la reunión porque es un chivato.

O'Dell era una opción.

Eso debería haber hecho, pero pensó: a la mierda.

Sciollo sale a recibirlo a la puerta.

—Tengo que cachearte, Denny.

—Llevo una nueve milímetros en la cintura —anuncia Malone—. Y una Beretta atrás.

—Gracias. —Sciollo le requisa las armas—. Te las devolveré al salir.

Claro, piensa Malone. Si es que salgo.

Sciollo busca un posible micrófono y lo acompaña hasta una mesa situada en la parte trasera. El local está prácticamente vacío. Hay varios hombres en la barra y una pareja dándose el lote.

Savino está sentado con Stevie Bruno, que desentona allí vestido de L. L. Bean de la cabeza a los pies: camisa de cuadros, chaleco, pantalones de pana marrones y Dockers. A su lado hay una bolsa de lona. Está bebiendo té y parece malhumorado. El padrino del extrarradio le ha obligado a venir a la mugrienta ciudad.

Va acompañado de cuatro hombres, que pueden verlos pero no oír la conversación.

Bruno indica a Malone que tome asiento y Sciollo se aposenta en una silla al borde de la mesa.

Le han bloqueado el paso.

—Denny Malone, Stevie Bruno —dice Savino, que sonríe nervioso, tenso.

—De los dos que están formando una familia junto a la barra, ¿cuál es el sicario: el chico o la chica? —dice Malone.

—Tú has visto muchas películas —responde Bruno.

—Solo quiero ver unas cuantas más.

—¿Te apetece tomar algo, Denny? —pregunta Savino.

—No, gracias.

—Siendo irlandés, será la primera vez. No lo había visto nunca.

—¿Me has traído aquí para gastarme bromitas?

—No es broma —asegura Bruno—. Todo el mundo dice que eres un soplón de los federales.

A los mafiosos, la policía no les importa demasiado, pero detestan a los federales, a quienes ven como fascistas y perseguidores que van a por cualquiera cuyo apellido termine en vocal. Odian especialmente a los federales italianos y a los chivatos que informan a los federales.

Malone entiende esa distinción: un policía infiltrado que interpreta un papel no es un soplón. Un policía corrupto que ha hecho negocios con ellos y luego se va de la lengua sí lo es.

—¿Y tú te lo crees? —pregunta.

—No quiero creérmelo —dice Savino—. Dinos que no es cierto.

—No es cierto.

—Últimas palabras de un moribundo a su mujer —observa Bruno—. Yo sí me lo creo.

—Los federales nos tenían a mí y a Torres —explica Malone—. No sé cómo. Lo único que puedo aseguraros es que yo no llevaba micrófono.

—Entonces, ¿por qué razón interrogaron a Torres y a ti no? —pregunta Bruno.

—No lo sé.

—Peor me lo pones.

—Torres no conocía mi relación con tu familia —replica Malone—. No lo he mencionado jamás, de modo que es imposible que aparezcáis en una grabación en la que estemos los dos.

—Pero, si los federales te interrogan, te preguntarán por todo —dice Bruno.

Savino mira a Malone con ansiedad. Malone sabe lo que está pensando, lo que no quiere que diga: «Si fuese un soplón de los federales, Savino ya habría sido condenado a treinta años o cadena perpetua por posesión de heroína y estaría traicionándote mientras hablamos».

En lugar de eso, pregunta:

—¿Cuánto dinero he ganado para la *borgata* Cimino? ¿Cuántas bolsas de dinero he llevado a fiscales, jueces y funcionarios municipales para licitaciones públicas? ¿Cuántos años lo he hecho sin que hubiera problemas?

—No lo sé —responde Bruno—. Yo estaba en Lewisburg. Joder, Savino, di algo.

Pero Savino no abre la boca.

—¿Quince años no significan nada? —pregunta Malone.

—Significan mucho —dice Bruno—, pero yo no te conozco, porque me pasé la mayoría del tiempo encerrado.

Malone se queda mirando a Savino, que finalmente dice:

—Es buena gente, Stevie.

—¿Te jugarías la vida por él? —pregunta Bruno clavándole una mirada letal—. Porque es lo que estás haciendo.

Savino tarda un segundo en responder.

Es un segundo eterno.

—Lo haría, Stevie —dice—. Respondo por él.

Bruno asimila el mensaje y añade:

—¿Qué les contarás a los federales?

—Nada.

—Pueden caerte de cuatro a ocho años.

—Más bien serán cuatro —dice Malone—. Vosotros no permitáis que esos negros me den por el culo, ¿de acuerdo?

—Los tipos legales no se agachan —observa Bruno.

—Yo soy un tipo legal —replica Malone.

—El problema es que a ti pueden caerte cuatro años —dice Bruno—, pero, si me pillan a mí por una tontería como verter basuras, moriré en el talego. Así que, ahora mismo, la gran pregunta es si puedo correr ese riesgo. Si eres un soplón, di la verdad. Será rápido e indoloro y me aseguraré de que tu mujer reciba su sobre. De lo contrario..., si tengo que sacarte la verdad..., será desagradable y tu chica se quedará sola.

Malone nota la ira elevándose en su interior como agua hirviendo y no puede apagar la llama. Y sabe que están poniéndolo a prueba, ofreciéndole una salida igual que harían un par de polis en la sala de interrogatorios.

Un solo atisbo de fragilidad y es hombre muerto.

Así que decide cambiar de táctica.

—No me amenaces nunca —responde Malone—. No amenaces nunca a mi dinero. No amenaces nunca a mi mujer.

—Tranquilízate, Denny —pide Savino.

—Solo queremos la verdad —añade Bruno.

—Ya os he dicho la verdad.

—De acuerdo —dice Bruno, que mete la mano en el bolso, saca unos documentos y los deja encima de la mesa—. ¿Qué hay de cierto en esto, tipo legal?

Malone ve su 302.

Entonces agarra a Sciollo del pelo, le golpea la cara contra la mesa y le da una patada a la silla. Luego se lleva la mano a la bota, saca el cuchillo SOG, sujeta la cabeza a Savino y se lo pone en el cuello.

Dos hombres, uno de ellos el que estaba besando a la chica, sacan una pistola.

—Le cortaré el cuello al puto italiano —dice Malone.

—Dejadle marchar —protesta Savino.

Todos miran a Bruno, que asiente.

Podría matar a todos los allí presentes, pero no le conviene provocar un baño de sangre que acabaría en la portada del *Post*.

Malone se lleva a Savino, aún con el cuchillo en la garganta, y se dirige a la puerta utilizándolo como escudo.

—Si queréis que me ponga en plan O. J. con él, amenazad otra vez a mi mujer —advierte Malone—. Vamos, nombradla una sola vez.

—Está muerto de todos modos —responde Bruno—. Y tú también. Disfruta de tu último día en la Tierra, soplón de mierda.

Malone busca a tientas la manija de la puerta, empuja a Savino al suelo y echa a correr hacia su coche.

—¡Tenía mi 302! —grita Malone.

—De acuerdo —dice O'Dell, pero está nervioso.

—Me dijisteis que era seguro —dice Malone caminando de un lado para otro—. En una caja fuerte..., solo la gente que está en esta sala...

—Cálmese —dice Paz—. Está vivo.

—¡No será gracias a usted! —exclama Malone—. ¡Tienen mi 302! ¡Tienen pruebas! ¡Están tan empecinados en hacer daño a policías corruptos que no se dan cuenta de que también los hay en su equipo!

—Eso no lo sabemos —responde O'Dell.

—Entonces, ¿de dónde lo sacaron? —dice Malone—. ¡Porque yo no se lo di!

—Tenemos un problema —interviene Weintraub.

—¡No me jodas!

Malone da un puñetazo a la pared.

Weintraub está repasando el 302.

—¿Dónde pone aquí algo sobre usted y los Cimino?

—No lo pone —dice Malone.

—Divulgación total —tercia Paz—. Ese era el acuerdo.

Entonces cae en la cuenta.

—Dios mío..., Sheila...

—Tenemos agentes en camino —dice O'Dell.

—A la mierda —contesta Malone—. Iré yo mismo.

Va hacia la puerta.

—No se mueva —le exhorta Paz.

—¿Va a impedírmelo usted?

—Si es necesario... —responde ella—. Hay dos miembros del cuerpo de alguaciles en el pasillo. Usted no va a ninguna parte. Utilice el sentido común. Stevie Bruno no va mandar a alguien a Staten Island a hacerle algo a su mujer a estas horas de la tarde. Está intentando evitar la cárcel, no acabar en ella. Tenemos tiempo.

—Quiero ver a mi familia.

—Si nos hubiera contado esto, habría llevado micrófono a esa reunión y ahora tendríamos a Bruno entre rejas. En fin, lo hecho, hecho está. Le perdonamos. Pero ahora tiene que explicarnos qué hacía con los Cimino.

Malone no responde. Se sienta y apoya la cabeza entre las manos.

—La única manera que tiene de proteger a su familia es metiendo a Bruno en la cárcel. Deme algo con lo que pueda conseguir una orden judicial —dice Paz.

—No lo conocía de nada.

—Sí, sí lo conocía —replica Paz.

Malone levanta la cabeza y ve en sus ojos que está más que dispuesta a que cometa perjurio e incluso insistirá en ello.

O'Dell mira hacia otro lado.

Weintraub está removiendo papeles.

—Los incluiremos a su familia y a usted en el programa de protección de testigos —dice Paz—. Si presta declaración...

—Y una mierda.

—No hay alternativa. No tiene elección.

—Déjenme salir de aquí —dice Malone—. Me encargaré yo mismo de Bruno.

—¿Saben qué? —dice Paz—. Traigan a los alguaciles y que le pongan las esposas. Estoy harta de este imbécil.

—¿Y qué pasará con mi familia? —pregunta Malone.

—¡Están solos! —grita Paz—. ¿Se cree que me manda Servicios Sociales? ¡Es usted quien ha puesto en peligro a sus seres queridos! ¡Es responsabilidad suya, no mía! Cómpreles un rottweiler, una alarma, yo que sé.

—Mala puta —le espeta Malone.

—¿Por qué no están aquí los alguaciles? —pregunta Paz.

—Son ustedes mucho más corruptos de lo que nunca me he considerado a mí mismo —afirma Malone.

En la sala se hace el silencio. No hay respuesta.

—De acuerdo —añade—. Pongan la grabadora en marcha.

Empezó a colaborar con la mafia como lo hacen casi todos los policías: aceptando un pequeño sobre por hacer la vista gorda con el juego ilegal.

Nada importante, cien aquí, otros cien allá.

Conoció a Lou Savino cuando el capo era un hombre de la calle que acababa de obtener un ascenso. Un día se le acercó en Harlem y le preguntó si quería ganar dinero.

Sí, Malone quería ganar dinero.

Habían acusado injustamente a uno de los hombres de Savino. El tipo tan solo estaba protegiendo a su hermana de un cerdo que la había pegado, pero un puto testigo lo veía de otra manera. Quizá Malone podía echar un vistazo al expediente, averiguar el nombre y la dirección del testigo y ahorrarle a la ciudad las costas de un juicio y a todos los demás un montón de problemas.

No, Malone no quería verse implicado en una paliza a un testigo, o puede que incluso un asesinato.

Savino se echó a reír. Nadie estaba hablando de eso. Ellos solo querían costear al testigo unas bonitas vacaciones y tal vez un coche.

¿Un coche?, preguntó Malone. Debió de ser una buena paliza.

No, pero el hombre de Savino estaba en libertad condicional, así que los cargos por agresión provocarían que diera con sus huesos en la cárcel otros diez años. ¿A eso le llamas «justicia»? Eso no es justicia. Si te hace sentir mejor, puedes entregar tú mismo el sobre, asegurarte de que nadie salga herido. Tú te embolsas algo y todos contentos.

A Malone le daba miedo hablar con el agente que había practicado la detención, pero no tenía motivos. Fue fácil. Cien por consultar el expediente. Podía volver cuando quisiera. Y el testigo estuvo encantado de irse a Orlando y llevar a los niños a Disneyworld. Todo el mundo salió ganando, excepto el tío al que le partieron la mandíbula, pero había pegado a una mujer; se lo merecía.

Se había hecho justicia.

Malone impartió más justicia en nombre de los Cimino y más tarde Savino le propuso otra cosa. Trabajaba en Harlem, ¿verdad? Correcto. Conocía el barrio, a la gente. Claro. Entonces conocía a un sacerdote *ditzune* que tenía una iglesia en la Ciento treinta y siete con Lenox.

¿El reverendo Cornelius Hampton?

Todo el mundo lo conocía.

Estaba liderando una protesta en una obra que no había contratado a trabajadores pertenecientes a minorías sociales.

Savino entregó a Malone un sobre y le pidió que se lo llevara a Hampton. El reverendo no quería dejarse ver con italianos.

Malone preguntó si era para poner fin a la protesta.

No, irlandés de los cojones. Es para que siga con ella. Es un doble juego: el reverendo organiza una protesta y las obras se paran. El contratista acude a nosotros para que le demos protección. Nosotros nos llevamos un porcentaje del proyecto y la protesta termina.

Nosotros ganamos, el reverendo gana y el contratista gana.

Así que Malone fue a la iglesia y encontró allí al reverendo, que aceptó el sobre como si se lo hubiera llevado UPS.

No dijo ni mu.

Ni aquella vez, ni la siguiente, ni la siguiente.

—El reverendo Cornelius Hampton —dice ahora Weintraub—. Un activista por los derechos humanos, un hombre del pueblo.

—¿Habló usted con Steven Bruno sobre esto? —pregunta Paz—. ¿Contactó con usted alguna vez?

—Creo que estaba bajo su custodia en ese momento —responde Malone.

—Pero usted pensaba que Savino seguía instrucciones suyas —responde Paz.

—Habladurías —dice Weintraub.

—No estamos en el juzgado, letrado —responde Paz.

—Sí, tenía entendido que Savino era un agente de Bruno —dice Malone.

—¿Se lo dijo Savino?

—Sí, varias veces.

Lo cual, como todos sabemos, es mentira, piensa Malone.

Pero es la mentira que quieren oír.

Malone continúa.

Los siguientes sobornos en nombre de los Cimino llegaron un par de años después, cuando Bruno ya había salido de Lewisburg.

Malone quiso saber quiénes eran.

Savino volvió a reírse.

Autoridades municipales, de las que otorgan concesiones.

—Apague la grabadora —indica Paz.

Weintraub la apaga.

—¿Ha dicho «autoridades municipales»? —pregunta Paz—. ¿Se refiere al Ayuntamiento?

—A la alcaldía —dice Malone—. El auditor, la Oficina de Negocios... Si quiere poner en marcha la cinta, puedo repetirlo.

Se la queda mirando.

—Acaba de enterarse, ¿eh? —añade Malone—. A lo mejor es algo que no quiere saber.

—Yo sí quiero —tercia O'Dell.

—Cállese, John.

—No me mande callar —replica O'Dell—. Tiene a un testigo creíble que asegura que algunas autoridades municipales reciben pagos de la familia Cimino. Puede que el Distrito Sur no quiera saberlo, pero el FBI está muy interesado.

—Ídem —dice Weintraub.

—¿«Ídem»?

—Esta puerta la abrió usted, Isobel —prosigue Weintraub—. Tenemos derecho a cruzarla.

—Pues adelante —dice Paz. Se inclina, vuelve a poner en marcha la grabadora y mira a Malone para indicarle que hable—. Denos nombres.

Paz está entre la espada y la pared y Malone lo sabe.

Les da nombres.

—Madre de Dios —dice Weintraub—. Por no utilizar otra expresión.

—Sí —responde Malone—, he construido un montón de casas en Westchester. Residencias en Nantucket, vacaciones en las Bahamas...

Se queda mirando a Paz.

Ambos saben que con eso basta para acabar con la administración y destruir carreras y aspiraciones profesionales, incluidas las de Paz. Pero ahora no tiene elección y debe tragar.

—¿Qué miembro de la familia Cimino se reunió con usted para planear esos sobornos?

—Lou Savino —dice mirándola fijamente. Espera un segundo y apostilla—: Y Steven Bruno.

—¿Se reunió personalmente con el señor Bruno?

—En varias ocasiones.

Malone se inventa fechas y lugares creíbles.

—Hablando claro: ¿me está diciendo que Steven Bruno le dio dinero en varias ocasiones y le pidió que se lo entregara a autoridades municipales con el fin de amañar concursos de licitación? —pregunta Paz.

—Es justamente lo que estoy diciendo, sí.

—Esto es increíble —dice Weintraub.

—Quizá literalmente —remacha Paz.

Paz es escoria, piensa Malone. Intenta jugar a dos bandas, mantener sus opciones hasta que conozca sus cartas, ver hacia dónde sopla el viento.

Weintraub se percata e intenta acorralarla.

—¿Insinúa que no lo considera creíble?

—Insinúo que no lo sé —contesta—. Malone es un mentiroso consumado.

—¿De verdad quiere abrir esa puerta? —pregunta Weintraub.

—Quiero ver a mi familia —dice Malone.

—Todavía no —responde Paz—. ¿De eso se trata, sargento Malone? ¿De obstrucción a la justicia? ¿De sobornar a funcionarios públicos?

—Eso es —afirma Malone.

No voy a hablarte de la vinculación con las drogas.

Ni de Pena.

Ahora mismo son entre cuatro y ocho años.

Lo de Pena me llevaría al corredor de la muerte.

—Acaba de confesar varios delitos no incluidos en nuestro acuerdo original, que, por supuesto, ahora mismo es nulo.

Malone casi puede oler el cerebro de Paz ardiendo. Está haciendo un esfuerzo titánico.

—¿Van a arrestarme o no?

—Ahora no —responde Paz—. Todavía no. Quiero consultarlo con mis compañeros.

—Consultarlo —dice Malone—. A lo mejor puede consultar lo del soplón que se les ha colado.

—La calle no es un lugar seguro para usted —dice O'Dell.

Malone suelta una carcajada.

—¿Ahora les preocupa eso? Me han disparado, me han apuñalado, he bajado centenares de escaleras, he entrado en callejones, he cruzado mil puertas sin saber qué había al otro lado, ¿y ahora se preocupan por mí, después de que casi me maten por su culpa? Que les den por culo a todos.

Malone se va.

—Nos los cepillamos a todos ahora mismo —dice Russo—. A Bruno, a Savino, a Sciollo y a todos los putos Cimino si es necesario.

—No podemos hacer eso —responde Malone.

Están en el «nido».

—Ya se ha corrido la voz —dice Monty—. Denny Malone tuvo un enfrentamiento armado con tres mafiosos en uno de los locales que frecuentan. Es solo cuestión de tiempo que Asuntos Internos te pregunte qué pintabas allí.

—¿Crees que no lo sé, joder?

—¿Por qué querían reunirse contigo? —pregunta Monty.

—Llegó a sus oídos el bulo de Torres —dice Malone—. Supongo que se lo creyeron, no lo sé.

—¿Por qué no nos llamaste para que te cubriéramos las espaldas? —pregunta Russo.

—Pensaba que podía ocuparme yo mismo —responde Malone—. Y lo hice.

—Si hubiéramos estado allí, no habría habido enfrentamiento —afirma Monty—. Ni ruido en la calle, ni Asuntos Internos. Esto, sumado a lo de Torres...

—De hecho, luego estuviste desaparecido durante tres horas —dice Monty—. Teniendo en cuenta los rumores de la gente de Torres...

—¿Qué insinúas, Monty?

—Simplemente que me faltan menos de sesenta días para dejar el cuerpo de policía. Cogeré a mi familia y me iré de la ciudad, y no permitiré que nada ni nadie me lo impida. Así que, si hay algo de lo que debamos ocuparnos, Denny, hagámoslo.

Malone sube a su coche.

Le rodean el cuello con un alambre.

El alambre tira hacia atrás.

En un acto reflejo, Malone agarra el alambre, pero le aprieta demasiado y no puede arrancárselo o tan siquiera deslizar los dedos por debajo para intentar respirar. Trata de alcanzar la pistola que ha dejado en el asiento del acompañante, pero no puede asir la culata y la suelta.

Malone intenta dar un codazo al atacante, pero no puede girarse lo suficiente para hacer palanca. Le duelen los pulmones, está perdiendo el conocimiento y empieza a notar espasmos en las piernas. La poca conciencia que le queda le dice que está muriéndose, y en su mente una voz empieza a cantar una oración de infancia:

Dios mío, siento de corazón haberte ofendido.

Y aborrezco todos mis pecados...

Oye gorgoteos.

El dolor en la garganta es insoportable.

Y aborrezco todos mis pecados...

Y aborrezco todos mis pecados...

todos mis pecados...

mis pecados...

pecados...

Y entonces muere y no ve una luz blanca cegadora, sino oscuridad. No se oye música, solo gritos, y ve a Russo y se pregunta si Phil también está muerto. Dicen que ves a todos tus seres queridos en el cielo, pero él no ve ni a Liam ni a su padre, tan solo a Russo agarrándolo del hombro y arrastrándolo al duro asfalto de la calle. Y luego tose, tiene náuseas y escupe mientras Russo le ayuda a levantarse y lo lleva a otro coche. Después Malone está en el asiento del acompañante y Russo al volante. Está donde debe estar, en la tierra de los vivos y no en la de los muertos, y el coche arranca.

—Mi coche —farfulla Malone.

—Lo tiene Monty —dice Russo—. Viene siguiéndonos.

—¿Dónde vamos?

—A algún lugar donde podamos mantener una conversación en privado con el copiloto.

Entran en la autopista del West Side y pasan junto a Fort Washington Park, cerca del puente George Washington.

Al bajarse del coche, a Malone le flaquean las piernas. Ve a Monty sacar al hombre y dejarlo en un tramo de hierba situado entre dos ramas del paseo del río Hudson.

Tambaleándose, Malone lo mira fijamente.

El hombre está semiinconsciente a causa de los golpes. Al parecer le han pegado con la culata de un revólver del 38 y tiene sangre seca en el pelo. Debe de rondar los treinta y cinco años de edad y tiene el cabello oscuro y la piel aceitunada. Podría ser italiano, puertorriqueño o, mierda, dominicano.

Malone le propina una patada en las costillas.

—¿Quién eres?

El hombre sacude la cabeza.

—¿Quién te envía? —insiste Malone.

El hombre vuelve a sacudir la cabeza.

Monty lo agarra de un brazo y le pone la mano entre el coche y la puerta.

—Te han hecho una pregunta.

Monty cierra la puerta de una patada.

El hombre grita.

Monty abre la puerta y lo arrastra.

Tiene los dedos destrozados, señalando en todas direcciones, y los huesos le asoman a través de la piel. Se agarra la muñeca con la otra mano, vuelve a chillar y mira a Monty.

—Ahora vamos a por la otra mano —le dice—. O nos cuentas quién eres y quién te envía.

—Los trinitarios.

—¿Por qué?

—No lo sé —responde—. Simplemente me dijeron... que me quedara en el coche... si salías...

—¿Qué? —pregunta Malone.

—Tenía que matarte. Llevarles tu cabeza. Para Castillo.

—¿Dónde está Castillo ahora mismo? —pregunta Russo.

—No lo sé —dice el hombre—. Yo no lo he visto. Solo recibí órdenes.

—Pon la otra mano en la puerta —le indica Monty.

—Por favor...

Monty saca el revólver del 38 y le apunta a la cabeza.

—Pon la otra mano en la puerta.

Entre lágrimas, el hombre obedece.

Está temblando de la cabeza a los pies.

—¿Dónde está Castillo? —pregunta Monty.

—Tengo familia.

—¿Y yo no? —dice Malone—. ¿Dónde está?

Monty amaga con dar una patada a la puerta.

—¡En Park Terrace! ¡En el ático!

—¿Qué hacemos con este tío? —pregunta Monty.

—El Hudson está ahí mismo —contesta Russo.

—No, por favor.

Russo se agacha.

—Has intentado matar a un policía de Nueva York, cortarle la cabeza. ¿Qué coño crees que vamos a hacer contigo?

El hombre gimotea y se agarra la mano. Dándose por vencido, adopta una posición fetal y empieza a cantar.

—Barón Samedi...

—¿Qué farfulla? —pregunta Russo.

—Está rezándole al Barón Samedi —aclara Monty—. Es el dios de la muerte en el vudú dominicano.

—Buena elección —dice Russo, que saca su arma personal—. Se acabó. ¿Necesitas una gallina o algo así? Estás muerto.

—No —dice Malone.

—¿No?

—Ya tenemos a Pena en nuestro historial —explica Malone—. No necesitamos otro homicidio del que preocuparnos.

—Tiene razón —dice Monty—. Dudo que nuestro amigo vaya a pasearse por ahí soltando más garrotazos.

—Si lo dejamos vivo, mandaremos un mensaje equivocado —afirma Russo.

—Estoy empezando a perder interés en los mensajes —replica Malone, que se agacha detrás del aspirante a asesino—. Vuelve a República Dominicana. Si vuelvo a verte por Nueva York, te mato.

Se montan en los coches y ponen rumbo a Inwood.

Park Terrace Gardens es una fortaleza.

Los edificios de apartamentos se elevan sobre una colina situada cerca de la punta de la península, que constituye el extremo norte de Manhattan, los confines del reino de Malone.

La península está definida al oeste por el río Hudson y al norte y al este por el estuario de Spuyten Duyvil, que separa Manhattan del Bronx. Tres puentes cruzan el Spuyten Duyvil: un puente ferroviario que bordea el río, el puente Henry Hudson y, más al este, donde el estuario se curva hacia el sur, el puente de Broadway.

«Los Jardines», como lo denominan los residentes, es un complejo de cinco edificios de piedra gris y ocho plantas construido en 1940 y situado en una manzana arbolada entre la Doscientos quince Oeste y la Doscientos diecisiete Oeste.

Al sur se encuentran la Northeastern Academy y el pequeño Isham Park. Al oeste, Inwood Hill Park, este mucho más extenso, separa los Jardines de la Ruta 9 y el río. Al norte de los Jardines, una zona residencial situada al otro lado del estuario alberga varios edificios públicos: un complejo deportivo de la Universidad de Columbia, un estadio de fútbol y una sucursal del Hospital Presbiteriano de Nueva York.

Al noreste se extiende el Muscota Marsh Park.

La panorámica desde lo más alto de los Jardines es espectacular: el perfil de Manhattan, el Hudson, los robles en las pendientes de Inwood Hill, el puente de Broadway. Puedes ver a gran distancia.

Puedes ver a alguien acercándose.

El equipo recorre Broadway, la arteria central de Inwood, en dos coches. Una pequeña calle secundaria lleva a Park Terrace East y se dirigen hacia el norte por la Doscientos diecisiete, se detienen y contemplan el edificio en cuya cara norte tiene Castillo su ático.

Eso confirma lo que Malone ya sabía.

Aquí no pueden acercarse a Castillo.

El traficante de heroína, el hombre que ordenó la decapitación de un policía de Nueva York, no cuenta con la protección de las torres de piedra o del foso que las rodea, sino con la protección de la ley. Esto no son unas viviendas sociales, un edificio de apartamentos corriente o un gueto. Existe una junta y una asociación de propietarios y tiene página web propia. Y, por encima de todo, allí viven blancos adinerados, así que no puedes entrar y sacar a Castillo a rastras. Los residentes de los Jardines, respetuosos con la ley y el orden, llamarían al alcalde, al Ayuntamiento o al comisario a los cinco segundos para protestar por unas tácticas propias de la guardia de asalto.

Para entrar ahí necesitan una orden judicial que no obtendrán.

Y sé sincero, se dice Malone, no puedes obtener una orden judicial, porque eres corrupto. Lo último que puedes hacer es detener a Carlos Castillo, y él lo sabe. Así que puede quedarse sentado en su fortaleza, vender su heroína y organizar tu asesinato.

Acéptalo.

¿Qué jugada tienes en mente?

Tarde o temprano, Castillo pondrá el caballo oscuro en la calle. Lo supervisará personalmente. Es su trabajo.

Cuando lo haga, podrás cazarlo.

Tienes que ser paciente.

Ahora retírate, somete a Castillo a vigilancia y espera movimientos. Ponte en contacto con Carter y facilítale el paradero de Castillo.

Juega las cartas que tienes, no te preocupes por las que no tienes. Una pareja de jotas es tan buena como una escalera de color si sabes gestionarla. Y lo que llevas es mejor que una pareja de jotas.

Russo saca los prismáticos y escruta la terraza del ático.

—¿Qué estamos buscando? —pregunta Levin.

Sigue molesto porque irrumpieron en su casa a las dos de la madrugada.

—No te lo tomes como algo personal —le dijo Russo—. Teníamos que comprobar si estabas limpio.

—Comprobar si estaba sucio, querrás decir.

—¿Qué cojones has dicho? —preguntó Malone.

Levin fue lo bastante inteligente como para mantener la boca cerrada y se limitó a responder:

—Amy se cabreó bastante.

—¿Te preguntó por el dinero? —dijo Russo.

—Claro.

—¿Y qué contestaste? —preguntó Monty.

—Que se metiera en sus asuntos.

—Nuestro chico se hace mayor —comentó Russo—. Ahora tienes que casarte con ella para que no pueda testificar.

—Donaré ese dinero a la beneficencia —repuso Levin.

Ahora Malone le dice:

—Este es el piso franco de Carlos Castillo. Vamos a vigilarlo.

—¿Con micrófonos?

—Todavía no —aclara Malone—. De momento, vigilancia visual.

—Mira —dice Russo, que tiende los prismáticos a Malone.

Malone ve a Castillo saliendo a disfrutar del sol con una taza de café matinal.

El rey contemplando su reino.

Todavía no, piensa Malone.

Todavía no es tu reino, hijo de puta.

25

—La cagué —dice Claudette.

Malone en parte no quería cruzar la puerta por miedo a lo que pudiera encontrarse.

Pero tenía que comprobar cómo estaba.

Se lo debe.

Y la ama.

Ahora está sumida en esa fase de remordimiento que Malone ha visto cien veces. Lo siente (ambos saben que es así), no volverá a hacerlo (ambos saben que lo hará). Pero está agotado de la hostia.

—Claudette, no puedo hacer esto ahora mismo. Lo siento, pero no puedo.

Claudette ve la marca en el cuello de Malone.

—¿Qué te ha pasado?

—Han intentado matarme.

—Eso no tiene gracia.

—Necesito una ducha para aclararme las ideas.

Va al lavabo, se desnuda y se mete en la ducha.

Le duele todo el cuerpo.

Malone se frota la piel hasta que escuece. No puede arrancarse los verdugones, no puede arrancarse la suciedad que nota en la piel, en el alma. Cuando su padre volvía de la comisaría, iba directo a la ducha. Ahora entiende por qué.

La calle te persigue.

Se te cuela por los poros y luego pasa a la sangre.

¿Y tu alma? ¿También le vas a echar la culpa a la calle?

En parte, sí.

Llevas respirando corrupción desde que te pusiste la placa, piensa Malone. Igual que respiraste la muerte aquel día de septiembre. La corrupción no solo está en el aire de la ciudad, sino en el ADN. En el tuyo también.

Sí, échale la culpa a la ciudad, échale la culpa a Nueva York.

Échale la culpa a la policía.

Es demasiado fácil. Así no tienes que formular la pregunta incómoda.

¿Cómo has llegado hasta aquí?

Como llegas a cualquier otro sitio.

Paso a paso.

Cuando le advirtieron en la academia sobre el callejón sin salida se lo tomó a broma. «Una taza de café o un sándwich llevan a otras cosas». No, tú pensabas que una taza de café era una taza de café y un sándwich, un sándwich. Los propietarios de los restaurantes estaban agradecidos por tus servicios, por tu presencia.

¿Qué daño hacías?

Ninguno en realidad.

Y ahora tampoco.

Entonces llegó el 11-S.

Por favor, no le eches la culpa a eso. No has caído tan bajo como para achacarlo a eso, ¿verdad? Un hermano muerto, veintisiete compañeros muertos, una madre destrozada, un corazón roto, el hedor a cadáveres quemados, ceniza y polvo.

No le eches la culpa a eso, colega.

Échale la culpa a que nunca podrás volver a visitar la tumba de Liam.

Todo empezó cuando eras un agente de paisano.

Tú y Russo entrasteis en un almacén de drogas, los delincuentes huyeron y allí estaba el dinero, en el puto suelo. No era mucho, un par de los grandes, pero aun así tenías hipoteca, pañales que pagar, o quizá te apetecía llevar a tu mujer a cenar a algún sitio medio decente.

Russo y tú os mirasteis y cogiste el dinero.

Nunca dijisteis nada.

Pero cruzasteis una línea.

No sabíais que había otras.

Al principio eran oportunidades que se os brindaban: dinero que dejaban los traficantes que habían huido, billetes u obsequios que os ofrecía una madame para que mirarais hacia otro lado, un sobre de un corredor de apuestas. No lo buscabais. No cazabais, recolectabais, pero, si estaba ahí, lo cogíais.

Porque ¿qué daño podía hacer? La gente seguirá jugando, seguirá teniendo sexo. Y, vale, a veces llegabais a una vivienda o un establecimiento donde se había cometido un robo y os llevabais algo que el ladrón había dejado allí. Nadie salía perjudicado, excepto las compañías de seguros, que son más ladronas que nadie.

Te pasas el día en los juzgados. Ves cómo la incompetencia, la ineficacia y, sí, joder, la corrupción dejan en libertad a tíos que llegaron a los tribunales porque tú te jugaste la vida. Los ves marcharse tan contentos, riéndose en tu cara, y un día se te acerca un abogado defensor fuera de los juzgados y te dice que, al fin y al cabo, trabajáis en el mismo sistema, que podéis haceros favores mutuos, y te entrega una tarjeta y asegura que te llevarás tu parte si le mandas clientes.

¿Y por qué no? El acusado tendrá un abogado de todos modos y en este sistema todo el mundo cobra. ¿Por qué no vas a embolsarte tú algo de lo que ofrece? Y, si quiere que le lleves un sobre a un fiscal cooperador para que absuelvan a un tío al que absolverán de todos modos, estás arrebatándole aún más dinero al traficante.

Te has aprovechado del delito. No has cometido delitos para aprovecharte. Y entonces...

Era un laboratorio de crack en la Ciento veintitrés con Adam Clayton Powell. Acataste las normas, orden de registro y todo lo demás, y el traficante no huyó. Se quedó allí sentado tranquilamente y dijo:

—Cógelo. Yo me largo, tú te largas, y los dos tendremos menos problemas.

Y ahora no estamos hablando de uno o dos mil dólares. Estamos hablando de cincuenta mil, estamos hablando de cifras serias, de un dinero que guardas para que tus hijos puedan ir a la universidad. Como si el traficante no fuera a contratar a un Gerry Burger e irse de rositas igualmente. Al menos le has castigado, joder, le has costado dinero, le has puesto una multa. ¿Por qué ha de acabar en las arcas del estado y no en tu bolsillo, donde servirá para algo de provecho?

Así que le dejas marchar.

Te sientes mal por ello, pero no tanto como creías, porque llegaste paso a paso. ¿Por qué tienen que ganar dinero los abogados, el sistema judicial, las cárceles?

Te saltas todo el proceso e impartes justicia allí mismo.

Como hacen los reyes.

Pero había una línea que todavía no habías cruzado. Ni siquiera te diste cuenta de que te dirigías a ella.

Te dijiste a ti mismo que tú eras distinto, pero sabías que te estabas mintiendo. Y sabías que te estabas mintiendo cuando te dijiste a ti mismo que era la última línea que cruzarías, porque sabías que no lo era.

Antes mentías sobre las órdenes judiciales para practicar detenciones honradas, para apartar droga y delincuentes de las calles. Pero llegó un momento en que mentías sobre las órdenes judiciales para practicar detenciones que te permitieran embolsarte algo.

Sabías que harías la transición de carroñero a cazador.

Te convertiste en un depredador.

En un delincuente de los pies a la cabeza.

Te decías que aquello era distinto porque robabas a los traficantes y no a los bancos.

Te decías que nunca matarías a nadie para sacar tajada.

La última mentira, la última línea.

Porque ¿qué cojones ibas a hacer cuando entrabas en un laboratorio y sus ocupantes tenían intención de abrir fuego? Dejar que te mataran o acabar con ellos. ¿Y luego se suponía que no debías llevarte el dinero ni la droga solo porque había muerto esa chusma?

Te llevabas el dinero manchado de sangre. Literalmente.

Y te llevabas la droga.

Y dejabas que te llamaran «héroe».

Y casi te lo creías.

Y ahora eres traficante.

Igual que la escoria a la que querías combatir cuando ingresaste en el cuerpo de policía.

Ahora estás desnudo y no puedes borrar la marca de Judas de tu cuerpo o de tu alma, y sabes que Diego Pena no sacó la pistola para dispararte, sabes que lo mataste y punto.

Eres un criminal.

Un delincuente.

La puerta de la ducha se abre y entra Claudette. Se sitúa debajo del chorro con él y le desliza el dedo por la cicatriz ya casi inapreciable de la pierna y por la marca reciente del cuello.

—Te han hecho mucho daño —dice.

—Soy indestructible —responde Malone rodeándola entre sus brazos.

El agua se mezcla con las lágrimas sobre su suave piel marrón.

—La vida intenta matarnos —dice Claudette.

La vida, piensa Malone, intenta matar a todo el mundo.

Y siempre lo consigue.

A veces antes de que mueras.

Sale de la ducha y se viste. Cuando sale Claudette, le dice:

—No podré venir en una temporada.

—¿Porque vuelvo a consumir?

—No, no es por eso.

—Vas a volver con tu mujer, ¿verdad? —dice—. Con la pelirroja irlandesa, la madre de tus hijos de Staten Island. No pasa nada, cariño. Es donde debes estar.

—Yo decidiré dónde debo estar, Dette.

—Creo que ya lo has hecho.

—Que yo esté aquí no es seguro —dice Malone—. Van a por mí.

—Estoy dispuesta a correr ese riesgo.

—Yo no.

Se ciñe la Sig Sauer al cinturón.

La Beretta 8000D en una funda que lleva en el tobillo.

Una Glock de nueve milímetros en la funda sobaquera.

Después se pone una camiseta negra talla XL y se mete el cuchillo SOG en la bota.

Claudette lo está mirando fijamente.

—Dios mío, ¿quién va a por ti?

—La ciudad de Nueva York —responde Malone.

26

Ned Chandler vive en Barrow Street, al oeste de Bedford.

Entreabre la puerta unos centímetros y ve la placa. Y después ya no ve nada, porque la puerta se abre del todo y Denny Malone lo empuja al sofá y le apunta a la sien con la pistola.

—Hijo de puta —le dice.

—¿Qué? ¿Qué? Tranquilo.

—Paz es la chica del alcalde, ¿verdad? —pregunta—. Es quien lidera el ataque contra el cuerpo de policía.

—Si quieres expresarlo así —dice Chandler—. Malone, joder, ¿puedes bajar la pistola?

—No, no puedo, porque hay gente que quiere matarme. Le hablo a Paz de los sobornos en el Ayuntamiento y al cabo de una hora alguien me pasa un cable por la garganta. Era uno de los hombres de Castillo, pero Castillo es socio de los Cimino y los Cimino son socios del Ayuntamiento...

—Yo no diría «socios» precisamente.

—¡Yo mismo entregué los putos sobres! —dice Malone, que hunde un poco más el cañón en la sien de Chandler—. ¿Quién filtró mi 302?

—No lo sé.

—¿Crees en Dios, Ned?

—No. No lo sé...

—No conoces las respuestas, ¿verdad?

—Exacto.

—Pues, si quieres conocerlas, vuelve a decirme que no lo sabes. ¿Quién filtró el 302?

—Paz.

Malone le aparta la pistola de la cabeza.

—Habla.

—No hacíamos un seguimiento de su investigación —dice Chandler—. Si hubieras acudido antes a nosotros, podríamos haberla cerrado o al menos haberla reorientado, Malone. Cuando descubrimos que eras tú, supimos que iba a ser un... problema.

—Un problema del que creíais que se ocuparían los Cimino por vosotros.

Chandler no responde. No es necesario.

—Y, como fallaron —dice Malone—, lo intentó Castillo.

—Eso fue responsabilidad suya. Mataste a uno de su familia, ¿no? —dice Chandler.

—Y estabais todos allí aplaudiendo cuando lo hice.

Pero no lo saben, piensa Malone. No saben lo del robo. No saben que sus colegas, esos gilipollas de la familia Cimino, entregaron cincuenta kilos de caballo a los dominicanos.

Todavía hay escapatoria.

—Denunciaste los sobornos a los federales —dice Chandler—. No solo delante de Paz, sino del FBI, de Weintraub... Has puesto a ciertas personas en un buen aprieto.

—Si estoy muerto y no puedo testificar, no.

Chandler se encoge de hombros. Eso es cierto.

—¿De quién se trata? —pregunta Malone—. ¿Quién va a por mí?

—Todo el mundo —dice Chandler.

De acuerdo, piensa Malone: Castillo, los Cimino, el equipo de Torres, Sykes, Asuntos Internos, los federales..., el Ayuntamiento.

Sí, podríamos decir que todo el mundo.

—No tiene por qué ser así —continúa Malone—. Me ocuparé de Castillo y de los Cimino si me organizas una reunión con ciertas personas.

—No sé si podré hacerlo —responde Chandler—. No te ofendas, Malone, pero eres veneno.

—Venga, sé que puedes hacerlo. Mira, Neddy, yo no tengo nada que perder, así que no dudaré en meterte dos balazos en la puta cabeza.

Chandler coge el teléfono.

A la calle Cincuenta y siete la llaman «el paseo de los Multimillonarios».

Un portero acompaña a Malone al ascensor privado que conduce al ático del edificio One 57 y le abre la puerta Bryce Anderson en persona.

—Sargento Malone, pase, por favor —le dice.

Malone entra en un salón con grandes ventanales cuya panorámica justifica el precio de cien millones de dólares. Desde allí se divisa todo Central Park, con el West Side a la izquierda y el East Side a la derecha. Estas son las vistas de las que disfruta la gente rica, piensa Malone, la ciudad extendiéndose a sus pies.

La pared del fondo está ocupada por un acuario de agua salada con su propio arrecife de coral.

—Gracias por recibirme tan temprano —dice Malone.

—No me gusta que el sol me encuentre durmiendo —responde Anderson. Su aspecto se ajusta al de un magnate inmobiliario: alto, rubio, nariz aguileña y ojos penetrantes—. Chandler me comentó que esta no era exactamente una visita social. ¿Le apetece un café?

—No.

Anderson se sitúa junto a la ventana con el amanecer neoyorquino de fondo.

Es un acto deliberado.

Está mostrándole su reino.

—¿Deberíamos cachearnos, sargento, o podemos hacer esto como caballeros? —pregunta Anderson.

—No llevo micrófono.

—Yo tampoco. ¿Y bien?

—He entregado muchos sobres para la familia Cimino —dice Malone—, muchos de los cuales llegaron hasta aquí.

—Es posible —responde Anderson—. Mire, agente, si he aceptado algún sobre, contenía una miseria. Los he aceptado para conseguir que se hicieran cosas, que se construyeran cosas, y esa era la única manera. Mire ahí..., ese edificio..., y ese..., y ese otro. ¿Sabe cuántos puestos de trabajo han supuesto? ¿Cuántos negocios? ¿Turismo? No es usted un ingenuo. Ya sabe lo que hace falta para reconstruir una ciudad. ¿Quiere volver a los malos tiempos, al desempleo, a las pipas de crack que parecían conchas marinas cuando las pisaba?

—Yo solo quiero sobrevivir.

—¿Y qué cree que hará falta para que eso ocurra? —pregunta Anderson—. Sigue teniendo problemas con al menos dos organizaciones criminales que quieren verle muerto. Malone, parece que hace usted enemigos igual que Lays hace patatas.

—Gajes del oficio —dice Malone—. Puedo ocuparme de los narcos y los mafiosos, pero el gobierno federal me viene grande. Y el Ayuntamiento también. Cuando aúnan fuerzas... Usted va a por el comisario y el cuerpo de policía. Yo soy un policía que actúa en solitario.

—Usted es un policía entrometido —afirma Anderson—. Y ahora ha puesto al Ayuntamiento y a otras personas muy poderosas, yo incluido, en el punto de mira.

—No tiene por qué ser así.

—¿En qué sentido?

—Cerrar una investigación federal sería mucho más fácil que matarme —dice Malone.

—Aparentemente —responde Anderson—. Y, si se cerrara esa investigación, ¿la gente que reconstruyó esta ciudad tendría motivos para preocuparse?

—¿Cree que me importa una mierda quién se llene los bolsillos en esta ciudad, quién salga elegido alcalde o gobernador? Para mí son todos iguales.

—¿De noche todos los gatos son pardos? —dice Anderson—. En todo caso, ¿por qué íbamos a confiar en usted, Malone?

—¿Cómo está su hija?

—¿Qué significa eso? —pregunta, pero es un hombre inteligente y no tarda en sacar conclusiones—. Claro, fue usted. Está bien, gracias. Y se lo agradezco de veras. Estudia en Bennington. Está en el cuadro de honor.

—Me alegro.

—Conque se trata de un chantaje... —dice Anderson—. ¿Tiene una copia de la cinta pornográfica y la hará pública a menos que consiga que se cierre la investigación?

—Yo no soy como usted —replica Malone—. Nunca he visto la cinta y, por supuesto, no tengo una copia. A lo mejor por eso no tengo una casa como esta. A lo mejor por eso soy solo un burro que se mata a trabajar en la ciudad que usted reconstruyó. Esto no es ningún chantaje. Es usted lo bastante inteligente como para hacer lo que más le convenga. Pero se lo advierto: si alguien viene a por mí, a por mi familia o a por mis compañeros, volveré y la próxima vez acabaré con usted.

Malone se acerca a la ventana.

—Esta puta ciudad es preciosa, ¿verdad? Antes la amaba como si fuera mi vida.

Isobel Paz sale a correr a primera hora de la mañana cerca del estanque de Central Park.

Malone la sigue.

Paz lleva el pelo recogido en una larga coleta.

—Isobel —le dice—, imagino que nunca ha recibido un disparo por la espalda. Yo tampoco, pero lo he visto unas cuantas veces y no es agradable. Tiene pinta de doler. Así que, si se da la vuelta, se pone a gritar o hace el mínimo movimiento, le meto una bala en el riñón. ¿Me cree?

—Sí.

—Filtró usted mi 302 a los Cimino. No se moleste en negarlo. Ya lo sé y tampoco es que me importe mucho.

—¿Y ahora va a matarme?

Paz intenta hacerse la dura, pero está asustada. Le tiembla la voz.

—Solo pringarán unos cuantos abogados y policías de poca monta, ¿verdad? —dice Malone—. Los del fondo fiduciario salen airosos. Si un policía acepta un soborno, es un delincuente. Si lo hace un funcionario municipal, es normal.

—¿Qué quiere?

—Ya tengo lo que quiero. El tío con vistas al parque ha aceptado. Solo he venido a informarle de cómo se hará. Se retirarán todos los cargos contra mí. No iré a la cárcel. Abandonaré el cuerpo de policía y me iré.

—No podemos incluirle en el programa a menos que testifique —dice Paz.

—No quiero el programa. Sé cuidar de mí y de mi familia.

—¿Cómo?

—Usted no se preocupe por eso. Tiene razón: no es su problema —responde Malone.

—¿Qué más?

—Mis compañeros conservarán su puesto de trabajo, su placa y su pensión.

—¿Está diciéndome que sus compañeros están involucrados?

—Estoy diciéndole que, si intenta hacerles daño, le echaré encima a toda la ciudad. Pero no creo que ciertas personas lo permitan.

Paz se detiene y se vuelve hacia Malone.

—Lo subestimé.

—Sí, claro que lo hizo —afirma Malone—. Pero no le guardo rencor.

Malone da media vuelta y va a matar a Lou Savino.

El coche de Savino no está aparcado a la entrada de su casa en Scarsdale.

Malone vigila el lugar unos minutos y vuelve al apartamento de la amante de Savino, situado en un segundo piso sin ascensor en la calle Ciento trece.

Se mete la pistola de nueve milímetros en la parte trasera del pantalón y llama al timbre.

Oye pasos y una voz de mujer.

—Lou, ¿has vuelto a perder la llave?

Malone sostiene la placa delante de la mirilla.

—¿Señora Grinelli? Policía de Nueva York. Me gustaría hablar con usted.

La mujer abre la puerta con la cadena puesta.

—¿Es Lou? ¿Está bien?

—¿Cuándo lo vio por última vez?

—Dios mío. —Entonces recuerda quién es, dónde vive—. Yo no hablo con la policía.

—¿Está dentro, señorita Grinelli?

—No.

—¿Puedo pasar a comprobarlo? —pregunta Malone.

—¿Trae una orden judicial?

Malone abre de una patada y entra. La amante de Savino se lleva las manos a la cara.

—¡Estoy sangrando, gilipollas!

Malone cruza el salón con la pistola en ristre y busca en el baño, el dormitorio, el vestidor y la cocina. La ventana de la habitación está cerrada. Vuelve al salón.

—¿Cuándo vio a Lou por última vez?

—Que le follen.

Malone le apunta a la cara.

—Esto va en serio. ¿Cuándo lo vio por última vez?

Está temblando.

—Hace un par de días. Vino a echar un polvo y se fue. Supuestamente tenía que venir ayer noche, pero no apareció. Ni siquiera llamó, el cabrón. Y ahora esto. Por favor..., no dispare..., por favor...

Mike Sciollo está llegando a casa.

Ha sacado las llaves del bolsillo de los vaqueros y se dispone a abrir la puerta del edificio cuando Malone le golpea en la cabeza con la culata de la pistola y lo empuja al interior del pequeño vestíbulo.

Después lo empotra contra los buzones y le apunta a la oreja con la pistola.

—¿Dónde está tu jefe?

—No lo sé.

—Di buenas noches, Mike.

—¡No lo he visto!

—¿Desde cuándo?

—Desde esta mañana —dice Sciollo—. Hemos tomado un café y hemos hablado y no he vuelto a verlo desde entonces.

—¿Le has llamado?

—No lo coge.

—¿Me estás diciendo la verdad, Mike? —pregunta Malone—. ¿O estás ayudando a Lou a esconderse? Si me mientes, tus vecinos encontrarán trozos tuyos en las facturas de la luz.

—No sé dónde está.

—Entonces, ¿qué haces todavía en la calle? —pregunta Malone—. Si Bruno se ha cargado a Lou, tú eres el siguiente en la lista de especies en peligro de extinción.

—Solo he venido a recoger unas cosas —dice Sciollo—. Luego me iré.

—Si vuelvo a verte, Mikey, daré por hecho que tienes intenciones hostiles y actuaré en consecuencia. *Capisce?* —dice Malone.

Empuja a Sciollo contra la pared y vuelve al coche.

Lou Savino no va a volver, piensa Malone de camino al norte de la ciudad. Está en el río o en un vertedero. Encontrarán su coche en el aeropuerto, como si hubiera huido a algún sitio, pero nunca ha salido de Nueva York y nunca lo hará.

Bruno enterrará el 302.

Paz enterrará el resto.

Anderson procurará que sea así.

Yo me encargaré de Castillo.

Se va a casa a dormir un rato.

Se acabó.

Has ganado.

27

Está durmiendo a pierna suelta cuando se abre la puerta.

Unas manos presionan su cara contra la pared.

Otras manos le arrebatan sus armas.

Le retuercen los brazos hacia atrás y lo esposan.

—Está usted detenido —dice O'Dell—. Actividad ilícita, soborno, extorsión, obstrucción a la justicia...

Malone se siente confuso, desorientado.

—¡Se equivoca, O'Dell! Hable con Paz.

—Paz ya no está al mando —responde—. De hecho, ha sido acusada formalmente. Y Anderson también. Ha sido una buena jugada, Malone. Buen intento. También está detenido por posesión de narcóticos con intención de traficar, conspiración para vender o distribuir narcóticos y robo a mano armada.

—¿De qué cojones está hablando?

O'Dell lo agarra y le da la vuelta.

—Savino se ha entregado, Denny —dice O'Dell—. Se ha ido de la lengua. Nos ha contado lo de Pena y lo del caballo que robaron y le vendieron a él.

—Quiero un abogado.

—Lo llamaremos nosotros mismos —responde O'Dell—. ¿Quién es?

—Gerard Berger —dice Malone.

Puede que exista Dios, piensa.

Y puede que exista el infierno.

Pero, desde luego, el Conejito de Pascua no.

TERCERA PARTE

4 DE JULIO, ESTA VEZ EL FUEGO

Enviaré, pues, fuego sobre la muralla de Tiro,
y consumirá sus palacios.

Amós 1, 10

Let freedom ring, let the white dove sing,
Let the whole world know that today
Is a day of reckoning.*

GRETCHEN PETERS,
Independence Day

* «Que resuene la libertad, que cante la paloma blanca, / que el mundo entero sepa que hoy / es el Día del Juicio». (*N. del t.*)

28

Gerard Berger entrecruza los dedos, apoya las manos sobre la mesa y dice:

—De las miles de llamadas telefónicas que podían despertarme esta mañana, reconozco que la que menos me esperaba era la suya.

Se encuentran en una sala de interrogatorios de las oficinas del FBI en Federal Plaza.

—Entonces, ¿por qué ha venido? —pregunta Malone.

—Viniendo de quien viene, lo consideraré una muestra de gratitud —dice Berger—. Y, por responder a su pregunta, supongo que sentía curiosidad. No me sorprende, cuidado. Sabía que sus tendencias más desafortunadas acabarían hundiéndolo en agua hirviendo, pero me extraña que me haya llamado precisamente a mí para que le eche un cable.

—Necesito al mejor —dice Malone.

—Dios, lo que le habrá costado decir eso —responde Berger con una sonrisa en los labios—. Lo cual nos lleva al primer tema sustancioso: ¿tiene dinero para costearse mis honorarios? Esta pregunta es fundamental. Sin una respuesta satisfactoria, no cruzaremos juntos la puerta.

—¿Cuánto cobra? —dice Malone.

—Mil dólares la hora.

Mil la hora, piensa Malone. Un policía raso gana treinta.

—Si salgo hoy mismo de aquí —dice Malone—, puedo pagarle sus primeras cincuenta horas en efectivo.

—¿Y después?

—Puedo conseguir otros doscientos mil.

—Es un comienzo —dice Berger—. Tiene usted casa, coche y quizás una historia lo bastante interesante para que alguien escriba un libro o un guion cinematográfico. De acuerdo, sargento Malone. Ya tiene abogado.

—¿Quiere que le explique lo que he hecho? —pregunta Malone.

—No, por el amor de Dios —contesta Berger—. No me interesa para nada lo que haya hecho. Eso es del todo irrelevante. Lo único que importa es si pueden demostrar lo que hizo o si al menos creen que pueden demostrarlo. ¿Cuáles son los cargos?

Malone le expone lo que le dijo O'Dell, una retahíla de acusaciones de corrupción y múltiples cargos por perjurio, ahora sumados a hurto mayor y tráfico de narcóticos.

—¿Esto guarda relación con el asunto de Diego Pena?

—¿Le supone algún conflicto de intereses?

—En absoluto —dice Berger—. Pena ya no es cliente mío. De hecho, está muerto, como bien sabe.

—Cree que lo maté yo...

—Es que lo mató —responde Berger—. La cuestión es si cometió un homicidio, y lo que yo crea no importa. Tampoco importa si usted lo mató, y no estoy preguntándole si lo hizo, por cierto, así que cierre el pico. De momento no lo han acusado de homicidio. De hecho, no lo han acusado de nada, simplemente lo han detenido. ¿Invitamos a entrar a esos caballeros y vemos qué tienen?

O'Dell y Weintraub entran y toman asiento.

—Creía que era usted un hombre decente —dice Weintraub a Malone—. Un buen policía que se vio envuelto en algo y no supo cómo salir. Ahora sé que no es más que un traficante.

—Si ya ha aireado sus frustraciones personales y sus críticas hacia mi cliente, ¿podemos proceder a asuntos más relevantes? —pregunta Berger.

—Por supuesto —dice O'Dell—. Su cliente vendió cincuenta kilos de heroína a Carlos Castillo.

—¿Y cómo lo sabe?

—Por un testigo confidencial —dice Weintraub—. Louis Savino.

—¿Lou Savino? —pregunta Berger—. ¿El delincuente y mafioso declarado? ¿Hablamos de ese Lou Savino?

—Nosotros le creemos —dice O'Dell.

—¿Y a quién le importa lo que ustedes crean? —pregunta Berger—. Aquí lo único que importa es lo que crea un jurado, y, cuando haga subir a Savino al estrado y le interrogue acerca de su pasado y del acuerdo que sin duda le habrán ofrecido para que testifique, es muy probable que ese jurado otorgue más credibilidad a la palabra de un héroe de la policía que a la de un mafioso.

»Si lo único que tienen es una historia fabulosa que les ha contado un traficante que no quiere pasar el resto de su vida en la cárcel y cuyas fichas policiales utilizaré para empapelar la sala del tribunal, les aconsejo que pongan inmediatamente en libertad a mi cliente y le pidan disculpas.

Weintraub se inclina hacia delante, pulsa el botón de la grabadora y Malone oye a Savino decir:

SAVINO: Ya me cubriré yo las espaldas. ¿Cuánto quieres por la mercancía?
MALONE: Estaríamos hablando de cien mil dólares el kilo.

Weintraub para la cinta y mira a Berger.

—Juraría que ese es su cliente.

Pulsa de nuevo la tecla de inicio.

SAVINO: ¿En qué puto mundo vives? Puedo conseguir caballo por sesenta y cinco o setenta.

MALONE: Caballo oscuro, no. Y con una pureza del sesenta por ciento, tampoco. El precio de mercado es de cien.

SAVINO: Eso si puedes ir directamente al minorista. Y no puedes. Por eso me llamaste a mí. Puedo ofrecerte setenta y cinco.

—La pasaremos adelante, ¿les parece? —dice Weintraub.

Malone se oye a sí mismo:

MALONE: Esto parece *Shark Tank*. De acuerdo, Míster Wonderful, que sean noventa el kilo.

SAVINO: ¿Quieres que me apoye en una lápida y me das por el culo? A lo mejor podría subir hasta ochenta.

MALONE: Ochenta y siete.

SAVINO: ¿Somos judíos o qué? ¿Podemos hacer esto como caballeros? ¿Ochenta y cinco? Ochenta y cinco mil el kilo por cincuenta son cuatro millones doscientos cincuenta mil dólares. Eso es mucha mercancía.

El hijo de puta llevaba micrófono. Mintió en todo momento, puede que incluso desde Nochebuena, cuando estuvo rajando de sus jefes por lo delgado que era su sobre. Estaba cavando un túnel por si necesitaba huir.

Sigue oyéndose en la grabación:

MALONE: Y otra cosa: no vendas esto en el norte de Manhattan. Llévalo al norte del estado, a Nueva Inglaterra. Aquí no.

Weintraub para la cinta.

—¿Aquí pretendía hacer gala de sus virtudes ciudadanas, Malone? ¿Se supone que debemos estarle agradecido?

Vuelve a ponerla en marcha.

savino: Menuda pieza estás hecho. A ti te da igual que haya adictos siempre que no sean tus adictos.

malone: ¿Sí o no?

savino: Trato hecho.

—Es inadmisible —dice Berger, que parece aburrirse.

—Eso podríamos debatirlo —responde Weintraub. Luego mira a Malone—: ¿Se jugaría la vida a que la grabación es desestimada?

—No responda —le indica Berger, que sonríe a Weintraub y O'Dell—. Lo que yo he oído, y creo que también oirá un jurado, es a un agente de policía negociando una venta de droga ficticia a un mafioso.

—¿De verdad? —dice O'Dell—. Si ese fuera el caso, Malone habría llevado micrófono. ¿Dónde está la copia de la cinta? ¿Dónde está la orden judicial? ¿Dónde está la aprobación de sus supervisores? ¿Podrá aportar algo de eso?

—De todos es sabido que el sargento Malone es una especie de disidente —dice Berger—. El jurado llegará a la conclusión de que, una vez más, ha actuado por su cuenta.

Weintraub sonríe con aires de superioridad, y Malone sabe por qué.

Si Savino grabó el encuentro en Saint John's, también grabó la venta. Como cabía esperar, Weintraub inserta otro microdisco en la máquina y se recuesta en la silla. En él, Carlos Castillo dice:

castillo: ¿Creías que no sabíamos cuántos kilos y dinero había en esa habitación?

malone: ¿Qué queréis?

castillo: Diego Pena era mi primo.

malone: ¿Pensáis cargaros a un agente de policía en Nueva York? Se os echará todo el mundo encima.

CASTILLO: Somos el cártel.

MALONE: No, el cártel somos nosotros. En mi banda hay treinta y ocho mil hombres. ¿Cuántos tiene la tuya?

—¿Cómo se tomará el jurado que un agente haya alardeado de que el Departamento de Policía de Nueva York es el cártel más grande del mundo? —pregunta O'Dell.

MALONE: Podéis comprarla si queréis.

CASTILLO: Es muy generoso por tu parte que nos ofrezcas comprar nuestro propio producto.

MALONE: Es el acuerdo que os ha conseguido este espagueti hijo de puta. De lo contrario, os lo cobraría a precio de calle.

CASTILLO: Lo robaste.

MALONE: Lo cogí, que no es lo mismo.

—Creo que ya hemos oído suficiente —dice Berger.

—Por favor, no empecemos con que era una operación encubierta —añade Weintraub—. ¿Dónde está la posterior detención de Castillo? ¿Dónde está la heroína incautada? Estoy convencido de que la tienen guardada en un almacén de custodia. Sin embargo, yo no creo que hayamos oído suficiente.

MALONE: ¿Vamos a hacer esto o no?

CASTILLO: Está todo. Cuatro millones doscientos cincuenta mil dólares.

SAVINO: ¿Quieres contarlo?

MALONE: No hace falta.

Malone escucha el resto de su conversación con Castillo y oye a Savino decir:

SAVINO: Siempre es un placer hacer negocios contigo, Denny.

La sala queda en silencio.

Malone sabe que está jodido sin remedio.

Berger pregunta:

—¿Dónde está la fiscal para el Distrito Sur? El acuerdo de declaración del agente Malone lleva su firma.

—La señorita Paz ha sido apartada del caso —dice Weintraub.

—¿Por quién?

—Por su jefe. Es decir, por el fiscal general de Estados Unidos.

—¿Puedo preguntar por qué?

—Puede hacerlo, pero no tenemos obligación de responder —dice Weintraub.

—Soy consciente de ello.

—Digamos que tuvo un conflicto de intereses. Dejémoslo ahí. La señorita Paz irá a juicio, y puede que varios empleados del Ayuntamiento y gente de su círculo también —añade Weintraub.

—Me gustaría hablar un momento a solas con mi cliente.

—Esto no es su despacho, letrado —le dice O'Dell—. No vamos a andar entrando y saliendo como si fuéramos pasantes.

—Considero que una conversación con mi cliente nos ayudaría a avanzar —insiste Berger—. Les pido cierta indulgencia.

Cuando O'Dell y Weintraub salen, Berger pregunta:

—¿Qué sabe acerca de Paz?

Malone lo pone al corriente de sus conversaciones con Chandler, Anderson y Paz.

—Paz intentó vender su acuerdo y ellos no compraron. Erró el cálculo —conjetura Berger.

Lo que ignoraba Paz, explica el abogado, es que la administración de Washington quiere cortar de cuajo las ambicio-

nes políticas del alcalde y le encantaría que estallara un escándalo de corrupción en Nueva York. Así que, cuando Paz planteó
el acuerdo para taparlo todo, Weintraub y O'Dell no tardaron
ni dos minutos en ir a por ella. Los subestimó.

—Tenía usted una buena carta —dice el abogado—. Reconozco que estoy impresionado. Pero no era lo bastante buena.

—¿Puede conseguir que las grabaciones de Savino no sean
admitidas como prueba en el juicio? —pregunta Malone.

—No —responde Berger.

—Entonces estoy jodido.

—Sí, pero se puede estar jodido en grados diversos. Quieren que usted coopere para derrocar al gobierno del alcalde,
pero ya no es tan valioso ahora que tienen a Savino. ¿Quiere
que averigüemos el valor que tiene en el mercado su posible
testimonio?

Berger sale a buscar a los dos federales.

Se sientan.

—Mi cliente ya está cooperando como testigo —empieza
Berger.

—Estaba... —dice O'Dell—. Posteriormente confesó delitos que no reveló en el acuerdo original, así que el incumpli-
miento de la cláusula de plena divulgación lo invalida.

—¿Y qué? —pregunta Berger—. Ahora está dispuesto a
confesar esos delitos anteriormente no revelados. Eso es lo
que ustedes quieren, ¿no? Escucharemos ofertas, caballeros.

—Váyase a tomar por culo —dice Weintraub—. Para eso
ya tenemos a Savino.

—Podríamos llegar a un acuerdo en lo demás —añade
O'Dell—. En lo relativo a sobornos y casos amañados. Pero
no podemos negociar nada si un policía corrupto ha puesto
en la calle cincuenta kilos de heroína.

—Ustedes ya sabían que me quedaba con alijos de droga
—tercia Malone.

—Cállese, Dennis —le espeta Berger.

—No, a la mierda con estos santurrones —dice Malone—. A la mierda todos. ¿Quieren hablar de mis delitos, de lo que he hecho? Hablemos de lo que han hecho ustedes. Son tan corruptos como yo.

O'Dell estalla. Se levanta y da un golpe a la mesa.

—¡Esta mierda tiene que acabar! No permitiré... ¿Me escucha? ¡No permitiré que la policía degenere hasta convertirse en una panda de ladrones que roban a traficantes y luego venden la mercancía en la calle! ¡Pondré fin a todo esto! Y, si eso significa que tengo que caer sobre mi propia espada, que así sea.

—Estoy de acuerdo —dice Weintraub—. Siéntese, O'Dell. Le va a dar un infarto.

O'Dell le hace caso. Está colorado y le tiemblan las manos.

—Podemos ofrecerle un único acuerdo.

—Somos todo oídos —responde Berger.

—Los días en que usted dictaba a quién delataba y a quién no, a quién perjudicaba y a quién protegía, se han acabado —dice O'Dell—. Lo queremos todo, y ahora. Todo sobre cada policía. McGivern, la Unidad Especial y, sí, Malone, quiero a sus compañeros Russo y Montague.

—Ellos no tienen...

—No me venga con sandeces —interrumpe O'Dell—. Sus compañeros participaron en la redada contra Pena. Recibieron medallas por ella. Estaban allí, y no me diga que no sabían que se llevó usted esos cincuenta kilos y que no ganaron dinero con la venta.

—Exacto —apostilla Weintraub—. Si no habla, le caerán de treinta años a cadena perpetua.

—Eso lo decidirán el juez y el jurado —dice Berger—. Llevaremos esto a juicio y ganaremos.

No, piensa Malone.

O'Dell tiene razón. Se acabó. Esto tiene que acabar.

Iré a la cárcel.

Russo cuidará de mi familia.

No es un acuerdo óptimo, pero tampoco excesivamente malo.

En cualquier caso, es todo cuanto me ofrecen.

—Ya basta —dice—. Se acabaron los interrogatorios, las negociaciones y los acuerdos. Haced lo que tengáis que hacer.

—¿Me ha llamado para defenderse usted mismo? —pregunta Berger—. No se lo aconsejo.

Malone se inclina hacia delante mirando a O'Dell.

—Le dije desde el primer día que jamás haría daño a mis compañeros. Puedo cumplir la condena.

—Seguramente —dice Weintraub—. Pero ¿y Sheila?

—¿Qué?

—¿Su mujer puede cumplirla? Podrían caerle entre diez y doce años.

—¿Por qué? —pregunta Malone.

—¿Sheila puede justificar todos sus ingresos? —dice Weintraub—. Cuando le echemos encima a los inspectores de Hacienda, ¿podrá explicar sus gastos, unos pagos con tarjeta de crédito que no podría realizar a menos que tuviera una fuente de ingresos oculta? Si entramos en su casa, ¿encontraremos sobres con dinero?

Malone mira a Berger.

—¿Pueden hacer esto?

—Me temo que sí.

—Piense en sus hijos —dice O'Dell—. Tendrán a su padre y a su madre en la cárcel. Y se quedarán sin casa, Denny, porque, si tiene un solo canalón que no pueda justificar con su salario, nos quedaremos con ella en concepto de confiscación de bienes. La casa, los coches, su cuenta de ahorro y, Denny, míreme a los ojos, me quedaré con los juguetes de sus hijos.

—Si el dinero que ha ganado traficando lo tiene escondido en algún sitio para su familia, vaya olvidándose de él —dice Weintraub—. Lo que no nos llevemos nosotros se lo llevará su abogado. Se gastará hasta el último centavo en costas y multas. Cuando salga, si es que sale, será un anciano sin un dólar a su nombre y con hijos adultos que no sabrán quién es, aparte del hombre que mandó a su madre a la cárcel.

—Los mataré.

—¿Desde Lompoc? —pregunta Weintraub—. ¿Victorville? ¿Florence? Porque es donde estará, en una prisión federal de máxima seguridad al otro lado del país. No verá nunca a sus hijos, y su mujer estará en Danbury con marimachos y bolleras.

—¿Quién criará a sus hijos? —dice O'Dell—. Sé que los Russo son sus tutores legales, pero ¿qué le parecerá al tío Phil tener que criar a los hijos de un soplón? Sobre todo cuando no tiene usted dinero para darle. ¿Les comprará ropa bonita y los mandará a la universidad? ¿Gastará dinero para llevarlos a visitar a su madre en la cárcel?

—El cabrón de Russo es un tacaño —dice Weintraub—. No se compra ni un abrigo nuevo.

—¿Cómo voy a hacerles eso a sus familias? —pregunta Malone.

—¿Está diciéndonos que quiere más a los hijos de sus compañeros que a los suyos propios? —aventura O'Dell—. ¿Que quiere más a sus mujeres que a la suya?

—Dennis, llevemos esto a juicio —tercia Berger.

—Podría funcionar —dice Weintraub—. A lo mejor juzgan a Sheila en el mismo departamento y pueden quedar los dos para comer.

—Hijo de puta.

—Vamos a salir diez minutos para que lo medite y hable con su abogado —anuncia O'Dell—. Diez minutos, Denny, ni uno más. Usted decide lo que ocurrirá a partir de entonces.

Los federales se ausentan y Malone y Berger guardan silencio. Malone se levanta y contempla el centro de la ciudad desde la ventana. El habitual ajetreo de nueva York: gente saliendo en desbandada, estafando un dólar, intentando triunfar.

—Esto es el infierno —dice Malone.

—Usted siempre ha odiado a los abogados defensores —replica Berger—. Le parecíamos la escoria de la Tierra, gente que ayuda a otra gente a eludir la justicia. Ahora ya sabe por qué existimos, Denny. Cuando el débil se ve atrapado en el sistema, si tiene una vocal al final de su apellido o, que Dios se apiade de él, si es negro o hispano o incluso policía, la maquinaria lo aplasta. La Dama de la Justicia lleva los ojos vendados porque no puede soportar ver lo que ocurre.

—¿Cree usted en el karma? —pregunta Malone.

—No.

—Hasta ahora, yo tampoco, pero empiezo a tener mis dudas... Las mentiras que he contado, las órdenes judiciales falsas..., las palizas..., los mafiosos, los negratas, los hispanos a los que he metido entre rejas. Ahora soy uno de ellos. Ahora su negrata soy yo.

—No tiene por qué serlo —dice Berger—. Me tiene a mí.

Sí, Malone sabe de buena tinta lo bueno que es Berger en los tribunales. Sabe lo que tiene en mente, pero, si esto va más allá de un gran jurado, que lo hará, ningún fiscal o juez se arriesgará a amañar el caso.

—No puedo poner en peligro a mi familia —dice Malone.

No necesitaba los diez minutos. En cuanto empezaron a hablar supo que no iba a permitir que Sheila acabara en prisión.

Un hombre debe cuidar de su familia. Fin de la historia.

—Aceptaré el acuerdo.

—Tendrá que cumplir condena —responde Berger.

—Lo sé.

—Sus compañeros también.

—Eso también lo sé.

El infierno no es no tener opción.

Es tener que elegir entre opciones horrendas.

—No puedo representar ni a Russo ni a Montague —dice Berger—. Incurriría en un conflicto de intereses.

—Hagámoslo.

Berger sale a llamar a O'Dell y Weintraub. Cuando se sientan, dice:

—El agente Malone prestará una declaración completa de sus delitos y reconocerá el tráfico de heroína. Cooperará plenamente y ejercerá de testigo contra otros agentes en activo que, según tenga en conocimiento, hayan participado en la comisión de delitos.

—Con eso no basta —dice O'Dell—. Tiene que llevar micrófono y recabar pruebas incriminatorias contra ellos.

—Se pondrá un micrófono —responde Berger—. A cambio, quiere una resolución de cooperación en la que el juez recomiende una condena de no más de doce años, que se cumplirá simultáneamente con independencia del número de cargos, sanciones que no superen los cien mil dólares y el decomiso de cualquier fondo obtenido por medio de actividades ilegales.

—En principio aceptamos —dice Weintraub—. Ya perfilaremos los detalles más adelante. La adjudicación definitiva de los cargos quedará en suspenso a la espera de la conclusión satisfactoria de la cooperación del acusado.

—Siempre y cuando el nuevo 302 de Malone no contenga falsedades u omisiones y no cometa más delitos —precisa O'Dell.

—Otra condición sería... —dice Berger.

—No están ustedes en posición de exigir nada —interrumpe O'Dell.

—Si eso fuera cierto, no estaríamos aquí —responde el abogado—. Estaríamos en un calabozo del Correccional Metropolitano. ¿Puedo continuar? La cooperación del agente Malone con respecto a sus compañeros Russo y Montague está supeditada a la garantía de que no se formularán cargos contra sus respectivas esposas. Esto es innegociable y debe quedar reflejado en una resolución aparte contrafirmada por ustedes dos y el fiscal general de Estados Unidos.

—¿No confía en nosotros, Gerry? —pregunta Weintraub.

—Yo solo quiero cerciorarme de que todo el mundo se juega algo aquí, y de que, si uno de ustedes o ambos abandonan su puesto actual, mi cliente seguirá estando protegido.

—Muy bien —dice Weintraub—. No deseamos perjudicar a las familias.

—Y, sin embargo, lo hacen a diario —replica Berger.

—¿Tenemos un acuerdo? —pregunta O'Dell.

Malone asiente.

—¿Eso es un sí? —dice Weintraub.

—Mi cliente acepta —responde Berger—. ¿Qué quieren? ¿Su sangre?

—Quiero que lo diga.

—Hablo en nombre de mi cliente.

—Pues hágale saber a su cliente que, si decide seguir los pasos de Rafael Torres para salir de esta, el acuerdo quedará invalidado —aclara Weintraub—. Su mujer no le llevará flores a la tumba hasta dentro de cinco u ocho años.

—Necesitaremos la declaración ahora mismo —insiste O'Dell.

Malone pormenoriza la redada contra Pena, el robo del dinero y la heroína y la posterior venta de droga.

No les cuenta que la muerte de Diego Pena en realidad fue una ejecución.

Malone y Berger salen juntos del edificio.

—Para eso me ha llamado —dice el abogado—. Para salir de aquí.

—¿Me acompañará cuando entre? —pregunta Malone—. Cuando me entregue en la prisión federal...

—Intentaremos que lo trasladen a Allenwood. Está a tres horas en coche. Su familia podría ir a visitarle.

Malone niega con la cabeza.

—Me meterán en un centro de máxima seguridad para «protegerme». No recibiré una sola visita en años. Además, tampoco quiero que mis hijos me vean en la cárcel, que pasen por todo eso, que tengan que verse con las familias de otros delincuentes en la sala de espera. Cuando los visitantes habituales descubran que van a ver a un policía, los acosarán y puede que incluso los amenacen.

—Para eso faltan meses, quizás años —dice Berger—. En ese tiempo pueden pasar muchas cosas.

—Voy a buscar su dinero.

—Tenemos que organizar la entrega —responde Berger—. No le beneficiaría mucho que lo vieran entrando en mi oficina.

A Malone casi se le escapa la risa.

—¿Qué suelen hacer los soplones a los que representa?

Berger le entrega una tarjeta.

—Es una tintorería. Un chistecito mío.

—¿Y qué pasa con el resto de sus honorarios? —pregunta Malone—. Contaba con lo que van a embargarme para pagar.

—Permítame serle muy claro —dice Berger—. Yo soy el primero de la cola. El gobierno federal es el último. ¿Qué pueden hacer? ¿Embargarle un dinero que no tiene?

—Pueden quedarse con mi casa.

—Se la quedarán de todos modos —afirma Berger.

—Genial.

—Y a usted ¿qué más le da? Se pasará varios años testificando, así que vivirá en una base militar. Su familia entrará en el programa de protección de testigos. Cuando salga, se reunirá con ellos. Según me han dicho, con ese dinero puede comprar una casa mucho mejor en Utah.

—Usted tiene un apartamento en la Quinta Avenida.

—Y una casa en los Hamptons y una cabaña en Jackson Hole —añade Berger—. Ahora estoy mirando una casita en Saint Thomas.

—Necesita un sitio para amarrar el barco.

—Exacto —dice Berger—. Esto es un negocio, agente. La justicia es un negocio y yo me lo he montado muy bien.

—No le haría ascos a su trabajo.

—¿Quiere saber cuál es el inconveniente? —pregunta Berger.

—Claro.

—Nadie me llama cuando las cosas van bien.

29

Una cosa es el calor y otra, el calor de Nueva York.

Un calor sofocante, sucio y fétido que hace hervir el cemento y el asfalto y convierte la ciudad en una sauna al aire libre.

El verano en la ciudad es infernal.

Malone se despertó empapado en sudor y treinta segundos después de salir de la ducha estaba transpirando de nuevo.

Se está mejor en Staten Island, sentado en el patio de Russo bebiendo una botella de Coors. Lleva vaqueros, la camisa por fuera y unas Nike negras.

Russo, enfundado en una ridícula camisa hawaiana, bermudas y sandalias con calcetines blancos, voltea las hamburguesas en la parrilla.

—Cuatro de julio. Me encanta este país.

Monty lleva una camisa guayabera blanca, chinos y sombrero azul y está fumando un gran Montecristo.

Es la barbacoa que organizan siempre los Russo para celebrar el 4 de julio el fin de semana libre más próximo a esa fecha.

Es una tradición del equipo.

La asistencia es obligatoria. Es un día para pasarlo en familia.

Mujeres, novias formales, niños.

John está en la piscina jugando a Marco Polo con los hijos de Monty y los hermanos Russo. Caitlin está maquillándose con Sophia; siente adoración por ella. Yolanda, Donna y Sheila están sentadas a la mesa del patio bebiendo sangría y hablando de cosas de chicas.

El anuncio de la inminente jubilación de Monty ha sido un tema recurrente durante la barbacoa. Yolanda está encantada de que su marido se aleje de los peligros que entraña el cuerpo de policía y de que los niños salgan de la ciudad. A Malone, verla así de feliz le rompe el corazón.

—¿Ves a esos idiotas de la piscina? —dice Monty—. Son inteligentes. Lo suficiente para ir a la universidad.

—Son negros —responde Russo—. Así que conseguirán una beca.

—Ya la tienen —dice Monty riéndose entre dientes—. La beca Pena.

Hace chocar su botellín de cerveza con el de Russo.

—La beca Pena —dice este—. Me gusta.

A Malone se le encoge el alma. Allí está, en casa de su mejor amigo, con su familia, grabando unas conversaciones que se lo arrebatarán todo.

Pero lo hace igualmente. Mira a su alrededor para asegurarse de que ni las mujeres ni los niños lo oyen y dice:

—Tenemos que hacer algo con Castillo. Si lo arrestan antes de que le echemos el guante, dirá que en el alijo de Pena faltaban cincuenta kilos de heroína.

—¿Piensas que le darán credibilidad? —pregunta Russo.

—¿Quieres correr ese riesgo? —dice Malone—. De quince a treinta años en una prisión federal. Tenemos que quitarlo de en medio.

Mira fijamente a Russo, que coge una salchicha de la parrilla y la deja en un plato.

—Como decía el inmortal Tony Soprano: «Hay gente que tiene que desaparecer».

Monty está dándole vueltas al puro para que prenda bien.

—Yo no tendría ningún miramiento en meterle dos balas en la cabeza a Castillo.

—¿Alguna vez te has sentido mal por eso? —pregunta Malone.

—¿Por lo de Pena? —dice Russo—. Me llevé el dinero de ese asesino de críos y lo invertí bien. Mis hijos tienen futuro. No arrastrarán préstamos el resto de su vida. Saldrán limpios de la universidad. Que se joda Pena. Me alegro de que lo hiciéramos.

—Coincido —dice Malone.

Los niños se acercan al borde de la piscina y piden a sus padres que vayan a jugar.

—¡Un momento!

—¡Siempre dices lo mismo!

—¿No te preocupa su densidad ósea en el agua? —pregunta Russo.

—Lo que me preocupa es su densidad cerebral —dice Monty—. Tantos chochitos jóvenes por ahí sueltos y pasan de ellos por una descarga en iTunes. Cuando me retire iré a Carolina del Norte. No quiero nietos en una buena temporada.

—Carolina del Norte es caro —responde Malone—. Yo estoy pensando en Rhode Island. ¿Qué haremos con el dinero de Pena, el del abogado y las demás mordidas? ¿Cuánto habremos ganado? ¿Un par de millones cada uno en todos estos años?

—¿Qué te pasa? ¿Ahora eres Merrill Lynch? —dice Russo.

—No sabemos cuándo volveremos a ganar algo. Puede que solo percibamos el salario y alguna hora extra —responde Malone.

—Monty —dice Russo—, Malone quiere venderte unos bonos municipales.

—Siempre supimos que esto no duraría para siempre —afirma Monty—. Todo lo bueno se acaba.

—A lo mejor ha llegado el momento de que me jubile yo también —dice Malone—. ¿Por qué arriesgarse a que te pegue un tiro un yonqui? Es un buen momento para coger las fichas y abandonar la partida ahora que estoy en racha.

—Tíos, ¿pensáis dejarme solo con Levin? —tercia Russo.

—La cerveza... Tengo que mear —dice Malone.

Donna lo acorrala en la cocina y le da un abrazo. Mueve la barbilla en dirección a Sheila, que está sentada fuera, y dice:

—Es bonito que estéis los dos juntos, la familia. Sheila me comentaba que se ha tomado unos días libres para pensar. ¿Vais a volver?

—Eso parece, ¿eh?

—Estoy orgullosa de ti, Denny —dice—. Has recuperado la cordura. Tu vida está aquí con ellos, con nosotros.

Malone va al baño y abre el grifo para que no lo oigan llorar.

La cuarta cerveza entra mejor que la tercera, y la quinta, mejor que la cuarta.

—¿Quieres frenar un poco? —le dice Sheila.

—¿Quieres no decirme lo que tengo que hacer? —replica Malone, que se dirige a la piscina, donde está celebrándose el partido anual de waterpolo entre padres e hijos.

John está pasándolo fenomenal y grita:

—¡Papá, ven a jugar!

—Ahora no, Johnny.

—¡Venga, papá!

—Tírate —dice Russo—. Nos están dando una paliza.

—Aquí estoy bien —responde Malone.

Russo también ha tomado unas cuantas cervezas y empieza a ponerse un poco hostil.

—Mueve el culo y ven aquí, Malone.

—No, gracias.

Se hace el silencio en la fiesta. Todo el mundo está mirando y las mujeres notan que la tensión no obedece solo a que Malone se niega a meterse en la piscina.

—¿Por qué no? —pregunta Monty.

Ha conseguido jugar a waterpolo sin que se le moje el puro.

—Porque no me apetece —dice Malone.

Porque llevo micrófono.

—¿Te has vuelto tímido de golpe? —insiste Monty.

—Sí, exacto.

—No tienes nada que no hayamos visto ya —dice Russo—. Métete en el agua, joder.

Él y Malone cruzan miradas desafiantes.

—No he traído bañador —dice Malone.

—No has traído bañador a una fiesta en la piscina —responde Monty.

—Ya te presto yo uno. Donna, vete a buscarle un bañador a Denny —tercia Russo.

Pero no le quita los ojos de encima a Malone.

—Phil, por favor —dice Donna—. Ya te ha dicho que no...

—Ya lo he oído —replica Russo—. ¿Me has oído tú a mí? Vete a buscarle un puto bañador.

Donna entra en la casa como un vendaval.

—¿Hay alguna razón por la que no quieras quitarte la ropa, Denny? —pregunta Monty.

—¿Y a ti qué te importa?

—Tienes que bañarte —dice Monty.

—¿Me obligarás tú?

—Si es necesario...

Malone estalla.

—¡Que te follen, Monty! ¡Que te follen, Phil!

—¡Dios mío, Denny! —exclama Sheila.

—¡Que te follen a ti también! —le grita Malone.

—¡Denny!

—¡A la mierda todo! Me largo de aquí.

—Tú no vas a ninguna parte —dice Russo.

Sheila lo agarra del brazo.

—No deberías conducir.

Malone consigue zafarse.

—Estoy bien.

—¡Sí, perfectamente! —le grita mientras se aleja—. ¡Eres un gilipollas, Denny! ¡Eres un gilipollas integral!

Malone levanta el dedo medio sin darse la vuelta.

If Pirus and Crips all got along
They'd probably gun me down by the end of this song
Seem like the whole city go against me...*

Malone está escuchando a Kendrick Lamar a todo volumen cuando coge la 95 rumbo a la ciudad.

Lo saben, piensa.

Russo y Monty lo saben, joder.

Dios mío.

Ahora cumplirá noventa años de condena.

Piensa en estrellarse contra una farola. Sería muy fácil. Muerte por conducción en estado de ebriedad, sin marcas de neumático. Nadie podría demostrar que no fue así. Pisas el acelerador a fondo y la grabación de tus amigos es devorada por las llamas junto con el coche.

Contigo.

---

* «Si los Pirus y los Crips se llevaran bien, / probablemente me acribillarían cuando acabe esta canción. / Parece que toda la ciudad está contra mí...». (*N. del t.*)

Funeral vikingo en el lugar del siniestro.

Matas dos pájaros de un tiro.

Que esparzan mis cenizas por el norte de Manhattan.

Les cabrearía que siguiera allí. Denny Malone flotando en el aire con la basura.

Metiéndose en los ojos y la nariz de la gente.

Me esnifarían como si fuera coca, como si fuera heroína.

Caballo irlandés.

Hazlo, colega. No te achantes. Pisa el acelerador en lugar del freno. Gira el volante a la derecha y todo habrá terminado.

Para todos.

Como dice Eminem:

So while you're in it, try to get as much shit as you can
And when your run is over, just admit when it's at its end.*

Malone agarra el volante con más fuerza.

Hazlo, capullo.

Hazlo, chivato de mierda.

Judas.

Da un volantazo.

El Camaro cruza cuatro carriles. Se oyen bocinas y chirridos de frenos y los postes de acero de la valla publicitaria se hacen grandes en el parabrisas.

En el último minuto vuelve a girar.

El Camaro empieza a dar vueltas descontroladamente y el perfil de Manhattan aparece y desaparece ante sus ojos.

Entonces, el coche aminora y se estabiliza. Malone pisa el acelerador, vuelve a incorporarse a un carril y va a la ciudad.

ÑIEC, ÑIEC, ÑIEC, ÑIEC.

---

* «Mientras dure, intenta pillar todo lo que puedas. / Y cuando hayas llegado al final del camino, reconócelo». (*N. del t.*)

Malone se arranca el esparadrapo de la barriga y deja bruscamente la grabadora encima de la mesa.

—Ya está, cabrones. Ya tienen la sangre de mis compañeros.

—¿Va borracho? —pregunta O'Dell.

—Voy colocado de Dexedrina y cerveza —responde Malone—. Añádalo a los cargos. Siga amontonando mierda.

—¿Me ha hecho salir de los Hamptons para aguantar estas gilipolleces? —dice Weintraub.

—¡Mis compañeros lo saben! —grita Malone.

—¿Qué es lo que saben? —pregunta O'Dell.

—¡Que soy el soplón!

Les cuenta el incidente de la piscina.

—¿Eso es todo? —dice Weintraub—. ¿Que no quiso meterse en la puta piscina?

—Son policías —responde Malone—. Son desconfiados de nacimiento. Huelen el sentimiento de culpabilidad. Lo saben.

—Da igual —dice O'Dell—. Si se han delatado en esa grabación, los arrestaremos mañana de todos modos.

Escuchan la cinta.

RUSSO: Son negros. Así que conseguirán una beca.

MONTY: Ya la tienen. La beca Pena.

RUSSO: La beca Pena. Me gusta.

MALONE: Tenemos que hacer algo con Castillo. Si lo arrestan antes de que le echemos el guante, dirá que en el alijo de Pena faltaban cincuenta kilos de heroína.

RUSSO: ¿Piensas que le darán credibilidad?

MALONE: ¿Quieres correr ese riesgo? De quince a treinta años en una prisión federal. Tenemos que quitarlo de en medio.

RUSSO: Como decía el inmortal Tony Soprano: «Hay gente que tiene que desaparecer».

MONTY: Yo no tendría ningún miramiento en meterle dos balas en la cabeza a Castillo.

—Deberá testificar para corroborarlo —advierte Weintraub.

—Lo sé.

—Pero está bien —añade—. Ha hecho un buen trabajo.

Vuelve a poner en marcha la cinta.

MALONE: ¿Alguna vez te has sentido mal por ello?

RUSSO: Me llevé el dinero de ese asesino de críos y lo invertí bien. Mis hijos tienen futuro. No arrastrarán préstamos el resto de su vida. Saldrán limpios de la universidad. Que se joda Pena. Me alegro de que lo hiciéramos.

MALONE: Coincido.

—Bien, eso es todo —concluye O'Dell.

—Abriremos diligencias contra Russo y Montague —dice Weintraub.

—No ven el momento, ¿eh? —dice Malone.

—¿Quién cojones se ha creído que es? —exclama Weintraub—. ¡No es usted Serpico, Malone! Ha robado a manos llenas. Que le follen.

—¡Y a usted, gilipollas!

—Vamos a dar un paseo —dice O'Dell—. Necesita airearse.

Bajan en el ascensor de servicio y salen a la Quinta Avenida.

—¿Quiere saber lo que pienso? Se siente culpable por lo que ha hecho, y ahora se siente culpable también por haber traicionado a otros policías. Pero las dos cosas no pueden ser. Si verdaderamente se arrepiente de sus actos, nos ayudará.

—¿Quién cojones es usted? ¿Mi cura?

—Más o menos —responde O'Dell—. Solo intento ayudarle a dejar de lado sus emociones y ver las cosas con claridad.

—Ya me han colgado la etiqueta de soplón —dice Malone—. Estoy acabado y a ustedes ya no les sirvo de nada. ¿Cree que ahora algún policía o abogado me dirigirá la palabra?

Malone se apoya en la pared.

—Ha hecho algo espléndido —dice O'Dell—. Está contribuyendo a limpiar esta ciudad, el sistema judicial, el Departamento de Policía... Y le estamos agradecidos. Ha dejado de proteger a esa especie de hermandad que cubre las espaldas a los traficantes y que también vende droga pero no hace nada para proteger a la gente que muere de sobredosis, a los niños tiroteados desde un coche, a los bebés que pierden la vida...

—Cierre la puta boca.

—Esta ciudad está a punto de estallar, y mucha culpa la tienen policías corruptos, violentos o racistas. No hay demasiados, pero salpican a los buenos con su mierda.

—¡No lo soporto!

—Lo que no puede soportar es la vergüenza, Denny, no informar sobre otros policías —dice O'Dell—. Lo que no puede soportar es que se ha traicionado a sí mismo. Lo entiendo, ambos venimos de la misma iglesia, de las clases de catecismo. No es usted una mala persona, pero ha cometido fechorías y la única manera de sentirse bien, la única, es confesar.

—No puedo.

—¿Por sus compañeros? ¿Cree que si estuvieran en su lugar ellos no lo delatarían?

—No conoce a esa gente —dice Malone—. No dirán nada.

—A lo mejor no los conoce tan bien como cree.

—¿Que no los conozco? Pongo mi vida en sus manos cada puñetero día. Me paso horas con ellos montando dispositivos de vigilancia, compartiendo comida repugnante. Duermo a su lado en las literas del vestuario. Soy el padrino de sus hijos y ellos de los míos. ¿Cree que no los conozco?

»Y una cosa sí la sé: son las mejores personas que he conocido en mi vida. Son mejores que yo.

Malone echa andar.

Suena el teléfono.

Es Russo.

Quiere verle.

30

Morningside Park.

Malone nota una tensión en el pecho, como si tuviera alambre de espino dentro.

Al menos no lleva micrófono. O'Dell insistió en que lo hiciera, pero lo mandó a la mierda.

Tampoco quería que asistiese al encuentro.

—Si sus sospechas son fundadas, podrían matarle.

—No lo harán.

—¿A qué va? —le preguntó Weintraub—. Tenemos suficiente para detenerlos ahora mismo y usted entrará en el programa de protección de testigos.

—No pueden arrestarlos en su casa delante de su familia —masculló Malone.

—¿Y si va a la reunión y los detenemos allí mismo? —propuso Weintraub.

—Entonces tendría que llevar micrófono.

—Y una mierda —respondió Malone.

—Si no lleva micrófono, no podemos ofrecerle protección —aclaró O'Dell.

—Bien. No la quiero.

—No sea gilipollas —le espetó Weintraub.

Es lo que soy, pensó Malone. Un gilipollas.

—¿Qué les dirá? —preguntó O'Dell.

—La verdad —contestó Malone—. Les diré la verdad, lo que he hecho. Al menos les daré la oportunidad de que pongan a su familia sobre aviso. Pueden detenerlos mañana.

—¿Y si huyen? —dijo Weintraub.

—No lo harán —contestó Malone—. No dejarán tirados a sus mujeres e hijos.

—Si huyen lo responsabilizaremos a usted —le advirtió O'Dell.

Ahora está en el parque y ve a Russo y a Monty acercarse desde Morningside Avenue.

Russo tiene la cara contraída de ira. La expresión de Monty es neutra, ilegible.

Son caras de policía.

Y van fuertemente armados. Malone se percata de que llevan peso de más por la cintura de Russo, por los andares de Monty.

—Vamos a cachearte, Denny —anuncia este.

Malone levanta los brazos y Russo se le acerca y busca el micrófono.

No lo encuentra.

—¿Ya estás sobrio? —pregunta.

—Lo suficiente.

—¿Hay algo que quieras decirnos? —pregunta Monty.

Lo saben. Son policías, son sus hermanos. Adivinan el sentimiento de culpabilidad en su rostro. Pero no encuentra valor para decirlo.

—¿Como qué?

—Como que te han descubierto —dice Monty—. Te descubrieron, te interrogaron y nos delataste.

Malone no contesta.

—Por Dios, Denny —le increpa Russo—. ¿En mi casa? ¿Con nuestra familia? ¿Llevabas un puto micrófono en mi casa, mientras nuestras mujeres hablaban y nuestros hijos jugaban juntos en la piscina?

—¿Cómo te pillaron? —pregunta Monty.

Malone no responde.

No puede.

—Da igual —suelta Monty.

Saca el revólver del 38 y le apunta a la cara.

Malone mira fijamente a Monty y ni siquiera intenta desenfundar su arma.

—Si crees que soy un chivato, hazlo.

—Lo haré.

—Tenemos que estar seguros —insiste Russo, que está al borde de las lágrimas—. Tenemos que estar cien por cien seguros.

—¿Qué necesitas? —pregunta Monty.

—Necesito oírselo decir —responde Russo, que agarra a Malone de los brazos—. Denny, mírame a los ojos y dime que no es verdad. Te creeré. Mierda, tío. Por favor, dime que no es verdad.

Malone lo mira a los ojos.

No le salen las palabras.

—Denny, por favor —dice Russo—. Entiendo que... Podía ocurrirle a cualquiera de nosotros. Simplemente dinos la puta verdad. Todavía podemos arreglarlo.

—¿Cómo vamos a arreglarlo? —pregunta Monty.

—¡Es el padrino de mis hijos!

—Pues va a meter al padre de tus hijos en la cárcel —le increpa Monty—. Y al de los míos también. A menos que no viva para corroborar el contenido de la cinta y testificar. Lo siento, Denny, pero...

—¡Denny, dile que estamos equivocados!

—Pensará lo que le dé la gana —dice Malone.

Russo saca su arma.

—No te lo permitiré.

—¿Qué está pasando aquí? ¿Vamos a dispararnos unos a otros? —pregunta Malone—. ¿Ahora somos así?

Suena su teléfono.

—Cógelo. Despacio —le indica Monty.

Malone saca el teléfono del bolsillo de los vaqueros.

—Pon el altavoz —dice Monty.

Malone lo activa.

Es Henderson, de Asuntos Internos.

—Denny, he pensado que debías saberlo —dice—. Los federales acaban de entregarme mi propia cabeza.

—¿De qué cojones estás hablando?

—Un federal llamado O'Dell me ha dicho que prescinda de la Unidad Especial, que tienen a un tío infiltrado —dice Henderson—. Denny, es Levin.

A Malone le entran náuseas.

O'Dell, ¿qué has hecho?

—Me dijiste que Levin estaba limpio —responde Malone.

—Me enseñó el 302 —dice Henderson—. Llevaba el nombre de Levin.

—De acuerdo.

Malone cuelga.

Russo se sienta en la hierba.

—Dios mío, hemos estado a punto de dispararnos entre nosotros. Me cago en la puta. Lo siento, Denny.

Monty guarda el revólver del 38 en la funda.

Pero lentamente.

Malone ve al grandullón pensando, disputando mentalmente una partida de ajedrez, repasando los hechos: Henderson es el hombre de Denny. Los federales solo enseñan documentos a la policía de la ciudad cuando no les queda más remedio...

No está vendido.

Ahora es el teléfono de Russo el que suena. Escucha un minuto, cuelga y dice:

—Hablando de ese maldito diablo...

—¿Qué?

—Levin —dice Russo—. Ha localizado a Castillo.

Se dirigen al coche.

Monty tiene los ojos clavados en él.

Malone puede sentir una bala del revólver del 38 entrándole por la nuca.

El método clásico.

Y me la merecería, piensa. Me la merezco, joder.

Podría decir que casi la deseo.

Aminora el paso y se sitúa al lado de Monty.

—¿De verdad ibas a dispararme, grandullón?

—No lo sé —responde Monty—. Déjame preguntarte una cosa: si la situación hubiera sido a la inversa, ¿qué habrías hecho tú?

—No creo que pudiera pegarte un tiro.

—Nadie lo cree, ¿no? —dice Monty—. Hasta que te ves en la situación.

—¿Qué vamos a hacer con Levin? —pregunta Russo—. Si trabaja para los federales, estamos jodidos. Acabaremos todos en la cárcel.

—¿A qué te refieres? —tercia Malone.

—A que, si detenemos a Castillo, hay dos personas que no pueden salir vivas de esa redada —explica Russo.

—Las redadas antidroga son peligrosas —dice Monty.

—¿Alguna objeción? —pregunta Russo.

Malone tiene ganas de vomitar. ¿Qué cojones ha hecho O'Dell? ¿Cubrirme las espaldas? Díselo. Díselo ahora mismo. Tres palabras: «Soy un chivato».

Es incapaz.

Creyó que podría hacerlo.

—Vamos —dice finalmente.

A lo mejor estoy de suerte, piensa.

Y consigo que me maten.

El edificio se encuentra en Payson Avenue, en la acera opuesta a Inwood Hill Park.

—¿Estás seguro? —pregunta Malone.

—He visto llegar la furgoneta —le informa Levin. Su tono es tenso, alterado—. Son trinis. Han sacado varias bolsas.

—Y has visto a Castillo... —dice Malone.

—Lo han dejado y se han ido —responde Levin—. Ha subido al cuarto piso. Lo vi antes de que cerraran las cortinas.

—¿Estás seguro de que era él? —insiste Malone.

—Al cien por cien —insiste Levin.

—¿Ha entrado o salido alguien más? —pregunta Malone.

—Nadie.

De modo que no sabemos a cuánta gente tiene Castillo ahí dentro, piensa Malone. Podrían ser los diez que ha visto Levin o veinte más. Castillo está haciendo comprobaciones antes de vender el caballo, asegurándose de que no le ha robado su propia gente.

Malone sabe que deberían organizar un operativo de vigilancia, llamar a Manhattan Norte, pedir a Sykes que mande una patrulla de los Servicios de Emergencia, a los hombres del SWAT. Pero no pueden hacerlo porque esto no es una redada. Es una ejecución.

Todos conocen los riesgos. Y todos, a excepción de Levin, saben por qué están dispuestos a correrlos.

Nadie media palabra.

Asienten en silencio.

—Preparaos —indica Malone—. Chalecos. Armas automáticas. Iremos a por todas.

—¿Y la orden judicial? —pregunta Levin.

Malone mira a Russo.

—Tiroteo —aclara—. Vimos a varios miembros conocidos de la banda merodeando por la zona, los seguimos y oímos disparos. No había tiempo de pedir refuerzos. ¿Alguien tiene alguna objeción?

—Aún le debemos una a esa gente por lo de Billy —dice Russo, que está repartiendo las HK.

Levin mira a Malone.

—Es posible que nuestra prioridad no sea practicar detenciones —le dice este.

—Me parece bien —responde Levin mirándolo a los ojos.

—¿También te parecerá bien si nos abren una investigación? —suelta Malone.

—Sí.

—Esta vez sembraremos un poco de confusión —explica Russo—. Echaré la puerta abajo. Levin entra el primero y Malone, unos segundos después. Monty vigila la puerta.

Se queda mirando a Malone como diciendo: «No me lleves la contraria». Levin también lo mira.

Siempre es Malone quien entra el primero.

—Levin, ¿te parece bien? —le pregunta.

—Es mi turno —responde Levin.

—Vamos —dice Malone.

Dispara dos veces al aire.

Monty echa a correr hacia la puerta e introduce la palanca hidráulica. Levin se sitúa detrás, se apoya en la pared y sostiene en alto la HK, listo para atacar.

La cerradura salta.

La puerta se abre.

Russo lanza la granada aturdidora.

El interior se inunda de luz.

Levin cuenta hasta tres, grita: «¡Vamos!», da media vuelta y entra. Las balas lo alcanzan al instante, de abajo arriba: en las piernas, en la barriga, en el pecho, en el cuello y en la cabeza.

Al tocar el suelo ya está muerto.

Malone se tumba detrás de él y ve a varios trinis con pañuelos verdes agazapados detrás de la barandilla. Llevan chalecos Kevlar, cascos de combate con visores y gafas de visión nocturna.

Huyen por las escaleras.

Malone se pone boca arriba, parapetándose tras el cuerpo de Levin, pulsa el botón de la radio y grita:

—¡10-13! ¡10-13! ¡Agente muerto! ¡Agente muerto!

Luego apoya la HK en el pecho de Levin y aprieta el gatillo.

Las balas enemigas impactan en el cadáver.

Russo está en el umbral disparando ráfagas de escopeta.

—¡Sal de ahí, Denny!

Malone rueda por encima del cuerpo de Levin y abre fuego.

Después se levanta y sube por las escaleras.

—¡Denny! ¡Vuelve aquí!

Pero Russo entra.

Monty también.

Malone oye sus pisadas detrás de él.

Nunca había tenido que preocuparse por que fuera Monty quien le cubría las espaldas.

Pero ahora le inquieta. Porque Monty está detrás, inquieto él también, preguntándose si Malone le ha asestado una puñalada por la espalda.

Malone oye a los trinis corriendo por el piso de arriba. Esos putos críos son mucho más rápidos que él. Van al cuarto piso a proteger al jefe y su droga. Pero no importa que ganen la carrera. Solamente pueden ir a la azotea, que es una trampa mortal.

Pero se detienen y abren fuego.

Las balas rebotan en la escalera como si fuera una máquina de *pinball*. En las paredes, en la barandilla.

Malone oye a Russo gritar:

—¡Mi ojo!

Al darse la vuelta, lo ve encogido, tapándose la cara con las manos. Le ha alcanzado un fragmento de óxido de la barandilla. Monty lo hace tumbarse, pasa por encima de él y sube las escaleras con la espalda pegada a la pared.

—¡Estoy bien! —grita Russo—. ¡Baja!

Malone no baja, sino que corre hacia la puerta del cuarto piso y Monty le sigue empuñando la pistola.

Malone se hace a un lado.

Monty abre la puerta de una patada.

Malone entra disparando.

Oye los gritos de un trini que ha resultado herido. Las balas tachonan el suelo de cemento, que escupe chispas y fragmentos.

Malone echa a rodar.

Al volverse ve a Monty apuntando con su revólver del 38.

A él.

Malone se arrastra hacia la pared situada junto a la puerta. No hay escapatoria.

Apunta a Monty con la HK.

Se miran.

Monty dispara a la puerta.

Cuando se abre, aparece un trini tambaleándose. Le ha dado en la ingle, justo por debajo del chaleco, y su AK empieza a disparar al techo. Monty lo derriba de dos balazos a las piernas. El trini se dobla y cae de espaldas.

Los trinis no van a rendirse. Saben que han matado a un policía y que no saldrán esposados. Sus únicas opciones son la puerta trasera o acabar con los supervivientes.

Malone se asoma y dispara. Después retrocede y Monty aprovecha el fuego de cobertura para entrar. Mira a Malone y hace sobresalir la barbilla en dirección a la puerta.

Malone se pone en pie y cruza el umbral. Al instante nota fuertes impactos en las costillas. Las balas han penetrado en su chaleco y se desploma.

Un trini se dirige hacia él apuntándole con una Glock.

Malone arremete contra él, lo agarra de las piernas y lo tira al suelo. Después le arrebata el arma y le golpea en la cabeza con ella, una y otra vez, hasta que el cuerpo del trini deja de moverse.

Entonces oye otra ráfaga y le cae un cuerpo encima. Al mirar hacia arriba ve a Monty bajando el arma.

Monty lo mira a él.

Pensando nuevamente en dispararle.

Fuego amigo. A veces ocurre.

Se oyen sirenas en mitad de la noche. Las luces de los coches patrulla centellean frente al edificio. Malone aparta el cadáver que yace sobre él.

Alguien salta al descansillo de la escalera de incendios.

Monty sale tras él por la ventana.

No hay heroína en la habitación. No hay máquinas de contar billetes.

Castillo no está.

Era una emboscada.

Castillo debió de salir por la parte trasera antes de que llegáramos, piensa Malone. Descubrió la operación de vigilancia y me tendió una trampa. Sabía que siempre soy el primero en entrar.

Esa primera ráfaga era para mí.

Pero se la llevó Levin.

Russo entra dando tumbos.

Pasos en las escaleras y Malone oye: «¡Policía de Nueva York!». Abren fuego al bajar.

—¡Policía de Nueva York! —grita Malone—. ¡Somos de los vuestros!

Intenta recordar el color del día.

—¡Rojo! ¡Rojo! —grita Russo.

Malone oye más disparos que llegan del exterior.

Las balas se incrustan en la pared por encima de su cabeza. Los que suben por las escaleras son Gallina y Tenelli, de la Unidad Especial. Russo se echa cuerpo a tierra y se arrastra para esconderse debajo de una mesa. Malone se agazapa en una esquina, se quita la placa y la tira al suelo para que puedan verla.

—¡Policía! ¡Soy Malone!

Tenelli finge no verlo.

Dispara dos veces.

Malone se tapa la cara con los brazos. Las balas impactan a su izquierda.

Russo grita:

—¡Parad, joder! ¡Soy Russo!

Más pies, más voces.

Agentes uniformados del Tres-Dos dicen:

—¡Alto el fuego! ¡Alto el fuego! ¡Son policías! ¡Russo y Malone!

Tenelli baja el arma.

Malone se levanta y va hacia ella.

—¡Hija de puta!

—¡No te he visto!

—¡Y una mierda!

Un agente uniformado se interpone entre ambos.

—¿Dónde cojones está Monty? —pregunta Russo.

—Ha bajado por la escalera de incendios.

Van en su busca.

La calle es un puto caos. Llegan más coches patrulla haciendo chirriar los frenos. Gritos, gente corriendo.

Monty yace boca arriba en la acera.

Está perdiendo sangre por la carótida.

Malone se arrodilla y ejerce presión en el cuello para intentar detener la hemorragia.

—No me dejes, no me dejes, hermano. Por favor, grandullón, no me dejes.

Como si fuera un borracho, Russo va llorando de un lado a otro con las manos pegadas a la cabeza.

Llega una furgoneta de vigilancia del Tres-Dos. Los policías se bajan apuntando con sus armas y Malone grita:

—¡Somos policías! ¡Unidad Especial! ¡Agente herido! ¡Llamen a una ambulancia!

Oye a uno de los policías uniformados decir:

—¿Es el puto Malone? Me parece que hemos llegado demasiado pronto.

—¡Llamad a una ambulancia! —grita Russo—. Hay un agente muerto y dos heridos. ¡Uno está en estado crítico!

Llegan más coches y luego una ambulancia. Los paramédicos sustituyen a Malone.

—¿Sobrevivirá? —pregunta al levantarse.

Va cubierto de sangre de Monty.

—Es demasiado pronto para saberlo.

Uno de los paramédicos se acerca a Russo.

—Vamos a buscarte ayuda.

Russo lo ignora.

—Ocupaos de Montague primero —les indica Russo—. ¡Rápido!

La ambulancia se va.

Un sargento uniformado va a hablar con Malone.

—¿Qué cojones ha pasado aquí?

—Dentro hay un agente muerto —informa—. Han caído cinco sospechosos.

—¿Algún superviviente?

—No lo sé. Puede.

Del almacén sale otro agente.

476

—Hay tres muertos. Dos están desangrándose. Uno ha recibido un disparo en la femoral. El otro tiene el cráneo destrozado.

—¿Queréis hablar con esos hijos de puta? —pregunta el sargento a Malone, que niega con la cabeza—. Esperad diez minutos —indica al agente uniformado— y avisad de que hay cinco delincuentes muertos. Y traed otra ambulancia. Hay que recuperar el cuerpo de ese agente.

Malone se sienta apoyando la espalda en la pared. Está agotado. La bajada de adrenalina lo ha arrastrado al agujero negro. De repente ve a Sykes inclinado junto a él.

—¿Qué es esto, Malone? ¿Qué cojones habéis hecho?

Malone sacude la cabeza.

Russo se acerca.

—¿Denny?

—¿Qué?

—Esto es un puto desastre.

Malone se levanta, agarra a Russo del codo y lo lleva a un coche.

El timbre de un policía solo puede sonar a las cuatro de la madrugada por una razón.

Yolanda lo sabe.

Malone se lo nota en la cara en cuanto abre la puerta.

—Oh, no.

—Yolanda...

—Dios mío, no, Denny. ¿Está...?

—Le han herido —dice Malone—. Es grave.

Yolanda le mira la camisa. Malone había olvidado que la lleva empapada de sangre de Monty. Ella contiene un grito y se recompone.

—Voy a vestirme.

—Está esperándote un coche patrulla —dice Malone—. Yo tengo que ir a hablar con la novia de Levin.

—¿Levin?

—Ha muerto.

El hijo mayor de Monty aparece detrás de ella.

Parece una versión delgada de su padre.

Malone detecta el miedo en sus ojos.

Yolanda se vuelve hacia él.

—A papá le han hecho daño. Voy al hospital y tendrás que cuidar de tus hermanos hasta que llegue la abuela Janet. La llamaré de camino.

—¿Papá se pondrá bien? —pregunta el niño con voz temblorosa.

—Aún no lo sabemos —dice Yolanda—. Ahora tenemos que ser fuertes por él. Tenemos que ser fuertes y rezar, cariño.

Mira a Malone.

—Gracias por venir, Denny.

Lo único que puede hacer es asentir.

Si habla se pondrá a llorar, y no es lo que necesita Yolanda.

Amy cree que es otra noche de bolos.

Se dirige a la puerta muy cabreada, pero entonces ve a Malone solo.

—¿Dónde está Dave?

—Amy...

—¿Dónde está? Malone, ¿dónde narices está?

—Se ha ido, Amy.

Al principio no lo entiende.

—¿Que se ha ido? ¿Adónde?

—Hubo un tiroteo —le explica Malone—. Dave recibió varios disparos... No sobrevivió, Amy. Lo siento.

—Oh.

¿A cuánta gente ha tenido que anunciarle que sus seres queridos no volverán a casa? Algunos se ponen a gritar, otros se desmayan y otros se lo toman así.

Se quedan petrificados.

—Oh —repite.

—Te llevo al hospital —dice Malone.

—¿Para qué? —pregunta Amy—. Está muerto.

—El forense tiene que practicarle la autopsia. Es un homicidio.

—Entiendo.

—¿Puedes cambiarte muy rápido?

—Sí, claro. De acuerdo.

—Te espero.

—Vas manchado de sangre —dice Amy—. ¿Es...?

—No.

Puede que parte de esa sangre sea de Levin, pero no piensa decírselo. Amy se cambia en un santiamén y sale con unos vaqueros y una sudadera azul claro.

En el coche dice:

—¿Sabes por qué pidió el traslado a tu unidad?

—Porque quería acción.

—Porque quería trabajar contigo. Eras su ídolo. No hacía más que hablar de ti. Que si Denny Malone esto, que si Denny Malone lo otro. Estaba harta. Siempre llegaba a casa contándome todo lo que había aprendido, todo lo que le habías enseñado.

—No le enseñé lo suficiente.

—Se hacía el hombretón —dice Amy—. No quería que nadie pensara que solo era un judío con título universitario.

—Nadie lo pensaba.

—Claro que lo pensaban —responde Amy—. Ansiaba ser uno de los vuestros, un policía de verdad. Y ahora está muerto. Qué desperdicio. Yo era muy feliz con el judío universitario.

—Amy, tú y Levin no estabais casados —dice Malone—, así que no cobrarás la pensión.

—Trabajo —responde ella—. Me las arreglaré.

—Lo enterrará el Departamento de Policía.

—Dejando al margen la ironía de esa afirmación, se lo comunicaré a sus padres.

—Me pondré en contacto con ellos —dice Malone.

—No, no lo hagas. Te echarán la culpa a ti.

—Yo también me la echo.

—Aquí no busques comprensión. Yo también te culpo a ti.

Amy mira por la ventana.

La vida que conocía pasa por delante de sus ojos.

El hospital es un caos.

Es lo habitual a esta hora de la mañana en Harlem.

Una joven madre puertorriqueña lleva en brazos a un bebé que tose. Un anciano vagabundo con los pies hinchados y vendados se balancea hacia delante y hacia atrás. Un joven psicótico mantiene una apasionada conversación con las personas que habitan en su cabeza. Luego están los brazos rotos, los cortes, los dolores de barriga, las infecciones sinusales, la gripe, el *delirium tremens.*

Donna Russo tiene a Yolanda Montague agarrada de la mano.

McGivern y Sykes hablan en voz baja junto a la puerta. Malone sabe que tienen mucho que comentar. Un agente muerto y otro en estado crítico solo unos días después del suicidio de un tercer policía de la misma unidad.

Transcurrido menos de un año desde que Billy O muriera en una redada parecida.

Detrás de ellos, dos agentes uniformados del Tres-Dos impiden el paso a las hordas de periodistas que acechan.

Fuera esperan más policías.

McGivern deja a Sykes y se acerca Malone.

—¿Puedo hablar un momento contigo, sargento?

Malone sigue a McGivern por el pasillo.

Sykes les da alcance.

—Un agente muerto y otro en situación crítica. Cinco sospechosos, todos ellos pertenecientes a grupos minoritarios, muertos. Sin refuerzos, sin apoyo del Servicio de Emergencias, sin plan de actuación, no se molesta en notificárselo a su capitán...

—¿Ahora? —pregunta Malone—. ¿Va a venirme con esas ahora que Monty está ahí dentro...?

—¡Lo ha llevado usted ahí, Malone! Y Levin...

Malone se abalanza sobre él.

McGivern se interpone entre ambos.

—¡Ya basta! ¡Esto es vergonzoso!

Malone retrocede.

—¿Qué ocurrió, Denny? —pregunta McGivern—. No había drogas en ese almacén, solo tiradores bien pertrechados para un combate.

—Los dominicanos buscaban venganza por lo de Pena —explica Malone—. Amenazaron a la Unidad Especial. Los seguimos, pero era una trampa. No lo vi, fue culpa mía. Es mi responsabilidad.

—La prensa nos va a machacar —protesta Sykes—. Ya están hablando de policías descontrolados que no se lo piensan dos veces antes de apretar el gatillo y preguntando si habría que desmantelar la Unidad Especial. Tengo que darles respuestas.

McGivern se yergue.

—¿Cree que con servirles a Malone en bandeja tendrán bastante? Si les damos una sola oportunidad, nos comerán vivos a todos. Estas son las respuestas que les darán: cuatro policías de Nueva York, cuatro héroes del cuerpo, libraron una batalla desesperada con una banda de asesinos. Uno de esos héroes murió, dio la vida por esta ciudad, y otro está peleando por salir adelante. Esas son las respuestas, las únicas respuestas que darán. ¿Me ha entendido, capitán Sykes?

Sykes se aleja.

McGivern se dispone a decir algo cuando oye alboroto en el vestíbulo. El comisario, el jefe de investigación y el alcalde están abriéndose paso entre la multitud.

Los cámaras hablan entre ellos.

Malone ve al jefe Neely vestido con el uniforme de gala. Le habrá costado meterse en él para poder venir corriendo.

Llega hasta Yolanda antes que el alcalde.

Después se agacha, y Malone imagina que está transmitiéndole un mensaje reconfortante. Estamos todos con usted. Piense en positivo. Treinta y ocho mil hombres buscarán y encontrarán a quienes le hayan hecho esto a su marido.

Neely ve a Malone y se dirige hacia él.

Una vez allí, se queda mirando a McGivern, que busca un lugar más adecuado donde estar.

—Sargento Malone —dice Neely.

—Señor.

—Durante este calvario le apoyaré, le alabaré ante la prensa y le respaldaré al ciento diez por ciento. Pero sus días en el cuerpo de policía se han acabado. Ya no hay lugar para su actitud de matón. Ha conseguido que maten a un buen agente, o tal vez a dos. Hágase un favor a sí mismo y solicite una incapacidad. Yo mismo la firmaré.

Después le da una palmada en el hombro a Malone y se va.

Entra un médico con ropa de quirófano seguido de Claudette. El doctor mira a su alrededor y ve a Yolanda. Donna la ayuda a levantarse y van a hablar con él. Malone y Russo se quedan al margen intentando oír la conversación.

—Su marido ha superado la operación —dice el médico.

—Gracias a Dios —responde Yolanda.

—Lo hemos trasladado a la UCI. El riego sanguíneo al cerebro quedó interrumpido durante un lapso de tiempo considerable. Además, otra bala impactó en las cervicales y la columna vertebral. En este momento, tal vez sea recomendable que rebajemos nuestras expectativas.

Yolanda se echa a llorar entre los brazos de Donna, que se la lleva de allí.

El médico vuelve al quirófano.

Malone se acerca a Claudette.

—¿Traducción?

—No pinta bien —explica—. Ha sufrido daños cerebrales graves. Aunque sobreviva, tendréis que prepararos.

—¿Para qué?

—El hombre al que conocíais ya no existe —responde Claudette—. Si sale adelante, será al nivel más básico.

—Dios mío.

—Lo siento —añade—. Y me siento culpable. Cuando llegó el 10-13 temí que fueras tú. Me alivió saber que no lo eras.

Malone ve que está limpia.

O que al menos no ha consumido heroína.

Es posible que su amigo el doctor le haya administrado algo para que pueda trabajar.

Claudette mira por encima del hombro de Malone.

Sheila va directa hacia él. Claudette sabe que es su esposa.

—Será mejor que vayas —le dice.

Malone se da la vuelta, ve a Sheila y va hacia ella, que le da un abrazo.

—Voy lleno de sangre —dice Malone.

—Me da igual —responde ella—. ¿Te encuentras bien?

—Sí. Levin ha muerto y Monty está muy mal.

—¿Saldrá de esta?

—Quizá no debería —dice Malone.

Sheila ve a Claudette y lo sabe al instante.

—¿Es ella? Es guapa, Denny. Entiendo que hayas visto algo en esa mujer.

—Aquí no, Sheila.

—No te preocupes —dice—. No voy a montar una escenita delante de Yolanda con todo lo que está pasando.

Se acerca a Claudette.

—Soy Sheila Malone.

—Lo imaginaba. Lamento lo de tu amigo.

—Solo quería decirte que, si quieres a mi marido, es todo tuyo. Que tengas suerte con él, cariño.

Sheila va hacia Yolanda y la abraza.

No hay nada que le guste más a un inspector de policía irlandés y católico que la muerte y la tragedia. McGivern es peor que una anciana para esas cosas. En varias ocasiones, Malone ha entrado en su despacho y lo ha descubierto leyendo las necrológicas.

Ahora lo encuentra en la capilla del hospital con un rosario en la mano.

—Denny... Estaba rezando una oración.

Malone baja la voz.

—Si Homicidios empieza a indagar, si detiene a Castillo, puede que todo salga a la luz.

—¿Qué es «todo»?

No te hagas el inocente conmigo, piensa Malone.

—Lo de Pena.

—Yo no sé nada de eso.

—¿De dónde crees que salían esos sobres tan abultados que recibías? —pregunta Malone—. ¿Acaso compramos un billete de lotería a medias y esa era tu parte? ¿Fue pura coincidencia que después de la redada contra Pena tu paga mensual se disparara como las acciones de un inversor al que le han dado un chivatazo?

—Aparte de lo que ponía en tu informe, nunca me contaste nada sobre esa operación —dice McGivern con un tono cada vez más tenso.

—No querías saberlo.

—Y ahora tampoco quiero saber nada. —McGivern se levanta—. Discúlpame, sargento. Tengo que ir a ver a un agente al que han herido de gravedad.

Malone le corta el paso.

—Si detienen a Castillo, puede que revele cuántos kilos había realmente en aquella habitación. Si lo hace, las consecuencias las pagaremos mis compañeros y yo, incluido el policía gravemente herido que tanto te preocupa.

—Pero tú no hablarás, ¿verdad? —dice McGivern—. Te conozco, Denny. Sé que el hombre al que crio tu padre nunca incriminaría a un compañero.

—Podría ir a la cárcel.

—Cuidarán de tu familia —responde McGivern.

—Eso dicen los mafiosos.

—Nosotros somos distintos. Nosotros hablamos en serio.

—¿Tú y mi padre recibíais sobornos en su día? —pregunta Malone.

—Mirábamos por nuestra familia —aclara McGivern—. A ti y a tu hermano nunca os faltó de nada. Tu padre se aseguraba de que fuera así.

—De tal palo tal astilla.

—Eres como un hijo para mí, Denny. Tu padre, que Dios le bendiga, me hizo prometerle que cuidaría de ti, que te ayudaría profesionalmente y que procuraría que hicieras lo correcto. Y ahora lo harás, ¿verdad? Dime que lo harás.

—¿Mantener la boca cerrada?

—Eso es lo correcto.

Malone lo mira fijamente e intuye su miedo.

—Entonces haré lo correcto, inspector.

Se levanta del banco.

McGivern sale al pasillo, mira hacia el altar y se santigua. Después se vuelve hacia Malone.

—Eres un buen chico, Denny.

Sí, piensa Malone.

Soy un buen chico para ti.

Malone no se persigna.

¿Para qué?

Han trasladado a Monty a la Unidad de Cuidados Intensivos.

Cuando Malone va a visitarlo, una enfermera le impide entrar en su habitación.

—Solo familiares directos, señor.

—Soy familiar directo —dice Malone, que le muestra la placa y la esquiva—. Pero le agradezco que esté alerta.

Monty sigue en coma e inconsciente. Ha sufrido un accidente coronario, pero han conseguido estabilizarlo. Malone no entiende por qué lo han hecho y piensa, aunque se siente culpable por ello, que habría sido mejor dejarle morir.

Yolanda dormita en una silla. Las máquinas emiten pitidos y los tubos que salen de ellas están conectados a la boca, la nariz y los brazos de Monty. Tiene los ojos cerrados. Es lo poco que alcanza a ver Malone, aparte de vendajes, moratones e hinchazón.

Apoya su mano en la de Monty.

Luego se inclina y susurra:

—Grandullón, lo siento mucho. Siento muchísimo todo lo que ha pasado.

Esta vez no logra contener las lágrimas, que le recorren las mejillas y caen sobre la mano de Monty.

—No te tortures, Denny. —Yolanda ha despertado—. No es culpa tuya.

—Estaba al mando. Fue culpa mía.

—Monty es adulto —dice ella—. Conocía los riesgos.

—Es fuerte. Sobrevivirá.

—Aunque lo haga, será un vegetal. Tendré a mi marido babeando en una silla de ruedas. El seguro por discapacidad no cubrirá todas sus necesidades, por no hablar de los gastos que generan tres hijos. No sé qué vamos a hacer.

Malone se la queda mirando.

—¿Monty te habló alguna vez del dinero?

Yolanda parece confusa.

—Del dinero extra —precisa Malone.

—¿El pluriempleo? Claro, pero...

Mierda, piensa Malone.

No lo sabe.

Malone se agacha, la rodea con los brazos y dice:

—Monty tiene más de un millón de dólares escondido. Hay dinero en efectivo e inversiones. ¿No te lo contó?

—Siempre he pensado que vivíamos de su salario.

—Y así es —dice Malone—. Supongo que estaba ahorrando el resto.

—¿Dónde...?

—Es mejor que no lo sepas. Phil sabe dónde está y cómo acceder a él. Pero habla con él esta noche, Yo. Mejor esta noche.

Ella lo mira a los ojos.

—El cuerpo de policía no te regala nada, ¿verdad?

Malone le da un apretón en la mano y se marcha.

Russo está sentado en la pequeña sala de espera de la UCI hojeando un ejemplar antiguo de *Sports Illustrated*.

—Tenemos que hablar —dice Malone.

—De acuerdo.

—Aquí no. Fuera.

Recorren el hospital hasta llegar a una puerta trasera situada junto a la entrada de servicio. Hay contenedores rebosantes de basura y colillas que forman pequeños arcos en el tramo de asfalto ocupado por los fumadores empedernidos.

Malone se sienta en la escalera y apoya la cabeza en las manos.

Russo se recuesta en un contenedor.

—Dios mío, ¿quién iba a pensar que nos podía ocurrir algo así?

—Fuimos nosotros —dice Malone.

—Nosotros no matamos a ese niño ni disparamos a Monty —responde Russo—. Fueron los dominicanos.

—Pues claro que lo hicimos. Al menos seamos honestos. Las cosas no van bien desde que murió Billy. A veces creo que Dios está castigándonos por nuestros actos. Todo acabará esta noche.

—Y una mierda —dice Russo—. Nuestro compañero se muere. Tenemos que responder.

—Se acabó —replica Malone.

—¿Crees que con esto ya está? —pregunta Russo—. Se abrirá una investigación. Asuntos Internos actuará. Homicidios empezará a husmear y buscarán justificación para la operación. El asunto de Pena podría salir a la luz.

—Estamos acabados —dice Malone.

—Los únicos que pueden hablar de lo de Pena están aquí mismo —afirma Russo—. Mientras permanezcamos unidos, no podrán hacernos nada. Ahora estamos solos tú y yo, eso es todo.

Malone se pone a sollozar.

Russo se acerca y le apoya las manos en los hombros.

—Tranquilo, Denny. No pasa nada.

—Sí que pasa. —Mira a Russo con la cara enrojecida y las mejillas surcadas de lágrimas—. Fui yo, Phil.

—No es culpa tuya. Podría haberle ocurrido...

—Phil, no fue Levin. Fui yo.

Russo se lo queda mirando un segundo y entonces lo entiende todo.

—Joder, Denny. —Se sienta a su lado y guarda silencio un buen rato, como si estuviera conmocionado, como si le hubieran asestado un golpe. Entonces pregunta—: ¿Cómo te descubrieron?

—Por una estupidez —dice Malone—. Piccone.

—Por Dios, Denny. ¿No podías cumplir cuatro años?

—Lo habría hecho. No os mencioné, pero entonces Savino se entregó. Los federales amenazaron a Sheila. Dijeron que la encerrarían por evasión de impuestos y por haber percibido bienes ilícitos. No podía...

—¿Y nuestras mujeres? —pregunta Russo—. ¿Nuestras familias?

—Prometieron dejar a nuestras familias al margen si os delataba —dice Malone.

Russo arquea la espalda y mira al cielo.

—¿Qué les contaste? —dice.

—Todo, excepto lo del asesinato de Pena. Nos acusarían a los tres de homicidio conexo. Y os grabé hablando de la redada, del dinero...

—Entonces, ¿cuánto me va a caer? ¿Entre veinte años y cadena perpetua? —pregunta Russo—. ¿A qué acuerdo llegaste? ¿Qué conseguiste por delatarnos?

—Doce años —dice Malone—. Confiscación y multas.

—Que te follen, Denny. ¿Cuándo me arrestarán?

—Mañana. Supuestamente no debía decírtelo hasta unos minutos antes.

—Joder, qué considerado por tu parte.

—Puedes huir —dice Malone.

—¿Cómo voy a huir? Tengo familia. Joder, cuando me vean mis hijos...

—Lo siento.

—No es todo culpa tuya —dice Russo—. Somos adultos, sabíamos a qué jugábamos. Sabíamos cómo podía terminar esto. Pero ¿cómo cojones hemos llegado hasta aquí?

—Paso a paso —responde Malone—. Antes éramos buenos policías. Y con el tiempo... No lo sé... Pusimos en la calle cincuenta kilos de caballo. No ingresamos en la policía para eso. Es justamente lo contrario de lo que debíamos hacer. Es como si enciendes una cerilla y piensas que no hará daño a nadie, pero de repente empieza a soplar el viento y se declara un incendio que arrasa todo lo que amas.

—Yo te quería, Denny —dice Russo poniéndose en pie—. Te quería como a un hermano.

Russo se va y lo deja ahí sentado.

31

Malone cruza la puerta de la que era su casa en Staten Island y encuentra a O'Dell esperándolo.

—¿Qué está haciendo en mi casa? —pregunta Malone.

—Proteger a su familia —responde O'Dell—. Pero la pregunta aquí es: ¿por qué no está haciéndolo usted?

—No sé si se ha enterado de que han disparado a dos compañeros. Uno está muerto y el otro podría estarlo en breve.

—Lo siento.

—¿Sí? —pregunta Malone—. Pues en parte es usted responsable por colgarle la etiqueta de soplón a Levin.

—Intentaba salvarle el culo.

—Intentaba salvar su investigación.

—No fui yo quien le hizo entrar allí, sino usted —dice O'Dell.

—Si quiere seguir engañándose...

Pasa junto a O'Dell y entra en la cocina.

Sheila está sentada en la barra de desayuno con la cabeza gacha.

Hay dos federales de uniforme apoyados en la pared. Uno de ellos está mirando por la ventana al patio trasero.

Sheila ha estado llorando. Malone ve la hinchazón y la rojez debajo de los ojos.

—¿Podéis dejarnos a solas un minuto? —pregunta Malone.

Los agentes se miran.

—Permitidme que lo reformule —añade—. Concedednos un puto minuto. Id a ayudar a vuestro jefe a custodiar el salón.

Salen de la cocina.

Sheila levanta la cabeza.

—¿Hay algo que quieras decirme, Denny?

—¿Qué te han contado?

—¡A mí no me manipules! —grita—. ¡No soy un delincuente! ¡No soy de Asuntos Internos! ¡Soy tu mujer! ¡Merezco saberlo!

—¿Dónde están los niños? —pregunta Malone.

—Mierda, así que es verdad —dice Sheila—. Están en casa de mi madre. ¿Qué ha pasado, Denny? ¿Estás en apuros?

Parte de él quiere mentirle, seguir fingiendo. Pero no puede. Aunque quiera, Sheila lo conoce muy bien. Siempre ha sabido cuándo mentía. En cierto modo fue eso lo que acabó con su matrimonio. Sheila siempre supo cuándo intentaba engañarla.

Así que se lo cuenta.

Todo.

—Dios mío, Denny.

—Lo sé.

—¿Irás a la cárcel?

—Sí.

—¿Qué será de mí y de los niños? ¿Qué nos has hecho?

—Nunca te oí quejarte de los sobres —dice Malone—. De los muebles nuevos para el comedor, de las cuentas de los restaurantes...

—¡No me culpes a mí! —grita—. ¡No te atrevas a culparme a mí!

No, es responsabilidad mía, piensa Malone.

Soy yo quien nos ha metido en esto.

—Tengo dinero guardado en un lugar que los federales no conocen. Ocurra lo que ocurra, cuidarán de vosotros..., la universidad de los niños...

A Sheila le da vueltas todo, y Malone lo entiende.

—¿Traicionaste a Phil y a Monty? —pregunta.

Malone asiente.

—Dios —dice—. ¿Cómo voy a mirar a Donna a la cara?

—No pasa nada, Sheel.

—¿Que no pasa nada? ¡Tenemos a los federales en casa! ¿Por qué están aquí?

Malone la rodea con el brazo.

—Escucha. No te enfades conmigo, pero es posible que entremos en el programa.

—¿En protección de testigos?

—Quizá.

—¿Qué narices es esto, Denny? —le recrimina Sheila—. ¿Tendremos que sacar a los niños de la escuela y apartarlos de sus amigos y su familia? ¿Mudarnos a Arizona o algo parecido? ¿Ahora seremos vaqueros?

—No lo sé. Podría ser un nuevo comienzo.

—Yo no quiero un nuevo comienzo —replica Sheila—. Tengo familia aquí. Mis padres, mi hermana, mis hermanos...

—Lo sé.

—¿Los niños no volverán a ver a sus primos?

—Vayamos paso a paso, ¿de acuerdo?

—¿Y cuál es el siguiente paso?

—Tú y los niños os tomaréis unas pequeñas vacaciones —dice Malone.

—No pueden faltar al colegio.

—Sí, sí pueden —dice Malone—. Y lo harán. En cuanto lleguen a casa, os vais, no sé, a los montes Pocono. Siempre has querido ir, ¿no? O a ese sitio en New Hampshire.

—¿Cuánto tiempo?

—No lo sé.

—Dios mío.

—Tienes que ser fuerte, Sheel —dice Malone—. Ahora mismo necesito que seas fuerte. Tienes que confiar en mí. Solucionaré todo esto por el bien de nuestra familia. Prepara una maleta. Yo recogeré las cosas de los niños.

—¿Es todo lo que tienes que decir?

—¿Qué quieres que diga?

—No lo sé —responde Sheila—. ¿Que lo sientes?

—Lo siento, Sheila. —No sabes cuánto lo siento—. En un par de días los federales me llevarán donde estéis y ...

—No, Denny.

—¿Qué quieres decir con eso?

—Que ya no quiero estar contigo —dice Sheila—. No quiero que te acerques a nuestros hijos.

—Sheel...

—No, Denny. A ti se te llena la boca hablando de familia, de hermandad, de lealtad. De honestidad. ¿Honestidad, Denny? ¿Quieres honestidad? Estás vacío. Eres una persona vacía. Sabía que aceptabas sobornos, sabía que eras un policía corrupto, pero no que fueras un asesino. Y tampoco que fueras un soplón. Pero eso es lo que eres, y no quiero que mi hijo sea como tú de mayor.

—¿Vas a arrebatarme a mis hijos?

—Te los has arrebatado tú solo —dice Sheila—. Como has hecho con todo lo demás. ¿Por qué no era suficiente mujer para ti, Denny? Yo ya sabía lo que era esto, me crie así. Si te casas con un policía, se mostrará distante contigo y puede que beba demasiado e incluso que se tire a alguna de vez en cuando. Pero luego vuelve a casa. Vuelve a casa y se queda. Acepté el trato y creía que tú también. Despídete de los niños. Se lo debes. Mantente alejado de ellos y déjales que se olviden de ti. Hazlo por ellos.

Para los niños es duro.

Más duro de lo que Malone imaginaba.

Si cuando era niño su padre le hubiera dicho alguna vez que iba a sacarlo del colegio, se habría meado en los pantalones de alegría, pero John y Caitlin no dejaban de insistir en que tenían exámenes, clases de baile y béisbol.

Y los federales les daban miedo.

Ahora se encuentran en el salón, observando por la ventana a los agentes a los que Malone pidió que, por favor, esperaran en la calle.

—¿Quiénes son, papá? —pregunta Caitlin.

—Unos amigos policías.

—¿Y por qué no los conocemos?

—Son nuevos.

—¿Cómo es que van a llevarnos ellos?

—Porque yo tengo que volver al trabajo —responde Malone.

—A detener a hombres malos —dice John, aunque esta vez no parece tan convencido.

—¿Por qué no puede llevarnos el tío Phil? —pregunta Caitlin.

Malone los rodea a ambos con los brazos y los acerca.

—Escuchadme, necesito que me guardéis un gran secreto. ¿Podéis?

Ambos asienten complacidos.

—El tío Phil y yo estamos trabajando en un caso muy importante —dice Malone—. Es confidencial.

—Lo he visto en la tele —dice John.

—Pues eso es lo que estamos haciendo. Estamos fingiendo que somos hombres malos, ¿lo entendéis? Así que, si alguien os dice que lo somos, tenéis que seguirle la corriente. No digáis nada.

—¿Por eso tenemos que escondernos? —pregunta Caitlin.

—Eso es —responde Malone—. Estamos engañando a los malos.

—¿Y los malos van a intentar encontrarnos? —pregunta John.

—Noooo, noooo.

—Entonces, ¿por qué nos acompañan los policías nuevos?

—Es parte del juego —dice Malone—. Ahora dadme un fuerte abrazo y prometedme que seréis buenos y cuidaréis de mamá.

Lo abrazan con tantas ganas que Malone tiene que contener las lágrimas.

—Johnny —le susurra al oído.

—¿Sí, papá?

—Tienes que prometerme una cosa.

—Vale.

—Tienes que saber que eres un buen niño —dice Malone reprimiendo el llanto—. Y que serás un buen hombre. ¿Vale?

—Vale.

—De acuerdo.

En ese momento entra O'Dell y anuncia que deben ponerse en marcha.

Malone besa a Sheila en la mejilla.

Es una farsa de cara a los niños.

Ella no dice nada.

Ya le ha dicho todo lo que tenía que decirle.

Malone abre la puerta del coche y la ayuda a subir.

Ve a su familia alejarse.

Donna Russo abre la puerta.

Ha estado llorando.

—Vete, Denny. Aquí no eres bienvenido.

—Lo siento, Donna.

—¿Que lo sientes? —dice—. Te sentaste a nuestra mesa el día de Navidad. Con mi familia. ¿Ya lo sabías? ¿Te sentaste allí sabiendo que ibas a destruir a mi familia?

—No.

—¿Para qué has venido? —pregunta Donna—. ¿Para que te diga que lo entiendo, que te perdono? ¿Para sentirte mejor?

No, piensa Malone. Para sentirme peor.

Oye a Russo gritar.

—¿Es Denny? ¡Déjale pasar!

—No —dice Donna—. En esta casa no. No volverá a poner un pie aquí en la vida.

Russo sale al umbral. Parece que él también ha estado llorando.

—Sheila y los niños deben de estar bastante hundidos.

—Sí.

—Todavía no saben que son los afortunados aquí —dice Russo—. Esta es mi última noche con mi familia, así que, a menos que tengas algo que decir...

—Solo quería asegurarme...

—¿De que no me había pegado un tiro? —pregunta Russo—. Eso lo hacen los irlandeses. Los italianos no. Nosotros pensamos en vivir, no en morir. Solo pensamos en hacer lo que debemos.

—Ojalá Monty me hubiera metido una bala en la cabeza.

—¿Suicidio a manos de otro policía? —pregunta Russo—. Demasiado fácil, Denny. Demasiado fácil. Si no tienes huevos para pegarte un tiro, tendrás que vivir con lo que hiciste. Tendrás que vivir sabiendo que eres un soplón. Y ahora, si no te importa, voy a abrazar a mis hijos mientras pueda.

Donna cierra la puerta.

Claudette está en el umbral de su apartamento y no le permite entrar.

Está limpia una vez más, una sobriedad delicada, frágil, una taza de porcelana que se quebraría ante un ruido fuerte.

—Vuelve con tu mujer —dice sin brusquedad.

—No me quiere —responde Malone.

—¿Y entonces vuelves conmigo?

—No. He venido a despedirme.

Claudette parece sorprendida, pero dice:

—Probablemente sea lo mejor. No somos buenos el uno para el otro, Denny. He estado yendo a las reuniones.

—Eso está bien.

—Tengo que desintoxicarme —dice Claudette—. Voy a desintoxicarme, y no puedo hacerlo y amarte al mismo tiempo.

Tiene razón.

Malone sabe que tiene razón.

Son dos personas que se ahogan aferrándose una a la otra, que no se sueltan y se hunden en la fría oscuridad de su tristeza común.

—Solo quería que supieras que nunca has sido una puta a la que me follaba —dice Malone—. Te quería y sigo queriéndote.

—Yo también te quiero.

—Soy un corrupto —dice Malone.

—Muchos policías...

—No, lo soy de verdad. —Tiene que contárselo. Ha llegado el momento de sincerarse—. Puse heroína en la calle.

—Oh —responde Claudette.

Es solo un «oh», pero con eso lo ha dicho todo.

—Lo siento —dice Malone.

—¿Qué pasará ahora? —pregunta ella—. ¿Irás a la cárcel?

—He llegado a un acuerdo.

—¿Qué clase de acuerdo?

Uno que me situará al otro lado para siempre. Uno que no me permitiría mirarte a la cara por las mañanas.

—Me voy —dice.

—¿Es un programa como esos que salen en las películas?

—Algo así.

—Lo siento, cariño.

—Yo también.

Lo siento mucho.

El saco de boxeo sufre una sacudida.

Se inclina y vuelve a oscilar y Malone le suelta un izquierdazo y luego un gancho brutal.

Una vez y otra y otra.

El sudor de su rostro sale despedido. Golpea la parte superior con un gancho de derecha y luego le asesta uno de izquierda a la altura del hígado.

Es agradable.

Es agradable hacer daño.

El sudor, la quemazón en los pulmones, incluso los nudillos en carne viva y amoratados de golpear con las manos desnudas la áspera tela del saco, ahora manchada de sangre. Malone está desahogándose con el saco de boxeo, consigo mismo. Ambos se merecen el dolor, la rabia.

Respira hondo y vuelve a empezar, sus duros puñetazos dirigidos a O'Dell, a Weintraub, a Paz, a Anderson, a Chandler, a Savino, a Castillo, a Bruno..., pero sobre todo a Denny Malone.

Al sargento Denny Malone.

Un héroe de la policía.

Un chivato.

Termina con un puñetazo en el corazón.

El saco retrocede y vuelve a su posición original, balanceándose ligeramente como un objeto que está muerto pero todavía no lo sabe.

32

Por la mañana, Malone va caminando por Broadway y pasa junto a un quiosco situado en una esquina.

Ve su cara en la portada del *New York Post* con un gran titular que reza: «DOS HÉROES TIROTEADOS» y una foto suya con Russo y Monty tras la redada de Pena.

La imagen de Monty ha sido destacada con un óvalo blanco que recuerda a un halo.

El *Daily News* anuncia: «UN POLICÍA DE ÉLITE MUERTO, OTRO HERIDO», e incluye una foto levemente distinta de Malone y otra imagen suya durante la operación contra Pena y la leyenda: «¿DENNY CORRUPTO? ¿FUE SU DÍA DE SUERTE?».

La portada del *New York Times* no ha publicado su foto, sino un titular que dice: «CON EL ÚLTIMO BAÑO DE SANGRE, ¿HA LLEGADO EL MOMENTO DE REPLANTEARSE LAS UNIDADES POLICIALES DE ÉLITE?».

El autor es Mark Rubenstein.

Malone para un taxi y se dirige al norte de Manhattan.

Russo va elegante.

Traje de Armani planchado, camisa blanca monogramada con gemelos, corbata roja de Zegna y unos zapatos Magli relucientes. En verano no se pone el abrigo retro, pero lo lleva colgado del brazo, lo cual dificulta la tarea de O'Dell.

Al menos le pone las esposas por delante y no a la espalda.

Malone las cubre con el abrigo.

La prensa está delante de la comisaría de Manhattan Norte. Camiones de televisión, radio y reporteros acompañados de sus fotógrafos.

—¿Es necesario que le hagan pasearse delante de ellos? —pregunta Malone a O'Dell.

—No ha sido decisión mía.

—Ha sido decisión de alguien.

—Pues no fui yo.

—Y tenían que hacerlo aquí, delante de otros policías —dice Malone.

—¿Pretendía que lo arrestara en casa delante de los niños?

O'Dell parece enojado, tenso. Es normal. Todos los agentes de la comisaría están dedicando miradas de desprecio a él y al resto de los federales.

Y también a Malone.

Podría haberse ahorrado todo esto, tal como le aconsejó O'Dell, pero Malone creía que debía estar presente.

Merecía estarlo.

Ver cómo le ponían unas esposas a su hermano.

Russo se va con la cabeza alta.

—Adiós, gilipollas de mierda —dice—. ¡Que lo paséis bien esperando la pensión!

Los federales se lo llevan.

Malone va caminando junto a él.

Las cámaras disparan como si fueran ametralladoras.

Los periodistas avanzan, pero los agentes uniformados les impiden acercarse. No están de humor para aguantar sandeces de nadie. Ver a otro policía marcharse esposado les repugna y asusta.

Y les cabrea.

Después del tiroteo, los de azul entraron en oleada en las viviendas sociales, y con malas intenciones.

Desactivaron las cámaras instaladas en el salpicadero de los coches y fueron a la ciudad.

Si pesaba una orden judicial sobre ti, si no te habías presentado ante el agente de la condicional, si alguien te había denunciado por verter basuras, te detenían. Si te pillaban con una colilla de porro, una vieja aguja o una pipa con un grano de roca en su interior, también. Si oponías resistencia, si les chuleabas o incluso si mirabas de soslayo a un policía, te daban una buena paliza y te metían en el coche con las manos esposadas a la espalda pero sin el cinturón de seguridad, y luego frenaban en seco para que tu cara impactase contra la pantalla.

El Tres-Dos pasó dos veces por Saint Nick's buscando armas, drogas y sobre todo información, intentando que alguien se fuera de la lengua o les diera nombres.

La Unidad, o lo que queda de esos hijos de puta, llegó justo después, pero no quería practicar detenciones. Lo que buscaba era venganza, y la única manera de mantenerse fuera de la ecuación era darles información. Entonces te veías atrapado entre La Unidad y DeVon Carter, y La Unidad va y viene.

Pero DeVon Carter se queda.

Si tienes que llevarte una paliza, te la llevas con la boca cerrada como si te la hubieran cosido, lo cual es muy probable que ocurra una vez que La Unidad y sus perros vestidos de paisano hayan acabado contigo.

La gente de Saint Nick's no entendía por qué estaba pringando cuando todo el mundo sabía que habían sido los dominicanos los que habían masacrado a aquellos policías en la otra punta de Harlem.

Así que, cuando se corrió la voz de que un agente de La Unidad había salido esposado, una muchedumbre indignada se echó a la calle.

Ululando, chillando.

Si las cámaras no estuvieran allí, la policía podría cargar contra ellos, partirles el hocico, cerrarles la puta boca.

Russo se sienta en la parte trasera de un coche negro.

Se despide de Malone con la mano.

Y se va.

Malone entra de nuevo en la comisaría.

Varios policías lo miran de reojo. Nadie le habla.

Excepto Sykes.

—Vacíe su taquilla y venga a mi despacho —le dice.

El sargento de recepción baja la mirada. Los policías le dan la espalda cuando pasa.

Se dirige al vestuario de la Unidad Especial. Gallina está allí con Tenelli y Ortiz y hay un par de agentes de paisano sentados en el banco.

Se callan todos cuando entra.

Todo el mundo encuentra algún buen motivo para mirar al suelo.

Malone abre la taquilla.

Dentro hay una rata muerta.

Oye risas contenidas y se da la vuelta. Gallina sonríe despectivamente y Ortiz se lleva la mano a la boca y tose.

Tenelli lo mira fijamente.

—¿Quién ha sido? —pregunta Malone—. ¿Quién de vosotros ha sido, gilipollas?

—Hay una plaga. Necesitamos un exterminador —dice Ortiz.

Malone lo agarra y lo estampa contra las taquillas situadas enfrente.

—¿Ese eres tú, eh? ¿Eres tú el exterminador? ¿Quieres empezar ahora?

—Quítame las manos de encima.

—A lo mejor tienes algo más que decir.

—Suéltale, Malone —dice Gallina.

—Tú no te metas —responde Malone acercándose a Ortiz—. ¿Tienes algo que decirme?

—No.

—Ya me lo imaginaba —dice Malone, que lo suelta, vacía la taquilla y se va.

Al salir oye carcajadas.

Y luego:

—Paso al condenado a muerte.

Sykes no lo invita a sentarse y se limita a decir:

—Deje la placa y la pistola encima de la mesa.

Malone se quita la placa, la deposita sobre la mesa y luego deja el arma reglamentaria al lado.

—Es usted un policía corrupto —dice Sykes—. Supongo que lo he sabido en todo momento, pero no pensaba que el legendario Denny Malone también fuese un chivato. Sentía cierto respeto por usted. No mucho, pero algo sí. Ahora no siento ninguno. Es usted un ladrón y un cobarde. Me repugna. ¿El rey de Manhattan Norte? Usted no es el rey de nada. Salga de aquí. No soporto ni mirarle.

—Si le sirve de algo, yo tampoco.

—No, no me sirve —dice Sykes—. Mi sustituto está en camino. Mi carrera ha terminado. Me la ha robado, igual que ha robado la reputación de miles de policías decentes y honestos. Sé que llegó a un acuerdo, pero espero que lo metan en la cárcel de todos modos. Ojalá se pudra allí.

—En la cárcel no duraré mucho —dice Malone.

—Tranquilo, velarán por su seguridad —responde Sykes—. Acabará en Fort Dix y lo sacarán para testificar. Pasará tres o cuatro años informando sobre sus compañeros antes de que lo metan en una cárcel propiamente dicha. Estará bien, Malone. Los chivatos siempre están bien.

Malone sale del despacho y de la comisaría.

Las miradas le siguen.

El silencio también.

McGivern está esperándolo en la calle.

—¿También me has delatado a mí? —pregunta McGivern.

—Sí.

—¿Qué saben?

—Todo —dice Malone—. Hay una grabación.

—Tu padre se sentiría avergonzado —responde McGivern—. Ahora mismo está revolviéndose en su tumba.

Llegan a la Octava Avenida.

Malone espera a que el semáforo se ponga en verde y cruza la calle. Desde atrás oye a McGivern gritar:

—¡Irás al infierno, Malone! ¡Irás al infierno!

De eso no cabe duda, piensa.

Está escrito.

La recepcionista le recuerda.

—La última vez que le vi tenía perro —dice.

—Se ha retirado.

—El señor Berger le atenderá ahora mismo. Siéntese si quiere.

Malone toma asiento y hojea la *GQ*, que le cuenta lo que llevarán los hombres elegantes ese otoño. Minutos después, la recepcionista lo acompaña al despacho del señor Berger.

Es más grande que el apartamento de Malone, que deja el maletín al lado de la mesa. El abogado sabrá qué contiene.

—¿Le apetece tomar algo? —pregunta Berger—. Tengo un coñac excelente.

—No, gracias.

—Si no le importa, yo sí lo haré. He tenido un día duro. Según he oído, Russo está bajo custodia federal.

—En efecto —dice Malone.

—Y usted consideró necesario estar presente —prosigue Berger mientras se sirve una copa con un decantador de cristal—. Cuénteme, Malone. ¿Su masoquismo no conoce límites?

—Supongo que no.

—Dicen que unos dos tercios de los bomberos y policías que entraron en las Torres aquel día recibieron la extremaunción. Me pregunto si es cierto.

—Probablemente.

—Será usted un testigo estrella —dice Berger—. Tendrá que ser más prolijo. Eso significa...

—Sé lo que significa.

—Ya estoy mejor. —Berger apura su copa—. Le he asegurado a O'Dell que le dejaría marchar a las tres en punto. Disponemos de un par de horas. ¿Tiene asuntos de los que ocuparse? ¿Necesita algo?

—Llevo el cepillo de dientes, pero ha quedado algo pendiente —dice Malone—. Se trata de una mujer llamada Debbie Phillips. Acaba de tener un bebé, el hijo de Billy O'Neill. Hay que entregarle parte de ese dinero a plazos. Toda la información está ahí. ¿Puede encargarse usted?

—Sí —responde Berger—. ¿Algo más?

—Eso es todo.

—Bueno, no hay momento mejor que el presente.

La recepcionista asoma la cabeza.

—Señor Berger, como pidió que le avisara, están a punto de realizar un anuncio sobre la investigación del caso Bennett.

Berger enciende un televisor montado en la pared.

—¿Le importa?

El fiscal del distrito aparece detrás de un atril, flanqueado por el comisario y el jefe de patrullas.

—Ha sido un incidente desafortunado —dice el fiscal ante el micrófono—, pero los hechos son claros. El difunto señor Bennett desoyó la orden del agente Hayes, que le indicó que se detuviera. Se dio la vuelta y, mientras avanzaba hacia el agente Hayes, sacó de su chaqueta lo que parecía una pistola. El agente Hayes abrió fuego e hirió mortalmente al señor Bennett. Por desgracia, lo que el agente Hayes confundió con un arma era en realidad un teléfono móvil. Pero el agente Hayes respetó los parámetros de actuación legales. Si el señor Bennett hubiera obedecido sus órdenes, las trágicas consecuencias no se habrían producido. Por ello, el gran jurado no presentará cargos contra el agente Hayes.

—Judicialmente correcto, pero políticamente estúpido —concluye Berger—. No tienen vista. Los guetos estarán ardiendo al atardecer. ¿Está listo?

Malone lo está.

El chófer de Berger los lleva a las oficinas del FBI, situadas en el número 26 de Federal Plaza. ¿Quién cojones iba a imaginar, piensa Malone, que iría al infierno en una limusina con conductor?

El edificio es una torre de cristal y acero, fría como un corazón muerto. Pasan por los detectores de metales, suben a la oficina de O'Dell en la planta catorce y se sientan a esperar en el banco del pasillo.

Se abre la puerta del despacho y sale Russo, que ve a Malone allí sentado.

—Conque no te has pegado un tiro en la cabeza —le dice.

—No.

Quizá debería haberlo hecho, piensa.

—Perfecto. Ya lo he hecho yo por ti.

—¿Qué? —pregunta Malone.

—Ya te dije ayer noche que haría lo que tuviera que hacer —dice Russo.

Malone no lo entiende.

Russo se agacha y le habla directamente a la cara.

—Me delataste para salvar a tu familia, y lo entiendo. Yo habría hecho lo mismo. Es más, acabo de hacerlo, Denny.

Entonces cae en la cuenta. Russo solo tenía un as en la manga y lo ha utilizado.

—Sí, Pena —dice Russo—. Les he contado que lo mataste tú, que disparaste a ese hijo de puta a sangre fría. Ahora prestaré declaración, seré el testigo estrella en tu juicio, saldré en libertad, me iré a Utah a vender revestimientos de acero y a ti te caerá cadena perpetua sin posibilidad de libertad condicional.

Un federal sale del despacho, agarra a Russo de la muñeca y se lo lleva.

—Sin rencores, Denny —dice Russo—. Ambos hicimos lo que teníamos que hacer.

O'Dell abre la puerta y pide a Malone que entre.

—Nuestro acuerdo es nulo —anuncia—. Su cliente será acusado de asesinato con premeditación. Su testimonio ya no será necesario. Para eso contamos con Phil Russo. Y el sargento Malone tendrá que buscarse a un nuevo representante legal, ya que usted no podrá seguir siéndolo.

—¿Por qué?

—Conflicto de intereses —afirma Weintraub—. La fiscalía lo llamará a testificar sobre la considerable animosidad de Malone contra Diego Pena.

O'Dell pone las esposas a Malone, lo traslada al Centro Correccional Metropolitano de Park Row y lo encierra en un calabozo.

La puerta se cierra y, como si nada, Malone está al otro lado.

—¿Por qué tuvo que matarlo? —pregunta O'Dell.

33

Fue Nasty Ass quien avisó a Malone de que algo iba mal en el 673 de la calle Ciento cincuenta y seis Oeste. Fue en los primeros días de la Unidad Especial, una fétida noche de agosto, y el soplón ni siquiera quiso que le pagara, ni en metálico ni en caballo, y parecía nervioso cuando dijo:

—Por lo visto es algo malo, Malone, muy malo.

El equipo de Malone fue a comprobarlo.

La policía cruza muchas puertas. La mayoría son poco memorables, indistinguibles.

Malone jamás olvidaría aquella.

La familia al completo muerta.

Padre, madre y tres hijos de entre tres y siete años. Dos niños y una niña. Les habían pegado un tiro en la nuca. A los dos adultos también, pero primero los trocearon con machetes. Había salpicaduras de sangre por toda la pared.

Russo se santiguó.

Montague se quedó a mirar. Los niños eran negros y Malone sabía que estaba pensando en sus hijos.

Billy O rompió a llorar.

Malone avisó por radio. Cinco homicidios, todos afroamericanos. Varón adulto, mujer adulta, tres menores. Y daos prisa, joder. Minelli, del Departamento de Homicidios de la Unidad Especial, tardó unos cinco minutos en llegar, seguido al instante del forense y los de la científica.

—Madre de Dios —dijo Minelli al contemplar la escena, y añadió—: De acuerdo, gracias. Ahora tomamos nosotros las riendas.

—Nos quedamos —respondió Malone—. Es un asunto de drogas.

—¿Cómo lo sabes?

—El adulto es DeMarcus Cleveland y esa es Janelle, su mujer —dijo Malone—. Eran traficantes de caballo de nivel medio y trabajaban para DeVon Carter. No ha sido un robo. No revolvieron sus cosas. Simplemente entraron y los ejecutaron.

—¿Por qué?

—Por traficar en las esquinas equivocadas.

Minelli no tenía intención de enzarzarse en un conflicto fronterizo por aquello, no con tres niños muertos. Incluso los de la científica estaban conmocionados. Nadie hacía los chistes habituales ni buscaba algo que llevarse al bolsillo.

—¿Tienes idea de quién lo hizo? —preguntó Minelli.

—Sí, la tengo —dijo Malone—. Diego Pena.

Pena era un jefe del negocio dominicano en Nueva York. Su labor consistía en estabilizar el menudeo, por lo demás caótico, controlar a los camellos negros de bajo nivel o echarlos del barrio. En resumen: o nos compras a nosotros o no compras.

Malone tenía la corazonada de que los Cleveland se habían negado a pagar la cuota de franquiciados. Una noche había oído a DeMarcus Cleveland proclamar su resistencia en una esquina.

—Este es nuestro puto barrio, el puto barrio de Carter. Somos negros, no hispanos. ¿Vosotros veis tacos por aquí o a algún hermano bailando merengue?

En aquel momento hubo risas, pero ahora nadie se reía ya.

Y nadie hablaba.

Malone y su equipo sondearon a todo el edificio, pero nadie había oído nada. Y no era el típico «que le den por culo a la poli, tampoco hará nada al respecto», o la actitud habitual de los pandilleros, que solucionan ellos mismos sus asuntos.

Era miedo.

Malone lo entendía. Matar a un traficante en una disputa territorial es el pan de cada día en el barrio. Pero si matas al traficante y a toda su familia, incluidos sus hijos, estás mandando un mensaje a todo el mundo.

Pónganse a la cola.

Malone no iba a aceptar un «no lo sé» por respuesta.

Tres niños muertos, ejecutados mientras dormían. Puso toda la carne en el asador. ¿No quieres ser testigo? Perfecto, siempre puedes ser el acusado. Él y su equipo interrogaron a todos los yonquis, camellos y putas del barrio. Detuvieron a gente por el mero hecho de estar allí, por holgazanear, por tirar basura o por mirarlos mal. ¿No has oído nada, no has visto nada, no sabes nada? Vale, no te preocupes. Te encerraremos una temporada en Rikers para que lo pienses. A lo mejor allí recuerdas algo.

El equipo llenó los calabozos del Tres-Dos, el Tres-Cuatro y el Dos-Cinco. En aquel momento su capitán era Art Fisher. Sabía cómo actuar en la calle y tenía cojones, y no les buscó las cosquillas por aquello.

Torres sí. Él y Malone estuvieron a punto de liarse a puñetazos en el vestuario cuando le preguntó:

—¿Por qué te dejas la piel por esto? No son seres humanos.

—¿Los tres niños?

—Si haces cálculos —dijo Torres—, eso le ahorra a la ciudad prestaciones sociales para unos dieciocho nietos ilegítimos.

—Cierra la puta boca o no podrás hacer mamadas en un mes —dijo Malone.

Monty tuvo que interponerse entre ellos.

Y uno no intenta apartar a Big Monty para enzarzarse en una pelea.

—¿Por qué le dejas que te vacile? —preguntó a Malone.

Es decir, si yo no lo hago, ¿por qué deberías hacerlo tú?

Quien trabajó duro en aquel caso fue Nasty Ass.

Cuando no iba hasta arriba de heroína, el soplón se pateaba las calles como si fuera policía; Malone tuvo que recordarle en más de una ocasión que no lo era. Se esforzaba, arriesgaba, hacía preguntas a gente a la que no debía. Por algún motivo, aquello le afectó, y Malone, que tiempo atrás había llegado a la conclusión de que los yonquis no tienen alma, tuvo que reconsiderar su opinión.

Pero no encontraron nada que pudieran utilizar contra Pena.

Él seguía vendiendo heroína, un producto llamado «caballo oscuro», y todo el mundo le tenía demasiado miedo como para enfrentarse a él.

—Tenemos que ser más directos —dijo Malone una noche que estaban tomando unas cervezas en el Carmansville Playground.

—¿Por qué no le matamos? —preguntó Monty.

—¿Para ti merece la pena acabar en la cárcel? —dijo Malone.

—Puede.

—Tienes hijos —terció Russo—. Familia. Todos los tenemos.

—No es asesinato si él intenta matarnos antes —dijo Malone.

Y así nació la campaña de Malone para incitar a Pena a que intentara cargarse a un policía.

Empezaron en un club de Spanish Harlem, un precioso local de salsa del que Pena era copropietario, probablemente para blanquear dinero. Eligieron un viernes por la noche, cuando el lugar estaba abarrotado, y entraron igual que guardias de asalto puestos de crack.

Los porteros trataron de intimidar a Malone y sus hombres cuando se saltaron la cola, enseñaron la placa y anunciaron que iban a entrar.

—¿Traen una orden judicial?

—¿Quién cojones eres tú? ¿Johnnie Cochran? —preguntó Malone—. He visto a un tío armado que venía corriendo hacia aquí. Eh, a ver si eras tú... ¿Eras tú, letrado? Date la vuelta y pon las manos detrás de la espalda.

—¡Tengo derechos constitucionales!

Monty y Russo lo agarraron de la camisa y lo empujaron con tanta fuerza que atravesó el cristal de la ventana.

Una mujer lo había grabado todo en vídeo y sostuvo el teléfono en alto.

—¡Lo tengo todo aquí! ¡Lo que habéis hecho!

Malone se acercó a ella, le arrebató el teléfono de las manos y lo aplastó con sus Doc Martens.

—¿Alguien más ha sufrido una violación de sus derechos constitucionales? Quiero saberlo ahora mismo para poder remediarlo.

Nadie habló y la mayoría bajó la cabeza.

—Largaos de aquí ahora que podéis.

El equipo entró en la discoteca y la puso patas arriba. Monty rompió las mesas de cristal y las sillas con un bate de aluminio. Russo pateó los altavoces. Los clientes se amontonaban para abrirles paso. Cuando empezaron a tirar pistolas al suelo, parecía una tormenta sobre un tejado de chapa.

Malone fue a la barra y tiró las botellas de un manotazo. Luego dijo a una de las camareras:

—Abre la caja.

—No sé si...

—Te he visto meter coca ahí dentro. Ábrela.

La camarera obedeció y Malone sacó montones de billetes y los arrojó encima de la barra como si fueran hojas.

Se le acercó un hombre corpulento con una camisa de seda color crema.

—Usted no puede...

Malone lo agarró de la nuca y le golpeó la cara contra la barra.

—Vuelve a decirme qué puedo y no puedo hacer. ¿Eres el encargado?

—Sí.

Malone cogió un puñado de billetes y se los metió en la boca.

—Cómetelos. Venga, jefe, cómetelos. ¿No? Entonces cierra la puta a boca a no ser que quieras decirme dónde está Pena. ¿Dónde está? ¿En el almacén?

—Se ha ido.

—¿Se ha ido? —preguntó Malone—. Si vuelvo a la sala vip y está allí, tú y yo tendremos un problema. Bueno, lo tendrás tú, porque te voy a dejar la cara como un mapa.

—¡Cacheadlos a todos! —gritó Malone cuando se dirigía a las escaleras—. ¡Llamad a las patrullas! ¡Decidles que traigan una furgoneta! ¡Se van todos!

Subió las escaleras que conducían a la sala vip.

El portero no parecía convencido, así que Malone le aclaró las ideas.

—Soy vip. Para ti soy la persona más importante del mundo ahora mismo, porque soy yo quien decide si acabas en un calabozo rodeado de morenitos que odian a los sudacas, así que déjame pasar.

El portero accedió.

En un sofá había cuatro hombres con sus mujeres, unas hermosas latinas con maquillaje, el pelo cardado y vestidos caros y bonitos.

En el suelo tenían armas.

Los hombres eran corpulentos e iban bien vestidos. Se les veía de lo más tranquilos, fríos y arrogantes. Malone sabía que trabajaban para Pena.

—Levantaos y echaos al suelo —les ordenó.

—¿Tú qué te has creído? —preguntó uno de ellos—. Nos estás haciendo perder el tiempo a todos. Ninguna de estas detenciones servirá de nada.

Otro cogió el teléfono y apuntó con él a Malone.

—Eh, Ken Burns —le dijo este—, el único documental que vas a rodar es tu propia colonoscopia.

El hombre soltó el teléfono.

—Todos al suelo.

Se levantaron del sofá, pero las chicas eran reacias a tumbarse porque las faldas que llevaban eran demasiado cortas.

—Estás faltándole al respeto a nuestras mujeres —dijo el primero.

—Claro, porque yendo con unos mierdas como vosotros se respetan mucho a sí mismas —repuso Malone—. Señoritas, ¿sabían que sus novios matan a niños de tres años mientras duermen? Sí, definitivamente creo que deberían casarse con esos capullos. Aunque ellos probablemente ya estén casados, por supuesto.

—Muestra un poco de respeto —dijo el hombre.

—Como vuelvas a dirigirte a mí —respondió Malone—, hago venir a una agente para que rebusque en los orificios de vuestras chicas y, mientras lo hace, yo os patearé la cabeza.

El hombre estuvo a punto de contestar, pero se lo pensó mejor.

Malone se agachó y dijo en voz baja:

—Ahora, cuando os vayáis, corre a decirle a Pena que el sargento Denny Malone, de la Unidad Especial de Manhattan Norte, destrozará sus discotecas, detendrá a sus camellos y echará a sus clientes. Y luego empezará a ponerse serio. ¿Me entiendes? Puedes hablar.

—Te entiendo.

—Bien —dijo Malone—. Entonces llama a tus jefes de República Dominicana y diles que no pararé. Diles que Pena la ha cagado y que el agente Denny Malone, de la Unidad Especial de Manhattan Norte, tirará su caballo oscuro a una alcantarilla mientras él camine erguido por Nueva York. Diles que los dueños de este barrio no son ellos. Soy yo.

Los agentes uniformados ya se encontraban en la planta baja. Cuando llegó Malone estaban esposando a gente y recogiendo viales de coca, pastillas y armas.

—Todos detenidos —dijo Malone al sargento—. Posesión de armas de fuego, cocaína, éxtasis y, por lo visto, un poco de caballo...

—Denny, ya sabes que esto no prosperará —respondió el sargento.

—Lo sé. —Luego gritó a la multitud—: ¡No volváis a esta discoteca! ¡Pasará esto cada vez que vengáis!

Cuando él y su equipo salían por la puerta, añadió:

—¡Que La Unidad sea con vosotros!

Art Fisher, el entonces capitán, no era un cagado, así que se lo echó a la espalda.

Los asistentes del fiscal del distrito irrumpieron en su despacho gritando que ni podían ni pensaban aceptar un solo caso, que toda la redada era una violación de los derechos ciudadanos, un ejemplo perfecto de ardides policiales que rozaban..., no, que sobrepasaban la línea de la brutalidad.

Cuando Fisher se cerró en banda («¿Tenéis miedo de que una *chiquita* os denuncie por un iPhone?»), los fiscales acudieron a su jefe inmediato, que en aquella época era Mary Hinman.

Pero no les funcionó demasiado.

—Si no queréis aceptar esos casos, no lo hagáis —les dijo—. Pero tampoco os pongáis lloricas. Echadle un par y apretaos el cinturón, porque las cosas se van a poner más feas.

Uno de ellos respondió:

—Entonces, ¿vamos a permitir que Denny Malone y su panda de neandertales vayan pisoteando a la gente por el norte de Manhattah?

Hinman ni siquiera apartó la mirada de sus documentos.

—¿Aún estáis ahí? Pensaba que os habríais ido cuando os dije que salierais a cumplir vuestro deber. Pero si no queréis el trabajo...

Asuntos Internos también atacó tímidamente.

Los estaban hostigando los querellantes y la Comisión Evaluadora Civil.

McGivern lo cortó de cuajo. Sacó del cajón una foto de los tres niños con un disparo en la cabeza y les preguntó si querían verla en la portada del *Post* con el titular: «Asuntos Internos frustra una investigación sobre asesinos de niños».

No querían eso, no.

Aquello sucedió antes de lo de Ferguson, de lo de Baltimore y del resto de los homicidios, y, aunque la comunidad latina se sintió ofendida por la redada en la discoteca, no quería que la relacionaran con asesinos de niños, y la comunidad negra tampoco.

Malone continuó.

Su equipo fue a tiendas de alimentación, a casas donde se almacenaban drogas, armas y dinero, a discotecas y a esquinas. En la calle se corrió la voz de que, si vendías o te inyectabas algo que no fuera caballo oscuro, la policía miraría hacia otro lado, pero, si tenías mercancía de Diego Pena, La Unidad iría directo hacia ti en una trayectoria de colisión y sin marcas de neumático.

Y no pensaban parar.

No hasta que alguien les contara algo que pudieran utilizar contra Pena.

Malone lo llevó todo a un nuevo nivel, que rompía las reglas no escritas que rigen la relación entre policías y gánsteres. Un traficante detenido en su tercera redada confesó dónde vivía Pena realmente y Malone lo encontró en Riverdale y organizó un dispositivo de vigilancia.

Veía a la mujer de Pena llevando a sus dos hijos a un elegante colegio privado. Un día, cuando volvía a casa, se le acercó y dijo:

—Tiene unos hijos fantásticos, señora Pena. ¿Sabía que su marido ordena asesinar a las familias de otros? Que tenga un día espléndido.

Malone no llevaba ni diez minutos en la comisaría cuando una secretaria le avisó de que en la planta baja preguntaban por él.

Le entregó una tarjeta. «Gerard Berger, abogado».

Al bajar, Malone se encontró con un hombre muy elegante que por fuerza tenía que ser Gerard Berger, abogado.

—Soy el sargento Malone.

—Gerard Berger —dijo—. Represento a Diego Pena. ¿Podemos hablar en privado?

—¿Tiene inconveniente en hacerlo aquí?

—No —respondió Berger—. Solo quería ahorrarle un posible bochorno delante de sus compañeros.

¿Bochorno? ¿Delante de aquella gente? Había visto a algunos competir por quién podía eyacular más lejos, pensó Malone.

—No, ningún problema —dijo—. ¿Por qué necesita Pena representación? ¿Ha sido acusado de algo?

—Sabe usted que no —repuso Berger—. El señor Pena considera que está siendo acosado por el Departamento de Policía de Nueva York. Más concretamente por usted, sargento Malone.

—Pues es una lástima.

—Bromee cuanto guste —dijo Berger—. Veremos si le parece tan divertido cuando le denunciemos.

—Adelante. No tengo dinero.

—Tiene una casa en Staten Island —dijo Berger—. Y una familia a la que cuidar.

—A mi familia ni la mencione, abogado.

—Mi cliente está brindándole una oportunidad, sargento. Deponga su actitud. De lo contrario, presentaremos una demanda civil y una queja oficial al departamento. Le quitaré la placa.

—Cuando la tenga, métasela por el culo —le espetó Malone.

—Es usted una mierda de perro en la suela de mi zapato, sargento.

—¿Eso es todo?

—Por ahora sí.

Malone volvió a su mesa. Toda la brigada se había enterado de que el impopular Gerard Berger les había hecho una visita.

—¿Qué quería ese soplagaitas? —preguntó Russo.

—Me ha soltado el típico discursito de que no volveré a trabajar nunca más en esta ciudad —dijo Malone—. Y me ha pedido que deje de darle la lata a Pena.

—¿Lo harás?

—Claro.

Lo que hizo Malone a continuación pasaría a conocerse en el folclore de Manhattan Norte como la «Tarde de un día de perros».

Malone fue a ver al agente Grosskopf de la brigada K-9 y le pidió prestado a Wolfie, un enorme alsaciano que llevaba dos años aterrorizando a Harlem.

—¿Qué piensa hacer con él? —preguntó Grosskopf.

Quería mucho a Wolfie.

—Sacarlo a pasear —dijo Malone.

Grosskopf accedió porque era difícil, por no decir arriesgado, responder a Denny Malone con negativas.

Luego metieron a Wolfie en la parte trasera del coche de Russo y se dirigieron a un puesto de comida ambulante situado en la calle Ciento diecisiete Este que técnicamente se llamaba Paco's Tacos, pero que normalmente era conocido como «la furgoneta laxante». Allí, Malone dio a Wolfie tres enchiladas de pollo con chile verde, cinco tacos de carne no identificada y un burrito gigante conocido como «el revientaintestinos».

Wolfie, que normalmente seguía una dieta sumamente estricta, estaba muy contento y agradecido y se enamoró al instante de Malone, a quien lamió con entusiasmo. Cuando fueron al coche meneaba la cola, esperando con ansia la próxima sorpresa gastronómica.

—¿Cuánto tardaremos en llegar? —preguntó Malone a Russo.

—Si no hay tráfico, veinte minutos.

—¿Crees que tanto?

—Poco faltará.

Tardaron veintidós minutos, durante los cuales la alegría de Wolfie devino en incomodidad a medida que la comida grasienta se abría paso por sus intestinos y exigía salir. Wolfie empezó a gemir, una señal que Grosskopf habría identificado al momento como una necesidad de abandonar el vehículo.

—Aguanta, Wolfie —dijo Malone rascándole la cabeza—. Ya falta poco.

—Como el perro se cague en mi coche...

—No lo hará. Es un semental.

Cuando llegaron, Wolfie se retorcía de incomodidad y fue directo al césped que había frente al edificio de oficinas, pero Malone y Russo lo llevaron dentro, lo metieron en el ascensor y se dirigieron a la planta diecisiete.

La recepcionista de Berger, una joven bellísima a la que el abogado probablemente se tiraba, dijo:

—Aquí no se pueden traer perros, señor.

—Es un perro guía —dijo Russo mirándole las tetas—. Soy ciego.

—¿Tienen cita con el señor Berger? —preguntó la recepcionista.

—No.

—¿Qué le pasa a su perro?

La respuesta llegó al instante.

Wolfie gimió, Wolfie empezó a dar vueltas, Wolfie soltó un chorro casi apocalíptico de mierda con aromas de chili sobre la alfombra Surya Milan (anteriormente) blanca.

—Uy —dijo Malone.

Al salir, con las arcadas de la recepcionista de fondo, Malone dio unas palmaditas en la cabeza al avergonzado pero aliviado animal y dijo:

—Buen chico, Wolfie. Buen chico.

Luevo lo llevaron de vuelta a la comisaría.

La historia llegó allí antes que ellos, porque fueron recibidos con aplausos y Wolfie fue agasajado con caricias, abrazos, besos y una caja de galletas Milkbone con un lazo azul.

—El capitán quiere veros en cuanto entréis —dijo el sargento de recepción a Malone y Russo.

Devolvieron a Wolfie a Grosskopf, que montó en cólera, y fueron al despacho de Fisher.

—Se lo preguntaré una sola vez —dijo—. ¿Han llevado un perro de la policía a cagar a la oficina de Gerard Berger?

—¿Cree que yo haría algo así? —respondió Malone.

—Salgan de aquí. Estoy ocupado.

Y lo estaba. No dejaban de llamar de todos los distritos de Nueva York para felicitarlo.

Grosskopf nunca perdonó a Malone que abusara del sistema digestivo de Wolfie, una hostilidad que se vio exacerbada por el hecho de que, cada vez que Malone se acercaba a menos de quince metros, el perro quería ir con él, ya que le había regalado la mejor tarde de su vida.

Malone siguió. Nasty Ass —y sabe Dios de dónde sacó aquella información— le contó que la mujer de Pena iba a celebrar una fiesta de cumpleaños sorpresa para su marido en Raos', el famoso restaurante de East Harlem.

Pena estaba sentado a la mesa principal con su familia, sus amigos, más de un líder empresarial y unos cuantos políticos locales. Cuando empezó a abrir los regalos, cogió un gran paquete que contenía una foto enmarcada de los tres niños muertos con una nota: «De tus amigos de la Unidad Especial de Manhattan Norte. Que no cumplas muchos más, asesino de niños».

Malone lo supo por los mafiosos de Pleasant Avenue. Fue invitado a reunirse con Lou Savino, a quien conocía desde que patrullaba las calles. Se sentaron en la terraza de una cafetería a tomar un *espresso* y el capo dijo:

—La que estás liando. Tienes que parar con esta mierda.

—¿Desde cuándo eres el mensajero de los sudacas?

—Podría ofenderme por eso —respondió Savino—, pero no lo haré. Las mujeres quedan al margen de nuestros negocios, Denny.

—Eso cuéntaselo a Janelle Cleveland. Ah, claro, no puedes, porque ella y toda su familia están muertos.

—Esto es una pelea entre dos grupos de monos —le advirtió Savino—. Tienes al mono marrón y al mono negro. ¿Qué más da quién se lleve el plátano? No nos afecta para nada.

—Y mejor que sea así, Lou —dijo Malone—. Si alguno de tus hombres está moviendo la mercancía de Pena, quién sabe qué ocurrirá. Iré a por ellos. Me da igual.

Sabía lo que estaba haciendo: comunicándole a Savino que, si quería vender caballo, debía ser con cualquiera menos con Pena. Tal vez eso lo empujaría a llamar al dominicano.

La clave para seguir vivo en cualquier tipo de organización criminal es muy sencilla: haz ganar dinero a otros. Mientras ganes dinero para otros, estarás a salvo. Si empiezas a costarles dinero, te conviertes en un lastre, y las organizaciones criminales no mantienen lastres en sus libros de contabilidad por mucho tiempo.

No pueden desgravárselos.

Malone estaba convirtiendo a Pena en un lastre. El hombre estaba costando dinero a sus jefes y les causaba problemas. Los estaba abochornando. Estaba permitiendo que lo humillaran, que insultaran a su mujer, que destruyeran su negocio, y empezaba a ser objeto de mofas.

Si quieres ser cómico, aspiras a gran maestro de ceremonias. Si tu intención es controlar el tráfico de drogas en el gueto, lo último que quieres es ser gracioso.

Quieres ser temido.

Y si la gente se cachondea de ti, aunque sea a tus espaldas, no te tiene miedo. Y, si no te tiene miedo y no estás haciendo ganar dinero a otros, no eres más que un problema.

Las organizaciones de narcotraficantes no tienen departamentos de recursos humanos.

No te citan para asesorarte a fin de que mejores tu rendimiento laboral. Lo que hacen es enviar a alguien a quien conozcas, a alguien de confianza, que te saca a tomar unas copas o a cenar y te dice: «Cuida de tu negocio».

—Lo único que te pido es que te sientes a hablar con él —dijo Savino—. Podemos arreglarlo.

—Tres niños muertos. No hay nada que arreglar.

—Siempre es bueno hablar.

—Si quiere hablar, que confiese que ordenó el asesinato de la familia Cleveland y presente una declaración escrita —respondió Malone—. Solo entonces me sentaré a hablar con él.

Pero Savino jugó su mejor carta.

—No te lo está pidiendo él. Te lo estamos pidiendo nosotros.

Malone no podía rechazar una petición directa de la familia Cimino. Hacían negocios juntos, tenía obligaciones.

Se reunieron en el almacén de un pequeño restaurante del barrio de East Harlem controlado por los Cimino. Savino garantizó la seguridad de Malone; este a su vez prometió que no practicaría detenciones ni llevaría micrófono.

Cuando llegó, Pena ya estaba sentado a la mesa. Camisa blanca, con sobrepeso y feo, a pesar del traje de mil dólares. Savino se levantó y le dio un abrazo. Luego procedió a cachearlo. Malone le apartó las manos.

—¿Me estás cacheando? ¿A él también le has cacheado?

—Él no tiene ningún motivo para llevar micrófono.

—El que no lo tiene soy yo —dijo Malone—. Esta no es forma de empezar una reunión, Lou.

—¿Dónde está el micro?

—En el coño de tu madre —le espetó Malone—. La próxima vez que se lo comas, no digas nada incriminatorio. Que os follen. Yo me largo de aquí.

—Tranquilízate —dijo Pena.

Savino se encogió de hombros e indicó a Malone que se sentara.

—¿Quién te da órdenes últimamente? —le preguntó Malone, que se sentó delante de Pena.

—¿Te apetece algo? —preguntó este.

—No voy a partir pan contigo —dijo Malone—. No voy a beber contigo. Lou me pidió que nos reuniéramos y aquí estoy. ¿Qué quieres decirme?

—Todo esto tiene que acabar.

—Acabará cuando te claven la aguja en el brazo —repuso Malone.

—Cleveland conocía las reglas —dijo Pena—. Sabía que un hombre no solo se pone en peligro a sí mismo, sino a toda su familia. Nosotros trabajamos así.

—Este es mi territorio —sentenció Malone—. Estas son mis reglas. Y mis reglas son que no matamos a niños.

—A mí no me trates con superioridad moral —contestó Pena—. Sé lo que eres. Y eres un policía corrupto.

Malone miró a Savino.

—¿Eso es todo? ¿Ya hemos mantenido nuestra conversación? ¿Puedo irme a comer algo?

Pena dejó un maletín encima de la mesa.

—Ahí dentro hay doscientos cincuenta mil dólares. Cógelos y come.

—¿Para qué es esto?

—Ya sabes para qué es.

—No, dime para qué es, rastrero —dijo Malone—. Dime que es para que pase por alto el asesinato de esa familia.

—Cachéalo —ordenó Pena a Savino.

—Si Lou me pone un solo dedo encima, barreré este suelo contigo.

—Lleva micro —dijo Pena.

—Si eso es cierto no saldrás de aquí, Denny —le advirtió Savino.

Malone se quitó la chaqueta, se desabotonó la camisa y dejó el pecho al descubierto.

—¿Ya estás contento, Lou, o quieres ponerte un guante y meterme un dedo por el culo, maricón de los cojones?

—Por favor, no te ofendas, Denny.

—Pues sí, tú y este asesino de niños me ofendéis. —Malone cogió el maletín y se lo lanzó a Pena—. No sé qué te habrán contado de mí, pero sé lo que no te han contado. No te han contado que no voy a permitir que una rata mate a tres niños en mi territorio y se vaya de rositas. Si vuelves a ofrecerme ese maletín, te lo meto por la boca y te lo saco por el culo. La única razón por la que no te pongo unas esposas y te encierro ahora mismo es que se lo prometí a Lou. Pero eso no es extensible a mañana, o a pasado mañana o al otro. Te voy a enterrar, si es que tus jefes no se me adelantan.

—A lo mejor te entierro yo a ti —dijo Pena.

—Hazlo —respondió Malone—. Ve a por mí. Pero trae a toda tu gente. Si llamas al lobo, acudirá la manada entera.

Russo y Montague aparecieron por la puerta del restaurante como si hubieran estado escuchando. Y así era. Estaban en un coche grabando la puta conversación con una antena parabólica.

—¿Algún problema, Denny? —preguntó Russo, que llevaba una sonrisa en la cara y una escopeta Mossberg 590 en la mano.

Monty no sonreía.

—Ninguno —respondió Malone, que se quedó mirando a Pena—: Y a ti, mierdecilla, me follaré por el culo a tu viuda encima de tu ataúd hasta que me llame «papi».

Se armaron hasta los dientes.

Empezaron a llevar artillería.

Podía venir de cualquier sitio, de Pena o incluso de los Cimino, aunque Malone dudaba que una familia mafiosa fuese tan temeraria como para asesinar a un agente del Departamento de Policía de Nueva York.

Adoptaron precauciones. Malone no iba a Staten Island, sino que se recluía en el West Side. Russo llevaba la escopeta en el asiento del acompañante. Pero aun así salían a la calle, atacando el negocio de Pena, interrogando a sus fuentes, debilitándolo.

Y Malone llevó la cinta a Mary Hinman.

—Para Berger esto será pan comido —dijo Hinman—. No había orden judicial, no había indicios fundados...

—Unos agentes de policía vigilaban a un compañero en una operación encubierta —respondió Malone—. En el desempeño de dicha labor, oyeron a un hombre confesando un asesinato múltiple y...

—¿Pretendes que acuse a Pena de los homicidios de la familia Cleveland basándome en eso? —preguntó Hinman—. Es un suicidio profesional.

—Tú limítate a traerlo aquí —dijo Malone—. Mételo en la sala y que Homicidios le ponga la cinta y lo interrogue.

—¿Crees que Berger le permitirá responder algo que no sea su nombre? —preguntó Hinman.

—Inténtalo de todos modos —dijo Malone. Estaba tan tenso, tan frustrado, que parecía que fuera a atravesar su propia piel—. Me lo debes.

¿A cuánta gente has encerrado gracias a mi testimonio?

Detuvieron a Pena.

Malone observó a través del cristal mientras Hinman reproducía la cinta.

PENA: Cleveland conocía las reglas. Sabía que un hombre no solo se pone en peligro a sí mismo, sino a toda su familia. Nosotros trabajamos así.

Berger levantó la mano para indicar a Pena que guardara silencio, miró a Hinman y dijo:

—No estoy oyendo nada que suene ni remotamente a confesión o tan siquiera a conocimiento doloso de los asesinatos de la familia Cleveland. He oído a un hombre expresando una norma cultural ciertamente repulsiva, que, aun siendo reprobable, no es un delito.

Hinman volvió a poner en marcha la cinta.

PENA: Ahí dentro hay doscientos cincuenta mil dólares. Cógelos y come.
MALONE: ¿Para qué es esto?
PENA: Ya sabes para qué es.

—Así que ahora cree que puede acusar a mi cliente de intentar sobornar a un agente de policía —dijo Berger—. Pero no tiene el dinero. A lo mejor el maletín estaba vacío. A lo mejor mi cliente simplemente estaba tomándole el pelo al sargento Malone en una represalia manifiestamente desafortunada por su acoso incesante y pueril. ¿Siguiente?

MALONE: No, dime para qué es, rastrero. Dime que es para que pase por alto el asesinato de esa familia.
PENA: Cachéalo.

Hinman reprodujo el resto de la cinta.

Berger dijo:

—Yo no he oído nada que lo incrimine. En cambio, sí he oído a un agente del Departamento de Policía de Nueva York amenazar a un individuo con que iba a «follarse por el culo» a su mujer encima de su ataúd. Estarán orgullosos. En este caso, la cinta no sirve de nada, pero además sería inadmisible en el caso de que fueran ustedes tan tontos como para presentar cargos contra mi cliente. Puede que impresionara a un gran jurado, pero un juez se indignaría y la tiraría a la basura, que es donde debe estar. No tienen nada contra mi cliente.

—Existe vínculo con los pistoleros e implicarán a su cliente —respondió Hinman—. Esta es su oportunidad de reconocer los hechos y evitar la aguja.

Era un farol absoluto, pero Pena cedió.

Berger no.

—¿Alguien está haciéndose el tonto? ¿O están reconociendo tácitamente que su «acusación» ahora mismo no va a ningún sitio? Le diré una cosa, letrada: sus policías están fuera de control. Lo denunciaré ante la Comisión Evaluadora Civil, pero yo además le recomendaría que salve su carrera tomando medidas y sacrificando a los perros rabiosos de la manada.

Luego se levantó e indicó a Pena que hiciera lo propio.

—Buenos días.

Berger miró fijamente al espejo, sacó un pañuelo, sonrió a Malone y levantó el pie. Luego limpió la suela y tiró el pañuelo a la papelera.

El barrio empezó a volverse contra Pena.

Al principio fue algo sutil, un simple goteo. Pero el goteo se convirtió en un riachuelo, que a su vez se convirtió en una inundación que abrió una brecha en el muro de invulnerabilidad de Pena. Nadie iba a comisaría, la confianza no era tanta, pero la gente asentía levemente, un gesto ínfimo en la calle para que Malone supiera que querían hablar con él.

Hablaban en las esquinas , en callejones, en vestíbulos de edificios, en salas de tiro, en bares. Información sobre los asesinos de los tres niños, a quién contrató Pena, quiénes eran los sicarios.

Había cierto cinismo en todo ello: los confidentes querían que se reactivara el caudal de heroína, que acabara el acoso, que Malone pusiera fin a su campaña implacable. Pero muchos se sintieron liberados del miedo cuando empezaron a cambiar las tornas.

Según trascendió, Pena había contratado a dos jóvenes y ambiciosas promesas que querían curtirse con él. Y la comunidad estaba especialmente enfadada porque eran negros.

Tony y Braylon Carmichael eran hermanos, de veintinueve y veintisiete años, respetivamente, con unos antecedentes que se remontaban a su adolescencia por agresiones, atracos, tráfico de drogas y hurtos, y ahora querían dar el salto y vender la mercancía de Pena.

Pero primero les ofreció un trabajo de prueba.

Matar a los Cleveland.

A toda la familia.

Malone, Russo y Montague entraron en el apartamento de la calle Ciento cuarenta y cinco con las armas en ristre y dispuestos a disparar.

Pena había llegado primero.

Tony Carmichael estaba sentado en una silla con dos orificios de entrada en la frente.

Bueno, pensó Malone, al menos hemos ejecutado a uno de los asesinos indirectamente al decirle a Pena que íbamos a por ellos. Registraron el resto del apartamento, pero no encontraron a Braylon, lo cual significaba que su caso contra Pena seguía vivo.

Malone acudió a Nasty Ass.

—Haz correr la voz. Si contacta conmigo, prometo ponerlo a salvo. No habrá palizas. Llegaremos al acuerdo que sea necesario para que testifique contra Pena.

Braylon era imbécil. Su difunto hermano era el «cerebro» de la operación. Pero Braylon tenía inteligencia suficiente para saber que Pena y los amigos de los Cleveland iban a por él y que su única posibilidad era Malone.

Aquella noche estableció contacto.

Malone y su equipo lo recogieron en Saint Nicholas Park, donde había utilizado unos matorrales para esconderse, y lo trasladaron a la comisaría.

—Ni una puta palabra —le dijo Malone cuando lo esposaba—. Mantén la boca cerrada.

Quería hacerlo bien. Informó de la detención y se cercioró de que Minelli estaba preparado para el interrogatorio y de que Hinman estaba presente. Braylon no quería un abogado. Confesó que Pena los había contratado a él y a su hermano para matar a los Cleveland.

—¿Es suficiente? —preguntó Malone.

—Es suficiente para detenerlo.

Hinman consiguió una orden judicial contra Pena y Homicidios fue a detenerlo. Hinman prohibió estrictamente a Malone que participara en la operación.

Pena no estaba.

Se les escapó por unos minutos.

Gerard Berger había entregado a su cliente a los federales.

No por asesinato, sino por tráfico de estupefacientes.

Malone estalló cuando Hinman lo llamó para darle la noticia.

—¡No lo quiero por tráfico, lo quiero por asesinato!

—No podemos tener todo lo que queramos —dijo Hinman—. A veces hay que conformarse con lo que hay. Venga, Malone, has ganado. Pena se ha entregado para salvar el pellejo e ir a una cárcel federal donde no pueda matarle su propia gente. Cumplirá de quince a treinta años y probablemente morirá allí. Es una victoria. Acéptala.

Pero no lo era.

Gerard Berger consiguió a su cliente la mayor ganga de todos los tiempos. A cambio de proporcionar información confidencial sobre el cártel y testificar en una docena de casos abiertos, a Diego Pena le impusieron dos años y abono de la prisión preventiva, lo cual significaba que, en cuanto acabara de cantar en el estrado, probablemente estaría en la calle.

El acuerdo tenía que rubricarlo un juez federal, y lo hizo, aduciendo que la información que podía aportar Pena sacaría toneladas de heroína de las calles y salvaría más de cinco vidas.

—Chorradas —repuso Malone—. Si no es la heroína de Pena, será la de otro. Esto no cambiará nada.

—Hacemos lo que podemos —respondió Hinman.

—¿Y qué le digo yo a la gente? —le preguntó Malone.

—¿A qué gente?

—A la gente del barrio que ha arriesgado la vida para meter a ese tío entre rejas —dijo Malone—. A la gente que ha confiado en mí para que se haga justicia por esos niños.

Hinman no sabía qué decirle.

Malone no sabía qué decirle a esa gente.

Pero esa gente ya lo sabía. Para ellos era el cuento de siempre: la carrera profesional de un puñado de chupatintas blancos era más importante que la muerte de cinco negros.

Braylon Carmichael fue condenado a cinco cadenas perpetuas que cumpliría consecutivamente.

Denny Malone perdió parte de su alma. No toda, pero la suficiente para que, cuando Pena se cansara de vivir como un buen ciudadano y volviera a traficar con heroína, Malone quisiera y pudiera ejecutarlo.

34

Se abre la puerta de la celda de Malone y allí está O'Dell, que pregunta:

—¿Ya se ha duchado?

—Sí.

—Bien —dice—. Vamos a la parte alta de la ciudad.

—¿Adónde?

Malone prefiere quedarse solo con sus pensamientos en aquella celda.

—Unas personas quieren verle —dice O'Dell.

Saca a Malone de allí, lo mete en la parte trasera de un coche y se sienta a su lado. Luego le quita las esposas.

—Supongo que no debo preocuparme por que huya.

—¿Y adónde iba a huir?

Malone mira por la ventana cuando el coche pasa frente al City Hall y dobla por Chambers hacia West Street y luego enfila la autopista del West Side.

Después de haber pasado solo una noche en una celda, la libertad ya le resulta extraña.

Inesperada.

Estimulante.

El Hudson parece más ancho, más azul. Su envergadura le brinda una oferta de huida, las olas espumosas que levanta la fuerte brisa invitan a la libertad. El coche atraviesa el túnel Holland y Chelsea Piers, donde Malone iba a jugar a hockey a medianoche. Después pasa por el Javits Center, cuyo cemento, tuberías, ventanas e iluminación salvaron a la mafia, y por el túnel Lincoln y el muelle 83, donde Malone siempre quiso ir con su familia siguiendo el *tour* de Manhattan. Pero nunca lo hizo y ahora es demasiado tarde.

El coche dobla hacia el este por la calle Cincuenta y siete y es entonces cuando Malone se percata de que algo va mal.

El aire del norte está teñido de amarillo.

Casi marrón.

No ha visto algo así desde que cayeron las Torres.

—¿Puedo bajar la ventanilla? —pregunta.

—Adelante.

Huele a humo.

Malone se vuelve hacia O'Dell, que adivina la pregunta en sus ojos.

—Los altercados comenzaron ayer alrededor de las cinco —dice—, poco después de su detención.

Las protestas por el veredicto del caso Bennett empezaron pacíficamente, le explica O'Dell. Entonces alguien lanzó una botella y después un ladrillo. A las seis y media, la gente estaba destrozando escaparates en Saint Nicholas y Lenox y saqueando tiendas. A las diez, los coches patrulla que circulaban por Amsterdam y Broadway eran blanco de los cócteles Molotov.

Entonces aparecieron el gas lacrimógeno y las porras.

Pero los disturbios se propagaron.

A las once, Bed-Stuy estaba en llamas y, más tarde, lo siguieron Flatbush, Brownsville, el sur del Bronx y algunas zonas de Staten Island.

Cuando amaneció por fin, el humo tapaba el caluroso sol de julio. Las autoridades municipales esperaban que la violencia se disipara con la noche, pero arreció hacia mediodía, cuando los manifestantes se dieron cita delante del Ayuntamiento y la comisaría central y cargaron contra las líneas policiales.

En el norte de Manhattan, los bomberos que intentaban sofocar las llamas fueron blanco de los disparos de unos francotiradores apostados en los edificios de Saint Nick's. A partir de entonces se negaron a responder llamadas y manzanas enteras ardieron hasta los cimientos.

Todos los policías de la ciudad fueron alertados de los disturbios. En lugar de irse a casa, han echado una cabezada en vestuarios y catres. Están exhaustos, mental y físicamente agotados, a punto de estallar.

De otras zonas han llegado «voluntarios» —clubes de moteros, milicias, grupos supremacistas blancos, chiflados del derecho a la posesión de armas— para ayudar a restablecer la «ley y el orden», lo cual dificulta aún más la labor de la policía, que ahora intenta impedir que se recrudezcan los altercados hasta degenerar en una guerra racial.

Esta vez se trata del fuego.

El coche recorre el paseo de los Multimillonarios y se detiene junto al edificio de Anderson.

Berger está fuera, sin duda esperando al vehículo, y abre la puerta a Malone.

—No medie palabra hasta que haya oído lo que tienen que decirle.

—¿Qué cojones es esto?

—Eso ya es mediar palabra.

Suben al ático en el ascensor.

Está abarrotado.

El comisario, el jefe Neely, O'Dell, Weintraub, el alcalde, Chandler, Bryce, Anderson, Berger e Isobel Paz. La sorpresa de Malone al verla allí es manifiesta.

—Hemos llegado todos a un pequeño acuerdo —le dice Paz—. Siéntese, sargento Malone.

Señala una silla.

—He pasado mucho tiempo sentado —responde Malone, que sigue en pie.

—Dado que ya nos conocemos, me han pedido que ejerza de portavoz en esta reunión —dice Paz.

El comisario y Neely parecen estar a punto de prender fuego a Malone. El alcalde tiene la mirada clavada en la mesita. Anderson permanece inmóvil. Berger esboza su sonrisa petulante.

O'Dell y Weintraub tienen pinta de querer vomitar.

—En primer lugar, esta reunión nunca se ha producido —anuncia Paz—. No habrá grabaciones, ni memorandos ni documentación. ¿Lo entiende y acepta?

—Escriba la ficción que más le apetezca —responde Malone—. Me importa una mierda. ¿Qué hago aquí?

—He recibido autorización para presentarle una oferta —dice Paz—. ¿Gerard?

—Yo pensaba que había un conflicto de intereses entre ustedes —observa Malone.

—Cuando parecía seguro que iríamos a juicio, sí —dice Berger—. Pero ya no parece tan seguro.

—¿Y eso por qué?

—No sé si es consciente de la tormenta social que ha desatado la desafortunada resolución del gran jurado en el caso Michael Bennett —prosigue Berger—. Dicho simple y llanamente: una cerilla más prenderá fuego a toda la ciudad, o incluso al país.

—Pues que llamen a los bomberos —responde Malone—. ¿Y ahora puedo volver a mi celda?

—Han llegado rumores a la alcaldía de que existe un vídeo de la muerte de Michael Bennett grabado con un teléfono móvil —dice Berger—. Supuestamente, en él aparece la víctima huyendo cuando el agente Hayes le disparó. Si esa grabación se hace pública, lo que está sucediendo ahora mismo será una fiesta infantil en comparación.

—No podemos permitir que eso ocurra —tercia el alcalde.

—¿Y eso qué tiene que ver conmigo? —pregunta Malone.

—Usted tiene contacto con la comunidad afroamericana del norte de Manhattan —dice Berger—. Más concretamente, mantiene usted relación con DeVon Carter.

—Si quiere llamarlo así.

Supongo que el hecho de que alguien quiera verte muerto es una relación.

—¡Déjese de tonterías, agente! —exclama el comisario—. ¡Usted y toda su unidad estaban en la nómina de Carter!

No exactamente, piensa Malone.

Lo estaban Torres y su equipo.

Pero casi.

—Por lo visto, Carter tiene ese vídeo y amenaza con hacerlo público —dice Paz—. Se ha escondido para que no podamos encontrarlo. Nuestra oferta es...

—¿Podemos dejarnos de rodeos? —pregunta el comisario—. Malone, el acuerdo consiste en que, si nos consigue el vídeo, saldrá en libertad. En mi opinión, todo esto huele a podrido, pero es lo que hay.

—¿Y qué pasa con Russo?

Weintraub frunce el ceño y dice:

—Su acuerdo seguirá vigente.

—Y Montague no será acusado de nada —dice Malone.

—El sargento William Montague es un héroe de la policía de Nueva York —responde el comisario.

—¿Hay trato? —pregunta Paz a Malone.

—No tan deprisa —dice Berger—. Falta el tema de la confiscación de bienes.

—No —dice Weintraub—. No podrá quedarse con el dinero.

—Yo estaba pensando en la casa —precisa el abogado—. Malone acepta transferir la propiedad de la vivienda a su mujer, quien, por lo que sé, está iniciando los trámites de divorcio de todos modos.

—¿Vamos a permitir que el policía más corrupto de la ciudad salga airoso? —pregunta el jefe Neely.

Finalmente interviene Bryce Anderson.

—¿Prefiere que arda la ciudad entera? ¿Realmente nos importa que un traficante de heroína recibiera su merecido? ¿Vamos a otorgar más relevancia a eso que a la posible muerte de personas inocentes, por no hablar de la destrucción? Si tres policías corruptos salen en libertad, tampoco serán los primeros, ¿no? Si soltar a este hombre impide que arda la ciudad, firmaré ese acuerdo sin pestañear.

Es la última palabra.

El dueño del ático tiene la última palabra.

Paz mira a Berger.

—¿Todo está correcto?

—La palabra «correcto» no es la que yo elegiría —contesta Berger—. Digamos que hemos llegado a un acuerdo mutuamente satisfactorio que podemos considerar en pos del bienestar ciudadano. ¿Hay acuerdo, agente Malone?

—Quiero mi placa y mi pistola —dice.

Volverá a ser policía.

Volverá a ser policía por última vez.

35

El norte de Manhattan se halla sitiado.

Malone atraviesa la tormenta de alborotadores que llegan desde Grant y Manhattanville.

Varias brigadas de agentes uniformados bordean MLK Boulevard en dirección sur y la Ciento veintiséis en dirección norte, creando así un pasillo en el que la comisaría se eleva como un fuerte rodeado. Varios coches patrulla forman una hilera ininterrumpida y los agentes se parapetan detrás. Los caballos de la policía montada brincan nerviosos en la acera. En la azotea de la comisaría hay varios tiradores apostados.

El Liquor Mart de Amsterdam Avenue ha sido saqueado y los escaparates, destrozados. En MLK Boulevard, el supermercado C-Town ha quedado arrasado. Varios ministros de la Iglesia Pentecostal y la Iglesia Bautista de Antioquía de Manhattan se han echado a la calle para alentar una resistencia tranquila y pasiva, y, en la Ciento veintiséis, los manifestantes se reúnen en el parquecito situado junto a Saint Mary's. Al parecer, ambos bandos esperan a que anochezca para ver qué ocurre.

Malone busca a Nasty Ass.

El confidente está en paradero desconocido.

Malone va a todos los lugares que suele frecuentar: Lenox Avenue, Morningside Park, delante del número 449.

Si no fuera Malone, un policía blanco paseándose solo por Harlem en medio de unos altercados raciales probablemente habría muerto ya. Pero aún conserva su reputación, infunde miedo, incluso respeto, y la gente le deja en paz.

Puede que esté ardiendo, pero sigue siendo el reino de Malone.

A quien encuentra finalmente es a Henry Oh No.

Al verle, echa a correr como una gacela. Por suerte para Malone, los yonquis no destacan por su destreza en los cien metros lisos, así que le da alcance y lo empuja contra la pared de un callejón.

—¿Ahora huyes de mí, Henry?

—Oh, no.

—Acabas de hacerlo.

—Pensaba que eras un matón.

—Sí, quiero robarte la droga —dice Malone—. ¿Dónde está Nasty Ass?

—¿Podemos hablar en privado? —pregunta Henry—. Si me ven aquí contigo...

—Pues entonces habla ya. Dímelo ahora mismo o cojo un megáfono y me paseo por Lenox Avenue anunciando que eres mi confidente.

Henry se echa a llorar. Está aterrorizado.

—Oh, no. Oh, no.

—¿Dónde está?

Malone lo estampa contra la pared.

Henry se desliza por ella y se tumba en el suelo en posición fetal. Está llorando desconsoladamente y se tapa la cara con las manos.

—En el patio del colegio.

—¿Qué colegio?

—El Uno Setenta y Cinco. —Henry se enrosca aún más sobre sí mismo—. Oh, no. Oh, no.

Henry Oh No ha mentido.

Malone lo sabe porque no encuentra a Nasty Ass en el patio de la escuela pública 175. Y es raro. En una calurosa noche de verano, aun habiendo altercados, el patio está vacío, abandonado.

Como si fuera radioactivo.

Entonces Malone lo oye.

Un gemido, pero no de un ser humano.

Parece un animal herido.

Malone busca el origen del sonido, que no proviene de la pista de baloncesto ni de la alambrada de tela metálica.

Entonces ve a Nasty apoyado en un árbol.

No, no está apoyado en el árbol.

Está clavado al árbol.

Le han atravesado las manos.

Va desnudo y tiene los brazos estirados hacia arriba, con una mano encima de la otra y clavadas al tronco, al igual que los pies. La barbilla le toca el pecho.

Le han dado una buena paliza.

Tiene la cara hinchada y parece que le cuelguen los ojos de las cuencas. Le han partido la mandíbula, le han saltado los dientes y tiene los labios hechos jirones.

Se ha cagado encima.

La mierda le chorrea por las piernas y el empeine.

—Dios mío —dice Malone.

Nasty Ass abre los ojos tanto como puede. Al ver a Malone gimotea. No hay palabras, solo dolor.

Malone saca el clavo que le atraviesa los pies. Luego tira con fuerza del otro hasta que consigue arrancarlo, coge a Nasty en brazos y lo tumba en el suelo.

—Te tengo, te tengo —dice Malone, que da el aviso por radio—: Necesito una ambulancia, rápido. Uno Tres Cinco con Lenox.

—¿Malone?

—Mándala.

—Que te follen, chivato. Ojalá te mueras.

La ambulancia no vendrá.

El coche patrulla tampoco.

Malone pasa los brazos por debajo de Nasty Ass y lo lleva al hospital de Harlem como si fuera un bebé.

—¿Quién te ha hecho esto? —pregunta Malone—. ¿Fat Teddy?

La respuesta es ininteligible.

—¿Dónde está? —insiste.

Era lo que quería que le contara Nasty, pero ha llegado tarde.

—Saint Nick's —balbucea—. Edificio Siete.

Luego sonríe, si es que a lo que forman sus labios puede llamársele sonrisa, y dice:

—He oído otra cosa, Malone.

—¿Qué has oído?

—Que ahora tú y yo somos iguales —dice Nasty—. Que somos soplones.

Su cabeza vuelve a caer sobre los brazos de Malone.

Malone entra con él en urgencias.

Claudette está de servicio.

—Por el amor de Dios —dice—. ¿Qué le han hecho a este pobre hombre?

Depositan a Nasty en una camilla y se lo llevan.

—Vas lleno de sangre —dice a Malone.

Claudette tiene a Nasty cogido de la mano.

Malone va al cuarto de baño, moja una toalla de papel y se limpia como puede la sangre y la mierda de la ropa.

Luego se sienta en la sala de espera.

Está atestada de víctimas de los disturbios. Cortes causados por los cristales rotos de los escaparates, moratones de las peleas, quemaduras sufridas provocando incendios o viéndose atrapados en ellos. Ojos rojos e hinchados por el gas lacrimógeno y contusiones de las pelotas de goma de la policía. Los heridos más graves ya están siendo atendidos, recuperándose en las habitaciones o esperando en el depósito de cadáveres el traslado a la funeraria.

—Ha muerto, cariño —dice Claudette.

—Me lo imaginaba.

—Lo siento. ¿Era amigo tuyo?

—Era mi confidente —dice Malone, pero se lo piensa mejor—: Sí, era amigo mío.

Es una violación de una de las principales leyes no escritas de la policía: nunca te hagas amigo de un soplón.

Pero ¿qué es una persona con la que compartiste las calles, los parques y los callejones, una persona con la que trabajabas, que te ayudó a practicar detenciones, a encerrar a los malos de verdad, a proteger el barrio?

Jamás debes trabar amistad con un soplón o un yonqui. Imagínate con un soplón yonqui.

Pero sí, Nasty era amigo mío y él también me consideró siempre un amigo. Y mira de qué le ha servido.

—¿Tenía familia? —pregunta Claudette.

—Que yo sepa, no.

Tampoco me molesté en averiguarlo, piensa Malone. Pero, sí, probablemente tenga madre y padre en algún lugar. Puede que incluso tuviera esposa y quién sabe si uno o varios hijos. A lo mejor hay alguien buscándolo o tal vez tiraron la toalla, lo dieron por muerto...

—Entonces el cuerpo...

—Llama a Unity —dice Malone en referencia a la funeraria más cercana—. Yo pagaré el entierro.

—Eres un buen amigo —responde Claudette.

—Muy bueno, sí. Ni siquiera me molesté en preguntarle cómo se llamaba de verdad.

—Benjamin —dice Claudette—. Benjamin Coombs.

Parece agotada. Las víctimas de los altercados no le han dejado echar más que alguna cabezada esporádica.

—¿Tienes un minuto? —pregunta Malone—. ¿Podemos hablar fuera?

Claudette mira a su alrededor y dice:

—¿Un minuto? Estamos desbordados. Los disturbios...

Salen a la calle Ciento treinta y seis.

—Creía que ibas a la cárcel —dice Claudette.

—Yo también. He llegado a un acuerdo.

Quizá más deleznable aún que el anterior.

—Una vez me hablaste del peso que conlleva el ser negro —dice Malone—. ¿Todavía te sientes así?

—Sigo siendo negra, Denny.

—¿Aún te desgasta?

—No estoy consumiendo, si te refieres a eso —responde Claudette.

—No, me refiero a...

—¿A qué te refieres?

—No lo sé.

Claudette baja la cabeza, arrastra el zapato sobre el cemento y lo mira de nuevo.

—Tengo que entrar.

—De acuerdo.

—Has hecho bien en traerlo. No podría quererte más. —Le da un abrazo y Malone nota las mejillas húmedas—. Adiós, cariño.

Adiós, Claudette.

Esta noche hace calor y el aire acondicionado no funciona, así que los residentes de Saint Nick's han salido a los patios. No hay un solo policía blanco husmeando por allí y Malone se ahorra sutilezas.

Entra como si fuera el dueño del lugar.

Como si todavía fuera Denny Malone.

Entonces comienzan los silbidos, los abucheos, los gritos y los insultos. Cuando llega al Edificio Siete, todo Saint Nick's está alertado de su presencia, y nadie piensa que va a repartir pavos navideños.

Solo piensan en lo mucho que odian a la policía.

Delante del Edificio Siete hay un grupo de Get Money Boys.

A Malone no le sorprende.

Lo que sí le sorprende es que Tre esté con ellos.

El magnate del rap se le acerca.

—¿Visitando los barrios pobres, Tre? —pregunta Malone.

—Simplemente ayudo a mi gente a protegerse.

—Yo también.

—En su opinión, cuando un hermano mata a un policía, el mundo se pone patas arriba, pero no ocurre lo mismo cuando un policía mata a un hermano —afirma Tre.

—Si quieres proteger a los tuyos, diles que se aparten de mi camino.

—¿Traes una orden judicial?

—Son viviendas sociales —responde Malone—. No necesito orden. Yo pensaba que un licenciado en Derecho como tú lo sabría.

—Siento lo de tu amigo. Montague era un buen tío.

—Y sigue siéndolo —dice Malone.

—No es lo que tengo entendido. Según dicen, va a necesitar un mono que le limpie las babas.

—¿Te ofreces voluntario? —pregunta Malone.

Para los GMB, eso basta para propinar una paliza a Malone. Ya saben, igual que lo sabe toda la calle, que no llegarán refuerzos.

Tre les pide calma y se vuelve hacia Malone.

—¿Qué andas buscando aquí?

—Tengo que hablar con Fat Teddy.

—Ya sabes que Fat Teddy preferirá que lo mates a palos a soltar prenda —dice Tre—. Tiene madre, hermana y tres primos en Saint Nick's y Grant's.

—Los protegeremos.

—Si ni siquiera podéis protegeros entre vosotros —replica Tre.

—Estás obstruyendo una investigación policial —advierte Malone—. Apártate de en medio o saldrás esposado de aquí.

—Pues yo creo que estoy obstruyendo un asunto privado entre tú y Carter —responde Tre—. Pero, si quieres venirme con lo de la obstrucción a la justicia, ponme las esposas y que empiece otra ronda de altercados.

Se da la vuelta y le ofrece las manos.

—Te encantaría, ¿verdad? —dice Malone—. Así ingresarías un poco de credibilidad en tu cuenta.

—Haz lo que tengas que hacer. No tengo toda la noche.

En ese preciso instante, Fat Teddy sale por la puerta principal con las manos en alto.

—Mi abogado está de camino. ¿Qué quieres de mí?

—Estás detenido.

—Había oído que ya no eras policía.

—Pues oíste mal —dice Malone—. Pon las manos a la espalda antes de que te abra la cabeza.

—No tienes por qué hacerlo, Teddy —tercia Tre.

—Cierra la puta boca.

—¿O qué?

—O te la cierro yo —le espeta Malone—. No me pongas a prueba.

—No me pongas a prueba tú a mí —dice Tre—. ¿Ves a alguien que no sea negro por aquí? Por lo que cuentan, si llamas pidiendo refuerzos, no vendrá nadie, Malone. Serás un poli muerto que no le importa a nadie.

—Pero tú no vivirás para verlo —dice Malone. Debe de haber unas veinte personas grabando la escena con el móvil. Parece un concierto de rock. Malone se vuelve hacia Teddy—. Las manos a la espalda. Si saco el arma, te disparo primero a ti y luego a Tre. Que sepáis que me importa todo una mierda.

Al parecer, Teddy le cree, porque hace lo que le ordena. Malone se lo lleva a unos metros de la puerta, lo empuja contra la pared y lo esposa.

—Estás detenido por homicidio.

—¿A quién he matado? —pregunta Teddy.

—A Nasty Ass.

Teddy baja la voz.

—No he sido yo.

—¿Ah, no? —dice Malone—. Entonces, ¿quién ha sido?

—Tú.

Malone sabe que es cierto, pero aun así pregunta:

—¿Y eso?

—Las armas —dice Teddy—. Lo mató Carter porque te contó lo de las armas.

—Carter lo ha clavado a un árbol.

—¿Crees que no lo sé? ¿Por qué piensas que te lo he dicho? Lo que ha hecho Carter no está bien. Matar a un hermano si crees que tienes que hacerlo, de acuerdo, pero ¿hacerle eso? Eso no se le hace a un hombre.

—¿Dónde está Carter ahora?

Teddy grita a pleno pulmón para que lo oiga todo el barrio.

—¡No sé dónde está Carter!

Malone se acerca a él y susurra:

—Cuando le cuente a Carter que fuiste tú quien me sopló lo de las armas, os matará a ti, a tus primos, a tu hermana y a tu madre.

—¿Me harías eso, tío? —pregunta Fat Teddy—. ¿Le harías eso a mi familia? Eso no es propio de ti, Malone.

—No tengo límites, Teddy —reconoce Malone—. Ya no. ¿Dónde está?

Empiezan a volar botellas.

Correo aéreo.

Botellas, latas y basura en llamas.

Fuego cayendo del cielo.

Se oyen sirenas y la caballería uniformada se adentra en los desfiladeros urbanos. No para rescatar a Malone, por supuesto, sino para dar una paliza a unos cuantos negros antes de que vuelvan a salir del barrio.

—¿Qué tengo que hacer, Teddy? —pregunta Malone—. No nos queda mucho tiempo.

—Cuatro Oeste 122 —dice Teddy—. El último piso. Espero que te maten, Malone. Espero que tus compañeros te metan dos balas en la cara para que las veas venir.

—¡Muy bien, gilipollas! —grita Malone—. ¡No despegues esos labios gordos, veremos de qué te sirve!

La multitud empieza a acechar a Malone, que retrocede y va a buscar su coche. Normalmente no habría permitido que los *jamaals* lo echaran de las viviendas sociales, pero tampoco piensa volver nunca más.

36

Es el viejo barrio de Mount Morris.

Las elegantes casas de ladrillo que antiguamente eran los hogares de médicos, abogados, músicos, artistas y poetas de Harlem.

Los altercados no han llegado hasta allí.

Ahora Malone sabe por qué.

DeVon Carter no lo permitirá.

Malone aparca delante de su edificio. Los centinelas de Carter lo ven en cuanto sale del coche y uno dice:

—¿Un poli blanco aquí? Hay que tener huevos.

—Dile a Carter que quiero verle.

—¿Por qué?

—¿Por qué preguntas «por qué»? —suelta Malone—. Lo único que tienes que hacer es decirle a Carter que Denny Malone quiere hablar con él.

El vigilante lo mira con desprecio y entra. Al cabo de diez minutos, sale de nuevo y dice:

—Pasa.

Lo sigue escaleras arriba.

DeVon Carter le espera en el salón. El apartamento es espacioso y apenas hay muebles. De las paredes de color hueso cuelgan fotografías en blanco y negro de Miles Davis, Sonny Stitt, Art Blakey, Langston Hughes, James Baldwin y Thelonious Monk. Una estantería pintada de negro brillante que llega hasta el techo contiene sobre todo libros de arte: Benny

Andrews, Norman Lewis, Kerry James Marshall, Hughie Lee-Smith.

Carter, que lleva camisa y vaqueros negros y mocasines a juego sin calcetines, ve a Malone curioseando los libros.

—¿Entiendes de arte afroamericano? Ah, claro. Tu novia es negra. A lo mejor te ha enseñado algo.

—Me ha enseñado muchas cosas —dice Malone.

—Acabo de comprar un Lewis en una subasta. Ciento cincuenta mil por una obra sin título.

—Por ese dinero podían ponerle título al menos —responde Malone.

—Si quieres verlo, está arriba.

—No he venido a admirar tu colección de arte.

—¿Qué estás haciendo aquí? —pregunta Carter—. Me dijeron que estabas entre rejas porque habías vendido un buen alijo de heroína a los dominicanos. Yo pensaba que éramos amigos, Malone.

—Pues no lo somos.

—Te habría pagado más si era necesario —añade Carter.

—A ti te hacía más falta —responde Malone—. Ahora te has quedado sin heroína y sin armas, así que no tienes dinero y tampoco gente. Castillo te barrerá de la calle como la basura que eres.

—Tengo a unos cuantos polis comprados.

—¿Al antiguo equipo de Torres? —pregunta Malone—. Si no se han pasado ya al bando de los dominicanos, acabarán haciéndolo.

No será Gallina, piensa Malone. No tiene cerebro ni agallas.

Será Tenelli.

Carter sabe que tiene razón.

—Entonces, ¿qué me ofreces? —pregunta—. ¿A tu equipo o lo que queda de él? No, gracias.

—Te ofrezco el puto departamento entero —dice Malone—. Manhattan Norte, el distrito, Narcóticos, la División de Investigadores. E incluyo también a la alcaldía y a la mitad de los hijos de puta que viven en el paseo de los Multimillonarios.

—¿A cambio de qué?

—Del vídeo de Bennett.

Carter sonríe. Ahora lo entiende todo.

—Conque tus jefes han dejado salir a su esclavo de la jaula para que venga a buscarlo.

—Ese soy yo.

—¿Qué te hace pensar que lo tengo?

—Que eres DeVon Carter.

Lo tiene.

Malone se lo nota en los ojos.

—Así que pretendes que venda a mi gente para comprar la protección de los blancos —dice Carter.

—Has estado vendiendo a tu gente desde que pusiste la primera bolsa de caballo en la calle.

—Y eso me lo dice un poli corrupto que trafica.

—Por eso lo sé —dice Malone—. Tú y yo somos iguales. Somos dinosaurios intentando ganar algo de tiempo antes de extinguirnos.

—Es la naturaleza humana —responde Carter—. El hombre quiere respirar el máximo tiempo posible. El rey quiere conservar su trono. Éramos reyes, Malone.

—Lo éramos.

—Deberíamos haber trabajado juntos —dice Carter—. Todavía seríamos reyes.

—Todavía podemos serlo.

—Si te entrego ese vídeo.

—Es así de simple —dice Malone—. Si me lo das, controlaremos el norte de Manhattan juntos. Seremos intocables.

Carter se lo queda mirando y dice:

—¿Sabes qué es lo mejor de estos disturbios? Que la gente quema cosas que de todos modos querías que derribaran: edificios desvencijados, tiendas mugrientas y bares harapientos. Luego compras barato, construyes algo bonito y vendes caro. Permíteme que te dé un consejo, Malone: coge el dinero que has ganado vendiendo droga e inviértelo en propiedades. Te convertirás en un pilar de la comunidad.

—¿Eso significa que tenemos un trato?

—Siempre lo hemos tenido.

—Necesito ver el vídeo.

Carter tiene un bonito monitor de pantalla plana.

Conecta un iPhone.

Las imágenes son dolorosamente nítidas.

Michael Bennett es el típico chaval de la calle vestido con sudadera gris, pantalones anchos y zapatillas de baloncesto. Está discutiendo con Hayes, el agente uniformado.

Hayes se dispone a esposarlo.

Bennett sale corriendo.

Es rápido, como todos los chavales de diecisiete años, pero no más que una bala.

Hayes saca el arma reglamentaria y vacía el cargador.

Bennett se da la vuelta y las dos últimas balas le alcanzan en la cara y el pecho, justamente lo contrario de lo que dijo el forense.

Dios.

Es un asesinato.

Las vidas negras son importantes, piensa Malone.

Pero no tanto como las blancas.

—¿Has hecho copias? —pregunta Malone.

—Por supuesto. La señora Carter no crio a unos imbéciles. Dile a tus jefes que, si a mí me ocurre algo, este vídeo será emitido en cincuenta medios de comunicación importantes y en Internet. Entonces arderá la ciudad entera. Si quieres ofrecerles ese mismo acuerdo, no me importa. Te quiero de nuevo en la calle.

Entrega el teléfono a Malone.

—Los altercados terminarán, siempre lo hacen —añade Carter—. Tú y yo recuperaremos el control, porque siempre lo hacemos. El norte de Manhattan tiene que ser un lugar seguro para el mercado inmobiliario. Ahora vete corriendo a decirle al señor Anderson que, mientras yo pueda llevar mi negocio, no tiene que preocuparse del vídeo.

Malone se guarda el teléfono en el bolsillo.

—¿Todo en orden entonces?

—Déjame preguntarte una cosa —dice Malone—. ¿Quién era Benjamin Coombs?

Carter parece confuso. Intenta recordar el nombre, como si fuera un pintor afroamericano del que nunca ha oído hablar. Pero no cae, y le molesta tener que preguntar quién es.

Malone saca la pistola.

—Nasty Ass —dice.

Y le pega dos tiros en el pecho.

37

Están esperándolo en el ático de Anderson.

La banda al completo.

Como un retrato de grupo que ha pintado un artista en varias jornadas consecutivas. La misma gente, distintas poses, pero todos los ojos clavados en Malone al entrar.

—Cacheadlo —ordena el jefe Neely.

—¿Por qué? —pregunta Berger.

—Es un soplón, ¿no? —responde el jefe de investigación mientras se dirige a Malone y empieza a cachearlo. Lo mira a la cara y añade—: Una vez soplón, siempre soplón. No quiero deshacerme de un vídeo para que graben uno aún peor.

—No llevo micrófono —dice Malone levantando los brazos—. Pero haga lo que le dé la gana, señor.

Neely lo cachea, mira al resto de los allí presentes y dice:

—Está limpio.

—¿Ha conseguido el vídeo? —le pregunta Paz.

—No se preocupe, lo tengo —responde Malone—. Ese era el trato, ¿no? Ahora que tengo el vídeo de Bennet, ¿me soltarán?

Paz asiente.

—No —dice Malone clavándole la mirada—. Quiero oírselo decir. Lo quiero todo por escrito.

—Ese era el trato —dice Paz.

—Sí, ese era el trato antes.

—¿Antes de qué? —pregunta Anderson.

—Antes de que viera el vídeo —explica Malone—. Antes de que viera al policía matar a ese chico. Le disparó cuando intentaba escapar. Fue un asesinato, así que ahora el vídeo vale más.

—¿Qué quiere? —pregunta Anderson.

—Recuperar mi empleo, volver a dirigir Manhattan Norte. Ese es mi precio. Carter es un obstáculo sin importancia. Lo mejor es darle carta blanca a su negocio de tráfico de drogas, ir a por los dominicanos y dejarlo tranquilo. Si están pensando en cargárselo a él o a mí, olvídenlo.

—¿Existen copias del vídeo? —dice Anderson.

—¿Creían que estaban jugando con niños? —pregunta Malone—. ¿Con polis y negratas sin dos dedos de frente? Al fin y al cabo, Carter es su socio inmobiliario, ¿no, señor Anderson? Pero no se preocupe. Usted se lleva su parte del pastel y nosotros, la nuestra.

El alcalde interviene.

—No podemos consentir...

—Sí podemos —tercia Anderson, que no aparta la vista de Malone—. Podemos y lo haremos. No tenemos elección, ¿o sí?

—Y todo el mundo está de acuerdo, ¿verdad? —dice Malone.

Los mira a todos, uno a uno, como en esas películas del Oeste de John Ford que le gustaban a su padre, primer plano tras primer plano de rostros que transmitían esperanza, miedo, ira, ansiedad, desafío. Pero estos no son rostros de vaqueros; son rostros de ciudad, rostros de Nueva York llenos de riqueza, determinación, cinismo, avaricia y energía.

—Señor alcalde, señor comisario, jefe Neely, agente especial O'Dell, señorita Paz, señor Anderson, ¿todos de acuerdo? Hablen ahora o callen para...

—Entréguenos el puto vídeo —le espeta Anderson.

Malone le lanza el teléfono.

—Es el original. Carter está muerto. Probablemente ya lo haya emitido la CNN, Fox, el Canal 11, Internet o quien sea.

Paz lo mira con incredulidad.

—¿Es usted consciente de lo que ha hecho? —pregunta Anderson—. Acaba de prenderle fuego a esta ciudad. Acaba de prenderle fuego al país entero.

—Ahora no podemos ayudarle, Denny —dice Berger—. No podemos hacer nada por salvarle.

—Bien —responde Malone. No quiere que lo salven—. Me encantaba el cuerpo de policía. Me encantaba. Amaba a esta puta ciudad. Pero ya no es lo mismo. Ustedes lo han jodido todo.

»Váyanse a la mierda. Individual y colectivamente, váyanse todos a la mierda. Me he pasado dieciocho años en esas calles, en esas escaleras, cruzando esas puertas, haciendo lo que ustedes mandaban. No querían saber cómo; solo querían que lo hiciera. Y lo hice, pero se acabó. Ahora tendrán que afrontar lo que ocurre cuando tipos como yo no están ahí para impedir que los animales escapen de sus jaulas y desfilen por Broadway para reclamar lo que ustedes les han negado durante cuatrocientos años.

»Dicen ustedes que soy un policía corrupto. Yo y mis compañeros, yo y mis hermanos. Nos llaman «corruptos». Pues yo a ustedes también. Son ustedes la corrupción, la podredumbre del alma de esta ciudad y este país. Aceptan millones en sobornos para conceder licencias de obra, pero me dejarán libre para que no salga a la luz. Los dueños de las chabolas reciben autorización para comprar edificios sin calefacción y con lavabos que no funcionan y ustedes miran hacia otra parte. Los jueces compran banquillos y venden casos para recuperar el dinero, pero ustedes no quieren saber nada.

Malone mira al comisario.

—Ustedes aceptan regalos, viajes, comidas gratis, billetes de ciudadanos ricos para que los protejan de multas, citaciones, violaciones... Les consiguen armas... Y luego acosan a la policía por aceptar una taza de café, una copa o un puto sándwich.

Después se vuelve hacia Anderson.

—Y usted construyó este ático para blanquear dinero del narcotráfico. Este puto edificio se ha construido sobre un montón de polvo blanco y sobre las espaldas de los pobres. Me avergüenza haber trabajado para ustedes y haber ayudado a protegerlos.

»Sí, soy un policía corrupto. Soy una mala persona. Tendré que responder ante Dios por mis actos. Pero ante ustedes no. No responderé ante ninguno. Para ustedes, la guerra contra la droga es una manera de tener controlados a los negros y los hispanos, de llenar los juzgados y las celdas, de dar trabajo a abogados, escoltas y, sí, a la policía, y maquillan ustedes las cifras para conseguir sus ascensos, sus titulares y sus carreras políticas.

»Pero somos nosotros los que trabajamos en la calle. Nosotros recogemos los cuerpos, nosotros informamos a las familias, nosotros las vemos llorar. Nos vamos a casa y lloramos, sangramos, morimos, y ustedes nos apuñalan por la espalda cada vez que las cosas se ponen feas. Pero nosotros salimos a la calle y, pase lo que pase, independientemente de lo que hayamos hecho, de lo que ustedes piensen de nosotros, de si nos perdemos por el camino, intentamos proteger a la buena gente.

»¿Policías corruptos? Son mis hermanos y hermanas. Puede que sean corruptos, puede que se equivoquen, pero son mejores que ustedes. Cualquiera de ellos es mejor que ustedes.

Malone sale por la puerta y nadie trata de impedírselo. Luego recorre la Quinta Avenida en dirección a Central Park

South, tuerce por Columbus Circle y, a medio camino, vuelve la cabeza y ve a O'Dell con la mano derecha por dentro de la americana. El agente aprieta el paso; tiene una misión.

Este es un sitio tan apropiado como cualquiera, piensa Malone.

Da media vuelta.

O'Dell se le acerca. Le falta resuello.

—¿Lo tiene? —le pregunta Malone.

O'Dell se desabrocha la camisa y le enseña el micrófono.

—Salgo en el próximo tren a Washington. Irán a por usted. Lo sabe, ¿no?

—Lo sé. Y a por usted también.

—Quizá cuando la gente oiga el contenido de esta grabación...

—Quizá —dice Malone—, pero no cuente con ello. Tienen amigos en Washigton, así que vaya con cuidado, ¿de acuerdo? No baje la guardia.

La gente pasa junto a ellos como agua alrededor de una roca. La quietud es un obstáculo en esta ciudad en movimiento.

—¿Qué piensa hacer ahora? —pregunta O'Dell.

Malone se encoge de hombros.

Lo único que sé hacer, piensa.

38

Nueva York, cuatro de la madrugada.

La ciudad no está durmiendo, tan solo recobrando el aliento después de otra noche de altercados, que estallaron con renovada violencia cuando el vídeo de Bennett llegó a las pantallas.

Los amotinados salieron de Harlem y bajaron por Broadway rompiendo escaparates y saqueando tiendas en las inmediaciones de las universidades de Columbia y Barnard. Luego se dirigieron al Upper West Side, donde volcaron coches, robaron taxis, pegaron a todo hombre blanco que no se hubiera encerrado en su edificio y encendieron hogueras hasta que la Guardia Nacional formó una barrera en la calle Setenta y nueve y disparó primero balas de goma y balas al uso después.

Trece civiles, todos ellos negros, resultaron heridos; hubo dos muertos.

Y no fue solo en Nueva York.

Las protestas degeneraron en motines en Newark, Camden, Filadelfia, Baltimore y Washington D. C. Por la noche, igual que ascuas arrastradas por un viento feroz, hubo disturbios en Chicago, el este de Saint Louis, Kansas City, Nueva Orleans y Houston.

Los Ángeles vino después.

Watts, South Central, Compton, Inglewood.

Se desplegó a la Guardia Nacional y se envió a las tropas federales a Los Ángeles, Nueva Orleans y Newark, donde los altercados por el caso Michael Bennett eran los más graves desde Rodney King y los largos y calurosos veranos de los años sesenta.

Malone lo vio sentado en un taburete del Dublin House.

Vio al presidente salir a pedir calma. Cuando terminó el discurso, Malone fue al lavabo y acompañó los tres Jameson's con cuatro anfetaminas.

Iba a necesitarlas.

Sabía que estaban buscándolo.

Probablemente ya habían entrado en su apartamento.

Salió del bar y se metió en el coche.

Su coche particular, su querido Camaro, que compró cuando lo ascendieron a sargento.

Pone el equipo Bose a todo volumen mientras sigue a otro coche por Broadway.

El trayecto hacia la parte alta de la ciudad es un viaje por los sueños rotos.

Décadas de progreso han ardido en días de ira y noches de tormento. Malone lleva dieciocho años pateando esas calles. Las vio cuando eran páramos del gueto, las vio florecer y crecer, y ahora ve cómo vuelven los tablones en las ventanas y los escaparates chamuscados.

Dentro, la gente sigue abrigando las mismas esperanzas, las mismas decepciones, el amor, el odio y la vergüenza, pero los sueños siguen en compás de espera.

Malone pasa por delante de Hamilton Fruits and Vegetables, Big Brother Barber Shop, la Apollo Pharmacy, el cementerio de Trinity Church y el mural del cuervo que hay en la Ciento cincuenta y cinco. Pasa también frente a la iglesia de la Intercesión, aunque es demasiado tarde para intercesiones, el restaurante Wahi y los pequeños lugares divinos, los santuarios personales, los hitos de su vida en esas calles que ama como ama un marido a una mujer infiel, como ama un padre a un hijo descarriado.

Sigue al coche por Broadway.

Con *Illmatic* a todo volumen:

I never sleep, 'cause sleep is the cousin of death
Beyond the walls of intelligence, life is defined
I think of crime when I'm in a New York state of mind.*

La última vez que hiciste este trayecto de madrugada, piensa Malone, estabas con tus hermanos, con tus compañeros, riéndoos, mofándoos los unos de los otros.

Fue la noche que murió Billy O.

Monty está a punto de irse.

Russo ya no es tu hermano.

Levin, a quien supuestamente debías proteger, está muerto.

Y tu familia, por la que decías que lo habías hecho todo, se ha ido y no quiere verte.

No tienes nada.

Son las cuatro de la madrugada en Nueva York.

La hora de soñar despiertos.

La hora de despertar de los sueños.

El coche al que está siguiendo gira a la izquierda en la Ciento setenta y siete y se dirige al oeste por Fort Washington Avenue y Pinehurst. Luego tuerce de nuevo a la izquierda por Haven Avenue, cruza la Ciento setenta y seis y se detiene en el lado este de Haven, justo al norte de Wright Park. Malone ve a Gallina, Tenelli y Ortiz entrando en el edificio sin molestarse siquiera en ocultar los rifles de asalto M-4 y Ruger 14.

Los trinitarios que custodian la puerta los dejan pasar.

¿Por qué no? Ahora están en el mismo bando, piensa Malone. Tenelli hizo la apuesta más inteligente.

* «Yo nunca duermo, porque el sueño es primo de la muerte. / Detrás de los muros de la inteligencia se define la vida. / Pienso en crímenes cuando mi estado de ánimo es el de Nueva York». (*N. del t.*)

Ve un Navigator negro detenerse frente al edificio y Carlos Castillo se baja de la parte trasera. Luego se apean dos pistoleros y lo flanquean camino de la entrada. Malone sigue adelante, dobla por Pinehurst Avenue y aparca al final de una calle sin salida.

I lay puzzle as I backtrack to earlier times
Nothing's equivalent to the New York state of mind.*

Malone lleva una Sig Sauer y una Beretta, el cuchillo atado al tobillo y una granada aturdidora

Pero no están Billy O, ni Russo, ni Monty ni Levin para cubrirle las espaldas.

Mientras se aprieta bien el chaleco antibalas desearía oír a Big Monty quejándose una vez más por tener que ponérselo. Verle ladeándose el sombrero, volteando el puro.

Malone se prende la placa a la parte delantera del chaleco. Luego saca la palanca del maletero, cruza el parque y enfila un callejón situado junto al edificio de Castillo.

Sube a la azotea por la escalera de incendios.

Hay un vigilante trinitario controlando la calle. Y no está muy atento. Malone alcanza a oler la marihuana.

Malone avanza por la azotea.

Rodea fuertemente la garganta del trinitario con el brazo y aprieta para que no grite. Entonces le dispara dos veces en la espalda con la Sig. El cuerpo empieza a desplomarse y Malone lo suelta poco a poco.

Nadie se sobresaltará por los disparos. Se oyen tiroteos esporádicos por toda la ciudad. Los coches patrulla han dejado de responder a los 10-30, y quienes celebran impenitentemente el 4 de julio siguen jugando con fuegos artificiales.

---

* «Me siento confuso al rememorar viejos tiempos. / Nada es comparable al estado de ánimo de Nueva York». (*N. del t.*)

Malone mira en dirección al centro de la ciudad y ve el espeluznante brillo anaranjado de las hogueras y las gruesas columnas de humo negro que se elevan en el cielo nocturno.

Entonces llega a la puerta de la azotea.

Está cerrada, así que introduce la palanca hidráulica. Ahora desearía que Monty estuviera allí, porque la cerradura se resiste, pero sigue ejerciendo presión y finalmente consigue abrir la puerta.

Baja las escaleras.

Mi última vertical, piensa.

Empuña la Sig.

Otra puerta, pero está abierta y da a un descansillo.

Un tenue fluorescente que cuelga de una cadena oxidada proyecta una nauseabunda luz amarilla sobre el rostro del sorprendido centinela apostado junto a la puerta de madera que hay al fondo del pasillo.

Su boca forma una «o».

El cerebro se esmera en enviar a su mano un mensaje que nunca llega, porque Malone dispara dos veces y el hombre se desploma como si fuera un felpudo enrollado.

La última puerta, piensa Malone.

Recuerda a Billy O.

Y a Levin.

Tantas puertas, tantas cosas al otro lado.

Demasiados muertos.

Familias y niños muertos.

Un alma muerta.

Malone pega la espalda a la pared y avanza hacia la puerta. Empiezan a silbar las balas, que hacen saltar la madera por los aires.

Malone grita de dolor y cae de bruces.

La puerta se abre.

Gallina abre unos ojos como platos a causa de la adrenalina y, pistola en mano, busca a la amenaza. Entonces ve el cadáver a sus pies.

Malone le dispara una ráfaga en el pecho.

Gallina gira como una peonza.

Un aspersor que escupe sangre.

Suelta la pistola, que repiquetea en el suelo.

Se producen más disparos, que tachonan la pared por encima de su cabeza. Echa a rodar hacia la otra pared y ve un arma trinitaria asomando en el umbral, buscándolo.

Malone quita la anilla de la granada aturdidora, la lanza y se tapa los ojos con el antebrazo.

El ruido es horrible, escalofriante.

La luz blanca lo inunda todo.

Cuenta hasta cinco, se pone de pie y echa a correr hacia la puerta. La explosión le ha jodido el sentido del equilibrio y le tiemblan las piernas como si estuviera borracho. Ve a un trini tambaleándose, gritando, con la cara quemada y el pañuelo verde que llevan al cuello en llamas.

Al intentar quitárselo, tropieza con Malone y lo derriba. Se le cae la Sig y no es capaz de encontrarla, así que coge la Beretta que lleva a la cintura.

Ortiz lo mira.

Ortiz empuña una Ruger.

Malone le dispara al tiempo que arrastra el culo por el suelo para apoyarse en la pared. Ortiz lanza un fuerte gemido y cae de rodillas, apuntando aún con la Ruger. Malone le descerraja dos disparos más.

Ortiz cae de bruces.

Hay un charco de sangre debajo de él.

Encima de unas mesas ve montones de heroína, cincuenta kilos de caballo oscuro bien ordenados.

Castillo está sentado tranquilamente como un rey Midas contando su oro.

Malone se levanta y lo encañona con la Beretta.

—Pensaba que eras Carter —le dice Castillo.

Malone niega con la cabeza.

—Mataste a uno de mis compañeros. Otro está en estado vegetativo.

—Nuestro juego es peligroso —responde Castillo—. Todos conocemos los riesgos. ¿Qué vamos a hacer, entonces?

Castillo sonríe.

La sonrisa de Satán al conocer a Fausto.

Dando un vistazo rápido, Malone sabe que todo el caballo oscuro está ahí. Tan solo estaban cortándolo antes de venderlo en las calles.

Sus calles.

La última vez que estuvo en esa situación cometió el mayor error de su vida. Ahora dice:

—Estás detenido. Tienes derecho a...

Malone oye los dos restallidos.

Lo empujan como puñetazos y cae de bruces, pero se da la vuelta antes de tocar el suelo y ve a Tenelli.

El dedo de Malone aprieta el gatillo una y otra vez.

Cuatro disparos de abajo arriba, desde el muslo hasta el estómago, el pecho y el cuello.

La melena negra le golpea en la cara.

Se abofetea la herida del cuello como si fuera un mosquito.

Entonces se sienta en el suelo y mira a Malone con una extraña sonrisa, como si le sorprendiera estar muriéndose, como si no pudiera creerse que haya sido tan tonta como para permitir que la maten.

Se oye un gemido que llega de las profundidades del pecho de Tenelli, abre más los ojos y todo acaba.

Malone se levanta con gran esfuerzo.

El dolor es espantoso.

Se pone a gritar y vomita. Se dobla, vuelve a vomitar y, al mirar hacia abajo, ve sangre brotando por un orificio de salida situado justo debajo del chaleco. Toca la herida y la sangre se desliza por sus dedos, que quedan enrojecidos, calientes y pegajosos.

Malone apunta a Castillo a la cabeza y aprieta el gatillo.

Oye el clic metálico y sabe que está vacía.

Castillo se echa a reír, se levanta de la silla y se dirige hacia él. Le pone la mano en el pecho y lo empuja.

No requiere gran esfuerzo.

Malone está a cuatro patas.

Como un animal.

Un animal herido al que hay que sacrificar.

Castillo saca una pistola de la americana.

Una pequeña y elegante Taurus PT22.

Es pequeña, pero servirá.

Apoya el cañón en la cabeza de Malone.

—Por Diego.

Malone no dice nada. Saca el cuchillo SOG que lleva en el tobillo, se incorpora y lo apuñala por detrás.

La pistola emite un ruido ensordecedor, pero Malone sigue vivo en un mundo de luz roja, de dolor rojo. Se da la vuelta y hunde el cuchillo en la pierna de Castillo y le secciona la arteria femoral.

Lo mira a la cara, saca el cuchillo, se lo clava en el estómago y se lo retuerce en las entrañas.

Castillo abre la boca.

De ella sale un sonido inhumano.

Malone saca el cuchillo y deja que Castillo caiga al suelo.

La sangre de este mancha el pecho a Malone.

Malone va tambaleándose hasta la mesa y empieza a meter los fardos de heroína en bolsas de viaje.

39

Una vez, Malone llevó a su familia a las Montañas Blancas de New Hampshire aprovechando las vacaciones de primavera de los niños. Alquilaron una pequeña cabaña en un desfiladero a orillas de un río y una mañana se levantó temprano, fue a beber agua del grifo y estaba tan fría que casi dolía, pero estaba tan buena y tan limpia que no podía parar.

Fue un bonito viaje, unas buenas vacaciones.

Al salir del edificio oye un radiocasete escupiendo música bachata.

Las hélices de un helicóptero siegan el aire.

Malone, dolorido y sediento, carga con las bolsas por la Ciento setenta y seis y llega a Haven. La sangre le persigue como si fuera un secreto inconfesable cuando cruza la calle y entra tambaleándose en Riverside Park, donde bordea unos árboles, tropieza con una raíz y se cae.

Sería agradable quedarse ahí tumbado, dormir plácidamente sobre la hierba, pero el dolor lo atenaza y debe ir a un sitio, así que se levanta como puede y sigue caminando.

John pescó una trucha en el río, y, cuando Malone la dejó encima de un tronco de árbol talado y se puso a limpiarla, el niño rompió a llorar al verle las tripas. Se sentía mal por haberla matado.

Malone llega al Henry Hudson.

Un coche hace sonar el claxon y lo esquiva. «¡Borracho de mierda!», le gritan por la ventilla.

Malone cruza el carril norte, luego el carril sur, y vuelve a verse rodeado de árboles. Después llega a unas pistas de baloncesto, vacías a aquella hora de la mañana, y, aunque puede divisar el río, se agarra a un poste para descansar y recuperar el equilibrio. Se dobla y vomita de nuevo.

Reemprende la marcha, llega a otra zona de árboles y se apoya en uno. Junto al río hay unas rocas.

Se sienta.

Abre las bolsas y empieza a sacar los paquetes de heroína.

Billy O levanta la cabeza y le sonríe.

—Somos ricos.

Entonces la perra tira de la cadena.

Los cachorros gimotean, unas pequeñas vidas retorciéndose.

Malone se graduó en la academia uno de esos días de primavera que te regala a veces Nueva York, uno de esos días espléndidos en los que sabes que no querrías estar en ningún otro sitio y no querrías ser nadie excepto tú en ese lugar, en esa ciudad, en este mundo dentro del mundo.

Y era joven, joven y limpio y lleno de esperanza, orgullo y fe, fe en Dios, fe en sí mismo, fe en el cuerpo de policía, fe en la misión de servir y proteger.

Malone hunde el cuchillo en el paquete de heroína y rasga el plástico.

Luego lo lanza al río.

Repite el proceso una y otra vez.

Aquel día de primavera se encontraba en un océano azul con sus hermanos y hermanas, sus amigos, sus compañeros de fatigas, y eran blancos, negros, marrones y amarillos, pero eran sobre todo azules.

Sinatra cantaba *New York, New York* mientras ellos formaban y se ponían firmes.

Debería notificar un 10-13, piensa ahora. «Agente herido, agente necesita ayuda», pero no tiene la radio y no recuerda dónde está su teléfono. Y tampoco importa, porque no vendrían si supieran que es él, y, aunque lo hicieran, no llegarían a tiempo.

Deberías haber notificado un 10-13 hace mucho.

Antes de que fuera demasiado tarde.

La piel de Claudette es negra y contrasta con la seda blanca en el lugar más suave del mundo, un mundo de cemento y asfalto, de esposas de acero y barrotes, de palabras duras y pensamientos aún más duros. Su piel es oscura, suave y fría tan cerca de su calidez.

Malone vacía una bolsa de droga y empieza con la siguiente. Quiere terminar antes de quedarse dormido.

Levin le sonríe. Somos ricos.

No, era Billy.

O Liam.

Hay tantos muertos.

Demasiados.

Cuando John nació, tardó tanto en llegar que Malone estaba agotado, así que se subió a la cama de hospital y se quedaron dormidos los tres.

Caitlin, la segunda, fue mucho más rápida.

Dios, cómo duele.

Malone con su nuevo uniforme azul, su nueva placa, su gorra y sus guantes blancos, su madre, su hermano Liam y Sheila observándolo. Ojalá su padre hubiera estado allí, ojalá hubiera vivido para presenciar aquello. Se habría sentido orgulloso. Aunque le había dicho que no quería aquella vida para él, era la vida que conocía su familia, su padre, su abuelo. Aquella era su vida, lo que hacían, en lo que creían. A pesar del dolor y la tristeza, era lo que hacían, y habría deseado que su padre pudiera verle hacer juramento.

«Juro y manifiesto que defenderé la Constitución de Estados Unidos y la del estado de Nueva York y que cumpliré fielmente mi deber como agente de policía de esta ciudad, así que ayúdame, Dios».

Así que ayúdame, Dios.

No, no lo harás. ¿Por qué ibas a hacerlo?

El dolor le causa punzadas en las tripas y Malone grita y se retuerce sobre las rocas.

John lloró por aquel pez.

Lloró.

El aire huele a ceniza. Como el día que murió Liam.

Ceniza, humo, edificios destruidos, corazones rotos.

Las lágrimas dejan surcos en las mejillas chamuscadas.

Ahora la ciudad está despertando.

Oye las sirenas ululando como un recién nacido.

Malone contempla su reino en llamas, columnas de humo elevándose como si fueran piras funerarias.

Abre otro paquete y tira el contenido al río.

Luego arroja los guantes blancos al aire y cae confeti azul y blanco. Él y sus hermanos y hermanas gritan a pleno pulmón, lanzan vítores, y en ese preciso instante sabe que eso es lo que quiere, lo que siempre ha querido, y que así pasará el resto de sus días, que a eso consagrará su sangre, su alma, su ser.

En su corazón arde un fuego puro.

Es el mejor día de su vida.

No, no es hoy, recuerda.

No es hoy, fue entonces.

Del techo cae heroína como si estuviera nevando. Flota lentamente y penetra en las heridas de Billy, en su sangre, en sus venas, y calma el dolor.

Billy, ¿te sigue doliendo?

¿El dolor desaparece?

¿Se acaba?

Nuestros comienzos no pueden conocer nuestros finales, nuestra pureza no puede imaginar su corrupción. Lo único que sabía entonces era que amaba al cuerpo de policía en aquellos primeros años, recorriendo las calles con su uniforme, viendo a la gente verle, los inocentes sintiéndose seguros porque estaba allí, los culpables sintiéndose inseguros porque estaba allí.

Recuerda su primera detención igual que uno recuerda la primera vez que hizo el amor: un matón que había robado a una anciana y Malone lo encontró y lo sacó de la calle, y resultó que estaba en busca y captura por otros diez atracos y la ciudad estaba más segura, la gente estaba más segura, porque Malone pertenecía al cuerpo de policía.

Le encantaba que la gente acudiera a él, salvarla de los depredadores y de sí misma. Le encantaba que le pidieran ayuda, respuestas, incluso recibir acusaciones y luego absoluciones. Amaba la ciudad, amaba a la gente a la que protegía y servía, amaba al cuerpo de policía.

Entonces no podía imaginar que aquellas calles podían agotarlo, que el cuerpo de policía podía extenuarlo, que la tristeza y la ira, los cuerpos, la angustia, el sufrimiento, la estupidez y el cinismo podían triturarle el alma como hace una piedra con el acero, mellar en lugar de afilar, dejar muescas y grietas invisibles e insidiosas que se propagarían hasta que el acero se rompiera primero y se quebrara después. Pero llegó a comprender qué mato a su padre y dejó su guerrera azul extendida sobre la nieve sucia y a Billy O en el suelo cubierto de dinero ilícito, su cuerpo y su alma corrompidos.

El cuerpo de Malone era tan reluciente como su nueva placa y fue oscureciéndose y pasó de dorado a negro como la noche.

Lanza el último paquete de heroína al agua.

Eso está bien. Esa droga no llegará a las calles.

Concluida su labor, se tumba boca arriba.

Mi padre murió sobre un montón de nieve sucia; Liam, debajo de un edificio en llamas; yo, encima de unas rocas afiladas mirando al cielo.

El cielo es gris, el sol no tardará en salir.

Se oyen sirenas.

Una radio crepita en su oído.

10-13, 10-13.

Agente herido.

Entonces el cielo se tiñe de blanco, las sirenas cesan y la radio calla, y está practicando de nuevo su primera detención, el hombre que robó a aquella anciana.

Lo único que siempre quiso Denny Malone era ser un buen policía.

AGRADECIMIENTOS

Muchos agentes de policía, tanto en activo como ya retirados, fueron increíblemente generosos conmigo al compartir su tiempo, experiencia, historias, pensamientos, opiniones y emociones. Estoy sumamente en deuda con ellos, pero tal vez les haría un flaco favor incluyendo aquí sus nombres. Ya sabéis quiénes sois y todos los agradecimientos son pocos. También quiero daros las gracias por lo que habéis hecho y lo que hacéis.

Y, hablando de agradecimientos, este libro tuvo su origen en una llamada que recibí un día muy temprano de Shane Salerno, mi compinche literario, compañero y amigo íntimo desde hace casi veinte años. Quiero darle las gracias por su inspiración, sus consejos creativos, su apoyo incondicional y las muchas y muy necesarias risas. Ha sido increíble, hermano.

También quisiera dar las gracias a David Highfill por traerme a William Morrow y por su exhaustiva edición del manuscrito.

A Deborah Randall, David Koll, Nick Carraro y toda la plantilla de Story Factory.

A Michael Morrison, Liate Stehlik, Lynn Grady, Kaitlin Harri, Jennifer Hart, Sharyn Rosenblum, Shelby Meizlik, Brian Grogan, Danielle Bartlet, Juliette Shapland, Samantha Hagerbaumer y Chloe Moffett por su apasionado respaldo al libro y por trabajar tanto para hacerlo posible.

También estoy en deuda con la directora de producción Laura Cherkas y la revisora Laurie McGee por su gran esfuerzo.

Gracias a Ridley Scott, Emma Watts, Steve Asbell, Michael Schaefer y Twentieth Century Fox por creer en este manuscrito y por comprar los derechos cinematográficos del libro tras nuestra exitosa colaboración en *El cártel*.

A Matthew Snyder y Joe Cohen de Creative Artists Agency.

A Cynthia Swartz y Elizabeth Kushel por su fantástica labor en *Savages*, *El cártel* y ahora *Corrupción policial*. Gracias a todos por trabajar tan duro.

A mi abogado Richard Heller.

A John Albu por llevarme de un lado a otro.

A la buena gente de Solana Beach Coffee Company, Jeremy's on the Hill, Mr. Manitas, The Cooler, El Fuego and Drift Surf por surtirme de cafeína, burritos para desayunar, hamburguesas, nachos, tacos de pescado y una distracción que necesitaba.

Al difunto Matty Pavis por su bondad y generosidad, y a Steve Pavis, mi *paisan* de Staten Island, por presentarme a su hermano.

Al difunto Bob Leuci, que era un príncipe allá donde fuera.

Me gustaría dar las gracias a todos mis lectores, antiguos y nuevos, por su apoyo y amabilidad a lo largo de estos años. Sin ellos no tendría este trabajo que tanto me gusta.

A mi madre, Ottis Winslow, por dejarme utilizar el porche de su casa y por todos esos libros de la biblioteca durante años.

A Thomas, mi hijo, por su conocimiento enciclopédico de las letras del hip-hop y por todos los años de paciencia y apoyo.

Y, como siempre, a Jean, mi paciente esposa, por su incansable aliento y por emprender este y todos los demás viajes conmigo. TQM.

DON WINSLOW
EN RBA

El cártel, IX Premio RBA de Novela Negra, 2015

Año 2004. Art Keller, el agente de la DEA, lleva tres décadas librando la guerra contra la droga en una sangrienta contienda con Adan Barrera, jefe de La Federación, el cártel más poderoso del mundo, y autor del brutal asesinato de su pareja. Keller paga un alto precio por meter a Barrera entre rejas: la mujer a la que ama, sus creencias y la vida que quiere vivir. Una historia realista de poder, corrupción, venganza, honor y sacrificio.

Corrupción policial

Denny Malone es policía. También es el rey de Manhattan Norte. Esos son sus dominios y es donde imparte su ley particular. Nada pasa sin que él ni su equipo no lo sepan. Ellos son los más listos, los más duros, los más rápidos, los más valientes, los mejores, los más canallas. Pero cruzar algunas líneas tiene un precio que tarde o temprano Malone tendrá que pagar.